历代寓言

汉魏六朝卷

袁晖 主编

中国青年出版社

（京）新登字083号

图书在版编目（CIP）数据

历代寓言.汉魏六朝卷 / 袁晖主编. —北京：中国青年出版社，2011.1
ISBN 978-7-5006-9738-1

Ⅰ.①历… Ⅱ.①袁… Ⅲ.①寓言—作品集—中国—汉代～魏晋南北朝时代 Ⅳ.①I276.4

中国版本图书馆CIP数据核字（2010）第250608号

责任编辑：常 成　苏 婧
特约编辑：曾青青　彭宇珂　王旖旎　尹金堂　张 琳
封面设计：胡 凝
插图绘制：胡 凝

*

中国青年出版社 出版 发行
社址：北京东四十二条21号　邮政编码：100708
网址：www.cyp.com.cn
编辑部电话：（010）57350400
门市部电话：（010）57350370
三河市华润印刷有限公司印刷　新华书店经销

*

700×1000　1/16　34.75印张　14插页　540千字
2011年5月北京第1版　2011年5月河北第1次印刷
印数：1-5000册　定价：49.00元
本图书如有印装质量问题，请凭购书发票与质检部联系调换
联系电话：（010）57350337

编 委 会

主编：袁　晖

编委：（以下按姓氏笔画为序）

邓庆佑	朱茂汉	朱景松	杨昭蔚	张劲秋	张柏青	周　亮
袁　晖	章沧授	蔡忠道				

编者：

丁学军	万文武	王　凤	王双俊	王庆谊	王　柯	王　昕
王　莹	王晓明	王朝璋	方　玉	方心棣	方　球	方静娟
邓庆佑	孔达世	孔宏德	甘智林	卢勤英	白强胜	白　璐
仝基斌	吕　勇	朱　成	朱茂汉	朱景松	刘宏志	刘和文
刘建国	刘晓红	刘　斌	刘　静	江风吟	江结宝	许　云
许　志	孙　茂	孙维权	纪　莉	芮宁生	花至柔	苏珊玉
杨　军	杨昭蔚	杨晓红	李大宏	李明明	李玲珠	李贺武
李　涛	李淑珍	余大芹	应其纾	汪大江	宋邦珍	张　木
张　弘	张劲松	张劲秋	张茂松	张明宝	张泽寰	张柏青
张晓华	陈　玮	陈　思	邵先照	林美凤	林淑媛	昌　受
罗玉敏	周志翠	周雨生	周　亮	周维网	周　琼	房新民
居　岚	孟宏川	赵明敏	赵　洁	胡功禄	侯铬明	俞康年
费　燕	姚大勇	贺武威	耿　军	袁　晖	钱塘月	徐中信
徐成进	高　程	高龄芬	郭　勋	桑　海	黄雅淳	梅依雪
曹先竹	盛大方	崔　玲	章　弓	章长寿	章沧授	章　原
章　博	章　锐	喻琰琰	程　乘	程　亮	舒柏林	曾　琳
詹绪佐	褚胜芳	蔡　旭	蔡忠道	蔡玲婉	蔺蒙蒙	谭奇纡
谭傲雪	潘志华	潘　娜	慰　望			

目录

陆 贾 …………………………… 001
  指鹿为马 …………………… 001
  曾参杀人 …………………… 002
  扁鹊与灵巫 ………………… 003

贾 谊 …………………………… 004
  宓子弃麦 …………………… 004
  朱公决狱 …………………… 005
  惠王食菹 …………………… 007
  凫雁食秕 …………………… 008
  康王自大 …………………… 009
  桓公割地 …………………… 010
  胡亥败履 …………………… 012
  埋两头蛇 …………………… 012
  庄王先醒 …………………… 013
  昭公后醒 …………………… 015
  虢君不醒 …………………… 016
  楚王惜屦 …………………… 017
  文王葬骨 …………………… 018
  宋就灌瓜 …………………… 019

韩 婴 …………………………… 022
  子死不哭 …………………… 022
  樊姬之力 …………………… 023
  东野毕败马 ………………… 024
  小德出入 …………………… 026
  黄鹄与鸡 …………………… 027
  九九之术 …………………… 029
  公仪休嗜鱼 ………………… 030
  子贡论暴 …………………… 031

敧器 ……………………………… 032
  正假马之名 ………………… 034
  齐桓公见小臣 ……………… 034
  射石饮羽 …………………… 035
  不攻坏城 …………………… 036
  六翮与毳 …………………… 037
  束蕴请火 …………………… 039
  周舍谔谔 …………………… 040
  鼠狗之患 …………………… 042
  子罕专宋 …………………… 043
  绝缨者 ……………………… 044
  陈饶责君 …………………… 045
  择人而树 …………………… 047
  田子方见老马 ……………… 048
  庄公避螳螂 ………………… 049
  孟母教子 …………………… 050
  跗聚亡鸟 …………………… 051
  相人以友 …………………… 052
  贫贱骄人 …………………… 053
  大泽之雉 …………………… 054
  北郭先生 …………………… 055
  屠牛吐辞婚 ………………… 056
  麦丘老人 …………………… 057
  里凫须 ……………………… 059
  以人为宝 …………………… 061
  齐使献鸿 …………………… 062
  楚丘先生 …………………… 063
  晏子使楚 …………………… 064

| 皮相之士 …… 066
| 四肢与心 …… 066
| 黄雀在后 …… 068
| 藏于百姓 …… 069

刘 安 …… 071
| 黄龙负舟 …… 071
| 从其所行 …… 072
| 豫让事主 …… 073
| 宓子论过 …… 073
| 太清问道 …… 074
| 襄子忍辱 …… 076
| 数胜而亡 …… 078
| 王寿焚书 …… 079
| 鳌负羁求全 …… 079
| 勾践事吴 …… 080
| 九方堙相马 …… 081
| 不逆伎能 …… 083
| 三怨可免 …… 084
| 子发求士 …… 085
| 献珥窥意 …… 087
| 卢敖游北海 …… 088
| 宰子治亶父 …… 090
| 景论神明 …… 091
| 穆公失马 …… 092
| 北楚任侠 …… 093
| 宋人嫁子 …… 094
| 佩玦逐兔 …… 095
| 三人同舍 …… 095
| 子欲母死 …… 096
| 一目之罗 …… 097
| 朱儒问天 …… 097
| 躄盲互助 …… 098
| 郢人鬻母 …… 098
| 孙叔敖请封 …… 099
| 门者出阳虎 …… 100
| 乐羊食子 …… 101
| 宋人盲目 …… 102
| 塞翁失马 …… 104
| 括子解围 …… 105
| 西门豹蓄积 …… 106
| 解扁上计 …… 108
| 穆伯弃孜 …… 109
| 弦高辞赏 …… 110
| 楚庄罢戍 …… 111
| 费无忌誉太子 …… 113
| 唐子短陈骈 …… 114
| 鲁人报仇 …… 115
| 斗鸡之祸 …… 117
| 晋文灭曹 …… 118
| 子朱辞官 …… 119
| 牛缺遇害 …… 120
| 备胡利越 …… 121
| 鹊巢扶枝 …… 124
| 谏哀公西益宅 …… 124
| 孔子马逸 …… 125
| 徐偃王亡国 …… 126

目　录

子贡说吴王 …………… 127
公宣子谏筑室 ………… 129
鸢堕腐鼠 ……………… 131
白公胜为乱 …………… 132
子发决罪 ……………… 133
狡狐搏雉 ……………… 134
楚人烹猴 ……………… 134
未始知音 ……………… 135

董仲舒 ………………… 136
枣与错金 ……………… 136

司马迁 ………………… 137
卞庄子刺虎 …………… 137
木禺与土禺 …………… 138

戴　德 ………………… 139
每变不止 ……………… 139

戴　圣 ………………… 141
苛政猛于虎 …………… 141
嗟来之食 ……………… 142

刘　向 ………………… 144
足己者亡 ……………… 144
唐会不推车 …………… 145
君仁臣直 ……………… 147
一祝万诅 ……………… 148
楚宝 …………………… 149
船人论士 ……………… 151
天下五墨墨 …………… 153
申公巫臣 ……………… 154
掣肘 …………………… 155

渔者献鱼 ……………… 156
梁君猎善 ……………… 157
渔者献言 ……………… 159
农夫老古 ……………… 160
反裘负刍 ……………… 161
君亦郭氏 ……………… 162
晋文纳善 ……………… 164
泽及枯骨 ……………… 165
任计不任怒 …………… 166
吝而不忍 ……………… 168
宋玉让友 ……………… 169
玄猿处势 ……………… 170
鸿鹄与鸡 ……………… 171
叶公好龙 ……………… 173
后生可畏 ……………… 174
中天台 ………………… 176
五日饮 ………………… 177
魏文侯悟过 …………… 178
畜贤为富 ……………… 179
子罕辞玉 ……………… 180
师经撞君 ……………… 181
面訾与面誉 …………… 182
曾子受杖 ……………… 183
炳烛而学 ……………… 185
竹与箭 ………………… 186
众人逐兔 ……………… 187
曾子全节 ……………… 188
子思辞裘 ……………… 189

| 孔子受鱼 …………… 190
| 于公高门 …………… 191
| 子路持剑 …………… 192
| 祠田 ………………… 193
| 东闾子 ……………… 194
| 魏文侯抚孤 ………… 195
| 愚公谷 ……………… 196
| 闭心 ………………… 197
| 阳桥与鲂 …………… 198
| 景差为相 …………… 199
| 水广鱼大 …………… 200
| 举杖呼狗 …………… 200
| 杨因 ………………… 201
| 晋平公罢台 ………… 202
| 追桑中女 …………… 203
| 白龙化鱼 …………… 204
| 舌存齿亡 …………… 205
| 黄口尽得 …………… 206
| 惠子善譬 …………… 207
| 孟尝君寄客 ………… 208
| 林既勇悍 …………… 210
| 觞政 ………………… 211
| 雍门子周 …………… 212
| 张禄 ………………… 215
| 庄周贷粟 …………… 218
| 以梃撞钟 …………… 219
| 能言未必能行 ……… 220
| 曲埃徙薪 …………… 221

枭将东徙 …………… 222
西闾过渡河 ………… 223
各有短长 …………… 224
扬　雄 …………… 226
螟蛉之子 …………… 226
羊质虎皮 …………… 227
桓　谭 …………… 228
骥子 ………………… 228
屠门大嚼 …………… 228
王　充 …………… 230
仕数不遇 …………… 230
鸡犬皆仙 …………… 231
宋人御马 …………… 232
班　固 …………… 233
束缊请火 …………… 233
公孙弘布被 ………… 234
按图索骥 …………… 235
丞相问牛 …………… 236
夜郎自大 …………… 237
王　符 …………… 239
司原猎豕 …………… 239
王　逸 …………… 241
惩羹吹齑 …………… 241
《东观汉记》 …… 242
不因人热 …………… 242
荀　悦 …………… 244
赶鸡 ………………… 244
应　劭 …………… 245

目 录

　　杯弓蛇影 …………… 245
　　鲍君神 ……………… 246
　　李君神 ……………… 247
　　石贤士神 …………… 248
　　狗作变怪 …………… 249
　　东食西宿 …………… 250
　　城门失火，殃及池鱼 … 251
　　路傍儿杀马 ………… 252
汉乐府 ………………… 253
　　朱鹭 ………………… 253
　　乌生 ………………… 254
　　蜨蝶行 ……………… 255
　　枯鱼过河泣 ………… 256
　　橘柚垂华实 ………… 256
　　双白鹄 ……………… 257
　　李代桃僵 …………… 258
　　南山松 ……………… 259
《孔丛子》 ……………… 260
　　钓鳏鱼 ……………… 260
　　燕雀处屋 …………… 261
　　魏王愿不死 ………… 261
　　学长生者 …………… 262
《谰言》 ………………… 264
　　四方之志 …………… 264
邯郸淳 ………………… 266
　　门人钻火 …………… 266
　　肠烂将死 …………… 267
　　掾者抄奏 …………… 268

　　人云亦云 …………… 269
　　药方命曲 …………… 269
　　持勺和羹 …………… 270
　　衔肉著口 …………… 271
　　树叶隐身 …………… 271
　　汉世老人 …………… 273
　　谁杀陈佗 …………… 274
　　踏床啮鼻 …………… 275
　　伧人吊丧 …………… 276
　　截竿入城 …………… 277
　　胶柱鼓瑟 …………… 277
　　汉人煮箦 …………… 278
　　善治伛者 …………… 279
《汉武故事》 …………… 281
　　白头郎署 …………… 281
曹 丕 ………………… 283
　　鸐鹰伏罪 …………… 283
　　宗定伯卖鬼 ………… 284
王 肃 ………………… 287
　　楚弓楚得 …………… 287
阮 籍 ………………… 288
　　群虱 ………………… 288
　　西方有佳人 ………… 289
蒋 济 ………………… 291
　　二人评王 …………… 291
王 沈 ………………… 293
　　东野丈人 …………… 293
陈 寿 ………………… 299

| 大船称象 …………… 299
| 罢官还犊 …………… 300
| 对症下药 …………… 301
| 乐不思蜀 …………… 302
| 七擒七纵 …………… 302
| 鼠矢断案 …………… 304
| 千树木奴 …………… 305

左 芬 …………… 307
| 啄木诗 …………… 307

挚 虞 …………… 309
| 逸骥诗 …………… 309

葛 洪 …………… 311
| 凿壁偷光 …………… 311
| 新丰鸡犬 …………… 312

裴 启 …………… 314
| 清风至,尘飞扬 …………… 314
| 夏少明 …………… 315

干 宝 …………… 317
| 焦山老君 …………… 317
| 郭璞救死马 …………… 318
| 张氏传钩 …………… 319
| 梦入蚁穴 …………… 320
| 郭巨埋儿得金 …………… 321
| 衡农梦虎啮足 …………… 322
| 相思树 …………… 322
| 焦尾琴 …………… 324
| 秦巨伯斗鬼 …………… 325
| 倪彦思家魅 …………… 326

鬼魅吓人 …………… 328
细腰 …………… 329
吴兴老狸 …………… 331
宋大贤杀鬼 …………… 332
王周南 …………… 333
安阳亭三怪 …………… 334
李寄斩蛇 …………… 336
扬州蛇翁 …………… 338
丹阳道士 …………… 339
鹤衔珠报恩 …………… 340
隋侯珠 …………… 341
古巢老姥 …………… 342
蚁王报董昭之 …………… 343
蝼蛄神 …………… 344
猿母猿子 …………… 345
建业妇人 …………… 346

苻 朗 …………… 348
| 与狐谋皮 …………… 348
| 惠子家穷 …………… 349
| 鳌与蚂蚁 …………… 350
| 按图访马 …………… 351
| 金翅鸟之死 …………… 352
| 群虱相杀 …………… 353
| 万金之患 …………… 354
| 郑人逃暑 …………… 355
| 桀杀龙逄 …………… 356
| 燕相杀豕 …………… 358

范 泰 …………… 360

目录

鸾鸟 …………………… 360
陶渊明 ………………… 363
 桃花源记 ……………… 363
 读《山海经》（其九）…… 365
 拟古九首（其九）……… 366
 丁令威 ………………… 367
 阴曹受贿 ……………… 368
郭澄之 ………………… 370
 好色不好德 …………… 370
刘敬叔 ………………… 372
 山鸡舞镜 ……………… 372
 鹦鹉救火 ……………… 373
 老龟煮不烂，移祸于枯桑 … 374
范　晔 ………………… 376
 失之东隅，收之桑榆 …… 376
 得陇望蜀 ……………… 377
 画虎不成反类犬 ……… 378
 三宿恋 ………………… 379
 私恩与公法 …………… 380
 羊续悬鱼 ……………… 381
 辽东白豕 ……………… 382
 梁上君子 ……………… 382
 堕甑不顾 ……………… 383
 大未必奇 ……………… 384
 想当然 ………………… 385
 乐羊子妻 ……………… 386
王叔之 ………………… 388
 拟古诗 ………………… 388

刘义庆 ………………… 389
 管宁割席 ……………… 389
 急不相弃 ……………… 390
 好好先生 ……………… 390
 吴牛喘月 ……………… 391
 支公好鹤 ……………… 392
 卫玠问梦 ……………… 393
 七步成诗 ……………… 394
 道旁苦李 ……………… 395
 绝妙好辞 ……………… 396
 日近长安远 …………… 397
 床头捉刀人 …………… 398
 效岳遨游 ……………… 399
 周处除害 ……………… 399
 孔群好酒 ……………… 401
 爱竹子猷 ……………… 401
 不舞之鹤 ……………… 402
 蔗境 …………………… 403
 千斤大牛 ……………… 404
 望梅止渴 ……………… 405
 蓝田性急 ……………… 406
 鹰 ……………………… 406
 甄冲拒婚 ……………… 408
 焦湖庙柏枕 …………… 410
鲍　照 ………………… 412
 见卖玉器者并序 ……… 412
沈　约 ………………… 414
 举国皆狂 ……………… 414

嗜痂成癖	415	隶首失算	437
僧　祐	417	岑鼎	437
对牛弹琴	417	公输刻凤	438
云麟如麟	418	民始识禹	439
任　昉	419	一顾千金	440
王质烂柯	419	桓公知士	441
吴　均	420	石牛粪金	442
紫荆树	420	二人评玉	443
殷　芸	422	**颜之推**	444
未尝见驴	422	博士买驴	444
喜舞瓮破	423	试诗	444
欲兼三者	423	巴豆孝子	446
周弘正	425	**[附录]**	447
咏老败斗鸡诗	425	**《杂譬喻经》**	447
萧　绎	426	踏痰就口	447
假越救溺	426	鞭背敷屎	448
桓公喂蚊	426	头尾争大	449
富者乞羊	427	聪明的鸟师	450
岂分香臭	428	妒影破瓮	451
魏　收	430	**《大般涅槃经》**	453
徒手搏虎	430	众盲摸象	453
阿豺折箭	430	**《大庄严论经》**	455
杨衒之	432	猫儿食	455
夜月吹篪	432	丑婢破罐	456
生愚死智	433	战马推磨	457
太后赐绢	435	老母换水	458
刘　昼	436	**《出曜经》**	460
奕秋奕败	436	吃煎麦的下场	460

目录

乌龟训子 …………… 461
《杂宝藏经》 ………… 463
　婢共羊斗 …………… 463
《百喻经》 …………… 465
　愚人食盐 …………… 465
　愚人集牛乳 ………… 466
　以梨打头 …………… 467
　妇诈称死 …………… 468
　渴见水 ……………… 469
　子死欲停置家中 …… 470
　认人为兄 …………… 471
　山羌偷官库衣 ……… 472
　叹父德行 …………… 473
　三重楼 ……………… 474
　婆罗门杀子 ………… 476
　煮黑石蜜浆 ………… 477
　说人喜瞋 …………… 478
　杀商主祀天 ………… 479
　医与王女药令卒长大 … 480
　灌甘蔗 ……………… 481
　债半钱 ……………… 482
　就楼磨刀 …………… 483
　乘船失釪 …………… 483
　人说王纵暴 ………… 485
　妇女欲更求子 ……… 486
　入海取沉水 ………… 487
　种熬胡麻子 ………… 488
　水火 ………………… 489

　人效王眼瞤 ………… 489
　为妇贸鼻 …………… 490
　牧羊人 ……………… 491
　雇倩瓦师 …………… 492
　估客偷金 …………… 494
　斫树取果 …………… 495
　送美水 ……………… 496
　宝箧镜 ……………… 497
　破五通仙眼 ………… 498
　杀群牛 ……………… 499
　见他人涂舍 ………… 499
　治秃 ………………… 500
　毗舍阇鬼 …………… 501
　估客驼死 …………… 503
　磨大石 ……………… 504
　欲食半饼 …………… 504
　奴守门 ……………… 505
　贫人能作鸳鸯鸣 …… 506
　小儿争分别毛 ……… 507
　五人买婢共使 ……… 508
　伎儿作乐 …………… 509
　师患脚付二弟子 …… 510
　愿为王剃须 ………… 511
　索无物 ……………… 512
　二子分财 …………… 513
　见水底金影 ………… 514
　病人食雉肉 ………… 515
　伎儿著戏罗刹服共相惊怖 … 516

篇名	页码	篇名	页码
人谓屋中有恶鬼	517	为熊所啮	532
五百欢喜丸	518	比种田	533
诵乘船法而不解用	521	妇女患眼痛	534
夫妇食饼共为要	523	父取儿耳珰	535
共相怨害	524	劫盗分财	536
效其祖先急速食	525	猕猴把豆	537
尝庵婆罗果	526	得金鼠狼	538
为二妇故丧其目	527	贫人欲与富者等财物	539
唵米决口	528	老母捉熊	539
诈言马死	529	二鸽	540
驼瓮俱失	530	诈称眼盲	542
搆驴乳	531	为恶贼所劫失氀	542
与儿期早行	532	小儿得大龟	543

陆　贾

　　陆贾,汉初人(生卒年及籍贯均不详),汉高祖刘邦的重要谋士,有口才、善辩论,故常出使诸侯各国。曾以说服南越王赵佗受汉封号,拜太中大夫,后又参与诛诸吕、立文帝。

　　陆贾著有《新语》和《楚汉春秋》。《楚汉春秋》记载楚汉间事,为司马迁著《史记》之参考,今佚,有辑本。《新语》讲述存亡之徵,分为十二篇,今人王利器有《新语校注》,校勘注解均精当。

指鹿为马

　　秦二世①之时,赵高②驾鹿而从行。王曰:"丞相何为驾鹿?"高曰:"马也。"王曰:"丞相误邪,以鹿为马也?"高曰:"乃马也。陛下以臣之言为不然,愿问群臣。"于是乃问群臣,群臣半言马、半言鹿。当此之时,秦王不能自信其直目③,而从邪臣之言。鹿与马之异形,乃众人之所知也,然不能别其是非,况于闇昧④之事乎?

(《新语·辨惑》)

【注释】

　　①秦二世:秦朝第二代皇帝,名胡亥,公元前210年—公元前207年在位。　②赵高:宦者,为胡亥所亲信,后为秦丞相。　③直目:直接看事物的眼睛。　④闇(àn暗)昧:昏暗不明,模糊不清。

【今译】

　　秦二世的时候,赵高有一天用鹿驾车跟着二世出行。

　　二世问道:"丞相为何用鹿驾车?"

　　"不是鹿,是马。"赵高回答说。

　　二世笑道:"丞相弄错了吧,把鹿当成马了?"

　　"是马。"赵高说,"陛下如果认为我的话错了,请问大臣们。"

　　于是二世询问群臣,群臣一半说是马,一半说是鹿。

　　在那时候,秦二世不能相信自己的眼睛,却听从邪妄之臣的胡言乱语。鹿和马外形不一样,这是常人所知道的,然而却不能辨别它们的是与非,更何况那些本身就模糊难辨的事物呢?

【评析】

"指鹿为马"是一则著名的寓言故事,其意义在于:一个君主应该具有辨别是非的能力,这样才能对臣下各式各样的意见作出判断,否则就只能像胡亥那样听凭赵高摆布了。

(王柯)

曾参杀人

人有与曾子①同姓名者杀人,人有告曾子母曰:"参乃杀人。"母方织,如故。有顷②复告云,若是者三,曾子母投杼③踰垣而去。曾子之母非不知子不杀人也,言之者众。夫流言之并至,众人之所是非,虽贤智不敢自毕④,况凡人乎?

(《新语·辨惑》)

【注释】

①曾子:孔子学生,名参,字子舆,春秋时期鲁国南武城(今山东费县)人,以孝行著称。②有顷:过了一会儿。③杼:织布梭。④自毕:犹言自必,自己相信自己。

【今译】

曾经有个和曾参同名同姓的人杀了人,有人急忙告诉曾子的母亲说:"你家曾参杀人了。"曾母正在织布,听了并不相信,依然织布。过了一会儿,又有人来告诉曾母曾参杀人了,这样反反复复到了第三次,曾母丢开织布梭,越过围墙逃走了。曾子的母亲并不是不知道自己的儿子不会杀人,但是说他杀人的人太多了,无法去解释清楚。

面对到处流传的没有根据的言论,以及大多数人认定的是与非,即便是贤明智慧的人也不敢完全相信自己,更何况一般的人呢?

【评析】

曾子是位贤者,当然不会杀人,但是有关他杀人的传言弄得沸沸扬扬,即使是他的母亲也无法予以澄清。这就告诉我们:传言未必是事实,但它能混淆事实,使人真伪莫辨。

(王柯)

| 陆 贾 |

扁鹊与灵巫

昔扁鹊①居宋②,得罪于宋君,出亡之卫③。卫人有病将死者,扁鹊至其家,欲为治之。病者之父谓扁鹊曰:"吾子病甚笃,将为迎④良医治,非子所能治也。"退而不用,乃使灵巫⑤求福请命⑥,对扁鹊而咒。病者卒死,灵巫不能治也。夫扁鹊天下之良医,而不能与灵巫争用者,知与不知也。

(《新语·资质》)

【注释】

①扁鹊:传说中的神医,所指不一。 ②宋:古国名,西周始封,地有今河南东部和山东、江苏、安徽之一部,建都商丘(今河南商丘南),公元前286年为齐国所灭。 ③卫:古国名,西周始封,建都朝歌(今河南淇县),公元前254年为魏国所灭。 ④迎:迎请。 ⑤灵巫:巫士,从事祈祷神灵的人。 ⑥请命:请求延续生命。

【今译】

古时的神医扁鹊住在宋国,得罪了宋国的国君,只好逃往卫国。

卫国有个人病得快死了,扁鹊赶到他家,想为他治病。可是病人的父亲说:"我儿子的病很重,我要请一位高明的医生为他医治,这不是你所能治的。"他谢绝了扁鹊,却找来灵巫为儿子向老天祈求福祉、延续生命,面对着扁鹊大念咒语。但病人到底还是死了,灵巫并不能治他的病。

扁鹊是天下的良医,却不能和灵巫争为人用,原因是灵巫为人知,扁鹊不为人知。

【评析】

扁鹊是位神医,能够治病救人,而灵巫的祈祷扶乩于病人丝毫无补,但病家信用灵巫,排斥扁鹊。其原因一是病家的愚昧无知,二是扁鹊的医道不为人们所了解。从中我们可以得到启发:一个人要想发挥才能,首先要为人所知。

(王柯)

贾　谊

贾谊（公元前200—公元前168），洛阳（今河南洛阳东）人，西汉杰出政论家、文学家。年轻时以能诵诗书、属文章，通诸家之言，被汉文帝召为博士，草具法令制度，深受任用。后遭朝臣排挤，贬为长沙王太傅，后又拜梁怀王太傅。

贾谊长于政论和赋体文学，所著文章，经刘向整理，编为五十八篇，定名《新书》。《新书》今本为十卷，今人的《贾谊集》及阎振益、钟夏的《新书校注》，颇具参考价值。

宓子弃麦

宓子①治亶父②，于是齐人攻鲁，道③亶父。始，父老请曰："麦已熟矣，今迫齐寇，民人出，自艾④傅郭⑤者归，可以益食，且不资寇。"三请，宓子弗听。俄而麦毕资⑥乎齐寇。季孙⑦闻之怒，使人让⑧宓子曰："岂不可哀⑨哉？民乎，寒耕热⑩耘，曾⑪弗得食也！弗知犹可，闻或以告，而夫子弗听！"宓子蹴然⑫曰："今年无麦，明年可树⑬。令不耕者得获，是乐有寇也。且一岁之麦，于鲁不加⑭强，丧之不加弱，令民有自取⑮之心，其创必数年不息。"季孙闻之惭，曰："使穴可入，吾岂忍见宓子哉！"故明者之感奸由也蚤⑯，其除乱谋也远，故邪不前达⑰。（《新书·审微》）

【注释】

①宓子：即宓子贱，名不齐，字子贱，春秋时鲁国人，孔子的弟子。　②亶父：鲁邑名，在今山东单县南。　③道：取道，打……过。　④艾：借作"刈"，割，收割。　⑤傅郭：靠近城郭。傅，借作"附"，靠近；郭，外城的墙。　⑥资：资助。　⑦季孙：季孙氏的某一成员，具体所指不详。季孙氏是春秋时鲁桓公少子季友的后裔，曾有多人执掌鲁国朝政。　⑧让：责让，谴责。　⑨哀：怜惜，痛惜。　⑩热：原误作"熟"，今改正。　⑪曾：乃，却。　⑫蹴然：惊惧貌。　⑬树：种植。　⑭加：更加。　⑮自取：谓随己之意取于他人。　⑯蚤：借作"早"。　⑰前达：来到面前。

【今译】

宓子治理亶父的时候，齐国进攻鲁国，取道亶父。起初，亶父的年长者向宓子请求说："现在麦子已经熟了，但面临齐国的进攻，百姓们无法各家各户有序地进行收割,就让百姓们出城胡乱抢收一些靠近城边的麦子,运回城里吧,这样既能增加城内的粮食,而又不让敌人夺去作为资粮。"

一连请求了三次,宓子都不予理睬。

不久,城外的麦子全都被齐国人抢去了。

季孙听说这事以后很气愤,派人去责怪宓子说:"这怎能不叫人痛惜呢?老百姓在寒冷中耕种,在暑热中耘草,却得不到粮食!你不知道也就罢了,我听说有人提醒你,而你就是不听!"

宓子恐惧不安地回答说:"今年收不上麦子,明年还可以再种。如果使不耕种的人得到收获,那就会使他们对敌人来犯感到高兴。而且一年的麦子,对鲁国来说,得到了不会变强,失去了也不会变弱。如果让老百姓有不劳而获的念头,这样的创伤,那是几年也治愈不了的。"

季孙听了这些话,惭愧地说:"假如地上有个洞穴可以钻,我哪里有脸去见宓子啊!"

明智的人能早早地觉察奸乱的由来,能早早地消除祸乱的图谋,所以他不会碰上邪妄之事。

【评析】

城外的麦子熟了,但由于齐国军队的进犯,无法像往常那样由各家各户自己收割。这时有人建议让百姓们出城抢收,以免落入敌手。可是宓子不同意。因为在他看来,这样做会使人乐于看到敌人来犯和产生不劳而获的念头,这是比损失麦子更为严重的损失。作为治国专家,宓子始终把人心的治理放在首位,这一点在今天仍有着借鉴意义。

(刘晓红)

朱公决狱

梁①尝有疑狱②,半以为当罪,半以为不当。梁王曰:"陶③之朱公④,以布衣而富侔⑤国,是必有奇智。"乃召朱公而问之曰:"梁有疑狱,吏半以为当罪,半以为不当,虽寡人亦疑焉。吾决是,奈何⑥?"朱公曰:"臣,鄙人⑦也,不知当⑧狱。然臣家有二白璧,其色相如也,其径相如也,其泽相如也。然其价也,一者千金,一者五百金。"王曰:"径与色泽皆相如也,一者千金,一者五百金,何也?"朱公曰:"侧而视之,其一者厚倍之,是以千金。"王曰:"善。"故狱疑则从去,赏疑则从予,梁国悦。

(《新书·连语》)

【注释】

①梁:即魏国。公元前361年,魏惠王迁都于大梁(今河南开封),从此魏又称梁。②狱:案件。 ③陶:地名,在今山东定陶西北。 ④朱公:姓朱的人。公,对人的尊称。或以为"朱公"指范蠡,误,范蠡与梁年代相去甚远。"公"原作"叟",下文与刘向《新序·杂事四》并作"公",今改从一律。 ⑤侔:相当,齐等。 ⑥奈何:犹言如何。⑦鄙人:粗俗卑陋的人。 ⑧当:当事,处事,此处意指判断罪案。

【今译】

梁国曾经有一件疑难的案件,大臣们一半认为应当处罚,一半认为不应当处罚,就是梁王也拿不定主意。梁王说:"定陶的朱公,凭借布衣平民身份,却能富裕得相当于一个国家,他一定有着超人的智慧。"

于是梁王召见朱公,问道:"我们梁国有一件疑难的案件,大臣们一半认为应当处罚,一半认为不应当处罚,就是我也拿不定主意。请你为我作一个判断,怎么样?"

朱公回答说:"我是个粗鄙的人,不知道怎样判断案件。但我家有两块白璧,颜色相同,直径大小相同,光泽也是相同的,但是价钱却不相同,一块值千金,另一块只值五百金。"

梁王问:"直径、颜色、光泽都相同,为何一块值千金,另一块只值五百金呢?"

朱公回答说:"从侧面看,其中一块的厚度恰好是另一块的两倍,所以它值千金。"

梁王说:"讲得好。"

由此梁王决定:案件拿不准的就舍去,赏赐拿不准的就给予。梁国的上上下下都为此而高兴。

【评析】

朱公以璧的颜色、大小、光泽相同而厚薄不同,因而价值不等为例,说明了审理疑难案件的角度和依据问题。他的看法不仅启发了梁王对案件的判断,同时也启发了后世人们对事物的观察,即观察事物的角度不同,得出的结论自然也会不同;要取得一致的看法,首先要在规则、标准、角度等前提上达成一致,否则,意见分歧是不可避免的。

(刘晓红)

惠王食菹

楚惠王①食寒菹②而得蛭③,因遂吞之,腹有疾而不能食。令尹④入问⑤,曰:"王安得此疾?"王曰:"我食寒菹而得蛭。念谴之而不行其罪乎,是法废而威不立也;谴而行其诛,则庖宰⑥、监食者,法皆当死,心又弗忍也。故吾恐蛭之见也,遂吞之。"令尹,再拜而贺曰:"臣闻:'皇天无亲⑦,惟德是辅。'王有仁德,天之所奉⑧也,病不为伤。"是昔⑨也,惠王之后⑩而蛭出,故其久病心腹之积皆愈⑪。故天之视听,不可谓不察⑫。

(《新书·春秋》)

【注释】

①楚惠王:春秋时楚国国君,名章,公元前488年—公元前432年在位。 ②寒菹(zū租):凉的腌菜。 ③蛭(zhì至):蚂蟥。 ④令尹:官名,春秋和战国时楚国所设,执掌全国军政事务。 ⑤问:问候,探望。 ⑥庖宰:厨工。 ⑦亲:偏私,偏向。 ⑧奉:帮助。 ⑨昔:借作"夕"。 ⑩之后:去厕所。之,往,去;后,后部,代指厕所。 ⑪久病心腹之积皆愈:积,淤积。古人以为气血淤积则为病;蚂蟥喜吸血,古人误以为它进入人体后吸除了淤积的气血,能使病愈。 ⑫察:明察。

【今译】

楚惠王吃凉菜,吃到了蚂蟥,就吞了下去,因此肚子不舒服,吃不下饭。

令尹进官探望,问道:"大王怎样得的这病?"

惠王说:"我吃凉菜,吃到了蚂蟥。想到如果责骂侍者而不加以处罚,那就废弃法律而失去了威信;如果责骂而加以诛杀,那么依照法律,御厨和监食都应当处死,这样又于心不忍。所以我担心蚂蟥被人看见,就把它吞了下去。"

令尹拜了两拜,向惠王道贺:"我听说:'老天没有偏私,只是帮助有德行的人。'大王有仁德,是老天所要帮助的,病不能伤害大王。"

当天晚上,惠王去上厕所,排出了蚂蟥,长期以来五脏六腑气血淤积的疾病因此而痊愈了。

所以说,老天的耳目,真可谓明察秋毫。

【评析】

楚惠王吃凉菜,不料吃到了蚂蟥,这就把他推入了一个两难境地:对偶犯过失的左右侍御,是依法加以处罚,还是弛法予以宽宥?为了回避两者,他把蚂蟥吞了下去。楚国的令尹对此予以很高的评价,因为作为国君,既要具有宽仁的品性,又要具有法制的观念。故事结尾处所说的惠王排出了蚂蟥,疾病因此而痊愈,则以具体的方式对楚惠王所作所为进行了褒奖。

(刘晓红)

凫雁食秕

邹穆公①有令:食凫雁②者必以秕③,毋敢④以粟。于是仓无⑤秕者而求易于民,二石⑥粟得一石秕。吏以请曰:"秕食雁,为无费也。今求秕于民,二石粟而易一石秕,以秕食雁则甚费矣。请以粟食之。"公曰:"去!非而⑦所知也。夫百姓煦牛⑧而耕,曝背⑨而耘,苦勤而不敢惰者,岂为鸟兽也哉?粟米,人之上食也,奈何其以养鸟也?且汝知小计而不知大会⑩。《周谚》曰:'囊漏贮⑪中',而独弗闻与?夫君者,民之父母也。取仓之粟,移之于民,此非吾粟乎?鸟苟食邹之秕,不害⑫邹之粟而已。粟之在仓,与其在民,于吾何择⑬?"邹民闻之,皆知其私积之与公家⑭为一体⑮也。

(《新书·春秋》)

【注释】

①邹穆公:古邹国国君。邹国,曹姓,地当今山东费县、邹县、济宁、金乡一带,都于邾(今山东曲阜东南),故又称邾国,战国时为楚所灭。 ②凫雁:鸭、鹅,可饲养以供赏玩。 ③秕(bǐ 比):瘪谷。 ④毋敢:犹言不得。 ⑤无:借作"无"。 ⑥石:容量单位,十斗为一石。 ⑦而:你,尔,第二人称代词。 ⑧煦牛:呵斥耕牛行走。煦,借作"吼",吼叫。 ⑨曝背:光着脊背。 ⑩会(kuài 快):汇总计算。此处"计"、"会"均由具体的计算暗示大的方面的考虑。 ⑪贮:用作名词,义指贮藏之所。 ⑫不害:无妨,无损。 ⑬择:用作名词,义谓区别。 ⑭公家:诸侯王的国家。古称诸侯为公,所封之国为其私有,故其国与家无别。 ⑮一体:同样,无区别。

【今译】

邹穆公下了一道命令:饲养供赏玩的鸭、鹅必须用瘪谷,不得用粟米。当时粮仓中没有瘪谷,便和百姓们交换,两石粟米才换一石瘪谷。主事的官吏向穆公请示:

"用瘪谷饲养鸭、鹅，本来花费并不多，可现在向百姓寻求瘪谷，两石粟米才换一石瘪谷，再用瘪谷饲养鸭、鹅，花费就太大了。请求用粟米来饲养。"

穆公说："走开！这不是你能知道的。百姓赶着牛耕田，光着脊梁耘草，百般辛苦而不敢怠惰，难道就是为了饲养鸟兽吗？粟米是人的上等食物，怎能拿来饲养禽鸟呢？你只知道算小账，不知道算大账。《周谚》说：'袋子漏了，所盛的东西漏在仓库里'，难道你没听说过吗？国君是百姓的父母，拿仓库里的粟米送给百姓，这粟米难道就不是我的了吗？即使禽鸟吃了我们邹国昂贵的瘪谷，那也无损于我们邹国的粟米。粟米在仓库里，和在百姓之中，对于我来说，有什么区别呢？"

邹国百姓听到国君的这番话，都明白了个人的贮藏和国家的贮藏是没有区别的。

【评析】

这是一则讲述"藏财于民"道理的寓言。邹穆公以粟米换取百姓的瘪谷，表面看去，这使国家受到损失，但邹穆公认为两者并无区别。因为从一国之君的角度看，国家、百姓和财物都属于他个人所有，财物藏于民间，还是藏于国库，只是换了个地方而已，没有实质的不同，而且只有百姓富裕了，国家才能强大。邹穆公虽是封建君主，但他对国与民关系的看法却是非常深刻的。 （刘晓红）

康王自大

宋康王①时，有爵②生鹯③于城之陬④，使史⑤占⑥之，曰："小而生大，必伯⑦于天下。"康王大喜。于是灭滕⑧，伐诸侯，取淮北⑨之地，乃愈自信，欲霸之亟⑩成，故射天⑪笞地，伐社稷⑫而焚之，曰威服天地鬼神，骂国老之谏者为无头之棺⑬，以视⑭有勇；剖伛⑮之背，斫⑯朝涉之胫。国人大骇。齐王闻而伐之，民散城不守，王乃逃于倪侯⑰之馆，遂得病⑱而死。故见祥⑲而为不可⑳，祥反为祸。 （《新书·春秋》）

【注释】

①宋康王：战国时宋国国君，名偃，逐兄称君，在位四十七年。　②爵：借作"雀"。
③鹯（zhān 毡）：一种猛禽，似鹞，羽色青黄，以燕雀为食。　④陬（zōu 邹）：角落。

⑤史:掌星占、卜筮的官吏。 ⑥占:占卜。 ⑦伯:借作"霸",称霸。 ⑧滕:古国名,西周始封,姬姓,在今山东滕县西南,后为越、宋所灭。 ⑨淮北:"北"字原脱,今据一本及刘向《新序·杂事四》补。 ⑩亟:疾速。 ⑪射天:以皮囊盛血,悬于高处,从下射之。 ⑫社稷:土神庙和谷神庙。 ⑬楯:借作"冠"。 ⑭视:借作"示"。 ⑮伛(yǔ 羽):驼背。 ⑯斮(zhuó 浊):砍。 ⑰郳(ní 泥)侯:邾武公次子封于郳(今山东滕县东南),故称郳侯。 ⑱得病:"病"原脱,今据一本及刘向《新序·杂事四》补。 ⑲祥:吉兆。 ⑳不可:不应该做的事。

【今译】

宋康王的时候,城墙角落里有雀孵出了一只鹯。康王命令巫史卜算这件事的吉凶,巫史说:"小物生大物,必然称霸于天下。"康王听了,十分高兴。

于是他讨灭滕国,进攻诸侯,获取了淮北的大片土地。打那以后,他越发自信刚愎,祈望着赶快成就霸业。他用弓箭射击悬于高处的皮血囊,用鞭子抽打大地,把土神庙和谷神庙拆除烧掉,说"这是用威风迫使天地鬼神屈服";他还大骂敢于进谏的国家元老为"无头之冠",以显示有勇;他又劈开驼背者的脊梁,砍断早晨涉水者的小腿。全宋国的百姓被他弄得胆战心惊。

齐王听说宋康王的胡作非为,便大举进攻宋国。宋国的百姓逃散而去,都城无法守卫,康王逃进了郳侯的客馆,最终病死在那里。

所以,看见吉利的兆头,而去做不应该做的事,这样反倒把吉利变成了祸害。

【评析】

战国时期的宋国是个小国,宋康王把巫史的话"小物生大物,必然称霸于天下"当做自己的吉兆,于是对外发动战争,对内施行暴政,终于身死国亡。这则寓言警示人们:做任何事情都要量力而行,切忌狂妄自大。　　　　(王凤)

桓公割地

齐桓公①之始伯②也,翟③人伐燕④,桓公为燕北伐翟,乃至于孤竹⑤。反,而使燕君复召公⑥之职。桓公归,燕君送桓公入齐地百六十六里,桓公问于管仲⑦曰:"礼,诸侯相送,固⑧出境乎?"管仲曰:"非天子不出境。"桓公曰:"然则⑨燕君畏而失礼也,寡人恐后世之以寡人能存燕而朝之⑩也。"乃下车,而令燕君还车,乃剖⑪燕君所至而与之,遂沟以为境⑫而后去。诸侯闻桓公之义,口不言而心皆服矣。故九合诸侯,莫不乐听;扶兴天子,莫不劝从⑬。诚退让,人孰⑭弗戴也?

(《新书·春秋》)

【注释】

①齐桓公:春秋时齐国国君,名小白,公元前685年—公元前643年在位,为春秋霸主之一。　②伯:借作"霸",称霸。　③翟(dí笛):通"狄",我国北方的古代部族,主要活动于齐、鲁、晋、卫、宋等国之间。　④燕:古国名,西周时封,姬姓,地当今河北北部至辽宁西端。　⑤孤竹:古国名,在今河北卢龙南。　⑥召公:燕国的开国君主,名奭,因其采邑在召(今陕西岐山西南),故称召公、召伯。　⑦管仲:春秋时齐国大臣,名夷吾,字仲,谥曰敬,辅佐齐桓公成为春秋霸主。　⑧固:必,一定。　⑨然则:犹然而。　⑩朝之:使之朝见。　⑪剖:割,分割。　⑫境:疆界、边界。　⑬劝从:积极跟从;劝,此处义指因受到鼓励而态度积极踊跃。　⑭孰:谁。

【今译】

齐桓公刚刚称霸诸侯的时候,北方的翟族人进攻燕国,桓公替燕国北伐翟人,一直打到孤竹。得胜回军后,他让燕君恢复行使召公的职责。桓公回国的时候,燕君一直把他送入齐国境内一百六十六里,桓公问管仲:"按礼节,诸侯送别,一定要送出国境吗?"

"不是的。"管仲回答说,"除了送别天子,不能送出国境。"

桓公说:"这样说的话,燕君因为畏惧失礼了,我担心后人会认为我保存燕国为的是要燕君服从我。"

说完,桓公下了车,让燕君掉转车头回国,把燕君所进入的齐国国土割让给了燕国,并挖沟作为国界,这才离去。

诸侯们听说桓公如此仁义,嘴上不说,内心却是心悦诚服。所以桓公多次会盟诸侯,诸侯们没有不乐意听从的;扶助周朝天子,诸侯们也没有不积极跟从的。如果一个人能够谦虚退让,谁还会不拥戴他呢?

【评析】

齐桓公帮助燕国击败翟族的进攻,并且还把燕君涉足的齐国领地奉送给了燕国,表现出大国君主抑强扶弱的精神品格,从而赢得了各国诸侯的敬重。这就告诉我们:一个力量强大的国家,如果能够主张正义、济助弱小,就一定会得到大家的拥护,成就一番大业。

(王凤)

胡亥败履

二世胡亥①之为公子,昆弟数人。诏置酒②飨③群臣,召诸子赐食先罢。胡亥下陛④,视群臣陈履⑤状善者,因行践败⑥而去。诸子⑦闻之,莫不大息⑧。及二世即位,皆知天下之弃之也。

(《新书·春秋》)

【注释】

①二世胡亥:秦朝的第二代皇帝。 ②置酒:设酒,摆酒宴。 ③飨(xiǎng 响):款待,招待。 ④陛:阶,台阶。 ⑤陈履:摆着的鞋子。古人就座要先脱去鞋子。 ⑥践败:踩坏;"践"原作"残",今据一本及刘向《新序·杂事五》改。 ⑦诸子:原误作"诸侯",今据刘向《新序·杂事五》改。 ⑧大息:即太息。

【今译】

秦二世胡亥做公子的时候,弟兄一共好几个。秦始皇设酒宴款待群臣,让各位公子吃完了先离席。胡亥走下台阶时,看见群臣摆放着的鞋子中有一些很好,便趁着走路把它们踩坏,然后离去。各位公子听说后,没有不摇头叹息的。等到了胡亥即位称君,大家都知道他必然会被天下遗弃。

【评析】

胡亥的品行极为恶劣:看见别人的鞋子好,也要把它踩坏。小处可以见大,在他成为国君以后,果然同样胡作非为,把国家"踩"得一塌糊涂。这则寓言告诉我们:细微之处最可表现出一个人的品行,由此可以窥见其人可能的种种作为。

(王柯)

埋两头蛇

孙叔敖①之为婴儿②也,出游而还,忧而不食。其母问其故,泣而对曰:"今日吾见两头蛇,恐去死无日③矣。"其母曰:"今蛇安在?"曰:"吾闻见两头蛇者死,吾恐他人又见,吾已埋之也。"其母曰:"无忧,汝不死。吾闻之,有阴德④者,天报以福。"人闻之,皆谕⑤其能仁也。及为令尹⑥,未治而国人信之。(《新书·春秋》)

【注释】

①孙叔敖:春秋时楚国人,蔿氏,名敖,字孙叔,楚庄王时曾为令尹。　②婴儿:犹言儿童。　③无日:没有多久。　④阴德:不为人知的恩德。　⑤谕:知晓,明白。　⑥令尹:官名,春秋和战国时楚国所设,执掌全国军政事务。

【今译】

孙叔敖小的时候,有一次外出游玩回来,忧伤得吃不下饭。

母亲问他是什么缘故,他哭着回答说:"今天我看见一条两头蛇,恐怕我离死不远了。"

"那条蛇现在在哪里?"母亲又问。

"我听说看见两头蛇的人会死。我怕又被别人看见,已经把它埋了。"孙叔敖回答说。

"不用担心,你不会死的。"母亲安慰他,"我听说有阴德的人,老天将会用福祉来报答他。"

人们听说了这件事,都明白孙叔敖能够施行仁义。成年以后,他被任命为楚国的令尹,还没有上任理事,就得到楚国人民的信任。

【评析】

孙叔敖小的时候,见到一条两头蛇,相传见到此蛇的人会死,于是就把它埋了,以免他人再见。按传统的说法,这是积了"阴德",其实这是他良好品行的体现。有了这样一种良好的品行,自然会赢得人们的信任和尊重。果然,在他成年以后,曾三度担任楚国的令尹,受到人民的拥护。"看人看小,三岁见老",这篇寓言旨在告诉我们这样一个道理。

(王柯)

庄王先醒

昔楚庄王即位,自静①三年,以讲得失,乃退僻邪②而进忠正,能者任事而后在高位,内领国政沿,而外施教百姓富民恒③一,路不拾遗,国无狱讼。当是时也,周室坏微④,天子失制,宋、郑无道,欺昧诸侯。庄王围宋伐郑。郑伯肉袒⑤牵羊,奉簪⑥而献国。庄王曰:"古之伐者,乱则整之,服则舍之,非利之也。"遂弗受。乃南与晋人战于两棠,大克晋人,会诸侯于汉阳,申天子之辟禁⑦,而诸侯说服⑧。庄王归,过申侯之邑。申侯进饭,日中而王不食,申侯请罪曰:"臣斋而具食,其洁。日中而不饭,臣敢请罪。"庄王喟然⑨叹曰:"非子之罪也。吾闻之曰:其君贤君也,而又有师者,王其君,中君也而又有师者,伯⑩其君下君也,而群臣又莫若者亡。今我下君也,而群臣又莫若不谷⑪,不谷恐亡无日也。吾闻之,世不绝贤,天下有贤而我独不得。若我生者,何以食为?"庄王战服大国,义从诸侯,戚然忧恐,圣智在身而自错不肖,思得贤佐,日中忘饭,可谓明君矣。谓先寤所以存亡,此先醒也。

(《新书·先醒》)

【注释】

①静:通"靖",思谋。　②僻邪:邪恶。　③恒:长久。　④坏微:衰落,衰败。　⑤肉袒:脱去外衣露出上身。　⑥簪:古代束发或帽子的长针。　⑦辟禁:法令。　⑧说服:心悦诚服。说,通"悦"。　⑨喟(kuì愧)然:叹气的样子。　⑩伯:通"霸"。　⑪不谷:不善。古代王侯自称。

【今译】

　　从前楚庄王即位,自己思考谋划了三年,研究前人的得失,后又摒弃邪恶而重用忠正,使有才能的人做事然后授以高位。在朝内主宰政事,在朝外教化百姓,使得百姓一直很富足,路上丢失的东西也没有人去捡为己有,国内没有案件和罪犯。正在这个时候,周王朝衰败,天子没有权威,宋国、郑国失去道义,欺骗诸侯。楚庄王围攻宋国,讨伐郑国。郑国的国君袒胸牵羊,捧着头簪,献出国家。楚庄王说:"古时的讨伐之事,混乱就要整治,归顺了就赦免了,不是要从中谋利。"就没有接受。于是又到南边与晋国军队战于两棠,大败晋军。在汉阳与诸侯会盟,重申了天子的法令,诸侯心悦诚服。楚庄王回来,路过申侯的都邑,申侯进献饭食,时间已到了中午,庄王仍然不吃。申侯请罪说:"我斋戒后准备的饭食,是干净的。时已中午您还不吃饭,我向您请罪。"庄王慨叹说:"这不是你的罪过。我听说:君主是贤明的,而且又有老师帮助,就能称王;君主的智能中等,但有老师帮助,也能称霸;君主是下等君主,而且群臣连君主还不如,就要亡国了。现在我是个下等君主,群臣又不如我,我恐怕也快要亡国了。我听说,世上并不缺少有才能的人,天下有才能的人唯独我得不到。像我这样活着,还吃饭干什么?"楚庄王打败了大国,通过道义使诸侯顺服,还忧伤恐惧。自身贤明智慧还感到不才,渴望得到贤臣的辅佐,到了中午还不吃饭,真正可以说是贤明的君主了。这就叫做领先醒悟国家存亡的原因,这就是先醒的人。

【评析】

　　这篇寓言是说人们要不断思考研究历史上的经验教训,在取得胜利之后不能冲昏头脑,要寻找自己的不足,居安思危,总结得失,才能立于不败之地。寓言还告诉我们,事业成功也离不开有才能的人帮助,没有贤者帮助的下等君主就只有逐步走向衰败和灭亡。

(林美凤)

昭 公 后 醒

　　昔宋昭公①出亡,至于境②,喟然叹曰:"呜呼,吾知所以存亡!吾被服而立,侍御者数百人,无不曰'吾君丽'者;吾发政举事,朝臣千人,无不曰'吾君圣'者。外内不闻吾过,吾是以至此,吾困宜矣。"于是革③心易行,衣苴布④,食粼飧⑤,昼学道而夕讲⑥之。二年,美闻于宋。宋人车徒迎而复位,卒为贤君,谥为昭⑦公。既亡矣,而乃⑧寤⑨所以存,此后醒者也。

(《新书·先醒》)

【注释】

　　①宋昭公:春秋时宋国国君,名特,攻杀太子而自立为君,在位四十七年。　②境:疆界,边界。　③革:改。　④苴布:粗布。苴,借作"粗"。　⑤粼飧(língjùn 凌俊):一种粗食,或云榨油所余之渣。　⑥讲:研习。　⑦昭:古代谥法用字,圣闻周达曰"昭",是一种美谥。　⑧而乃:才,方才。　⑨寤:借作"悟"。领悟,醒悟。

【今译】

　　过去宋昭公逃亡,到了国境边,叹息着说:"啊呀,我这才知道国家存亡的道理了!我穿好衣服站着,身边几百个侍奉的人,没有不说'我们国君真漂亮'的;我发政令、行政事,在朝的千名大臣,没有不说'我们国君真圣明'的。朝廷内外从未有人说过我的过错,所以我才弄到这种地步,我遭受困境真是活该。"

　　从此,宋昭公改变了思想和行为,穿粗布衣服,吃粗劣食物,白天学习圣贤之道,晚上深入地研习它。两年以后,美好的声誉传回了宋国,宋国的臣民用车马人众把他迎接回国,重新做了国君。他终于成了一位贤明的国君,死后谥为"昭公"。已经逃亡在外,方才悟出国家存亡的道理,这是后醒。

【评析】

宋昭公起初是个无道之君,失去国家以后,他终于明白了国家存亡的道理,从此苦心励志,改弦更张,终于成为一位贤明的国君。这就告诉我们:犯错误固然不好,但如果及时悔改,依然能够有所作为,所谓"亡羊补牢,未为晚矣"。

(王柯)

虢君不醒

昔者虢①君骄恣自伐②,谄谀亲贵,谏臣诘逐,政治踳乱③,国人不服。晋师伐之,虢人不守,虢君出走。至于泽中,曰:"吾渴而欲饮。"其御④乃进清酒⑤。"吾饥而欲食。"御进殿脯⑥梁糗⑦。虢君喜曰:"何给⑧也?"御曰:"储之久也。""何故储之?"对曰:"为君出亡而道饥渴也。"君曰:"知寡人亡邪?"对曰:"知之。"曰:"知之何以不谏?"对曰:"君好谄谀而恶至言⑨,臣愿谏,恐先虢亡。"虢君作色而怒。其御曰:"臣之言过也。"为间⑩,君曰:"吾之亡者,诚何也?"其御曰:"君弗知耶?君之所以亡者,以大⑪贤也。"虢君曰:"贤,人之所以存也,乃亡,何也?"对曰:"天下之君皆不肖,夫疾⑫吾君之独贤也,故亡。"虢君喜,据式⑬而笑曰:"嗟!贤固若是,苦耶!"遂徒行而于山中居,饥倦,枕御膝而卧。御以块⑭自易,逃行而去。君遂饿死,为禽兽食。此已亡矣,犹不悟所以亡,此不醒者也。

(《新书·先醒》)

【注释】

①虢:古国名,姬姓,西周时封。虢国有三:东虢(在今河南荥阳东北)、西虢(在今陕西宝鸡东)和北虢(在今河南三门峡及山西平陆一带),此文具体所指不详,抑或假托言事。
②自伐:自大,自夸。　③踳(chuǎn 喘)乱:乖错杂乱。　④御:驾车的人。
⑤清酒:冬天酿造的酒,贮藏时间较长。　⑥殿(duàn 段)脯:杂用姜、桂腌制的干肉。
⑦粱糗(qiǔ 求上声):以精细小米制作的干饭。"粱"借作"粱"。　⑧给(jǐ 几):充足。
⑨至言:切中要害的言论。　⑩为间:过了一会儿。　⑪大:太,甚。　⑫疾:同"嫉",嫉恨。　⑬式:借作"轼",古代车厢前部供凭扶的横木。　⑭块:土块。

【今译】

过去虢君骄傲自大,阿谀奉承之徒得到亲近和显贵,正直敢谏之臣反遭责怒放逐,国内百姓不愿服从。晋国起兵进攻虢国的时候,虢国的百姓不愿守城,虢君

贾 谊

只好逃亡出国。逃到了一片草泽之中,他说:"我渴了,要喝水。"他的车夫送上一壶清酒。他又说:"我饿了,要吃饭。"车夫又送上干肉干粮。虢君高兴地问:"你怎么有这么多东西啊?"车夫答道:"我已经储存了很久了。"

"你为什么要储存它?"虢君十分不解。

"为大王逃亡时路上饥渴做准备。"

"你早知我要逃亡吗?"

"是的。"

"知道为何不进谏?"

"大王喜爱阿谀奉承,厌恶正直切至之言,我是愿意进谏的,但担心虢国没亡,我倒先死了。"车夫回答。

虢君一听,脸都气得变了色。车夫赶忙说:"我的话说错了。"

过了一会儿,虢君问道:"我的逃亡,到底是什么原因呢?"

"大王真的不知道吗?大王的逃亡,是因为太贤明。"车夫答道。

"贤明,是人得以存在的原因,我却因此逃亡,这是为什么?"

"天下的国君都是无才无德的人,嫉恨大王一个人贤明,所以大王才逃亡。"

虢君听了很高兴,扶着车轼大笑,说:"啊呀,贤明还这样辛苦啊!"

说完弃车步行,停留在山中。一天,他饥饿困乏得受不了,便头枕车夫的膝盖睡着了。车夫用土块换下自己膝盖,逃离而去。虢君就这样饿死了,尸体被野兽们饱餐了一顿。

虢君已经逃亡,但仍不知为什么逃亡,这就是始终不醒。

【评析】

本篇寓言嘲笑了昏聩无知的虢君。人总会遭受挫折和失败,聪明人会在挫折和失败中进行自我反省,总结教训。而逃亡中的虢君却一如故往,骄傲自大,喜好阿谀奉承,厌恶切直正谏,最终饿死荒野,为人所耻笑。

(王柯)

楚 王 惜 屦

昔楚昭王^①与吴人战,楚军败,昭王走,屦^②决背^③而行失之。行三十步,复旋^④

取屦。及至于隋⑤,左右问曰:"王何曾⑥惜一踦屦⑦乎?"昭王曰:"楚国虽贫,岂爱⑧一踦屦哉?思与偕反也。"自是之后,楚国之俗无相弃者。(《新书·喻诚》)

【注释】

①楚昭王:春秋时楚国国君,名珍,在位二十七年。　②屦(jù剧):单底鞋,多以麻、葛、皮制成。　③决背:鞋带断裂,鞋带系于脚背之处,故称"背"。　④旋:还,返。　⑤隋:借作"随",古国名,姬姓,西周时封,故地在今湖北随县,春秋后期成为楚国的附庸。　⑥何曾:犹言何乃,为何。　⑦踦(jī机)屦:单只的鞋子。踦,单只的。　⑧爱:爱惜,舍不得。

【今译】

从前,楚昭王和吴国的军队作战,楚军失败,昭王退走,鞋带断了,跑丢了一只鞋。昭王跑了三十步,又转身取回鞋子。

到了隋国,左右随从问他:"大王为何舍不得一只鞋?"

昭王说:"我们楚国纵然贫穷,我岂能舍不得一只鞋?我只是想和这只鞋一起返回祖国。"

从此以后,楚国就再也没有互相遗弃的风气了。

【评析】

一只鞋,可谓小而又小,但战败逃命的楚昭王并不因其小而遗弃它,这就等于向所有逃命的士兵宣告:我们一定要一个不落地回到祖国。战争可以失败,但团结一致、同仇敌忾的精神不能丧失,这是取得胜利的根本。　　　　(王莹)

文王葬骨

文王①昼卧,梦人登城而呼己曰:"我东北陬②之槁骨③也,速以王礼葬我。"文王曰:"诺。"觉,召吏视之,信④有焉。文王曰:"速以人君礼葬之。"吏曰:"此无主矣。请以五大夫⑤。"文王曰:"吾梦中已许之矣,奈何其倍⑥之也!"士民闻之曰:"我君不以梦之故而倍槁骨,况于生人乎!"于是下信其上。

(《新书·喻诚》)

【注释】

①文王:即周文王,商朝末年周部族的首领。　②陬(zōu邹):角落。　③槁

骨：枯骨，死人的骸骨。　　④信：果真，确实。　　⑤请以五大夫：意谓请求以五大夫之礼来埋葬他，语有省略。五大夫是周代下大夫小宰、小司徒、小司空、小司寇、小司马的合称。⑥倍：借作"背"，违背。

【今译】

周文王午睡时做了一个梦，梦见有人站在城头喊他，说："我是城东北角的枯骨，请你赶紧用王者之礼埋葬我。"梦中的文王随口答应道："好。"

醒来后，文王派了一个小吏去察看，果然，城角真有一副死人的枯骨。于是文王命令说："赶快按照人君的礼仪埋葬它。"办事的小吏说："这是无主的尸骸。请求按照五大夫的礼仪埋葬。"文王说："我已在梦中答应他了，怎能违背诺言！"

百姓们听说以后都说："君王不因为梦的缘故而背弃枯骨，更不用说我们这些活人了！"如此一来，周朝的下层百姓就十分相信上层的统治者。

【评析】

周文王不违背梦中的许诺，用王者之礼埋葬了无主尸骸，表现出诚信不欺的品质。靠着这样一种品质，他得到了百姓的信任和拥护。这就告诉人们：只有以诚待人才能取得别人信任。

成语"不欺枯骨"即由本篇寓言演变而来。

(王莹)

宋就灌瓜

梁①大夫宋就②者，为边县令，与楚邻界。梁之边亭③与楚之边亭皆种瓜，各有数。梁之边亭勠力④而数⑤灌，其瓜美。楚窳⑥而希⑦灌，其瓜恶。楚令固⑧以梁瓜之美，怒其亭瓜之恶也。楚亭恶梁瓜之贤己⑨，因夜往，窃搔梁亭之瓜，皆⑩有死焦者矣。梁亭觉之，因请其尉⑪，亦欲窃往，报⑫搔楚亭之瓜。尉以请，宋就曰："恶⑬！是何言也？是讲怨⑭召⑮祸之道也。恶！何称⑯之甚也！若我教子，必悔⑰莫⑱令人往，窃为楚亭夜善灌其瓜，令勿知也。"于是梁亭乃每夜往，窃灌楚亭之瓜。楚亭旦而行瓜⑲，则此已灌矣。瓜日以美，楚亭怪而察之，则乃梁亭也。楚令闻之大悦，具以闻。楚王闻之，怃然⑳丑㉑，以志㉒自惛㉓也，告吏曰："微㉔搔瓜，得无㉕他罪乎？"说㉖梁之阴让也，乃谢以重币㉗，而请交于梁王。楚王时则称说梁王，以为信。故梁、楚之驩㉘由宋就始。语曰"转败而为功，因祸而为福"，老子曰"抱怨以德"，此之谓乎？夫人既不善，胡㉙足效哉！

（《新书·退让》）

【注释】

①梁：即魏国。公元前361年，魏惠王迁都于大梁（今河南开封），故魏又称梁。 ②宋就，人名。 ③边亭：边境上的亭障。 ④勠（qú 渠）力：勤劳尽力。 ⑤数（shuò 硕）：屡次。 ⑥窳（yǔ 羽）：懒惰。 ⑦希：借作"稀"，稀少。 ⑧固：遂，故，于是。 ⑨贤己：胜过自己。 ⑩皆：多。 ⑪尉：亭尉。 ⑫报：报复。 ⑬恶：呵斥声。 ⑭讲（講）怨：即构怨。讲（講），借作"构（構）"，构结。 ⑮召：原作"分"，二字隶书形近，故致误，今据一本及刘向《新序·杂事四》改。 ⑯称：相称，对等。 ⑰诲：借作"每"。 ⑱莫：同"暮"，夜晚。 ⑲行瓜：料理瓜；"行"的意义十分广泛，可随上下文作相应的理解。 ⑳恕然：忧思貌。恕，借作"愁"，忧思。 ㉑丑（醜）：借作"愧"，惭愧。 ㉒志：借作"知"，知道。 ㉓惛：不明了，迷惑。 ㉔微：除非，除了。 ㉕得无：有没有，是否有。 ㉖说：借作"悦"，高兴。 ㉗币：礼物。 ㉘驩：借作"欢"。 ㉙胡：何，如何。

【今译】

梁国大夫宋就担任边境上的县令，这个县与楚国邻界。

梁国的边亭和楚国的边亭都种了瓜，各有定数。梁人勤劳尽力，经常浇灌，瓜长得很好。楚人懒惰，很少浇灌，瓜长得不好。楚国的县令因为梁亭瓜好、楚亭瓜不好而十分气愤。

楚人嫉恨梁人的瓜胜过自己的，便在夜里偷偷地搔坏梁人的瓜，致使梁人的瓜有很多都干枯焦死了。梁人觉察出这是楚人的所作所为，便请求亭尉，也要去偷偷搔坏楚人的瓜，进行报复。亭尉请示宋就，宋就说："去！这是什么话？这是构结怨恨、招致祸害的根源。怎么报复得这么厉害呢？如果让我来教你，那就每天晚上叫人去偷偷为楚人浇瓜，而且不让他们知道。"

于是梁人每天晚上偷偷去为楚人浇瓜。楚人清早察看和料理他们的瓜，发现瓜已经浇灌过了，就这样楚人的瓜一天天地好了起来。楚人感到奇怪，便偷偷察看，原来是梁人帮着浇灌的。楚国的县令听说发生了这样的事情，非常高兴，上报了朝廷。楚王听后，沉思着感到羞愧，知道自己有所不察。他质问主事的官吏："除了搔坏梁人的瓜，你们还有没有做过其他错事？"楚王对梁人暗地里的谦让感到高兴，用丰厚的礼物答谢了他们，并且请求和梁王交好。

此后楚王经常称道梁王，认为梁王可以信赖。所以说，梁国和楚国的友好关系是从宋就开始的。谚语说"把失败变成成功,把祸害变成福祉",老子说"用仁德回报怨恨",指的就是这样的事情啊!别人的行为既已不善,又如何值得仿效呢?

【评析】

人与人之间总会发生这样或那样的冲突,是以牙还牙、针锋相对呢,还是忍让退避、以德报怨?这是两种截然不同的处理方式。宋就采取了后一种方式,巧妙地化解了矛盾,赢得了楚人尊重和信任,进而改善了两国关系。这则寓言启发我们:面临矛盾冲突时,忍让可能比争斗更为妥善。 (王莹)

韩 婴

韩婴(生卒年不详),燕(郡治在今北京)人,西汉前期学者,于燕、赵之间传习《诗》《易》,文帝时为博士,景帝时为常山王太傅。其《诗》说,《汉书·艺文志》载有《内传》四卷、《外传》六卷,于汉代《诗》学中别立宗派,与齐之辕固、鲁之申培所传鼎足而三,称为今文三家诗。

韩婴著作现存只有《韩诗外传》和部分佚文。《韩诗外传》今本为十卷,杂录古今成事,以阐释《诗经》本义,所以内容广泛而且多有寓意。此书不仅是今人研究《诗经》的重要参考,也是寓言和典故的渊薮。

子 死 不 哭

鲁公甫文伯①死,其母不哭也。季孙②闻之曰:"公甫文伯之母,贞女③也,子死不哭,必有方④矣。"使人问焉,对曰:"昔是子也,吾使之事⑤仲尼⑥,仲尼去鲁,送之不出鲁郊⑦,赠之不与家珍。病不见士之来视⑧者,死不见士之流泪者。死之日,宫女縗绖⑨而从者十人,此不足于士而有余于妇人也。吾是以不哭也。"

(《韩诗外传》卷一)

【注释】

①公甫文伯:人名,公甫氏。 ②季孙:季孙氏族中的某一成员,具体所指不详。季孙氏是春秋时鲁桓公少子季友的后裔,曾有多人执掌鲁国朝政。 ③贞女:端方正直的女人。 ④方:方规,道理。 ⑤事:师事。 ⑥仲尼:即孔子,孔子名丘,字仲尼。 ⑦郊:城的外围区域,距城或百里、或五十里、或三十里不等,视城大小而定。 ⑧视:探视,看望。 ⑨縗绖(cuīdié 催叠):丧服。縗,以麻挂于胸前;绖,以麻缠于腰间、头上。

【今译】

鲁国的公甫文伯死了,他的母亲并不哀伤哭泣。季孙听后说:"公甫文伯的母亲是个言行端方的女人,儿子死了不哭,一定有什么道理。"

季孙便派人去询问,公甫文伯的母亲回答说:"过去我曾让这孩子去师事孔子,但孔子离开鲁国的时候,他送行没有送出鲁国国都的郊区,赠送孔子东西也没有赠送家里的贵重物品。后来,他生病的时候,我没有见到士人来看望他,死的时候,我也没有见到士人为他流泪。但下葬那天,宫女们披麻戴孝跟在后面的却有十人。他对士人交情不够，却对妇人恩爱有加。所以我不为他哭泣。"

【评析】

公甫文伯死的时候，他的母亲并不悲伤，为什么呢？因为按儒家的观念，男子应积极参加社会活动，而公甫文伯不重视与老师和士人的交往，只爱和宫女们玩耍，这就阻断了参与社会的重要途径，把自己封闭在一个极小的圈子里，使母亲感到失望。本篇寓言以一个反面例证告诉我们：人只有走向广阔的社会，尽到作为社会一员的责任，才能有所作为，赢得人们的尊重。

(刘晓红)

樊姬之力

楚庄王①听朝罢晏②，樊姬下堂而迎之，曰："何罢之晏也？得无③饥倦乎？"庄王曰："今日听忠贤之言，不知饥倦也。"樊姬曰："王之所谓忠贤者，诸侯之客欤？国中之士欤？"庄王曰："则沈令尹④也。"樊姬掩口而笑，王曰："姬之所笑何等也？"姬曰："妾得侍于王，尚⑤汤沐⑥，执巾栉⑦，振衽席⑧，十有一年矣，然妾未尝不遣人之梁、郑之间求美人，而进之于王也，与妾同列者十人，贤于妾者二人。妾岂不欲擅⑨王之爱、专王之宠哉？不敢以私愿⑩蔽众美也，欲王之多见，则⑪知人能⑫也。今沈令尹相楚数年矣，未尝见进贤而退不肖也，又焉得为忠贤乎？"庄王旦朝，以樊姬之言告沈令尹，令尹避席⑬而进孙叔敖⑭。叔敖治楚三年，而楚国霸。楚史援笔而书之于策⑮曰："楚之霸，樊姬之力也。"

(《韩诗外传》卷二)

【注释】

①楚庄王：春秋时楚国国君，名侣，在位二十三年(公元前613—公元前591)，为春秋霸主之一。　②晏：晚，迟。　③得无：是否，是不是。　④沈令尹：沈姓的令尹。令尹，楚官名，执掌全国军政事务。　⑤尚：主持，执掌。　⑥汤沐：泛指洗浴。汤，热水；沐，洗头。　⑦巾栉：头巾和梳篦，代指梳头。　⑧衽(rèn 任)席：卧席，泛指床褥。　⑨擅：独占。　⑩私愿：个人愿望。　⑪则：而，连词。　⑫能：借作"态(態)"，姿态。　⑬避席：让开座位。　⑭孙叔敖：春秋时楚国人，蔿氏，名敖，字孙叔，一说字叔敖。楚庄王时曾为令尹。　⑮策：简策，以竹片或条状木块制成。

【今译】

一次，楚庄王主持朝会，处理政事，很晚才罢朝回来，樊姬从厅堂上走下来迎接他，问道："为什么这么晚才罢朝呢？饿了吧？疲倦了吧？"

庄王回答说："今天听了忠诚贤能的大臣的议论，不知道饥饿和疲倦。"

樊姬又问："大王说的忠诚贤能的大臣，是诸侯国来的客人呢？还是我国的士人呢？"

庄王说："就是沈令尹。"

樊姬一听，捂着嘴直笑。

庄王问："你笑什么？"

樊姬回答说："我能侍奉大王，为大王料理洗浴，梳头盥洗，铺床叠被，至今已有十一年了，但我从未忘记派人去梁国和郑国一带寻找美女，以进献给大王，现在地位和我相当的美女有十人，超过我的美女有两人。我怎能不想独占大王的宠爱呢？只是不敢因为私自的愿望而遮蔽了其他的美女，想让大王多见美女而知美人的风姿仪态啊！现在沈令尹做楚国的宰相已经好几年了，从未见他举荐贤能和罢斥无才无德的人，他怎能算得上是忠贤呢？"

第二天，庄王早朝时，把樊姬的话告诉了沈令尹，沈令尹离开坐席举荐孙叔敖代替他做令尹。孙叔敖治理楚国三年，终于使楚国成为当时的霸主之一。楚国的史官执笔在简策写道："楚国成为霸主，是樊姬的功劳。"

【评析】

何谓忠臣？人们的理解各不相同。樊姬从自身的情感经验出发，认为一个不愿举荐贤能和罢斥庸才的执政者如同专宠的后妃，算不上忠臣。她的理解是深刻的，所谓忠臣应当是自身利益与君王和国家利益发生冲突时能够自我牺牲的人。我们可以从这一理解中获得启发：考查一个人的品行和胸襟，应特别留意当自身利益与他人和社会利益发生冲突的时刻。

（刘晓红）

东野毕败马

颜渊①侍坐鲁定公②于台，东野毕③御马乎台下。定公曰："善哉，东野毕之御也！"颜渊曰："善则善矣，其马将佚④矣。"定公不悦，以告左右曰："闻君子不谮⑤人，君子亦谮人乎？"颜渊退。俄而⑥厩人⑦以东野毕马败闻矣。定公蹴席⑧而起曰:"轼驾召颜渊。"颜渊至,定公曰:"乡⑨寡人曰:'善哉,东野毕之御也。'吾子曰:'善则善矣,然则马将佚矣。'不识吾子何以知之?"颜渊曰:"臣以政⑩知之。昔者舜工于使人,造父⑪工于使马,舜不穷⑫其民,造父不极⑬其马,是以舜无佚⑭民,造父无佚马也。今东野毕之御,上车执辔⑮,衔体正矣;周旋步骤,朝礼毕矣。历险致远,马力殚矣,然犹策之不已,所以知其佚也。"定公曰:"善,可少进乎?"颜渊曰:"兽穷则啮⑯,鸟穷则啄,人穷则诈。自古及今,穷其下能⑰不危者,未之有也。《诗》曰'执辔如组⑱,两骖⑲如舞',善御之谓也。"定公曰:"寡人之过也。"

(《韩诗外传》卷二)

【注释】

①颜渊:春秋时鲁国人,名回,字子渊,孔子学生。　②鲁定公:春秋时鲁国国君,名宋,在位十五年。　③东野毕:人名,又作东野稷,其先人食采于东野,故以东野为氏。　④佚:过失,错误,出问题。　⑤谮(zèn 怎去声):谗毁,诬陷。　⑥俄而:过了一会儿。　⑦厩人:饲养马匹的人。　⑧蹵(liè)席:越过筵席。　⑨乡:刚刚,刚才。　⑩政:政事。　⑪造父:周穆王时的善御者。　⑫穷:极尽,用尽。　⑬极:穷尽。　⑭佚:借作"逸",逃逸;逃亡。　⑮辔:马的缰绳。　⑯啮(niè 涅):咬,啃。　⑰能:而,表示转折。　⑱组:丝带。　⑲骖:骖马,分列在两边的马。

【今译】

颜渊陪着鲁定公坐在高台上,东野毕驾着马车在台下周旋行驶。定公见了,赞叹道:"好哇,东野毕的驾车技术!"

颜渊说:"好固然是好,但他的马将会失足。"

定公听了,很不高兴,对身边的随从们说:"我听说君子不说别人的坏话。难道君子也说别人的坏话吗?"

颜渊退了下去。

不一会儿,喂马的人前来报告说东野毕的马出问题了。定公听了,立刻越过筵席,站起身来,说:"赶快驾车去请颜渊。"

颜渊回来后,定公问道:"刚才我说'东野毕的驾车技术真好',你说'好固然是好,但他的马将会失足',不知你是如何知道的?"

"我是以政事知道的。"颜渊回答说:"从前舜善于使用人,造父善于使唤马。舜从不穷尽民力,造父从不穷尽马力,所以舜的治下没有逃亡的人民,造父的手里没有失足的马匹。现在东野毕驾车,上车手握缰绳,驾驭的体式很正规,转弯行走,或快或慢,朝见的礼数也都尽到了。然而历经险阻跑向远处,马的力气已用尽了,可他还在打马奔跑而不停止,所以我知道他的马一定会失足。"

"说的是。"定公听了,似有所悟:"可讲得再深入一些吗?"

颜渊继续说道:"野兽被逼急了就会撕咬,禽鸟被逼急了就会叼啄,人被逼急了就会欺诈。自古到今,下层百姓被逼得穷困危急而国家安然无险的,从未有过。《诗经》说'手握缰绳好像拿着丝绳一样,两匹骖马跑起来就像跳舞一样',说的就是善于驾驭。"

定公说:"是我的过错。"

【评析】

东野毕御马的技术很高超,但他用尽了马力,颜渊由此知道他的马必然要失足,并把御马与治国联系起来,告诫鲁定公"穷其下能无危者",古今无有。本篇寓言讲述了古代儒家民为国本的思想,主张实行张弛有致的治国方略。

(刘晓红)

小德出入

孔子遭①齐程本子②于郯③之间,倾盖④而语终日⑤,有间⑥,顾⑦子路⑧曰:"由来,取束帛以赠先生。"子路不对⑨。有间,又顾曰:"取束帛以赠先生。"子路率尔⑩而对曰:"昔者由也闻之于夫子:士不中道⑪相见;女无媒而嫁者,君子不行也。"孔子曰:"夫《诗》不云乎'野有蔓草,零露⑫溥⑬兮。有美一人,清扬⑭婉⑮兮。邂逅相遇,适⑯我愿兮'。且夫⑰齐程本子,天下之贤士也,吾于是而不赠,终身不之见也。大德不逾闲⑱,小德出入⑲可也。"

(《韩诗外传》卷二)

【注释】

①遭:遭遇,碰上。　②程本子:齐国的贤人。　③郯:古国名,盈姓,后被越国所灭,故地在今山东郯城一带。　④倾盖:车上的伞盖倾靠在一起。　⑤终日:一整天,形容时间很长。　⑥有间:停了一会儿。　⑦顾:转过头看。　⑧子路:孔子学生,名仲由,字子路,春秋时鲁国人,性情豪爽勇敢。　⑨不对:不答应,不理睬。　⑩率尔:随意貌。尔,犹"然",词尾。　⑪中道:半路上。　⑫零露:降落下来的露

水。　⑬漙(tuán团):露水多貌。　⑭清扬:眉目清秀的样子。　⑮婉:妩媚。　⑯适:顺从,满足。　⑰且夫:而且,表示语意转进。　⑱闲:栅栏,喻指界限。　⑲出入:不相一致,有所变动。

【今译】

孔子在郯这个地方遇上了齐国的程本子,两人把车子靠在一起说了很长时间的话。

过了一会儿,孔子转身对子路说:"仲由,你来,取一束帛送给程先生。"

子路没答理孔子。

过了一会儿,孔子又转身对子路说:"取一束帛送给程先生。"

听了这话,子路不假思索地随口回答:"过去我曾经听先生说过:士人不在半路上相见。女子不通过媒人就嫁人,君子不做这样的事。"

孔子说:"《诗经》不是说过吗?'野外长着蔓草,上面落满了露珠。有个美丽的人儿,长着清秀的眉目。偶然相遇在路上,我的心愿恰好得到了满足。'而且齐国的程本子是天下少有的贤士,我今天如果不能有所赠送,恐怕以后一辈子也不会再见他了。只要大的德行不逾越规矩,小的德行可以不必那么讲究嘛!"

【评析】

孔子是圣人,平日教导学生总是应该这样,不应该那样,但他路遇程本子要赠送礼物的时候,却违反了平日倡导的行为准则,因而遭到子路的质疑。面对子路的质疑,孔子援引《诗经》,耐心讲述了"大德不逾闲,小德可出入"的道理,即原则不能放弃,但可以而且应该依据具体情况作相应的变通。这篇寓言让我们重温了坚持原则与适时变通之间的辩证关系。

(刘晓红)

黄鹄与鸡

田饶①事鲁哀公②而不见察③,谓哀公曰:"臣将去君,黄鹄④举⑤矣。"哀公曰:"何谓也?"田饶曰:"君独不见夫鸡乎?首戴冠者,文也;足傅距⑥者,武也;敌在前敢斗者,勇也;见食相告者,仁也;守夜不失时者,信也。鸡虽有此五德者,君犹日瀹⑦而食之者,何也?则以其所从来者近也。夫黄鹄一举千里,止君园池,食君鱼鳖,啄君黍粱,无此五德者,犹贵之者,何也? 以其所从来者远也。故臣将去君,黄鹄举矣。"哀公曰:"止,吾将书子言也。"田饶曰:"臣闻食其食者不毁其器,阴⑧其树者不折其枝。有臣不用,何书其言为?"遂去。之燕,燕立以为相,三年,燕政太平,国无盗贼。哀公喟然太息,为之辟寝⑨三月,减损⑩上服⑪,曰:"不慎其前而悔其后,何可复得?"

(《韩诗外传》卷二)

【注释】

①田饶:人名。 ②鲁哀公:春秋时鲁国国君,名将,在位二十七年。 ③察:察知,此处意谓赏识。 ④黄鹄:黄色的天鹅。 ⑤举:高飞。 ⑥傅距:长着足距。傅,附,附着;距,雄鸡腿骨后侧横生的部分。 ⑦瀹(yuè悦):煮。 ⑧阴:受荫。 ⑨辟寝:不在寝宫睡觉。古时国家遇有灾祸急难之事,君主避寝,以示自责。 ⑩减损:减少。 ⑪上服:华美的服饰。

【今译】

田饶奉事鲁哀公,但未得到赏识。他对哀公说:"我要离开君王,像黄鹄那样高飞了。"

"这话什么意思?"哀公不解地问。

田饶回答说:"国君难道没见过公鸡吗?它头上戴着红冠,这是文,脚后长着足距,这是武,敌人当前,敢于战斗,这是勇,见到食物,互相招呼,这是仁,守夜报晓,从不失时,这是信。公鸡虽然有这五种德行,但君王还是每天把它煮着吃掉。为什么呢?因为公鸡的来路太近了。黄鹄一飞就是千里,在君王的园囿和池塘里止息,吃着君王的鱼鳖,啄着君王的黍粱,它没有公鸡的五种德行,但君王还是看重它,为什么呢?因为它的来路很远。因此我要离开君王,像黄鹄那样远走高飞。"

哀公说:"好了,别走了,我把你的话写下来记住。"

田饶说:"我听说吃别人的东西,不毁坏盛食物的器具;在树下庇阴,不攀折树上的枝条。君王有臣而不能任用,又何必记他的话呢?"

田饶离开鲁国,到燕国去了,燕国任命他担任国相。三年后,他把燕国治理得非常安定,国内没有盗贼。哀公听说后,大发感慨地叹息,并为这事一连三个月回避寝宫,不穿华服,并且说:"事前不慎重,事后才后悔,又怎么能够补救呢?"

【评析】

田饶以雄鸡和黄鹄为喻,解释自己为何不被赏识:雄鸡虽有文、武、勇、仁、信

"五德",但它"所从来近",故不为人君重视;黄鹄没有"五德",但"所从来远",所以为人君珍视。因此他决意离开鲁国,像黄鹄那样远走高飞。果然他在遥远的燕国得到了重用,发挥了才能。生活中常有贵远贱近、贵耳闻而贱目击的现象,本篇寓言对此予以讽刺。

(刘晓红)

九九之术

齐桓公①设庭燎②,为士之欲造见者,期年而士不至。于是东野③鄙人④有以九九⑤之术见者,桓公使⑥戏之曰:"九九足以见乎?"鄙人曰:"臣不以九九足以见也。臣闻君设庭燎以待士,期年而士不至。夫士之所以不至者,君,天下之贤君也,四方之士皆自以为不及君,故不至也。夫九九,薄能耳,而犹礼之,况贤于九九者乎?夫太山不让⑦砾石,江海不辞小流,所以成大也。《诗》曰:'先民有言,询于刍荛⑧。'言博谋也。"桓公曰:"善。"乃因礼之。期月,四方之士相导而至矣。

(《韩诗外传》卷三)

【注释】

①桓公:即齐桓公,春秋时齐国国君,名小白,在位四十三年(公元前685—公元前643),为春秋霸主之一。　②庭燎:置于门内堂前的火炬,古时国家凡有大事皆设庭燎。　③东野:东郊,泛指郊野。　④鄙人:鄙贱的人。　⑤九九:指算术中的乘法。古时从九九八十一始,至二二得四止,一说至一一得一止。　⑥使:仆役。　⑦让:避让,此处意谓拒绝容纳和接受。　⑧刍荛(chúráo 除饶):指割草打柴的人。

【今译】

齐桓公为求得贤士的来访,在门内堂前设立了巨大的火炬,但一年过去了,还没有一个贤士来过。

有个郊野之人想凭借懂得乘法算术来见桓公,桓公的仆役调侃他说:"算术也能用来进见国君吗?"

这位郊野之人回答说:"我并不认为算术能够用来进见国君。我听说国君在门庭内设立了火炬,以求得贤士的来访,但一年过去了,还没有一个贤士来过。贤士之所以不来,是因为国君是天下的贤明之君,各地的贤士都以为自己比不上,所以才不来。乘法算术,只不过是个小小的技能,国君还能够给以礼遇,那更何况超过乘法算术的技能呢?泰山不拒绝沙砾石块、江海不拒绝细小的溪流,所以才成就了它们的巨大。《诗经》说:'古代的先人说过,要向割草打柴的人请教。'意思是说要广泛采纳别人的意见。"

桓公听了,说道:"讲得好。"于是便礼待了这位郊野之人。

一个月以后,四面八方的贤士互相引导着来到齐国。

【评析】

九九本是一小技能,无关治国安邦的宏旨,东野鄙人却借此向齐桓公说明:国君如果对如此小术也能予以重视,那么身怀"大术"的贤人必然会闻风而至。"海容百川,有容乃大",只有不拒绝微小,方能成就大业,国君如此,我们普通人又何尝不是如此呢?

(刘晓红)

公仪休嗜鱼

公仪休①相鲁而嗜鱼,一国人献鱼而不受。其弟谏曰:"嗜鱼不受,何也?"曰:"夫欲嗜鱼,故不受也。受鱼而免于相,则不能自给鱼;无受而不免于相,长自给于鱼。"此明于为己者也,故《老子》曰②:"后其身而身先,外其身而身存。非以其无私乎?故能成其私。"

(《韩诗外传》卷三)

【注释】

①公仪休:春秋时鲁国的博士。　②《老子》曰:下引文见《老子》七章,"乎"原作"邪"。

【今译】

公仪休担任鲁国的相,他特别喜欢吃鱼,所有的国人给他送鱼,但他概不接受。他弟弟问他:"你那么喜欢吃鱼,为什么不肯接受别人的鱼呢?"

公仪休回答说:"正是因为要吃鱼,才不能接受别人的鱼!接受了别人的鱼,就要被免去相国,这样鱼就无法自给;不接受别人的鱼,我的相职就不会被罢免,这样就能自给,鱼就能长久地吃下去。"公仪休十分清楚如何为自己打算。所以《老子》说:"把自身利益放在后头,反倒优先受惠;把自身利益置之度外,自身利益反倒长久留存。不计较个人利益,个人利益才能得到保障。"

【评析】

公仪休爱吃鱼,但他不接受别人赠送的鱼,因为他明白,别人给他送鱼,是因为他的宰相地位。如果因为接受别人的鱼而被罢免了宰相,那么什么鱼也吃不上了。这篇寓言告诉我们:在眼前利益与长远利益的矛盾上,应该首先考虑长远利益。

(崔玲)

子贡论暴

季孙子①之治鲁也,众杀人而必当②其罪,多罚人而必当其过。子贡③曰:"暴哉,治乎!"季孙闻之曰:"吾杀人必当其罪,罚人必当其过,先生以为暴,何也?"子贡④曰:"夫奚不若子产⑤之治郑?一年而负罚⑥之过省⑦,二年而刑杀之罪亡⑧,三年而库⑨无拘人,故民归之如水之就下,爱之如孝子敬父母。子产病将死,国人皆吁嗟⑩曰:'谁可使代子产死者乎?'及其不免⑪死也,士大夫哭之于朝,商贾哭之于市,农夫哭之于野。哭子产者,皆如丧父母。今窃闻夫子疾之时,则国人喜,活⑫则国人皆骇。以死相贺,以生相恐,非暴而何哉?赐⑬闻之:托⑭法而治谓之暴,不戒⑮致期⑯谓之虐,不教而诛谓之贼,以身胜人谓之责⑰。责者失身,贼者失臣,虐者失政,暴者失民。且赐闻居上位行此四者而不亡者,未之有也。"于是季孙稽首谢曰:"谨闻命⑱矣。"

(《韩诗外传》卷三)

【注释】

①季孙子:季孙氏族中的某一成员,具体所指不详。季孙氏是春秋时鲁桓公少子季友的后裔,曾有多人执掌鲁国朝政。　②当:相一致,相符合。　③子贡:孔子学生,姓端木,名赐,字子贡,春秋时卫国人。　④贡:原误作"夏",今据上下文校正。　⑤子产:春秋时郑国人,名侨,字子产,公孙氏。　⑥负罚:被责罚。　⑦省:减省,减少。　⑧亡:借作"无",没有。　⑨库:监狱。　⑩吁嗟:叹息,哀叹。　⑪不免:没有免除,没有逃脱。　⑫活:此处意谓病情转好。　⑬赐:子贡自称。　⑭托:依凭,凭借。　⑮戒:古"诫"字,告诫,训诫。　⑯致期:致人于刑期。　⑰责:苛求,苛责;原作"贵",形近而误,今改正。　⑱闻命:接受别人意见或劝告时的礼敬说法。

【今译】

季孙子主持鲁国朝政的时候,杀人虽多,但罪行与法律相一致,罚人虽多,但过错与法律相一致。可是子贡却议论说:"这样治国太残暴了!"

季孙子听说后,便问子贡:"我杀人必定罪与法一致,罚人必定错与法一致,先生还认为残暴,这究竟是为什么?"

子贡问答说:"你为何不像子产治理郑国那样呢?子产治理郑国,一年之后,被处罚的罪人就减少了;两年之后,被斩杀的罪人就没有了;三年之后,监狱里就没有了被监禁的人。所以郑国的百姓归从他就如同水往下流,敬爱他就如同孝子敬爱父母。他生病快死的时候,百姓们都叹息着说:'有谁能代替子产去死啊?'到了死的时候,士大夫在朝廷上痛哭,商贩们在市场中痛哭,农夫们在荒郊野外痛哭。他们痛哭子产的去世,就像丧失了父母一样。现在我听说你病重的时候,百姓们感到欣喜,病情好转的时候,百姓们感到惊恐。百姓们因为你的死而庆贺,因为你的活而惊恐,你不是太残暴,又是什么呢?我听说过:凭借法律治国叫做施暴,没有告诫而置人死地叫做肆虐,没有教训而加以诛罚叫做贼乱,凭借自身权势凌驾于人叫做苛责。苛责就要失去自身,贼乱就要失去臣民,肆虐就要失去政柄,施暴就要失去百姓。而且我还听说过,位居万民之上的人一旦做了这四件事,就没有不灭亡的。"

听了子贡的这番话,季孙子连忙叩头拜谢,说道:"我谨记您的教诲。"

【评析】

依法治国,是古今中外的政治家纷纷主张的方略,然而这篇寓言特别强调依法治国的前提,即首先必须教育民众懂得法律。如果只知执行法律,不知法律教育,那么民众就会动辄触犯刑网,导致"刑满国中"的难堪局面。　　　　(崔玲)

欹　器

孔子观于周庙,有欹器①焉。孔子问于守庙者曰:"此谓何器也?"对曰:"此盖为宥座②之器。"孔子曰:"吾闻宥座之器满则覆、虚则欹③、中④则正,有之乎⑤?"对曰:"然。"孔子使子路取水试之,满则覆、虚则欹、中则正。孔子喟然而叹曰:"呜呼,恶⑥有满而不覆者哉?"子路曰:"敢问⑦持满⑧有道⑨乎?"孔子曰:"持满之道,抑而损之。"子路曰:"损之有道乎?"孔子曰:"德行宽裕者,守之以恭,土地广大者,守之以俭,禄位尊盛者,守之以卑,人众兵强者,守之以畏,聪明睿智者,守之以愚,博闻强记者,守之以浅。夫是之谓抑而损之。"

(《韩诗外传》卷三)

【注释】

①欹(qī 七)器:古代的一种易于倾覆的盛水器具,君主置于座右以警戒自满。 ②宥座:犹言座右。宥,借作"右",旁边,旁侧。 ③欹:歪斜,倾斜。 ④中:中间,一半。 ⑤有之乎:有这样的事吗?意即是这样的吗? ⑥恶:借作"何"。 ⑦敢问:犹言请问。 ⑧持满:对器物而言,指保持满盈,对人而言,指保持满盛。 ⑨道:方法,方式。

【今译】

孔子参观周朝先君的宗庙,看到一件欹器,便向守庙的人请问:"这是什么器具?"

守庙的人回答说:"这是国君放在座右用来警戒自满的器具。"

"听说这种器具盛满水就会倒覆,不盛水就会倾斜,盛水一半才会正立,是这样的吗?"孔子又问。

"是的。"

孔子叫子路取些水来,试验了一下,果然,这器具盛满水就倒覆,不盛水就倾斜,只有盛水一半才会正立。

于是孔子叹息说:"啊呀,世间岂有满而不覆的道理呢?"

子路听了,连忙问道:"请问先生,要保持盈满,有什么方法没有呢?"

"保持盈满的方法,就是抑制而使之减少。"孔子回答道。

"那抑制而使之减少,又有什么方法没有呢?"子路又问。

"有啊。"孔子回答说,"德行宽厚的人,用恭敬礼让来保持盈满;疆土广大的人,用节约俭省来保持盈满;地位尊贵的人,用卑屈低下来保持盈满;人多兵强的人,用畏缩避让来保持盈满;聪明智慧的人,用愚拙蠢笨来保持盈满;知识渊博的人,用浅白易晓来保持盈满。这就叫做抑制而使之减少。"

【评析】

自满是阻碍进步的绊脚石,古人为避免自满,特地制作了"欹器"来时时提醒自己。孔子于此得到启发,并告诉弟子如何才能戒免自满。"满招损,谦受益",

这是本篇寓言再次告诫人们的道理。 (崔玲)

正假马之名

孔子侍坐于季孙①,季孙之宰②通③曰:"君使人假④马,其与之乎?"孔子曰:"吾闻君取于臣谓之取,不曰假。"季孙悟,告宰通曰:"自今以往,君有取谓之取,无曰假。"孔子曰:"正假马之名,而君臣之义定矣。"《论语》曰:"必也正名乎。"《诗》曰:"君子无易由言⑤。"言名正也。 (《韩诗外传》卷五)

【注释】

①季孙:季孙氏族中的某一成员,具体所指不详。季孙氏是春秋时鲁桓公少子季友的后裔,曾有多人执掌鲁国朝政。 ②宰:季孙氏家臣,主持家政。 ③通:家宰的名。 ④假:借,求借。 ⑤由言:以往的惯常说法。

【今译】

孔子陪着季孙闲坐,季孙家的总管名叫通的进来禀报说:"国君派人来借马,借给他吗?"孔子说:"我听说国君拿臣下的东西叫'取',不叫'借'。"季孙恍然大悟,告诉总管说:"从今往后,国君有所取一定要称'取',不能称'借'。"孔子说:"纠正了'借马'的说法,君臣的名分就确定了。"

《论语》说:"一定要纠正名称上的用词不当。"《诗经》说:"君子不要变易惯常的说法。"这些都是强调表达要准确。

【评析】

季孙氏垄断了鲁国后期的政治,多有僭越。孔子通过纠正"借"马与"取"马的一字之差,端正了季孙氏君臣观念,维护了国君的政治核心地位。这则寓言表明了孔子一贯持有的"名不正则言不顺"的观点。 (崔玲)

齐桓公见小臣

齐桓公①见小臣②,三往而不得见,左右曰:"夫小臣,国之贱臣也,君三往而不得见,其可已矣。"桓公曰:"恶③,是何言也?吾闻之:布衣之士不欲富贵,不轻⑧其身于万乘⑤之君;万乘之君不好仁义,不轻其身于布衣之士。纵夫子⑥不欲富贵,可也,吾不好仁义,不可也。"五往而得见也。天下诸侯闻之,谓:"桓公犹下⑦布衣之士,而况国君乎?"于是相率而朝,靡⑧有不至。桓公之所以九合诸侯、一匡天下者,此也。

(《韩诗外传》卷六)

【注释】

①齐桓公:春秋时齐国国君,名小白,在位四十三年(公元前685—公元前643),为春秋霸主之一。　②小臣:指齐国的一个处士,名稷。　③恶(wū)屋:呵斥之声。　④轻:轻视,不看重,此处意谓折腰俯下。　⑤万乘:指大国。　⑥夫子:这个人。夫,指示代词。　⑦下:礼下,屈尊就下。　⑧靡:借作"无",没有。

【今译】

齐桓公去拜访一位处士,一连去了三次,都没能见到。随从们说:"这个处士不过就是个低贱的臣民,国君来了三次都见不到,可以就此停止了。"桓公说:"去,去!这是什么话?我听说平民处士不想求得富贵,也就不会俯身屈就君主,君主不好仁义,也就不会俯身屈就平民处士。即使这人可以不要富贵,那我也不能不好仁义。"直到去了五次,才见到了这位处士。

各国诸侯听说这件事后,都说:"齐桓公对平民处士尚且屈身礼下,更何况对我们这样的一国之君呢?"于是他们接二连三地朝觐齐桓公,没有不来的。齐桓公之所以能以盟主身份多次会合诸侯,以匡正天下,就是因为他能够礼贤下士。

【评析】

为了要见到一位处士,齐桓公接二连三地一共去了五次,结果不仅见到了他,而且还引来了各国诸侯的朝觐,为九合诸侯、一匡天下赢得了政治威望。一国之君礼贤下士,可以完成政治业绩,寻常人们以谦虚谨慎的态度处世接物,无疑也会赢得人们的尊重。

(王凤)

射石饮羽

勇士一呼而三军①皆避,出之诚也。昔者楚熊渠子②夜行,见寝石③以为伏虎,弯弓而射之,没金饮羽④,下视,知其为石也,因复射之,矢跃无迹。熊渠子见其诚心,而金。石为之开,而况人乎?夫倡而不和,动而不偾⑤,中心有不全⑥者矣。夫不降席⑦而匡天下者,求之己也。孔子曰:"其身正,不令而行;其身不正,虽令不从。"先王之所以拱揖⑧指挥而四海宾服⑨者,诚德之至也,色以形⑩于外也。

(《韩诗外传》卷六)

【注释】

①三军:犹言全军。古时列阵分为上、中、下三军,故云。　②熊渠子:即熊渠,西周时楚国国君,芈姓,熊氏,名渠。　③寝石:横卧于地的大石。　④没金饮羽:箭头和箭杆后部的羽毛插进了石头。没,没入,陷没;金,指箭镞,箭头;饮,隐没。　⑤偾(fèn奋):激奋。　⑥不全:不足,不完全。　⑦降席:离开坐席。　⑧拱揖:拱手作揖,此处形容从容不迫。　⑨宾服:诸侯入贡朝见天子。　⑩形:显示。

【今译】

勇士的一声呼喊,能使敌人全军退避,这种威力源自勇士的诚心。从前,楚国国君熊渠走夜路,看见一块横卧在地的大石,以为是一只蹲伏着的老虎,就拉开弓箭,朝它射了一箭,箭头和箭羽都深深地扎了进去。他下车走近一看,原来是块大石,于是又朝它射了一箭,可这一次,箭头飞得不知踪迹。熊渠表现出诚心,石头能为之裂开,更何况人心呢?如果一个人歌唱而不和美,或者举动而不奋激,那么他的内心一定没有完全投入。不用离开座位便能匡正天下的,必定是努力要求了自己。孔子说:"自身行为正当,不用发号施令,事情也能行得通,自身行为不正当,即使三令五申,人们也不会听从。"前代的贤明君主端坐庙堂,从容指挥,四海之内无不归顺服从,都是诚的德性达到了极致,并且以神色表现到了外部。

【评析】

当熊渠误把寝石当成伏虎时,他的箭能够深深的射入,这种力量来自何处?来自内心的真诚。人们常说的"精诚所至,金石为开",就是这样的道理。由此推广开来,人们从事任何活动都应秉持真诚,全身心的投入,三心二意必将一事无成。

(王凤)

不攻坏城

昔者赵简子①薨②而未葬,而中牟③畔④之。既葬五日,襄子⑤兴师而次⑥之。围未匦⑦,而城自坏者十丈,襄子击金而退之。军吏谏曰:"君诛⑧中牟之罪而城自坏,是天助也,君曷为⑨而退之?"襄子曰:"吾闻之于叔向⑩曰:'君子不乘⑪人于利,不厄⑫人于险。'使脩⑬其城然后攻之。"中牟闻其义而请降,曰:"善哉,襄子之谓也!"

(《韩诗外传》卷六)

【注释】

①赵简子:春秋末年晋国六卿之一,名鞅,谥简子。在晋国的内乱中,他击败范氏和中行氏,扩大了自己的封地,为赵国的建立奠定了基础。 ②薨(hōng轰):死。 ③中牟:晋地名,在今河南鹤壁西。 ④畔:借作"叛",背叛。 ⑤襄子:赵简子的庶出儿子,名无卹,谥襄子。 ⑥次:军队驻扎。 ⑦匦:围绕一圈。 ⑧诛:诛责,讨伐。 ⑨曷为:何为,为什么。曷,借作"何"。 ⑩叔向:春秋时的晋国大夫,曾任太傅,羊舌氏,名肸。 ⑪乘:侵犯,攻击。 ⑫厄:逼困,厄困。 ⑬脩:借作"修"。

【今译】

赵简子刚刚去世,还没有下葬,中牟这地方就背叛了他。下葬后的第五天,简子的儿子襄子率军来到了中牟城下,准备攻城。还未合围,中牟的城墙自己坍塌了十丈之远,这时襄子却发出命令撤军。

军队中主事的官吏劝说道:"君王要讨伐中牟,而它的城墙自己坍塌,这是上天帮助我们,为何要退兵呢?"

襄子说:"我听叔向曾经说过:'君子不为利益而攻击别人,不把别人围困于险境之中。'让中牟修好城墙再进攻它。"

中牟人听说后,觉得襄子仗义,便请求投降,并赞扬说:"襄子说的话,真好哇!"

【评析】

赵襄子放弃攻取叛城中牟的战机,但赢得了中牟的信奉,最终收复了叛城。这篇寓言告诉我们:战争仅是政治斗争的一环,进退取舍应着眼于政治全局,否则就成了毫无意义的杀戮。

(王凤)

六　翩与毳

晋平公①游于河而乐,曰:"安得贤士与之乐此也?"船人盍胥②跪而对曰:

"主君亦不好士耳。夫珠出于江海,玉出于昆山③,无足而至者,犹④主君之好也。士有足而不至者,盖主君无好士之意耳,无患乎无士也。"平公曰:"吾食客门左千人,门右千人,朝食不足,夕收市赋⑤,暮食不足,朝收市赋,吾可谓不好士乎?"盍胥对曰:"夫鸿鹄⑥一举⑦千里,所恃者六翮⑧尔。背上之毛,腹下之毳⑨,益一把,飞不为加⑩高,损一把,飞不为加下。今君之食客门左门右各千人,亦⑪有六翮在其中矣,将⑫皆背上之毛、腹下之毳耶?" (《韩诗外传》卷六)

【注释】

①晋平公:春秋时晋国国君,名彪,在位二十六年。 ②盍胥:人名。 ③昆山:即昆仑山,传说昆仑山出产美玉。 ④犹:借作"由",由于。 ⑤市赋:市场交易税。 ⑥鸿鹄:即天鹅。 ⑦举:高飞。 ⑧翮:飞禽翅尖的粗大翎毛,共有六根。 ⑨毳(cuì 脆):鸟兽身上的细毛。 ⑩加:更加。 ⑪亦:借作"抑",抑或,抑将,与"抑"或"将"配对使用,表示选择疑问。 ⑫将:抑或,或者。

【今译】

晋平公快乐地在河中游玩,感叹道:"我怎样才能得到贤能之士并和他们一起快乐地游玩呢?"

船夫盍胥听了,上前跪下说:"国君并不喜爱贤士啊。珍珠产于江海,美玉产于昆山,并没有长脚,却来到了您的身边,这是由于国君喜爱。贤能之士长着脚,却不愿来,是因为国君并没有喜爱贤士的意思,并不担心没有贤士。"

晋平公辩解说:"我的食客门左边有一千人,门右边有一千人,早上粮食不够了,我晚上就派人收缴市场税赋,晚上粮食不够了,我第二天一早就派人去收缴市场税赋,像我这样,难道还不叫喜爱贤士吗?"

盍胥说:"鸿鹄展翅一飞,便可直冲千里之外,它所凭借的只是翅尖上的六根大翎毛,至于那些背上的细毛,腹下的小毛,增加一把,不会因此而飞得更高,减去一把,也不会因此而飞得更低。国君的食客门左门右各有一千人,其中是有六翮呢,还是全是背上的细毛、腹下的小毛呢?"

【评析】

晋平公渴望得到贤士,门下有着众多食客,可还是感叹没有贤士。他的船夫借用"翮"与"毳"的比喻,向他指出:这些食客究竟是鸿鹄赖以高飞的"翮",还是无关高下的"毳"? 由此可以看出:好士并不难,难就难在发现真正的士,

并且罗致以为己用。　　　　　　　　　　　　　　　　　　　（王凤）

束 蕴 请 火

齐有隐士东郭先生梁石君①。当曹相国②为齐相③也，客谓匮生④曰："夫东郭先生梁石君，世之贤也，隐于深山，终不⑤诎⑥身下志以求仕者也。吾闻先生得谒曹相国，愿先生为之先⑦。臣⑧里妇与里母⑨相善，妇见疑盗肉，其姑⑩去之，恨而告于里母。里母曰：'安行⑪，今令姑呼汝。'即束蕴⑫请火⑬，去⑭妇之家，曰：'吾犬争肉相杀，请火治之。'姑乃直⑮使人追去妇还之。故里母非谈说之士，束蕴请火，非还妇之道也，然物有所感⑯，事有适可⑰。何不为之先？"匮生曰："愚恐不及，然请尽力为东郭先生梁石君束蕴请火。"于是乃见曹相国，曰："臣之里有夫死三日而嫁者，有终身不嫁者，则⑱自为娶，将何娶焉？"相国曰："吾亦娶其终身不嫁者耳。"匮生曰："齐有隐士东郭先生梁石君，世之贤士也，隐于深山，终不诎身下志以求仕，相国娶妇，欲娶其不嫁者，取臣独不取其不仕之臣耶？"于是曹相国因⑲匮生束帛⑳安车㉑迎东郭先生梁石君，厚客之。

　　　　　　　　　　　　　　　　　　　　　　　　　　　（《韩诗外传》卷七）

【注释】

①东郭先生梁石君：两位隐居的贤人，事迹不详，或住城东，故称。　②曹相国：即曹参，汉初曾为相国。　③齐相：齐王的相国，楚汉之争中，韩信为刘邦平定齐地，受封齐王，曹参为其相国。　④匮生：即蒯生，名通，西汉著名说士。匮，借作"蒯"。　⑤终不：就是不。终，副词，表示强调。　⑥诎：借作"屈"，俯屈，低下。　⑦先：介绍，引见。　⑧臣：自称，表示礼貌。　⑨里母：邻里中的老妇人。　⑩姑：丈夫的母亲。　⑪安行：缓行。　⑫蕴：借作"缊"，乱麻。　⑬请火：求取火种。　⑭去：往。　⑮直：犹言立即。　⑯感：感发，启发。　⑰适：相一致，相符合。　⑱则：那么，连词。　⑲因：借助，通过。　⑳束帛：一束帛，五匹帛捆扎在一起，用作聘问或馈赠的礼品。　㉑安车：可坐乘的车。古代乘车一般为立乘，安车供年高德韶的官员或妇人乘坐，也用来礼聘、征召贤能之士。

【今译】

齐地有两个隐士，叫东郭先生和梁石君。当年相国曹参做齐王韩信相国的时候，有一个客人对匮生说："东郭先生和梁石君是世上贤能的人，隐居在深山之中，就是不愿俯身降志出来做官。我听说先生能够进见曹相国，请先生引荐他们。

我邻里之中的妇人们相互之间很友好,有个妇人被怀疑偷了家中的肉,婆婆把她赶出了家门。这妇人怨恨地把这件事告诉了一位老妇人。老妇人说:'先别忙着走,我让你婆婆找你回去。'说完就扎了一束麻,去这妇人家取火,说:'我家的狗为抢吃一块肉,互相撕咬,我从你家取火回去烧肉。'这妇人的婆婆一听,便明白过来了,立即叫人去把她追了回来。所以说,邻里中的老妇人,并不是善于谈论的士人,扎一束麻去别人家取火,也不是追回逐妇的方法,但是事物能够互相启发,之间有着一致的地方。先生为何不去引见这位贤人呢?"

匡生说:"我很愚笨,恐怕办不成这件事,但我愿意尽力为东郭先生和梁石君'束缊请火'。"

于是匡生去见曹相国,说:"我的邻居中有丈夫死了才三天就重新嫁人的,也有丈夫死了终身不再嫁的,如果让你娶老婆,你是娶哪一位呢?"

曹相国说:"我娶那位终身不再嫁的。"

匡生说:"齐地有两个隐士,叫东郭先生和梁石君。他们是世上贤能的人,隐居在深山之中,不愿俯身降志出来做官,既然相国娶妻要娶不愿再嫁的,为何取臣偏偏不取不愿做官的呢?"

曹相国听了这番话,于是就请匡生带上一束帛,用安车把东郭先生和梁石君请来,以隆重的宾客之礼接待了他们。

【评析】

为了说服他人,人们常常列举尽可能多的理由,其实这未必是高明方法。如果能够充分相信对方的理解和感悟能力,适当地予以点拨,则可能取得更好的效果。"里母"束缊请火,从侧面暗示出自己家的狗曾得到一块肉,从而消除了婆婆对媳妇偷肉的怀疑。匡生把不愿再嫁和不愿做官相类比,促使曹相国礼聘东郭先生梁石君。这两个故事都向我们讲述了这样一个道理。

(王凤)

周舍谔谔

赵简子①有臣曰周舍②,立于门下三日三夜,简子使人问之曰:"子欲见寡人③何事?"周舍对曰:"愿为谔谔④之臣,墨笔操牍⑤,从君之后,司⑥君之过而书之,日有记也,月有成②也,岁有效⑧也。"简子居⑨则与之居,出则与之出。居无几何⑩,而周舍死,简子如丧子。后与诸大夫饮于洪波之台⑪,酒酣,简子涕泣。诸大夫皆出走,曰:"臣有罪而不自知也。"简子曰:"大夫皆无罪。昔者吾友周舍有言曰:'千羊之皮,不若一狐之腋;众人之唯唯⑫,不若直士之谔谔。昔商纣⑬默默⑭而亡,武王⑮谔谔而昌。'今自周舍之死,吾未尝闻吾过也。吾亡无日⑯矣,是以寡人泣也。"

(《韩诗外传》卷七)

【注释】

①赵简子:春秋末年晋国六卿之一,名鞅,谥简子。在晋国的内乱中,他击败范氏和中行氏,扩大了自己的封地,为建立赵国奠定了基础。　②周舍:赵简子家臣。　③寡人:寡德之人,诸侯自称,以示谦虚。　④谔谔:直言争辩貌,此处意谓直言争辩。　⑤牍:简牍,古代用以书写的木板。　⑥司:借作"伺",观察,伺察。　⑦成:成效。　⑧效:成效,功效。　⑨居:待在家里。　⑩无几何:没有多少,指时间,意谓没多久。　⑪洪波之台:台观名。　⑫唯唯:随声应答之语。　⑬商纣:即商纣王,商代最后一位国君。　⑭默默:昏乱无知貌。　⑮武王:即周武王,姬姓,名发,周朝的建立者。　⑯无日:用不了多久。

【今译】

赵简子有个臣下叫周舍,有一次,他在赵简子的门外连续站了三天三夜,赵简子派人问他:"你要见我,有什么事吗?"周舍说:"我想在这儿做一个正直敢言的臣子,手中拿着笔墨木牍,跟在主上身后,观察主上的过错,并记录下来,每天记一点,一个月下来就有了成效,一年下来成效就更大了。"赵简子听了很高兴,便和周舍一起待在家里、一起出门,形影相随。

可是没过多久,周舍便去世了,赵简子悲伤得像失去了儿子。

后来有一次,赵简子与臣下在洪波台饮酒,正喝得高兴,赵简子却哭了起来。各位臣下见状,慌忙起身离席,说:"我们都有死罪,但自己却不明白。"

赵简子说:"你们都没有罪。从前我的朋友周舍说过:'一千张羊皮,不如一只狐狸腋下的皮毛暖和;唯唯诺诺的一大群人,不如正言直谏的一个人管用。从前商纣王因为昏乱无知而灭亡,周武王因为臣下正直敢言而昌盛。'自从周舍死后,我就再也没听到别人指出我的过错。我的国家快要灭亡了啊,我因此而哭泣。"

【评析】

周舍愿意做一个正直敢言的谔谔之臣,跟随主君身边,观察他的错误,随时劝谏。文中虽然没有记述他如何劝谏的具体事例,但从赵简子对他的怀念中,已经可以看出他对赵简子的帮助非同一般。只有敢于直谏的臣子和勇于纳谏的主君互相配合,国家才能走向繁荣和强大,商纣王的覆灭和周武王的昌盛,从正反两方面提供了经验和教训,赵简子在晋国六卿的斗争取胜,同样也是得益于此。

(王风)

鼠狗之患

齐景公①问晏子②:"为国何患?"晏子对曰:"患夫社鼠③。"齐景公曰:"何谓社鼠?"晏子曰:"社鼠出窃于外,入托于社,灌之恐坏墙,熏之恐烧木。此鼠之患。今人君之左右,出则卖④君以要利⑤,入则托君不罪乎乱法⑥,君又并覆而有之⑦,此社鼠之患也。"景公曰:"呜呼!岂其然?""人有市酒而甚美者,置表⑧甚长⑨,然至酒酸而不售。问里人其故,里人曰:'公之狗甚猛,而人有持器⑩而欲往者,狗辄迎而啮⑪之,是以酒酸不售也。'士欲白⑫万乘之主,用事者⑬迎而啮之,亦国之恶狗也。左右者为社鼠,用事者为恶狗,此为国之大患也。"

(《韩诗外传》卷七)

【注释】

①齐景公:春秋时齐国国君,名杵臼,在位五十八年。　②晏子:即晏婴,字平仲,春秋时齐国大夫,辩博多智。　③社鼠:土神庙中的老鼠。社,土地神。　④卖:炫卖,炫耀。　⑤要利:谋取利益。　⑥乱法:扰乱法律,即犯法。　⑦覆而有之:意即袒护,庇佑。覆,覆护,庇护;有,借作"宥",宽宥。　⑧表:标帜,此处意指酒幌、酒旗。　⑨长(cháng 常):高。　⑩器:器具,此处特指盛酒器具。　⑪啮(niè 涅):用牙齿咬。　⑫白:借作"报",回报,报答。　⑬用事者:主事的人。

【今译】

齐景公问晏子说:"治国,担心什么?"

晏子答道:"担心土地庙里的老鼠。"

齐景公不解地问:"什么叫土地庙里的老鼠?"

晏子问答说:"土地庙里的老鼠,出去便在外面偷窃,回来便在庙里藏身。用水灌它吧,担心浸坏了庙墙;用火熏它吧,又让人担心烧坏了庙里的屋梁门窗。这就是庙中老鼠的祸患。现在国君身边的随从们出宫则炫耀国君的威势以谋求利益,入宫则仰仗国君不加罪而犯法,而国君又总是设法庇护他们,他们就像土地庙中的老鼠。"

齐景公听了,惊叹了一声:"啊呀!怎么会这样?"

晏子说,"有个卖酒的,他的酒很好,酒幌子挂得老高,但直到他的酒变质发酸还没有卖掉。他向邻居们打听原因,邻居们告诉他:'你的看门狗太凶了,只要有人拿着酒器往你店里去,它就冲上来咬人,所以你的酒直到变质发酸也卖不掉。'士人想为国家服务,报答国君,可管事的人就'冲上来咬人',他们就是国家的'恶狗'。国君的随从好像土地庙里的老鼠,管事的官僚好像恶狗,这就是国家的最大祸患。"

【评析】

国家管理中最令人担心的是什么?晏子认为是政权内部出现了依仗国君权势作威作福的小人和扰乱国事的官吏。他把前者比作寄身土地庙、叫人奈何不得的社鼠,把后者比作酒店门口名为看门、实为噬咬顾客的恶狗,向国君讲述了两者的危害。"打铁先得自身硬",管理国家首先要有素质过硬的管理队伍,这是晏子所要告诉齐景公的,也是本篇寓言所要告诉世人的。 (王风)

子罕专宋

昔者司城①子罕②相③宋,谓宋君曰:"夫国家之安危、百姓之治乱,在君之行赏罚。夫爵赏赐与人之所好也,君自行之;杀戮刑罚,民之所恶也,臣请当④之。"君曰:"善。寡人当其美,子受其恶,寡人自知不为诸侯笑矣。"国人知杀戮之刑,专⑤在子罕也,大臣亲之,百姓畏之,居不期年⑥,子罕遂劫⑦宋君而专其政。故老子曰:"鱼不可脱于渊,国之利器⑧不可以示人。" (《韩诗外传》卷七)

【注释】

①司城:官名,即司空。春秋时宋国先君宋武公名司空,宋人避其名讳,改司空为司城。②子罕:宋国有两子罕,春秋时的乐喜和战国时的皇喜,二人同名、同字(子罕)、同为司城,乐喜为贤臣,皇喜为篡臣,此处当指皇喜。③相:帮助,辅佐,特指辅佐国君。④当:担当,承当。⑤专:独专。⑥期年:满一年。⑦劫:胁迫。⑧利器:

锋利的武器,文中喻指权柄。

【今译】

过去司城子罕帮助掌管宋国,他对宋君说:"国家的安危,百姓的治乱,全在于君王实行赏罚。封官赏赐,是人们喜欢的事,请君王自己实施;刑杀处罚,是人们怨恨的事,就让我来担当吧。"宋君高兴地说:"这好哇!我接受赞美,你承受怨恨,我就自知不会被诸侯们笑话了。"

打那以后,全宋国的人都知道,刑杀之权只由子罕一人掌管。于是大臣们亲近他,百姓们畏惧他。过了不到一年,子罕就逼退宋君,专掌了朝政。

所以老子说:"鱼不能脱离深渊,国家的权柄不能让人看见。"

【评析】

恩与威是封建君主的两柄利器,子罕了于此道,建议宋君专管施恩,自己专管行威。糊涂的宋君以为施恩会受到赞美,行威会遭人怨恨,便把行威的权力让给了子罕。凭借这一权力,子罕迫使大臣亲近、百姓畏惧,最终篡夺了宋国的朝政。老子曾经说"国家的权柄不能让人看",可是宋君却将权柄拱手让人,他失去国君地位就是理所当然的了。

(王风)

绝 缨 者

楚庄王①赐其群臣酒,日暮酒酣,左右皆醉。殿上烛灭,有牵王后衣者,后挖②冠缨③而绝④之,言于王曰:"今烛灭,有牵妾衣者,妾挖冠缨而绝之,愿趣火⑤,视绝缨者。"王曰:"止。"立⑥出令曰:"与寡人饮,不绝缨者不为乐也。"于是冠缨无完者,不知王后所绝冠缨者谁。于是王遂与群臣欢饮乃罢。后吴兴师攻楚,有人常为应行⑦,合战者,五陷阵却敌⑧,遂取大军之首而献之。王怪而问之曰:"寡人未尝有异⑨于子,子何为于寡人厚也?"对曰:"臣先⑩殿上绝缨者也,当时宜以肝胆涂地。负日久矣,未有所效。今幸得用⑪于臣之义,尚可为王破吴而强楚。"

(《韩诗外传》卷七)

【注释】

①楚庄王:春秋时楚国国君,名侣,在位二十三年(公元前613—公元前591),为春秋霸主

之一。　②挌(jié节):拉拽。　③冠缨:系冠的带子。　④绝:断。　⑤趣火:赶紧拿火来。趣,借作"促",赶紧,赶快。　⑥立:立刻,即刻。　⑦应行(yìngháng映航):首行,行阵的最前锋。应,借作"颜",前,首。　⑧却敌:打退敌人。　⑨异:特别,特异,此处指特别的恩惠。　⑩先:先前,曾经。　⑪用:行,履行,实行。

【今译】

楚庄王邀请臣下喝酒,傍晚时分,酒喝到了兴头上,臣下都大醉。殿中的灯烛突然灭了,有人趁机暗中拉扯王后的衣服,侮戏王后。王后拽断了这人的帽带,并告诉庄王:

"有人暗中拉扯我的衣服,我拽断了他的帽带,请赶紧拿火点灯,察看谁的帽带子断了。"

庄王一听却说:"不要点灯。"并立即下令:"和我喝酒,帽带不断就不算痛快。"于是所有喝酒的人都纷纷拽断了自己的帽带。这样一来,被王后拽断帽带的究竟是谁就再也看不出来了。

楚庄王和臣下纵情畅饮,尽兴而罢。

后来吴国举兵进攻楚国,有一个人常常冲在队伍的最前面,五次冲入敌阵,击退敌兵,并斩获敌军的首级进献给庄王。

庄王奇怪地问他:"我从未对你有过格外的恩惠,你为何对我如此厚道呢?"

这人回答说:"我就是曾经在殿中被王后拽断帽带的那个人,那天我就应该被处死。我对不起大王已经很久了,一直无法报效大王。今天有幸履行我做臣子的道义,还能为大王击败吴军,加强楚国的力量。"

【评析】

楚庄王不但没有处罚趁乱侮戏王后的臣下,反而巧妙地掩饰了臣下的过错,这不仅体现出作为国君的宽容和大度,而且换取了臣下的以死相报。从这则寓言中,我们再一次体会到包容别人的缺点是一种美德,过分地要求别人尽善尽美,那将会把自己置于与众人为敌的境地。

(居岚)

陈饶责君

宋燕①相齐见逐罢,归之舍,召门尉②陈饶③等二十六人,曰:"诸大夫④有能与我赴诸侯⑤者乎?"陈饶等皆伏而不对,宋燕曰:"悲乎哉!何士大夫易得而难用也?"饶曰:"非士大夫易得而难用也,君弗能用也,君不能用,则有不平之心,是失之己而责诸人也。"宋燕曰:"夫失之己而责诸人者何?"陈饶曰:"三斗之稷⑥,不足于士,而君雁鹜⑦有余粟,是君之一过也;果园梨栗,后宫妇人以相提掷⑧,而士曾不得一尝,是君之二过也;绫纨绮縠⑨,靡丽⑩于堂,从风而弊,而士曾不得以为缘⑪,是君之三过也。且夫⑫财者,君之所轻也;死者,士之所重也。君不能行⑬君之所轻,而欲使士致⑭其所重,譬犹⑮铅刀⑯畜之,而干将⑰用之,不亦难乎?"宋燕面有惭色,逡巡⑱避席⑲曰:"是燕之过也。"

（《韩诗外传》卷七）

【注释】

①宋燕:人名,事迹无考。《战国策·齐策四》作"管燕",《说苑·尊贤》作"宗卫"。　②门尉:门卫首领。　③陈饶:人名,事迹无考。《说苑·尊贤》作"田饶",田、陈古通用。　④大夫:对陈饶等人的尊称。　⑤赴诸侯:意谓与诸侯作战。赴,奔赴。　⑥稷:粟,一种谷物,一说即高粱。　⑦雁鹜:大雁与野鸭,此处泛指供赏玩的鸟禽。　⑧提(dī低)掷:抛击,投掷。　⑨绫纨绮縠(hú胡):泛指精美的织物。　⑩靡丽:华丽精美,此处用作动词,意谓装饰。　⑪缘:衣服的边缘。　⑫且夫:连词,表示进一步论述。　⑬行(xíng形):分施,逐一给予。　⑭致:送,送给。　⑮譬犹:原倒为"犹譬",今乙正。　⑯铅刀:铅制的刀。铅质软,制成的刀不锋利。　⑰干将:利剑名,后泛指利剑。相传春秋时吴国的干将、莫邪夫妇善于铸剑,曾为吴王阖闾铸为阴阳二剑,阳曰"干将",阴曰"莫邪"。　⑱逡(qūn群平声)巡:后退貌。　⑲避席:离开坐席,古人表示礼让或歉意的一种方式。

【今译】

宋燕做齐国的宰相,得罪了齐君,因而被罢免驱逐。

回家以后,他召集门卫首领陈饶等二十六人,问道:"各位大夫,有能和我一起与诸侯战斗的吗?"

陈饶一行人都跪伏在地上,不能对答。宋燕见状,叹息着说:"真叫人痛心啊!为什么士大夫得到容易而使用却这样难呢?"

陈饶回答说:"不是士大夫得到容易使用难,而是主君不会用啊。主君不会用人,便心中不平。其实这本是自己有过错,而反倒责备他人。"

"我自己有错,反倒责备他人?此话怎讲?"宋燕有些不解。

陈饶侃侃而谈道:"主君养士,连三斗粟米都不能满足士人,而用来赏玩的鸟禽却有着吃不完的粟米,这是主君的第一大过错;主君果园中的梨栗瓜果,后官的妻妾妇人常常用来投掷玩耍,而士人却不得品尝一口,这是主君的第二大过错;主君的绫罗绸缎装饰着堂前屋后,随着风吹而破败,而士人却得不到一点儿用作衣服的边角,这是主君的第三大过错。财物是主君所轻视的,而死亡却是士人所看重的。主君不能分施所轻视的财物,却要士人用所看重的死来报答,就好像把士人当做铅刀来持有,却又要当做利剑来使用,这岂不是太困难了吗?"

听了这番话,宋燕惭愧得面红耳赤,起身离开了坐席,说道:"这是我的过错。"

【评析】

宋燕对手下的门客十分刻薄,但却要求门客们为之卖命,这无疑是一种奢望,所以陈饶批评他"失之己而责诸人"。这就告诉我们:种瓜得瓜,种豆得豆,怎样的付出便有怎样的收获。

(居岚)

择人而树

魏文侯①之时,子质②仕而获罪焉,去而北游。谓简主③曰:"从今已后,吾不复树德④于人矣。"简主曰:"何以也?"质曰:"吾所树堂上之士半,吾所树朝廷之大夫半,吾所树边境之人亦半。今堂上之士恶我于君,朝廷之大夫恐我以法,边境之人劫我以兵,是以不复树德于人也。"简主曰:"噫!子之言过矣。夫春树桃李,夏得阴其下,秋得食其实。春树蒺藜⑤,夏不可采其叶,秋得其刺焉。由此观之,在所树也,今子所树,非其人也。故君子先择而后种也。"　　(《韩诗外传》卷七)

【注释】

①魏文侯:战国时魏国的建立者,名斯,在位三十八年(公元前445—公元前396)。②子质:人名。　③简主:即赵简子。　④树德:施舍恩惠以培植恩信。　⑤蒺藜(jílí集梨):一种草本植物,多刺。

【今译】

魏文侯的时候,子质做官而遭处罚,因而辞去官职,去北方游历。

他见到了赵简子,就对他说:"从今以后,我再也不对别人施以恩德了。"

"为什么?"赵简子问。

子质说:"庙堂之上我培植起来的士人有一半,朝廷之中我培植起来的大夫有一半,边境之上我培植起来的军队也有一半。可现在呢,庙堂上的士人在国君面前说我的坏话,朝廷中的大夫拿法令恐吓我,边境上的军队用兵器逼迫我。所以我再也不对别人施以恩德了。"

"咦!你的话错了。"赵简子吃惊地说,"春天种植桃树、李树,夏天可以在树下纳凉,秋天可以摘食树上的果实。如果春天种下的是蒺藜,那夏天不能采摘叶子,秋天得到的是它的刺。由此可以看出,关键在于你所种什么,今天看来,你所'种'的不是恰当的人选。所以说君子总是先选择、后种植。"

【评析】

子质有感于自己培植起来的官员一夜之间都背弃了他,决计"不复树德于人"。可是赵简子对此却另有看法,即种植先要选种,种瓜得瓜,种豆得豆,而"子之所树,非其人也",所以落得为人背弃的下场。从这篇寓言,我们可以得到启示:与人交往,首先应对交往对象进行考查和选择,取其善而弃其恶。　　(居岚)

田子方见老马

昔者,田子方①出,见老马于道,喟然②有志③焉,以问于御者④曰:"此何马也?"曰:"故公家⑤畜也,罢⑥而不为用,故出放之也。"田子方曰:"少尽其力,而老去⑦其身,仁者不为也。"束帛⑧以赎之。穷士⑨闻之,知所归心矣。

(《韩诗外传》卷八)

【注释】

①田子方:战国时魏国人,曾从学于孔子学生子贡,后为魏文侯所师礼。　　②喟(kuì愧)然:叹息的样子。　　③志:内心的感慨。　　④御:驭手,驾车的人。　　⑤公家:意指诸侯王的国家。　　⑥罢(pí疲):借作"疲",疲弱。　　⑦去:借作"弃",丢弃。　　⑧束帛:一束帛。束,计量单位,布帛的五匹为一束。　　⑨穷士:不得志的士人。

【今译】

过去田子方外出时,在路边看见一匹老马,叹息了一声,深有感触,便问他的车夫:"这是一匹什么马?"车夫回答说:"这本是一匹公家畜养的马,现在老了,不中用了,放出去不要了。"田子方说:"年轻时用尽它的力气,年老了就抛弃它,仁爱的人是不这样做的。"于是就用一束帛换取了这匹老马。

不得志的士人听说了这事,便明白了谁是自己应该归从尊奉的人。

【评析】

田子方从一匹被丢弃的老马身上透视出人类普遍的艰辛:年轻时为人所用,年老了便为人所弃。感慨之下,他用一束帛换回了这匹老马。这件事使那些不得志的士人体察出田子方对人的关怀,由此而明白了谁是自己应当归从和尊奉的人。束帛换马只是一件小事,但小中可以见大,微中可以知著。 (居岚)

庄公避螳螂

齐庄公①出猎,有螳螂举足将搏其轮,问其御曰:"此何虫也?"御曰:"此是螳螂也。其为虫,知进而不知退,不量力而轻②就敌③。"庄公曰:"此为人,必为天下勇士矣。"于是回车避之。而勇士归之。 (《韩诗外传》卷八)

【注释】

①齐庄公:春秋时齐国国君,名光,在位六年,后为大臣崔杼所弑。　②轻:轻视,不在乎。　③就敌:犹言赴敌。

【今译】

齐庄公出去打猎,看见路上有一只小虫举着爪子,要和他的车轮搏斗,便问车夫:"这是什么虫?"

"这是螳螂。"车夫解释说,"这种小虫,只知进攻不知退却,不知道自己的力量而不在乎与敌人搏杀。"

"它是一个人的话,那一定是天下勇士。"庄公笑着说道。于是掉转车头,避开了螳螂。

勇士们听说了这件事,便纷纷投奔了齐庄公。

【评析】

齐庄公在知道了挡在车轮前的小虫螳螂"知进而不知却"的特点之后,认为它是"天下勇士",于是掉转车头,避免轧死它。这件事可谓小之又小,然而,勇士们由此了解到齐庄公对"勇士"的珍视,于是纷纷前来效命。可见人君的举止言行,好恶喜怒,总是关系着世风国运的,应该慎之又慎。

(居岚)

孟母教子

孟子①少时诵②,其母方织。孟辍然③中止,乃复进④,其母知其喧⑤也,呼而问之曰:"何为中止?"对曰:"有所失⑥,复得。"其母引刀裂其织⑦,以此诫之。自此之后,孟子不复喧矣。孟子少时,东家杀豚⑧,孟子问其母曰:"东家杀豚何为?"母曰:"欲啖⑨汝。"其母自悔而言,曰:"吾怀妊是子,席不正不坐,割⑩不正不食,胎教之也。今适⑪有知而欺之,是教之不信也。"乃买东家豚肉以食之,明不欺也。

(《韩诗外传》卷九)

【注释】

①孟子:战国时期的著名思想家,孔子之后的儒家学说代表人物,齐国邹(今山东邹县)人,名轲。　②诵:背诵,背书。　③辍然:突然中止貌。　④复进:继续读。　⑤喧:借作"谖",遗忘。　⑥失:丢失,此处指记忆丢失,记不起来。　⑦织:所织之物。　⑧豚:小猪。　⑨啖(dàn 淡):吃,给吃。　⑩割:切割。　⑪适:刚刚,刚才。

【今译】

孟子小时候有一次背书,他母亲正在织布。小孟子突然停了下来,紧接着继续往下背诵。母亲知道他忘了,便把他叫过来问道:"为什么背书停下来了?"小孟子回答说:"记不起来了,想了一会儿又记起来了。"母亲拿起刀裁断了所织的布,以此来告诫小孟子。从此以后,小孟子背书就再也不打闹玩耍了。

孟子小的时候,东边的邻家杀猪,他问母亲:"东边的这家为什么要杀猪啊?"母亲说:"杀猪给你吃。"说完这话,母亲很后悔,自言自语地说道:"我怀这孩子的时候,坐席摆得不正不坐,食物切得不正不吃,娘胎中就开始了教育。今天他刚刚有了一点儿知识,我就欺骗他,这是教他不讲信义啊!"于是母亲去东边的邻家买回了猪肉,做给小孟子吃,以此来表明她没有撒谎骗人。

【评析】

孟母长于教子,本篇寓言讲述了她的两个故事:一是小孟子背书中断,她剪断了正在纺织的布,让他记住读书学习不能三心二意;二是她兑现了一句无意中说错了的话,使小孟子经历了一次诚信教育。这对于今天的儿童教育仍有着启示意义。

（王柯）

颜斶聚亡鸟

齐景公①出②弋③昭华之池④,颜斶聚⑤主⑥鸟而亡之。景公怒而欲杀之,晏子⑦曰:"夫斶聚有死罪四,请数而诛之。"景公曰:"诺。"晏子曰:"斶聚,汝为吾君主鸟而亡之,是罪一也;使吾君以鸟之故而杀人,是罪二也;使四国⑧诸侯闻之,以吾君重鸟而轻士,是罪三也;天子⑨闻之,必将贬绌⑩吾君,危其社稷⑪,绝其宗庙,是罪四也。此四罪者,故当杀无赦。臣请加诛焉。"景公曰:"止。此亦吾过矣。愿夫子为寡人敬谢⑫焉。"

（《韩诗外传》卷九）

【注释】

①景公:春秋时齐国国君,名杵臼,在位五十八年。 ②出:往,至。 ③弋(yì 艺):捉鸟。 ④昭华之池:池囿名。 ⑤颜斶聚:人名。 ⑥主:掌管,看管。 ⑦晏子:即晏婴,字平仲,春秋时齐国大夫,辩博多智。 ⑧四国:四面八方的国家。 ⑨天子:指周朝君主。 ⑩绌:借作"黜",罢免。 ⑪社稷:土神庙和谷神庙,用来代指国家。 ⑫谢:致歉。

【今译】

齐景公去昭华池捉鸟,捉到的鸟由颜斶聚看管。可颜斶聚不小心让鸟飞跑了。齐景公大怒,要处死他。晏子说:"这个颜斶聚有四条罪状,请让我历数一遍,然后处死他。"

"好。"齐景公说。

晏子说:"颜斶聚,你为国君看管鸟,却让鸟飞跑了,这是你第一条罪状;跑了鸟就会使国君因鸟而杀人,这是你第二条罪状;国君因鸟而杀人,要是让四面八方的诸侯听到了,一定会以为我们国君重视鸟而轻视士,这是你第三条罪状;天子听说因鸟而杀人,必将贬退我们国君,危害国君的社稷国家,断绝国君的宗庙香火,这是你第四条罪状。有这样四条罪状,一定要处死,不能赦免。我请求国君下令处死吧!"

齐景公听完晏子的话,立刻醒悟过来,连忙说:"不。这是我的过错,请您代我向颜斶聚表示歉意。"

【评析】

齐景公为一只鸟的失落，便要杀人，这当然是不可取的。但如何劝阻他呢？晏子没用正面冲突的方式，而是沿着齐景公的逻辑，历数看鸟人的错误，进而引申出为鸟而杀人的更大错误，以此提醒齐景公对利与弊全面考量，促使其醒悟。本篇寓言让我们再一次领略到晏子的机敏和智慧。

（王柯）

相人以友

楚有善相①人者，所言无遗策②，闻于国中。庄王③召见而问焉，对曰："臣非能相人也，能相人之友者也。观布衣者，其友皆孝悌④、笃⑤谨、畏令⑥，如此者，其家必日益，而身日安，此所谓吉人者也。观事君者，其友皆诚信、有行⑦、好善，如此者，措事⑧日益，官职日进，此所谓吉臣者也。人主朝臣多贤，左右多忠，主有失，皆敢交争⑨正谏，如此者，国日安，主日尊，声名日显，此所谓吉主者也。臣非能相人也，观人之友者也。"王曰："善。"其所以任贤使能而霸天下者，始遇之于是也。

（《韩诗外传》卷九）

【注释】

①相：看，视，观察。　②遗策：失策，失误。　③庄王：即楚庄王，春秋时楚国国君，名侣，在位二十三年（公元前613—公元前591），为春秋霸主之一。　④悌：敬爱兄长。　⑤笃：笃实，诚实。　⑥畏令：小心谨慎。　⑦有行：有良好的品行。　⑧措事：处理和操持事务。　⑨交争：交替着争辩。

【今译】

楚国有一个善于相面的人，所说的话从来没有失误，闻名于国内。

楚庄王把他召来询问，他回答说："我并不会给人相面，只是会观察人们所交往的朋友罢了。观察平民百姓，如果他的朋友孝敬父母、敬爱兄长、诚实谨慎、遇事小心，像这样的人，他的家庭必将一天天富裕，身心必将一天天安乐，这就是所谓的吉祥之人。观察服务于君王的臣子，如果他的朋友真诚信实、品行端正、喜爱行善，像这样的人，他为君王操持的事务必将一天天增多，职位必将一天天升高，这就是所谓的吉祥之士。观察一国之君，如果他朝廷上有很多贤能的大臣，身边有很多忠实可靠的随从,一旦有所失误,臣下都能纷纷义正词严地进行争辩和规劝,像这样的国君,他的国家必将一天天安定,自己必将一天天尊贵,声望名誉也会一天天显赫,这就是所谓的吉祥之主。我不会相面,只会观察人们所交往的朋友。"

"你讲得很好。"楚庄王听完赞许道。

楚庄王之所以能够任用贤能之士,称霸天下,就是从遇上这位"善相人者"开始的。

【评析】

物以类聚,人以群分。从一个人的朋友身上,往往可以看出这个人的品行,本篇寓言讲的就是这样一个道理。楚庄王了解了这一道理并付诸实践,发现人才,任贤使能,终了成为一代霸主。

(王柯)

贫贱骄人

田子方①之魏,魏太子从②车百乘③而迎之郊④。太子再拜,谒⑤田子方。田子方不下车,太子不说,曰:"敢问⑥何如则可以骄人⑦矣?"田子方曰:"吾闻以天下骄人而亡者有矣,以一国骄人而亡者有矣。由此观之,贫贱可以骄人矣。夫志不得则授履⑧而适秦、楚耳,安往不得贫贱乎?"于是太子再拜而后退,田子方遂不下车。

(《韩诗外传》卷九)

【注释】

①田子方:战国时魏国人,曾从学于孔子学生子贡,后为魏文侯所师礼。　②从:使跟从,带领。　③百乘:意谓车辆很多,非实指。　④郊:都城的外围区域,距都城或百里、或五十里、或二十里不等,视都城大小而定。　⑤谒(yè叶):进见。　⑥敢问:犹言请问。　⑦骄人:对人态度傲慢。　⑧授履:谓授足于履,即穿上鞋子。

【今译】

田子方到魏国去,魏国太子带领车队在郊外迎接他。太子向田子方拜了两拜,要进见他。可田子方并不下车答礼,太子心里不高兴,于是就问:"请问一个人怎样才能对别人傲慢呢?"

田子方回答说:"我听说有凭借天下权势对别人傲慢而灭亡的,有凭借一国权势对别人傲慢而灭亡的。这样看来,反倒是贫穷卑贱的人可以对别人傲慢。心志得不到满足,可以穿上鞋子远走秦国、楚国嘛!到哪里去还不都是一样的贫穷卑贱?"

太子听完,便又拜了两拜,退了下去。田子方也就不再下车,继续赶路。

【评析】

骄傲的人通常都有所依恃,或是权势,或是才能,或是财富,可田子方有着不同的理解:只有贫穷卑贱、一无所有的人才能对人傲慢。这一理解是深刻的,因为骄傲必然招来损失,而贫穷卑贱、一无所有的人无所谓损失,所以骄傲对他无妨。这篇寓言从一个不同寻常的侧面讲述了"满招损"的寻常道理。 (王柯)

大泽之雉

戴晋生①敝衣冠而往见梁王②。梁王曰:"前日③寡人以上大夫之禄要④先生,先生不留,今过⑤寡人邪?"戴晋生欣然而笑,仰而永叹曰:"嗟乎,由此观之,君曾不足与游也。君不见大泽中雉乎?五步一啄⑥,终日乃饱,羽毛悦泽⑦,光照于日月,奋翼争鸣,声响于陵泽者何?彼乐其志⑧也。援置之囷仓⑨中,常啄粱粟,不旦时⑩而饱,然犹羽毛憔悴,志气益下,低头不鸣。夫食岂不善哉?彼不得其志故也。今臣不远千里而从君游者,岂食不足?窃慕君之道耳。臣始以君为好士,天下无双,乃今见君不好士明矣。"辞而去,终不复往。 (《韩诗外传》卷九)

【注释】

①戴晋生:人名。 ②梁王:即魏王。公元前361年,魏惠王迁都于大梁(今河南开封),从此魏又称梁。 ③前日:犹昔日。 ④要(yāo邀):借作"邀",邀请。 ⑤过:造访、拜访。 ⑥啄:即"啄"。 ⑦悦泽:光彩悦目。 ⑧志:内心情绪。 ⑨囷(qūn群平声)仓:粮仓。囷,圆形谷仓。 ⑩旦时:意指极短的时间。

【今译】

戴晋生穿着破旧的衣衫去见梁王。梁王问他:"我曾经以头等大夫的俸禄邀请你,你不愿留下,今天反倒来拜访我啦?"

戴晋生欣然地笑了笑,仰起头,长叹了一声,说道:"唉,如此看来,国君乃是不值得交往的。国君难道没见过水草地上的野鸡吗？它五步一啄食,吃了一天才能吃饱,然而它的羽毛却光彩悦目,在日月之光下闪耀,展翅鸣叫,声音回响于山陵水泽。这是为什么呢？因为它的心情很快乐。如果把它捉来放在粮仓里,让它时时啄食稻粱粟米,一会儿就能吃得饱饱的,可它反倒羽毛失去光彩,神情萎靡不振,垂着头不鸣不叫。这是吃得不好吗？不是,是它的心情不愉快。今天我从千里之外赶来拜访国君,岂能是因为食物不足？是我心中向往国君的治国之道啊！我开始以为国君喜爱才士是天下无与伦比的,今天却明明白白地看见了国君根本不喜爱才士。"

说完,戴晋生辞别了梁王,再也不回头了。

【评析】

戴晋生把自己视为大泽中的飞雉,不计较生计困顿,只追求精神自由。梁王不了解这一点,把他的造访误以为是寻求俸禄,由此戴晋生认为梁王"不好士",远离梁国。重视人才首先要理解人才,不理解人才的人,是不可能指望他重视人才的,这是本篇寓言试图告诉我们的。

(王柯)

北郭先生

楚庄王①使使赍②金百斤,聘北郭先生③,先生曰:"臣④有箕帚之使⑤,愿入计之。"即谓妇人曰:"楚欲以我为相,今日相,即结驷列骑⑥,食方丈⑦于前,如何？"妇人曰:"夫子以织屦为食,食粥毚履⑧,无怵惕⑨之忧者,何哉？于物无治也。今如结驷列骑,所安⑩不过容膝⑪,食方丈于前,所甘不过一肉,以容膝之安、一肉之味,而殉楚国之忧,其可乎？"于是遂不应聘,与妇去之。 (《韩诗外传》卷九)

【注释】

①楚庄王:春秋时楚国国君,名侣,在位二十三年（公元前613—公元前591）,为春秋霸主之一。　②赍（jī机）:携带,赍持。　③北郭先生:居住城北的某位先生。　④臣:对人谦称自己。　⑤箕帚之使:妻子的卑贱之称。　⑥结驷列骑:高车骏马连接成队,形容尊贵显赫。　⑦方丈:一丈见方,形容食物陈列得极为丰盛。　⑧毚（chán 缠）履:制作鞋子。毚,借作"镵",穿刺。　⑨怵惕（chùtì 触替）:恐惧,畏惧。　⑩安:安居,居住。　⑪容膝:容纳双膝,形容空间狭小。

【今译】

楚庄王派了一位使者带着一百斤黄金,去聘请北郭先生担任楚国宰相。

北郭先生对使者说:"我有个老太婆,这事容我进去和她商量一下。"

于是他对妻子说:"楚国请我去做宰相。要是做了宰相,我们就可以出门乘坐豪华马车,吃饭时面前摆满美味佳肴,你看怎么样?"

妻子说:"你以编织草鞋糊口,喝粥做鞋,毫无担心和恐惧,这是为什么?因为用不着操心此外的任何事情。做了宰相,虽然出门可以乘坐豪华马车,但你所需要的无非只是巴掌大的一块地方,虽然吃饭面前摆满美味佳肴,但你所吃的无非只是一块肉。为了巴掌大的地方和一块肉的滋味,去操劳整个楚国的忧患,这值得吗?"听了妻子的话,北郭先生决定不去担任楚国的宰相,于是便和妻子一同远走高飞了。

【评析】

权势和财富是很多人追求的目标,而这篇寓言却从相反的角度提醒人们:一,权势总是伴随着担心和恐惧;二,个人的物质需求是有限的,过多的财富没有意义。因而北郭先生听从了妻子的劝告,拒绝了宰相职位,不去为有限的物质需求担惊受怕。读了这篇寓言,或许能使我们在权势和财富面前保持应有的清醒和超脱。

(王柯)

屠牛吐辞婚

齐王厚送女,欲妻屠牛吐①,屠牛吐辞以疾。其友曰:"子终死腥臭之肆②而已乎?何为辞之?"吐应之曰:"其女丑。"其友曰:"子何以知之?"吐曰:"以吾屠知之。"其友曰:"何谓也?"吐曰:"吾肉善,扣量而去苦少耳,吾肉不善,虽以他附益之,尚犹贾③不售。今厚送子④,子丑故耳。"其友后见之,果丑。

(《韩诗外传》卷九)

【注释】

①屠牛吐:人名,以宰牛卖肉为业,名吐。 ②腥臭之肆:指宰牛卖肉的场所。 ③贾(gǔ古):卖。 ④子:女儿。

【今译】

齐王想把女儿嫁给宰牛为业的吐,嫁妆准备得很丰厚,但吐借口有病推辞了这门婚事。他的朋友问他:"你想一辈子待在这又腥又臭的宰牛场吗?为什么要推辞这门婚事呢?"

吐回答说:"齐王的女儿长得丑。"

这位朋友问:"你怎么知道的?"

"我以宰牛卖肉来推测知道的。"

"此话怎讲?"

"我卖肉的时候,如果肉很好,即使按分量卖出还嫌不够卖,如果肉不好,即使我多给买主,也依然卖不掉。今天齐王为女儿准备如此丰厚的嫁妆,那一定是女儿长得丑。"

后来他的朋友见到了齐王的女儿,果然很丑。

【评析】

粗劣的商品总是靠好听的吆喝和低廉的价格推销出去的,这是屠牛吐宰牛卖肉的经验。由此出发,他推断陪嫁丰厚的国君女儿一定相貌丑陋。事实证明了这一推断。这篇寓言告诫人们:圈套总是用美妙的言辞和诱人的利益编织起来的,对此应有足够的警惕。

(王柯)

麦丘老人

桓公①逐白鹿,至麦丘②,见邦人③,曰:"尔何谓者也?"对曰:"臣麦丘之邦人。"桓公曰:"叟年几何?"对曰:"臣年八十有三矣。"桓公曰:"美哉,寿也!"与之饮。曰:"叟盍④为寡人寿也?"对曰:"野人⑤不知为君王之寿。"桓公曰:"盍以叟之寿祝寡人矣?"邦人奉觞再拜曰:"使吾君固寿,金玉之贱,人民是宝。"桓公曰:"善哉,祝乎!寡人闻之矣,至德不孤,善言必再,叟盍复之?"邦人奉觞再拜曰:"使吾君好学而不恶下问,贤者在侧,谏者得入。"桓公曰:"善哉,祝乎!寡人闻之,至德不孤,善言必三,叟盍复之?"邦人奉觞再拜曰:"无使群臣百姓得罪于吾君,亦无使吾君得罪于群臣百姓。"桓公不说,曰:"此一言者,非夫⑥前二者之祝,叟革②之矣。"邦人潸然而涕下曰:"愿君熟思之。此一言者,夫前二言之上也。臣闻子得罪于父,可因姑姊妹谢⑧也,父乃赦之;臣得罪于君,可使左右谢也,君乃赦之。昔桀⑨得罪汤,纣得罪于武王,此君得罪于臣也,至今未有为谢者。"桓公曰:"善哉! 寡人赖宗庙⑩之福,社稷之灵,使寡人遇叟于此。"扶而载之,自御⑪以归,荐之于庙而断政焉。桓公之所以九合诸侯、一匡天下,不以兵车者,非独管仲也,亦遇之于是。

(《韩诗外传》卷十)

【注释】

①桓公:即齐桓公,春秋时齐国国君,名小白,在位四十三年(公元前685—公元前643),为春秋霸主之一。 ②麦丘:齐地名,在今山东莱芜。 ③邦人:乡人。 ④盍:犹言何不,表示反问。 ⑤野人:郊野之人,此处含有见识狭陋的自谦意味。 ⑥夫:彼,指示代词。 ⑦革:改,改变。 ⑧谢:道歉。 ⑨桀:夏朝的国王,名履癸,施政暴虐,后为商汤所灭。 ⑩宗庙:祖宗的陵庙。 ⑪御:驾车。

【今译】

齐桓公追赶一头白鹿,来到麦丘,见到一位老人,便问:"你是什么人?"

"我是麦丘的平民百姓。"老人回答。

"老人家,年纪多大了?"桓公又问。

"八十三岁了。"

"好哇! 您如此高寿!"桓公称赞着,递给他一杯酒,说道:"老人家何不为我祝寿呢?"

"我是个鄙野之人,还不知怎样为国君祝寿呢!"

"那何不就用你的长寿来祝福我呢?"

老人举起酒杯,拜了两拜,祝福道:"但愿国君长寿,鄙视金玉,而珍视百姓。"

"好哇,你的祝福! 我听说过,高尚的德行不会孤单,美好的言辞一定会有第二句。老人家何不再说几句?"桓公要求说。

老人又举起酒杯,拜了两拜,祝福道:"但愿国君好学而不耻下问。贤良的人在身旁,进谏的话听得进。"

"好哇,你的祝福! 高尚的德行不会孤单,美好的言辞一定会有第三句。老人家何不再说几句?"桓公再一次要求。

老人又举起酒杯,拜了两拜,祝福道:"但愿群臣百姓永不得罪国君,国君也永不得罪群臣百姓!"

桓公一听,满脸的不高兴,说:"这一句与前两句不相类似,老人家,请你改一下。"

老人听了,流下了眼泪,说道:"请国君仔细想想,这句话要比前两句好得多。我听说儿子得罪了父亲,还可以通过姑姑、姐姐、妹妹们去道歉,父亲能够宽恕他;臣下得罪了君王,还可以通过君王身边的随从们去道歉,君王能够宽恕他。过去夏桀得罪了商汤,商纣得罪了周武王,这都是君王得罪了臣下,至今还没人替他们道歉,因而得不到宽恕。"

"说得好。"桓公说,"全靠祖宗的福气、社稷的神灵,我才在这儿遇上你。"

桓公说着,把老人扶上了车,亲自驾车返回了朝廷,在祖宗的亡灵面前作了推荐,并让他参与决断朝政。

齐桓公之所以不用武力就能多次会盟各国诸侯、匡正天下,不仅仅是因为有了管仲,还因为遇上了这位麦丘老人。

【评析】

麦丘老人真是智慧长者,他用祝福的方式告诫齐桓公:要虚心求教,容纳谏言,不要得罪臣僚和百姓。这些本是有所作为的君主应具有的品质,只是由于他的一番解说,齐桓公才终于有所领悟。其实,这样的"为君之道",今天看来,又何尝不是为人之道呢?

(王庆谊)

里凫须

晋文公重耳①亡过曹②,里凫须③从,因盗重耳资而亡。重耳无粮,馁④不能行,子推⑤割股肉以食重耳,然后能行。及重耳反国,国中多不附重耳者。于是里凫须造见曰:"臣能安晋国。"文公使人应之曰:"子尚何面目来见寡人、欲安晋也?"里凫须曰:"君沐⑥邪?"使者曰:"否。"凫须曰:"臣闻沐者,其心倒,心倒者,其言悖。今君不沐,何言之悖也?"使者以闻,文公见之。里凫须仰首曰:"离国久,臣民多过⑦君,君反国而民皆自危。里凫须又袭竭⑧君之资,避于深山,而君以馁,介子推割股,天下莫不闻。臣之为贼亦大矣,罪至十族⑨,未足塞责⑩,然君诚赦之罪,与骖乘⑪游于国中,百姓见之,必知不念旧恶,人自安也。"于是文公大悦,从其计,使骖乘于国中,百姓见之,皆曰:"夫里凫须且不诛而骖乘,吾何惧也?"是以晋国大宁。

(《韩诗外传》卷十)

【注释】

①晋文公重耳:晋文公名重耳,春秋时晋国国君,在位九年(公元前636—公元前628),为春秋霸主之一。　②曹:春秋时诸侯国,周初始封,姬姓,在今山东西部,国都为陶丘(今山东定陶西南)。　③里凫须:晋文公左右给使,姓里,名凫须(又作头须)。　④馁(něi 内上声):饥饿。　⑤子推:即介子推,又作介之推、介推,晋文公臣,曾随晋文公出亡十九年,有辅佐之功。　⑥沐:洗头发。　⑦过:犹言得罪。　⑧袭竭:窃取而使之竭尽。　⑨族:族杀,满门抄斩。　⑩塞责:抵偿罪责。　⑪骖乘:古时车中乘载三人,尊者居左,御夫居中,车右多以亲近或勇武之士居之,叫做骖乘。

【今译】

里凫须跟随晋文公重耳逃亡到了曹国,偷了他的行资逃走了,害得晋文公没有饭吃,饿得走不动路,介子推割下自己大腿上的肉,煮给他吃,这才使他能够行走。后来晋文公返回晋国,当了国君,但国内大多数人还是不拥护他。这时里凫须来到门外要见文公,说:"我有办法安定晋国。"文公不愿见他,派人去门外告诉里凫须说:

"你还有什么脸面来见我?还要安定晋国?"

听了这话,里凫须反问道:"国君是在洗头吧?"

"没有啊。"派来的人答道。

"我听说洗头的人,心是倒过来的;心倒过来的人,说话昏悖。国君没有洗头,为何说话这样昏悖呢?"里凫须说。

派来的人把里凫须的话禀报给了文公,文公接见了里凫须。里凫须仰着头说:

"国君离开国家太久了,臣下和百姓都曾得罪过国君,国君一旦回国,人们都感到害怕。我里凫须曾经偷了国君的全部行资,逃进深山,把国君饿得不能走路,介子推因此而割了大腿肉,这事天下无人不知。我做贼做得太大了,十次满门抄斩都不足以抵偿我的罪过。如果国君赦免了我,让我坐在您的车右周游国内,那么百姓们看到了,就会明白国君不记旧恶,这样就会人人感到安全啦。"

文公听了很高兴,于是决定按里凫须的话去做,让他坐在车右周游国内。百姓们看到了都说:"里凫须尚且不被诛杀,而且还能骖乘,我们又有什么可惧怕的呢?"于是全晋国都安定了下来。

【评析】

晋文公赦免了万死不赦的里凫须,向全晋国人民展示了宽厚和容忍,从而稳定了人心,取得了政治上的成功。这就是告诉我们:宽容才能取得人心,避免既往的恩怨纠缠,才能放眼全局,把握正确的方向。 (王庆谊)

以 人 为 宝

齐宣王①与魏惠王②会田③于郊,魏王曰:"亦有宝乎?"齐王曰:"无有。"魏王曰:"若寡人之小国也,尚有径寸之珠照车前后十二乘者十枚。奈何以万乘之国无宝乎?"齐王曰:"寡人之所以为宝与王异。吾臣有檀子④者,使之守南城,则楚人不敢北乡为寇,泗水上有十二诸侯皆来朝;吾臣有盼子⑤者,使之守高唐⑥,则赵人不敢东渔于河;吾臣有黔夫⑦者,使之守徐州⑧,则燕人祭北门⑨,赵人祭西门,从而归之者七千余家;吾臣有种首⑩者,使之备盗贼,而道不拾遗。吾将以照千里之外,岂特十二乘哉?"魏王惭,不怿而去。 (《韩诗外传》卷十)

【注释】

①齐宣王:战国时齐国国君,名辟疆,在位十九年。 ②魏惠王:战国时魏国国君,名子䓖,在位三十六年。 ③田:借作"畋",打猎。 ④檀子:齐臣,姓檀,名不详。子,男子美称。 ⑤盼子:即田盼,齐国名将。 ⑥高唐:齐地,在今山东禹城西南。 ⑦黔夫:齐臣。 ⑧徐州:齐地,即薛,后改称"徐州",在今山东滕县南。 ⑨北门:指齐国北门,下"西门"同例。 ⑩种首:齐臣。

【今译】

齐宣王和魏惠王一起在国郊打猎,魏惠王问齐宣王:"你们齐国有没有宝物?"

齐宣王回答:"没有。"

魏惠王又问:"像我们小小的魏国,还有十枚直径一寸、能够光照十二辆马车的宝珠呢!你们是万乘大国,为何没有宝物呢?"

齐宣王说:"我视作宝物的东西和你不同。我有个臣下叫檀子,派他防守南城,楚人就不敢向北进犯,泗水边上的十二位诸侯都来朝觐;我还有个臣下叫盼子,派他防守高唐,赵人就不敢去东边的黄河打鱼;我还有个臣下叫黔夫,派他防守徐州,燕人就会在我国北门祷祭求福,赵人就会在我国西门祷祭求福,跟着他来到我们齐国的百姓有七千多家;我还有个臣子叫种首,派他防范盗贼,东西遗失在大路上也不会被人拾去。我将用这些宝物照耀千里之外,岂止是十二乘马车?"

魏惠王听了,感到惭愧,不高兴地走开了。

【评析】

什么是一个国家最宝贵的?是珍宝,还是人才?这个问题是检测国君素质的尺度。齐王认为人才是国家最宝贵的,因为人才可以保卫疆土、安定国家。其实,不仅是在群雄争霸的时代,即便是在相对安定的和平时代也是如此,只要有了人才,世间的一切都可以创造出来。

(王庆谊)

齐使献鸿

齐使使献鸿①于楚,鸿渴,使者道饮,鸿攫笯②溃③失。使者遂之楚,曰:"齐使臣献鸿,鸿渴,道饮,攫笯溃失。臣欲亡,为④失两君之使不通;欲拔剑而死,人将以吾君贱士而贵鸿也。攫笯在此,愿以将事⑤。"楚王贤其言,辩其辞⑥,因留而赐之,终身以为上客。故使者必矜⑦文辞、喻诚信、明气志,解结⑧申屈,然后可使也。

(《韩诗外传》卷十)

【注释】

①鸿:大雁,鸿雁。 ②攫笯(jué jǔ 掘举):用爪扯开笼子。笯,竹笼。 ③溃:冲开,冲出。 ④为:因为,句后省略结果。 ⑤将事:行事,谓处罚、行罚。 ⑥辩其辞:认为言辞辩敏、流利。 ⑦矜(jīn 今):奋动,激扬。 ⑧结:疑团,疑虑。

【今译】

齐王派出一位使者给楚王进献鸿雁,鸿雁在路上渴了,使者给它水喝,鸿雁乘机冲出笼子飞走了。使者只好空着手来到楚国,说:"齐王派我进献鸿雁,路上鸿雁渴了,我给它水喝,鸿雁冲出笼子飞掉了。我想逃亡,但这样会使两国的来往中断,我又想拔剑自尽,但这样又会使人们以为我的国君鄙视士人而看重鸿雁。

被扯开的笼子在这里,请国君处罚我吧。"

楚王认为他说得很好,言辞辩敏,便把他留了下来,予以赏赐,并把他终身当做上等宾客。

所以一个使者,必须能够激扬言辞,晓谕诚信,显明气志,解释疑团,申诉委屈,然后才能出使他国。

【评析】

齐使虽然失落了鸿雁,但他没有逃匿,也没有自刑,而是坚持完成使命,并向楚王说明失落鸿雁的原因。这一切都表明他忠于职守,善于言辞,是个合格的外交使者,失落鸿雁只是偶然的过失,因而他得到了楚王的赏识。我们欣赏齐使的外交才能和勇于承担责任的品质,也欣赏楚王善于辨别必然和偶然的眼光。

(王庆谊)

楚丘先生

楚丘①先生披蓑带索②,往见孟尝君③。孟尝君曰:"先生老矣,春秋④高矣,多遗忘矣,何以教文⑤?"楚丘先生曰:"恶⑥!将使我耆?恶!将使我老?意者⑦将使我投石超距⑧乎,追车赴马乎?逐麋鹿、搏虎豹乎?吾则死矣,何暇老哉!将使我深计远谋乎?役精神而决嫌疑乎?出正辞而当诸侯乎?吾乃始壮耳,何老之有?"孟尝君赧然⑨,汗出至踵⑩,曰:"文过矣,文过矣。" (《韩诗外传》卷十)

【注释】

①楚丘:地名,一在今山东曹县,一在今河南滑县,此处当指前者,因其与孟尝君封地薛接近。 ②带索:系着绳索。 ③孟尝君:即田文,战国时齐国贵族,曾为齐相。封于薛,故又称薛公。 ④春秋:指年纪。 ⑤文:孟尝君自称。 ⑥恶(wū)屋:呵斥之声。 ⑦意者:揣测之词。 ⑧投石超距:投石,投掷石块;超距,跳跃,两者都是古代军事训练科目,此处意指战斗。 ⑨赧(nǎn 南上声)然:羞愧貌。 ⑩踵:脚后跟。

【今译】

楚丘有位老先生身上披着蓑衣,腰间束着绳索,去见孟尝君。孟尝君说:"先生老了,年纪大了,又好忘事,要用什么来教导我啊?"

楚丘先生一听,气得两眼直瞪,说:"哼,你说我老!哼,你说我老!你是要我投掷石块、跳跃超越吗？要我追赶车马吗？要我追赶麋鹿、搏杀虎豹吗？如果这样，那我已经死了，何止是老呢？你是要我思考远大的计划吗？要我使用精神判断疑惑吗？要我义正词严地应对各国诸侯吗？那么，我正当壮年呢，岂能称老？"

一番话说得孟尝君满脸羞愧，浑身冒汗，忙着说："是我的错，是我的错。"

【评析】

楚丘先生因年迈而遭到孟尝君的轻视，但他振振有词的一番解释，却使孟尝君羞愧不安。因为年老和年轻各有所长，作为人主国君，应用其长而避其短，不能以年龄的长幼作为人才取舍的标准。

（刘斌）

晏子使楚

齐景公①遣晏子②南使楚，楚王闻之，谓左右曰："齐遣晏子使寡人之国，几③至矣。"左右曰："晏子，天下之辩士也，与之议国家之务，则不如也；与之论往古之术，则不如也。王独可以与晏子坐，使有司④束人过王，王问之，使言齐人善盗，故束之。是宜⑤可以困之。"王曰："善。"晏子至，即与之坐，图⑥国之急务，辩当世之得失，再举⑦再穷。王默然无以续语。居有间⑧，束徒以过之。王曰："何为者也？"有司对曰："是齐人，善盗，束而诣⑨吏。"王欣然大笑曰："齐乃冠带⑩之国，辩士⑪之化，固善盗乎？"晏子曰："然，固取之⑫。王不见夫江南之树乎？名橘，树之江北，则化为枳。何则？地土使然尔。夫子⑬处齐之时，冠带而立，俨有伯夷⑭之廉，今居楚而善盗，意⑮土地之化使然尔，王又何怪乎？" （《韩诗外传》卷十）

【注释】

①齐景公：春秋时齐国国君，名杵臼，在位五十八年。 ②晏子：即晏婴，字平仲，春秋时齐国大夫，辩博多智。 ③几：将，将要。 ④有司：主管者。 ⑤宜：当，应当。 ⑥图：图谋，谋划。 ⑦举：此处意指提起话头。 ⑧有间：犹言一会儿。 ⑨诣：往，去。 ⑩冠带：头上戴冠，腰间束带，形容穿着整齐，讲究礼仪。 ⑪辩士：暗指晏子。 ⑫取之：谓取之教化。 ⑬夫子：这个人。夫，指示代词。 ⑭伯夷：商代孤竹君长子，其弟叔齐被确定为继承人，孤竹君死后，叔齐让位于伯夷，伯夷不受，逃亡周朝。后周武王讨灭商朝，他又逃往首阳山，因不食周粟而饿死。 ⑮意：借作"抑"，或者，也许。

【今译】

　　齐景公派遣晏子出使南方的楚国,楚王听说后,对左右随从说:"齐王派晏子出使我国,马上就要到啦!"

　　随从们说:"晏子是个名闻天下的能言善辩之士,要是和他讨论国家大事,就会比不过他,和他讨论古代治国的方法,也会比不过他。大王只可以和他闲坐闲聊,叫管事的绑着一个人从大王面前走过,大王因此发问,让管事的说这个齐国人善于偷盗,所以要把他绑起来。这样应当能够叫他难堪。"

　　楚王赞许道:"这样好。"

　　晏子到了,楚王和他坐着说话,议论国家的紧急事务,辩论治国当世的功过得失。两番议论,楚王都被晏子说得理穷词绝,他只好沉默着,无言以继。

　　过了一会儿,管事的绑缚着一个囚徒从他俩面前走过,楚王问道:"这人是干什么的?"

　　"这是个齐国人,善于偷盗,要把他送去见官。"管事的问答。

　　楚王一听,高兴得大笑,转身对晏子说:"齐国乃是个礼仪之邦,晏子先生的教化,就是使人善于偷盗吗?"

　　晏子问答说:"是啊,这固然是取之于教化。大王难道没见过江南叫橘的树吗?把它移栽到江北,就变成了枳树。这是为什么呢?这是土地风水把它改变了。这个人在齐国的时候,戴冠束带,一副君子模样,俨然像伯夷一样廉洁。现在来到楚国,却变得善于偷盗,也许也是土地风水把他改变成这样的吧。大王又有什么奇怪的呢?"

【评析】

　　为了奚落晏子,楚王导演了一出"齐人善于偷盗"的笑剧,然而机智的晏子借用江南的橘树到了江北变为枳树的常识,指出齐人在楚国善于偷盗是"土地之化使然",反倒奚落了楚王。这篇寓言以幽默的方式,不经意地说明了一个严肃的哲学命题:事物总是依据一定的条件变化发展的。

(刘斌)

皮相之士

吴延陵季子①游于齐,见遗金,呼牧者取之。牧者曰:"子居②之高、视之下,貌之君子,而言之野③也。吾有君不君,有友不友,当暑衣袭,君疑取金者乎?"延陵子知其为贤者,请问姓字,牧者曰:"子皮相④之士也,何足语姓字哉?"遂去。延陵季子立而望之,不见乃止。

(《韩诗外传》卷十)

【注释】

①延陵季子:即吴国公子季扎,封于延陵(今江苏常州),故以"延陵"为称。
②居:持有某种姿态或态度。　③野:鄙野,粗俗。　④皮相:从外表看。相,视,看。

【今译】

吴国的公子延陵季子来到齐国游观,看见路上有块别人遗失的金子,就叫在一旁放牧的人把它捡起来。

可这位放牧的人说:"你的姿态很高,目光朝下,相貌像个君子,想不到说起话来,却是这样粗俗。我有国君,却不遵从国君,我有朋友,却不和朋友交往,我大热天穿着皮袄,你以为我是那种随意拿人金子的人吗?"

延陵季子听了,知道这是一位贤者,便请教他的尊姓大名。这放牧的却说:"你是个只重视外表的人,怎能值得我告诉你姓名呢?"说完就走开了。

延陵季子站在路上看他渐渐远去,直到看不见为止。

【评析】

在古代道德观念中,君子不但不应该拿别人的财物,就连想也不应该去想。公子季扎看见路上别人遗失的金子,自己没有去捡,却叫路边放牧的把它捡起来,这就想到了别人的财物,流露出内心深处的不纯正,因而被放牧的讥笑为"皮相之士",离他远去。这则寓言揭示了道德修养的深刻性。

(刘斌)

四肢与心

齐景公①出田,十有七日而不反,晏子②乘而往。比③至,衣冠不正,景公见而怪

韩　婴

之,曰:"夫子何遽④乎?得无⑤有急乎?"对曰:"然,有急。国人皆以君为恶民所禽。臣闻之:鱼鳖厌深渊而就干浅,故得于钓网,禽兽厌深山而下于都泽⑥,故得于田猎,今君出田十有七日而不反,不亦过乎?"景公曰:"不然。为宾客莫⑦应待邪?则行人⑧子牛⑨在。为宗庙而不血食⑩邪?则祝人⑪太宰⑫在。为狱⑬不中⑭邪?则大理⑮子几⑯在。为国家有余⑰不足邪?则巫贤⑱在。寡人有四子,犹有四肢也,而得代焉,不可患焉。"晏子曰:"然。人心有四肢而得代焉则善矣,令四肢无心,十有七日不死乎?"景公曰:"善哉言。"遂援晏子之手,与骖乘⑲而归。若晏子者,可谓善谏者矣。

(《韩诗外传》卷十)

【注释】

①齐景公:春秋时齐国国君,名杵臼,在位五十八年。　②晏子:即晏婴,字平仲,春秋时齐国大夫,辩博多智。　③比:及,等到。　④遽:匆忙。　⑤得无:是不是,难道。　⑥都泽:广泽,大泽。　⑦莫:没有人。　⑧行人:官名,掌管朝觐聘问、礼尚往来。　⑨子牛:人名。　⑩血食:指享用祭品,古代祭祀皆杀牲,故称。　⑪祝人:官名,掌管祭祀。　⑫太宰:官名,掌管厨膳。　⑬狱:诉讼案件。　⑭中:符合。　⑮大理:官名,掌管刑狱司法。　⑯子几:人名。　⑰有余:犹言储备。　⑱巫贤:人名。　⑲骖乘:同乘,乘一辆车。骖,借作"参",参并。

【今译】

齐景公外出打猎,十七天都没回来,晏子乘车赶往猎场去找他。

到了的时候,晏子衣冠散乱不整,景公见状,感到奇怪,便问:"先生为何这样匆忙?难道有什么急事吗?"

"是的,有急事。"晏子说,"百姓们都以为国君被坏人抓走了。我听说,鱼鳖厌烦了深渊,来到浅水之处,所以才被钓钩渔网捕获;禽兽厌烦了深山,来到平原广泽,所以才被猎人捕杀。国君打猎,十七天都不回来,岂不是太过分了吗?"

"不是的。"景公说,"你是说宾客没人接待吗?那么有子牛。你是说祖宗的陵庙没有人祭祀吗?那么有祝人和太宰。你是说官司判决得不合法律吗?那么有大理子几。你是说国家的储备不足吗?那么有巫贤。我有这样四个人,就好像一个人长有四肢,有他们代我操持政务,是不可能发生祸患的。"

"是的。如果人心能像这样有'四肢'代为操持那就好了,假如只有四肢而没有心,人能十七天不死吗?"晏子继续说。

"这话说得好。"景公说着,拉起晏子的手,一起乘车回到朝廷。

像晏子这样的,真可称作善于进谏。

【评析】

齐景公把国事丢给大臣们,以为这样整个国家机器就会像人有四肢一样可以有条不紊地运作。晏子向他指出,四肢固然重要,但更重要的是"心",没有心,人就会死掉。在这篇寓言中,晏子借用四肢与心的比喻,说明了君臣之间的合作关系,特别强调国君在国家事务中的核心作用。

(王晓明)

黄雀在后

楚庄王①将兴师伐晋,告士大夫曰:"有敢谏者,死无赦。"孙叔敖②曰:"臣闻畏鞭箠之严而不敢谏其父,非孝子也;惧斧钺③之诛而不敢谏其君,非忠臣也。"于是遂进谏曰:"臣园中有榆,其上有蝉,蝉方奋翼悲鸣④,欲饮清露,不知螳螂之在后,曲其颈,欲攫⑤而食之也;螳螂方欲食蝉,而不知黄雀在后,举其颈,欲啄而食之也;黄雀欲食螳螂,不知童子挟弹丸在榆下,迎⑥而欲弹之;童子方欲弹黄雀,不知前有深坑,后有掘株⑦也。此皆贪⑧前之利,而不顾后害者也。非独昆虫众庶若此也,人主亦然,君今知贪彼之土而乐⑨其士卒。"楚国不殆而晋以宁,孙叔敖之力也。

(《韩诗外传》卷十)

【注释】

①楚庄王:春秋时楚国国君,名侣,在位二十三年(前公元613—公元前591),为春秋霸主之一。　②孙叔敖:春秋时楚国人,芈氏,名敖,字孙叔,楚庄王时曾为令尹。　③斧钺(yuè悦):代指斩刑。钺,圆刃大斧。　④悲鸣:高声鸣叫。　⑤攫(jué掘):鸟兽以爪抓取。　⑥迎:借作"仰",仰面。　⑦掘株:树桩子。　⑧贪:极欲得到。　⑨乐:想得到。

【今译】

楚庄王将要起兵讨伐晋国,诏告群臣说:"凡有胆敢劝谏的,一定处死。"孙叔敖听说以后,私下里说:"我听说,惧怕鞭箠责罚而不敢劝谏父亲的,不是孝子;惧怕刀斧诛杀而不敢劝谏国君的,不是忠臣。"于是就劝谏庄王,说道:"我家园中有一棵榆树,树上有一只蝉。这只蝉振动两翼,高声鸣叫,想吸饮清凉的露

黄雀在后

水,但它不知道身后有一只螳螂,弓着脖颈,正要捕食它;这只螳螂正要捕蝉,但它不知道身后有一只黄雀,仰着脖颈,正要啄食它;这只黄雀正要啄食螳螂,但它不知道一个少年拿着弹弓和弹丸站在树下,正要仰面射击它;这个少年正要射击黄雀,但他不知道他的前面有个深坑,后面又有个树桩,一不小心,就要摔倒。这些都是只论眼前之利,而不顾背后之害。不仅树上的昆虫和普通百姓是这样,君主也是如此。国君今天只知要得到晋国的土地和士卒啊!"楚国不危险,晋国保持安宁,这全是孙叔敖的功劳。

【评析】

在自然界中,每一种生物都是"吃"与"被吃"链条中的一环:当螳螂捕蝉的时候,它面临着被黄雀捕食的危险。本篇寓言试图把自然界的这一规律运用于人类社会,揭示人类行为中普遍存在的偏差,即注重进取而轻视防范,其实两者同样重要,统筹兼顾才能立于不败之地。

(王晓明)

藏于百姓

晋平公①之时,藏宝之台烧,士大夫闻者,皆趋车驰马救火,三日三夜乃胜之。公子晏②独束帛而贺,曰:"甚善矣。"平公勃然作色③曰:"珠玉之所藏也,国之重宝也,而天火之,士大夫皆趋车走马而救之,子独束帛而贺,何也?有说则生,无说则死。"公子晏曰:"何敢无说?臣闻之:王者藏于天下,诸侯藏于百姓,农夫藏于囷庾④,商贾藏于箧匮⑤。今百姓乏于外,短褐⑥不蔽形,糟糠⑦不充口,虚耗而赋敛无已,收大半而藏之台,是以天火之。且臣闻之:昔者桀⑧残贼⑨海内,赋敛无度,万民甚苦,是故汤⑩诛之,为天下戮笑⑪。今皇天降灾于藏台,是君之福也,而不自知变悟,亦恐君之为邻国笑矣。"公曰:"善。自今以往,请藏于百姓之间。"

(《韩诗外传》卷十)

【注释】

①晋平公:春秋时晋国国君,名彪,在位二十六年。　②公子晏:晋国的公子。　③作色:因生气而改变脸色。　④囷庾:(qūnyǔ 群〈平声〉羽):粮仓。囷,圆形谷仓;庾,露天谷仓。　⑤箧匮(qièkuì 怯愧):收藏物品的箱柜。　⑥短褐:粗布短衣,代指破烂。

衣衫。　⑦糟糠:酒滓和谷皮,代指粗劣的食物。　⑧桀:夏朝的最后一位君主,名履癸,暴虐荒淫。　⑨残贼:残损掠夺。　⑩汤:商朝的创建者,名武汤、成汤、天乙。　⑪戮笑:杀戮和耻笑,此处用作偏义复词,义为耻笑。

【今译】

晋平公的时候,收藏珍宝的高台着火了,群臣百官听说之后,立即驾车乘马赶来救火。一连救了三天三夜,火才被扑灭。

公子晏没去救火,而是拿了一束帛向晋平公表示祝贺,说:"烧得好!"

晋平公一听,勃然大怒,说:"这台中收藏的珠玉,是国家的贵重宝物,老天放火烧它,群臣百官都驾车乘马赶来救火,你却拿着一束帛来表示祝贺,这是为什么?你能说出个道理,我就饶了你,说不出道理,我就把你杀了!"

公子晏答道:"岂敢没有道理胡说?我听说,君王把财物收藏在普天之下,诸侯把财物收藏在百姓之间,农夫把粮食藏在仓库之中,商贩们把财物收藏在箱柜之内。现在百姓们穷乏于外,破烂衣衫遮不住身体,粗糙食物吃不饱肚皮,而国君一方面虚耗财物,一方面却又不断地征收财物。这些财物的大部分被国君收藏在这座高台中,所以上天才会发怒,一把火烧了它。我还听说,过去夏桀残损和掠夺天下,征赋搜刮没有止境,百姓苦不堪言,所以商汤才起兵消灭了他,落得个被天下人耻笑的下场。今天上天降灾烧了藏宝之台,是国君的福气啊!如果自己还不知道变革和悔悟,我担心国君也会被邻国耻笑。"

听完公子晏的话,晋平公恍然大悟,说道:"说得很好。从今往后,我要把财物收藏在百姓之间。"

【评析】

国家是需要积累财富的,然而积累起来的财富收藏在哪里?不同的国君有着不同的做法。晋平公原本是把财富收藏在藏宝台中,在遭到公子晏的批评以后,终于醒悟到应该把财富收藏于百姓之间,因为这样才能实现国富民强。　　(王晓明)

刘 安

刘安(公元前179—公元前122),汉高祖刘邦孙,文帝时袭封淮南王,后被推问谋反而自杀。刘安好读书弹琴,知识渊博,善为文辞,文帝曾使其为屈原《离骚》作注解,清旦受诏,早食时已完毕。《淮南子》一书是刘安召集宾客儒士所作,初名《鸿烈》,后经刘向校定整理,取为今名。其书大抵崇尚老子淡泊无为、蹈虚守静之说,但成于众人之手,内容难免驳杂,故《汉书·艺文志》列入杂家。《淮南子》承先秦诸子余绪,议论宏博,且多援类引譬,反复深入,故为学者所重,汉时即有季门、延笃、许慎、高诱四家注(前两家今已亡佚)。今人较重要的注本有刘文典《淮南鸿烈集解》、刘家立《淮南集证》、何宁《淮南子集释》等。

黄 龙 负 舟

禹南省①,方济②于江,黄龙负舟,舟中之人五色无主③,禹乃熙笑④而称曰:"我受命于天,竭力而劳万民,生,寄⑤也,死,归也,何足以滑⑥和?"视龙犹蝘蜓⑦,颜色不变。龙乃弭耳⑧掉尾而逃。禹之视物亦细矣。　　　(《淮南子·精神训》)

【注释】

①南省:到南方视察。　②济:渡。　③五色无主:神色不定,形容仓皇失措。　④熙笑:怡然而笑。　⑤寄:寄居。　⑥滑(gǔ古)和:扰乱中和之道。　⑦蝘蜓(yǎndiàn 演店):壁虎。　⑧弭(mǐ米)耳:耷拉着耳朵。

【今译】

大禹到南方视察,正在渡江,黄龙驮着小船,船里的人惊慌失措,大禹却怡然而笑,说道:"我受上天的命令,竭力为老百姓辛苦劳作。活着是寄居人世,死了是回归自然。这点事怎么能扰乱我的平静呢?"他看那黄龙,就像个壁虎,面不改色。黄龙只好耷拉着耳朵掉转尾巴逃跑了。大禹把那庞然大物看得很小啊!

【评析】

这篇寓言,赞扬了大禹临危不惧的大无畏精神。他把生死看得很淡,在危难之际能够从容不迫,面不改色,再大的困难险恶,也会被克服,被战胜。黄龙那样的庞然大物就变得很渺小,只好耷拉脑袋,逃之夭夭。 (林美凤)

从其所行

蘧伯玉①为相。子贡往观之,曰:"何以治国?"曰:"以弗治治之。"简子②欲伐卫,使史黯③往觌④焉。还报曰:"蘧伯玉为相,未可以加兵。固塞险阻,何足以致之?"故皋陶⑤瘖⑥而为大理⑦,天下无虐刑,有贵于言者也。师旷⑧瞽⑨而为太宰⑩,晋无乱政,有贵于见者也。故不言之令,不视之见,此伏牺、神农⑪之所以为师也。故民之化也,不从其所言而从其所行。 (《淮南子·主术训》)

【注释】

①蘧(qú 渠)伯玉:春秋时卫国贤相。 ②简子:赵简子,春秋末期晋国执政大夫。 ③史黯:春秋晋太史。 ④觌(dí 笛):见。 ⑤皋陶(gāoyáo 高尧):传说是舜的臣子。 ⑥瘖(yīn 因):哑。 ⑦大理:掌管刑狱的官。 ⑧师旷:春秋晋国乐师。 ⑨瞽(gǔ 鼓):失明。 ⑩太宰:掌国法礼制的官。 ⑪伏牺、神农:传说中的古帝王名。

【今译】

蘧伯玉为相,子贡前去看他,问:"怎样治理国家?"蘧伯玉回答:"用不治来治理国家。"赵简子想讨伐卫国,派史黯前去观察。史黯回来报告说:"蘧伯玉为相,不可以攻打。边塞和险阻地带,都防守得很坚固,怎么可以攻下它呢?"所以,皋陶虽然是哑巴,却担任司法的官职,全国没有出现残暴的刑罚,这比说话要珍贵得多,师旷虽然是盲人,却掌管国法礼制,晋国政治搞得井井有条,这比那些视力好的人要可贵得多。因此,不用说话的命令,不用眼睛来观察,这就是伏牺、神农之所以成为典范的道理。所以对老百姓的教育,不是看他的言语,而是看他的行为。

【评析】

这篇寓言,告诉我们身教重于言教,"观其行"重于"听其言"。一方面以蘧伯玉为相治理卫国,建立了坚固的边防,使敌人不敢轻举妄动为例证,另一方面又以古代圣贤的治国例证,证明了"不从其所言而从其所行"的道理。(林美凤)

豫让事主

昔者豫让①,中行文子之臣。智伯伐中行氏,并吞其地,豫让背其主而臣智伯。智伯与赵襄子②战于晋阳之下,身死为戮,国分为三。豫让欲报赵襄子,漆身为厉③,吞炭变音,摘齿④易貌。夫以一人之心,而事两主,或背而去,或欲身徇⑤之,岂其趋舍厚薄之势异哉?人之恩泽使之然也。

（《淮南子·主术训》）

【注释】

①豫让:晋国勇士,曾跟随中行氏,不受重视,后来转投智伯,很受重用。　②智伯、赵襄子和中行文子均为晋卿。晋国六卿中矛盾很深,争斗很激烈。　③厉:通"癞"。　④摘(zhāi斋)齿:摘取牙齿。　⑤徇:通"殉"。

【今译】

从前,豫让是中行文子家的臣子。智伯攻打中行氏,吞并了中行氏的土地,豫让背叛了他的主子而到智伯家为臣。智伯与赵襄子在晋阳作战,被杀死,土地也一分为三,豫让要向赵襄子报仇,全身涂了漆,长满癞疮,吞下木炭使嗓音变哑,打掉牙齿改变容貌。同样是这一个人的心思去侍奉两个主人。有的就背叛而离去,有的却为他殉节。难道是因为他根据势力的强弱而做出不同的选择吗?是主人的恩德不同才造成他这种情况。

【评析】

社会上的人职业有区别,地位有高低,但人格是平等的,感情是相通的。正是由于中行氏对他轻视,他才背叛离开,投向智伯。由于智伯对他尊宠,他才尽心侍奉,不惜以身殉节。这个寓言也告诉人们,对待下属尊重,也就必然赢得下属的尊重。

（林美凤）

宓子论过

故宾①有见人于宓子②者,宾出,宓子曰:"子之宾独有三过:望我而笑,是擅③也;谈语而不称师④,是返⑤也;交浅而言深,是乱也。"宾曰:"望君而笑,是公⑥也;

谈语而不称师,是通⑦也;交浅而言深,是忠也。"故宾之容一体⑧也,或以为君子,或以为小人,所自⑨视之异也。故趣合⑩即⑪言忠而益亲,身疏即谋当而见疑。

(《淮南子·齐俗训》)

【注释】

①故宾:熟悉的宾客。 ②宓(fú福)子:即宓不齐,字子贱,春秋时鲁国人,孔子弟子。曾为单父宰,身不下堂,弹琴而治。《汉书·艺文志》载有《宓子》十六篇,久佚。 ③搴(qiān千):简慢不恭。 ④称师:称述师说。古人尊师重道,言论必称述师说,否则即被视为叛逆。 ⑤返:借作"叛",背叛。 ⑥公:借作"颂",义即有礼貌。 ⑦通:博通。 ⑧一体:犹言同样、一样。 ⑨所自:犹言所由、所以。 ⑩趣合:原作"趣舍合",衍"舍"字(王念孙说),今删。趣合,意谓志趣投合,与下文"身疏"相对为文。 ⑪即:则,连词。下"即"字同。

【今译】

宓子的熟人领着一个人来见宓子,客人走后,宓子对这熟人说:"您的客人有三个过失:看着我发笑,这是简慢不恭敬;谈论之间不称述师说,这是背叛师道;交往疏浅却言谈深入,这是紊乱无节制。"这熟人说:"看着您发笑,这是有礼貌;谈论不称述师说,这是学问博通;交往浅而言谈深,这是忠实于您。"

客人的容貌举止并无不同,有的人把他当做君子,有的人把他当做小人,那是因为观察的角度不同。所以,志趣投合就会被认为言语忠实而更加亲近,关系疏远即便谋划得当也会反遭怀疑。

【评析】

对于新引见的客人,宓子认为其言谈举止有三处过失,而引见客人的熟人却认为这三处不是过失,而是优点。人们观察问题的角度不同,得出的结论自然会有所差异。另一方面,宓子认定的三处过失:嬉笑不恭、不称师说、交浅言深,反映出我国先哲鉴察人物的标准,对于我们今天处世接物有一定的借鉴意义。 (王柯)

太清问道

太清①问于无穷②曰:"子知道乎?"无穷曰:"吾弗知也。"又问于无为③曰:"子知道乎?"无为曰:"吾知道。""子之知道亦有数④乎?"无为曰:"吾知道有数。"曰:"其数奈何?"无为曰:"吾知道之可以弱、可以强,可以柔、可以刚,可以阴、可以阳,可以窈③、可以明,可以包裹天地,可以应待无方⑥。此吾所以知道之数也。"太清又问于无始⑦曰:"乡者⑧,吾问道于无穷,无穷曰:'吾弗知之。'又问于无为,无为曰:'吾知道。'曰:'子之知道亦有数乎?'无为曰:'吾知道有数。'曰:'其数奈何?'无为曰:'吾知道之可以弱、可以强,可以柔、可以刚,可以阴、可以阳,可以窈、可以明,可以包裹天地,可以应待无方;吾所以知道之数也。'若是,则无为知与无穷之弗知,孰是孰非?"无始曰:"弗知之深而知之浅,弗知内而知之外,弗知精而知之粗。"太清仰而叹曰:"然则不知乃知邪?知乃不知邪?孰知知之为弗知,弗知之为知邪?"无始曰:"道不可闻也,闻而⑨非也;道不可见,见而非也;道不可言,言而非也。孰⑩知形⑪之不形者乎?"故老子曰:"天下皆知善之为善,斯不善也。"故"知者不言,言者不知"也。

（《淮南子·道应训》）

【注释】

①太清:虚构人物名,取至清无尘之意。　②无穷:虚构人物名,取无边际、无形貌之意。　③无为:虚构人物名,取无所作为之意。　④数(shù术):道数,方法。　⑤窈:借作"幽",幽隐不显明。　⑥无方:犹言无常,即无常的变化。　⑦无始:虚构人物名,取无始无源之意。　⑧乡者:刚才。　⑨而:乃,则。下二"而"字同此。　⑩孰:谁,疑问代词。　⑪形:动词,使事物呈现出形态,此处义为标明、表明。下"形"字同。

【今译】

太清问无穷:"你知道道吗?"无穷说:"我不知道道。"太清又问无为:"你知道道吗?"无为说:"我知道道。"

"你知道道,也有什么方法吗?"

"我知道道,有一定方法。"无为回答说。

太清又问:"你的方法是怎样的呢?"

无为答:"我知道道可以变得弱小,又可以变得强大;可以变得柔软,又可以变得刚强;可以为阴,又可以为阳,可以深藏不露,又可以显明昭彰,可以包容天地万物,又可以应对无常的变化。这就是我用来知道的方法。"

太清又问无始:"刚才我向无穷问道,无穷说:'我不知道道。'我又问无为,无为说:'我知道道。'我问:'你知道道,也有什么方法吗?'他说:'我知道道,有一定的方法。'我问:'你的方法是怎样的呢?'他说:'我知道道可以变得弱小,又可以变得强大;可以变得柔软,又可以变得刚强;可以为阴,又可以为阳;可以隐藏不露,又可以显明昭彰;可以包容天地万物,又可以应对无常的变化。这就是我用来知道的方法。'像这样,无为的知道与无穷的不知道,何者为是,何者为非呢?"

无始答道:"说不知是深刻的,说知是肤浅的;说不知是内行,说知是外行;说不知者精深,说知者粗疏。"

太清仰天叹息道:"既然这样,岂不是不知成了知、知反倒成了不知了吗?那谁又能知道知之者为不知、不知者为知呢?"

无始回答说:"道是不能被听到的,能听到的就不是道;道也是不能被看见的,能看见的也不是道;道也是不能言说的,能够言说的也不是道。谁能知道要想说明道是办不到的呢?"

所以老子说:"普天下的人都知道善是善,那善就成了不善。"因而"知道的人不说,说的人不知道"。

【评析】

道是古代道家哲学的核心观念,它制约着宇宙间万事万物的生成变化。但是,人们如何去把握道呢?这则寓言通过虚构人物太清与无穷、无为、无始的对话,告诉人们:道变化莫测,看不见、摸不着,不能形之于语言,要把握道,只能像道那样开合变化,不执一途,顺应自然。

这则寓言以对话的方式展开,问答之间体现出古代哲人的睿智和机敏。

(王柯)

襄子忍辱

赵简子①以襄子②为后③,董阏于④曰:"无卹贱⑤,今以为后,何也?"简子曰:"是为人也,能为社稷忍羞⑥。"异日⑦,知伯⑧与襄子饮而批⑨襄子之首。大夫⑩请杀之,襄子曰:"先君⑪之立我也,曰'能为社稷忍羞',岂曰能刺人哉?"处十月⑫,知伯围襄子于晋阳⑬,襄子疏队⑭而击之,大败知伯,破其首以为饮器⑮。故老子曰:"知其雄,守其雌,其为天下谿⑯。"

(《淮南子·道应训》)

【注释】

①赵简子:即赵鞅,春秋末年晋国的六卿之一,在六卿之间的争斗中,打败了范氏和中行氏,为此后赵国的建立奠定了基础。　②襄子:赵简子的庶出儿子,名无卹。　③后:继承人。　④董阏(yān烟)于:赵氏家臣,有治能,后来代赵简子受过而自杀。　⑤无卹贱:无卹即赵襄子,其母为婢女,故出身低贱。　⑥羞:羞耻。　⑦异日:过了几日。　⑧知伯:即荀瑶,晋国六卿之一,势力强大。　⑨批:用手击。　⑩大(dà)夫:古职官名,周朝把国君的属官分为卿、大夫、士三等,大夫乃其一。此处用作部下的尊称。　⑪先君:君,父亲,"先"字衍。先君指已故的父亲,知伯与襄子饮酒时,简子尚在,不得称为"先君",《史记·赵世家》即无"先"字。　⑫处十月:过了十个月。处,居,过了。"月"当为"年",误。据《史记·赵世家》,知伯与襄子饮酒而击其首,在晋出公十一年,六年以后简子卒,襄子代立,立四年而灭知氏,前后共十年。　⑬晋阳:晋地名,后一度为赵国都城,在今山西太原东南。　⑭疏队:疏通开挖。队(隊),古"隧"字,用作动词,义为挖掘。知伯围襄子于晋阳,引晋水灌城,襄子反攻时,决水反灌知伯军。"疏队"即指坏堤决水事。　⑮饮器:饮酒之器具。古代常把敌人的头颅制成饮器或溺器,以夸耀战功。　⑯谿(xī西):山谷。

【今译】

赵简子立赵襄子为继承人,董阏于说:"无卹出身卑贱,为什么立他呢?"简子说:"无卹能为社稷忍受耻辱。"过了几天,知伯与襄子一起饮酒,发怒打了他一个耳光。襄子的随从们请求杀了知伯,襄子说:"父亲立我,是说我能为社稷忍受耻辱,岂是说我能够杀人?"

十年之后,知伯把襄子围在晋阳城中,并且引晋水灌城,襄子挖开堤坝,乘着水势反攻,大败知伯,并把他的头颅制成了饮酒器具。

所以老子说:"知道自己雄壮有力量,却持守着柔弱的姿态,作为天下的低谷。"

【评析】

赵襄子是赵简子的庶出儿子,按照封建礼法,他是不能作为继承人的,但他能够着眼大局,忍辱负重。这一优点,使他取得了父亲的信赖,代父主政,并且在日后与知伯的斗争中,面对侮辱,隐忍不发,最终消灭了知氏。

这则寓言由一段历史故事点化而成,它告诉我们:成大事者,必有超凡的眼光和气度,不去斤斤计较于琐屑小事。

(王柯)

数胜而亡

魏武侯问于李克曰①："吴之所以亡者何也？"李克对曰："数战数胜。"武侯曰："数战数胜，国之福。其独以亡，何故也？"对曰："数战则民罢②，数胜则主骄，以骄主使罢民，而国不亡者，天下鲜矣。骄则恣③，恣则极物；罢则怨，怨则极虑。上下俱极，吴之亡犹晚矣。夫差之所以自刭④于干遂也。"故《老子》曰："功成名遂身退，天之道也。"

（《淮南子·道应训》）

【注释】

①魏武侯：战国时魏国国君，名子击，在位二十六年。李克：战国时魏国大臣，子夏弟子。②罢：通"疲"，疲乏。③恣：放纵，无拘束。④刭（jǐng 井）：用刀割颈。

【今译】

魏武侯问李克说："吴国之所以灭亡，是什么原因呢？"李克回答说："多次打仗多次获胜。"魏武侯说："多次打仗多次获胜是国家的大好事，而它独独灭亡了，什么原因呢？"李克回答："多次打仗，那老百姓就疲惫；多次获胜，那君主就骄傲。以骄傲的君主来率领疲惫的老百姓，国家不灭亡，天下罕见。骄傲就会放纵，放纵就会耗尽物力；疲惫就会怨恨，怨恨就会尔虞我诈。全国上下都这样发展下去，吴国的灭亡还算晚的呢。这就是夫差在干遂自杀的原因。"所以《老子》说："功成名就，自己就该退隐，这是自然的规律！"

【评析】

历史上胜则骄，骄则败的事例是不少的。吴国屡战屡胜形成了君主的骄奢淫逸，百姓的疲惫不堪，这就埋下了未来失败灭亡的种子。所以作者通过这则寓言告诉人们，功成名就就要及时隐退。这有它合理的因素，但也不能绝对化。因为事物在一定条件下是可以转化的，既可以向坏的方面转化，也可以向好的方面转化。

（林美凤）

刘 安

王寿焚书

王寿①负书而行,见徐冯②于周③。徐冯曰:"事者应变而动,变生于时,故知时者无常行。书者,言之所出也,言出于知者④,知者不藏⑤书。"于是王寿乃焚书而舞之。故老子曰:"多言数穷⑥,不如守中⑦。"

（《淮南子·道应训》）

【注释】

①王寿:古时好书之人。　②徐冯:周代的隐士。　③周:地名,周朝的发祥地,在今陕西岐山南。　④知者:智慧的人。知,借作"智"。　⑤不藏:原脱"不"字,今据王念孙说补。　⑥数穷:方法策略行不通。　⑦中:中心,内心。

【今译】

王寿背着书走路,在周遇见了徐冯。

徐冯说:"做事情要应对变化而采取适当的行动;变化随时都可以发生,所以知道时事变化的人,没有一成不变的行为。书籍产生于言论,言论产生于智慧的人,因而智慧的人不收藏书籍。"于是王寿烧了自己的书,并且高兴得手舞足蹈。

所以老子说:"言论太多则处事的方略行不通,不如默然持守内心以应对变化。"

【评析】

徐冯强调人们应该根据实践的变化,适时制宜,不为成规所束缚,无疑是正确的。但他蔑视书本知识,主张弃置不用,却走到了反面,王寿因此而烧书,则更不足取。作为实践经验的总结,书本知识虽有凝滞不变的缺陷,但更有着指导实践的巨大作用,是不应偏废的。

（王柯）

釐负羁求全

晋公子重耳①出亡,过曹②,无礼焉。釐负羁③之妻谓釐负羁曰:"君④无礼于晋公子,吾观其从者,皆贤人也,若以相⑤夫子⑥反晋国,必伐曹。子何不先加德焉?"釐负羁遗之壶飡⑦,而加璧焉。重耳受其飡而反⑧其璧。及其反国,起师伐曹,剋之,令三军无⑩人釐负羁之里。故老子曰:"曲则全,枉则正⑪。"

(《淮南子·道应训》)

【注释】

①重耳:即晋文公。其父晋献公听信谗言,迫使其以公子身份在外流亡十九年,后返国为君,成为春秋霸主之一,公元前636年—公元前628年在位。　②曹:春秋时诸侯国,周初始封,姬姓,在今山东西部,国都为陶丘(今山东定陶西南)。　③釐负羁:曹国大夫。　④君:指曹国国君曹共公。　⑤相:帮助,辅佐。　⑥夫(fú 福)子:这个人。夫,代词,表示近指。　⑦壶飧(jùn 俊):一壶食物。壶,古代一种容器,以青铜或陶制成,用以盛酒浆食物。飧,借作"馔",食物。　⑧加璧:放了一块璧。加璧是古代表示礼敬的一种方式。　⑨反:古"返"字,返还,退还。　⑩无:勿,不得。　⑪正:直。

【今译】

晋国的公子重耳逃亡出国,经过曹国,曹国的国君待他无礼。曹国大夫釐负羁的妻子对釐负羁说:"国君待晋公子无礼。我看晋公子的随从都是贤能的人,如果他们辅佐晋公子返回晋国,必定要讨伐曹国,你为什么不事先对他们施以恩惠呢?"于是釐负羁送给重耳一壶食物,并且送上一块璧以表示礼敬。

后来重耳返回晋国执政,起兵讨伐曹国,并且攻克了都城,命令三军将士不得进入釐负羁的宅里以免骚扰他。

所以老子说:"受得了委屈才能保全自己,弯曲以后才能伸直。"

【评析】

这则寓言源出重耳出亡中的一段故事。对于逃亡中的晋公子,曹国君臣采取了"无礼"和"礼"两种态度,前者导致曹国灭亡,后者却使釐负羁在覆国之下保全了自己。寓言通过对两种态度、两种结果的比较,申述了老子的观点:以柔弱谦虚的姿态应对各种事变,才能使自己立于不败之地。　　　(王柯)

勾践事吴

越王勾践①与吴战而不胜,国破身亡,困于会稽②。忿心张胆,气如涌泉;选练甲卒,赴火若灭③。然而请身为臣,妻为妾,亲执戈为吴王④先马⑤,果⑥禽⑦之于干遂⑧。故《老子》曰:"柔之胜刚也,弱之胜强也,天下莫不知,而莫之能行。"越王亲之,故霸中国。

(《淮南子·道应训》)

【注释】

①勾践:春秋末期越国君主。 ②会稽:山名,在浙江绍兴。 ③灭:熄灭了的火。 ④吴王:原作"吴兵",据王念孙校改。 ⑤先马:马前卒。 ⑥果:终于。 ⑦禽:擒。 ⑧干遂:地名,在江苏吴县。

【今译】

越王勾践被吴国打败,国破家亡,困在会稽山上。他内心愤恨,怒气像泉水涌流;他选拔训练士兵,勇往直前。但自己却请求做吴王的小臣,妻子做吴王的奴仆,亲自扛着戈矛做吴王的马前卒,后来终于在干遂俘虏了吴王。所以《老子》说:"柔能胜刚,弱能胜强,天下人没有不知道的,但没有人能实行它。"越王亲自实行了,因而称霸中国。

【评析】

这篇寓言告诉人们,柔能克刚,弱能胜强。要做到这一点,作为弱势的一方,既要采用柔顺的手段,和缓矛盾,麻痹对方,使其斗志松懈;又要奋发图强,砥砺斗志,苦练战斗本领。这样才能使弱转变为强,柔转化为刚。 (林美凤)

九方堙相马

秦穆公①谓伯乐②曰:"子之年长矣,子姓③有可使求马者乎?"对曰:"良马者,可以形容④筋骨相⑤也。天下之马⑥者,若灭若失⑦,若亡其一⑧。若此马者,绝尘⑨弭辙⑩。臣之子皆下材⑪也,可告以良马,而不可告以天下之马。臣有所与共⑫儋缠⑬采薪⑭者九方堙⑮,此其⑯于马,非臣之下也。请见之。"穆公见之,使之求马。三月而反⑰,报曰:"已得马矣,在于沙丘⑱。"穆公曰:"何马也?"对曰:"牡⑲而黄。"使人往取之,牝⑳而骊㉑。穆公不说㉒,召伯乐而问之曰:"败㉓矣,子之所使求者!毛物㉔牝牡弗能知,又何马之能知!"伯乐喟然大息㉕曰:"一㉖至此乎!是乃其所以千万臣㉗而无数㉘者也!若堙之所观者,天机㉙也,得其精㉚而忘其粗㉛,在其内㉜而忘其外,见其所见而不见其所不见,视其所视而遗其所不视。若彼之所相者,乃有贵乎马者。"马至而果千里之马。故老子曰:"大直若曲,大巧若拙。"

(《淮南子·道应训》)

【注释】

①秦穆公:春秋时秦国的国君,公元前659年—公元前621年在位,为春秋霸主之一。②伯乐:秦穆公时善相马者,姓孙,名阳。③子姓:儿孙辈。姓,子孙之通称。④形容:形体容貌。⑤相:视,观察。⑥天下之马:指天下少有的千里马。此上原衍"相"字,据刘文典说删。⑦若灭若失:谓特征似有似无。灭,隐灭不明显;失,丢失,失去。⑧若亡其一:谓精神和外貌似乎不相对应,缺少其中的一项。⑨绝尘:与尘土隔绝,即四蹄不着地,极言奔跑之快。⑩弭辙:车的辙迹很快弥合,即不留辙迹。⑪下材:才能低下的人。⑫共:原作"供",涉下"儋"字而误增人旁(王念孙说),今删。⑬儋(dān单)纆:泛指肩扛手提一类的体力劳动。儋,同"擔",用肩挑或扛;纆,绳索,用作动词,义即缠绕捆束。⑭采薪:砍柴。薪,柴草。⑮九方堙(yīn音):春秋时善相马者。⑯此其:即此。其,语气助词,无义。⑰反:古"返"字。⑱沙丘:地名。⑲牡:雄性的,公的。⑳牝:雌性的,母的。㉑骊:黑色马。㉒说:借作"悦",喜悦。㉓败:此处指把事情办砸了、弄糟了。㉔毛物:即毛,此处指毛的颜色。物,事物的总称。㉕大息:即叹息。㉖一:乃,竟然,表示出乎意料。㉗千万臣:千万倍于我。千万,数词表示倍数。㉘无数:无比。数,比数,比并。㉙天机:精神的关键。㉚精:内在的实质。㉛粗:外在的表征。㉜在其内:原脱"其"字(王念孙说),今补。在,关注。

【今译】

秦穆公对伯乐说:"您的年纪大了,儿孙们中有能够相马的吗?"

伯乐回答说:"一般的好马,是可以从形貌骨骼上看出来的,但是天下绝伦的千里马,其特征在明灭有无之间,精神和外貌似乎不能全然相应。这样的马,奔跑起来蹄不沾地,车不留迹。我的儿孙们都是才能低下的人,只能告诉他们什么是好马,而无法告诉他们什么是天下绝伦的千里马。我有一个在一起挑担砍柴的朋友,叫九方堙,他对于相马,本领不比我低,我请求君王接见他。"

穆公召见了九方堙,派他去寻找千里马。

过了三个月,九方堙回来报告说:"已经找到了一匹千里马,就在沙丘。"

穆公问:"那马什么样儿?"

"是一匹黄色的公马。"九方堙回答说。

穆公派人取回了那匹马,却是一匹黑色的母马。

穆公很不高兴,便把伯乐召来,问道:"你推荐的那个找马的人把事情全弄砸了!连马的颜色、公母都分不清,又怎能知道马的好坏呢!"伯乐叹息着说:"啊,九方堙相马竟达到了这般境地!这正是他胜过我千万倍而不可相比的地方。九方堙所观察的是马的精神关键,得到的是精髓,忽略的是皮毛,关注内在的实质,忽略外在的特征。他只看他应当看的东西,而不去看他不必看的东西;只注意应当注意的东西,而忽略无须注意的东西。像他这样,观察到的才是马身上值得珍贵的地方。"

马牵来了,果然是天下少有的千里马。

所以老子说:"最直的东西好像有些弯曲,最灵巧的东西好像有些笨拙。"

【评析】

九方堙相马,分不清毛色和公母,却能找到天下少有的千里马,这是因为他的观察不重表面,只重实质,不重皮毛,只重要害关键。相马如此,"相人"又何尝不如此呢?伯乐对九方堙的相马术大加赞赏,也是忽略他不辨骊黄牝牡的次要方面,注重他能够相出千里马的主要方面。事实上,具有某一专长的人,往往会在另外一些方面表现出不足,这是不应求全责备的。这则寓言告诉我们:观察和处理事物都应抓住主流和实质,不必斤斤计较于表面枝节。　　　　(王柯)

不 逆 伎 能

昔者,公孙龙①在赵之时,谓弟子曰:"人而无能者,龙②不能与游③。"有客衣褐④带索⑤而见曰:"臣⑥能呼。"公孙龙顾⑦谓弟子曰:"门下⑧故⑨有能呼者乎?"对曰:"无有。"公孙龙曰:"与之弟子之籍⑩。"后数日,往说燕王,至于河上⑪,而航⑫在一汜⑬,使善呼者呼之,一呼而航来。故⑭圣人之处世,不逆⑮有伎能之士。故老子曰:"人无弃人⑯,物无弃物,是谓袭明⑰。"　　　　(《淮南子·道应训》)

【注释】

①公孙龙:战国时赵人,哲学家,名家学派的代表人物,著有《公孙龙子》。　②龙:公孙龙自称,表示礼貌。　③游:交往。　④衣褐(hè贺):穿着粗布衣。褐,粗布或粗布制成的衣服。　⑤带索:系着绳索。带,用作动词,义谓系、束。　⑥臣:古人自称,表示谦卑。　⑦顾:转头看。　⑧门下:门庭中,代指门徒宾客。　⑨故:原先,本来。　⑩籍:门籍,书有人姓名、年龄、相貌特征的竹牌或木牌,用于出入通行时验明身份。　⑪河上:犹言河边。河,古时专指黄河。　⑫航:船。　⑬汜(sì四):借作"涘",水边。　⑭故:原作"故曰","曰"字衍(王念孙说),今删。　⑮逆:拒逆,拒绝。　⑯弃人:废弃不用的人。　⑰袭明:因袭沿用聪明。

【今译】

从前公孙龙在赵国的时候,曾对弟子们说:"人要是没有才能,我是不能和他交往的。"

一天,有一个穿着破烂衣衫、腰扎绳索的客人来见公孙龙,说:"我能呼叫。"公孙龙转过头来问弟子们说:"你们当中有能呼叫的吗?"

"没有。"弟子们回答。

"那就给他立一个弟子的门籍。"公孙龙说。

过了几天,公孙龙带着弟子去游说燕王。到了黄河边,但是船在对岸,无法渡河。公孙龙让那个善于呼叫的门人叫船,果然,一声呼叫,渡船便驶了过来。

因此圣人居处于人世之间,不拒绝有技能的人。所以老子说:"人中没有废弃不用的人,物中没有废弃不用的物,这就叫做因顺聪明。"

【评析】

会叫喊,不能算是什么技能,但是招贤纳士的公孙龙不以其"薄"而弃置不用,终于在渡河的当口派上了用场。人们都知道,成就事业,必须网罗人才、集众之长,但何谓人才,则各有其是。这则寓言告诉我们无人不材,如果使用得当,连只会叫喊也是人才。

这则寓言生动风趣,从极小处入手,说明了一个极深刻的道理,与孟尝君网罗鸡鸣狗盗之徒的故事同出一辙。

(王柯)

三怨可免

狐丘①丈人谓孙叔敖②曰:"人有三怨,子知之乎?"孙叔敖曰:"何谓也?"对曰:"爵高者士妒之,官大者主恶之,禄厚者怨处之。"孙叔敖曰:"吾爵益高,吾志益下;吾官益大,吾心益小;吾禄益厚,吾施③益博,是以免三怨,可乎?"故《老子》曰:"贵必以贱为本,高必以下为基。"

(《淮南子·道应训》)

【注释】

①狐丘:地名。　②孙叔敖:春秋时楚庄王令尹,政绩突出。　③施:将财物送人。

王寿焚书

【今译】

狐丘的老人问孙叔敖说:"人有三种怨恨,您知道吗?"孙叔敖回答说:"说的是什么?"丈人说:"爵位高的人,读书人嫉妒,官大的人,君主讨厌,俸禄多的人,老百姓怨恨。"孙叔敖说:"我的爵位越高,我的态度越谦卑,我的官职越大,我的思想越谨慎,我的俸禄越多,我的施舍越广泛。用这些来免除三怨,可以吗?"所以《老子》说:"富贵一定要以贫贱为根本,崇高一定要以低下为基础。"

【评析】

一般说来,人在顺境中容易麻痹大意,取得些成绩也往往得意洋洋,忘乎所以,这里又埋下了失败和怨恨的种子。这篇寓言启示我们,越是顺境,越是有成绩,就越要谦虚谨慎,越要联系群众,为群众谋利益。富贵以贫贱为根本,崇高以低下为基础是有深刻的道理的。否则再有成绩,再有本事的人也会逐渐走向自己的反面。

(林美凤)

子发求士

楚将子发①好求技道②之士,楚有善为偷者往见曰:"闻君③求技道之士,臣④,偷也,愿以技赍⑤一卒。"子发闻之,衣不给带,冠不暇⑥正,出见而礼之。左右谏曰:"偷者,天下之盗⑧也,何为之礼?"君曰:"此非左右之所得与⑨。"后无几何⑩,齐兴兵伐楚,子发将师以当⑪之,兵三却⑫。楚贤良大夫⑬皆尽其计而悉其诚,齐师愈强。于是卒偷⑭进,请曰:"臣有薄技,愿为君行之。"子发曰:"诺。"不问其辞⑮而遣之。偷则夜解齐将军之帱帐⑯而献之。子发因⑰使人归之曰:"卒有出薪者,得将军之帷,使归之于执事⑱。"明又复往取其枕,子发又使人归之。明日又复往取其簪,子发又使归之。齐师闻之大骇,将军与军吏谋曰:"今日不去,楚君恐取吾头。"乃还师而去。故⑲技无细⑳而能无薄㉑,在人君用之耳。故老子曰:"不善人,善人之资㉒也。"

(《淮南子·道应训》)

【注释】

①子发:战国时楚宣王的将军。 ②技道:技艺,技能。 ③君:君长,古人称尊长皆可曰"君",此处称子发。 ④臣:自称,表示谦卑。 ⑤赍(jī机):该备,备足,

此处义即充当。　⑥不给(jǐ 几):不及。　⑦不暇:不及。　⑧盗:盗窃,偷窃。⑨与:干预。　⑩无几何:没多少,此处就时间而言。　⑪当:抵挡,抵御。⑫却:后退。　⑬大夫:古职官名,此处泛指官僚臣属。　⑭卒偷:小偷后成为士兵,故称"卒偷"。"卒"原作"市",误字(刘文典说),今改正。　⑮辞:言辞,此处指小偷解释如何行使技能的言辞。　⑯帱(chóu 仇)帐:帷帐,帐子。帱,帐子。　⑰因:乃,遂,便。　⑱执事:对方的敬称。　⑲故:原作"故曰","曰"字衍(王念孙说),今删。　⑳技无细:原脱"技"字(王念孙说),今补。细,小。　㉑能无薄:原脱"无"字(王念孙说),今补。　㉒资:资取,取用。

【今译】

楚国将军子发喜欢招揽有技能的人,楚国有一个偷窃高手去求见他,说:"听说将军招揽有技能的人,我是个小偷,愿以一技之能充当士兵。"

子发听了,衣服未来得及系带子,帽子未来得及扶正,就出来施礼接见。旁边的随从们连忙劝阻说:"偷窃的人,天下无物不偷,为何要礼待他?"子发说:"这事不是你们所能干预的。"

过了没多久,齐国起兵进攻楚国,子发率领军队去抵御齐军,但是向后败退了三次。楚国的贤臣良将想尽了计策,竭尽了诚心,然而齐军却越战越强。这时小偷进见,请求说:"我有一点小技能,愿为将军行使一番。"子发说:"好!"不问小偷如何行使伎俩,便派他出行。

夜里小偷潜入齐营,把齐国将军的帷帐解了下来,献给了子发。子发派人送还了帷帐,并说:"出外打柴的兵士,得到了将军的帷帐,特派人送还。"第二天,小偷又把齐国将军的枕头偷了回来,子发又派人送了回去。过了一天,小偷又把齐国将军头上的簪子偷了回来,子发又派人送了回去。齐国的军队听说了这事,大为惊恐。将军与军中官吏商议说:"现在再不撤兵,恐怕楚国将军就要来取我的头了。"于是撤兵而去。

因此,技能是没有因为小而无用的,只是在于人主如何使用。所以老子说:"不好的人,是好人的取用之物。"

【评析】

偷窃不仅是恶劣的品行,作为"技",也是微不足道的。然而子发对于小偷,不计较品行优劣、技能高下,适时加以使用,使小伎俩发挥了大作用,于败局之中巧获胜利。因此才能的高下之分是相对的,使用得当,小材可以大用,反之,大材也可能小用或无用。

这则寓言生动有趣,故事性较强。　　　　　　　　　　　　　　（王柯）

献珥窥意

齐王①后死,王欲置后而未定,使群臣议。薛公②欲中③王之意,因④献十珥⑤而美其一。且日⑥因问美珥之所在,因劝立以为王后。齐王大悦,遂尊重⑦薛公。故人主之意欲⑧见于外,则为人臣所制。故老子说:"塞其兑⑨,闭其门,终身不勤⑩。"

（《淮南子·道应训》）

【注释】

①齐王:此处指齐威王。　②薛公:即田婴,齐威王子,号靖郭君,封于薛,故称"薛公"。　③中(zhòng 仲):猜中,言中。　④因:乃,遂,于是。　⑤珥(ěr 耳):玉珥,以珠玉制成的耳饰。　⑥旦日:第二天。　⑦尊重:尊宠贵重。　⑧意欲:意图,意愿。　⑨兑:借作"穴",孔穴,孔窍。　⑩勤:辛劳。

【今译】

齐威王的王后死了,他打算再立一个王后,但还没决定立谁,就让群臣议论。薛公田婴为了猜中父亲的心思,就献上十个玉珥,而把其中的一个装饰得特别美。第二天,他打听出得到美珥的宠妃究竟是谁,便劝父亲立她为王后。父亲听了非常高兴,于是就尊宠他。

所以人主的意愿表露在外,就会被人臣掌握控制。老子说过:"填塞孔穴,关闭大门,就一辈子不辛劳。"

【评析】

田婴用"献十珥而美其一"的办法,巧妙地揣测出父亲的心思,从而获得宠贵。这则寓言以此作为反面例证,说明统治者不能轻易流露自己内心看法以免为他人所利用,宣传了古代道家持守内心、无为而治的处世哲学。　　　（王柯）

卢敖游北海

卢敖①游乎北海②,经乎太阴③,入乎玄阙④,至于蒙谷⑤之上。见一士焉,深目而玄准⑥,渠颈⑦而鸢肩⑧,丰上⑨而杀下⑩,轩轩然⑪方迎风而舞。顾⑫见卢敖,慢然下其臂,遁逃乎碑下⑬。卢敖就而视之,方倦⑭龟壳而食蛤梨⑮。卢敖与之语曰:"唯敖⑯为背群离党、穷观于六合之外者。非敖而已乎?敖幼而好游,至长不渝⑰,周行四极,唯北阴⑱之未窥⑲,今卒⑳睹夫子㉑于是。子殆㉒可与敖为友乎?"若士㉓者齤然㉔而笑曰:"嘻!子中州㉕之民,宁肯远而㉖至此?此犹光乎日月而载㉗列星,阴刚之所行,四时之所生㉘,其比乎不名之地,犹突奥㉙也。若㉚我南游乎罔㝑㉛之野,北息乎沉墨㉜之乡,西穷窅冥㉝之党㉞,东关㉟鸿濛㊱之光。此其下无地而上无天,听焉无闻,视焉则昒㊲。此其外犹有汰沃之氾㊳,其余㊴一举㊵而千万里,吾犹未能之㊶在㊷。今子游始于此,乃语'穷观',岂不亦远哉!吾与汗漫㊸期于九垓㊹之外,吾不可以久驻。"若士举臂而竦㊺身,遂入云中。卢敖仰而视之,弗见,乃止驾。杕治㊻,悖㊼若有丧也,曰:"吾比夫子,犹黄鹄与壤虫㊽也。终日行,不离㊾咫尺,而自以为远,岂不悲哉!"故庄子曰:"小年㊿不及51大年,小知52不及大知;朝秀53不知晦朔54,蟪蛄55不知春秋。"此言明56之有所不见也。

(《淮南子·道应训》)

【注释】

①卢敖(áo 熬):燕国人,秦始皇召为博士,使求神仙,后逃亡不归。②北海:北方极僻远的地区。海,古人以为陆地四周皆为海,故引申指陆地的边缘处。③太阴:极北之地。阴,北方,古人以为北方属阴,故称。④玄阙:北方大山名。⑤蒙谷:北方山名。⑥玄准:高高凸起的鼻子。玄,借作"悬",高悬;准,鼻子;此字原作"髻",误字(谭献说),今改。⑦渠颈:长长的脖颈;两字原误作"泪注"(王念孙说),今改。⑧鸢(yuān 渊)肩:耸起的肩。鸢,一种猛禽,似鹰,栖止时两肩上耸。⑨丰上:上身大。丰,丰满而大。⑩杀下:下身小。杀,瘦削而小。⑪轩轩然:飘飘然。⑫顾:回头看。⑬碑下:"下"字原脱(王念孙说),今补。碑,借作"岬",山脚。⑭倦:借作"踡",身体蜷缩不伸,此处意谓蹲坐。⑮蛤梨:海蚌。"梨"借作"蜊"。⑯敖:卢敖自称。⑰渝:改变。⑱北阴:即北方,文中指极远的北方。⑲窥:窥视,文中意思是到过。⑳卒(cù 促):突然。㉑夫子:对人的敬称。㉒殆:大概,表示推测。㉓若士:那个士人。若,那。㉔齤(quán 全)然:齿缺貌。㉕中州:九州之中,即指我国中部地区。㉖远而:原作"而远",误倒(何宁说),今改

正。 ㉗载：借作“戴”，头上顶着。 ㉘生：生息，此处意思是变换。 ㉙窔（yào 药）奥：泛指室内的一个角落。窔，室内东南角；奥，室内西南角。 ㉚若：至于，用来领起另一层文义。 ㉛罔宦（láng 郎）：空旷貌。 ㉜沉墨：阴沉无光。 ㉝窅冥：幽深冥暗。 ㉞党：所，处所。 ㉟关：借作“贯”，贯通，穿越。“关（關）”原误作“开（開）”（王念孙说），今改。 ㊱鸿濛：太阳升起的地方。 ㊲则眴：原作“无瞩”，误字（王念孙说），今改。眴，目眩。 ㊳汰沃之汜：四海水天之交会处。 ㊴其余：谓在此之外。 ㊵一举：犹一往。 ㊶之：往、去。 ㊷在：借作“哉”，语气词。 ㊸汗漫：虚构人物名，取其虚无不可知之意。 ㊹九垓（gāi 该）：九天之外。 ㊺竦：竦立，企立。 ㊻柸治：借作“不怡”，内心不畅快。 ㊼悖：惶惑迷惘。 ㊽壤虫：一种吃桑叶的小虫。蠰，借作“蠰”。 ㊾不离：不过，无非。 ㊿年：年命，寿命。 (51)不及：不能达到，此处意谓不知道、不了解。 (52)知：同“智”，智慧。 (53)朝秀：“秀”借作“蟧”，一种生于水上的小虫，状似蚕蛾，因其朝生暮死，故称“朝秀”。“秀”原误作“菌”（王念孙说），今改。 (54)晦朔：我国农历的月末日和月初日。 (55)蟪蛄（huìgū 惠估）：即蝉，一种昆虫，古人以为蝉春生则夏死，夏生则秋死，生命短暂。 (56)明：目光，此处指眼睛。

【今译】

卢敖远游北海，穿过极远的北方地区，进入玄阙山，到达了蒙谷山上。他看见一个士人，眼睛凹陷，鼻头凸起，长长的脖子，上耸的两肩，上身大而下身小，正飘飘然迎风起舞。

此人转头看见卢敖，便慢慢放下双臂，逃到山脚后面去了。卢敖走过去，见他正蹲在龟甲上吃蛤蜊，便和他交谈，说：“只有我卢敖是远离人群、辞别乡里、游观穷尽于天地六合以外的人。除了我还有谁呢？我从小爱好游观，直至成人，依然不变。我游遍了四方极远之地，只有这北方的极地还没有到过，今天却突然看到你在这里。你可以和我交个朋友吗？”

那人露出豁齿笑着说：“嘻！你是中原人士，难道也愿意大老远地跑到这里来？这里日月照耀、众星罗列，依然是阴阳运行、四季变换的地方，与那些叫不出名字的地方相比，不过是屋子里的一个角落罢了。至于我，南边遨游空旷无际之野，北边止息阴沉无光之原，西边穷极幽深冥暗的所在，东边穿过太阳初升的光芒。那些地方下无大地、上无天空，听起来没有声息，看起来则眼花缭乱。在那之外还有海天交会之处，再之外还有一望无际的千万里渺茫之所，这些地方，我尚未能去哩，你今天刚刚遨游到此，便说‘游观穷尽于天地六合之外’，岂不是相差太远了吗？我和汗漫已经约好了在九天之外会面，不能在此久留。”

说完，那人举起双臂，伸直腰身，跃入云中去了。

卢敖仰头而望，不见踪影，便停下车驾，心中不快，惶惶然若有所失，说："我与这个人相比，就好像黄鹄与小虫一样，整天爬行，不过咫尺之遥，却自以为很远，岂不可悲？"所以庄子说："短命的不了解长命的，小智慧不了解大智慧。朝生暮死的蟪，不知道有月初月尾；生命短暂的蝉，不知道有春秋四季。"这就是说，人的眼睛总有看不到的地方。

【评析】

卢敖爱好游观，从小至长乐此不疲，自以为已经游遍了天地六合，无人能及。但是人外有人，天外有天，"若士"的足迹更加邈远，然而也未能穷尽天下。这就告诉我们：客观事物是无穷无尽的，人的见识总有一定的局限，犹如太仓之一粒、沧海之一水，在认识世界的过程中，切切不可故步自封、自以为是。

这则寓言风格奇谲，语言夸张，与庄子散文相似。

（王柯）

宓子治亶父

宓子①治亶父②三年，而巫马期③绖衣④短褐⑤，易容貌，往观化焉。见得鱼释之，巫马期问焉，曰："凡⑥子所为鱼⑦者，欲得也。今得而释之，何也？"渔者对曰："宓子不欲人取小鱼也，所得者小鱼，是以释之。"巫马期归以报孔子，曰："宓子之德至⑧矣！使人暗行⑨，若有严刑在侧者。宓子何以至于此？"孔子曰："丘⑩尝问之以治，言曰'诚于此⑪者刑于彼⑫，'宓子必行此术也。"故老子曰："去彼取此⑬。"

（《淮南子·道应训》）

【注释】

①宓子："宓"原作"季"，误字（王念孙说），今改正，下同。"宓"借作"宓"，宓子即宓不齐，字子贱，春秋时鲁国人，孔子弟子。　②亶（dǎn胆）父：地名，又作"单父"，在今山东单县南。　③巫马期：孔子弟子，姓巫马，名施，字子期（亦作子旗）。　④绖（wèn问）衣：古代的一种丧服，去冠，以麻裹髻。　⑤褐（hè贺）：粗布衣。　⑥凡：总括之词。　⑦鱼：用作动词，打鱼。　⑧至：达到极致。　⑨暗行：暗地里行事，独自一人行事。　⑩丘：孔子自称，孔子名丘。　⑪诚于此：意思是自己表现出诚信。此，指自己。"诚"原误作"诫"（王念孙说），今改。　⑫刑于彼：为他人取法。刑，取法，效法；彼，他人。　⑬去彼取此：见《老子》第十二章，此处引老子陈言加以活用，意思是不计较

别人如何,只注重要求自己,与原文意义不尽相同。

【今译】

宓子治理亶父已经三年,巫马期着丧服、穿粗衣,改变容貌,去考察当地的风化。

当看到渔人把打到的鱼放回水里,巫马期就问:"你之所以捕鱼,是要得到鱼,为什么捕到了却又放掉呢?"渔人说:"宓子不愿意人们捕取小鱼,我刚才捕到的是小鱼,所以才把它放掉。"

巫马期回去报告孔子说:"宓子的教化达到极致啦!即使人们独自行事,也好像严刑峻法就在身边。宓子怎么能达到这种境地呢?"孔子说:"我曾问过宓子如何治理国家,他说:'自己诚信,他人才能效法。'宓子实行的必定是这种方法。"

所以老子说:"不计较别人,只注重律己。"

【评析】

诚信是儒家倡导的行为准则,宓子遵循这一原则治理亶父,三年之中,终于使当地渔民在无人监督的情况下,自觉遵守不捕捞小鱼的禁令,风化大行,从而为老师孔子称道。然而诚信从何而来呢?"诚于此者刑于彼",宓子认为自己诚信,他人才能效法。这篇寓言,一方面告诉我们取信于民对于国家治理的重要性,一方面又强调诚信应从自身做起,借此又说明了修身律己的重要性。 (王柯)

景 论 神 明

罔两①问于景②曰:"昭昭③者,神明④也?"景曰:"非也。"罔两曰:"子何以知之?"景曰:"扶桑⑤受谢⑥,日照宇宙,昭昭之光,辉烛⑦四海,阖户⑧塞牖⑨,则无由⑩入矣。若⑪神明,四⑫通并流,无所不极⑬,上际⑭于天,下蟠⑮于地。化育万物,而不可为象⑯,俛仰之间⑰而抚⑱四海之外。昭昭何足以明之!"故老子曰:"天下之至柔,驰骋⑲天下之至坚。"

(《淮南子·道应训》)

【注释】

①罔两:影子边缘上的淡薄阴影,文中用作虚构人物名。　②景:日影,影子,文中用

作虚构人物名。　③昭昭：明亮貌，此处意指亮光。　④神明：即神。　⑤扶桑：神话传说中的树木，在汤谷，太阳出没其下。　⑥受谢：接受和谢别。　⑦烛：烛照，照亮。　⑧阖(hé合)户：关上门。阖，闭合。　⑨牖(yǒu友)：窗户。　⑩由：路径，所由之路。　⑪若：至于，用来领起另一层文意。　⑫四：虚数，表示所有、全，与下文"并"相对为义。　⑬极：至，到。　⑭际：到达。　⑮蟠：盘曲着伏在地上，此处引申为遍及、充满。　⑯象：描摹，描述。　⑰俛(fǔ府)仰之间：喻极短的时间之内。俛，同"俯"，弯腰，俯身；仰，伸直身腰。　⑱抚：巡行。　⑲驰骋：驱使，使唤。

【今译】

罔两问日影："明亮的光芒是神吗？"日影说："不是的。"

"你怎么知道不是？"罔两又问。

日影说："扶桑接受太阳，谢别太阳，太阳照耀宇宙，明亮的光芒，普照天下。但是关了门、塞了窗，它就无法进入了。至于神，到处流通，没有去不了的地方，上可以到达天穹，下可以遍及大地。化育生长万物，但不可描述说明，转眼之间已巡行四海之外。这岂能是亮光所知道的？"

所以老子说："天下最柔弱的东西，能够驱使天下最坚强的东西。"

【评析】

什么是神？罔两以为是亮光，但被日影否定了。因为日影认为亮光不能通过已关闭的门窗进入室内，而神却是无处不在、无所不入的。这则寓言通过亮光与神的比较，阐发了道家柔弱胜过坚强、无形胜过有形的哲学理念。　　　　(王柯)

穆公失马

秦穆公①出游而车败②，右服③失马，野人得之。穆公追而及之岐山④之阳。野人方屠而食之。穆公曰："夫食骏马之肉，而不还饮酒者，伤人。吾恐其伤汝等。"遍饮而去之。

处一年，与晋惠公⑤为韩之战。晋师围穆公之车，梁由靡⑥扣⑦穆公之骖⑧，将⑨获之。食马肉者三百余人，皆出死为穆公战于车下⑩，遂克晋，虏惠公以归。

(《淮南子·泛论训》)

【注释】

①秦穆公:春秋时秦国的国君。　②败:损坏。　③服:古代一车四马,中间两马为服马。　④岐山:山名,在陕西岐山北。　⑤晋惠公:春秋时晋国的国君。　⑥梁由靡:晋国大夫。　⑦扣:拉住,牵住。　⑧骖(cān):古代一车四马,左右两马为骖马。　⑨将:原脱,今据王念孙校补。　⑩车下:犹言车边。

【今译】

秦穆公外出巡游时车子坏了,中间驾车的一匹马跑掉了,被野外的百姓捉到。穆公一直追到岐山的南面,百姓正在杀了马煮肉吃。穆公说:"只吃骏马肉而不喝酒,要伤身体的。我担心会伤害你们的身体。"穆公跟他们一个一个都喝了酒才离开。

过了一年,秦穆公和晋惠公在韩打仗。晋军包围了穆公的战车,梁由靡拉住穆公战车的边马,要抓住穆公。这时,原来吃马肉的三百多人都拼命为穆公在车下浴血奋战,结果战胜了晋军,俘虏了惠公而凯旋。

【评析】

这个故事告诉人们只要宽厚、关怀别人,一定会得到别人有益的回馈。执政者更是需要如此,执政者爱护老百姓就会得到老百姓的拥护和支持。老百姓杀了穆公的失马,烹烧了吃,穆公并没有责备,而是与他们碰杯饮酒,尽欢而去,所以到了危急的关头,老百姓就会拼死为穆公战斗。

(林美凤)

北楚任侠

北楚①有任侠②者,其子孙数谏而止之,不听也。县有贼③,大搜其庐④,事⑤果发觉,夜惊而走。追,道及之,其所施德者,皆为之战,得免而遂⑥反,语其子曰:"汝数止吾为侠,今有难,果赖而免身,而⑦谏我不可用也。"知所以免于难,而不知所以无难,论事如此,岂不惑哉!

(《淮南子·泛论训》)

【注释】

①北楚:楚国北部。　②任侠:凭借勇力扶助弱小。　③贼:强盗。　④其庐:任侠者的住处。庐,屋舍,住处。　⑤事:指任侠者隐匿家中之事。　⑥而遂:犹乃遂,于是,乃。　⑦而:你,你们,人称代词。

【今译】

北楚有一个行侠仗义的人，他的儿孙们多次劝说制止他，他都不听。

一天，县里的强盗大肆搜查了他的家，他终于被发觉，夜里惊慌逃走。强盗们在路上追上了他，那些曾受过他恩德的人，都为保护他而战，这才使他幸免于难。回家后，他告诉儿子们说："你们屡屡制止我仗义助人，今日有难，全靠这些人，我才得以脱身，你们劝我的话是不可听从的。"

知道怎样免难，却不知道怎样无难，发这样的议论，岂不是糊涂！

【评析】

仗义行侠给任侠者带来两方面结果：一是得罪了强盗，遭到搜查和追杀，二是在危难之中得到他人救助。两者之中，前者是根本性的前提：没有强盗的追杀，便用不着别人的救助。然而任侠者本末倒置，忽略了前提，只认同结果。本篇寓言把任侠者的这一看法总结为"知所以免于难，而不知所以无难"，巧妙地进行了讽刺，语言诙谐而犀利。

（王柯）

宋人嫁子

宋人有嫁子①者，告其子曰："嫁未必成②也，有如③出④，不可不私藏⑤。私藏而富，其于⑥以复嫁易。"其子听父之计，窃而藏之。若公⑦知其盗也，逐而去之。其父不自非⑧也，而反得其计。知为出藏财，而不知藏财所以出也，为论如此，岂不勃⑨哉！

（《淮南子·泛论训》）

【注释】

①子：女儿。　②成：成功，此处谓婚姻有始终。　③有如：或许，也许。　④出：被遣出，被休。　⑤藏：积蓄。　⑥于：对于。以，词尾，无实义。　⑦若公：她的公公。若，他，她，人称代词；公，父亲，此处指丈夫的父亲。　⑧自非：犹言自责。　⑨勃：借作"悖"，昏悖。

【今译】

宋国有个人嫁女儿，他告诉女儿说："婚嫁未必能有始有终，或许会被遣出，不可不私下积蓄。私蓄多了，对于再嫁就容易了。"女儿听从了父亲的主意，偷窃财物，私自积蓄。她的公公知道她偷盗，便把她赶出了家门。然而，她的父亲却不自责,反倒自以为得计。

知道为遣出而蓄财,却不知道正是因为蓄财才被遣出,因而发这样的议论,岂不是昏悖!

【评析】

私下蓄财对于已出嫁女子可能产生两种结果:其一被夫家遣出,其二易于再嫁。糊涂的父女俩贪图易于再嫁的小利,破坏了婚姻大局,终于贻笑人间。这则寓言从反面事例出发,引出正面结论,讽刺了只图小利而不顾大局的做法。(王柯)

佩玦逐兔

楚王佩玦①而逐兔,为走而破其玦也,因佩两玦以为之豫②。两玦相触,破乃逾疾。乱国之治,有似于此。

(《淮南子·泛论训》)

【注释】

①玦(jué决):古代佩玉,环形有缺口。　②豫:预备。

【今译】

楚王佩戴着玉玦去追赶兔子,由于跑得太快而把玉玦碰破了。因此他佩戴两块玉玦来预备其破损。结果两块玉玦相碰,破得更快。乱国的政治与此相似。

【评析】

生活中常有这样的事,不注意各方面的因素,好心也可能办了坏事。多佩戴一块玉玦,正是为了防止玉玦损坏而有所准备,但由于多一块玉玦就增加了两玉碰撞的机会,完全是多此一举,好心办了坏事。这就是这篇寓言给我们的启示。

(林美凤)

三人同舍

三人同舍,二人相争。争者各自以为直①,不能相听②。一人虽愚,必从旁而决③之。非以智,不争也。

(《淮南子·诠言训》)

【注释】

①直:有理,正确。　　②相听:相互听取对方意见。　　③决:分辨,确定。

【今译】

三个人同住在一间房子里,有两个人互相争辩。争辩的人都各自以为正确,不能互助听取意见。另一人虽然很笨拙,必定能从旁边来裁决。不是因为他聪明,而是因为没有参加争辩。

【评析】

这里写了两个人争论时,都是自以为是,固执己见,听不进对方的意见,不去对对方的意见进行实事求是的分析。倒是那个旁观者,虽然并不聪明,却能心平气和、冷静地来分析双方的意见,客观地进行裁决。这就是所谓"当局者迷,旁观者清"。

(林美凤)

子欲母死

东家母死,其子哭之不哀,西家子见之,归谓其母曰:"社①何爱②速死?吾必悲哭社。"夫③欲其母之死者,虽④死亦不能悲哭矣;谓学不暇⑤者,虽暇亦不能学矣。

(《淮南子·说山训》)

【注释】

①社:古时江淮之间对母亲的称呼。　　②爱:吝惜,舍不得。　　③夫:语气词,用来领起下文。　　④虽:即使。　　⑤不暇:无暇,没有时间。

【今译】

东边人家的母亲死了,儿子哭得不悲哀,西边人家的儿子看见了,回家对母亲说:"娘,你为什么舍不得快点死掉呢?你要是死了,我一定哭得很悲伤。"

想要自己母亲死掉以便痛哭的人,即使母亲真的死了,他也是不会痛哭的;强调学习没有时间的人,即使有了时间,他也是不会去学习的。

【评析】

为了痛哭而想要自己母亲死掉的人,世间可能没有,但不愿学习而强调没有时间的人却比比皆是。这则寓言巧妙地把两者联系起来,进行类比,讥讽了不愿

学习而又强调各种理由的人,启人深思。　　　　　　　　　　　　(王柯)

一目之罗

有鸟将来,张罗①而待之,得鸟者,罗之一目②也。今为一目之罗,则无时得鸟③矣。
　　　　　　　　　　　　　　　　　　　　　　　　　(《淮南子·说山训》)

【注释】

①罗:网。　　②一目:一个洞。　　③无时得鸟:没有捕到鸟的时间。

【今译】

有鸟将要飞来,张开罗网来等待它。捕得鸟的,是网的一个洞眼。现在造出一个洞眼的网,就再也不能看到捕到鸟了。

【评析】

这篇寓言,告诉我们做任何事情都不能太机械。虽然鸟是从某一个洞眼钻进网里来的,但绝不是只有某一个洞眼才有作用。另外,做事情还要发挥集体的作用,发挥群体的力量,鸟虽然是从某一个洞眼钻进网里来的,但是网的所有的洞眼都是不可或缺的,都是在起作用的。没有网的千百个洞眼,鸟就不会从某一个洞眼钻进来。
　　　　　　　　　　　　　　　　　　　　　　　　　　　　　(林美凤)

朱儒问天

朱儒①问天高于修人②,修人曰:"不知。"曰:"子虽不知,犹近之于我。"故凡问事必于近者。
　　　　　　　　　　　　　　　　　　　　　　　　　(《淮南子·说山训》)

【注释】

①朱儒:侏儒,身材矮小的人。　　②修人:高个子。

【今译】

矮小的侏儒向大个子问天有多高。大个子说:"不知道。"侏儒说:"您虽然不知道,但总比我离天近一点儿。"所以问事情一定要问那些跟事情接近的人。

【评析】

　　这篇寓言通过侏儒和高个子的形象比喻说明人们应该虚心向高于自己的人请教。接近事情的人往往对事情比较熟悉,是我们请教问题的基础。　　(林美凤)

躄盲互助

　　寇难①至,躄者②告盲者,盲者负而走,两人皆活,得其所能也。故使盲者语,使躄者走,失其所也。　　(《淮南子·说山训》)

【注释】

　　①寇难:外敌入侵。　　②躄(bì 闭)者:跛子。

【今译】

　　敌人打过来了,跛子给瞎子指路,瞎子背着跛子跑,两个人都活了下来。这恰好发挥了各自所长。如果让瞎子指路,跛子背着瞎子跑,那就失去了各自所长了。

【评析】

　　人们在工作中要互相配合,取长补短。只有互补,才能获得双赢。如果各取所短,就不可能充分发挥其才能,反而可能遏制其才能的发挥,只能落得两败俱伤的恶果。这篇寓言就给了我们这方面的启示。　　(林美凤)

郢人鬻母

　　郢人①有鬻②其母,为请于买者曰:"此母老矣,幸③善食之而勿苦。"此行大不义而欲为小义者。　　(《淮南子·说山训》)

【注释】

　　①郢人:楚人。郢为楚国都城,故楚人亦称郢人。　　②鬻(yù 玉):卖。　　③幸:期望,希望。

【今译】

　　郢都有人出卖自己母亲,他向买的人请求说:"这位老妈妈年岁大了,希望你能好好供养她,不要让她受苦。"这就是干了大的不仁不义的事,却又想表现出小仁小义。

【评析】

　　这里通过一个令人吃惊的卖掉亲生母亲的事例,鞭挞了那些"行大不义而欲为小义者"的伪君子们。他们干尽了恶事,却满口的仁义道德,打扮得像个正人君子。寓言正告诉我们,万万不要被某些花言巧语而蒙蔽,要"听其言",更要"观其行"。

(林美凤)

孙叔敖请封

　　昔者楚庄王①既胜晋于河、雍之间②,归而封孙叔敖③,辞而不受。病疽④将死,谓其子曰:"吾则⑤死矣,王必封女,女必⑥让肥饶之地,而受沙石之地⑦。楚、越之间⑧有寝丘⑨者,其地确石⑩而名丑⑪。荆人⑫鬼⑬,越人禨⑭,人莫之利⑮也。"孙叔敖死,王果封其子以肥饶之地,其子辞而不受,请有寝之丘⑯。楚国之法⑰,功臣二世而爵禄⑱,惟孙叔敖独存。此所谓损之而益也。
(《淮南子·人间训》)

【注释】

　　①楚庄王:春秋时楚国国君,名侣,在位二十三年(公元前613—公元前591),为春秋霸主之一。　②河、雍之间:黄河与潍水之间。河,黄河;雍,借作"潍",潍水。　③孙叔敖:春秋时楚国的令尹,名敖,字孙叔,曾帮助楚庄王在邲大败晋军。　④疽(jū居):皮肤局部肿胀的一种毒疮。　⑤则:若,如果。　⑥必:一定。　⑦沙石之地:原脱"之地"二字(王引之说),今补。　⑧楚、越之间:原脱"楚越"二字(王引之说),今补。　⑨寝丘:楚地名,在今河南固始、沈丘之间。　⑩确石:土薄而多石。确,借作"埆"。　⑪名丑:名字不好听。　⑫荆人:即楚人,楚建国于荆山一带,故称。　⑬鬼:义谓相信鬼神。　⑭禨(jī机):祈禳求福。　⑮利:贪爱,喜好。　⑯有寝之丘:即寝丘。详言曰"有寝之丘",简言曰"寝丘"。　⑰法:惯例。"法"原作"俗",隶书二字形似,故误(王引之说),今改。　⑱爵禄:意谓收回禄邑。爵,尽。

【今译】

　　从前,楚庄王在黄河和潍水之间大胜晋军,班师之后,准备给功臣孙叔敖封一块土地,可是孙叔敖推辞不愿接受。

　　孙叔敖患有疽病,临死的时候,他对儿子说:"我如果死了,国君必然要封你,你一定要辞让肥沃之地,只接受沙石贫瘠之地。楚、越之间有一个地方叫寝丘,土地多石贫瘠,名称丑陋,荆人信鬼神,越人好祈禳,没有人想要它,你就接受这块土地作为封地吧。"

孙叔敖死后,楚庄王果然要把肥沃的土地封给孙叔敖的儿子。儿子遵照父亲的话,推辞不接受,而请求封了寝丘。楚国的惯例,功臣第二代便收回禄邑,只有孙叔敖的禄邑保留了下来。

这就是所谓减少利益反倒使利益增多。

【评析】

孙叔敖因功受封,辞让肥沃之地,只取无人想要的贫瘠之地,这一做法,却使自己的封地得以子孙相传。我国历史上曾有过很多居功自傲、贪图富贵、最终走向覆灭的功臣,相比之下,孙叔敖则显得谦虚谨慎,目光长远。这则寓言使我们再次领悟到"谦受益,满招损"的道理。

(刘静)

门者出阳虎

阳虎①为乱于鲁,鲁君令人闭城门而捕之,得者有重赏,失者有重罪。围三匝②,而阳虎将举剑而伯颐③。门者止之曰:"天下探④之不穷,我将出子。"阳虎因赴围而逐,扬剑提戈而走,门者出之。顾反⑤取出之者,以戈推⑥之,攘祛⑦薄腋⑧。出之者怨之曰:"我非故⑨与子反也,为之⑩蒙死被罪⑪,而乃⑫反伤我!宜矣,其有此难也⑬!"鲁君闻阳虎失⑭,大怒,问所出之门,使有司⑮拘之,以为伤者受大赏,而不伤者被重罪。此所谓害之而反利者也。 (《淮南子·人间训》)

【注释】

①阳虎:春秋后期鲁国季孙氏的家臣,挟持季孙氏,专掌鲁国朝政。后欲废除鲁国另外两家贵族孟孙氏和叔孙氏,结果被击败,逃亡他国。 ②围三匝(zā 杂平声):围了三圈。"围"原作"圉",误字(何宁说),今改。 ③伯颐:挨近下巴。伯,借作"追",逼近,挨近。颐,腮,面颊。 ④探:探求,此处意谓对出路的探求。 ⑤顾反:转身。 ⑥推:刺,刺向。 ⑦攘祛(qū 曲):把衣袖往上抄,文中意谓戈尖把衣袖撩了起来。祛,衣袖。 ⑧薄腋:逼近腋下。薄,借作"迫",迫近。 ⑨故:原本,本来。 ⑩之:代指阳虎。 ⑪蒙死被罪:意谓冒犯死罪。蒙、被,皆犯义。 ⑫而乃:却,反倒。 ⑬宜矣,其有此难也:意谓遭到这样的灾难是应当的,怨恨之辞。其,语气词。 ⑭失:借作"佚",逃逸。 ⑮有司:主管者。有,词头,无实义。

宋人嫁子

【今译】

阳虎在鲁国作乱,鲁君派人关上城门抓捕他,并且说抓到了有重赏,放跑了要重罚。

来抓捕的人把阳虎围了三圈,阳虎无法逃脱,准备举剑自刎。一个看守城门的人连忙制止,说:"天下如此之大,出路是无穷无尽的。我放你出去。"阳虎于是冲向重围,驱散围兵,举着剑、握着戈逃出重围,守门人放走了他。

然而阳虎却反转身来,举戈刺向守门人,戈尖撩起了守门人的衣袖,直指腋下。守门人怨恨地说:"我本不是与你一起反乱的,为了你,我冒犯了死罪,而你却刺伤我!我真是活该倒霉!"

鲁君听说阳虎逃走了,大为恼火,查问漏失阳虎的城门,命令主管官吏逮捕那些把守失职的人,对于受伤的给予重赏,未受伤的处以重罪。

这就是想危害别人,结果却使别人受益。

【评析】

守门人甘冒死罪放走了阳虎,反被阳虎刺伤,真可谓祸从天降,然而却又被鲁君误认为勇斗阳虎,予以重赏,因祸得福。老子说:"祸,福之所倚;福,祸之所伏。"祸与福本是一对互相依存的矛盾,可以互相转化。这则寓言阐发了老子的这一辩证观点,同时也告诫人们不要伤害他人。

(刘静)

乐羊食子

魏将乐羊①攻中山②,其子执在城中。城中县③其子以示乐羊,乐羊曰:"君臣之义,不得以子为私。"攻之愈急。中山因烹④其子,而遗⑤之鼎羹⑥与其首,乐羊循⑦而泣之,曰:"是吾子。"已为⑧使者跪而啜三杯。使者归报,中山曰:"是伏约⑨死节者也,不可忍⑩也。"遂降之。为魏文侯⑪大开地有功,自此之后,日以不信。此所谓有功而见疑者也。

(《淮南子·人间训》)

【注释】

①乐羊:战国时魏国的将军,曾率军攻克中山国。 ②中山:战国时的一个国家,故地在今河北定县。 ③县(縣):借作"悬(懸)",悬挂。 ④烹:烹杀,古代的一种

酷刑，用鼎镬把人煮死。　⑤遗(wèi胃)：赠送，送给。　⑥鼎羹：一锅肉汤。鼎，古代的一种炊具，又可用来盛放食物，以青铜或陶制成。羹，肉汤，肉汁。　⑦循：借作"揗"，抚摸。　⑧为(wèi胃)：对着，向着。　⑨伏约：遵从约束，即遵从某一信条的约束。伏，借作"服"，遵从。　⑩忍：忍耐，此处义为坚持，坚守。　⑪魏文侯：战国时魏国的开国之君，名斯，公元前445年—公元前396年在位。

【今译】

魏将乐羊率军攻打中山，而他的儿子却被抓在中山城中。

城中的人把乐羊儿子悬挂在城上向乐羊展示，乐羊说："君臣之间自有大义，我不能因为儿子徇私废公。"于是加紧攻城。城中的人烹杀了他的儿子，并且派人给他送去一锅肉汤和儿子的人头。乐羊抚摸着儿子的人头，哭着说："这是我的儿子。"说完，对着中山国使者跪下，饮下了三杯肉汤。

使者返回城中，报告了中山国君，中山国君说："乐羊是个遵从约束、为臣节而死的人，我们不能再坚持下去了。"于是就投降了乐羊。

乐羊是为魏文侯拓土开疆、立下大功的，但从此以后，便一天天地失去了信任。这就是所说的有功劳反被怀疑。

【评析】

乐羊喝下用自己儿子熬成的肉汤，使被围的中山国君感到畏惧，失去守城信心，但同时又使魏文侯认为他心性残忍，不可信任。这就告诉我们：成功是重要的，而取得成功的方法同样也很重要；那种不顾方法是否正当与合理，只是贪图一时成功的人，终究会丧失人们对他的信任。　　　　　（刘静）

宋人盲目

昔者宋人有①好善者，三世不解②，家无故而黑牛生白犊，以问先生③，先生曰："此吉祥④，以飨⑤鬼神。"居⑥一年，其父无故而盲。牛又复生白犊，其父又复使其子以问先生。其子曰："前听先生言而失明，今又复问之，奈何⑦？"其父曰："圣人⑧之言，先忤⑨而后合。其事未究⑩，固⑪试往复问之。"其子又复问先生，先生曰："此吉祥也，复以飨鬼神。"归，致命⑫其父，其父曰："行先生之言也。"居一年，其子又无故而盲。其后楚攻宋，围其城。当此之时，易子而食，析⑬骸而炊，丁壮⑭者死,老病童儿皆上城,牢守而不下⑮。楚王大怒,城已破,诸城守者皆屠之。此独以父子盲之故,得无乘城⑯。军罢围解,则父子俱视。夫祸福之转而相生,其变难见也。

(《淮南子·人间训》)

【注释】

①有:原脱(王念孙说),今补。　②解:借作"懈",懈怠,怠慢。　③先生:阅历广泛、经验丰富的前辈、长者。　④吉祥:吉兆。祥,兆头。　⑤飨:祭祀。　⑥居:处,过了。　⑦奈何:犹言为何。　⑧圣人:圣明之人。　⑨忤:借作"连",违背,不符合。　⑩究:究竟,终了。　⑪固:借作"姑",姑且。　⑫致命:报告或转达意见。　⑬析:劈,劈开。　⑭丁壮:强壮。丁,强壮。　⑮下:降下,即放弃守城而投降。　⑯乘城:登城,上城。

【今译】

从前宋国有个爱好行善的人,一连三代都未曾懈怠过。

他家中的黑牛无缘无故生了头白牛犊,他去询问乡里的长者先生,先生说:"这是吉兆,白犊可以用来祭神。"可是过了一年,他的父亲却无缘无故瞎了眼睛。

黑牛又生了一头白犊,父亲又让他去问先生,他说:"从前听从了先生的话,用白犊祭神,可是您的眼睛却瞎了,为何还要去问呢?"父亲说:"圣明之人的话,总是先不合而后合。这件事还没完,你姑且再问他一次。"他只好又去问那位先生,先生说:"这是吉兆,再用它来祭神。"回来后,他把先生的话报告了父亲,父亲说:"还是照先生的话去办。"过了一年,他自己的眼睛又无缘无故地瞎了。

后来楚国攻打宋国,包围了都城。困在城中的人,互相交换孩子杀死充饥,劈开死人骨头来烧火。身强力壮的人都战死了,连老人、病人和儿童都上城坚守,不愿投降。楚王大怒,破城之后,把守城的人统统杀掉。而这父子俩偏偏因为眼瞎,没有上城守卫,得以逃过一死。战事结束,包围解除,父子俩的眼睛又重见光明。

祸与福互相转化生成,变化是难以预见的。

【评析】

黑牛生白犊,本与凶吉无关,然而古人迷信,以为白色牲畜适合用作祭品,而祭祀鬼神又是一件积德行善的事。但是,坚持如此行善的父子二人却因此相继失明,连遭厄运,似乎善未必有善报。然而正是由于双目失明,父子二人又免遭屠戮,善最终获得善报。这是一则劝人行善以求善报的寓言,主题通俗浅近，叙述曲折细密，层层深入。

(刘静)

塞翁失马

近塞上①之人有善术者，马无故亡入胡②，人皆吊③之，其父④曰："此何遽⑤不为福乎？"居数月，其马将胡骏马而归，人皆贺之，其父曰："此何遽不能为祸乎？"家富马良⑥，其子好骑，堕而折其髀⑦，人皆吊之。其父曰："此何遽不为福乎？"居一年，胡人大入塞，丁壮⑧者引弦⑨而战，近塞之人，死者十九⑩，此独以跛之故，父子相保⑪。故福之为祸、祸之为福，化不可极⑫，深不可测⑬也。

(《淮南子·人间训》)

【注释】

①塞上：泛指我国北方长城内外的边境地区。　②胡：我国古代对北方和西方少数民族的统称，此处指胡人聚居的地区。　③吊：对遭遇不幸的人进行安慰。　④其父：指"善术者"，本文主人翁，其于家为父。　⑤何遽(jù据)：如何，为何。　⑥马良：原倒为"良马"(王念孙说)，今乙正。　⑦髀(bì闭)：大腿。　⑧丁壮：强壮。丁，强壮。　⑨引弦：拉开弓，此处泛指拿起武器。　⑩十九：十分之九，意谓几乎全部。　⑪保：保聚，互相扶持以抵御灾难。　⑫极：至，达到，此处特指理解能力达到，亦即领会、理解。　⑬测：测知，了解。

【今译】

北方长城附近有一个善于法术的人，他的马无缘无故跑入了胡人地区，人们都来安慰他，他却说："这事儿何尝不是福气？"

过了几个月，他的马带着胡人的骏马跑了回来，人们又来向他道贺，他却又说："这事儿何尝不是灾祸？"

他家原本有很多好马，儿子很爱好骑马，一天他从马上摔下来，摔断了大腿，人们又来安慰他，他却说："这事儿何尝不是福气？"

过了一年，胡人大举入侵边塞，身体强壮的人都拿起武器进行战斗，结果边塞附近的人死亡殆尽。他的儿子却因为腿瘸躲避了战斗，父子二人互相扶持，保全了性命。

所以福可以变为祸，祸可以变为福，其中的变化不可理解，奥妙不可测知。

【评析】

　　这是一则因祸得福、因福得祸的著名寓言。马跑丢了,塞翁不以此为祸;果然,跑丢了的马带回来一匹骏马,然而塞翁不以此为福;果然,爱骑马的儿子因骑马摔断了腿,然而塞翁不以此为祸;果然,儿子因腿瘸避免了战斗,保全了性命。这则寓言通过祸与福互为因果、互相转化的叙述,告诉人们祸福之间的辩证关系,以及对于祸福应持有的塞翁那样的超然态度。　　　　　　　　　　(刘静)

括子解围

　　三国①伐齐,围平陆②。括子③以报于牛子④,曰:"三国之地,不接于我,踰邻国而围平陆,利不足贪⑤也。然则⑥求名⑦于我也。请以齐侯往⑧。"牛子以为善。括子出,无害子⑨入。牛子以括子言告无害子,无害子曰:"异乎臣之所闻⑩。"牛子曰:"国危不而⑪安,患结⑫不而解,何谓贵智⑬!"无害子曰:"臣闻⑭裂壤土以安社稷者,闻杀身破家⑮以存其国者,不闻出其君以为封疆者。"牛子不听无害子之言,而用括子之计,三国之兵罢,而平陆之地存。自此之后,括子日以疏,无害子日以进⑯。故谋患而患解,图国而国存,括子之智得⑰矣。无害子之虑无中⑱于策,谋无益于国,然而心调⑲于君,有义行⑳也。

　　　　　　　　　　　　　　　　　　　(《淮南子・人间训》)

【注释】

　　①三国:指韩、赵、魏三国。　②平陆:齐地,在今山东汶上。　③括子:齐臣。　④牛子:齐臣。　⑤贪:贪爱,极欲得到。　⑥然则:连词,表示对既定事实的推断,义为"既然如此,那么就……"　⑦求名:寻求威名,耍耍威风。　⑧以齐侯往:意即请国君以齐侯的身份去进行外交斡旋。　⑨无害子:齐臣。　⑩异乎臣之所闻:意即我从未听说过,是一种否定别人意见的委婉说法。臣,自称,表示礼貌。　⑪不而:原作"而不",误倒(王念孙说),今乙正。而,借作"能"。　⑫结:形成,产生。　⑬贵智:贵于智,意即因擅长谋略受人尊重。　⑭臣闻:其下原有"之有"二字,衍文(于念孙说),今删。　⑮破家:破散或献出家产。　⑯进:提拔任用。　⑰得:与实际情况相适应。　⑱无中(zhòng 众):不适用,不符合。　⑲调(tiáo 条):借作"周",周到,周全。　⑳义行(xíng 形):忠义的行迹。

【今译】

　　韩、赵、魏三国共同讨伐齐国,包围了齐国的平陆。括子把这个消息报告了牛子,并且说:"这三国不与我国接壤,跨越邻国来围攻平陆,得到的利益微乎其微,不足以贪爱。既然如此,那无非就是立威扬名罢了。我请求国君以齐侯的身份亲自去斡旋一番。"牛子认为这办法很好。

括子走后,无害子来见牛子。牛子把括子的话告诉了他,无害子说:"这样的办法,我闻所未闻。"

牛子生气地说:"国家危亡而不能安定,灾难形成而不能消除,你还叫什么多智善谋!"

无害子说:"我听说过割让土地来安定社稷的,也听说过牺牲生命、破散家产来保全国家的,可就是没听说过派遣国君去保存疆土的!"

牛子不听无害子的劝说,采用了括子的计策。终于三国撤兵,平陆得以保存。然而打那以后,括子却渐渐被疏远,而无害子渐渐被任用。

由此说来,括子设法除患而患难得以解除,谋求存国而国家得以保存,他的智谋是成功的;无害子的考虑不适用于策略,谋划无益于国家,但其用心对于国君却很周到,体现出忠君的大义。

【评析】

面对敌军入侵,牛子、括子主张以国君出面斡旋的办法退敌,遭到无害子的反对。前者利于国而不利于君,后者利于君而不利于国,因而前者在功成之后,被国君疏远,而后者却得到国君的信任。这则寓言向我们讲述了这样一个道理:在封建体制下,国君的个人利益是远高于国家整体利益的。 (王莹)

西门豹蓄积

西门豹①治邺②,廪③无积粟④,府⑤无储钱,库无甲兵,官无计会⑥,人数言其过于文侯⑦。文侯身行⑧其县,果若人言。文侯曰:"翟璜⑨任⑩子治邺而大乱,子能道⑪则可,不能,将加诛⑫于子。"西门豹曰:"臣闻王主富民,霸主富武,亡国⑬富库。今君⑭欲为霸主者也,臣故稽积⑮于民。君以为不然,臣请升城鼓之,甲兵粟米可立具也。"于是乃升城而鼓之。一鼓,民被甲括矢⑯,操兵弩而出。再鼓,负辇⑰载⑱粟而至。文侯曰:"罢之。"西门豹曰:"与民约信⑲,非一日之积也,一举而欺

| 刘 安 |

之,后不可复用也。燕常⑳侵魏八城,臣请北击㉑之,以复侵地㉒。"遂举兵击燕,复地而后反。此有罪而可赏者也。

(《淮南子·人间训》)

【注释】

①西门豹:战国时魏国人,姓西门,魏文侯时任邺令。 ②邺(yè 夜):当时魏国的都城,在今河北临漳。 ③廩(lǐn 凛):仓库。 ④粟:谷子,此处泛指粮食。 ⑤府:收藏财物或文书的地方。 ⑥计会(kuài 快):统计,计算;此处指统计和计算用的簿册。 ⑦文侯:即魏文侯,战国时魏国的建立者,名斯,公元前445年—公元前396年在位。 ⑧行:巡行察看。 ⑨翟璜:魏大夫。 ⑩任:保任,保举。 ⑪能道:意谓能说出道理、理由。 ⑫诛:责罚,处罚。 ⑬亡国:意即亡国之主。 ⑭君:原作"王",误字(王念孙说),今改。 ⑮稸积:即蓄积,"稸"因偏旁类化改"艹"头为"禾"旁。 ⑯括矢:捆着箭。括,捆束,捆扎。 ⑰负辇:驾车。负,借作"服",驾车。 ⑱载:原脱(王念孙说),今补。 ⑲约信:约而使信,即通过约定建立互相间的信任。约,约定。 ⑳常:借作"尝",曾经。 ㉑北击:向北攻击。燕国在魏国北边,故云。 ㉒侵地:被侵占的土地。

【今译】

西门豹治理邺县,仓库里没有存粮,府库里没有余钱,兵库里没有刀枪甲杖,官衙中连个簿册也没有,有人把他的这些过错屡屡向魏文侯报告。

魏文侯亲自到邺县巡察,情况果然就像人们所说的那样,于是魏文侯生气地说:"翟璜保举你当邺令,可你弄得乱七八糟。你能说出道理,就算了,否则我要处罚你。"

西门豹回答说:"我听说行王道的君主使百姓富裕,行霸道的君主使兵备充足,亡国之君专使府库充积。今天君王是要成为霸主的,所以我把兵备粮草都积蓄在百姓当中。君王如果不相信,我请求登城击鼓,武器粮草可以立刻备办妥当。"

于是西门豹登城击鼓。第一通鼓响,百姓们披着铠甲、带上箭矢、手握兵器弓弩前来集合。第二通鼓响,百姓们驾着车、载着粮赶来待命。

魏文侯看了说:"停止吧。"西门豹说:"和老百姓相约以建立信任,不是一天就成的,今天刚行使一次就欺骗他们,那往后就再也行不通了。燕国侵占了我们魏国八个城池,我请求进攻他们,收复失地。"于是起兵攻打燕国,夺回了失去的领土,方才收兵回国。

这就是虽然有罪,但可以予以赏赐的事例。

【评析】

战国是一个诸侯争雄的时代,储备武器粮草是至关重要的。西门豹不把武器粮草储藏于官府,而储藏于民间,同时又致力于与民守信,体现出以人为本的战略思想。在这一思想的指导下,他轻而易举地收复了失地,为魏国建立了功勋。他自作主张,没有把武器粮草储藏于官府,虽然违反了规定,但小过不掩大功,仍不失为治国能臣。

(王莹)

解扁上计

解扁①为②东封③,上计④而入三倍,有司⑤请赏之。文侯⑥曰:"吾土地非益广也,人民非益众也,人何以三倍?"对曰:"以冬伐木而积之,于春浮之河而鬻⑦之。"文侯曰:"民春以力耕,夏⑧以强⑨耘,秋以收敛,冬闲无事,以伐林而积之,负轭⑩而浮之河,是用民不得休息也。民以敝⑪矣,虽有三倍之入,将焉⑫用之?"此有功而可罪者也。

(《淮南子·人间训》)

【注释】

①解扁:魏臣。　②为(wéi 围):治理。　③东封:东部疆域。封,疆域。　④上计:古代地方官把辖区内的户口、赋税、狱讼等情况造册上报中央政府。　⑤有司:主管官吏。　⑥文侯:即魏文侯。　⑦鬻(yù 遇):出卖。　⑧夏:原作"暑",误字(王念孙说),今改正。　⑨强:勉力,尽力。　⑩负轭(è 饿):指牛马驾车。轭,牛马驾车时项上的横木。　⑪敝:疲惫,困乏。　⑫焉:何,如何。

【今译】

解扁治理魏国的东部疆域,上缴的财赋收入比往年增加了三倍,主管官员请求予以赏赐。

魏文侯问:"我的土地没有扩大,人口没有增多,收入为何能增加三倍?"

主管官员答道:"利用冬闲上山伐木,堆积起来,到了春天,顺着河水漂流下来,再卖掉它。"

魏文侯说:"老百姓春天辛勤耕种,夏天勉力除草,秋天收割敛藏,只有冬天闲暇无事。如果再用来砍伐林木、储积堆聚、驾车运送、顺河漂放,那就是滥用民力,不让休息。百姓已经疲惫不堪了,即使收入增加了三倍,那又如何再使用他们呢?"

这就是虽然有功,但应该加以处罚的事例。

【评析】

解扁上缴的税赋收入比以往增加了三倍,但这全是巧取豪夺、滥用民力得来的。开明的魏文侯深知与民休息的道理,从中体察出百姓已经疲惫困乏,不堪再用。解扁虽有小功,但损害了治国大体,应该受到处罚。这则寓言让我们重温了民为国本的治国要则,也看到了解扁治理下百姓们的辛劳困苦。 　　　(王莹)

穆伯弃攻

中行穆伯①攻鼓②,弗能下,馈闻伦③曰:"鼓之啬夫④,闻伦知⑤之,请无罢⑥武大夫⑦而鼓可得也。"穆伯弗应。左右曰:"不折一戟,不伤一卒,而鼓可得也,君奚为⑧弗使?"穆伯曰:"闻伦为人,佞⑨而不仁,若使闻伦下之,吾可以勿赏乎?若赏之,是赏佞人,佞人得志,是使晋国之武舍仁而为⑩佞,虽得鼓,将何所用之!"攻城者,欲以广地也;得地不取者,见其本而知其末也。 　　(《淮南子·人间训》)

【注释】

①中行穆伯:晋大夫,即荀吴。　②鼓:国名,在今河北晋县境内。　③馈闻伦:晋人名。　④啬夫:古代官吏名,所掌不一,此处当为军职。　⑤知:知道,此处意谓熟悉、了解。　⑥罢:借作"疲",劳累。　⑦武大夫:即士大夫,《淮南子》一书常以"武"字作"士"字用。下"武"字同。　⑧奚为:何为。　⑨佞:佞伪。　⑩为:原作"后",误字(吕传元说),今改正。

【今译】

中行穆伯攻打鼓,未能攻下,馈闻伦进言说:"鼓的啬夫,我很熟悉。不用烦劳将士,我就可以得到鼓。"穆伯未理睬他。

左右的随从们说:"不折一件兵器,不伤一个士兵,鼓就可以得到,您为何不派他去呢?"

穆伯说:"馈闻伦为人处世,佞伪不实,如果让他拿下了鼓,我能不赏他吗?如果赏他,就是赏佞人;佞人得志,那我们晋国的士大夫就会舍弃仁义而从事佞伪。这样虽然得到了鼓,又有什么用呢?"

攻取城池是为了扩大疆土,中行穆伯能够得到疆土而不取,那是既知其根本又知其外表。

【评析】

　　中行穆伯虽然未能把鼓攻下,但也不愿采纳馈闻伦的建议,因为馈闻伦是个佞伪之人,一旦让他立功受赏,必然会败坏晋国风气。这里体现出中行穆伯的治国方略:国家的安危不在于一城一地的得失,而在于世风人心端正与否。这一观点对于今天仍有着借鉴意义,值得汲取。

(王莹)

弦 高 辞 赏

　　秦穆公①使孟盟②举兵袭郑,过周以东。郑贾人弦高③、蹇他④相与⑤谋曰:"师行数千里,数绝⑥诸侯之地,其势必袭郑。凡袭国者,以为⑦无备也。今示以知其情,必不敢进。"乃矫⑧郑伯⑨之命,以十二牛犒⑩之。三率⑪相与谋曰:"凡袭人者,以为弗知。今已知之矣,守备必固,进必无功。"乃还师而反。晋先轸⑫举兵击之,大破之殽⑬。郑伯乃以存国之功赏弦高,弦高辞之曰:"诞⑭而得赏,则郑国之信废矣;为国而无信,是俗败也。赏一人而败国俗,仁者弗为也;以不信得厚赏,义者弗为也。"遂以其属徙东夷⑮,终身不反。故仁者不以欲伤生,知者不以利害义。圣人之思修⑯,愚人之思叕⑰。

(《淮南子·人间训》)

【注释】

　　①秦穆公:春秋时秦国国君,名任好,在位三十八年(公元前659—公元前621),为春秋霸主之一。　②孟盟:即孟明视,名视,字孟明(又作孟盟),春秋时秦国大夫百里奚之子,为秦穆公大将。　③弦高:春秋时郑国商人。　④蹇(jiǎn 简)他:弦高的同伙商人。　⑤相与:互相,在一起。　⑥绝:越过,超过。　⑦为(wèi 胃):介词,根据或着眼于某一状况而采取相应行动。下"为"字同。　⑧矫:矫称,擅自假称。　⑨郑伯:郑国国君,此处指郑缪公。　⑩犒:犒劳。　⑪三率:三个统军将领,此处指秦国将军孟盟、白乙、西乞。　⑫先轸:晋国的执政者,军队统帅。　⑬殽(yáo 遥):殽山,古时战略要地,在今河南新安。　⑭诞:欺诈,欺骗。　⑮东夷:古代中土人士对东方各民族的统称。　⑯修:长,刘安避其父讳改"长"为"修"。　⑰叕(zhuō 桌):短。

【今译】

　　秦穆公令孟明视起兵袭击郑国,经过周地往东进发。

　　郑国商人弦高和蹇他得知后,在一起商议说:"行军数千里,几次越过诸侯们的辖地,看势头必定是袭击我们郑国。大凡袭击别国,都是乘着别国没有防备。现在只要我们表示出已得知秦军偷袭的消息,秦军就必然不敢再往前进了。"于是就假称郑国国君的命令,用十二头牛犒劳秦军。

秦军的三个统帅在一起商量说:"大凡袭击别人,都是乘着别人不知道,现在郑国已经知道了,防备必然加固,再去进攻,必然不能成功。"于是返军回国。晋国的先轸领兵拦截秦军,在殽山大败秦军。

郑国国君知道后,便以保全国家的功劳赏赐弦高,弦高推辞说:"欺诈而能获赏,这样郑国的信用就要被废弃,治理国家而不讲信用,这样世风就要败坏。因为赏赐一人而败坏了世风国俗,仁爱之君是不会这样做的,因为不讲信义而得到丰厚的赏赐,怀义之人也是不能接受的。"于是带领同伴迁移到东方夷人之地,终身不再返回。

由此看来,仁爱的人不因欲望而伤害生命,智慧的人不因利益损害大义。圣明人的考虑长远,愚笨的人考虑短浅。

【评析】

这篇寓言源自历史故事。弦高矫命劳军,阻止了秦军对自己国家的袭击,功劳卓著,但他谢绝了国君的赏赐。因为在他看来,治理国家应讲究信义,而矫命的做法却是不讲信义的,如果因此获赏,那将会败坏世风国俗。这就告诉我们:在治理国家的过程中,不能把一时的权宜当做立国之本,再一次让我们领悟到信义对于治国安邦的重要性。

(刘晓红)

楚 庄 罢 戍

陈①夏徵舒②弑其君,楚庄王③伐之,陈人听④令。庄王以讨有罪,遣卒戍⑤陈,大夫毕⑥贺,申叔时⑦使于齐,及⑧还而不贺。庄王曰:"陈为无道,寡人⑨起九军⑩以讨之,征暴乱,诛罪人,群臣皆贺,而子独不贺,何也?"申叔时曰:"牵牛蹊⑪人之田,田主杀其人而夺之牛,罪则有之,罚亦重矣。今君王以陈为无道,兴兵而政之⑫,以⑬诛罪人,遣人戍陈,诸侯闻之,以王为非诛罪人也,贪陈国也。盖闻君子不弃义以取利。"王曰:"善!"乃罢陈之戍,立陈之后。诸侯闻之,皆朝于楚。

此务崇⑭君之德者也。　　　　　　　　　　　　　　（《淮南子·人间训》）

【注释】

①陈：古国名，据有今河南东部和安徽一部分，都城为宛丘（今河南淮阳）。②夏徵舒：陈国大夫夏御叔之子，国君陈灵公与其母通淫，夏徵舒弑之。③楚庄王：春秋时楚国国君，名侣，在位二十三年（公元前613—公元前591）为春秋霸主之一。④听：听从，服从。⑤戍：守卫，把守。⑥毕：皆，全。⑦申叔时：楚大夫。⑧及：原误作"反"（王念孙说），今改正。⑨寡人：君王自称。⑩九军：数量极多的军队。九，不表示实数。⑪蹊：践踏。⑫政之："政"原误作"攻"，"之"原脱（王念孙说），今改，补。政，借作"征"，征伐，讨伐。⑬以：原作"因以"，"因"字衍（王念孙说），今删。"以"借作"已"，既已。⑭崇：增高，增广。

【今译】

陈国夏徵舒杀了国君陈灵公，楚庄王起兵讨伐他，陈国人都服从命令。楚庄王以讨伐有罪为借口，派兵把守陈国，楚国的大夫都表示祝贺。申叔时出使齐国归来，却不祝贺。

庄王说："陈国无道，我派大军讨伐它，平定了暴乱，诛杀了罪人，群臣都表示祝贺，你偏偏不祝贺，这是为什么？"

申叔时说："有人牵牛踩了别人的田地，田地主人把这人杀了，而且又夺走了牛。罪过固然是有的，但惩罚也太重了。今天君王以为陈国无道，起兵征伐，既然已经诛杀了罪人，现在又派兵把守，诸侯们听说了，就会以为君王不是诛杀有罪，而是想得到陈国。我听说君子从不废弃道义而贪取利益啊！"

庄王说："讲得好！"

于是庄王撤除了在陈国的守兵，扶持了陈国的新君。诸侯们听说以后，都来楚国朝觐。

这是致力于光大国君恩德的事例。

【评析】

楚庄王平定了陈国内乱，并且派兵戍卫，群臣皆贺，唯独大臣申叔时顾虑诸侯们对这一做法的非议，对楚庄王讲述"君子不弃义以取利"的道理，使楚庄王撤除戍卫之兵，扶立了陈国的新君，赢得了诸侯们的敬重。这就告诉我们：在道义和利益之间，应该把道义放在首位，否则就成了见利忘义的小人。　　　（刘晓红）

| 刘 安 |

费无忌誉太子

费无忌①复②于荆平王③曰:"晋之所以霸者,近诸夏④也,而荆之所以不能与之争者,以其僻远也。楚王若欲从⑤诸侯,不若大城城父⑥,而令太子建⑦守焉,以来⑧北方,王自收其南,是得天下也。"楚王悦之,因命太子建守城父,命伍子奢⑨傅之。居一年,伍子奢游人⑩于王侧,言太子甚仁且勇,能得民心。王以告费无忌,无忌曰:"臣固闻之,太子内抚百姓,外约诸侯,齐、晋又辅之,将以害楚,其事已构⑪矣。"王曰:"为我太子,又尚何求?"曰:"以秦女之事⑫怨王。"王因杀太子建而诛伍子奢。此所谓见誉⑬而为祸者也。　　　　　　　(《淮南子·人间训》)

【注释】

①费无忌:楚大夫,太子少傅,为人佞伪。　②复:禀告。　③荆平王:即楚平王,春秋时楚国国君,名弃疾,在位十三年。　④诸夏:周王室分封的中原地区各诸侯国,楚国当时属于蛮夷地区,不在其内。　⑤从:使……跟从,使……服从。　⑥城父:楚国北地边城,在今安徽亳州。　⑦太子建:楚平王太子,因其母而无宠。　⑧来:招徕和安抚。　⑨伍子奢:楚大夫,太子太傅。　⑩游人:遣人游说。　⑪构:构成,成。　⑫秦女之事:楚平王曾派费无忌去秦国为太子建娶妇,返回后他又劝楚平王自娶。　⑬见誉:受到称赞。

【今译】

费无忌禀告楚平王说:"晋国之所以能够称霸,是因为它靠近中原各诸侯国,而我们楚国之所以不能和它一比高低,是因为地方偏远。君王如果要使诸侯国服从,不如把北方边城城父的城池扩大,派太子建去防守它,以便招徕安抚北方的人民,而君王自己收复南方。这样就可以得到天下了。"楚平王很高兴,于是命令太子建去守城父,命令伍子奢辅佐他。

过了一年,伍子奢派人在平王面前游说,赞扬太子非常仁爱和勇敢,能够得到百姓拥护。平王把这些话告诉了费无忌,费无忌说:

"我已经听说了,太子在内安抚百姓,对外连接诸侯,齐、晋两国又帮助他,他将要危害楚国。这事儿已经形成啦!"

"做了我的太子,还有什么要求呢?"平王问道。

"是因为秦女的事怨恨君王哩!"费无忌回答说。

平王因此杀了太子建和伍子奢。

这就是所说的受到称赞反倒成为祸害的事例。

【评析】

人们总是爱听赞扬的话,但这篇寓言告诉我们:被人赞扬未必是件好事,因为赞扬的背后可能隐藏着阴谋。佞臣费无忌巧设圈套,让太子为国家建立功勋,受到赞扬,然后诬告太子将要危害国家,终于使楚平王杀了太子和太子太傅伍子奢,从而阴谋得逞。所以我们应该在赞扬面前保持一份冷静和谦虚。(刘晓红)

唐子短陈骈

唐子①短②陈骈子③于齐威王④,威王欲杀之,陈骈子与其属出亡,奔薛⑤。孟尝君⑥闻之,使人以车迎之。至而养以刍豢⑦黍粱五味之膳,日三至。冬日被裘罽⑧,夏日服绨⑨纻⑩,出则乘牢车⑪、驾良马。孟尝君问之曰:"夫子生于齐,长于齐,夫子亦何思于齐?"对曰:"臣⑫思夫⑬唐子者。"孟尝君曰:"唐子者,非短子者耶?"曰:"是也。"孟尝君曰:"子何为思之?"对曰:"臣之处于齐也,粝粢⑭之饭,藜藿⑮之羹,冬日则寒冻,夏日则暑伤。自唐子之短臣也,以身归君,食刍豢,饭黍粱,服轻暖,乘牢良,臣故思之。"此谓毁人而反利之者也。 (《淮南子·人间训》)

【注释】

①唐子:战国时齐国大夫。 ②短:诋毁,说坏话。 ③陈骈子:即田骈,战国时齐国稷下学者之一,主黄老道德之学。 ④齐威王:战国时齐国国君,田氏,名因齐(一作婴齐),在位三十六年(公元前356—公元前320)。 ⑤薛:齐地,在今山东滕县南。 ⑥孟尝君:即田文,战国时齐国贵族,袭父封于薛,称薛公,号孟尝君。 ⑦刍豢:泛指肉类家畜。家畜食草者曰"刍",食谷者曰"豢"。 ⑧罽(jì 寄):一种毛织物。 ⑨绨(chī 吃):细葛布。 ⑩纻(zhù 住):苎麻布。 ⑪牢车:坚良的车。 ⑫臣:自称,表示礼敬。 ⑬夫:彼,那个,指示代词。 ⑭粝粢(hzī 立资):粗糙的食物。粝,糙米;粢,一种谷物,即稷。 ⑮藜藿(líhuò 黎霍):泛指可充饥野菜。藜,即灰菜,嫩叶可食;藿,豆叶,嫩时可食。

【今译】

唐子在齐威王面前诋毁陈骈,威王要杀他,陈骈只好带着属从往薛逃亡。

孟尝君听说后，派人用车子迎接他。到了以后，又一天三次用美味佳肴款待他，冬天给他穿轻暖的皮毛，夏天给他穿细薄的衣衫，外出乘坐坚固的车子，驾着骏马。

一天，孟尝君问陈骈："先生生在齐国，长在齐国，对齐国还有什么思念的吗？"

"我思念那个唐子。"陈骈答道。

"唐子不就是说你坏话的那个人吗？"

"正是。"

"那你为何还思念他？"

"我在齐国的时候，吃的是粗米饭，喝的是野菜汤，冬天寒冷，夏天暑热。自从唐子诋毁我，我投身于您，吃美味佳肴，穿轻暖衣服，驾好马良车，所以我思念他。"

这就是诋毁别人反使别人获益的事例。

【评析】

诋毁别人的目的，常常是为了使别人的利益受损，但有时却适得其反。唐子在齐威王面前诋毁陈骈，迫使陈骈逃离了齐国，来到孟尝君的封地薛。在薛，他受到了极高的待遇，脱离了过去的贫困生活，以至于他思念那位曾经诋毁过他的唐子。由此看来，诋毁别人是没有意义的做法。

这篇寓言笔调幽默，在一个浅显的故事中寄寓了一个较深刻的道理，值得细细品味。

（刘晓红）

鲁人报仇

鲁人有为父报仇于齐者，刳①其腹而见其心，坐而正冠，起而更衣，徐行而出门，上车而步马②，颜色不变。其御③欲驱，抚而止之曰："今日为父报仇，以出死④，非为生也。今事已成矣，又何去之？"追者曰："此有节行之人，不可杀也。"解围而去之。使⑤彼⑥衣不暇带，冠不及正，蒲伏⑦而走，上车而驱，必不能自免⑧于十⑨步之中矣。今坐而正冠，起而更衣，徐行而出门，上车而步马，颜色不变，此众人⑩所以为死也,而乃⑪以反得活。此所谓徐而驰、迟而速⑫也。夫走者,人之所以为疾也;步者,人之所以为迟也。今反乃以人之所以为⑬迟者为疾⑭,明于分⑮也。有⑯知徐之为疾、迟之为速者,则几⑰于道矣。

(《淮南子·人间训》)

【注释】

①刳(kū枯):剖开。　②步马:让马慢慢地走。步,缓步。　③御:驭手,驾车的人。　④出死:出于必死的目的。　⑤使:假使,如果。　⑥彼:原作"被",误字(杨树达说),今改正。　⑦蒲伏:犹言尽力。　⑧免:免难。　⑨十:原作"千",误字(杨树达说),今改正。　⑩众人:一般的人。　⑪而乃:而,然而。　⑫而速:原作"于步",误字(何宁说),今改正。　⑬所以为:原作"所为",脱"以"字(王念孙说),今补。　⑭为疾:原作"反为疾",衍"反"字(王念孙说),今删。　⑮分(fēn奋):分界,疆域。　⑯有:凡有,凡是。　⑰几:几近,差不多。

【今译】

鲁国有一个人去齐国为父亲报仇,剖开了仇人的胸腹,露出了心脏。

完了之后,他坐着扶正帽子,起身换了衣服,慢慢地走出门去,上了车,驾马缓行,神色丝毫不变。车夫想策马奔跑,他按住车夫的手,制止说:"今日我为父亲报仇,目的是求死,不是为了求生。事情已经办成了,何必匆匆忙忙离去呢?"追赶他的人见了,说:"这是个有节义的人,不能杀他。"于是解散了包围,放走了他。

假如这个鲁人换衣服顾不上系带子,戴帽子顾不上扶正,竭力奔跑,上车疾驰,必定不能逃脱于千步之内。可现在,他扶正了帽子,换了衣服,慢慢地出门上车,驾马缓行,神色丝毫不变。一般人认为这样做是死定了,然而这个鲁人反倒因此逃脱了追捕,保住了性命。

这就是所说的慢反而快、缓反而速。奔跑,人们以为是快的,步行,人们以为是慢的,今天这位鲁人反倒把人们所认为的慢变成了快,这是明了二者分界的。凡是知道慢能成为快、缓能成为速的人,那就差不多了解道了。

【评析】

鲁人报仇杀人之后,并没有像常人那样慌忙逃走,而是神情镇定,缓步从容,这样做不但没有遭到追杀,而且使追杀的人认为他是个"节行之人"。这篇寓言称赞他"几于道",其实就是懂得辩证法。辩证法认为,对立的事物总是可以在一定条件下互相转化的,报仇的鲁人就巧妙地把"慢"变成了"快",保住了性命。

这一做法与"欲擒故纵""欲进先退"等一脉相通,体现出古人的聪明才智。

(刘晓红)

斗鸡之祸

鲁①季氏②与郈氏③斗鸡④,郈氏介其鸡⑤,而季氏为之金距⑥。季平之鸡不胜,季平子⑦怒,因侵郈氏之宫而筑之。郈昭伯⑧怒,伤⑨之鲁昭公⑩曰:"祷于襄公⑪之庙,舞者二八⑫而已,其余尽舞于季氏。季氏之无道无上久矣,弗诛,必危社稷。"公以告子家驹⑬,子家驹曰:"季氏之得众,三家⑭为一,其德厚,其威强,君胡⑮得之?"昭公弗听,使郈昭伯将卒以攻之。仲孙氏、叔孙氏相与谋曰:"无季氏,死亡无日矣。"遂兴兵以救之,郈昭伯不胜而死,鲁昭公出奔齐。故祸之所从生者,始于鸡足⑯,及其大也,至于亡社稷。

(《淮南子·人间训》)

【注释】

①鲁:春秋时诸侯国,周初始封,姬姓,在今山东南部,国都为曲阜(在今山东)。 ②季氏:即季孙氏,春秋后期执掌鲁国朝政的三家贵族之一,鲁桓公之后。 ③郈(hòu后)氏:春秋时鲁国贵族,鲁孝公之后,后以封地"郈"为氏。 ④斗鸡:古代一种游戏。 ⑤介其鸡:为鸡头披上小铠甲(一说把芥菜籽粉涂撒在鸡翅上,打斗时拍打翅膀,以迷盲对手眼目)。介,借作"甲"。 ⑥金距:鸡爪上安装的金属芒刺。距,鸡的爪距。 ⑦季平子:即季孙如意,曾代叔孙舍执掌鲁国朝政十五年。 ⑧郈昭伯:名恶。 ⑨伤:诋毁,毁伤。 ⑩鲁昭公:鲁国国君,名裯,在位三十二年(公元前541—公元前510),后出奔,亡于晋。 ⑪襄公:即鲁襄公,昭公之父,名午,在位三十一年。 ⑫二八:"八"原误作"人"(卢文弨说),今改正。古代祭祀舞蹈,天子用八佾(八八六十四人),诸侯用六佾(六八四十八人),鲁襄公为诸侯,当用六佾,而主持鲁国朝政的季氏只为他用二佾。 ⑬子家驹:鲁国大夫。 ⑭三家:即季孙氏、仲孙氏、叔孙氏三家贵族,因均为鲁桓公之后,又称"三桓"。 ⑮胡:何,如何。 ⑯足:原误作"定"(王念孙说),今改正。

【今译】

鲁国的季氏与郈氏斗鸡,郈氏给他的鸡穿上铠甲,季氏在鸡爪上装上尖利的金属芒刺。季氏的鸡斗败了,季平子大怒,于是就侵占郈氏的宫室宅地,修筑自己的宫室。郈昭伯气愤至极,在鲁昭公面前诋毁季氏说:"祭祀襄公宗庙的时候,舞蹈者只有二八一十六人,其余的都在季氏官里跳舞。季氏无道无君已经很久了,不除掉他,必将危害国家。"

鲁昭公把这些话告诉了子家驹,子家驹说:"季氏得到很多人的拥戴,而且与孟氏、叔氏合为一伙。他恩德深厚,力量强大,国君如何能实现目的呢?"

鲁昭公不听子家驹的劝告,派郈昭伯率领士卒攻打季氏。

仲孙氏与叔孙氏一起商量说:"没有了季氏,我们灭亡的那一天就不会很久了。"于是起兵救援季氏,郈昭伯战败而死,鲁昭公逃亡齐国。

由此看来,祸患的产生,仅仅始于鸡足,等到酿成大祸,却足以灭亡国家社稷。

【评析】

斗鸡本是游戏,胜负均属玩笑,然而季氏与郈氏却因此而动怒光火,互相倾轧,引起国内政治动荡,酿成大祸。这则寓言首先揭示了贵族统治者的荒淫骄奢,其次还警示人们:凡事都应慎重对待,小事不能小看,因为它可能引起灾难性后果。

(居岚)

晋文灭曹

晋公子重耳①过曹②,曹君③欲见其骈胁④,使之袒⑤而捕鱼。釐负羁⑥止曰:"公子,非常也;从者三人,皆霸王之佐也。遇之无礼,必为国忧。"君弗听。重耳反国,起师而伐曹,遂灭之。身死人手,社稷⑦为墟,祸生于袒而捕鱼。齐、楚欲救曹,不能存也,听釐负羁之言,则无患矣。今不务使患无生,患生而救之,虽有圣知,弗能为谋,且⑧患祸之所由来者,万端无方⑨。

(《淮南子·人间训》)

【注释】

①重耳:即晋文公。其父晋献公听信谗言,迫使其在外流亡十九年,后返国为君,成为春秋霸主之一,在位九年(公元前636—公元前628)。 ②曹:春秋时诸侯国,周初始封,姬姓,在今山东西部,国都为陶丘(今山东定陶西南)。 ③曹君:曹国国君,文中指曹共公。 ④骈(pián)胁:肋骨并为一片。 ⑤袒:裸露,袒露。 ⑥釐负羁:曹国大夫。 ⑦社稷:古代帝王所祭祀的土神和谷神,后代指国家。 ⑧且:而且,况且。原作"耳",属上读,误字(于省吾说),今改正。 ⑨无方:犹言无常。

【今译】

晋公子重耳逃亡经过曹国,曹共公想看他的骈胁,让他脱了衣服捕鱼。釐负羁制止说:"晋公子不是一般的人,跟从他的三个人都是霸王的辅佐之才。对他无礼,必将成为国家的忧患。"曹共公未予理睬。

后来重耳返回晋国,当了国君,便起兵攻打曹国,并且灭了曹国。

曹共公身死于他人之手,国家变为废墟,祸灾产生于让重耳裸身捕鱼。齐国和楚国想救助曹国,但也不能保存它。如果当初他听了釐负羁的话,就不会有灭亡之患了。今天不务求灾难不生,等到发生了再去解救,虽有圣明的才智,也是无法替他出谋划策的,而且祸害产生的缘由千头万绪、变化无常!

【评析】

曹共公听说晋公子重耳的肋骨长得与众不同,连成一片,便要看个究竟,于是不听釐负羁的劝告,让重耳裸身捕鱼。这本是一件疏于礼节的小事,但却埋下了亡国的祸根:重耳返国为君后,立即起兵攻打并灭亡了曹国。本篇寓言意在强调防患于未然的重要性,如果等到灾难发生再去补救,那就为时已晚,曹共公便是一例史鉴。

(居岚)

子朱辞官

太宰①子朱②侍饭于令尹③子国④,令尹子国啜⑤羹而热,投⑥卮浆⑦而沃⑧之。明日,太宰子朱辞官而归。其仆曰:"楚太宰,未易得也。辞官去之,何也?"子朱曰:"令尹轻行而简礼,其辱人不难⑨。"明年,伏郎尹⑩而笞⑪之三百。夫上仕⑫者,先避患而后就利,先远辱而后求名,太宰子朱之见终始微矣⑬。

(《淮南子·人间训》)

【注释】

①太宰:官名,掌管王家内外事务。 ②子朱:楚国大夫。 ③令尹:官名,春秋和战国时期楚国所设,为军政最高主管。 ④子国:楚国大夫。 ⑤啜(chuò 绰):饮,喝。 ⑥投:拿。 ⑦卮(zhī 支)浆:一杯酒浆。卮,酒杯。 ⑧沃:浇灌。 ⑨不难:不以做某事为难,意即轻易做某事。 ⑩郎尹:郎官的主管者。郎,君王身边的侍从;尹,主管,首长。 ⑪笞(chī 吃):古代的一种刑罚,用荆条或竹杖拷打脊背、臀部。 ⑫上仕:"上"字原脱(王念孙说),今补。 ⑬先避患而后就利,先远辱而后求名,太宰子朱之见终始微矣:原作"先避之见终始微矣",脱"患"至"子朱"十六字(王念孙说),今补。

【今译】

太宰子朱侍奉令尹子国进餐,子国喝汤时,觉得烫嘴,便把一碗汤泼在了地上。

第二天,子朱辞去官职回家,仆人对他说:"楚国的太宰职位,是很不容易得到的。您为什么要辞官回家呢?"子朱回答说:"令尹子国举止轻浮,简慢无礼,随意侮辱别人。"

果然,第二年子国又把郎官总领按在地上,打了三百大板。

做官的人应该先回避灾难,然后寻求利益;先远离侮辱,然后寻求声誉。太宰子朱对为官本末的了解是很微妙深入的。

【评析】

叶落知秋,见微知著。从子国喝汤时的举动中,子朱看出他简慢无礼、随意辱人的性格,因而辞官回家。子朱是明于鉴人的,因而他躲避了可能遭受的侮辱。这就告诉我们:与人相处,首先应该观察这个人的品行,对于品行有所欠缺的人,应考虑避而远之。

(居岚)

牛缺遇害

秦牛缺①径于山中,而遇盗,夺之车马,解其橐笥②,拖③其衣被。盗还反顾之,无惧色忧志,䚛然④有以⑤自得也。盗遂问之曰:"吾夺子财货,劫子以刀,而志不动,何也?"秦牛缺曰:"车马所以载身也,衣服所以揜形⑥也,圣人不以所养害其养。"盗相视而笑曰:"夫⑦不以欲伤生,不以利累⑧形者,世之圣人也。以此而见王⑨者,必且⑩以我为事⑪也。"还反杀之。此能以知⑫知矣,而未能以知不知也;能勇于敢,而未能勇于不敢也。

(《淮南子·人间训》)

【注释】

①牛缺:秦国的隐士(一说大儒),姓牛,名缺。 ②橐笥(tuósì驼四):泛指行囊。橐,储物的口袋;笥,竹制的储物器具,或方或圆。 ③拖:借作"挩",夺去衣物。 ④䚛(huān欢)然:欢乐的样子。䚛,借作"欢(歡)"。 ⑤有以:犹言有所。 ⑥揜(yǎn掩)形:遮蔽身体。揜,掩蔽,遮蔽。 ⑦夫:语气词,用来提领下句。 ⑧累(lèi泪):损害,使受损害。 ⑨见王:被尊为王。"见"表示被动。 ⑩必且:必将。 ⑪以我

为事:以我们(强盗)作为自己的事务,意即专门对付我们。　　⑫知:借作"智",智慧。

【今译】

秦国的隐士牛缺在山中行走,遇上了强盗。强盗们抢去了他的车马,解下了他的行囊,夺走了他的衣物。

强盗们转过身来,看见牛缺没有丝毫的畏惧和忧虑,而是高高兴兴地有些得意。

于是问道:"我们抢了你的财物,用刀劫持你,你却无动于衷,这是为什么?"

"车马是用来负载身体的,衣服是用来蔽覆形体的,圣明的人,不会为了保全这些服务于生命的器物而伤害自己生命。"牛缺回答说。

强盗们互相看了看,笑着说:"不以欲望伤害生命,不以利益损伤形体,这就是世上的圣人。这样的人如果被尊为君王,必将会对付我们。"于是便回来杀了牛缺。

这就是能以智慧求知,而不能以智慧不求知;能勇于敢作敢为,而不能勇于不作不为。

【评析】

隐士牛缺对物我关系的了解极为深入:物是服务于生命的,人不能为了物而牺牲生命。这一超然的人生态度,使他面对抢劫能够安然处之,表现出智慧和勇敢。然而他却错误地把这一哲理告诉了强盗,引起了强盗的畏惧和不安,因而丧失了自己的生命。由因看来,牛缺的智勇都是有限的。既能以智慧"知",又能以智慧"不知";既能以勇气"敢",又能以勇气"不敢",方能称作大智大勇。

(崔玲)

备胡利越

秦皇①披②录图③,见其传④曰:"亡秦者胡也。"因发卒五十万,使蒙公⑤、杨翁子⑥将,筑修城⑦,西属⑧流沙⑨,北击⑩辽水⑪,东结朝鲜,中国⑫内郡輓⑬车而饷⑭之。又利⑮越⑯之犀角、象齿、翡翠⑰、珠玑⑱,乃使尉屠睢⑲发卒五十万,为五军:一军塞镡城⑳之领㉑,一军守九疑㉒之塞,一军处番禺㉓之都㉔,一军守南野㉕之界,一军结余干㉖之水,三年不解甲弛弩。使监禄㉗无以转饷,又以卒凿渠而通粮道。以与越人战,杀西呕㉘君译吁宋㉙。越人皆入丛薄㉚中,与禽兽处,莫肯为秦虏,相置桀骏㉛以为将,而夜攻秦人,大破之,杀尉屠睢,伏尸流血数十万,乃发谪戍㉜以备之。当此时,男子不得修农亩,妇人不得剡麻㉝考缕㉞,羸弱服格㉟于道,大夫㊱箕会㊲于衢㊳,病者不得养,死者不得葬。于是陈胜起于大泽,奋臂大呼,天下席卷而至于戏㊴。刘、项兴义兵随,而定㊵若折槁振落㊶,遂失天下。祸在备胡而利越也。欲知筑修城而备亡,不知筑修城之所以亡也;发谪戍以备越,而不知难之从中发也。

（《淮南子·人间训》）

【注释】

①秦皇:即秦始皇,嬴姓,名政,战国时秦国国君,公元前246年—公元前210年在位,于公元前221年建立了我国历史上第一个中央集权的封建国家。②披:展开,铺开。此字原作"挟",误字（吴承仕说）,今改正。③录图:预言吉凶变化的图书。④传(zhuàn撰):记录,记载。⑤蒙公:即蒙恬,秦将军,曾率兵击匈奴,修长城。⑥杨翁子:秦将军。⑦修城:长城,避刘安父讳,改"长"为"修"。⑧属:联结。⑨流沙:沙漠。⑩击(繫):借作"系（繫）",连接。⑪辽水:即辽河,在今辽宁境内。⑫中国:指我国黄河流域地区,因其为古代政治、经济和文化中心,故称。⑬輓(wǎn晚):拉车。⑭饷:供给。⑮利:贪,极欲得到。⑯越:古代南方的少数民族,他们聚居的东南沿海和珠江流域也叫越。⑰翡翠:翡,红鸟,翠,青鸟,其羽毛可用作装饰。⑱珠玑:珠玉圆的叫珠,不圆的叫玑。⑲尉屠睢:秦将。⑳镡(tán坛)城:秦汉时县名,在今湖南靖县。㉑领:借作"岭",山岭。㉒九疑:山名,即九嶷山,在今湖南宁远县南。㉓番(pān攀)禺:秦汉时县名,在今广东。㉔都(dū督):交汇聚总之处。㉕南野:秦汉时县名,在今江西。㉖余干:秦汉时县名,一作余汗,在今江西。㉗监禄:秦将。㉘西呕:越人的一支。"呕"借作"瓯"。㉙译吁宋:西呕人的首领。㉚丛薄:丛林。薄,草木丛生之处。㉛桀(jié杰)骏:犹言俊杰。骏,借作"俊"。㉜谪(zhé哲)戍:被判处戍守边疆的囚徒。㉝剡(yǎn掩)麻:搓捻麻线。剡,借作"㛑"。㉞考缕:制成线。考,制成;缕,线。㉟服格:拉车。格,借作"輅",车辕上用以牵引的横木。㊱大夫:泛指官吏。㊲箕会:用簸箕逐一征收聚敛税赋。㊳衢(qú渠):道路。㊴戏:地名,在今陕西临潼东北。㊵定:竟,竟然。㊶落:落叶。

【今译】

秦始皇展开方术之士进献的录图,看到上面记载说:"灭亡秦国的人是胡。"于是征调五十万士卒,命令蒙恬、杨翁子率领着去修筑长城,西连沙漠,北接辽河,东至朝鲜,国内各郡县都派人拉着车子供给所需粮草物资。

为了得到越地出产的犀牛角、象牙、翡翠鸟毛和各种珍宝,他又派尉屠睢征调士卒五十万,组成五支军队:一支占据镡城的山岭,一支镇守九嶷山的要塞,一支驻扎番禺的交通枢纽,一支守卫南野的边境,还有一支集结在余干的水边。这些军队三年没有解下过铠甲,也没有放松过弓弩的弦。专使监禄无法辗转供给所需,又派士卒开凿渠道,打通湘水、离水,以便运送粮草,与越人作战。在与越人的战斗中,杀死了西呕人的首领译吁宋。然而越人都逃进了丛林,宁愿与禽兽为伍,也不肯成为秦军的俘虏。他们又互相推举俊杰作为统领,夜间进攻秦军,终于大败秦军,杀死了尉屠睢,秦军阵亡流血的有数十万。于是又征发戍边的囚徒来防备越人。

在那时候,国内的男子不能耕种田地,妇女不能捻麻纺线,老弱的人都在路上拉车运送,官吏们在路上用簸箕向过往人们挨个征税,病人得不到养护,死人得不到安葬。于是陈胜在大泽乡起事,奋臂高呼,天下响应,一直打到国都附近,刘邦、项羽举兵相追随,而秦朝竟像折枯木、摇落叶一样丢失了天下。

秦朝的灾难产生于防备北方的胡人和贪图南方越地的珍宝,知道修筑长城以防止灭亡,却不知道正是修筑长城导致了灭亡;征发戍边的囚徒去防备越人,却不知道灾难正是来自这些囚徒。

【评析】

秦朝是我国历史上第一个中央集权的封建国家。为了强化国家政权,秦始皇命令蒙恬在北方修筑长城,命令尉屠睢在南方深入越族地区,拓境开土。这是两项极为浩大的工程,必须动员全国的人力、物力才能完成。因此秦朝虽然结束了群雄争霸局面,但百姓并没有随之而安居乐业,仍然一如既往地供赋税、服劳役,苦不堪言。"天下苦秦久矣",陈胜、吴广登高一呼,万众云集,其势如燎原之火,迅速推翻了秦朝的统治。

《备胡利越》这篇寓言,总结了秦朝覆灭的历史经验,警示人们:任何不顾民情国力的政治举措,其结果必然与倡导者的愿望背道而驰。(崔玲)

鹊巢扶枝

夫鹊先识岁之多风也,去高木而巢扶枝①。大人过之则探鷇②,婴儿过之则挑其卵。知备③远难而忘近患。 (《淮南子·人间训》)

【注释】

①扶枝:旁边的小枝。扶,旁、侧。　②鷇(kòu扣):由母鸟哺食的幼鸟。③备:防备。

【今译】

喜鹊事先知道一年中什么季节常刮风,离开高树枝而在旁边的矮枝上去筑巢。大人路过这里伸手就能抓去幼鸟,小孩路过这里可以掏走鸟蛋。只知道防备远处的灾难,而忘了眼下的祸害。

【评析】

从表面上看,鸟巢筑在矮枝上,可以躲避狂风袭击,但是实际上则经常受到人的侵害。这个寓言,告诉我们在生活中不能只看到一个方面的危机,而忽略了另一方面的险情,要防止认识上的片面性。　　　　　　(林美凤)

谏哀公西益宅

鲁哀公①欲西益宅,史②争之,以为西益宅不祥。哀公作色③而怒,左右数谏不听,乃以问其傅宰折睢④曰:"吾欲西益宅⑤,而史以为不祥,子以为何如?"宰折睢曰:"天下有三不祥,西益宅不与焉。"哀公大悦而喜。顷⑥复问曰:"何谓三不祥?"对曰:"不行礼义,一不祥也;嗜欲无止,二不祥也;不听强谏,三不祥也。"哀公默然深念,愤然⑦自反⑧,遂不西益宅。夫史以争为可以止之,而不知不争而反取之也。智者离路而得道,愚者守道而失路。 (《淮南子·人间训》)

【注释】

①鲁哀公:春秋时鲁国最后一个国君,名将,在位二十七年(公元前494—公元前466)。②史:官名,掌管并起草文书。　③作色:改变脸色。　④宰折睢:鲁臣。　⑤西益宅:"西"字原脱(刘文典说),今补。　⑥顷:一小会儿,紧接着。　⑦愤然:内心

奋动的样子。　⑧反:古"返"字,返回,文中指反思。

【今译】

鲁哀公想往西扩大宅屋,史官极力劝阻他,认为往西扩大宅屋不吉利,哀公气得脸都变了色,左右随从们一再劝阻,他也不听。于是他就去问师傅宰折睢:"我要往西扩大宅屋,而史官认为不吉利,你认为怎么样?"

"天下不吉利的事有三件,往西扩大宅屋不在其中。"宰折睢答道。

哀公听了很高兴,接着又问:

"哪三件事不吉利?"

"不实行礼义,这是一不吉利;嗜好欲望无止尽,这是二不吉利;不听从执意的劝谏,这是三不吉利。"宰折睢答道。

哀公听了,默然无语,沉思片刻,猛然醒悟,不再向西扩大宅屋了。

史官以为争谏可以制止哀公,却不知道不争不谏反倒能制止他。智慧的人离开了道路却能到达目的,愚笨的人走在路上却迷失了道路。

【评析】

鲁哀公想往西扩大宅屋,史官就事论事地认为"不祥",加以劝阻。但这样做不仅没有奏效,反而引起哀公的不快。宰折睢则从"不听强谏不祥"的角度加以劝阻,这才使哀公翻然猛醒。因此处理任何事情都必须讲究方法,对症下药,如果方法不当,结果必然不理想。

(王庆谊)

孔子马逸

孔子行游,马失①,食农夫之稼,野人②怒,取马而系之。子贡③往说之,毕辞④而不能得也。孔子曰:"夫以人之所不能听说人,譬以太牢⑤享野兽,以《九韶》⑥乐飞鸟也。予之罪也,非彼人之过也。"乃使马圉⑦往说之。至,见野人曰:"子耕于东海,至于西海,吾马之失,安得不食子之苗?"野人大喜,解马而与之。说若此其无方⑧也,而反行。事有所至⑨,而巧不如拙,故圣人量凿而正枘⑩。

(《淮南子·人间训》)

【注释】

①失:借作"佚",脱逸。　②野人:郊野之人。　③子贡:孔子学生,姓端木,名赐,字子贡。　④毕辞:说尽了话。"毕"原作"卑",误字(王念孙说),今改正。　⑤太牢:古代祭祀中,牛羊豕三牲俱全的祭品。　⑥《九韶》:舜时乐曲名。　⑦马圉(yǔ 羽):养马的人。　⑧无方:犹言无常,即没有常理。　⑨至:达到,文中意指把事情办成。　⑩枘(ruì 锐):榫头。

【今译】

孔子出游,驾车的马脱逸了,吃了农夫的庄稼,田野里的农夫很生气,把马逮住拴了起来。善于言辞的子贡前去解说,可是好话说尽了,也没能把马讨回来。孔子说:"用人不愿听的话去说服人,就好像用三牲全备的祭品去供奉野兽,用美妙动听的《九韶》去娱乐飞鸟。这是我的罪过,不是子贡的罪过。"

于是就让马夫去解说。马夫到了以后,看见了农夫,便说:"你耕种的地,从东海一直到西海,我的马脱逸了,怎么能不吃你的禾苗呢?"农夫听了很高兴,解开马,还给了马夫。

马夫这样说话,是没什么道理的,但是反而行得通。有些事情要想办成,灵巧反倒不如笨拙,所以圣人办事,正如木工先量好了凿孔,然后再去决定榫头的大小方圆。

【评析】

在孔子的三千门徒中,子贡是善于辞令的,然而他并没有说服"野人"归还逸马,而马圉却能以看似"无方"的道理,轻而易举地说服了"野人"。这就是说,说话办事都应该分清对象,对象不同,方法就应该有所区别,企图以一把钥匙打开所有的锁,那必定是行不通的。

这篇寓言言浅意深,生动有趣,从细微处入手,讲述极深刻的道理。(王庆谊)

徐偃王亡国

昔徐偃王①好行仁义,陆地之朝者三十二国。王孙厉②谓楚庄王③曰:"王不伐徐,必反朝徐。"王曰:"偃王,有道之君也,好行仁义,不可伐。"王孙厉曰:"臣闻之,大之与小,强之与弱也,犹石之投卵、虎之啗④豚⑤,又何疑焉?且夫⑥为文而不能达其德,为武而不能任其力,乱莫大焉。"楚王曰:"善。"乃举兵而伐徐,遂灭之。知仁义而不知世变者也。

(《淮南子·人间训》)

【注释】

①徐偃王:春秋时徐国国君。徐国为周初徐戎所建,在今安徽泗县一带,后为楚国所灭。②王孙厉:楚臣。 ③楚庄王:春秋时楚国国君,名侣,在位二十三年(公元前613—公元前591),为春秋霸主之一。 ④啗(dàn淡):吃。 ⑤豚:小猪。 ⑥且夫:而且,况且。

【今译】

从前徐偃王爱好施行仁义,从陆路来朝拜的国家多达三十二个。

王孙厉对楚庄王说:"君王如果不讨伐徐国,那就一定要朝拜徐国。"楚庄王说:"偃王是个有道之君,爱施仁义,是不能讨伐的。"王孙厉说:"我听说过,大国与小国相比、强国与弱国相比,就像石头砸鸡蛋、老虎吃小猪一样,攻打徐国有什么可疑虑的呢?而且徐偃王行文治不能广布恩德,兴武功不能用尽国力,祸乱没有比这更大的了。"楚庄王说:"好!"于是起兵攻打徐国,并且灭了它。

徐偃王就是一个只知施行仁义而不知世事变化的人。

【评析】

徐偃王是个笃行仁义的君王,起初受到各国诸侯的礼敬。然而面对礼崩乐坏、诸侯争霸的现实状况,他仍然不修武备,徒讲仁义,结果身死国亡。这篇寓言试图告诉人们:好的政治目的,也应该采用切实可行的措施来保障其实现,那种不顾时事变化,孤行其事的做法,是要碰壁的。

(王庆谊)

子贡说吴王

昔者卫君①朝于吴②,吴王③囚之,欲流之于海。说者冠盖相望而弗能止。鲁君④闻之,撤钟鼓之悬⑤,缟素⑥而朝。仲尼⑦入见曰:"君胡为⑧有忧色?"鲁君曰:"诸侯无亲,以诸侯为亲;大夫无党⑨,以大夫为党。今卫君朝于吴王,吴王囚之,而欲流之于海,孰意⑩卫君之仁义而遭此难也!吾欲免之而不能,为奈何?"仲尼曰:"若欲免之,则请子贡⑪行。"鲁君召子贡,授之将军之节⑫。子贡辞曰:"贵无益于解患。在所由之道⑬。"敛躬⑭而行,至于吴,见太宰嚭⑮。太宰嚭甚悦之,欲荐之于王,子贡曰:"子不能行说于王,奈何⑯吾因子也!"太宰嚭曰:"子焉知嚭之不能也?"子贡曰:"卫君之来也,卫国之半曰'不若朝于晋',其半曰'不若朝于吴'。然卫君以为吴可以归骸骨⑰也,故束身⑱以受命⑲。今子受卫君而囚之,又欲流之于海,是赏言朝于晋者,而罚言朝于吴者也。且卫君之来也,诸侯皆以为蓍龟⑳。今㉑朝于吴不利,则皆移心于晋矣。子之欲成霸王之业,不亦难乎!"太宰嚭入,复之于王,王报出令㉒于百官曰:"比十日㉓,而卫君之礼不具者死。"子贡可谓知所以说矣。

(《淮南子·人间训》)

【注释】

①卫君:指春秋时卫国国君卫出公。出公名辄,在位十二年,后奔亡。 ②吴:春秋时的诸侯国,据有今江苏、上海大部和安徽、浙江一部分,国都为吴(今江苏苏州),于公元前473年为越国所灭。 ③吴王:指吴王夫差。夫差在位二十三年(公元前495—公元前473),国破,自刎死。 ④鲁君:指春秋时鲁国国君鲁哀公。 ⑤悬:统称悬挂起来演奏的乐器。 ⑥缟素:白色的丧服。 ⑦仲尼:即孔子。孔子名丘,字仲尼。 ⑧胡为:即何为,为什么。 ⑨党:乡党,邻里。 ⑩孰意:谁料想到。孰,谁;意,意料。 ⑪子贡:孔子弟子,姓端木,名赐,长于辞令。 ⑫节:原作"印",误字(何宁说),今改正。 ⑬所由之道:意谓所采取的方法。 ⑭敛躬:敛藏身影,即悄悄地、不声张。 ⑮太宰嚭(pǐ匹):吴国太宰,名嚭,字子余,楚人,出亡奔吴,善逢迎,深得吴王夫差宠信。 ⑯奈何:犹言为何。 ⑰归骸骨:犹言归命、投诚。 ⑱束身:束缚身体,形容顺服。 ⑲受命:授命,把生命交给(吴国)。受,古"授"字。 ⑳蓍(shī湿)龟:古人用以预卜吉凶的蓍草和龟甲,此处用作动词,意指推测、卜算。 ㉑今:原作"兆今","兆"字衍(刘家立说),今删。 ㉒报出令:报,君王对臣下意见的批复;出令,疑为注文混入正文。 ㉓比十日:十日以后。

【今译】

从前卫出公去吴国朝觐,吴王夫差囚禁了他,并且要把他流放到海岛上去。前来劝说吴王的人络绎不绝。

鲁哀公听说这件事以后,撤掉悬挂着的钟鼓乐器,穿着白色丧服上朝。孔子入朝拜见哀公,见状问道:"君王为何面带忧色?"

哀公回答说:"诸侯没有亲人,只好把诸侯当做亲人;大夫没有乡邻,只好把大夫当做乡邻。现在卫君朝觐吴王,吴王囚禁了他,还要把他流放到海岛上去。谁能想到仁义的卫君,竟遭此大难呢?我想使卫君免于此难,却做不到,怎么办呢?"

孔子说:"要想免除卫君的灾难,那就请子贡出使吴国。"

哀公召见子贡,授以将军的符节,让他出使吴国。

子贡推辞说:"尊贵对于化解灾难并无助益;化解灾难在于所采用的方法。"于是子贡悄悄地出使吴国。

到了吴国,子贡拜见了太宰嚭,太宰嚭很高兴,要把他推荐给吴王。子贡说:"你自己都无法说服吴王,我为什么还要通过你的推荐呢?"

"你怎么知道我不能说服吴王呢?"太宰嚭反问道。

子贡说:"卫君来吴国的时候。卫国人一半说'不如朝觐晋国',一半说'不如朝觐吴国',但卫君认为吴国可以托付生命,所以束身俯首前来吴国。然而现在你们接受了卫君,却又囚禁了他,还要把他流放于海岛,这是鼓励那些主张朝觐晋国的人,惩罚那些主张朝觐吴国的人。况且卫君来的时候,诸侯们都用这事来推测吴国,如果现在知道了朝觐吴国不利,那就会改变心意转向晋国了。你们吴国想成就霸王事业,岂不就变得困难了吗?"

太宰嚭进宫把子贡的话报告了吴王,吴王命令百官:"十天之后,款待卫君的礼节如果不完备,一律处死。"

子贡真可以说是知道如何劝说的人。

【评析】

在孔门弟子中,子贡是以长于辞令著称的,这篇寓言展示了他的外交和言辞才能。他在出使吴国时,首先采用"敛躬而行"的低姿态,取得了外交上的主动和回旋余地;其次抓住吴王意欲称霸诸侯的心理,对症施药,指出拘禁卫君只能适得其反。这样他就轻易地说服了吴王,解救了卫君。

这篇寓言意在告诉我们:凡事都要讲究策略和方法,这就是子贡所谓的"所由之道"。

(王庆谊)

公宣子谏筑室

鲁哀公①为室而大,公宣子②谏曰:"室大,众与人处则哗,少与人处则悲,愿公之适。"公曰:"寡人闻命③矣。"筑室不辍。公宣子复见曰:"国小而室大,百姓闻之必怨吾君,诸侯闻之必轻吾国。"鲁君曰:"闻命矣。"筑室不辍。公宣子复见曰:"左昭而右穆④,为大室以临二先君之庙,得无害于子⑤乎?"公乃令罢役,除版⑥而去之。鲁君之欲为室诚矣,公宣子止之必⑦矣,然三说而一听者,其二者非其道也。

(《淮南子·人间训》)

【注释】

①鲁哀公:春秋时期鲁国最后一个国君,名将,在位二十七年。　②公宣子:鲁国大夫。　③闻命:听到命令,礼敬之辞,意即知道了所说的话。　④左昭而右穆:古代宗法制度规定,宗庙中神主的排列次序为:始祖居中,以下父子相向分列两边,左边的称"昭",右边的称"穆"。　⑤子:子道,人子之道。　⑥版:筑土墙用的夹板。　⑦必:执意做到。

【今译】

鲁哀公建造官室,规模很大。公宣子劝谏说:"屋子大了,与很多人居住,就喧闹不堪,与很少的人居住,就显得凄凉。愿君王建造得大小适中。"哀公回答说:"我知道了。"但仍修建不停止。

公宣子又进见哀公,劝谏道:"国家小而官室大,老百姓知道了,必定要埋怨君王,诸侯们知道了,必定要轻视我国。"哀公说:"知道了。"还是修建不止。

公宣子又进见哀公,再一次劝谏道:"左边是昭,右边是穆,面对先君的宗庙,修建这样大的官室,难道不有损于人子之道吗?"听了这话,哀公才命令停止工役,拆除了版筑。

哀公想修建官室是出自内心的,公宣子劝阻哀公也是执著的,然而他劝说了三次,只有一次被听从,另外两次便没有找到劝说的门径。

【评析】

劝说别人是一项艺术,而对症下药则是起码的要求。公宣子的三次劝说,前两次都是药不对症。后一次他指出哀公正在建造的大屋将要居高临下地面对祖宗的宗庙灵位,有损人子之道,这才药症相符,一举奏效。本篇寓言着重指出的是:劝说别人,应首先找到问题的症结所在,然后再对症下药,否则无济于事。

(王庆谊)

| 刘 安 |

鸢 堕 腐 鼠

谚曰:"鸢①堕腐鼠,而虞氏以亡。"何谓也?曰:虞氏,梁②之大富人也,家充盈殷富,金钱无量,财货无赀③。升高楼,临大路,设乐陈酒,积博④其上。游侠相随而行楼下,楼上博者⑤射朋⑥张⑦,中反两⑧而笑,飞鸢适堕其腐鼠而中游侠。游侠相与言曰:"虞氏富乐之日久矣,而常有轻易⑨人之志。吾不敢侵犯,而乃⑩辱我以腐鼠。如此不报,无以立矜⑪于天下,请与公⑫僇⑬力一志,悉率徒属,而必以⑭灭其家。"其夜乃攻虞氏,大灭其家⑮。此所谓类之而非者也。(《淮南子·人间训》)

【注释】

①鸢(yuān 渊):鹰,一种猛禽。　　②梁:秦汉县名,在今河南开封东南。　　③无赀(zī 资):不可计量。　　④积博:聚积人众进行博戏。博,古代一种游戏,带有赌博性质,设有十二枚棋子,六黑六白,两人对抗,各执六棋。　　⑤楼上博者:原误作"博上者","楼"字脱,"博上"倒(庄逵吉说),今补上。　　⑥射朋:博戏者分成的朋伙。射,赌射。　　⑦张:开张,开设。　　⑧反两:赌博术语,指赢得对方两"鱼"。　　⑨轻易:轻视怠慢。　　⑩而乃:却,反倒。　　⑪立矜:建立威势。"矜"原作"务(務)",误字(王引之说),今据改。　　⑫公:古人对对方的礼貌称呼。　　⑬僇(lù 鹿)力:合力。僇,借作"戮"。　　⑭必以:犹言必定。　　⑮其夜乃攻虞氏,大灭其家:此十字原脱(王念孙说),今补。

【今译】

谚语说:"鹰嘴落死鼠,虞氏因此亡。"这是什么意思呢?这是说:虞氏本是梁县的富豪,家业丰足,金钱无可计数,财物无可度量。一天,虞家人登上高楼,面对着大路,奏响音乐,摆开酒宴,博戏取乐。一群侠客结伴从楼下经过,楼上赌局开张,赢得两"鱼"的赌徒高兴得大笑。这时一只老鹰飞过,嘴里叼着的死老鼠掉了下来,恰好落在一个侠客身上。侠客们聚在一起议论说:"这姓虞的,富贵快活的日子过得太久了,常常有轻视别人的心思。我不敢侵犯他,他却用死老鼠砸我。这样的耻辱,如果不报,那就无法立威势于天下了。我请求与诸位合力一心,带领所有徒众,一定要灭绝虞氏。"夜里侠客们攻打虞氏,彻底灭绝了虞氏。

这就是所说的二者表面相似而实质不同。

【评析】

有些事物虽然表面相似,但其实质并不相同,这就很容易引起误解。富人虞氏在楼上博戏取乐,一群侠客从楼下经过,恰好这时飞过一只老鹰,嘴里叼着的死老鼠掉下来,落在侠客身上。侠客们误以为虞氏有意向他们投掷死老鼠,侮辱他们,于是群起而攻之,彻底灭绝了虞氏。虞氏的悲剧是由误解造成的,因此避免误解别人和被别人误解,都是我们应当深思的问题。

(王庆谊)

白公胜为乱

屈建①告石乞②曰:"白公胜③将为乱。"石乞曰:"不然。白公胜卑身下士,不敢骄贤,其家无筦籥④之信,关楗⑤之固,大斗斛⑥以出,轻斤两以内。而乃论之,以⑦不宜也。"屈建曰:"此乃所以反也。"居三年,白公胜果为乱,杀令尹⑧子椒⑨、司马⑩子期⑪。此所谓弗类而是者也。

(《淮南子·人间训》)

【注释】

①屈建:春秋时楚国大夫。　②石乞:白公胜所养的勇士。　③白公胜:春秋时楚国太子建的儿子,名胜,封于白,称白公。　④筦籥(guǎnyuè 管悦):钥匙。籥,借作"钥"。　⑤关楗(jiàn 建):门闩。"关"原作"阙",误字(何宁说),今改正。　⑥斗斛(hú 胡):量具,十斗为一斛。　⑦以:借作"似",似乎。　⑧令尹:官名,春秋和战国时期楚国所设,为军政最高主管。　⑨子椒:楚臣,白公胜季父。　⑩司马:官名,掌管军队事务。　⑪子期:楚臣,白公胜季父。

【今译】

屈建告诉石乞说:"白公胜将要作乱。"

"不会的。白公胜尊重士人,不敢对贤才傲慢,他家里不用钥匙作为凭信,不用门闩来防卫,借出用大斗大斛,收回用小斤小两。你却这样议论他,似乎不合适啊。"石乞为白公胜辩解道。

"正因如此,才要作乱呢!"屈建仍然坚持自己的看法。

三年之后,白公胜果然作乱,杀了令尹子椒和司马子期。

这就是事情表面不相似而实质相同。

【评析】

白公胜尊重贤才,家里不用钥匙、门闩提防别人,大斗借出,小斗收入,这一切都显示出他是一个宽厚仁慈的人,然而就在这宽厚仁慈的背后,却隐藏着杀人作乱的阴谋。本篇寓言通过对白公胜的虚伪言行的揭示,告诫人们:观察事物要透过现象看本质,不要被表面现象所迷惑。

(刘斌)

子发决罪

　　子发①为上蔡②令,民有罪当刑,狱断论定,决于令③前。子发喟然④有悽怆之心,罪人已刑而不忘其恩。此其后,子发盘罪⑤威王⑥而出奔,刑者遂袭⑦恩者。恩者逃之于城下之庐,追者至,踹足而怒曰:"子发亲决⑧吾罪而被⑨吾刑,怨之憯⑩于骨髓,使我得其肉而食之,其知厌乎?"追者以为然,而不索其内,果活子发。此所谓若然而不然者。

(《淮南子·人间训》)

【注释】

①子发:楚威王臣。　②上蔡:古县名,在今河南省。　③令:原作"令尹",衍"尹"字(王念孙说),今删。　④喟(kuì愧)然:叹息貌,此处意指叹息。　⑤盘罪:逃避罪责。盘,借作"䢃",逃避。　⑥威王:即楚威王,名熊商,在位十一年。　⑦袭:掩藏。　⑧亲决:亲自判决。"亲"原作"视",误字(王念孙说),今改正。　⑨被:施。　⑩憯(cǎn惨):痛恨。

【今译】

　　子发为上蔡县令,人有犯罪应当处以刑罚的,断案论罪,都由县令当面判决。有一次子发面对施以刑罚的罪人,叹息了一声,流露出伤感同情之心,这个罪人虽然遭受刑罚,但不忘他的恩德。

　　后来,子发得罪了楚威王,出奔逃避,这位受过刑的罪人便把恩人子发掩藏起来。恩人子发逃到城外的茅草屋里,追捕的人赶来搜查,那个罪人跺着脚生气地说:"子发亲自判决我的罪,对我施刑,我恨之入骨,就是让我吃了他的肉,恐怕还不会满足呢!"追捕的人信以为真,不再进入茅屋搜查,果然救了子发一命。

　　这就是事情似乎如此却又不如此。

【评析】

　　当罪人跺着脚发泄对子发的愤恨的时候,他究竟是出自内心,还是装模作样,是很不容易辨别的。追捕子发的差役信以为真,子发因此逃过一劫。世界上有些人和事,其真实的一面常常被一种相反的现象掩盖着,这篇寓言所强调就是人

们应该明辨现象和本质,以免作出错误的判断。　　　　　　　　　(刘斌)

狡狐搏雉

夫狐之搏①雉②也,必先卑体③弥耳④以待其来也。雉见而信之,故可得而禽⑤也。使狐瞋目⑥植尾⑦,见⑧必杀之势,雉亦知惊惮⑨远飞,以避其怒也。夫人伪之相欺也,非直⑩禽兽之诈计也。 **(《淮南子·人间训》)**

【注释】

①搏:搏杀。　②雉:野鸡。　③卑体:趴下身体。　④弥耳:弭尔,耷拉着耳朵。　⑤禽:擒。　⑥瞋(chēn 嗔)目:瞪大眼睛。　⑦植尾:竖起尾巴。　⑧见:显现。　⑨惮(dàn 淡):畏惧,害怕。　⑩直:只。

【今译】

狐狸捕捉野鸡时,必定先趴下身子,耷拉耳朵,等待野鸡到来。野鸡看到这副模样,就相信狐狸不会伤害它,因此狐狸就可以抓住野鸡了。假使狐狸瞪大眼睛、竖起尾巴,显示出必定捕杀的姿势,野鸡就会惊恐地远远飞走,以躲避狐狸的怒气。人们常用假象来互相欺骗,并不只是禽兽才用奸诈的计谋。

【评析】

狐狸为了捕捉野鸡,故意伪装,制造假象,使野鸡麻痹大意,丧失警惕,最后野鸡终于落入狐狸的圈套。这个寓言的目的是教人们要善于识别假象,提高警惕,注意敌人的隐蔽性,更重要的是要人们以诚相待,不能用诈计相欺。(林美凤)

楚人烹猴

楚人有烹猴而召①其邻人,以为狗羹也而甘②之。后闻其猴也,据地③而吐之,尽写④其食。此未始⑤知味者也。 **(《淮南子·修务训》)**

【注释】

①召:请。　②甘:认为甘美。　③据地:蹲在地上。　④写:古"泻"字。　⑤未始:本来不曾。

【今译】

楚国有个人煮了猴子,请邻居们品尝。邻人误以为狗肉汤,觉得味道很鲜美。后来听说吃的是猴子肉,就蹲在地上呕吐起来,直到把吃下的东西全部吐完。这些邻居并不是真正的美食家。

【评析】

故事告诉我们:楚人的烹饪技术是高的,烹调的猴子肉是鲜美的。邻人以为是狗肉,吃时也觉得非常香。后来知道是猴肉就马上呕吐起来,一直到吐完为止。这是由人们的稳定饮食习惯所决定的。有时候即使味道鲜美,但不符合饮食习惯,也是难以接受的。人们一旦形成习惯,就相对稳定并具有排他性。

(林美凤)

未始知音

邯郸师①有出新曲者,托之李奇②,诸人③皆争学之,后知其非也,而皆弃其曲。此未始知音者也。

(《淮南子·修务训》)

【注释】

①师:乐师。　②李奇:当时的作曲名家。　③诸人:众人。

【今译】

邯郸的乐师谱写了新曲,假托李奇所作,许多人都争着学唱。后来知道这不是李奇谱的曲,又都把那些歌曲抛弃了。学唱的那些人并不真正懂得音乐。

【评析】

这篇寓言对我们有两点启发:第一是评价事物要看实质,不能只看名气,只看招牌。仿佛只要是名人、名牌就是好的,否则就是次等的,不好的。歌曲还是那首歌曲,从名人名作,到非名人名作,从万人争学唱,到销声匿迹,成为绝响,就是这种不良风气造成的影响。第二是要反对盲从、随俗的不良作风。歌曲的不同遭遇,正是社会上随俗和盲从风气的必然结果。

(林美凤)

董仲舒

董仲舒(公元前179—公元前104),广川(今河北枣强东)人,西汉著名经学家,善春秋公羊学。汉景帝时为博士,汉武帝时举为贤良文学,对策问。曾先后出任江都王相、胶西王相,后以老病归家,专心著述。其所著述,有《春秋繁露》十七卷及后人所辑《董胶西集》一卷。《春秋繁露》曾有多位学者校勘整理,清人苏舆《春秋繁露义证》较为详尽,可资参考。

枣 与 错 金

今握枣与错金①以示婴②,而③必取枣而不取金也;握一斤金与千万珠以示野人④,野人必取金而不取珠也。故物之于人,小者易知也,其于大者难见也。

(《春秋繁露·身之养重于义》)

【注释】

①错金:杂错黄金为饰的物品。　②婴:儿童,小孩子。　③而:他,第三人称代词。　④野人:鄙野之人。

【今译】

今天如果拿着枣子与杂错黄金为饰的物品让小孩子选择,那他一定会要枣子,不要杂错黄金为饰的物品;如果拿一斤黄金和千万颗玉珠让一个鄙野无知的人选择,那他一定会要金子而不要玉珠。所以事物对于人来说,小的容易了解,大的就不容易了解了。

【评析】

人的认识总有一定的局限,这篇寓言通过比较人们对"枣"与"错金"、"金"与"珠"的取舍态度,说明小事易于了解,而大事则难以弄清楚。(王晓明)

司马迁

司马迁约（公元前145—公元前87?），字子长，夏阳（今陕西韩城南）人。西汉著名史学家、文学家。司马迁早年游历山川、察考风俗，后袭父职为太史令。武帝天汉九年因李陵之祸下狱，受腐刑，出狱后任中书令。于是发愤著书，完成了鸿篇巨制《史记》。《史记》共一百三十卷，所记始自传说中的黄帝，迄于西汉武帝，前后约三千年。其中有关人物和历史事件的叙述，大多语言生动，形象鲜明，具有极高的文学价值。

《史记》最重要的注本有南朝宋裴骃的《史记集解》、唐司马贞的《史记索隐》和唐张守节的《史记正义》，合称"三家注"，中华书局标点出版。

卞庄子刺虎

庄子①欲刺虎，馆竖子②止之曰："两虎方且③食牛，食甘必争，争则必斗，斗则大者伤、小者死，从伤④而刺之，一举必有双虎之名。"卞庄子以为然，立须⑤之。有顷⑥，两虎果斗，大者伤、小者死。庄子从伤者而刺之，一举果有双虎之功。

（《史记·张仪列传》）

【注释】

①庄子：即卞庄子，春秋时鲁国的勇士，食邑于卞，谥庄，故称。　②馆竖子：卞庄子所住旅舍中的童仆。　③方且：正在。　④从伤：跟着受伤的老虎。　⑤须：等待。　⑥有顷：过了一会儿。

【今译】

卞庄子想要刺杀老虎，他所住旅舍中的童仆制止他说："有两只老虎正在吃牛，吃牛觉得甘美就必然争抢，争抢就必然厮斗，厮斗就必然大虎受伤、小虎丧命。跟着受伤的虎而刺杀它，一次行动就必然获得刺杀两虎的声誉。"卞庄子听了他的话，就站在一边等待着。过了一会儿，两只虎果然厮斗起来，结果大虎受伤、小虎丧命。卞庄子紧随受伤的老虎，把它杀死了，果然一次行动获得了两只老虎。

【评析】

卞庄子利用两虎相争,必有一伤的机会,巧妙捕获两只虎,事半而功倍。从中我们可以得到两方面启示:一是利用敌人的互相矛盾,在两败俱伤中巧取胜利;二是消除自己阵营中的内部矛盾,避免为敌人利用。　　　　　　　　　(王晓明)

木禺与土禺

孟尝君①将入秦,宾客莫欲其行,谏,不听。苏代②谓曰:"今旦代从外来,见木禺③人与土禺人相与语,木禺人曰:'天雨,子将败④矣。'土禺人曰:'我生于土,败则归土。今天雨,流子而行,未知所止息也。'今秦,虎狼之国也,而君欲往,如有不得还,君得无⑤为土禺人所笑乎?"孟尝君乃止。　　(《史记·孟尝君列传》)

【注释】

①孟尝君:即田文,战国时齐国贵族,曾为齐相。封于薛,故又称薛公、薛文。　②苏代:战国时著名说士苏秦之弟。　③木禺:即木偶。"禺"借作"偶"。下文"土禺"之"禺"同此。　④败:毁坏。　⑤得无:难道不。

【今译】

孟尝君将要去秦国,宾客们都不愿让他去,纷纷进谏,但孟尝君就是不听。

苏代对孟尝君说:"今天早晨我从外面来,看见木偶和土偶在一起说话。木偶说:'天要是下雨,你可就粉身碎骨了。'土偶说:'我是用土做的,粉身碎骨也不过就是重归故土罢了。天要是下雨,冲着你漂流,那就不知道你会漂流到哪里了。'今天的秦国,是个如狼似虎的国家,而您却要去,如果不能回来,那您难道不被土偶人笑话吗?"孟尝君听了,便放弃了去秦国的念头。

【评析】

天下雨,对土偶和木偶都是不利的,但土偶淋坏了,仍不失为土,木偶则不同,大雨将会把它冲得无影无踪。苏代用这样的比喻劝说孟尝君不要离开根本,冒险入秦,这也就是人们常说的"两害相权取其轻"的道理。　　　　(王晓明)

戴 德

戴德,西汉著名经学家。字延君,生卒年不详,梁国(今河南省商丘市)人。曾为信都王刘嚣太傅。与侄儿戴圣同时向后苍学习《礼》。他将古代有关礼仪的论述加以选辑,撰成《礼记》八十五篇,世称《大戴礼记》,也称《太傅礼》。今已残,仅存三十九篇。

每变不止

晋平公问于祁傒①曰:"羊舌大夫②,晋国之良大夫也。其行何如?"祁傒对,辞曰:"不知也。"公曰:"吾闻女③少长乎其所,女其弇④知之。"祁傒对曰:"其幼也恭而逊,耻⑤而不使其过宿⑥也。其为侯大夫也悉善,而谦其端⑦也。其为公车尉⑧也信,而好直⑨其功也。至于其为和容⑩也,温良而好礼,博闻而时出其志。"公曰:"向者问女,女何曰弗知也?"祁傒对曰:"每位⑪改变,未知所止,是以不知。"

(《大戴礼记·卫将军文子》)

【注释】

①晋平公:春秋时晋国国君。祁傒:晋平公时为公族大夫。　②羊舌大夫:羊舌突,晋武公重孙。　③女:同"汝"。　④弇:借作"奄",全、尽。　⑤耻:因过错而羞耻。　⑥过宿:过夜。　⑦端:根本。　⑧公车尉:武官名。　⑨直:客观看待。　⑩和容:接待宾客的官。　⑪位:官位,职务。

【今译】

晋平公问祁傒说:"羊舌大夫,是晋国的好大夫。他的品行怎么样?"祁傒推辞说:"不知道。"晋平公说:"我听说你从小就生长在他家,你是完全了解他的。"祁傒回答说:"他小时候恭敬而虚心,有了过错不过夜就要改过来。他做晋国大夫时,各方面评价都好,以谦恭为处世根本。他管理军队时讲究诚信,能够恰当评价别人的功绩。至于他接待宾客,温和善良,彬彬有礼,知识渊博,办事很有主见。"平公说:"刚才问你,你怎么说不知道呢?"祁傒回答说:"每当职务变化,他就会改变行为方式,我就不知道他将在哪里终止变化,所以我不知道。"

【评析】

　　这个寓言告诉我们,看人要从发展变化中来观察,职务的不断改变,也就带来了举止、作风、性格上的变化。了解一个人当然要从接触最多的人来询问。但人的职务在变化,也必须从发展变化上来观察。祁傒对人的评价,采取谨慎细致的态度是可取的。羊舌大夫是一个不断进取,十分敬业的人,当然不可能用一个静止固定的观点来看待他。

(贺武威)

戴　圣

戴圣（生卒年不详），字次君，梁（今河南商丘市）人，西汉著名经学家，与其叔父戴德并以传习后苍《礼》而著名，世称"小戴"。戴圣官至九江太守，并以博士身份参加了汉宣帝甘露三年（公元前51）召开的旨在讨论五经异同的石渠阁会议。

儒学经典《礼记》一书相传为戴圣所作，其中记录了一些前世人物的故事，这些故事每每寓示着一定的意义。

《礼记》自东汉郑玄为之作注而独立成书开始，即为历代学者所尊奉和研习，较重要的注本有唐孔颖达的《礼记正义》、清孙希旦的《礼记集解》和清朱彬的《礼记训纂》。

苛政猛于虎

孔子过泰山侧，有妇人哭于墓者而哀，夫子①式②而听之。使子路③问之曰："子之哭也，壹④似重⑤有忧者？"

而⑥曰："然。昔者吾舅⑦死于虎，吾夫又死焉，今吾子又死焉。"

夫子曰："何为不去也⑧？"

曰："无苛政。"

夫子曰："小子⑨识⑩之：苛政猛于虎也！"　　　　　（《礼记·檀弓下》）

【注释】

①夫子：指孔子。　②式：同"轼"，车前横木。此作动词，扶轼。　③子路：孔子的弟子，姓仲名由，字子路。　④壹：确实。　⑤重：深，深重。　⑥而：乃，就。　⑦舅：古时称丈夫的父亲，即公公。　⑧去：离开。　⑨小子：古时长者称晚辈。　⑩识(zhì志)：记住。

【今译】

孔子从泰山旁边经过，看见一个妇女在坟前哭得十分伤心，孔子就扶着车轼仔细听着，又让子路前去问她："听你哭得这么悲伤，一定是有不幸的事吧？"

那妇女说："是的。从前我公公死在老虎口里，我丈夫又死在老虎口里，现在我儿子又被老虎咬死了！"

孔子说："你为什么不离开这个地方呢？"

那妇女说："这里没有残暴政令和苛捐杂税呀！"

孔子对弟子们说："年轻人要记住：苛政比老虎还厉害啊！"

【评析】

故事对旧制度的暴虐作了有力而深刻的揭露，通过对比让人感受更为深切：一户农家住进深山中，三代人都被老虎吃了，为什么不搬出来呢？因为这里没有苛捐杂税。宁愿被老虎吃掉，也不愿承受苛捐杂税，可见"苛政"残暴到何种程度。故事刻画了哭、听、问、对等细节，具有催人泪下的感染力。

这则故事说明政令繁多并不是治世之策，其多而杂往往给民众带来繁重的负担，甚至是压得喘不过气来，要真正减轻民众的负担，就要简化政令，危害民众利益的政令应坚决予以去除。

(程亮)

嗟来之食

齐大饥，黔敖①为食于路，以待饿者而食之。有饿者蒙袂②辑屦③，贸贸然④来。黔敖左奉食，右执饮，曰："嗟⑤，来食！"扬其目而视之曰："予唯不食'嗟来'之食，以至于斯也。"从⑥而谢⑦焉。终不食而死。曾子⑧闻之曰："微与⑨？其嗟也可去，其谢也可食。"

(《礼记·檀弓下》)

【注释】

①黔敖：人名。　②蒙袂(mèi 妹)：举袖蒙面。袂，衣袖。　③辑屦(jù 据)：趿拉着鞋。辑，敛；屦，鞋子。　④贸贸然：目光迷蒙貌。　⑤嗟：招呼声。　⑥从：向。　⑦谢：道歉。　⑧曾子：孔子学生，名参，字子舆，春秋时期鲁国南武城(今山东费县)人，以孝行著称。　⑨微与：不必这样吧。微，借作"无"；与，语气词，表示推度。

【今译】

齐国发生了严重饥荒，黔敖在路边准备了食物，等待饥民经过时分给他们。有个饥民用衣袖蒙着脸，脚上趿拉着鞋，迷迷糊糊地走来。黔敖左手举着吃的，右手拿着喝的，大声叫道："嗳，快来吃呀！"那个饥民抬起目光看着他说："我就是因为不吃这种吆喝着叫人吃的饭，才弄到了这种地步的。"黔敖跟在后面向他道歉，可他就是不吃，最终饿死了。

曾子听说这事后，评论说："不必这样吧？他吆喝着叫你吃饭，你可以走开不吃，但他向你道歉了，你也就可以吃了。"

【评析】

饥荒之年，黔敖赈施灾民，这无疑是善举，但他态度傲慢、语气轻蔑，为饥民不能接受，终使善举不得落实。从中我们可以看出：尊重别人是至关重要的，即便是给人帮助，也要以此为前提，否则愿望则可能落空。

这篇寓言被后人活用为不因施舍而丧失人格的典实。　　　　（王晓明）

刘 向

刘向(公元前77—公元前6),字子政,本名更生,沛(今江苏沛县)人,汉高祖异母弟楚元王刘交四世孙,西汉后期著名的经学家、文学家、目录学家、校勘学家。历仕宣帝、元帝、成帝三朝,官至光禄大夫、中垒校尉,刘向为人简易无威仪,博览群书,能属文辞,其所著述今仍见存者,有《尚书洪范五行传论》《新序》《说苑》《列女传》,其散佚之学术著作清人马国翰辑有《五经音义》一卷,辞赋作品明人张溥辑有《刘中垒集》六卷。

今本《新序》为十卷,《说苑》为二十卷,两书体例大致相同:采摭传记传说,不孜孜于考辨事实真伪,而专在启迪教化,端正纲纪。两书注本,有今人石光瑛《新序校释》、向宗鲁《说苑校证》,较为翔实,可资参考。

足己者亡

昔者魏武侯①谋事而当,群臣莫能逮②,朝而有喜色。吴起③进曰:"今者有以楚庄王④之语闻者乎?"武侯曰:"未也。庄王之语奈何⑤?"吴起曰:"楚庄王谋事而当,群臣莫能逮,朝而有忧色。申公巫臣⑥进曰:'君朝而有忧色,何也?'庄王曰:'吾闻之,诸侯自择师者王,自择友者霸,足己而群臣莫之若者亡。今以不谷⑦之不肖⑧,而议于朝,且群臣莫能逮,吾国其几于亡矣,吾是以有忧色也。'庄王之所以忧,而君独有喜色,何也?"武侯逡巡⑨而谢曰:"天使夫子⑩振⑪寡人之过也,天使夫子振寡人之过也。"

(《新序·杂事一》)

【注释】

①魏武侯:战国时魏国国君,名击,在位十六年。 ②逮:及,赶上。 ③吴起:战国时卫人,善用兵,曾任鲁国、魏国将军,屡建战功,后又任楚国令尹,实行变法,为楚国贵族杀害。 ④楚庄王:春秋时楚国国君,名侣,在位二十三年(公元前613—公元前591),为春秋霸主之一。 ⑤奈何:犹言如何。 ⑥申公巫臣:即屈巫,字子灵,楚国大夫,因封于申,故称申公。 ⑦不谷:不善,古时君主的自谦之称。 ⑧不肖:意谓不成才,没出息。 ⑨逡巡:退却貌,此处意谓向后退却。 ⑩夫子:对人的尊重之称,此处称吴起。 ⑪振:拯救,挽救。

| 刘 向 |

【今译】

　　从前魏武侯谋划政务十分妥当,大臣们没人能比得上,所以当朝的时候常常沾沾自喜。

　　一天,吴起进宫谒见,问道:"今天有没有人把楚庄王说过的话告诉你了呢?"

　　"没有啊。"魏武侯不解地问,"楚庄王讲过什么话?"

　　吴起说:"楚庄王谋划政务十分妥当,大臣们都比不上,当朝时闷闷不乐。申公巫臣进见时问他:'君王当朝为什么闷闷不乐?'楚庄王回答说:'我听说过,诸侯自己选择老师的,就一定能称王,自己选择朋友的,就一定能称霸;自己感到满足而大臣们又比不上的,那就一定要灭亡。现在像我这样孤陋寡闻、无才无德的人在朝廷上议论,大臣们竟然没人能比得上,我的国家大概快要灭亡了!我因此而闷闷不乐。'楚庄王感到忧虑的事,为什么君王您却感到得意呢?"

　　魏武侯听了这番话,往后倒退了几步,连连拜谢吴起:"老天真是派你来挽救我的过错啊,老天真是派你来挽救我的过错啊!"

【评析】

　　作为国君,魏武侯能把国家政务处理得妥妥当当,大臣们无人能及,这当然是件可喜的事,但吴起从中体察出了危机:自满将会使国君不思进取。于是他援引楚庄王曾经说过的话予以规谏,使他意识到自满的错误。这则寓言的寓意简单而明了:满招损,谦受益。

(王庆谊)

唐会不推车

　　赵简子①上羊肠之坂②,群臣皆偏袒③推车,而唐会④独担⑤戟行歌不推车。简子曰:"寡人⑥上坂,群臣皆推车,会独担戟行歌不推车,是会为人臣侮其主,为人臣侮其主,其罪何若?"唐会对曰:"为人臣而侮其主者,死而又死。"简子曰:"何谓死而又死?"唐会曰:"身死,妻子又死,若是谓死而又死。君既已闻为人臣而侮其主者之罪矣,君亦闻为人君而侮其臣者乎?"简子曰:"为人君而侮其臣者何若⑦?"唐会对曰:"为人君而侮其臣者,智者不为谋,辩者不为使,勇者不为斗。智者不为谋,则社稷危;辩者不为使,则指事⑧不通;勇者不为斗,则边境侵。三者不使,则君难保。"简子曰:"善。"乃罢群臣推车,为士大夫置酒,与群臣饮,以唐会为上客。

(《新序·杂事一》)

【注释】

①赵简子:春秋末年晋国六卿之一,名鞅,谥简子。在晋国内乱中,他击败范氏和中行氏,扩大了自己的封地,为赵国的建立奠定了基础。　②羊肠之坂:道路曲折狭窄的山坡。羊肠,道路曲折貌。　③偏袒:袒露出上身的一部分。　④唐会:即晋臣士会,字季,谥武子,其先在周为唐杜氏,故称唐会。又因其先后以随、范为食邑,故又称随会、范会。"唐"原误作"虎"(石光瑛说),今改正。　⑤担(擔):借作"儋",负,荷,扛。　⑥寡人:寡德之人,古代王侯谦辞自己。　⑦何若:何如,像什么样。　⑧指事:犹言指使,即使命。

【今译】

赵简子乘车爬上弯弯曲曲的山坡,他的臣下都脱去上衣、露出胳膊帮着推车,只有唐会一人扛着戟,一边走一边唱着歌,不肯推车。于是,赵简子质问他:"我上山坡,臣下都帮着推车,就你一个人扛着戟,边走边唱不来推车,这就是你身为人臣而侮辱主上。做臣子的侮辱主上,该当何罪?"

"臣子侮辱主上,罪该死而又死。"唐会从容回答。

"什么叫死而又死?"赵简子感到不解,又问。

"自身被处死,妻子儿女又被处死,像这样就叫死而又死。"唐会回答说,"主上既然听说过臣子侮辱主上的罪过,那么,是否也听说过主上侮辱臣下的罪过呢?"

"作为主上,侮辱臣下,有什么样的罪过?"赵简子问。

"作为主上反而侮辱臣下的话,那么,智慧的人就不会为他出谋划策,能言善辩的人就不会为他出使别国,勇敢的人就不会为他战斗。智慧的人不出谋划策,国家就会灭亡;能言善辩的人不出使别国,使命就会阻塞;勇敢的人不愿战斗,边境就会被侵占。这三种人如果不为使用,那么主上就性命难保。"唐会从容地回答。

"讲得好。"赵简子赞叹道。

于是,他便命令臣下停止推车,为他们摆酒设宴,一起欢饮,并把唐会奉为上宾。

【评析】

赵简子乘车上山,山路艰难,臣下都帮着推车,唯独唐会不愿推车,认为这是主上侮辱臣下,结果会造成君臣离心。唐会的话是正确的,君臣之间只有互相尊重,精诚团结,才能共谋国是。这篇寓言从一件小事入手,讲述了君臣合作的重要性。

(王庆谊)

君仁臣直

魏文侯①与士大夫②坐,问曰:"寡人③何如君也?"群臣皆曰:"君,仁君也。"次至翟黄④,曰:"君非仁君也。"曰:"子何以言之?"对曰:"君伐中山⑤,不以封君之弟,而以封君之长子,臣以此知君之非仁君也。"文侯大怒而逐翟黄,翟黄起而出。次至任座⑥,文侯问:"寡人何如君也?"任座对曰:"君,仁君也。"曰:"子何以言之?"对曰:"臣闻之,其君仁者其臣直。向⑦翟黄之言直,臣是以知君仁君也。"文侯曰:"善。"复召翟黄入,拜为上卿。

(《新序·杂事一》)

【注释】

①魏文侯:战国时魏国的建立者,名斯,公元前445年—公元前396年在位。　②士大夫:泛指臣属。　③寡人:寡德之人,古时王侯的自谦之称。　④翟黄:魏文侯臣。　⑤中山:古国名,春秋时白狄别族所建,又称鲜虞,在今河北正定东北。　⑥任座:魏文侯臣。　⑦向:刚刚,刚才。

【今译】

魏文侯与大臣们坐在一起闲聊,问道:"我是个什么样的君主?"大臣们都说:"国君是个仁慈的君主。"

轮到翟黄了,他却说:"国君您不是个仁慈的君主。"

"你为何这样说呢?"魏文侯问道。

"国君您讨伐中山国的时候,没把它封给您的弟弟,却把它封给了您的长子,我因此知道您不是个仁慈的君主。"翟黄振振有词地回答。

魏文侯听了很生气,要把翟黄赶出去。翟黄也知趣地赶紧走开。

轮到任座了,魏文侯问:"我是个什么样的君主?"

"国君您是个仁慈的君主。"

"你为何这样说呢?"

"我听说,国君仁慈,他的臣下就正直敢言。刚才翟黄说的话很正直,我因此知道国君您是个仁慈的君主。"任座从容地回答。

"说得好。"魏文侯满口称赞。

于是他把翟黄叫回来,拜他为上卿。

【评析】

魏文侯是不是一个仁慈的君主?翟黄的回答是否定的,因为他把中山封给了儿子,而没有封给应该受封的弟弟,表现出不公正。任座的回答是肯定的,因为翟黄能够当面对他进行批评,体现出国君应有的宽容。在这正反两种评论中,本篇寓言揭示出国君应该具备的两种品质:公正和宽容。

(王庆谊)

一 祝 万 诅

中行寅①将亡,乃召其大祝②,而欲加罪焉,曰:"子为我祝,牺牲③不肥泽④邪,且⑤斋戒⑥不敬邪?使吾国亡,何哉?"祝简⑦对曰:"昔者,吾先君⑧中行穆子⑨有车十乘,不忧其薄也,忧德义之不足也。今主君有革车百乘,不忧德义之薄也,唯患车之不足也。夫车船饰则赋敛厚,赋敛厚则民怨谤,诅矣。且君苟以为祝有益于国乎,则诅亦将为损世。亡矣,一人祝之,一国诅之,一祝不胜万诅,国亡不亦宜乎?祝其何罪?"中行子乃惭。

(《新序·杂事一》)

【注释】

①中行寅:即荀寅,春秋时晋国之臣,其先荀林父曾为晋文公将中行,遂以官职为氏。　②大(tài 太)祝:官名,中行氏家臣,掌管祝祷祈福之事。　③牺牲:祭祀时所用的牛羊猪之类的祭品。　④肥泽:肥美。　⑤且:将,或者,表示选择。　⑥斋戒:指祭祀前沐浴更衣、整洁身心一类表示虔诚的活动。　⑦简:太祝的名。　⑧先君:已故去的先人。　⑨中行穆子:即荀吴,春秋时晋国之臣,中行寅之父。

【今译】

中行寅将要逃亡他国,他把太祝召来,想给他安个罪名加以处罚,便问道:"你作为我的祭祀主管,是所用的牺牲祭品不够肥美,还是斋戒时不够敬慎呢,弄得我国家灭亡?为什么?"

嗟来之食

祝简回答说:"从前我们的先君中行穆子只有十辆车子,但他并不嫌少,只担忧自己的恩德仁义不够。现在主上您有了一百辆皮革战车,却不担忧恩德仁义不够,只是担忧车子不够。要装饰车船,就要加重赋税,赋税太重,老百姓就会抱怨,就会咒骂您。而且主上果真以为祭祀有利于国家,那么,诅咒也将有损于世。国家要灭亡了啊,一个人祈祷求福,全国的人抱怨诅咒,一个人的祈祷敌不过一万人的诅咒,国家的灭亡岂不是理所当然的吗?我这个太祝又有什么罪呢?"

中行子听了,感到非常惭愧。

【评析】

中行子由于政治上的失败,要逃亡国外,临行前却要把罪过强加于太祝。太祝机智地指出,国家的灭亡是因为百姓赋税太重而抱怨不满。如果主上认为与祝祷祈福有必然联系的话,那么我一个人的祝祷祈福是敌不过全国人民的抱怨诅咒的。本篇寓言巧妙地把祈福与诅咒加以对比,用归谬法证明自己无罪,同时说明民心对于政治的重要性。

(王庆谊)

楚 宝

秦欲伐楚,使使者往观楚之宝器。楚王①闻之,召令尹②子西③而问焉,曰:"秦欲观楚之宝器,吾和氏之璧④,随侯之珠⑤,可以示诸?"令尹子西对曰:"臣不知也。"召昭奚恤⑥而问焉,昭奚恤对曰:"此欲观吾国得失而图之,不在宝器,在贤臣。珠玉玩好之物,非宝重者。"王遂使昭奚恤应之。昭奚恤发精兵三百人,陈于西门之内,为东面之坛⑧一,为南面之坛四,为西面之坛一。秦使者至,昭奚恤曰:"君,客也,请就上位,东面。"令尹子西南面,太宰⑨子方⑩次之,叶公子高⑪次之,司马⑫子反⑬次之。昭奚恤自居西面之坛,称曰:"客欲观楚国之宝器,楚国之所宝者,贤臣也。理百姓,实仓廪,使民各得其所,令尹子西在此;奉珪璧⑭,使诸侯,解忿悁⑮之难,交两国之欢,使无兵革⑯之忧,太宰子方在此;守封疆,谨⑰境界,不侵邻国,邻国亦不见侵,叶公子高在此;理师旅⑱,整兵戎⑲,以当强敌,提枹鼓⑳以动百万之众,所使皆趋汤火,蹈白刃,出万死㉑不顾一生,司马子反在此;怀霸王之余议㉒,摄㉓治乱之遗风㉔,昭奚恤在此。唯大国之所观。"秦使憱然㉕无以对,昭奚恤遂揖㉖而去。秦使者反，言于秦君曰："楚多贤臣，未可谋也。"《诗》曰："济济㉗多士，文王㉘以宁。"此之谓也。

（《新序·杂事一》）

【注释】

①楚王：本篇寓言涉及的楚国人物，年代颇为错乱，甚至相差百年，故此"楚王"未可确指，或与其他楚国人物一样，皆为假托。　②令尹：官名，春秋和战国时楚国所设，执掌全国军政事务。　③子西：楚臣，即公子申。　④和氏之璧：相传楚人卞和于荆山得一璞玉，先后献给楚武王、楚文王，均误以为是石，卞和也因欺君之罪被砍去双脚，后楚成王令人剖治，得夜光宝玉，遂称为和氏璧。　⑤随侯之珠：相传远古随国诸侯见一大蛇伤断，以药敷之而愈，后大蛇于江中衔明月珠报之，遂称此珠为随侯珠，又称灵蛇珠。　⑥诸："之"与"手"的合音字。　⑦昭奚恤：楚宣王臣。　⑧东面：坐西面东。下同。坛：土台，古人会同、盟誓、宣讲皆须登坛。　⑨太宰：官名，掌王家内外事务，并辅赞王命。　⑩子方：楚臣。　⑪叶公子高：楚臣，姓沈，名诸梁，字子高，因封于叶，故称叶公。　⑫司马：官名，掌管军队事务。　⑬子反：楚臣，姓景，名舍，字子反（又作子发）。　⑭珪璧：使臣所携带的凭信。珪，上圆下方的玉器；璧，平圆形中间有孔的玉器。　⑮忿悁（yuān 怨）：愤怒，愤恨。　⑯兵革：兵器与甲胄，代指战争。　⑰谨：谨慎，此处意谓谨慎地防守。　⑱师旅：军队的编制单位，五百人为旅，五旅为师。此处泛指军队。　⑲兵戎：兵器的总称，此处意指军备。　⑳枹鼓：犹言战鼓。枹，鼓槌。　㉑出万死：出于必死的目的。　㉒余议：留下来的说教。　㉓摄：领摄，总揽。　㉔遗风：遗留下来的风规法则。　㉕懅（jué 决）然：惊惧貌。　㉖揖：拱手行礼。　㉗济济：众多貌。　㉘文王：指周文王。

【今译】

秦国打算讨伐楚国，派出使者以观看楚国珍宝为名探察虚实。

楚王听说后，就把令尹子西召来询问："秦国想要观看我国的珍宝，我的和氏璧、随侯珠可以给他们看吗？"令尹子西说："我不知道。"楚王又把昭奚恤召来询问，昭奚恤回答说："秦国是想观察我国的政治得失，进而打我国的主意，其目的并不在于珍宝，而在于贤臣。那些珠宝玩物，并不是一个国家所宝贵的。"楚王听了，觉得有道理，便命令昭奚恤去应对秦国的来使。

昭奚恤调来三百名精兵，布置在都城的西门之内，并建造了面东坐西的一座高台，面南坐北的四座高台，面西坐东的一座高台。秦国的使臣来到之后，昭奚恤对他说："您是客人，请坐西边的上座。"令尹子西坐在北边的高台上，旁边依次为太宰子方、叶公子高、司马子反，昭奚恤自己坐在东边的高台上。他对秦国使者说：

"客人想要看看楚国的珍宝，楚国所钟爱的就是这些贤臣。管理百姓，充实粮仓,使百姓们各得其所,有令尹子西在这里;奉持珪宝璧玉,出使诸侯各国,化解愤恨仇怨,缔结两国友好,使国家没有战争的忧患,有太宰子方在这里;保卫国土,防守边疆,不侵犯邻国,邻国也不敢来犯,有叶公子高在这里;治理军队,整顿兵备,准备抵御入侵的强敌,手持鼓槌,激励百万军队,使将士们赴汤火、蹈白刃,出生入死,奋不顾身,有司马子反在这里;心怀霸王法术,把握治乱轨则,有我昭奚恤在这里。请贵国仔细观看。"秦国使者心里感到恐惧,无言以对,昭奚恤向他拱手行了一个礼,便离席而去。

秦国使者回国以后,告诉秦君说:"楚国有很多贤臣,不可打它的主意。"于是秦国只好放弃进攻楚国。

《诗经》说:"人才济济一堂,周文王的国家繁荣安康。"说的正是楚国这样的情况。

【评析】

一个国家最可宝贵的是什么?本篇寓言通过昭奚恤向秦国使者展示"楚宝"回答了这一问题:是治国的贤才,而不是稀世珍宝。这一回答表现出楚国君臣的政治气度,使企图发动战争的秦国望而却步。这就告诉我们:国家的兴衰,取决于最高统治者的气度和眼光。以物为宝,必然是无所作为、醉生梦死;以人为宝,则表现出奋发图强的气象。

(王庆谊)

船 人 论 士

晋平公①浮②西河③,中流④而叹曰:"嗟乎!安得贤士与共此乐者?"船人固桑⑤进,对曰:"君言过矣。夫剑产干越⑥,珠产江汉⑦,玉产昆山⑧,此三宝者,皆无足而至。今君苟⑨好士,则贤士至矣。"平公曰:"固桑,来。吾门下食客者三千余人,朝食不足,暮收市租⑩,暮食不足,朝收市租。吾尚可谓不好士乎?"固桑对曰:"今夫鸿鹄⑪高飞冲天,然其所恃者六翮⑫耳。夫腹下之毳⑬,背上之毛,增去一把,飞不为高下。不知君之食客三千余人,六翮邪,将⑭腹背之毛毳也?"平公默然而不应焉。

(《新序·杂事一》)

【注释】

①晋平公:春秋时晋国国君,名彪,在位二十六年。　②浮:漂浮,此谓乘船在河中游玩。　③西河:指黄河在今山西、陕西一带由北向南的一段,因位于当时晋国的西部,故称。　④中流:河流中间。　⑤固桑:人名。　⑥干越:吴国和越国。吴国的干谿和越国的若邪山并产善铁,可用于铸剑。　⑦江汉:长江和汉水。江汉一带的水域盛产蚌珠。　⑧昆山:即昆仑山,传说昆仑山出产美玉。　⑨苟:诚,真的。　⑨市租:市场交易时所缴纳的赋税。　⑪鸿鹄:即天鹅。　⑫翮(hé合):飞禽翅膀上的六根粗大有力的翎毛。　⑬毳(cuì脆):鸟兽身上的细毛。　⑭将:抑或,或者。

【今译】

晋平公乘着船在西河中游玩,船行至河中,他忽然大发感慨:"唉,我怎样才能得到贤能之士并和他们一起共享这样的快乐呢?"

船夫固桑听了,便上前说:"国君的话错了。宝剑产于吴越,珍珠产于江汉,美玉产于昆山,这三件宝物没有脚,但都来到了您的身边,国君如果真的喜爱贤士,贤士也一定会来到您身边的。"

"固桑,你过来。我门下食客有三千多人,早上粮食不够了,我晚上就派人收市租,晚上粮食不够了,我第二天一早就派人去收市租,像我这样,难道还叫不喜爱贤士吗?"晋平公辩解说。

"鸿鹄展翅一飞,便可直冲云霄,但它所凭借的只是翅膀上的六根大翎毛,至于那些腹下的小毛、背上的细毛,增加一把或是减去一把,都无关于飞高飞低。不知国君的三千食客是六翮呢,还是腹背细毛?"固桑侃侃而谈。

晋平公听了,默然无语,无所应答。

【评析】

晋平公渴望得到贤士,门下食客多达三千余人,可还是感叹没有贤士。船夫固桑借用"翮"与"毳"的比喻道出了其中的原因:晋平公所谓的士,如同鸿鹄身上的"毳","增去一把,飞不为高下"。由此可以看出:好士并不难,难就难在发现真正的士,并且罗致以为己用。

这篇寓言比喻生动,深入浅出地说明了士有"翮""毳"之分,人主国君应加以鉴别。

(王庆谊)

| 刘 向 |

天下五墨墨

　　晋平公①闲居②,师旷③侍坐。平公曰:"子生无目朕④,甚矣,子之墨墨⑤也。"师旷对曰:"天下有五墨墨,而臣不得与一⑥焉。"平公曰:"何谓也?"师旷曰:"群臣行赂以采名誉,百姓侵冤,无所告诉,而君不悟,此一墨墨也;忠臣不用,用臣不忠,下才处高,不肖⑦临⑧贤,而人君不悟,此二墨墨也;奸臣欺诈,空虚府库,以其少才,覆塞⑨其恶,贤人逐,奸邪贵,而君不悟,此三墨墨也;国贫民罢⑩,上下不和,而好财用兵,嗜欲无厌,谗谀之人,容容⑪在旁,而君不悟,此四墨墨也;至道⑫不明,法令不行,吏民不正,百姓不安,而君不悟,此五墨墨也。国有五墨墨而不危者,未之有也。臣之墨墨,小墨墨耳,何害乎国家哉?"　　(《新序·杂事一》)

【注释】

　　①晋平公:见上篇注。　　②闲居:无事待在家里。　　③师旷:春秋时晋国的音乐太师,名旷,字子野,生而盲目。　　④目朕:瞳仁,瞳子。"朕"又写作"眹"。　　⑤墨墨:昏暗看不见。　　⑥与一:参与其中而成为其中之一。　　⑦不肖:不成材、不检点。　　⑧临:俯临,即居于其上。　　⑨覆塞:掩饰,掩藏。覆,掩盖;塞,堵塞。　　⑩罢:借作"疲",疲乏。　　⑪容容:随声附和貌。　　⑫至道:大道,是非和道德的准则。

【今译】

　　晋平公无事在家,师旷在一边侍候。

　　平公说:"你生来眼睛没有瞳仁,你的昏暗真是太厉害了。"

　　"天下有五种昏暗,我的眼瞎不在其中。"师旷答道。

　　"此话怎讲?"

　　师旷从容地解释说:"大臣们施行贿赂,以博取声誉,百姓们被侵犯、受冤屈,无处申诉,国君对此一无所知,这是第一种昏暗。忠臣不被任用,所任用的不是忠臣,才能低下的人居于高位,无才无德的人俯临贤臣,国君对此一无所知,这是第二种昏暗。奸臣欺瞒哄骗,弄得国库空虚,却以些许小才掩饰罪恶,贤人遭驱逐,恶人被宠贵,国君对此一无所知,这是第三种昏暗。国家贫乏,百姓疲苦,君臣上下不能和睦相处,而又贪爱财宝,对外用兵,欲望没有止境,阿谀逢迎之徒却在身边随声附和,国君对此一无所知,这是第四种昏暗。道德是非不明了,法令规则不通行,官吏行为不正派,百姓生活不安宁,国君对此一无所知,这是第五种昏暗。国家一旦有了这五种昏暗,想不出现危险,那是从来没有过的。我的昏暗,只不过是个小昏暗。对国家有什么危害呢?"

【评析】

本篇寓言中的"墨墨"一是形容眼瞎看不见,一是形容不了解实情。师旷巧妙地把前一意义引申到后一意义,指出天下有五种弊端而国君不了解,这才是危害国家的大"墨墨"。从中我们可以明确地体察到师旷对黑暗现实的激烈抨击。

(刘斌)

申公巫臣

楚庄王既讨陈灵公之贼,杀夏征舒①,得夏姬而悦之,将近之。申公巫臣②谏曰:"此女乱陈国,败其群臣③,嬖④女不可近也。"庄王从之。令尹又欲取⑤,申公巫臣谏,令尹从之。后襄尹⑥取之。至恭王⑦与晋战于鄢陵⑧,楚兵败,襄尹死,其尸不反,数求,晋不与。夏姬请如⑨晋求尸,楚方遣之,申公巫臣将使齐,私说夏姬,与谋。及夏姬行,而申公巫臣废使命,道亡⑩,随夏姬之晋。　　(《新序·杂事一》)

【注释】

①陈灵公:春秋时陈国国君。因与夏征舒之母夏姬私通,被夏征舒杀死。夏征舒遂自立为陈侯,引起陈国内乱,次年楚庄王进兵陈国,车裂夏征舒。　②申公巫臣:屈巫,春秋楚国人,封申公。　③败其群臣:夏姬与陈灵公、孔宁、仪行父通奸,使子蛮早死,丈夫御叔被杀,灵公被弑,夏征舒被诛,孔宁和仪行父逃亡在外。　④嬖(bì闭):受宠爱。　⑤取:娶。　⑥襄尹:襄,姓。尹,连尹,楚官名。　⑦恭王:楚共王。　⑧鄢陵:春秋郑国地名,在今河南省鄢陵县。　⑨如:往。　⑩亡:逃跑。

【今译】

楚庄王讨平谋杀陈灵公的叛贼,处死了夏征舒,并抓到了夏姬,楚庄王非常喜欢她,想据为己有。申公巫臣劝阻说:"这个女人搅乱了陈国,腐化了陈国那么多的大臣,这种以色相惑人的女人是不可亲近的。"庄王听从了他的劝告。令尹又想要娶她,申公巫臣又去劝阻,令尹也听从了他的劝告。后来襄尹娶了夏姬。到了楚共王时,和晋国在鄢陵作战,楚军战败,襄尹战死,尸首没有运回来。楚国多

刘 向

次要求归还襄尹尸体,晋国都不答应。夏姬请求去晋国讨还尸体。正当楚国派她去的时候,申公巫臣要出使齐国。申公巫臣暗中喜欢夏姬,与她合谋。等到夏姬出发,申公巫臣就抛弃了外交使命,半路上跟着夏姬跑到晋国。

【评析】

这里给我们刻画出了申公巫臣这个伪君子的丑恶嘴脸。当楚王、令尹都垂涎于夏姬的美貌时,他是以一个正人君子的面貌出现,苦苦相劝,义正词严而又娓娓动听。后来,他却利用夏姬讨还丈夫尸骨的机会,就抛弃一切伪装唆使夏姬共同逃跑,暴露了他的真面目。 （贺武威）

掣 肘

鲁君使宓子贱①为单父②宰③,子贱辞去,因请借善书者二人,使书宪书④教品⑤,鲁君予之。至单父,使书,子贱从旁引其肘,书丑则怒之,欲好书,则又引之。书者患之,请辞而去,归以告鲁君。鲁君曰:"子贱苦⑥吾扰之,使不得施其善术也。"乃命有司⑦无得擅征发⑧单父,单父之化大治。故孔子曰:"君子哉,子贱!鲁无君子者,斯⑨安⑩取斯⑪?"美其德也。 （《新序·杂事二》）

【注释】

①宓子贱:名不齐,字子贱,春秋时鲁国人,孔子弟子。 ②单父:鲁邑名,在今山东单县南。 ③宰:主管者,此谓县官。 ④宪书:历书。 ⑤教品:教令一类的文件。 ⑥苦:担心,顾虑。 ⑦有司:主管官员。 ⑧征发:征集调发。 ⑨斯:则,即。 ⑩安:如何。 ⑪斯:此。

【今译】

鲁君派宓子贱去担任单父的县令,子贱辞别时,顺便向鲁君求借两个善于书写的人,用来抄写历书和教令,鲁君答应了他。

到了单父,子贱让他俩抄写,却又在一旁拉他俩的手臂,字写得不好就发怒斥责,他俩想好好书写,子贱又在一旁拉他们的手臂。抄写的人感到很忧虑,便请求辞职回去。

回去后,他俩把这些事报告了鲁君,鲁君说:"子贱是担心我打扰他,使他不能施展才能。"于是命令主管官吏不得擅自从单父征调夫役钱粮,单父因此治理得很好。

所以孔子说:"宓子贱真是个君子,鲁国如果没有君子,那如何能达到这种境地呢?"这是称赞宓子贱的德行啊!

【评析】

宓子贱受命治理单父,但他担心鲁君干预,于是导演了一出"掣肘"的活剧,暗示出自己的忧虑。鲁君十分理解子贱的用心,放手让他施展才能,果然单父风化大治。本篇寓言讲述了一个如何使用人才的道理:只有信任人才,才能充分发挥人才的作用,即所谓用人不疑,疑人不用。

(王莹)

渔者献鱼

楚人有献鱼楚王者,曰:"今日鱼获,食之不尽,卖之不售,弃之又惜,故来献也。"左右曰:"鄙①哉,辞也。"楚王曰:"子不知渔者,仁人也。盖闻囷②仓粟有余者,国有饥民;后宫有幽女③者,下民多旷夫④;余衍之蓄聚于府库⑤者,境内多贫困之民;皆失君人之道。故庖⑥有肥鱼,厩有肥马,民有饿色。是以亡国之君,藏于府库。寡人闻之久矣,未能行也。渔者知之,其以此谕寡人也,且今行之。"于是乃遣使恤鳏寡⑦而存孤独⑧,出仓粟、发币帛⑨而振⑩不足,罢去后宫不御⑪者,出以妻鳏夫。楚民欣欣大悦,邻国归之。故渔者一献余鱼,而楚国赖之,可谓仁智矣。

(《新序·杂事二》)

【注释】

①鄙:粗俗,鄙陋。 ②囷(qūn裙阴平)仓:圆形谷仓,此处泛指粮仓。 ③幽女:幽禁无偶的女子。 ④旷夫:无妻的男人。 ⑤府库:泛指国家储物之所。府藏财物,库藏兵甲。 ⑥庖:厨房。 ⑦鳏寡:丧妻曰鳏,丧夫曰寡。 ⑧孤独:无父曰孤,老而无子曰独。 ⑨币帛:泛指财物。 ⑩振:借作"赈",赈救,赈济。 ⑪御:使用,应用。

【今译】

楚国有个人给楚王献鱼,说:"今天打鱼很有收获,吃又没能吃完,卖又没卖掉,丢掉又可惜,所以拿来献给君王。"

"这话说得太粗鄙。"楚王的左右随从们听了以后,愤愤地说。

"你们不知道啊,这打鱼的可是个仁爱之人。"楚王说,"我曾听说仓库里如果粮食有余,国内就一定有饥饿的人;后宫里如果有幽怨的宫女,百姓中就一定有娶不到妻子的人;多余的财物如果囤积在国家的仓库里,国内就一定有贫苦困乏的百姓。这些都有失于管理人民的要道。所以厨房有肥鱼、马厩有肥马,百姓就面带饥色。因此凡是亡国的君主,都把财物收藏在仓库里。我听说这个道理很久了,只是未能实行它,这个打鱼的知道了,才用献鱼的方式来暗示我,我现在就来实行。"

于是楚王派遣使者抚恤无妻无夫的老人,慰问孤独无依的老人和孩子,拿出仓库里的粮食,分发积存的财物,用以赈济衣食不足的百姓,遣散后宫用不着的宫女,把她们嫁给老而无妻的男人。楚国人民无不因此而欢欣喜悦,邻国的百姓纷纷前来归顺。

由此看来,那位打鱼的进献多余的鱼,启发了楚王,使全楚国的人民因此得到实惠,真可叫做仁慈智慧。

【评析】

渔者通过进献剩鱼,向楚王暗示"亡国之君,藏于府库"的道理。楚王得到启发,于是分发财物、遣散宫女以抚恤贫困孤独的百姓,满足了人民的愿望。社会的物质财富总有一定限度,而国家的财物过于集中,就必将导致百姓贫困,这就是这篇寓言试图告诉我们的。

(王莹)

梁君猎善

梁君出猎,见白雁群。梁君下车,彀弓①欲射之。道有行者,梁君谓行者止,行者不止,梁君怒,欲射行者。其御公孙龙②下车抚③矢曰:"君止。"梁君忿然作色④而怒,曰:"龙不与⑤其君,而顾⑥与他人,何也?"公孙龙对曰:"昔齐景公⑦之时,天大旱三年,卜之曰:'必以人祠,乃雨。'景公下堂顿首曰:'凡吾所以求雨者,为吾民也,今必使吾以人祠,乃且雨,寡人将自当之。'言未卒,而天大雨方千里者,何也?为有德于天而惠于民也。今主君以白雁之故,而欲射人,龙谓主君言,无异于虎狼。"梁君援⑧其手,与上车,归,入郭门⑨,呼万岁,曰:"幸哉,今日也!他人

| 历 代 寓 言 |

猎,皆得禽兽,吾猎,得善言而归。" （《新序·杂事二》）

【注释】

①彀(gòu 构)弓:拉开弓。　②公孙龙:梁君的御夫,与持坚白论的孔子弟子同名。③抚:用手按下。　④作色:改变脸色,多指生气。　⑤与:参与在一起,此处意谓帮着,为着。　⑥顾:反倒,却。　⑦齐景公:春秋时齐国国君,名杵臼,公元前 574 年—公元前 490 年在位。　⑧援:拉着,牵着。　⑨郭门:外城门。

【今译】

梁君外出打猎,看见一群白雁,于是就下了车,拉开弓准备射雁。

这时恰好走过一个过路的,梁君就叫他停下来,以免惊动雁群。可这过路的不听,梁君很生气,拉开弓要射他。这时车夫公孙龙下车按住了梁君的箭矢,说:"君王不要射。"

梁君愤然大怒,脸都变了色,责问道:"为什么你不顾着我,反而顾着别人?"

公孙龙回答说:"过去齐景公的时候,老天大旱三年,他卜问如何才能够下雨,答案是必须用人祭天,才能下雨。景公走下殿堂,伏地叩头说:'我所以祈求下雨,是为了我的百姓,今天一定要我以人祭天,那我将自己充当祭品。'话未说完,方圆千里的大地上立刻下起了倾盆大雨。这是为什么?因为对老天有恩德、对百姓有恩惠啊。今天君王因为白雁的缘故而要射人,我将告诉君王说:这就等于虎狼!"

梁君听了,拉起公孙龙的手,一起上车返回。进入城门时,梁君大呼"万岁",并且说:"我今天真幸运啊!别人打猎,得到的只是禽兽,我打猎,却得到了善言。"

【评析】

当梁君为了雁群而要开弓射人的时候,车夫公孙龙制止了他,向他讲述了齐景公为民祈雨的故事。这个故事使梁君领悟到百姓对于国家的重要性,被认为是"善言"。其实民为国本,没有民,也就没有了君,本篇再一次申明了我国古代寓言的这一重要主题。

(王莹)

渔者献言

晋文公出田①，逐兽，砀②入大泽，迷不知所出。其中有渔者，文公谓曰："我，若君也。道安从出？我且厚赐若。"渔者曰："臣愿有献。"公曰："出泽而受之。"于是遂出泽。公令曰："子之所以教寡人者，何等也？愿受之。"渔者曰："鸿鹄保河海之中，厌而欲移，徙之小泽，则必有丸缯③之忧；鼋鼍④保深渊，厌而出之浅渚⑤，则必有罗网钓射之忧。今君逐兽，砀人至此，何行之太远也？"文公曰："善哉！"谓从者记渔者名。渔者曰："君何以名为？君其尊天事地，敬社稷，固四国⑥，慈爱万民，薄赋敛，轻租税者，臣亦与焉。君不敬社稷，不固四国，外失礼于诸侯，内逆民心，一国流亡，渔者虽得厚赐，不能保也。"遂辞不受，曰："君亟归国，臣亦反吾渔所。"

(《新序·杂事二》)

【注释】

①出田：打猎。田，通"畋"。　②砀 (dàng 荡)：借作"荡"，冲入、冲击。　③丸缯 (zēng 增)：弹丸和系在箭后的丝绳。　④鼋 (yuán 元)：大鳖。鼍 (tuó 驼)：扬子鳄。　⑤渚：水中小洲。　⑥固四国：安定四周的国家。

【今译】

晋文公出外打猎，追赶野兽，冲进了大沼泽地里，迷路走不出来。沼泽中有个渔夫，文公对他说："我是你的国君，哪条路可以出去呢？我会重重地赏你。"渔夫说："我愿意奉献一点意见。"文公说："等走出沼泽地，我再听吧。"渔夫于是带文公走出了沼泽地。文公命令说："您打算指教我的是什么见解？我愿意领教。"渔夫说："天鹅安居在大河大海之中，住腻了，迁移到浅水小湖里，那一定会有弓箭杀害的危险；大鳖和鳄鱼安居在深潭里，住腻了，来到水边小洲上，就一定会有罗网钓钩弓箭射杀的危险。现在大王追赶野兽冲到此地，怎么走得这么远呢？"文公说："您说得太好了！"就吩咐随从记下渔夫的名字。渔夫说："大王何需记我的名字呢？大王如果能尊崇天地，敬重祖宗基业，安定边境，关爱百姓，宽免赋敛，减轻租税，我也会得到好处。大王如果不珍惜祖宗基业，不安定边境，对外失礼于诸侯，对内违背民心，全国百姓流离失所，我个人虽然得到重赏，也保不住呀!"于是谢绝了赏赐,说:"大王赶快回都城,我也要回到打鱼的地方。"

【评析】

这篇寓言把君王的出猎和鸿鹄、鼋鼍的离开原生地到外地遇到的忧患和危险结合在一起对比描述,反映了守住家乡,稳固自身的重要性。对于见异思迁,不安于本身建设的人也是一种批评。不仅如此。这篇寓言还从渔夫的嘴里讲出了个人的富裕幸福与一国百姓苦乐的关系。国好了,个人也有一份;国坏了,个人纵然富裕了也是保不住的。

(贺武威)

农夫老古

晋文公①逐麋而失之,问农夫老古②曰:"吾麋何在?"老古以足指之曰:"如是往矣。"文公曰:"寡人问子,子以足指,何也?"老古振衣③而起曰:"一④不意⑤人君如此也。虎豹之居也,厌闲⑥而近人,故得;鱼鳖之居也,厌深而之⑦浅,故得;诸侯厌众而亡其国。《诗》云:'维鹊有巢,维鸠居之。'君放⑧不归,人将居之矣。"于是文公恐,归,遇栾武子⑨。栾武子曰:"猎得兽乎?侯⑩有悦色?"文公曰:"寡人逐麋而失之,得善言,故有悦色。"栾武子曰:"其人安在乎?"曰:"吾未与⑪来也。"栾武子曰:"居上位而不恤其下,骄也;缓令急诛⑫暴也;取人之言而弃其身,盗也。"文公曰:"善。"还载老古与俱归。

(《新序·杂事二》)

【注释】

①晋文公:春秋时晋国国君,名重耳,在位九年(公元前636—公元前628),为春秋霸主之一。 ②老古:年纪很老的人。 ③振衣:整理身上的衣服。 ④一:竟,乃。 ⑤不意:未料到,未想到。 ⑥闲:阻隔,远离。 ⑦之:往。 ⑧放:放荡,放纵。 ⑨栾武子:晋臣,名书,谥武子,其先人食采于栾,故以"栾"为氏。 ⑩侯:而,乃。 ⑪与:借作"以",带领,带着。 ⑫诛:诛责,责罚。

【今译】

晋文公追赶一只麋鹿,麋鹿跑得不见踪影,于是就问路边的老农:"我的麋鹿跑到哪里去了?"

老农用脚指了指地下,回答说:"从这里跑了。"

文公很不高兴,责问道:"寡人问你,你为什么只用脚指一下?"

| 刘　向 |

老农理了理衣裳,站起身,说:"我竟然没想到一国之君也是如此!虎豹栖居,只有厌倦闲远而接近人类,才会被猎杀;鱼鳖栖居,只有厌倦深渊而游往浅水,才会被捕获;诸侯只有厌倦民众,他的国家才会灭亡。《诗经》说:'鸦鹊有巢,反被斑鸠占据。'国君如果放纵不归,别人就要占据你的宝座了。"

文公听了,心感恐惧,连忙赶回朝廷。路上遇到栾武子,栾武子问道:"打猎收获不小吧?为何满脸喜色?"

"我追赶麋鹿,虽然没有抓到,却得到善言,故而心里很高兴。"文公说。

"那人在哪里?"栾武子问。

"我没有带他一起回来。"

"身居高位而不体恤臣民,这就是骄傲;禁令松弛而责罚严厉,这就是凶暴;采纳了别人的善言,却对这人弃置不顾,这就是盗贼行为。"

"说得好。"文公赞许道。

于是文公原路返回,找到老农,和他一起乘车回来。

【评析】

本篇寓言具有两个中心意义:一是面对喜好田猎的晋文公,农夫老古列举了虎豹鱼鳖只有离开栖息之所才会被猎杀捕获的事例,并进一步指出国君如果耽于田猎,放纵不归,政治地位就会不巩固。二是面对得到"善言"而喜气洋洋的晋文公,栾武子批评他"取人之言而弃其身,盗也",端正了晋文公对人才的态度。"一箭双雕"的写法,构成本篇寓言迥别于众的艺术特色。　　　　　　(居岚)

反 裘 负 刍

魏文侯①出游,见路人反裘②而负刍③。文侯曰:"胡为反裘而负刍?"对曰:"臣④爱⑤其毛。"文侯曰:"若⑥不知其里尽而毛无所恃⑦邪?"明年,东阳⑧上计⑨,钱布⑩十倍,大夫⑪毕贺,文侯曰:"此非所以贺我也。譬无异夫⑫路人反裘而负刍也,将爱其毛,不知其里尽,毛无所恃也。今吾田地不加广,士民不加众,而钱十倍,必取之士大夫也。吾闻之:下不安者,其上不可居也。此非所以贺我也。"

(《新序·杂事二》)

【注释】

①魏文侯：战国时魏国的建立者，名斯，公元前445年—公元前396年在位。②裘：带毛的皮衣。③刍：牛马的饲草。④臣：自称，表示礼敬。⑤爱：爱惜，舍不得。⑥若：汝，你。⑦恃：依赖，依凭。⑧东阳：指太行山以东的地区，战国时分属魏国、赵国。⑨上计：古代地方官把辖区内的户口、赋税、狱讼等情况造册上报中央政府。⑩铢布：指钱币。⑪大夫：泛指臣属官员。⑫异夫：异，不同；夫，词尾，无实义。

【今译】

魏文侯外出游玩，看见路上有个行人反穿皮衣背着马草，便问："你为什么反穿皮衣背马草呢？"

"我爱惜它的毛。"那人回答说。

文侯笑道："你难道不知道皮衣里子磨尽了，毛就无处依附了吗？"

第二年，东阳上缴赋税钱财，比以往多出了十倍，文武官员都来道贺。文侯说："不能以这事祝贺我啊。这跟那个行路人反穿皮衣背马草没什么区别，要爱惜皮衣的毛，却不知道皮衣的里子被磨尽了，毛也就无处依附了。现在我的田地没有增广，人民百姓也没有增多，而钱财赋税却多出十倍，这必定是取自士大夫之家。我听说过：下层百姓不安定，上面的君主就坐不稳。不能以这事祝贺我啊！"

【评析】

东阳的土地、人口没有增加，但上缴国家的财税却多出了十倍。这事引起了魏文侯的不安，他认为这犹如反穿皮裘背马草一样；皮裘的里子被磨光了，毛也就失去了依附。这也就是说生产能力是"皮"，上缴的财税是"毛"，不顾生产能力而盲目上缴财税，必然成为巧取豪夺、横征暴敛。　　　　　　　（居岚）

君亦郭氏

昔者，齐桓公出游于野，见亡国故城郭氏①之墟，问野人②曰："是为何墟？"野人曰："是为郭氏之墟。"桓公曰："郭氏者，曷③为墟？"野人曰："郭氏者，善善而恶恶。"桓公曰："善善而恶恶，人之善行也，其所以为墟者，何也？"野人曰："善

| 刘　向 |

善而不能行,恶恶而不能去,是以为墟也。"桓公归,以语管仲④。管仲曰:"其人为谁?"桓公曰:"不知也。"管仲曰:"君亦一郭氏也。"于是桓公招野人而赏焉。

(《新序·杂事四》)

【注释】

①郭氏:即虢氏,"郭"借作"虢",古国名,以封国为氏,故曰郭氏。古虢国有三:东虢、西虢、北虢,其地皆不与齐国邻接,此篇或记载有误,或假托言事。　②野人:生活于郊野的人。　③曷:借作"何",为何。　④管仲:春秋时齐国大臣,名夷吾,字仲,谥曰敬,辅佐齐桓公成为春秋霸主。

【今译】

从前,齐桓公在野外游玩,看见虢国故城的废墟,便问一位郊野之人说:"这是何人的废墟?"

"这是虢国的废墟。"那野人回答。

"虢国的城堡如何变成了废墟呢?"桓公又问。

野人答道:"虢国的君主喜欢善而讨厌恶。"

"喜欢善,讨厌恶,这是人的善行美德啊,为什么他的城堡反倒变成废墟了呢?"桓公不解地问。

野人说:"喜欢善,却又不能施行,讨厌恶,却又不能去除,虢国的城堡就这样变成了废墟。"

桓公回去后,把这件事告诉了管仲,管仲问:"这人是谁?"桓公说:"我不知道。"管仲说:"国君你也是一个虢国之君。"

桓公恍然大悟,连忙把那位野人召来,予以赏赐。

【评析】

虢国的灭亡,野人总结为虢君"善善而不能行,恶恶而不能去",这对齐桓公启发很大。其实"善善"和"恶恶",都不能停留于一般的理解,而要付之于行动。所以当齐桓公把野人的话告诉管仲时,得到的却是一顿批评:"君亦一虢氏",因为他听取了野人的善言,却没有奖励或任用野人,也犯了"善善而不能行"的错误。这篇寓言试图告诉人们:理解是重要的,但更重要的是理解以后的行动。

(刘静)

晋文纳善

晋文公①田于虢②,遇一老夫而问曰:"虢之为虢久矣,子处此故③矣,虢亡,其有说乎?"对曰:"虢君断则不能,谋则无与④也,不能断,又不能用人,此虢之所以亡也。"文公辍田而归,遇赵衰⑤而告之。赵衰曰:"今其人安在?"君曰:"吾不与⑥之来也。"赵衰曰:"古之君子,听其言而用其人;今之君子,听其言而弃其身。哀哉,晋国之忧也。"文公乃召赏之。于是晋国乐纳善言,文公卒以霸。

(《新序·杂事四》)

【注释】

①晋文公:春秋时晋国国君,名重耳,在位九年(公元前636—公元前628),为春秋霸主之一。　②虢:古国名,虢国有三:东虢、西虢、北虢,北虢在今河南三门峡和山西平陆一带,公元前655年为晋献公所灭,此处当指北虢故地。　③故:久,时间长。　④与:指参与者。　⑤赵衰:晋臣,字子余,曾随晋文公出亡,后辅佐晋文公创建霸业。　⑥与:借作"以",带领,带着。

【今译】

晋文公在北虢故地打猎,遇见了一位老者,便问道:"北虢作为国家,历时久远,你在这里住了这么久,听说过它为什么灭亡的吗?"

老者回答说:"北虢的国君处事没有决断,谋划没人参与,既不能决断,又不能用人,这就是北虢灭亡的原因。"

文公听了,停止了打猎,返回宫廷,路上遇到了赵衰,就把这事告诉了他。

赵衰问道:"现在这人在哪里?"

"我没带他一起回来。"文公回答说。

赵衰听了,感慨地说:"古时的君子,听取了别人的言论,就任用他,现在的君子听取了别人的言论,就把这人忘了。真痛心啊,这是晋国的忧患。"

听了赵衰的这番话,文公赶忙把那位老者召来,予以重赏。

从此以后,晋国便乐于接受好的建议,而文公也终于成就了霸业。

【评析】

北虢灭亡的原因,"老夫"总结为国君"不能断,又不能用人",这对晋文公

船人论士

启发很大。但他没有对"老夫"予以奖励或任用,遭到赵衰的批评:"听其言而弃其身","晋之忧也"。晋文公听取了赵衰的批评,重赏了"老夫",在晋国养成"乐纳善言"的风气。这就告诉我们:好的意见和建议,只有在得到鼓励的情况下,才能更多地听到。

(刘静)

泽及枯骨

周文王①作灵台②及为池沼,掘地得死人之骨,吏以闻于文王。文王曰:"更葬之。"吏曰:"此无主矣。"文王曰:"有天下者,天下之主也;有一国者,一国之主矣。寡人固其主,又安求主?"遂令吏以衣棺更葬之。天下闻之,皆曰:"文王贤矣,泽及朽骨,又况于人乎?"或得宝以危国,文王得朽骨以喻其意,而天下归心焉。

(《新序·杂事五》)

【注释】

①周文王:商朝末年周部族的首领,姬姓,名昌,主政五十年,为西周王朝的建立奠定了基础。　②灵台:周文王所建的高台,百姓美称曰"灵台"。

【今译】

周文王建造灵台,挖凿灵沼时,挖到了死人骨骸,主事官员把这事报告了周文王。文王说:"找个地方重新把它埋好。"

"这骨骸没有主人啊。"主事官员有些为难。

"拥有天下的人,就是天下的主人;拥有一国的人,就是一国的主人。"文王说,"我本来就是主人,还要找什么主人?"

于是他命令官吏用衣服棺材把骨骸重新装殓起来,埋葬妥当。天下的百姓听说这事,一致称赞道:"文王真是贤明的君主,连死人的朽骨都能得到他的恩泽,又何况我们活人呢?"

有的人得到了珍宝,却危害了国家,周文王得到了朽骨,却借以宣谕了自己的意旨,使天下的民众诚心归服。

【评析】

周文王是古人心目中的仁爱君主,本篇寓言讲述了他如何仁爱的一个事例:

在工人们挖到无主尸骸时,他以一国之主的身份认为自己就是尸骸的主人,命令重新装殓掩埋。周文王的恩德虽然只是施于死人,但感动了活人,因而天下归心。这就告诉我们:只有关怀人民的君主,才能得到人民的拥护和爱戴。

本篇寓言流传很广,凝聚为成语"泽及枯骨"。 （崔玲）

任计不任怨

管仲①傅②齐公子纠③,鲍叔④傅公子小白⑤。齐公孙无知⑥杀襄公⑦,公子纠奔鲁,小白奔莒⑧,齐人诛无知,逆⑨公子纠于鲁。公子纠与小白争入,管仲射小白,中其带钩,小白佯死,遂先入,是为齐桓公。公子纠死,管仲奔鲁。桓公立,国定,使人迎管仲于鲁,遂立以为仲父。委国而听⑩之,九合诸侯,一匡天下,为五伯⑪长。里凫须⑫,晋公子重耳⑬之守府⑭者也。公子重耳出亡于晋,里凫须窃其宝货而逃。公子重耳反国,立为君,里凫须造门愿见。文公方沐⑮,谒者复⑯,文公握发而应之,曰:"里凫须邪?"曰:"然。""谓凫须曰:'若⑰犹有以⑱面目而复见我乎?'"谒者谓里凫须,凫须对曰:"臣闻之:沐者其心覆,心覆者言悖。君意⑲沐邪?何悖也?"谒者复,文公见之,曰:"若窃我货宝而逃,我谓'汝犹有面目而见我邪',汝曰'君何悖也',是何也?"凫须曰:"然。君反国,国之半不自安也。君甯弃国之半乎,其甯有全晋乎?"文公曰:"何谓也?"凫须曰:"得罪于君者,莫大于凫须矣,君谓⑳赦凫须,显出以为右㉑。如凫须之罪重也,君犹赦之,况有㉒轻于凫须者乎?"文公曰:"闻命矣㉓。"遂赦之。明日出行㉔国,使为右,翕然㉕晋国皆安。语曰:"桓公任其贼,而文公任其盗。"故曰:"明主任计不任怨,暗主任怨不任计,计胜怨者强,怒胜计者亡。"此之谓也。

（《新序·杂事五》）

【注释】

①管仲:春秋时齐臣,名夷吾,字仲,谥曰敬,辅佐齐桓公成为春秋霸主。 ②傅:师傅,此处用作动词,意谓教导辅佐。 ③公子纠:齐釐公子,名纠。 ④鲍叔:即鲍叔牙,春秋时齐臣。 ⑤公子小白:齐釐公子,名小白,后为国君,即齐桓公。 ⑥公孙无知:齐釐公同母弟夷仲年子,名无知,与齐襄公有怨,弑而自立,后又为人所弑。 ⑦襄公:即齐襄公,齐釐公子,名诸儿,在位十二年。 ⑧莒:西周分封的诸侯国,己姓（一说曹姓）,故地在今山东安丘、诸城、沂水、莒县、日照一带,公元前431年为楚国所灭。 ⑨逆

刘　向

迎，迎接。　⑩听：听任，听由。　⑪五伯：即五霸，所指不一，或云齐桓公、宋襄公、晋文公、秦穆公、楚庄王，或云齐桓公、晋文公、楚庄王、吴王阖闾、越王勾践。　⑫里凫须：晋文公左右给使，姓里，名凫须（又作头须）。　⑬重耳：晋文公名。　⑭府：收藏财物之处。　⑮沐：洗头发。　⑯复：报告，禀报。　⑰若：汝，你。　⑱有以：即有。以，无义。　⑲意：大概，也许。　⑳谓：借作"为"。　㉑右：车右。古时车中乘载三人，尊者居左，御夫居中，车右多以亲近或勇武之士居之，叫做骖乘。　㉒况有：况又，何况。有，借作"又"。　㉓闻命矣：赞同对方意见时的礼敬说法。　㉔行：巡行，巡视。　㉕翕（xī 西）然：和顺貌。

【今译】

　　管仲教导齐国的公子纠，鲍叔牙教导齐国的公子小白。公孙无知弑杀齐襄公，纠逃亡鲁国，小白逃亡莒国，后来齐国百姓杀死了无知，派人去鲁国迎接纠返国为君。纠和小白急急忙忙地往回赶，都想抢先进入都城。

　　管仲带兵在路上拦击小白，射中了他的衣带钩，小白装死，管仲误以为真，因而他辅佐的纠行动迟缓，让小白抢先进入国都，做了国君，这就是后来的齐桓公。

　　纠死后，管仲逃亡鲁国。桓公当了国君，齐国政治稳定下来，就派人去鲁国迎接管仲回国，把他尊为仲父，把全国事务都交给他处理，他终于使齐国多次以盟主身份会合各国诸侯，匡正天下，成为春秋五霸之首。

　　里凫须是晋公子重耳看守府库的奴仆。重耳逃亡在外时，他偷了宝物逃走了。后来重耳返回晋国，当了国君，里凫须来到门外要见文公——也就是过去的公子重耳。文公正在洗头，仆人进来禀报，文公握着头发，应了一声："是里凫须吗？"

　　"是的。"仆人回答。

　　"去问问里凫须：'你还有什么脸面来见我？'"文公对仆人说。

　　仆人把文公的话转告了站在门外的里凫须，里凫须说："我听说：洗头的人，心是倒过来的；心倒过来的人，说话昏悖。国君大概是在洗头吧，否则说话为何这样昏悖呢？"

　　仆人把里凫须的这番话禀报了文公，文公接见了里凫须，责问道："你偷了我的财宝逃走了，我问你还有什么脸面来见我，你反倒说国君为何这样昏悖，这是为什么？"

"是的。国君回国,国内有一半的人感到不安,国君是要丢弃这一半的国人呢,还是要拥有整个晋国?"里凫须反问道。

"此话怎讲?"文公不解地问。

"得罪国君的人,没有超过我里凫须的。如果国君赦免了我,公开让我坐在您的车右,那么人们就会明白:像我这样的重罪,都能得到赦免,何况罪行比我轻的呢?"里凫须不慌不忙地说着。

"照你的话去做。"文公似有所悟,于是就赦免了里凫须。

第二天,文公出发巡视全国,令里凫须为车右。全晋国的人们看到重罪的里凫须得到了赦免,于是心情便稳定下来了。

这就是俗话说的"齐桓公重用凶犯,晋文公重用盗贼"。所以人们常说:"英明之主任用心计而不任用怒气,昏悖之主任用怒气而不任用心计。心计胜过怒气的君主必然强大,怒气胜过心计的君主必然灭亡。"齐桓公和晋文公就是这样的。

【评析】

本篇寓言由两段故事构成:一是齐桓公捐弃前嫌,任用管仲管理国家;二是晋文公赦免里凫须的偷盗之罪,稳定了人心。两段故事表达了一个主题,那就是:在处理事务时,人们应当避免感情用事,从理智出发,才能找到最佳方案。

(崔玲)

吝而不忍

赵襄子①问于王子维②曰:"吴之所以亡者,何也?"对曰:"吴君吝而不忍③。"襄子曰:"宜哉,吴之亡也。吝则不能赏贤,不忍则不能罚奸。贤者不赏,奸者不罚,不亡何待?"

(《新序·杂事五》)

【注释】

①赵襄子:春秋末年晋国的大夫,名无恤,谥襄子。 ②王子维:赵氏家臣。 ③忍:忍心。

| 刘 向 |

【今译】

赵襄子问王子维说:"吴国灭亡的原因是什么?"

"吴君为人吝啬而又心地仁慈。"王子维回答说。

"这样的话,吴国的灭亡是理所当然的。"襄子说,"吝啬就不能赏赐贤能之士,心地仁慈就不能惩治奸邪之人。贤能之士得不到赏赐,奸邪之人得不到惩治,不灭亡还等什么?"

【评析】

本篇寓言讨论吴国灭亡的原因,指出吴君"吝而不忍",既不能"赏贤"、又不能"罚奸",致使国家灭亡。其实,国家灭亡的原因是多方面的,国君的个人品性只是其中之一。

(王柯)

宋玉让友

宋玉①因其友以见于楚襄王②,襄王待之无以异。宋玉让③其友,其友曰:"夫鼍桂因地而生,不因地而辛;妇人因媒而嫁,不因媒而亲。子之事王未耳,何怨于我?"宋玉曰:"不然。昔者齐有良兔曰东郭逡④,盖一旦⑤而走五百里;于是⑥齐有良狗曰韩庐⑦,亦一旦而走五百里。使之⑧遥见而指属⑨,则虽韩庐不及众兔⑩之尘;若蹑迹⑪而纵绁⑫,则虽东郭逡,亦不能离。今子之属⑬臣也,蹑迹而纵绁与?遥见而指属与?《诗》曰'将⑭安将乐,弃我如遗',此之谓也。"其友人曰:"仆人⑮有过,仆人有过。"

(《新序·杂事五》)

【注释】

①宋玉:战国时楚辞作家,一说屈原弟子。 ②楚襄王:即楚顷襄王,战国时楚国国君,名横,在位三十六年(公元前298—公元前262)。 ③让:抱怨,责怪。 ④东郭逡(jùn 俊):良兔名。 ⑤一旦:犹言一日,一天。 ⑥于是:于时,在那时。 ⑦韩庐:良犬名。 ⑧使之:假使,若使。 ⑨指属:指示而嘱令。属,通"嘱"。 ⑩众兔:平常的、一般的兔子。 ⑪蹑迹:循着踪迹。 ⑫纵绁:放开牵挽狗的绳子。绁,同"绁"。 ⑬属:联系起来,此处意谓把我介绍给君王。 ⑭将:且,又。 ⑮仆人:谦称自己。

【今译】

宋玉通过朋友的推荐,见到了楚襄王,可襄王对他并没有另眼看待。宋玉因此很抱怨那位朋友,可那位朋友辩解说:"生姜、肉桂依赖土地才能生长,但不能依赖土地使气味辛辣;女人依赖媒人才能出嫁,但不能依赖媒人使夫妻相亲。你奉事君王不到家,怎能怨我?"

"不对。"宋玉说,"过去齐国有一种好兔子,叫东郭䞚,一天能跑五百里。同时齐国还有一种好狗,叫韩庐,也能一天跑五百里。假如一个人远远地指着兔子让狗去追,那么即使是韩庐,也会连兔子扬起的灰尘都追不上;如果沿着兔子的踪迹,放开牵狗的绳子,那么即使是东郭䞚也将无法逃掉。现在你把我推荐给国君,是沿着踪迹而放开系绳呢,还是远远地把目标指给我看?《诗经》说'既平安,又快乐,你就把我丢弃啦',这就是你的做法。"

那位朋友听了宋玉的这番话,连忙道歉:"我有错,我有错。"

【评析】

"指个兔子让人撵",这是人们用来批评帮助别人却又没有诚意的一句俗话,宋玉对朋友的抱怨正是这一意思。这就提醒人们帮助他人应具有诚意,否则有损于交友之道。本篇寓言比喻生动贴切,推理逻辑严密。 (刘晓红)

玄猿处势

宋玉事楚襄王而不见察①,意气②不得③,形于颜色。或谓曰:"先生何谈说之不扬,计划④之疑也?"宋玉曰:"不然。子独⑤不见夫⑥玄猨⑦乎?当其居桂林⑧之中,峻⑨叶之上,从容游戏,超腾往来,龙兴⑩而鸟集⑪,悲啸长吟。当此之时,虽羿⑫、逢蒙⑬,不得正目⑭而视也。及其在枳棘⑮之中也,恐惧而悼慄⑯,危视⑰而迹行⑱,众人⑲皆得意⑳焉。此皮筋非加急㉑而体益短也,处势不便故也。夫处势不便,岂可以量㉒功校㉓能哉?《诗》不云乎:'驾彼四牡㉔,四牡项领㉕。'夫久驾而长不得行,项领不亦宜乎?《易》曰'臀无肤,其行趑且㉖',此之谓也。"(《新序·杂事五》)

【注释】

①察:察知,知晓,此处意谓赏识。　②意气:志意,志趣。　③不得:得不到满

足。　④计划:计议谋划。　⑤独:偏偏,难道。　⑥夫:语气词。　⑦玄猨:黑猿。玄,黑色;猨,同"猿"。　⑧桂林:桂树之林,此处意谓茂美的树林。
⑨峻:高。　⑩龙兴:像龙一样腾起。　⑪鸟集:像鸟一样飞落停止。　⑫羿:又称后羿、夷羿,传说中的有穷氏之君,善于射箭。　⑬逢蒙:后羿的家臣,跟从后羿学习射箭,亦善射。　⑭正目:犹言定睛。　⑮枳棘:指篱笆,枳木、棘木皆多刺,可为篱。
⑯悼慄:因恐惧而颤抖。　⑰危视:不安张望。　⑱迹行:累迹而行,脚步重叠着来回行走。　⑲众人:平凡的、普通的人。　⑳得意:意愿得逞,即抓住黑猿。
㉑急:紧,紧缩。　㉒量:较量。　㉓挍:同"校",较量。　㉔牡:公马。
㉕项领:意谓脖颈肥大。　㉖越且:同"趑趄",行走不进貌。

【今译】

宋玉奉事楚顷襄王,却未得到赏识,内心的不满足挂在了脸上。有人问他:"先生你的言谈论说为何总是不能奋扬畅快,计议谋划为何总是迟疑犹疑呢?"

"不是的。"宋玉说,"你难道没见过黑猿吗?当它待在茂美的树林之中、高高的枝叶之上,从容不迫地游戏玩耍,跳跃往来,像龙一样腾空而起,像鸟一样落下停止,发出长长的悲哀呼叫。在这个时候,即使是善射的后羿、逢蒙,也无法定睛注视它。等到它掉进多刺的藩篱之中,便会恐惧颤抖,不安地张望和来回行走,连平凡的普通人也能对它为所欲为。这不是黑猿的皮肉筋骨收紧了,身体四肢缩短了,而是它所处的形势不便于跳跃。所处的形势有所不便,岂能较量功力和技能呢?《诗经》不是说过:'驾车用那四匹公马,但这马儿的脖颈已经十分肥大。'马儿长久地驾着车却不能行走,脖颈变得肥大,岂不是当然的事?《易经》说:'臀部没有肤肉,走起路来就歪歪倒倒。'说的就是这个意思。"

【评析】

宋玉未能得到楚王的赏识,自我解嘲地把这一状况比作善于腾挪跳跃的黑猿落入了荆棘藩篱之中,不得施展本领。宋玉的比喻十分贴切,人们总是在一定条件下发挥其才能的,处势不便,天大的本领也无法施展。　　　　(王风)

鸿鹄与鸡

田饶①事鲁哀公②而不见察。田饶谓哀公曰:"臣将去君而鸿鹄举矣。"哀公曰:"何谓也?"田饶曰:"君独不见夫鸡乎?头戴冠者,文也;足傅距③者,武也;敌在前敢斗者,勇也;见食相呼,仁也;守夜不失时,信也。鸡虽有此五德者,君犹日瀹④而食之,何则?以其所从来近也。夫鸿鹄一举千里,止君园池,食君鱼鳖,啄君菽粟,无此五者,君犹贵之,以其所从来远也。臣请去君而鸿鹄举矣。"哀公曰:"止,吾书子之言也。"田饶曰:"臣闻食其食者不毁其器,阴其树者不折其枝。有士不用,何书其言为⑤?"遂去,之燕,燕立以为相。三年,燕之政大平,国无盗贼。哀公闻之,慨然太息,为之避寝⑥三月,抽损⑦上服⑧,曰:"不慎其前,而悔其后,何可复得?"《诗》曰"逝将去女,适彼乐土;适彼乐土,爰得我所",《春秋》曰"少长⑨于君,则君轻之",此之谓也。

(《新序·杂事五》)

【注释】

①田饶:人名。　②鲁哀公:春秋时鲁国国君,名将,在位二十七年。　③傅距:附着足距。傅,借作"附",附着;距,雄鸡腿骨后侧横生的足距。　④瀹(yuè 悦):煮。　⑤为:疑问语气词,常与"何"搭配使用。　⑥避寝:即避开正寝,古时国家遇有灾祸急难之事,君主回避寝宫,以示自责。　⑦抽损:减损,减撤。　⑧上服:华美的服装。　⑨少长:年纪小,偏义复词。长,无义。

【今译】

田饶奉事鲁哀公,但未得到赏识,于是他对哀公说:"我要离开君王,像鸿鹄那样高飞了。""这话什么意思?"哀公不解地问。

田饶回答说:"国君难道没见过公鸡吗?它头上戴着红冠,这是文雅;爪后长着芒距,这是尚武,敌人当前,敢于战斗,这是勇敢,见到食物,互相招呼,这就是仁义,守夜报晓,从不失时,这是诚信。公鸡虽然有这五种德行,但君王还是每天把它煮着吃掉。为什么呢?因为公鸡的来路太近了。鸿鹄一飞就是千里,在君王的园囿和池塘里止息,吃着君王的鱼鳖,啄着君王的菽粟,没有公鸡的五种德行,但君王还是看重它,因为它的来路很远。因此我请求离开君王,像鸿鹄那样远走高飞。"

"好了,别走了,我把你的话写下来。"哀公说。

可是,田饶说:"我听说吃别人的东西,不毁坏盛食物的器具;在别人树下庇阴,不折树上的枝条。君王有贤能之士而不任用,又何必书写他的话呢?"

于是田饶离开了鲁国,到燕国去了,燕国任命他为宰相。三年以后,燕国的政治非常安定,国内没有盗贼。哀公听说后,大发感慨地叹息,并为这事一连三个月回避寝官,不穿华服,并且说:"事前不慎重,事后才后悔,又怎么能够补救呢?"《诗经》说"我要离你而去,去那快乐的国度。去那快乐的国度,才能找到我的出路"。《春秋》说"年纪小于国君,国君便轻视他",指的就是这种情况。

【评析】

田饶以雄鸡和鸿鹄为喻,解释自己为何不被赏识:雄鸡虽有文、武、勇、仁、信"五德",但它"所从来近",故不为人君重视;鸿鹄没有"五德",但"所从来远",人君才珍视它。因此他决意离开鲁国,像鸿鹄那样远走高飞。果然他在遥远的燕国得到了重用,发挥了才能。生活中常有贵远贱近、贵耳闻而贱目击的现象,本篇寓言对此予以讽刺。

(王庆谊)

叶公好龙

子张①见鲁哀公,七日而哀公不礼。托仆夫②而去,曰:"臣闻君好士,故不远千里之外,犯③霜露,冒尘诟,百舍④重趼⑤,不敢休息,以见君。七日而君不礼,君之好士也,有似叶公子高⑥之好龙也。叶公子高好龙,钩以写⑦龙,凿以写龙,屋室雕文以写龙。于是天龙闻而下之,窥头⑧于牖⑨,拖尾于堂,叶公见之,弃而还走,失其魂魄,五色⑩无主。是叶公非好龙也,好夫似龙而非龙者也。今臣闻君好士,故不远千里之外以见君,七日不礼,君非好士也,好夫似士而非士者也。《诗》曰:'中心藏之,何日忘之。'敢托而去。"

(《新序·杂事五》)

【注释】

①子张:春秋时陈国人,姓颛孙,名师,孔子弟子。　②仆夫:车御,驾车的人。　③犯:顶着,冒着。　④舍:古代行军住宿一夜为一舍。　⑤趼:脚底厚皮。　⑥叶公子高:春秋时楚臣,姓沈,名诸梁,字子高,封于叶,故称叶公。　⑦写:模拟形状。　⑧窥头:伸出头。　⑨牖:窗户。　⑩五色:指神色。

【今译】

子张谒见鲁哀公,但过了七天,哀公都不予接见。于是子张拜托车夫告辞哀公,说:"我听说国君好士,所以才不顾千里之遥投奔而来。一路上顶着风霜露水,冒着尘土泥垢,行路已经百舍,脚底长出几层老茧。即便如此,仍不敢休息,为的是要见到国君。但过了七天,国君仍不接见,国君所谓的好士,真好像叶公子高的好龙。叶公子高好龙,帐钩制成龙的形状,凿子制成龙的形状,屋子里雕刻的花纹也是龙的形状。天上的龙听说以后,便飞了下来,头伸进了窗户,尾巴拖在了厅堂。叶公见了,掉头便跑,吓得魂飞魄散,神色不定。叶公并非真的好龙,而是好那种像龙而不是龙的东西。今天我听说国君好士,才不顾千里之遥来见国君,可国君一连七天都不接见我,可见也并非好士,只是好那种像士而不是士的人。《诗经》说:'心中喜欢,没有哪一天能忘掉。'临行之前,托你把这番话转告国君。"

【评析】

《叶公好龙》是一篇家喻户晓的寓言,其意在批评口是心非、表里不一的现象。它的语言生动有趣,比喻形象而贴切。

(王晓明)

后生可畏

齐有闾丘卬①,年十八,道遮宣王②,曰:"家贫亲老,愿得小仕。"宣王曰:"子年尚稚,未可也。"闾丘卬对曰:"不然。昔有颛顼③,行年十二而治天下,秦项橐④七岁而为圣人师。由此观之,卬不肖耳,年不稚矣。"宣王曰:"未有咫角⑤骖驹⑥而能服重⑦致远者也。由此观之,夫士亦华发⑧堕颠⑨而后可用耳。"闾丘卬曰:"不然。夫尺有所短,寸有所长,华骝绿骥⑩,天下之俊马⑪也,使之与狸鼬⑫试于釜灶之间,其疾未必能过狸鼬也;黄鹄白鹤,一举千里,使之与燕服翼⑬试之堂庑⑭之下、庐室之间,其便未必能过燕服翼也;辟闾巨阙⑮,天下之利剑也,击石不缺,刺石不锉⑯,使之与管槀⑰决目⑱出眯⑲,其便未必能过管槀也。由此观之,华发堕颠,与卬何以异哉!"宣王曰:"善,子有善言,何见寡人之晚也?"卬对曰:"夫鸡豚⑳讙嗷㉑,即夺钟鼓之音;云霞充咽㉒,则夺日月之明。谗人在侧,是以见晚也。《诗》曰'听言则对,谮言则退',庸㉓得进乎?"宣王拊轼㉔曰:"寡人有过,寡人有过。"遂载,与之俱归,而用焉。故孔子曰:"后生可畏,安知来者之不如今。"此之谓也。

(《新序·杂事五》)

【注释】

①闾丘卬:人名。闾丘,春秋时齐地,在今山东邹县北,以地为氏。 ②宣王:即齐宣王,战国时齐国国君,田氏,名辟疆,在位十九年(公元前319—公元前301)。 ③颛顼:

| 刘 向 |

远古传说中的部族首领。　④项橐:人名。　⑤呱角:刚生出角的牛犊。　⑥骏驹:即马驹,母马驾车时,马驹总是跟在车两旁行走,故云。　⑦服重:拉着重车。　⑧华发:白发。　⑨堕颠:秃顶。颠,头顶。　⑩华骝绿骥:马名,周穆王八骏中的两匹,绿骥本名绿耳。　⑪俊马:即骏马。"俊"借"骏"。　⑫狸鼬:狸猫和鼬鼠。　⑬服翼:蝙蝠。　⑭堂庑:堂屋四周的廊屋。　⑮辟闾巨阙:剑名,吴王阖闾的两柄宝剑。　⑯锉:挫折,折坏。　⑰营菜:草茎,小草棒。　⑱决目:把眼睛拨开。　⑲眯:落入眼睛的细小之物。　⑳豚:小猪,泛指猪。　㉑讙(huān欢)嗷:喧叫。　㉒充咽:充溢,充满。"咽"借作"溢"。　㉓庸:岂。　㉔拊轼:即抚轼,手凭抚着车前横木。抚轼为古人乘车时表示礼敬的方式。

【今译】

齐国有个人叫间丘卬,年仅十八岁。一天,他在路上拦住了齐宣王,说:"我家里很贫苦,父母年纪又老了,想做个小官来奉养他们。"

"你年纪太小,还不能做官。"宣王说。

"国君这话说得不对。"间丘卬振振有词地说:"从前的颛顼,年仅十二,就能治理天下,秦国的项橐年仅七岁,就做了圣人孔子的老师。看来,我是无能啊,并不是年纪小。"

"世上从未有过牛犊马驹拉着重车走远路的,读书人也只有到了头发花白或脱落的时候才可以任用。"宣王笑道。

"不对。"间丘卬依然振振有词地说,"一尺虽长,但也有不够长的时候;一寸虽短,但也有超出的时候。华骝和绿骥,固然是天下的骏马,但让它与狸猫鼬鼠在锅灶之间进行赛跑,其速度就未必能领先;黄鹄和白鹤,固然能一飞千里,但让它与燕子蝙蝠在屋檐下面、房屋里面比赛飞翔,其灵巧便捷未必能胜过燕子和蝙蝠;辟闾和巨阙,固然是天下的利剑,砍斫石头不会缺口,刺击石头也不会折断,但用它和细小的草茎一起来挑出落入眼睛里的细小之物,其方便可用就未必超过草茎。这样看来,头发花白脱落的老人和我一样有长有短,那还有什么区别呢?"

"说得好。你有这么好的见解,为什么到现在才来见我呢?"宣王说。

间丘卬回答说:"嘈杂的鸡鸣猪嚎,淹没了钟鼓的乐声;满天的流云飞霞,遮蔽了日月的光辉,国君的身边充斥着奸臣小人,所以我才见您见得这么晚。这正像《诗经》里说的'顺耳可听的话,加以拒绝,诋毁难听的话,加以排斥',我怎能进见国君呢？"

宣王抚着车轼，愧疚地说："我有错，我有错。"说完，便用车载着闾丘印一起回到了朝廷，重用了他。

所以孔子说："年轻人是令人敬畏的，怎能知道后来之人不如当今之人呢？"说的就是这样的事情。

【评析】

闾丘印"尺有所短，寸有所长"的言辞，不仅表现出辩才，而且还表现出他对才能高下的辩证看法，即才能的高下不取决于年龄的长幼，同时人才也不是万能的，总有这样或那样的不足。这一看法，对于今天考查人才仍然具有一定的借鉴意义。

（刘静）

中天台

魏王①将起中天台②，令曰："敢谏者死。"许绾③负蔂④操锸，入曰："闻大王将起中天台，臣愿加一力。"王曰："子何力有加？"绾曰："虽无力，能商台⑤。"王曰："若何？"曰："臣闻天与地相去万五千里，今王因而半之，当起七千五百里之台。高既如是，其趾⑥须方八千里，尽王之地，不足以为台趾。古者尧、舜建诸侯，地方五千里，王必起此台，先以兵伐诸侯，尽有其地犹不足，又伐四夷，得方八千里乃足以为台趾。材木之积，人徒之众，仓廪之储，数以万亿，度八千里以外，当定农亩之地，足以奉给⑦王之台者⑧。台具⑨以备，乃可以作。"魏王默然无以应，乃罢起台。

（《新序·刺奢》）

【注释】

①魏王：即魏襄王，战国时魏国国君，名嗣，在位十六年。②中天台：高达半天的台观。③许绾：人名。④蔂（léi 雷）：盛土的筐。⑤商台：商度高台的规模体制。⑥趾：基址，地基。⑦奉给：犹言供给。⑧台者：建高台的人。⑨台具：建台应具备的物资。

【今译】

魏襄王想要建造一座高达半天的高台，并下令说："谁要是劝阻，我就一定处死他。"

许绾背着盛土的筐,拿着挖土的锸,进见襄王,说:"听说大王要建造一座高达半天的高台,我愿意出一点力气。"

"你能出什么力气呢?"襄王问道。

"我虽然没什么力气,但能够商量测度如何建台。"许绾回答说。

"怎么商量测度?"襄王有些不解。

许绾说:"我听说天地相距一万五千里,大王要建的台有半天之高,也就是高七千五百里。高度既然如此,那地基就必须方圆八千里,大王的全部土地还不够用作高台的地基。从前尧、舜建立诸侯时候,地方才五千里,大王一定要建造这座高台的话,必须先用兵讨伐这些诸侯,完全占领他们的土地还不够,还要讨伐四方的蛮夷。等到凑足了八千里土地,才能建造高台的地基。此外,木材之多,工人之众,以及仓库里的储备,都要以万亿计,八千里之外,还要确定足够的耕种土地,以便供给为大王建台的工人们的粮食。建台所需的物资都备办妥了,方才可以动工。"

襄王听了,默默地说不出话来,只好停止建台。

【评析】

魏襄王好大喜功、穷奢极欲,妄图建造中天之台,而又不听劝阻。许绾欲擒故纵,巧妙地和他"商台",进而指出建台的不可能,迫使他放弃建台。本篇寓言只不过是面对无知的国君讲了一个人所共知的建筑常识,从中我们可以体察出谏君之难。

(刘斌)

五 日 饮

赵襄子①饮酒,五日五夜不废酒,谓侍者曰:"我诚邦士②也夫,饮酒五日五夜矣,而殊③不病④。"优莫⑤曰:"君勉之,不及纣二日耳。纣七日七夜,今君五日。"襄子惧,谓优莫曰:"然则吾亡乎?"优莫曰:"不亡。"襄子曰:"不及纣二日耳,不亡何待?"优莫曰:"桀、纣之亡也,遇汤、武。今天下尽桀也,而君纣也,桀、纣并世,焉能相亡?然亦殆矣。"

(《新序·刺奢》)

【注释】

①赵襄子：春秋末年晋国的大夫，名无恤。　　②邦士：国士，一国之中的杰出人物。
③殊：犹，尚，依然。　　④病：指醉酒。　　⑤优莫：优人，名莫。

【今译】

赵襄子有一次喝酒，一连喝了五天五夜，都没有停下来，他对身边的侍者夸耀说："我真是国家的杰出人物，喝酒喝了五天五夜，一点儿也不醉。"

旁边的优莫说："主君再努力一下，你比商纣王只差两天两夜了。商纣王喝了七天七夜，现在主君已经五天了。"

襄子听了有些害怕，对优莫说："这样我不是要亡国了吗？"

"不会的。"

"比商纣王只差两天了，不亡国，还等到何时？"襄子不安地说。

"夏桀、商纣的灭亡，是因为碰上了商汤和周武王。"优莫说道，"当今天下都是夏桀一类的人物，而主君你是商纣，夏桀、商纣同时生于世上，又怎能互相灭亡呢？不过，这样也很危险了。"

【评析】

面对以善饮自诩的赵襄子，优莫故作顺从地勉励他继续喝下去，以便与亡国之君商纣王一比高下，这一比，比得赵襄子惶恐不安。这篇寓言让我们再一次领略到欲进先退、欲擒故纵的劝说方式的魅力。

（王莹）

魏文侯悟过

魏文侯①见箕季②，其墙坏而不筑，文侯曰："何为不筑？"对曰："不时。"其墙枉而不端，问曰："何不端？"曰："固然。"从者食其园之桃，箕季止之。少焉，日晏③，进粝餐之食、瓜瓠之羹。文侯出，其仆④曰："君亦无得于季矣。曩者⑤进食，臣窃窥之，粝餐之食、瓜瓠之羹。"文侯曰："吾何无得于季也？吾一见季而得四焉。其墙坏不筑，云待时者，教我无夺农时也。墙枉而不端，对曰固然者，教我无侵封疆也。从者食园桃，箕季禁之，岂爱桃哉？教我下无侵上也。食我以粝餐者，季岂不能具五味哉？教我无多敛于百姓，以省饮食之费也。"

（《新序·刺奢》）

| 刘 向 |

【注释】

①魏文侯：战国时魏国的建立者，名斯，公元前445年—公元前396年在位。　②箕季：魏文侯臣。　③晏：晚。　④仆：车御，驾车的人。　⑤曩者：刚才、刚刚。

【今译】

魏文侯去拜访箕季，看见他家的围墙坏了没有修筑，便问道："为什么不修筑一下？"

"不是时候啊。"箕季回答说。

看见他家的墙歪歪斜斜的不端正，文侯又问："这围墙怎么歪歪斜斜的？"

"本来就这样子。"箕季回答说。

文侯的随从们要摘园子里的桃子吃，箕季制止了他们。

过了一会儿，天晚了，箕季端出糙米饭和瓠瓜汤来招待文侯。

文侯从箕季家里出来的时候，车夫对他说："国君在箕季这里没有得到什么。刚才吃饭的时候，我偷偷看了一下，不过就是糙米饭、瓠瓜汤。"

"我怎么没从箕季这儿得到东西呢？"文侯说，"我见一次箕季，就得到了四样东西：围墙坏了不修，说要等到适当的时候，是教我不要侵夺农时。围墙歪斜不端正，说本来如此，是教我不要侵犯别国的疆域。随从们要吃他园中的桃子，他不让吃，哪里是舍不得呢？是教我处于下位不要冒犯尊上。让我吃糙米饭，哪里是他不能备办五味佳肴呢？是教我不要过多征收赋税，以节省饮食的费用。"

【评析】

魏文侯是个善于体察人情的国君，他能从臣下似乎不经意的言行举止中，看出其中的意味。相比之下，那些刚愎拒谏的国君人主，更显得无知无能。这就告诉我们：聪明的人，不但不拒绝批评，而且时时寻求批评和建议。　　　　　　（崔玲）

畜贤为富

鲁孟献子①聘于晋，韩宣子②止而觞③之。三徙，钟石之悬④，不移而具。献子曰："富哉，家。"宣子曰："子之家孰与我家富？"献子曰："吾家甚贫，唯有二士，曰颜回③、兹无灵⑥者。使吾邦家安平,百姓和协,唯此二者耳。吾尽于此矣。"客出,宣子曰:"彼君子也,以畜贤为富;我鄙人也,以钟石金玉为富。"孔子曰:"孟献子之富,可著于《春秋》。"

（《新序·刺奢》）

【注释】

①孟献子:春秋时鲁国人仲孙蔑。 ②韩宣子:晋国大夫韩起。 ③觞:用作动词,饮酒。 ④钟石之悬:以金石制作的悬挂起来演奏的乐器。 ⑤颜回:春秋时鲁国人,字子渊,孔子学生。 ⑥兹无灵:人名。

【今译】

鲁国的孟献子出访晋国,韩宣子请他饮酒,设宴的地方换了三次,但演奏的金石乐器不用搬动,每个宴席上都有。献子说:"你家可真是富有啊!"

"你家和我家相比,谁更富有?"宣子问。

献子回答说:"我家很贫穷,只有两个士人:颜回和兹无灵。使我们国家平安无事,百姓和睦相处,全靠这两个人。我的财产都在这里了。"

客人走后,宣子说:"这人是个君子,以收养贤人为富有。我只是个鄙俗的人,以钟石金玉为富有。"

孔子说:"孟献子的富有,可以写进《春秋》里去。"

【评析】

对富有的看法是各式各样的,孟献子以人才为富有,韩宣子以钟石金玉为富有。毫无疑问,前者的富有是高尚的,而后者显得鄙俗。

（居岚）

子罕辞玉

宋人有得玉者,献诸司城①子罕②,子罕不受,献玉者曰:"以示玉人③,玉人以为宝,故敢献之。"子罕曰:"我以不贪为宝,尔以玉为宝。若与我者,皆丧宝也,不若人有其宝。"故宋国之长者曰:"子罕非无宝也,所宝者异也。今以百金与搏黍④以示儿子⑤,儿子必取搏黍矣;以和氏之璧与百金以示鄙人⑥,鄙人必取百金矣;以和氏之璧与道德之至言以示贤者,贤者必取至言矣。其知弥精,其取弥精;其知弥粗,其取弥粗。子罕之所宝至矣。"

（《新序·节士》）

| 刘 向 |

【注释】

①司城:官名,即司空,春秋时宋国所设。宋国先君宋武公名司空,宋人避其名讳,改司空为司城。 ②子罕:宋国有两子罕,一为春秋时的乐喜,一为战国时的皇喜,二人同名、同字(子罕)、同为司城,乐喜为贤臣,皇喜为篡臣,此处当指乐喜。 ③玉人:治玉工匠。 ④抟黍:即黍米饭团。抟,当做"搏",搏而使成圆形。 ⑤儿子:小儿,小孩子。 ⑥鄙人:居于郊野之人。

【今译】

宋国有一个人得到了一块美玉,要献给司城子罕,子罕不接受。献玉的人说:"这块玉,我已经给玉匠看过,玉匠认为是宝物,所以我才敢献给您。"

"我以不贪财为宝,你以美玉为宝。如果你把玉给了我,那我俩都失去了宝,还不如我俩各自保存自己的宝物吧。"子罕解释说。

所以宋国年高德劭的人都说:"子罕并不是没有宝物,只不过他所珍惜的不同寻常罢了。如果把百两黄金和黍米饭团放在一起让小孩子选择,小孩子必定选择黍米饭团;如果把和氏玉璧和百两黄金放在一起让乡下人选择,乡下人必定选择百两黄金;如果把和氏玉璧和道德上的至理名言放在一起让贤人选择,贤人必定选择至理名言。知识越精深,选择就越高尚,知识越粗鄙,选择也就越低下。子罕所珍贵的才是至高无上的啊!"

【评析】

何为宝物?人们的看法颇不一致。有人以玉为宝,把玉献给子罕,而子罕以"不贪"为宝,予以拒绝,并说这样方能"人有其宝"。对何为宝物的不同看法,体现出人们的精神境界高尚与鄙俗,具有精神追求的人,必然不以物质财宝为"宝"。

(居岚)

师经撞君

师经①鼓琴,魏文侯起舞,赋曰:"使我言而无见违。"师经援②琴而撞文侯,不中,中旒③,溃④之。文侯谓左右曰:"为人臣而撞其君,其罪如何?"左右曰:"罪当烹⑤。"提⑥师经下堂一等⑦,师经曰:"臣可一言而死乎?"文侯曰:"可。"师经曰:"昔尧、舜之为君也,唯恐言而人不违;桀、纣之为君也,唯恐言而人违之。臣撞桀、纣,非撞吾君也。"文侯曰:"释之,是寡人之过也。悬琴于城门,以为寡人符⑧,不补旒,以为寡人戒。"

(《说苑·君道》)

【注释】

①师经:名字叫经的乐师。　②援:拿过来。　③旒(liú流):帝王冠冕上悬垂的玉串。　④溃:破散。　⑤烹:古代用鼎镬煮人的酷刑。　⑥提:掷,此谓推。　⑦一等:一级。　⑧符:符信、标识。

【今译】

师经弹琴,魏文侯跟着跳舞,并大声唱道:"听我的话,不要违背。"师经拿起琴砸向文侯,没有砸中,却打坏了帽子上悬垂的玉串。文侯对左右的人说:"作为臣子竟然撞击君主,该当何罪?"左右的人回答说:"罪该煮死。"说着,就推着师经走下一级台阶,师经说:"我可以先说句话然后再死吗?"文侯说:"可以。"师经说:"从前,唐尧、虞舜做君主,唯恐讲的话没有人反对,夏桀、殷纣做君主,唯恐讲的话遭到别人反对。现在我撞的是夏桀、殷纣,而不是我的君主。"文侯说:"放了他。这是我的过错。把琴挂在城门口,作为我认错的标志,不要修补帽子,作为对我的警示。"

【评析】

这个寓言告诉我们要虚心听取不同的意见,特别是要虚心听取反对自己的话。不能采取顺我则昌,逆我则亡的方式来巩固自己的地位,只有明智贤德的人才勇于面对逆耳之言,唯恐听不到逆耳之言。

(贺武威)

面訾与面誉

简子①有臣尹绰、赦厥②。简子曰:"厥爱我,谏我必不于众人中;绰也不爱我,谏我必于众人中。"尹绰曰:"厥也爱君之丑而不爱君之过也;臣爱君之过而不爱君之丑。"孔子曰:"君子哉尹绰!面訾③不面誉也。"

(《说苑·臣术》)

【注释】

①简子:赵鞅,春秋末晋国大夫。　②尹绰、赦厥:赵鞅的家臣。　③訾(zǐ紫):指责。

| 刘 向 |

【今译】

赵简子有两个家臣:尹绰和赦厥。简子说:"赦厥喜欢我,从不在大家面前批评我;尹绰不喜欢我,老是在大家面前批评我。"尹绰说:"赦厥怕您当众出丑,就不重视您的过失;我重视您的过失,就不怕您当众出丑。"孔子说:"尹绰是个君子啊!他能当面批评国君,不当面奉承国君。"

【评析】

这篇寓言描写了两种人。一种是当面讨好你,为你掩饰错误;另一种是敢于公开批评你的错误和缺点,哪怕当面使你难堪。这后一种人是真心爱护你、维护你的,是个正派人。

(贺武威)

曾子受杖

曾子①芸瓜②而误斩其根。曾皙③怒,援④大杖击之。曾子仆地,有顷乃苏,蹶然⑤而起,进曰:"曩者⑥,参⑦得罪与大人,大人用力教参,得无⑧疾⑨乎?"退屏⑩,鼓琴而歌,欲令曾皙听其歌声,知其平⑪也。孔子闻之,告门人⑫曰:"参来,勿内也。"曾子自以无罪,使人谢⑬孔子。孔子曰:"汝不闻瞽瞍⑭有子名舜?舜之事父也,索而使之,未尝不在侧,求而杀之⑮,未尝可得。小箠⑯则待,大箠则走,以逃暴怒也。今子委身⑰以待暴怒,立体⑱而不去,杀身以陷父不义,不孝孰是大⑲乎?汝非天子之民邪?杀天子之民,罪奚如?"以曾子之材⑳,又居孔氏之门,有罪不自知,处义㉑难乎!

(《说苑·建本》)

【注释】

①曾子:春秋末年鲁国南武城(今山东费县)人,名参,字子舆,孔子学生,以孝行著称。②芸瓜:给瓜田除草。"芸"借作"耘"。③曾皙:曾参父亲,名点,字皙,也是孔子学生。④援:手执,手持。⑤蹶(jué决)然:疾起貌。⑥曩(náng 囊)者:刚刚,刚才。⑦参:曾参自称。⑧得无:有没有。⑨疾:病,此处义指因用力而受伤。⑩退屏:退下而躲在僻静无人之处。⑪知其平:其上原有"令"字,四部丛刊本无,且与前"令"字意义重复,当是衍文,今删。平,病愈,此处意谓受到杖责而没有伤痛。⑫门人:守门人。⑬谢:很有礼貌地告诉或诉说。⑭瞽瞍:传说是舜的父亲,名蛴牛,因其目盲,故称"瞽瞍"。⑮求而杀之:舜的父亲心性暴戾,曾和后妻之

子象合谋杀舜。　⑯箠:棍棒,此处用作动词,义为用棍棒打击。　⑰委身:委弃身体,不顾身体。　⑱立体:身体站立。　⑲孰为大:意谓有什么比这更大。是,代词,作前置宾语。　⑳材:材质,此处指品行。　㉑处义:意谓为人处世。

【今译】

　　曾参在瓜田除草,不小心锄断了瓜的根。他的父亲曾点很生气,手持大棒打他,曾子昏倒在地,过了一会儿才苏醒过来。醒来就立即从地上爬起,对父亲说:"刚才我得罪了父亲,父亲教训我,用了很大力气,不知伤着没有?"

　　说完,他退了出去,呆在僻静之处弹琴唱歌,想让父亲听到歌声,知道自己虽受杖责,但并没有伤痛。

　　孔子听说这事后,关照看门的说:"如果曾参来了,别让他进来。"曾参以为自己没什么过错,派人把这件事禀告了孔子。

　　孔子质问说:"你没听说过瞽叟有个儿子叫舜的吗?舜侍奉他的父亲,只要父亲找他做事,就没有不在父亲身边的,但要找他加以重责,却又从来找不到。凡是小的责罚,舜都平静地承受,但对大的责罚,舜却设法逃走,以求躲避暴怒。今天你用身体承受暴怒,站立不避,用自己的死把父亲推入不讲情义的境地,不孝还有比这更大的吗?你难道不是天子的百姓吗?天子的百姓去杀害天子的百姓,这是何等的罪过?"

　　以曾参的品行,又在孔子门下学习,有了罪过尚且不能自己内心明白,可见为人处世难啊!

【评析】

　　曾参受父亲杖责,不仅不躲避,而且还担心父亲是否因用力而受伤,这种孝行无疑具有很高的水准。但在孔子看来仍然不够。因为面对父亲的重责,没有躲避而丧失生命的话,那就把父亲推入了不义的境地,这是最大的不孝。这篇寓言讲述古代儒家实践孝道的一个典型范例,从中我们可以体察出:为人行事仅有善良或正确的目的还不够,还必须顾及这一目的将会带来何种结果,只有目的与结果一致,行为才有意义。

(王柯)

| 刘 向 |

炳烛而学

晋平公①问于师旷②,曰:"吾年七十,欲学,恐已暮也。"师旷曰:"暮,何不炳烛③乎?"平公曰:"安有为人臣而戏其君乎?"师旷曰:"盲臣安敢戏君④乎?臣闻之:少而好学,如日出之阳⑤;壮而好学,如日中之光;老而好学,如炳烛之明。炳烛之明,孰与⑥昧行⑦乎?"平公曰:"善哉!"

(《说苑·建本》)

【注释】

①晋平公:春秋时晋国国君,名彪,在位二十六年。 ②师旷:春秋时晋国音师,名旷,字子野,生而盲目。 ③炳烛:手持灯烛。炳,借作"秉",手执。 ④戏君:原作"戏其君","其"字衍(卢文弨说),今删。 ⑤阳:明亮。 ⑥孰与:比……怎么样,难道还不如…… ⑦昧行:暗行,摸黑走路。

【今译】

晋平公向师旷求教,说:"我年已七十,想学点儿东西,恐怕已经晚了。"

"既然天晚了,为什么不点上灯烛呢?"师旷反问道。

平公听了有些不高兴,说:"哪有臣子戏弄君主的?"

"我一个瞎眼臣子,岂敢戏弄君主?"师旷说,"我听说过:少年好学,犹如初升的太阳明明亮亮;中年好学,犹如正午的太阳光芒普照;老年好学,犹如夜晚点上灯烛,有了光亮。有了灯烛的光亮,难道还不如摸黑走路吗?"

"说得好。"平公称赞道。

【评析】

晋平公七十岁了,想要学习,但是担心为时已晚。师旷用了三个比喻,向他说明虽然为时已晚,但也比不学好,师旷的话极富哲理:知识犹如照亮人生之路的光明,没有知识就如同暗夜中走路,不知如何投足。

这篇寓言借助"暮"字"迟暮"和"夜晚"两种含义,巧妙地转换两者,取得了极大的叙述便利,体现出高超的写作技巧。同时它把学习知识比作获取光明,也十分的贴切而生动。

(王柯)

竹 与 箭

孔子谓子路①曰:"汝何好?"子路曰:"好长剑。"孔子曰:"非此之问也。谓以汝之所能,加之以学,岂可及哉!"子路曰:"学亦有益乎?"孔子曰:"夫人君无谏臣则失政,士无教友则失听。狂马不释其策②,操弓③不反于檠④。木受绳则直,人受谏则圣。受学重问,孰⑤不顺成?毁仁恶士,且近于刑。君子不可以不学。"子路曰:"南山有竹,弗揉⑥自直,斩⑦而射之,通于犀革⑧,又何学为乎?"孔子曰:"括⑨而羽之,镞⑩而砥砺⑪之,其入不益深乎?"子路拜曰:"敬受教哉!"

(《说苑·建本》)

【注释】

①子路:春秋时鲁国人,名仲由,孔子学生,性情豪爽勇敢。　②策:马鞭。　③操弓:制作良好的弓。操,借作"燥",指制弓时用火熏烤,使之弯曲。　④檠(qíng 晴):校正弓弩的器具。　⑤孰:谁。　⑥揉:借作"煣",用火熏烤木材,使之成形,或弯曲,或伸直。　⑦斩:砍伐。　⑧犀革:犀牛皮,泛指皮革。　⑨括(guā 刮):刮削。　⑩镞:箭镞,箭头。　⑪砥砺:磨刀石,此处用作动词,义为磨而使之锋利。

【今译】

孔子对子路说:"你有什么爱好?"

"爱好长剑。"子路不假思索地回答。

"我不是问这个。我是问你爱学什么。以你的所长,再加上学习,那谁能赶得上?"孔子循循诱导着。

"学习也有益处吗?"子路问。

"国君没有敢于谏言的臣下,政治就会出现失误;士人没有互相启发开导的朋友,所见所闻就会走样。驾驭狂奔的马,不能不用马鞭;而制作良好的弓,却用不着重新校正。经过绳墨的规划,木材将会变得正直;听受别人的劝告,人将会变得圣明。接受学习,注重请教,什么人不能成功?诋毁仁爱,诽谤士人,这将近于刑杀。君子不能不学习。"孔子滔滔不绝地说着。

"南山有一种竹子,不用火烤,天生挺直,把它砍下来,制成箭射击,可以刺穿皮革,这难道也是'学习'得来的吗?"子路反驳说。

刘 向

"但是,如果把它刮光削平,插上箭羽,装上箭头,并且把箭头磨得十分锋利,这样它不是刺入得更深一些吗?"孔子说。

听了孔子的这番话,子路恍然大悟,他向前拜了一拜,恭恭敬敬地说:"我要把先生的教诲牢记在心。"

【评析】

学习对人是否有益?圣人孔子持肯定态度。当子路举出的南山之竹不用加工便可射穿犀革的反例,他因势利导地指出,南山之竹如果经过加工,就会刺入得更深一些,以此来启发子路对学习意义的理解。这篇寓言中,孔子师徒二人同以南山之竹为喻,说明两个对立的观点,体现出作者的叙事技巧,增加了作品逻辑魅力。

(王柯)

众人逐兔

楚恭王①多宠子,而世子②之位不定。屈建③曰:"楚必多乱。夫一兔走于街,万人追之,一人得之,万人不复走。分④未定,则一兔走使万人扰;分已定,则虽贪夫知止。今楚多宠子,而嫡位无主,乱自是生矣。夫世子者,国之基也,而百姓之望⑤也。国既无基,又使百姓失望,绝其本矣。本绝则挠乱⑥,犹兔走也。"恭王闻之,立康王⑦为太子。其后犹有令尹⑧围⑨、公子弃疾⑩之乱也。 (《说苑·建本》)

【注释】

①楚恭王:春秋时楚国国君,名审,在位三十一年。 ②世子:诸侯王的太子。 ③屈建:楚大夫。 ④分(fèn 奋):指应该享有或掌管的事物。 ⑤望:瞻望,此处意指瞻望和依赖的对象。 ⑥挠乱:搅乱,此处用作形容词,义为被搅乱、混乱。 ⑦康王:春秋时楚国国君,名招,楚恭王子,在位十五年。 ⑧令尹:官名,春秋和战国时期楚国所设,为军政最高主管。 ⑨围:楚康王弟,康王死后担任令尹,后弑君自立,为楚灵王。 ⑩公子弃疾:楚康王弟,两度弑君后自立,为楚平王。

【今译】

楚恭王所宠爱的儿子很多,太子究竟是谁却一直没有确定。

屈建对恭王说:"这样下去楚国必然混乱频频。一只兔子在大街上奔跑,会引起许多人追赶它,如果它被一个人捉住,其他人也就不再追赶了。所属未定,一只奔跑的兔子会搅得许多人心神不安。所属确定了,那么即使是贪财的人,也会知道停止追赶。现在国君有这么多受宠爱的儿子,而太子没有确定,祸乱将由此产生。太子是国家的基础,又是百姓所仰赖的对象。国家失去了基础,百姓迷失了仰赖的对象,这就断绝了立国的根本。立国的根本断绝了,就如同我刚才说的众人追兔一样。"

恭王听了这番话,便立了后来的康王为太子。即使这样,后来还是出现了令尹围、公子弃疾的叛乱。

【评析】

楚恭王宠子很多,而太子没有确定,这就势必造成诸子之间邀宠争权的争斗,屈建把这种状况比作万人逐兔,劝说楚恭王早立太子,以避免出现政治混乱。这就告诉我们:及早确定利益归属,也是避免利益争夺的有效方法。　　(王晓明)

曾 子 全 节

曾子①衣弊衣以耕,鲁君使人往致②邑焉,曰:"请以此修衣③。"曾子不受。反,复往,又不受。使者曰:"先生非求于人,人则献之,奚为④不受?"曾子曰:"臣⑤闻之:受人者畏人,予人者骄人。纵君有赐,不我骄⑥也,我能勿畏乎?"终不受。孔子闻之曰:"参之言,足以全其节也。"

(《说苑·立节》)

【注释】

①曾子:春秋末年鲁国南武城(今山东费县)人,名参,字子舆,孔子学生。　　②致:送给,送去。　　③修衣:添加、更换衣服。　　④奚为:何为,为何。　　⑤臣:谦称自我。　　⑥不我骄:不对我傲慢。我,前置宾语。

【今译】

曾子穿着破旧的衣服在田地里耕种,鲁国国君派人送给他一处封邑,并且说:"请你用封邑的收入添加些衣服。"曾子不愿接受。使者回去了,接着又回来,再一次向曾子赠送封邑,曾子仍然不接受。

使者说:"不是先生向别人索求,而是别人主动奉献,先生为何不能接受呢?"

曾子回答说:"我听说过:接受别人东西就畏惧别人,给别人东西就对别人傲慢。即使国君有所赐予,不会对我傲慢,但我能不感到畏惧吗?"终究还是不愿接受。

孔子听说了这件事,感慨地说:"曾参的话,足以保全他的名节。"

【评析】

俗话说:吃人家的嘴短,拿人家的手软。为了持身端正、言行不苟,曾子两番拒绝了鲁君的赐予,在物质利益面前表现出高尚的节操。这篇寓言从抵制物质诱惑角度,阐述了古代儒家对人精神品格修养的极端关注,今天读来,仍有着现实意义:人应该在精神上有所追求,不能被物欲所淹没。　　　　　　　　(刘静)

子思辞裘

子思①居于卫②,缊袍③无表④,二旬而九食。田子方⑤闻之,使人遗狐白之裘⑥,恐其不受,因谓之曰:"吾假人,遂忘之。吾与人也,如弃之。"子思辞而不受。子方曰:"我有子无,何故不受?"子思曰:"伋⑦闻之:妄与不如遗,弃物于沟壑。伋虽贫也,不忍以身为沟壑,是以不敢当也。"

(《说苑·立节》)

【注释】

①子思:孔子的孙子,名伋。　　②卫:国名,西周时始封,公元前254年为魏国所灭。③缊(yùn 运)袍:以新旧杂絮制成的棉袍。　　④表:外表,此处指衣袍的外罩。⑤田子方:战国时魏国人,曾从学于孔子学生子贡,后为魏文侯所师礼。⑥狐白之裘:以狐腋下白色皮毛制成的皮裘。　　⑦伋(jí 及):子思自称。

【今译】

子思住在卫国,破旧的棉袍没有外罩,二十天只吃了九顿饭。

田子方听说后,派人送给他一件狐皮袍,可担心他不接受,就对他说:"我借给别人东西,随后就忘了;我给别人东西,就像丢掉一样。"

子思仍然推辞不接受。

田子方问道:"我有你没有,你为什么不接受呢?"

子思说:"我听说过:没有道理的赠与不如丢弃,把东西丢弃在沟渠里。我虽贫穷,但不忍心拿自己的身体当做沟渠,所以我不敢接受你的馈赠。"

【评析】

孔伋虽然穷困,但仍然拒绝了田子方的馈赠。这是因为他把无缘故的馈赠视作"妄予",接受"妄予",便失去了人格。这篇寓言警示人们:在物质利益面前应保持必要的警觉,不能让物质利益玷污人格和操守。 (王庆谊)

孔子受鱼

孔子之楚,有渔者献鱼,甚强①,孔子不受。献鱼者曰:"天暑市远,卖之不售,思欲弃之,不若献之君子。"孔子再拜受,使弟子扫除,将祭之。弟子曰:"夫人将弃之,今夫子②将祭之,何也?"孔子曰:"吾闻之:务施而不腐余财者,圣人也。今受圣人之赐,可无祭乎?"

(《说苑·贵德》)

【注释】

①强:多。　②夫子:原作"吾子",据《太平御览》卷四七八改。

【今译】

孔子到了楚国,有个打鱼的送给他很多鱼,可孔子不愿接受。

那打鱼的说:"天气炎热,市场遥远,卖不掉,想把它扔了,又怪可惜的,还不如送给君子。"

孔子拜了两拜,接受了下来,并且让弟子们打扫庭院,准备祷祭。

有个弟子不解地问道:"别人要扔掉的东西,先生您为什么却要用来祷祭呢?"

孔子回答说:"我听说过:为了不使多余的财物腐烂浪费而把它送给别人,这就是圣人。我今天接受了圣人的恩赐,能不进行祷祭吗?"

【评析】

楚国的渔者把吃不完、卖不掉的鱼送给孔子,孔子用这些鱼来祈祝未来的丰足,并认为能够把多余的财物施舍于他人是高尚的行为。这件小事从一个侧面展示出古代儒家对于人的关怀,因为物质财富既是人们的劳动所得,同时又为人们生存所必需,珍视物质财富,最终是对人本身的珍视。 (王庆谊)

刘 向

于公高门

丞相西平侯于定国①者,东海②下邳③人也。其父号曰于公,为县狱吏、决曹掾④,决狱⑤平法⑥,未尝有所冤。郡中离⑦文法⑧者,于公所决,皆不敢隐情。东海郡中为于公生立祠,命曰"于公祠"。东海有孝妇,无子,少寡,养其姑⑨甚谨,其姑欲嫁之,终不肯。其姑告邻之人曰:"孝妇养我甚谨,我哀其无子,守寡日久,我老,累丁壮奈何?"其后,母⑩自经⑪死。母女告吏曰:"孝妇杀我母。"吏捕孝妇,孝妇辞不杀姑,吏欲毒治,孝妇自诬服,具狱以上府。于公以为养姑十年以孝闻,此不杀姑也。太守不听,数争不能得,于是于公辞疾去吏,太守竟杀孝妇。郡中枯旱三年。后太守至,卜⑫求其故,于公曰:"孝妇不当死,前太守强杀之,咎当在此。"于是杀牛祭孝妇冢,太守以下自至焉,天立大雨,岁丰熟。郡中以此益敬重于公。于公筑治庐舍,谓匠人曰:"为我高门,我治狱未尝有所冤,我后世必有封者,令容高盖驷马车⑬。"及子,封为西平侯。

(《说苑·贵德》)

【注释】

①于定国:西汉人,宣帝时任丞相,封西平侯,长于断狱,执法允当。 ②东海:汉郡名。 ③下邳:汉县名,属东海郡。 ④决曹掾:掌管狱讼判决之部门的属吏。 ⑤狱:案件,罪案。 ⑥平法:与法律相一致。 ⑦离:遭遇,碰上。 ⑧文法:法律,宪令。 ⑨姑:丈夫的母亲。 ⑩母:指孝妇的姑,《汉书·于定国传》作"姑",下"母"字同此。 ⑪自经:上吊。 ⑫卜:寻索,推测。 ⑬驷马车:四匹马驾的车。"驷"借作"四"。

【今译】

丞相、西平侯于定国,是东海郡下邳县人。他父亲号称"于公",在县里做主管狱讼的官吏,后来又做郡府决曹中的属吏。他断案依准法律,从未有过冤案。郡中凡是触犯法律的人,只要由他判决,都不敢隐瞒案情。为了颂扬于公执法公允,东海郡的百姓特地为他建造了一座庙祠。

东海郡某县有一个出名的孝顺妇人,没有孩子,少年守寡,奉养婆婆十分谨慎周到。婆婆想要她重新出嫁,可她就是不肯。婆婆告诉邻居们说:"孝妇奉养我十分周到,我可怜她没有孩子,守寡又这么长久,我老了,还要拖累年轻人,这该怎么办呢?"后来,婆婆自己上吊死了。婆婆的女儿告到了官府,说:"是孝妇杀死了我母亲。"官吏们逮捕了孝妇,孝妇供称没有杀婆婆,官吏们要对她施以重刑,孝妇被迫承认自己杀害了婆婆。于是县里结具了案件,上报郡府。于公认为这个妇人奉养婆婆长达十年,以孝顺闻名,必然不会杀死婆婆。可是太守偏偏不听,经过几番争论,于公都未能说服太守,于是就声称有病,辞去了吏职,太守最终还是处决了孝妇。此后东海郡连续干旱了三年。新太守上任以后,寻求干旱的缘故,于公说:"那个孝妇不当处死,可前任太守执意要杀她,触怒上苍的罪孽就在这里。"于是新太守在孝妇坟前杀牛祭奠,太守及其属下一一到场。祭奠完毕,天就立刻下了大雨,庄稼获得了丰收。东海郡的百姓因此更加敬重于公。

后来于公建造房屋,他告诉工匠们说:"替我把大门建造得高高的。我判决案件从来没有冤枉过人,我家后代一定会有受封的,让大门能容得下高盖马车。"果然,到了他儿子这一辈,于定国就被封为西平侯。

【评析】

于公认真体察案情,认定孝妇不会杀害婆婆,并主张为她昭雪冤屈,因而感动上苍,为久旱的土地普降大雨,同时也为自己赢得了声誉。透过这篇略带神化色彩的寓言,我们可以看出:为人处世(包括执法断案)应该本着关爱他人的精神,实事求是地对人和事作出判断,这样必然会赢得别人的尊重。　　　(刘斌)

子 路 持 剑

子路①持剑,孔子问曰:"由,安用此乎?"子路曰:"善吾②者,固以善之;不善吾者,固以自卫。"孔子曰:"君子以忠为质,以仁为卫,不出环堵③之内,而闻千里之外,不善以忠化,寇暴以仁围④,何必持剑乎?"子路曰:"由也请摄齐⑤以事⑥先生矣。"

(《说苑·贵德》)

【注释】

①子路:春秋时鲁国人,名仲由,孔子学生,性情豪爽勇敢。　②吾:原作"古",误字(卢文弨、朱骏声说),今改正。下"吾"字同。　③环堵:四周环绕着的墙壁,代指所居住的屋宇房室。　④圉(yǔ 羽):防范,抑制。　⑤摄齐:提起衣裳的下摆,古人以此姿态表示恭敬。　⑥事:师事。

【今译】

子路手里拿着一把剑,孔子问道:"仲由,用它做什么?"

"对我友善的人,我以友善对他,对我不友善的人,我用剑来自卫。"子路回答说。

"君子以忠诚为立身之本,以仁爱卫护自己,足迹不出居室之内,而名声却能传闻于千里之外。要以忠诚来教化不友善的人,以仁爱来抑制侵害和凶暴,为何一定要用剑呢?"孔子说。

听了孔子的话,子路若有所悟,说:"我愿意恭恭敬敬地尊奉先生。"

【评析】

子路在孔门弟子中最为勇武,在这篇寓言中,孔子教导他"以忠为质,以仁为卫",不必持剑弄棒。作为思想家的孔子,始终把教化人心放在首位,即使是面对不友善的人,他也不主张以暴制暴,以怨还怨。

(刘斌)

祠 田

楚、魏会于晋阳①,将以伐齐。齐王患之,使人召淳于髡②,曰:"楚、魏谋欲伐齐,愿先生与寡人共忧之。"淳于髡大笑而不应,王复问之,又复大笑而不应。三问而不应,王怫然作色曰:"先生以寡人国为戏乎?"淳于髡对曰:"臣不敢以王国为戏也,臣笑臣邻之祠田也。以奁饭③与一鲋鱼④,其祝曰:'下田洿邪⑤,得谷百车,蟹堁⑥者宜禾。'臣笑其所以祠者少,而所求者多。"王曰:"善。"赐之千金,革车⑦百乘,立为上卿。

(《说苑·复恩》)

【注释】

①晋阳:战国时赵国的都城,在今山西太原东南。 ②淳于髡(kūn 昆):战国时齐国学者,博学多智,齐威王时被任为大夫。 ③奁饭:即一钵饭。"奁"借作"瓯",盆盂一类的瓦器。 ④鲋鱼:即鲫鱼。 ⑤洿邪:低洼地。 ⑥蟹堁:因干旱而解散的土地。"蟹"借作"解",解散,分散。堁,尘土。 ⑦革车:兵车。

【今译】

楚、魏两国在晋阳聚会,将要攻打齐国。齐王为此而担忧,派人把淳于髡召来,对他说:"楚、魏两国正在谋划进攻我们齐国,请先生与我一起考虑处理这件事。"

听了齐王的话,淳于髡放声大笑,没有回答。齐王又问了一遍,淳于髡还是大笑不作回答。齐王一连问了三遍,淳于髡都没有回答。

齐王生气地说:"先生是拿我的国家开玩笑吗?"

"我不敢拿大王的国家开玩笑," 淳于髡回答说,"我是笑我的邻居祠祀田神。只用一钵米饭、一条鲫鱼,却祈祷说:'但愿低洼积水的田地,收获稻谷百车;高处干旱的田地,宜于种禾。'我笑他用来祠祀的物品很少,而祈求的收获很多。"

齐王听了,说:"讲得好。"于是赐给淳于髡黄金千斤、革车百辆,并封他为上卿。

【评析】

但凡祭祀祝祷,总是所施用者少而所祈望者多,淳于髡以此为喻,告诫齐王要想消弭国难,必须脚踏实地地去调动人的积极性,否则就会像"祠田"一样无济于事。透过淳于髡的告诫,我们可以体会到:愿望只有通过切实的努力才能实现,只有愿望而没有行动,必将一事无成。

(王莹)

东 闾 子

东闾子①尝富贵而后乞,人问之曰:"公②何为如是?"曰:"吾自知。吾尝相六七年,未尝荐一人也,吾尝富三千万者再,未尝富一人也,不知士出身之咎③然也。"孔子曰:"物④之难矣,小大多少,各有怨恶,数⑤之理也。人而得之在于外,假之也。"

(《说苑·复恩》)

【注释】

①东闾子:居住在齐国国都东门的某个人,具体所指不详。　②公:对他人的尊称。
③咎:灾难。　④物:犹言人。　⑤数:天道,规律。

【今译】

东闾子曾经很富贵,但后来却穷困得沿街乞讨,有人问他:"你怎么会弄成这样?"东闾子回答说:"这事我自己清楚。我曾做了六七年的宰相,却从未推荐过一个人,我曾两度拥有财富三千万,却从未使一个人富裕过。这都由于我不了解士人出身做事,造成了这样的结果。"孔子说:"做人难啊。无论分多分少,人人都有不满,从来就是如此。人们如果有所获得,那都是来自外部,是从外部假借来的。"

【评析】

东闾子先前荣华富贵,后来穷困潦倒,对于人生的起落变化,他的解释是没有举荐过人,也没有使人富裕过,不知做人的艰难。而孔子认为做人固然难以使人人满意,但对得之于外的各种利益保持超然的态度,则有利于处人处世。孔子的观点对于我们今天与人相处仍具有启示意义。 (王莹)

魏文侯抚孤

魏文侯①与田子方②语,有两童子衣青白③衣而侍于君前,子方曰:"此君之宠子乎?"文侯曰:"非也,其父死于战,此其幼孤也,寡人收之。"子方曰:"臣以君之贼心④为足矣,今滋⑤甚!君之宠此子也,又且⑥以谁之父杀之乎?"文侯憨然曰:"寡人受令⑦矣。"自此以后,兵革不用。 (《说苑·复恩》)

【注释】

①魏文侯:战国时魏国的建立者,名斯,公元前445年—公元前396年在位。 ②田子方:战国时魏国人,曾从学于孔子学生子贡,后为魏文侯所师礼。 ③青白:意谓颜色鲜亮。 ④贼心:贪婪之心。 ⑤滋:愈加,更加。 ⑥且:将,将要。 ⑦受令:犹言受命,听从别人意见时的礼敬说法。

【今译】

魏文侯正和田子方说着话,有两个孩子穿着鲜亮的衣服,侍候着魏文侯。田子方问道:

"这是国君的爱子吗?"

"不是的。"魏文侯回答说,"他俩的父亲死于战场,他俩都是遗孤,我收养了他们。"

"我原以为国君贪婪的用心已经到家了,今天看来反倒变得更重了!"田子方愤愤地说,"国君宠爱这俩孩子,将来要用什么人的父亲来杀死他们?"

魏文侯听了,怜悯地说:"我接受先生的教诲。"从此以后,魏文侯就不再兴兵动武了。

【评析】

魏文侯收养遗孤,表面上体现出国君的仁爱,但其本意却是要使遗孤们成人以后像死去的父亲一样,继续为他卖命。这一用心被田子方一针见血地斥为"贼心",羞愧之下,他只好放弃对外兴兵动武的念头。这则寓言使我们看到魏文侯之类的古代君主的虚伪和险恶。

(刘静)

愚 公 谷

齐桓公①出猎,逐鹿而走入山谷之中,见一老公而问之,曰:"是为何谷?"对曰:"为愚公之谷。"桓公曰:"何故?"对曰:"以臣名之。"桓公曰:"今视公之仪状,非愚人也,何为以公名?"对曰:"臣请陈之。臣故畜牸牛②,生子而大,卖之而买驹,少年曰'牛不能生马',遂持驹去。旁邻闻之,以臣为愚,故名此谷为愚公之谷。"桓公曰:"公诚愚矣!夫何为而与之?"桓公遂归,明日朝,以告管仲。管仲正衿再拜曰:"此夷吾③之过也。使尧在上,咎繇④为理,安有取人之驹者乎?若有见暴如是叟者,又必不与也。公知狱讼之不正,故与之耳。请退而修政。"孔子曰:"弟子记之:桓公,霸君也,管仲,贤佐也,犹有以智者为愚者也,况不及桓公、管仲者也!"

(《说苑·政理》)

【注释】

①齐桓公:春秋时齐国国君,名小白,公元前685年—公元前643年在位,为春秋霸主之一。　②牸牛:母牛。　③夷吾:管仲自称其名。　④咎繇:传说中的古代部族首领,曾为舜掌管刑狱,执法公正。

【今译】

齐桓公外出打猎,因为追赶一头鹿,跑进了一条山谷。他看见一位老者,就问:"这叫什么山谷?"

"叫愚公谷。"老者回答说。

"怎么叫这个名字?"桓公不解,又问。

"是因为我才叫了这么个名字。"

桓公说:"看你的状貌,并非是个愚笨的人,为什么因为你而叫这么个名字呢?"

"让我慢慢说来,我原来养了一头母牛,生的牛犊子长大以后,我就把它卖了,买了马驹,有个年轻人说'牛不能生马',就把马驹牵走了。旁边的邻居们听说了,都以为我愚笨,所以就把这条山谷叫做'愚公谷'。"

桓公听了,笑道:"你真是愚笨!为什么让人把马驹牵走呢?"桓公说完,就返回了朝廷。

第二天,当朝的时候,桓公把这事告诉了管仲。

管仲听了,正了正衣襟,拜了两拜,说:"这是我的错啊。假如是唐尧做君王、咎繇掌管刑法,哪里会有强取别人马驹的事?即使有像愚公这样被侵暴的人,那也是必定不会给他的。愚公知道当今诉讼听断不公正,所以才把马驹给了别人,我请求赶紧完善政治。"

孔子说:"弟子们都要记住啊,齐桓公是个英明的霸主,管仲是个贤能的辅佐,但国内仍有掩饰智慧、装作愚笨的,更何况还不如桓公、管仲的人呢!"

【评析】

管仲是个贤明的政治家,他从愚公被人强取马驹而不作争辩的故事中,体察出齐国司法不公正,要求尽快加以完善。这就告诉我们:司法公正对于国家政治的极端重要性,一个政治家要能在细微之处觉察出国家管理中的失误和不足,以求改进。

(刘晓红)

闭　心

公仪休①相鲁,鲁君死,左右请闭门。公仪休曰:"止。池渊吾不税,蒙山②吾不赋,苛令吾不布,吾已闭心矣,何闭于门哉!"

(《说苑·政理》)

【注释】

①公仪休:春秋时鲁国的博士。　　②蒙山:山名。

【今译】

　　公仪休做鲁国的宰相,鲁国国君死的时候,他身边的随从请求关闭大门,以防不测。

　　公仪休说:"不用了,百姓在池塘打鱼,我不抽税;在蒙山采伐,我不征赋,严厉的命令,我从未发布过。我的心早已关闭,何必还要闭门呢?"

【评析】

　　闭门固然可以防止祸患发生,但祸患来自门外吗?不,祸患最终来自人内心的欲望,因而无欲则刚。公仪休的"闭心",正是抑制了自己的内心欲望,这样他还用得着"闭门"吗?

（刘晓红）

阳桥与鲂

　　宓子贱①为单父②宰,过于阳昼③,曰:"子亦有以送仆④乎?"阳昼曰:"吾少也贱,不知治民之术,有钓道二焉,请以送子。"子贱曰:"钓道奈何?"阳昼曰:"夫投纶⑤错⑥饵,迎而吸之者,阳桥⑦也,其为鱼也薄而不美;若存若亡,若食若不食者,鲂⑧也,其为鱼也博而厚味。"宓子贱曰:"善。"于是未至单父,冠盖⑨迎之者交接于道,子贱曰:"车驱之,车驱之!夫阳昼之所谓阳桥者至矣。"于是至单父,请其耆老尊贤者,而与之共治单父。

（《说苑·政理》）

【注释】

　　①宓子贱:名不齐,春秋时鲁国人,孔子弟子,有治能。　②单父:地名,在今山东单县南。　③阳昼:人名。　④仆:自称,表示恭敬。　⑤纶:用来钓鱼的丝线。　⑥错:借作"措",放置。　⑦阳桥:一种小白鱼。"桥"借作"鲚"。　⑧鲂(fáng房):即鳊鱼。　⑨冠盖:礼帽和车盖,代指官宦富室。

【今译】

　　宓子贱要去担任单父的县宰,临行前去拜访阳昼。他问阳昼:"您有什么话要送给我吗?"

　　"我自小贫贱,不知道治理百姓的方法。但有两条钓鱼之道,想送给你。"阳昼说。

　　"钓鱼之道怎么样?"子贱问道。

阳昼说："投下渔线、撒下鱼饵,很快就迎上来吃饵的鱼,叫阳桥,这种鱼,味道不鲜美;那种若有若无、既像吃饵又不像吃饵的鱼,叫鰋鱼,这种鱼味道鲜美。"

子贱听了,高兴地说:"说得好。"

宓子贱还没有到达单父,欢迎他的官宦富户都穿着礼服、乘着马车聚集在路上恭候了,子贱连忙命令车夫:"赶快走,赶快走!阳昼所说的阳桥都来啦。"

到了单父,宓子贱请来年高尊贵的人,和他们一起治理单父。

【评析】

宓子贱在孔门弟子中最具治国理民才能,他听从阳昼的意见,把人分成逢迎拍马和老成稳重两类,依靠后者治理单父,取得了令人称道的政绩。从这篇寓言中,我们可以得到启示:与人共事,应信赖那些老成稳重的人,对那种逢迎拍马的轻薄之徒要避而远之。

(刘晓红)

景差为相

景差①相郑,郑人有冬涉水者,出而胫②寒,后景差过之,下陪乘而载之,覆以上衽③。晋叔向④闻之曰:"景子为人国相,岂不固⑤哉?吾闻良吏居之,三月而沟渠修,十月而津梁成,六畜且不濡足,而况人乎?"

(《说苑·政理》)

【注释】

①景差:人名,与楚国的景差同名异人,或有讹误。　②胫:小腿。　③衽:衣前襟。　④叔向:春秋时晋国的大夫,羊舌氏,名肸。　⑤固:不灵活,呆滞。

【今译】

景差做郑国的宰相,郑国有个人冬天蹚水过河,上岸后小腿冷得厉害。景差经过他身边时,下车,请那人坐上自己的车,并用衣襟包住他的腿。

晋国的叔向听说以后,议论说:"景子做人家国家的宰相,岂不是太呆滞了?我听说有才能的人当宰相,到了三月,沟渠就修好了,到了十月,桥梁就建成了,各种牲畜都不会弄湿脚,更何况人呢?"

【评析】

景差见到蹚水过河的人腿冷,便用自己的衣襟包裹它,无疑体现出对百姓的关爱,但作为宰相,他忽略了桥梁建设,以至于百姓过河还要蹚水,所以被叔向讥为"固"。这就告诉我们:国家的管理者应着眼于大处,大处如果管理不好,小处即使尽善尽美,也只能是一种修修补补。

(刘晓红)

水广鱼大

齐景公①伐宋,至于岐堤②之上,登高以望,太息而叹曰:"昔我先君桓公③,长毂④八百乘以霸诸侯,今我长毂三千乘,而不敢久处于此者,岂其无管仲欤?"弦章⑤对曰:"臣闻之:水广则鱼大,君明则臣忠。昔有桓公,故有管仲。今桓公在此,则车下之臣尽管仲也。"

(《说苑·尊贤》)

【注释】

①齐景公:春秋时齐国国君,名杵臼,在位五十八年。 ②岐堤:河堤名。
③桓公:即齐桓公,春秋霸主之一。 ④长毂(gǔ古):兵车。 ⑤弦章:齐臣。

【今译】

齐景公讨伐宋国,登上了岐堤,站在高处,放眼四望,叹息着说:"过去我们的国君桓公,只有战车八百辆,但是称霸了诸侯,今天我们有战车三千辆,却不敢在此久留,难道是没有管仲吗?"弦章回答说:"我听说过:水面宽广鱼就大,国君英明臣就忠。过去因为有桓公,所以才有管仲。如果今天桓公在这儿,那么车边的大臣都是管仲。"

【评析】

齐景公感叹身边没有管仲那样的忠臣,不能像齐桓公那样称霸诸侯。可是弦章向他一针见血地指出"水广则鱼大,君明则臣忠",没有齐桓公那样的明君,也就没有管仲那样的忠臣。这就揭示了忠臣的产生,不仅有赖于臣下自身的因素,还有赖于"明君"这样一个外部因素,这是很深刻的。

(王柯)

举杖呼狗

卫君问于田让①曰:"寡人封侯尽千里之地,赏赐尽御府缯帛,而士不至,何也?"田让对曰:"君之赏赐,不可以功及也;君之诛罚,不可以理避也,犹举杖而呼狗、张弓而祝鸡②矣。虽有香饵而不能致者,害之必也。" (《说苑·尊贤》)

【注释】

①田让:人名。　②祝鸡:唤鸣。祝,唤鸡声,用作动词。

【今译】

卫君问田让说:"我封人为侯用尽了千里国土,赏赐别人用尽了府库里的缯帛,为什么贤能之士还是不来呢?"田让回答说:"因为君王的赏赐,是不能用功劳获得的,君王的诛罚,也是不能用说理来躲避的。这就好像举着棍棒唤狗,拉开弓弩唤鸡,即使有很香的诱饵,也唤不来它们,因为它们明白,来了肯定是要被害的。"

【评析】

卫君为求得贤才,花费了很多财物,但仍不能如愿。这是为什么?田让以举杖唤狗、张弓祝鸡为喻,道出了其中的原因:赏罚无理。赏罚无理会造成臣下的失望,以及他们行为的无所依准,这篇寓言试图告诉我们的正是这样一个道理。

(王柯)

杨　因

杨因①见赵简主②,曰:"臣居乡三逐,事君五去,闻君好士,故走③来见。"简主闻之,绝食④而叹,跽⑤而行。左右进谏曰:"居乡三逐,是不容众也;事君五去,是不忠上也。今君有士,见过八矣。"简主曰:"子不知也。夫美女者,丑妇之仇也;盛德君子,乱世所疏也;正直之行,邪枉所憎也。"遂出见之,因授以为相,而国大治。由是观之,远近⑥之人,不可以不察也。

(《说苑·尊贤》)

【注释】

①杨因:人名。　②赵简主:即赵简子,名鞅,又名志父,春秋末年晋国的六卿之一,甚有权势。　③走:跑,此处意谓快速、急速。　④绝食:停止进餐。　⑤跽(jì记):挺直上身,双膝着地。　⑥远近:犹言远,被疏远,偏义复词。

【今译】

　　杨因要进见赵简子，通报说："我在家乡三次被驱逐，奉事君王曾五次离去，听说君王好士，所以急忙跑来谒见。"赵简子听了，停止进餐，叹息着，来不及站起身，便急急忙忙地跪行了几步要去见他。

　　身边的一个随从连忙劝道："这个人在家乡三次被驱逐，是不被众人接受的；奉事君王又五次离去，对君王是不忠诚的。今天君王有了这样一个士，就等于遭到了八个方面的责备。"

　　赵简子说："你不知道啊。漂亮的女人，总是被丑陋的女人视做仇敌；品德高尚的君子，在乱世之中总是被疏远；行为端正的人，总是被行为不轨的人所憎恶。"

　　说完，赵简子就出去接见了杨因，随后又任他为宰相，国家因此而获得了很好的治理。由此看来，被人疏远的人是不能不进行仔细考查的。

【评析】

　　赵简子对既不容于众，又不容于君的杨因刮目相看，授以为相，表现出善于识才的睿智。其实"人无完人，金无足赤"，对于人才求全责备，那将会举目无才。这篇寓言告诉我们：才能出众的人，往往是一些不被世俗认可的人，这一点在考查人才时需要特别地加以辨别。

(王柯)

晋平公罢台

　　晋平公①使叔向②聘③于吴，吴人拭舟④以逆⑤之，左五百人，右五百人，有绣衣而豹裘者，有锦衣而狐裘者。叔向归以告平公，平公曰："吴其亡乎！奚以敬舟？奚以敬民？"叔向对曰："君为驰底⑥之台，上可以发⑦千兵，下可以陈钟鼓，诸侯闻君者，亦曰：'奚以敬台？奚以敬民？'所敬各异也。"于是平公乃罢台。

(《说苑·正谏》)

【注释】

　　①晋平公：春秋时晋国国君。名彪，在位二十六年。　②叔向：春秋时晋国的大夫，羊舌氏，名肸(xī 西)。　③聘：古时天子与诸侯、诸侯与诸侯之间的礼节性外交往来。

④拭舟：装饰舟船。　　⑤逆：迎接。　　⑥驰底：台观名，又作"虒（sī 司）祈"、"施夷"。　　⑦发：征调。此处意谓征调而来。

【今译】

晋平公派叔向访问吴国，吴人把船只装饰得漂漂亮亮来迎接他，船的左边站着五百人，右边站着五百人，其中有的人穿着绣花衣、豹皮裘，有的人穿着锦缎衣、狐皮裘。

叔向回国后把这些告诉了平公，平公说："吴国就要灭亡啦！为什么这样重视船只呢？那又将如何重视百姓呢？"

叔向回答说："国君建造驰底台，台上可以征调千名士兵，台下可以陈列钟鼓，各国诸侯听说后，不也是说：'为什么这样重视台观呢？那又将如何重视百姓呢？'国君和吴君都没有重视百姓，只是所重视的各有不同罢了。"

平公听了，恍然大悟，于是命令停止建造驰底台。

【评析】

晋平公嘲笑吴王重视接待使者的船只，而不重视人民百姓，叔向因势利导地指出晋平公修筑驰底台，也是犯了这样的错误，促使了晋平公翻然醒悟。这篇寓言意在说明：在国家管理中，人比物更为重要，对人的充分重视，才是国家的富强之本。

（王柯）

追桑中女

赵简子①举兵而攻齐，令军中有敢谏者罪至死。被甲之士名曰公卢，望见简子大笑，简子曰："子何笑？"对曰："臣乃有宿笑②。"简子曰："有以解之则可，无以解之则死。"对曰："当桑之时，臣邻家夫与妻俱之田，见桑中女，因往追之，不能得，还反，其妻怒而去之。臣笑其旷③也。"简子曰："今吾伐国失国，是吾旷也。"于是罢师而归。

（《说苑·正谏》）

【注释】

①赵简子：春秋末年晋国六卿之一，名鞅，谥简子。在晋国六卿的内乱中，他击败范氏和中行氏，扩大了自己的封地，为赵国的建立奠定了基础。　　②宿笑：过去的笑话。

③旷:徒劳。

【今译】

赵简子举兵进攻齐国,下令全军:凡是胆敢进谏的一律处以死罪。有一个披铠甲的士兵,名叫公卢,看见简子,放声大笑,简子问道:"你笑什么?"

"我曾听说过一个笑话。"公卢回答说。

简子生气说:"如果你能解释,这事就算了,不能解释,我就处死你。"

公卢答道:"采桑的时候,我邻居夫妇俩一起去了桑田。看见桑田中有一个女子,那男的便去追赶,没追到,回来的时候,他的妻子却生气地离他而去。我笑这人两头落空。"

简子听了,似有所悟地说:"今天我进攻别人的国家,而丢失了自己的国家,这是我两头落空。"于是便退兵回国。

【评析】

赵简子穷兵黩武,进攻齐国,而没有顾及他的国家将会因此而失去。公卢以追逐桑中之女而失去妻子的笑话,对此作了辛辣的讽刺。其实生活中人们常常犯类似的错误,而这篇寓言就提醒人们:处事应对利弊作全面的衡量,不能得之于此而失之于彼。

(刘静)

白 龙 化 鱼

吴王欲从①民饮酒,伍子胥②谏曰:"不可,昔白龙下清泠之渊③,化为鱼,渔者豫且④射中其目。白龙上诉天帝,天帝曰:'当是之时,若⑤安置⑥而⑦形?'白龙对曰:'我下清泠之渊,化为鱼。'天帝曰:'鱼故人之所射也,若是,豫且何罪?'夫白龙,天帝贵畜也;豫且,宋国贱臣也。白龙不化,豫且不射。今君弃万乘之位,而从布衣之士饮酒,臣恐其有豫且之患矣。"王乃止。

(《说苑·正谏》)

【注释】

①从:跟,和。　②伍子胥:春秋时吴国大夫,名员,曾帮助阖闾夺取王位,攻破楚国,后为吴王夫差所疏远,被迫自杀。　③清泠之渊:传说中的深渊。　④豫且:人名,又作"余且"。　⑤若:你,汝。　⑥置:设置,此处意谓变作。　⑦而:你,汝。

| 刘 向 |

【今译】

吴王想跟百姓一起饮酒,伍子胥劝谏道:"不能这样。过去白龙从天上下到清泠渊,化作一条鱼,打鱼的豫且射中了它的眼睛。白龙回到天上,向天帝诉说,天帝问:'当他射你的时候,你变幻成什么模样?'白龙说:'我下到清泠渊,化作一条鱼。'天帝说:'鱼本是人要射的,如果这样,豫且有什么罪呢?'白龙是天帝宠贵的动物,豫且是宋国的贱臣。白龙不变化,豫且就不会射它。今天国君丢弃君王之位,去跟布衣百姓一起饮酒,我担心会发生豫且射白龙那样的祸患。"

【评析】

吴王想和百姓们一起喝酒,伍子胥以白龙化鱼而被射伤的传说进行劝阻。因为在他看来,国君离开了宫廷,混迹于百姓之中,可能会遭到意外的伤害。这就向我们解释了古代帝王总是深居简出的原因。

(刘静)

舌 存 齿 亡

常摐①有疾,老子②往问焉,曰:"先生疾甚矣,无遗教可以语诸弟子者乎?"常摐曰:"子虽不问,吾将语子。"常摐曰:"过故乡而下车,子知之乎?"老子曰:"过故乡而下车,非谓其不忘故耶?"常摐曰:"嘻!是已。"常摐曰:"过乔木③而趋④,子知之乎?"老子曰:"过乔木而趋,非谓其敬老耶?"常摐曰:"嘻!是已。"张其口而示老子曰:"吾舌存乎?"老子曰:"然。""吾齿存乎?"老子曰:"亡。"常摐曰:"子知之乎?"老子曰:"夫舌之存也,岂非以其柔耶?齿之亡也,岂非以其刚耶?"常摐曰:"嘻!是已。天下之事已尽矣,无以复语子哉!"

(《说苑·敬慎》)

【注释】

①常摐:即商容,传说是老子的老师。 ②老子:我国古代道家学说的创始人,姓李名耳,字伯阳,相传《老子》一书为其所作。 ③乔木:高大的树木,代指旧国故都。 ④趋:快步行走,古人快步行走以表示礼敬。

【今译】

　　常枞生病了,老子去探望他,问道:"先生的病情加重了,没有什么要留下来的教诲可以告诉弟子的吗?"常枞说:"你就是不问,我也要告诉你。"

　　常枞接着说:"经过故乡的时候,要下车步行,你知道吗?"老子问道:"经过故乡时下车步行,这是不是说要不忘故乡?"常枞说:"啊,是的。"

　　常枞又问:"经过高大的树木,要恭敬地快行,你知道吗?"老子说:"经过高大树木时恭敬地快行,这是不是说要尊敬旧国故都中的贤德之人?"常枞说:"啊,是的。"

　　过了一会儿,常枞张开口,指着问老子:"我的舌头还在吗?"

　　"在。"老子回答。

　　"那我的牙齿还在吗?"

　　"没有了。"老子回答。

　　常枞问道:"你知道这是为什么吗?"

　　老枞回答:"舌头能够保留下来,是不是因为它柔软?牙齿掉了,是不是因为它坚硬?"

　　常枞说:"啊,是的。天下的事情都说尽了,再也没什么可以告诉你的了。"

【评析】

　　这篇寓言借助舌头因为柔软而留存、牙齿因为坚硬而败落的事实,为道家"柔能克刚"的重要观点,作了深入浅出的阐述,让我们体会到自然界和人类社会中的各种事物之间都存在着相克相生的辩证关系。　　　　(居岚)

黄口尽得

　　孔子见罗者①,其所得者,皆黄口②也。孔子曰:"黄口尽得,大爵③独不得,何也?"罗者对曰:"黄口从大爵者,不得;大爵从黄口者,可得。"孔子顾④谓弟子曰:"君子慎所从,不得其人,则有罗网之患。"　　　　(《说苑·敬慎》)

【注释】

①罗者:张网捕雀的人。　　②黄口:小的鸟雀。小鸟雀的嘴呈黄色,故云。
③爵:借作"雀"。　　④顾:转身或转头。

【今译】

孔子看见一个张网捕雀的人,捕到的雀都是黄口小雀,于是便问:"小雀都让你抓住了,而大雀一只也没抓住,这是为什么?"

"小雀跟着大雀飞的,抓不住,大雀跟着小雀飞的,能抓住。"捕雀者回答说。

孔子听完,回过头来告诉弟子们说:"君子对所跟从的人很谨慎,如果跟错了,那就有触犯罗网的祸患。"

【评析】

小雀虽然贪吃,但它跟着警觉性较高的大雀飞来飞去便可避免罗网之患。孔子由此得到启发:做人也应该慎重选择交往对象,否则将会引来灾祸。孔子悟出的这一道理,不正是这篇寓言所要告诉人们的吗?　　　　　　　　(居岚)

惠子善譬

客谓梁王①曰:"惠子②之言事也善譬,王使无譬,则不能言矣。"王曰:"诺。"明日见,谓惠子曰:"愿先生言事则直言耳,无譬也。"惠子曰:"今有人于此而不知弹者,曰'弹之状若何'?应曰'弹之状如弹',则喻③乎?"王曰:"未喻也。""于是更应曰'弹之状如弓,而以竹为弦',则知乎?"王曰:"可知矣。"惠子曰:"夫说者,固以其所知喻其所不知,而使人知之。今王曰'无譬',则不可矣。"王曰:"善。"

(《说苑·善说》)

【注释】

①梁王:即魏王,战国时魏惠王把国都迁于大梁(今河南开封),故魏又称梁。
②惠子:即惠施,战国时宋国人,名家学说的代表人物之一,善于辩论。　　③喻:明白,知晓。

【今译】

有一个客人对梁王说:"惠子说话论事,善于比喻,大王如果不让他比喻,他就不会说话了。"梁王应允说:"好。"

第二天梁王见到惠子,对惠子说:"但愿先生说话论事,直截了当,不用比喻。"惠子说:"今天这儿有个不知道什么是弹弓的人,问道:'弹弓是什么样子的?'如果回答说:'弹弓的样子就像个弹弓。'这样他能明白吗?"梁王说:"不能明白。"

惠子接着说:"如果改变一下回答他:'弹弓的样子像一只弓,不过是用竹子做弦。'这样他能明白吗?"梁王说:"这样能明白。"

惠子说:"说话论事,本来就是用已经知道的来解释尚未知道的,从而让别人明白。今天大王说'不用比喻',不用比喻,那么自己的意思别人就无法明白了。"

梁王听了点头称赞:"说得好。"

【评析】

惠子以"弹之状如弓,而以竹为弦"为喻,解释了如何才能使自己的意思被别人理解,即以对象已有的知识为出发点,再作进一步的论述。惠子不愧为辩论高手,他的这一方法,对于我们今天说话写文章仍有着借鉴意义。 (居岚)

孟尝君寄客

孟尝君①寄②客于齐王,三年而不见用,故客反,谓孟尝君曰:"君之寄臣也,三年而不见用,不知臣之罪也,君之过也?"孟尝君曰:"寡人闻之:缕③因针而入,不因针而急④;嫁女因媒而成,不因媒而亲。夫子之材必薄矣,尚何怨乎寡人哉?"客曰:"不然。臣闻周氏之营⑤、韩氏之卢⑥,天下之疾狗也,见兔而指属⑦,则无失兔矣,望见而放狗,则累世⑧不能得兔矣。狗非不能,属之者罪也。"孟尝君曰:"不然。昔华舟、杞梁⑨战而死,其妻悲之,向城而哭,隅为之崩,城为之阤⑩。君子诚能刑⑪于内,则物应于外矣。夫土壤且可为忠,况有食谷之君乎?"客曰:"不然。臣见鹪鹩⑫巢于苇苕⑬,著之以发,建之,女工不能为也,可谓完坚矣。大风至,则苕折卵破子死者,何也?其所托者使然也。且夫⑭狐者,人之所攻也;鼠者,人之所熏也。臣未尝见稷狐⑮见攻,社鼠⑯见熏也,何则?所托者然也。"于是孟尝君复属⑰之齐王,齐王使为相。

(《说苑·善说》)

| 刘 向 |

【注释】

①孟尝君:即田文,战国时齐国贵族,曾为齐相。封于薛,故又称薛公。　②寄:寄属,托付。　③缕:线。　④急:紧束。　⑤韐(kù酷):狗名。　⑥卢:狗名,黑色,又称"韩卢"。　⑦指属:指示而嘱令。"属"通"嘱"。　⑧累世:连续几个世代,意谓时间长久,非确指。　⑨华舟、杞梁:二人皆齐国大夫,死于战事。　⑩阤(zhì至):崩塌。　⑪刑:借作"形",形成。　⑫鹪鹩(jiāoliáo焦聊):一种小鸟,体长约三寸,羽毛赤褐色,略带黑褐色斑点。　⑬苇苕:芦苇的花。　⑭且夫:犹而且,表示语义更进一步。　⑮稷狐:寄居谷神庙的狐狸。　⑯社鼠:寄居土地庙中的老鼠。　⑰属:寄属,托付。

【今译】

孟尝君把一个门客推荐给齐王,希望齐王能重用他。可是三年过去了,这个门客并没有得到重用,因此这个门客回来了。

他告诉孟尝君说:"主君推荐我,但我三年不被任用,不知是我犯了什么罪过,还是主君的推荐错了？"

孟尝君说:"我听说过:线要靠针才能穿入布帛,但不能靠针来把布帛缝结实;出嫁的女子要靠媒人才能成婚,但不能靠媒人来使夫妻和睦。你的才能必定很少,为何还要埋怨我呢？"

"不对。"门客辩解说,"我听说过:周氏的韐、韩氏的黑卢,都是天下有名的奔跑迅速的狗,看见兔子,命令它们去追赶,从不会有逃掉的兔子,如果远远望着兔子就放狗追赶,那一辈子也抓不住兔子。这不是狗没有能耐,而是人的过错。"

"不对。"孟尝君反驳说,"过去华舟、杞梁打仗阵亡,两人的妻子悲伤极了,对着城墙哭泣,哭得城角崩落、城墙坍塌。如果一个人的真诚能在内心形成,那外物必然受到感应。土壤都可以表现出忠心,更何况给你饭吃的君主呢？"

门客说:"我看见鹪鹩在芦花上筑巢,以毛发来系缚,建造的精致,即使是纺织女人也达不到,真可称为精密牢固。然而一旦大风刮来,芦花就会折断,鸟蛋就会打碎,鸟仔就会摔死,这是为什么呢？这是由于依托的处所十分危险。再者,狐狸是人们要猎取的,老鼠是人们要熏燎的,但我从未见过谷神庙里的狐狸被猎取,土地庙里的老鼠被熏燎,为什么呢？这也是由于依托的处所十分安全。"

听了门客的这番言论,孟尝君于是又把他推荐给齐王,这一回,齐王任命他做了宰相。

【评析】

　　门客虽然被孟尝君推荐给了齐王,但并没有得到重用,于是他抱怨孟尝君推荐不力,犹如指着兔子让狗去撵,而且自己托身孟尝君也是不得当的。经过两番辩论,孟尝君再次把这位门客推荐给齐王,使他终于获得了重用。这篇寓言告诉人们:替人帮忙不应敷衍了事,否则将会引出不必要的误会。　　　　　(崔玲)

林既勇悍

　　林既①衣韦衣②而朝齐景公③。齐景公曰:"此君子之服也,小人之服也?"林既逡循④而作色⑤曰:"夫服事⑥何足以端⑦士行乎? 昔者荆为长剑危冠⑧,令尹子西⑨出焉;齐短衣而遂偞之冠⑩,管仲⑪、隰朋⑫出焉;越文身剪发⑬,范蠡⑭、大夫种⑮出焉;西戎⑯左衽而椎结⑰,由余⑱出焉。即⑲如君言,衣狗裘者当犬吠,衣羊裘者当羊鸣,且⑳君衣狐裘而朝,意者㉑得无㉒为变乎?"景公曰:"子真为勇悍矣! 今未尝见子之奇辩也,一邻之斗也,千乘㉓之胜也?"林既曰:"不知君之所谓者何也。夫登高临危,而目不眴㉔而足不陵㉕者,此工匠之勇悍也;入深渊、刺蛟龙、抱㉖鼋鼍而出者,此渔夫之勇悍也;入深山,刺虎豹,抱熊罴而出者,此猎夫之勇悍也;不难断头裂腹,暴骨流血中原者,此武夫之勇悍也。今臣居广廷,作色端辩㉗,以犯主君之怒,前虽有乘轩㉘之赏,未为之动也,后虽有斧质㉙之威,未为之恐也;此既㉚之所以为勇悍也。"

(《说苑·善说》)

【注释】

　　①林既:人名。　②韦衣:芦苇编织的衣服。韦,借作"苇"。　③齐景公:春秋时齐国国君,名杵臼,在位五十八年。　④逡循:即"逡巡",后退。　⑤作色:改变脸色,多指生气。　⑥服事:衣服穿着之事。　⑦端:借作"揣",揣测,揣度。　⑧危冠:高帽。　⑨令尹子西:令尹,楚国军政最高主管官;子西,即公子申,曾为令尹。　⑩遂偞(yè 叶)之冠:一种帽子,形制不详。　⑪管仲:春秋时齐国大臣,名夷吾,字仲,谥曰敬,辅佐齐桓公成为春秋霸主。　⑫隰朋:齐国大臣,与管仲共同辅助齐桓公。　⑬剪(jiǎn 剪)发:剪剃头发。　⑭范蠡:春秋时越国大夫,曾辅助越王勾践灭亡吴国,后退隐。　⑮大夫种:即春秋时越国大夫文种,与范蠡共同辅助越王勾践,后被命自杀。　⑯西戎:古代西北戎族的总称,后东迁,居于秦、晋之地。　⑰椎结:发髻绾成椎状。　⑱由余:春秋时秦国大夫,曾辅助秦穆公成为春秋霸主。　⑲即:如果。　⑳且:而,

连词,表示意义转进。　㉑意者:犹言臆度,猜想。　㉒得无:是不是。　㉓千乘:千辆兵车,代指诸侯国。　㉔眴(xuàn 炫):目眩,眼花。　㉕陵:借作"慄",恐惧,惊怖。　㉖抱:借作"搏",搏斗,搏杀。　㉗端辩:正词论辩。　㉘乘轩:乘坐的车,此处意谓丰厚的赏赐。　㉙斧质:斩人的刑具。质,借作"锧",腰斩人犯时用的砧板。　㉚既:林既自称。

【今译】

　　林既穿着芦苇编织的衣服,去朝见齐景公。齐景公问他:"这是君子的衣服,还是小人的衣服？"

　　林既后退了两步,生气地说:"穿着之事岂能拿来揣测士人的品行？过去楚国人佩长剑、戴高冠,出了令尹子西;齐国人穿短衣、戴遂偞冠,出了管仲和隰朋;越国人文饰身体、剪短头发,出了范蠡和文种;西戎人衣襟向左、束发如椎,出了由余。如果依照君王所说,那么穿狗皮衣的就应当发出狗叫,穿羊皮衣的就应当发出羊叫,君王穿着狐皮衣上朝,我想是不是也要发生变化了呢？"

　　齐景公听了,说:"你真是勇敢！我从未见过像你这样的奇妙辩论。你这是战胜了一个邻居,还是战胜了一个国家？"

　　林既说:"我不知道君王所说的是什么。攀登高山、面临危险,然而眼睛不眩乱、两腿不战栗,这是工匠的勇敢;沉入深渊,刺杀蛟龙,搏杀鼋鼍,而能浮出水面,这是渔夫的勇敢;进入深山,刺杀虎豹,搏杀熊罴,而能全身返回,这是猎人的勇敢;不顾砍头颅、斩腰身,暴骨流血于中原大地,这是武士的勇敢。今天我在大庭广众之中,神色严厉地辩论,以触怒君王,即使前面有丰厚的赏赐,也不能使我动摇,后面有砍头断腰的刑具,也不能使我畏惧,这就是我林既的勇敢。"

【评析】

　　面对齐景公的奚落,林既声色俱厉地辩论,表现出勇敢。其实正如林既所说,不同的人有不同的勇敢,林既的勇敢在于他不顾威胁利诱,义正词严地与君王辩论。这篇寓言使我们对勇敢有了更为深入的理解。

(崔玲)

觞政

　　魏文侯①与大夫饮酒,使公乘不仁②为觞政③,曰:"饮不嚼④者,浮⑤以大白⑥。"

文侯饮而不嚼，公乘不仁举白浮君，君视而不应。侍者曰："不仁退，君已醉矣。"公乘不仁曰："《周书⑦》曰：'前车覆，后车戒⑧。'盖言其危。为人臣者不易，为君亦不易。今君已设令，令不行，可乎？"君曰："善。"举白而饮，饮毕曰："以公乘不仁为上客。"

（《说苑·善说》）

【注释】

①魏文侯：战国时魏国的建立者，名斯。　②公乘不仁：人名。　③殇政：酒宴上的监酒。　④嚼：借作"釂"，饮酒而尽。　⑤浮：借作"罚"，罚酒。　⑥白：借作"杯"。　⑦周书：当作"周谚"，所引不见《周书》，而见于贾谊《新书·连语》，作"周谚"。　⑧戒：戒惧。

【今译】

魏文侯和大夫们一起饮酒，命令公乘不仁执掌酒令，说："凡饮酒不尽者，罚酒一大杯。"

文侯饮酒不尽，公乘不仁举起酒杯要罚他，可他看着公乘不仁，不接受惩罚。旁边的侍从见状赶忙说："不仁退下，君王已经醉了。"

公乘不仁说："周代谚语说：'前车翻倒，后车戒惧。'说的是驾车的危险。做臣下不容易，做君王也不容易。今天君王已经设了酒令，酒令行不通，可以吗？"

文侯说："说得好。"举杯饮了罚酒，饮完说："任命公乘不仁为上客。"

【评析】

酒令，令之小者，但既有令，就应共同遵守。公乘不仁坚持要罚国君的酒，表现出执法不阿的精神，因而得到国君的赏识。这篇寓言让我们认识到：细微处往往可见大节宏旨。

（王庆谊）

雍门子周

雍门子周①以琴见乎孟尝君②。孟尝君曰："先生鼓琴，亦能令文③悲乎？"雍门子周曰："臣何独能令足下悲哉！臣之所能令悲者，有先贵而后贱、先富而后贫者也；不若身材⑤高妙，适遭暴乱无道之主，妄加不道之理⑥焉；不若处势⑦隐绝，不及四邻，绌折⑧傧厌⑨，袭⑩于穷巷⑪，无所告愬⑫；不若交欢相爱，无怨而生离⑬，远赴绝国⑭，无复⑮相见之时；不若少失二亲，兄弟别离，家室不足，忧惑盈匈。当是

白龙化鱼

| 刘 向 |

之时也，固不可以闻飞鸟疾风之声，穷穷焉⑯固无乐已。凡若是者，臣一为之徽胶⑰援琴⑱而长太息，则流涕沾衿矣。今若足下，千乘⑲之君也，居则广厦邃房⑳，下罗帷，来清风，倡优侏儒处前迭进而谀谄；燕㉑则斗象棋㉒而舞郑女㉓，激㉔楚之切风㉕，练色㉖以淫目㉗，流声㉘以虞耳㉙；水游则连方舟㉚、载羽旗，鼓吹㉛乎不测㉜之渊；野游则驰骋弋猎乎平原广囿，格㉝猛兽；入则撞钟击鼓乎深宫之中。方此之时，视天地曾不若一指㉞，忘生与死，虽有善鼓琴者，固未能令足下悲也。"孟尝君曰："否，否！文固以为不然。"雍门子周曰："然臣之所以为足下悲者一事也：夫声敌帝而困秦者，君也；连五国之约，南面㉟而伐楚者，又君也。天下未尝㊱无事，不从㊲则横㊳。从成则楚王，横成则秦帝。楚王秦帝，必报仇于薛㊴矣。夫以秦、楚之强而报仇于弱薛，譬之犹摩㊵萧斧㊶而伐朝菌㊷也，必不留行㊸矣。天下有识之士，无不为足下寒心酸鼻者。千秋万岁㊹之后，庙堂必不血食矣。高台既已毁，曲池既已堙㊺，坟墓既已平，而青廷矣㊻，婴儿㊼竖子㊽、樵采薪荛㊾者，蹢躅㊿其足而歌其上，众人见之，无不愀焉㉛为足下悲之，曰：'夫以孟尝君尊贵，乃可㊾使若此乎？'"于是孟尝君泫然㊾，泣涕承睫而未殒。雍门子周引琴而鼓之，徐动宫徵，微挥羽角，切终而成曲。孟尝君涕浪汗㊾增欷㊾，下而就之曰："先生之鼓琴，令文立若破国亡邑之人也。"

（《说苑·善说》）

【注释】

①雍门子周：战国时善弹琴者，住齐国国都之雍门，故称"雍门"。　②孟尝君：即田文，战国时齐国贵族，曾为齐相。　③文：孟尝君自称。　④不若：否则，不然的话。　⑤身材：犹言才能。　⑥理：法纪。　⑦处势：居于世势。　⑧诎折：屈曲不伸，此谓遭受压抑。　⑨傧（bìn）斥：被摈弃厌恶。　⑩袭：遮蔽。　⑪穷巷：僻远的家巷。　⑫告愬：告诉，诉说。　⑬生离：强迫分离。　⑭绝国：遥远的地域。　⑮无复：无，没有。复，词尾，无实义。　⑯穷穷焉：愁苦忧伤貌。　⑰徽胶：徽，系琴弦的绳；胶，固定弦柱，此处用作动词，意为调整琴弦。　⑱援琴：弹琴。　⑲千乘：千辆兵车，代指诸侯国。　⑳邃房：深房。　㉑燕：借作"安"，安居。　㉒象棋：古代棋类的一种。　㉓郑女：郑国的女子，泛指善歌舞的女子。　㉔激：激扬，此谓演唱。　㉕切风：悲切的歌声。　㉖练色：美色。　㉗淫目：使眼睛舒适。　㉘流声：宛转的歌声。　㉙虞耳：娱耳。虞，借作"娱"。　㉚方舟：泛指舟船。方，借作"舫"。　㉛鼓吹：泛指演奏乐器。　㉜不测：不可测量，喻极深。　㉝格：格击，格杀。　㉞一指：一个指头，喻极小。　㉟南面：面朝南，向南。　㊱未尝：未必，不一定。　㊲从：借作"纵"，战国时东方六国联合抗拒西方的秦国，在地理

上是由南至北,故曰“纵”。 ㊳横:战国时东方的诸侯国与西方的秦国联合,在地理上是由东至西,故曰“横”。 ㊴薛:孟尝君的封地,在今山东滕县南。 ㊵摩:借作“磨”,磨利。 ㊶萧斧:令人生畏的大斧。萧,借作“肃”,肃杀。 ㊷朝菌:朝生暮死的菌类植物。 ㊸留行:犹言留滞不顺畅。 ㊹千秋万岁:谓死,婉称。 ㊺堑:借作“渐”,渐渐地淤满、淤平。 ㊻而青廷矣:此句有误(卢文弨说),义不可通。 ㊼婴儿:儿童。 ㊽竖子:仆役之人。 ㊾樵采薪荛(ráo 饶):砍柴割草的人。 ㊿蹢躅(zhízhú 执竹):来回走动。 (51)愀(qiǎo 巧)焉:忧伤貌。 (52)乃可:奈何,为何。 (53)泫(xuàn 炫)然:流泪貌。 (54)浪(láng 郎)汗:纵横散乱貌。 (55)增欷:伴随着抽咽。

【今译】

雍门子周带着琴去见孟尝君,孟尝君问他:“先生弹琴,能使我悲伤吗?”

“我哪里能使您悲伤呢?”雍门子周说,“我能使之悲伤的人有:先前尊贵而后来卑贱的人,不然就是先前富有而后来贫穷的人;再不然就是才能高超,却遇上强暴昏乱、不讲道理的君主,被强加了无端的责罚的人;再不然就是居处远隔人世,声名不闻于四旁邻人,遭受压抑和摈弃,埋没于僻远的家巷之中而无处诉说的人;再不然就是相亲相爱的亲朋好友,没有怨恨而被迫分离,去往遥远的地域,再无相见之期的人;再不然就是从小就失去了父母,离开了兄弟,家庭贫穷困乏,感伤和忧虑充满心怀的人。在这时候,他们心情愁闷忧伤,毫无欢乐,连鸟飞风吹之声都是万万不能听到的。这样的人,一旦我调整琴弦弹奏歌曲,就会连连叹息,就会流下眼泪打湿衣襟。而今天像足下这样的千乘之君,居住的是宽广的大厦、曲深的房室,放下罗帐,引来清风,面前的演唱艺人、说笑侏儒,轮番献艺和讨好卖乖;安居平处的时候,用象棋博戏,看郑女歌舞,演唱楚国的悲歌,美色娱目,美声娱耳;游于水上的时候,则是连接舟船,载饰羽旗,歌舞演唱于深渊之上;游于郊野的时候,则是纵马驰骋在平原园囿之中,格击虎豹猛兽;返回以后则是在深宫之中撞钟击鼓。这时候,足下把广阔的天地看得小如指掌,把生死置于脑后,无论怎样善于弹琴,也不能使足下感到悲伤。”

孟尝君听了,连忙说:“不是的,不是的,我以为不是这样的。”

雍门子周继续说着:“然而有一件事,是我替足下感到悲哀的。声名与帝王对等而又使秦国无奈的,是君王;联合五国,缔结盟约,向南进攻楚国的,又是君王。天下未必不会发生事变,一旦发生事变,不站在纵的一边,就要站在横的一边,纵胜利了,楚国称王,横胜利了,秦国称帝,无论楚国称王,还是秦国称帝,他们都要攻打薛,以报既往之仇。秦、楚这样强大,为报仇而进攻薛,就好像磨利可怕的大斧去砍伐林中的菌类,一定不会有什么阻碍。天下有识之士无不为足下感到内心悲伤、鼻子发酸。足下逝世以后,宗庙必定无人祭祀。到那时,您的高台坍塌了,您的园池填淤了,您的坟墓掘平了,儿童农夫和砍柴割草的人,唱着歌在上面走来踩去。人们看到这样,没有不为足下悲伤感叹的:'孟尝君先前是那样的尊贵,为何现在却弄到了这般地步呢?'"

孟尝君听了,两眼泪汪汪的,几乎就要落下来了。这时雍门子周拿起琴弹了起来,琴弦缓缓地拨动着,直到最终奏完一曲。孟尝君听了,抽泣着,泪流满面,他离开座位,走近雍门子周,说道:"先生弹琴,真叫我即刻就像一个失去家园的人啊!"

【评析】

艺术之所以动人,在于它能唤醒人们内心的情感。雍门子周把握了这一要诀,先用语言描绘出孟尝君由极盛到极衰的凄凉,让他切实体验到悲伤,然后再用琴声对这种情感加以催发,终于使孟尝君泪流满面。这则寓言常被用来诠释西方"移情说",其实它早于西方一千余年,是极可珍视的艺术理论瑰宝。

(王庆谊)

张　禄

张禄①掌门②见孟尝君,曰:"衣新而不旧,仓庾③盈而不虚,为之有道,君亦知之乎?"孟尝君曰:"衣新而不旧,则是修④也;仓庾盈而不虚,则是富也。为之奈何,其说可得闻乎?"张禄曰:"愿君贵则举贤,富则振贫,若是则衣新而不旧,仓庾盈而不虚矣。"孟尝君以其言为然,说⑤其意,辩⑥其辞,明日使人奉黄金百斤、文织⑦百纯⑧,进之张先生。先生辞而不受。后先生复见孟尝君,孟尝君曰:"前先生幸教文曰:'衣新而不旧,仓庾盈而不虚,为之有说,汝亦知之乎?'文窃说教,故使人奉黄金百斤,文织百纯,进之先生,以补门内之不瞻⑨者。先生曷为⑩辞而不受乎?"张禄曰:"君将掘⑪君之偶钱⑫,发君之庾粟以补士,则衣敝履穿为不瞻耳,何暇⑬衣新而不旧、仓庾盈而不虚乎?"孟尝君曰:"然则为之奈何?"张禄曰:"夫秦者,四塞国也,游宦者不得入焉,愿君为吾为咫尺之书⑭,寄我与秦王。我往而遇乎,固君之入也;往而不遇乎,虽人求间⑮谋,固不遇臣⑯矣。"孟尝君曰:"敬闻命矣。"因为之书,寄之秦王。往而大遇。谓秦王曰:"自禄之来入大王之境,田畴益辞,吏民益治,然而大王有一不得者,大王知之乎?"王曰:"不知。"曰:"夫山东有相⑰,所谓孟尝君者,其人贤人,天下无急⑱则已,有急则能收天下英乂雄俊之士,与之合交连友者,疑独此耳。然则大王胡⑲不为我⑳友之乎?"秦王曰:"敬受命。"奉千金以遗孟尝君。孟尝君辍食察之,而寤曰:"此张生㉑所谓衣新而不旧、仓庾盈而不虚者也。"

(《说苑·善说》)

【注释】

①张禄:人名。 ②掌门:来到门口。掌,借作"踵"。 ③仓庾(yǔ羽):粮库。 ④修:长,多。 ⑤说:借作"悦",喜欢。 ⑥辩:认为……善于言辞。 ⑦文织:有纹饰的织物。 ⑧纯:量词,犹"幅"。 ⑨不瞻:不足,缺乏。瞻,借作"赡"。 ⑩曷为:即何为,为什么。 ⑪掘:借作"屈",竭尽。 ⑫偶钱:字有误,或疑当为"府钱"。 ⑬何暇:犹言岂能。 ⑭咫尺之书:即书信。咫尺,指纸张或简牍的幅宽。"咫"原作"丈",误字(卢文弨说),今改正。 ⑮间:意谓渗透。 ⑯臣:疑是衍文。 ⑰相:指孟尝君,孟尝君曾为齐相。 ⑱急:紧急事件。 ⑲胡:何。 ⑳为我:亲近之辞。 ㉑张生:指张禄。

【今译】

张禄登门拜见孟尝君,说:"穿新衣而不会旧、仓库满而不会空,这种境地是可以借助某些办法来达到的,主君知道吗?"

"穿新衣而不会旧,那是衣服多啊;仓库满而不会空,那是粮食多啊。"孟尝君说,"如何才能这样,你能告诉我吗?"

张禄说:"但愿主君尊贵时举荐贤人,富有时赈济贫困,像这样就会穿新衣而不会旧、仓库满而不会空了。"

孟尝君认为张禄的话是对的,并且喜欢他的用意,认为他善于言辞。第二天,他派人把一百斤黄金和一百幅锦缎奉送给张禄,可张禄推辞不接受。

过了几天,张禄又来见孟尝君,孟尝君对他说:"前几天先生对我说:'穿新衣而不会旧、仓库满而不会空,这种境地是可以借助某些办法达到的,主君知道吗?'我喜欢你的言论,所以派人送给你一百斤黄金和一百幅锦缎,用以补贴你家中的不足。先生为什么不接受呢？"

张禄回答说："主君要是竭尽府中之钱、仓中之粮来赈济士人，那么自己的衣服破了、鞋子烂了就会得不到补充修整，岂能做到穿新衣而永不会旧、仓库满而永不会空呢？"

孟尝君说："那该怎么办呢？"

张禄说："秦国是一个四面封闭的国家，周游谋官的人不能进入，请主君为我写一封书信，托我带给秦王。我到了秦国，如果得到礼遇，那就是主君渗透到了秦国；如果到了秦国，得不到礼遇，那无非是寻求渗透的图谋不能实现罢了。"

孟尝君说："好哇，我听你吩咐就是了。"于是就写了一封书信，托张禄带给秦王。

张禄到了秦国，得到隆重的礼遇。他对秦王说："自从我来到大王的国境，看到土地日益增广，百姓日益安定，但大王还有一事没有做好，大王知道吗？"

"不知道。"秦王回答说。

"山东地方有一个国相叫孟尝君的"，张禄说，"他是个贤能的人。天下没事便罢，一旦有事，那么能够收揽天下英雄豪杰，与之结成同盟的，大概就是此人了。大王为何不去和他结成友好呢？"

"好哇，就照你的话办。"秦王高兴地说，并拿出一千斤黄金派人送给了孟尝君。

孟尝君得知后，停止了吃饭，想了半天，忽然明白了："这就是张禄所说的穿新衣而不会旧、仓库满而不会空！"

【评析】

为了让孟尝君长享富贵，张禄的谋划可谓至深至远。他要求孟尝君"贵则举贤，富则振贫"，但又不能尽己所有，而是要广开富贵之源。这则寓言讲的是长享富贵的方法，但我们可以从更高更广的意义上作出新的理解，即凡事都应着眼长远，力避短视。

（刘斌）

庄 周 贷 粟

庄周①,贫者,往贷粟于魏文侯。文侯②曰:"待吾邑粟之来而献③之。"周曰:"乃今者周④之来,见道旁牛蹄⑤中有鲋鱼⑥焉,大息⑦谓周曰:'我尚可活也。'周曰:'须⑧我为汝南见楚王,决江淮以溉汝。'鲋鱼曰:'今吾命在盆甕⑨之中耳,乃为我见楚王,决江淮以溉我,汝即求我枯鱼之肆⑩矣。'今周以贫故,来贷粟,而曰'须我邑粟来也而赐臣',即来,亦求臣傭肆⑪矣。"文侯于是发粟百钟⑫,送之庄周之室。

(《说苑·善说》)

【注释】

①庄周:即庄子,名周,战国时著名哲学家,道家学说的代表人物。 ②文侯:二字原脱(卢文弨说),今补。 ③献:意即送给,礼敬说法。 ④周:庄子自称。 ⑤牛蹄:牛蹄踩出的小坑。 ⑥鲋鱼:即鲫鱼。 ⑦大息:太息,叹息。 ⑧须:等,等待。 ⑨盆甕(wèng瓮):泛指盆罐。 ⑩枯鱼之肆:卖干鱼的店铺。肆,店铺。 ⑪傭肆:雇工劳作的作坊。肆,作坊。 ⑫钟:古代容量单位,或等于六斛四斗,或等于八斛、十斛。

【今译】

庄子是个贫穷的人,他去向魏文侯借粮,魏文侯说:"等我国的粮食送上来了,再给你吧。"

庄子说:"今天我来的时候,看见路边牛蹄坑中有条鲫鱼,它叹息着告诉我说:'救救我吧,我还可以活啊!'我说:'等我为你去南方见楚王,要他决开长江、淮河,放水来救你。'鲫鱼说:'今天我的生命只需要一盆水,你却要去南方见楚王,放长江、淮河的水来救我,等到水来了,那你就到干鱼店里找我吧。'我因为贫穷才来借粮,你却说:'等我国的粮食送来了再给你,'即使来了,那你也只有到雇工作坊中找我了。"

魏文侯听了,征调了一百钟粟米,送到庄子家中。

【评析】

庄子是睿智的,他以牛蹄坑中的小鱼为喻,道出了自己缺粮的困窘,同时也指出魏文侯所谓的"献之",全然是远水不救近火。这篇寓言以浅白的叙述代替

深入的说理,语言生动,比喻贴切,让我们再次领略了庄子的奇谲诡异。(刘斌)

以梃撞钟

赵襄子①谓仲尼②曰:"先生委质③以见人主,七十君矣,而无所通,不识④世无明君乎,意⑤先生之道固⑥不通乎?"仲尼不对。异日⑦襄子见子路⑧,曰:"尝问先生以道,先生不对。知而不对,则隐也,隐则安得为⑨仁?若信⑩不知,安得为圣?"子路曰:"建天下之鸣钟而撞之以梃⑪,岂能发其声乎哉?君问先生,无乃犹以梃撞乎?"

(《说苑·善说》)

【注释】

①赵襄子:即赵无恤,春秋末年晋国的大夫,谥襄子。 ②仲尼:即孔子,名丘,字仲尼,春秋末期著名思想家,儒家学说的创始人。 ③委质:曲身,俯身。 ④不识:不知。不,原误在"通"上,今已正。 ⑤意:借作"抑",抑或,还是。 ⑥固:借作"故",本来,原本。 ⑦异日:另一天,多指后来的某一天。 ⑧子路:春秋末年鲁国人,名仲由,孔子学生,性情豪爽勇敢。 ⑨为:借作"谓",称作。 ⑩信:借作"诚",真的。 ⑪梃(tǐng 挺):棍棒。

【今译】

赵襄子问孔子:"先生俯身去见人主国君,已有七十位了,然而不被理解,不知是世上没有英明的君主呢,还是先生的说教原本就鄙陋不通?"孔子不回答。

过了几天,襄子看到了子路,就问:"我曾经请问孔子治国之道,孔子不回答。知道而不回答,就是隐瞒,隐瞒怎能叫做仁人?如果真的不知,那又怎能叫做圣人?"

子路回答说:"建造名闻天下的大钟,而只用小小的木棍去撞击它,它能发出巨响吗?你问先生,难道不是用小木棍撞击大钟吗?"

【评析】

面对赵襄子对老师孔子的责难,子路用"以梃撞钟"的比喻予以驳斥,道出了孔子不屑于回答赵襄子无知提问的原因。其实任何一位思想家的博大思想都是难以被普遍接受的,反过来说,要接近一位思想家,必须首先使我们自身达到相当的水平。

(王莹)

能言未必能行

下蔡①威公②闭门而哭,三日三夜,泣尽而继之以血。旁邻窥墙而问之曰:"子何故而哭悲若此乎?"对曰:"吾国且亡。"曰:"何以知也?"应之曰:"吾闻病之将死也,不可为良医;国之将亡也,不可为计谋。吾数谏吾君,吾君不用,是以知国之将亡也。"于是窥墙者闻其言则举宗③而去,之于楚。居数年,楚王果举兵伐蔡。窥墙者为司马④,将兵而往,束房甚众,问曰:"得无⑤有昆弟故人乎?"见威公缚在房中,问曰:"若何以至于此?"应曰:"吾何以不至于此?且吾闻之也:言之者,行之役⑥也;行之者,言之主也。汝能行,我能言,汝为主,我为役。吾亦何以不至于此哉!"窥墙者乃言之于楚王,遂解其缚,与俱之楚。故曰:"能言者未必能行,能行者未必能言也。"

(《说苑·权谋》)

【注释】

①下蔡:春秋后期蔡国的都城,在今安徽凤台。 ②威公:人名。 ③举宗:全宗族。 ④司马:官名,西周始置,春秋战国沿用,掌管军政和军赋。 ⑤得无:是不是,是否。 ⑥役:仆役。

【今译】

下蔡的威公在家关着门痛哭,一连三天三夜,哭得流尽了眼泪,又流出了血。有个邻居透过院墙偷看他,并问道:"你为什么哭得这样悲伤?"

威公回答说:"我们的国家快要灭亡啦!"

"你怎么知道的?"

"我听说生病快死的人,良医也没有办法;快要灭亡的国家,出谋划策也没用。我曾多次劝说国君,但国君就是不采纳,因此我知道我们的国家快要灭亡了。"威公解释说。

窥墙的邻居听了这番话,就带着全部族人离开蔡国,到楚国去了。

过了几年,楚王果然举兵进攻蔡国,那个窥墙的邻居在楚国军队里当司马,带兵前往,俘虏了很多的蔡国人。有人问他:"这里面是否有你的兄弟朋友呢?"他看来看去,发现威公被捆绑着,混在俘虏当中,便问道:"你怎么会弄到这种地步？"

"我怎么不会弄到这种地步呢？"威公回答说："我听说过：言谈是行动的仆役，行动是言谈的主宰。你能行动，我能言谈；你是主宰，我是仆役。我弄到这种地步，又有什么可奇怪的呢？"

那窥墙的邻居在楚王面前替威公解释了一番，楚王给威公松了绑，威公便和那位窥墙的邻居一起去了楚国。

所以说："会言谈的人未必会行动，会行动的人未必会言谈。"

【评析】

威公意识到国家将要灭亡，但他并没有采取相应的行动，反倒是他的邻居听取了他的言论，举家迁移，躲避了灾难。这篇寓言通过一件具体的事例，告诉人们：言论固然重要，但更为重要的是将它付诸实践，说到做到才是最值得赞许的。

（王莹）

曲突徙薪

客有过主人，见灶直突①，旁有积薪，客谓主人曰："曲其突，远其积薪，不者②将有火患。"主人嘿然③不应。居无几何，家果失火，乡聚里中④人哀而救之，火幸息。于是杀牛置酒，燔⑤发灼烂者在上行⑥，余⑦各用⑧功次⑨坐，而反不录⑩言曲突者。向使⑪主人听客之言，不费牛酒，终无火患。

（《说苑·权谋》）

【注释】

①突(tū突)：烟囱。　②不者：否则。　③嘿(mò墨)然：即默然。　④乡聚里中：谓村落。聚，聚落；里，邻里。　⑤燔(fán凡)：烧。　⑥上行(háng航)：上座。行，座次。　⑦余：其他的。　⑧用：以，按照。　⑨功次：功劳的大小排序。　⑩录：此处意谓邀请。　⑪向使：如果，过去如果。

【今译】

曾经有一个人去拜访朋友，看见主人家锅灶上的烟囱是直立的，旁边堆着柴草，就对主人说："赶紧把烟囱改弯了，并把柴草移走，否则将会发生火灾。"

主人听了，无动于衷，默默地没有答理。

过了没多久，这家果然失火了，村里的人看着可怜，都帮忙救火，火幸好被扑灭了。

于是这人杀牛摆酒,答谢帮忙救火的人。那些头发被烧掉、身上被烧烂的人坐在上首,其余的人各按功劳大小依次列坐,反倒没有邀请那位提醒主人弯曲烟囱、移走柴草的客人。如果这人当初听了客人的劝告,就用不着杀牛摆酒,也不会发生火灾了。

【评析】

防患于未然,是人们常说的一句话,但对于未然之患,人们却又常常表现出漠然,这就陷入言行乖违的矛盾之中。这篇寓言在提醒主人"曲埃徙薪"的客人被忽略、帮忙救火的邻居被感谢的对比中,凸显了人们言行中的这一乖违现象,对我们检点自身具有启示意义。

(王莹)

枭将东徙

枭①逢鸠,鸠曰:"子将安之?"枭曰:"我将东徙。"鸠曰:"何故?"枭曰:"乡人皆恶我鸣,以故东徙。"鸠曰:"子能更鸣②可矣;不能更鸣,东徙,犹恶子之声。"

(《说苑·谈丛》)

【注释】

①枭:俗称猫头鹰。　　②更鸣:改变叫声。

【今译】

猫头鹰遇上了斑鸠,斑鸠问它:"你要到哪里去?"

"我要迁往东边去住。"猫头鹰答道。

"为什么呢?"

"乡里的人们都讨厌我的叫声,"猫头鹰回答说,"因为这个缘故,我要迁到东边去住。"

"你能改变叫声就可以了。如果不能改变叫声,即使迁到东边去,人们也会讨厌你的声音。"斑鸠说。

【评析】

猫头鹰要换个地方居住,以避开人们对它叫声的厌恶。这看起来似乎是个笑

刘 向

话,而其实正是人们常犯的错误:不能正视自己的错误而设法掩饰。本篇寓言通过猫头鹰和斑鸠的对话,凸显了这一荒谬,以促使人们自省。　　　　(王风)

西闾过渡河

　　西闾过①东渡河,中流而溺。船人接而出之,问曰:"今者子欲安之?"西闾过曰:"欲东说诸侯王。"船人掩口而笑,曰:"子渡河中流而溺,不能自救,安能说诸侯乎?"西闾过曰:"无以子之所能相伤②为也。子独③不闻和氏之璧④乎?价重千金,然以之间纺⑤,曾不如瓦砖。随侯之珠⑥,国之宝也,然用之弹鹊⑦,曾不如泥丸。骐骥騄駬⑧,倚衡负轭⑨而趋,一日千里,此至疾也,然使捕鼠,曾不如百钱之狸⑩。干将镆铘⑪,拂钟⑫不铮⑬,扬刃离金,斩羽,契⑭铁斧,此至利也,然以之补履,曾不如两钱之锥。今子持楫乘扁舟,处广水之中,当阳侯之波⑮而临渊流,适子所能耳。若试与子东说诸侯王,见一国之主,子之蒙蒙⑯,无异夫未视之狗耳!"

(《说苑·杂言》)

【注释】

①西闾过:人名。　②伤:侵伤,取笑。　③独:偏偏,难道。　④和氏之璧:相传楚人卞和于荆山得一璞玉,先后献给楚武王、楚文王,均被误认为是石,卞和也因欺君之罪被砍去双脚,后楚成王令人剖治,得夜光宝玉,遂称为和氏璧。　⑤间纺:指用作纺锤。　⑥随侯之珠:相传远古随国诸侯见一大蛇伤断,以药敷之,伤愈后大蛇于江中衔明月珠报之,遂称此珠为随侯珠,又称灵蛇珠。　⑦弹鹊:"鹊"字原脱(向宗鲁说),今补。　⑧骐骥騄駬:泛指骏马。"騄駬"又写作"绿耳",传为周穆王八骏之一。　⑨倚衡负轭:意谓驾车。衡,车辕前的横木;轭,牲畜驾车时项上所负的曲木。　⑩百钱之狸:仅值百钱的猫。　⑪干将镆铘:古剑名,相传春秋时吴国干将、莫邪夫妇俩善于铸剑,为吴王阖闾铸为阴阳二剑,阳曰"干将",阴曰"莫邪"。"莫邪"又写作"镆铘"。　⑫拂钟:剖开铜钟。拂,借作"剖"。　⑬铮:指声音响亮。　⑭契:契刻,刻入。　⑮阳侯之波:指波涛。阳侯,传说中的波涛之神。　⑯蒙蒙:迷蒙无知貌。

【今译】

　　西闾过渡河往东去,掉进了水里,一个撑船的把他从水中捞了出来,问道:"你今天要到哪里去?"

　　西闾过回答说:"要去东边游说诸侯王。"

　　撑船的一听,捂着嘴直笑,说:"你渡河掉进水里都不能自救,怎能游说诸侯呢？"

西间过说："不要用你的技能来取笑我。你难道没听说过和氏璧吗？它价值连城，但用来纺线，还不如用土烧制成的纺锤。随侯珠是一件国宝，但用来弹射鸟鹊，还不如泥制的弹丸。骐骥骒骊之类的骏马驾车奔驰，一日之内可至千里，极为迅速，但让它捕捉老鼠，还不如价仅百钱的狸猫。干将、镆铘可以劈开大钟不发出声响，挥动起来可以砍断金属，可以斩断飘动的羽毛，可以刻入铁制的斧头，极为锋利，但用它来修补破鞋，还不如价仅两钱的锥子。你操持船桨，驾着小船，来往于广阔的水面，自如地面对波涛，临驾深流，这恰好是你的技能。如果你我一起去东方游说诸侯，谒见国王君主，那你蒙蒙无知，简直和瞎眼狗没有两样！"

【评析】

人人都有自己的长处，船夫以自己撑船之长，嘲笑西间过溺水之短，结果遭到西间过的一顿奚落。这就告诉我们：以自己的长处与别人的短处相比，是没有意义的，而且还会沾沾自喜，丧失进取的动力。　　　　　（贺武威）

各有短长

甘戊①使于齐，渡大河。船人曰："河水间②耳，君不能自渡，能为王者之说乎？"甘戊曰："不然，汝不知也，物各有短长。谨愿敦厚可事主，不施用兵。骐骥骒骊③足及千里，置之宫室，使之捕鼠，曾不如小狸。干将④为利，名闻天下，匠以治木，不如斤斧⑤。今持楫⑥而上下随流，吾不如子；说千乘之君、万乘之主，子亦不如戊矣。"

（《说苑·杂言》）

【注释】

①甘戊：即甘茂。"戊"、"茂"通用。　　②间：缝隙，喻极窄。　　③骐骥骒骊(lùěr绿耳)：良马。　　④干将：古代宝剑名。　　⑤斤斧：斧头。　　⑥楫：船桨。

【今译】

甘戊出使齐国，要过一条大河。船夫说："河水就这么一点宽，你不能自己渡过去，又怎能说服君王呢？"甘戊说："话不能这样说，你不知道，事物各有长处和短处，老实厚道的人，可以侍奉君王，但不能带兵打仗。那些良马，一驰千里，放在家里捉老鼠,还不如一只小猫。干将是锋利的宝剑,名闻天下,木匠拿去砍木头,还不如一把斧头。划起桨来能随着波浪上下行进,我不如你;游说千乘的国君、万乘的帝王,那你就不如我了。"

【评析】

　　事物各有短长。我们不能用自己的长处比别人的短处,犯船夫那样的错误。长其所长,短其所短,才能人尽其才,物尽其用。　　　　　　　　　　(贺武威)

扬 雄

扬雄(公元前53—公元18),字子云,西汉蜀郡成都人。著名思想家、文学家、语言学家。他的赋写得很好,曾因献《甘泉赋》《羽猎赋》等给汉成帝而被封为郎。他还采集当时各地方言写成了一部语言学的重要著作《轩轩使者绝代语释别国方言》(简称《方言》)。《法言》是扬雄的一部重要哲学著作,据扬雄的《自序》,他写作这部书的主旨是捍卫和发扬儒家学说,但在论述问题时,扬雄也批判了当时流行的图谶迷信,表现出了唯物主义观点。

螟蛉①之子

螟蛉之子殪②而逢蜾蠃③,祝④之曰:"类我,类我。"久则肖⑤之矣。

(《法言·学行》)

【注释】

①螟蛉:螟蛾的幼虫。 ②殪:死。这里指变成蛹。 ③蜾蠃:一种寄生蜂,又名蒲卢。腰细,体青黑色,长约半寸。 ④祝:祈祷。 ⑤肖:相貌相似。

【今译】

螟蛉变成蛹后被蜾蠃发现,蜾蠃(将它带回巢,)祷告说:"像我!像我!"时间长了,螟蛉(蛹孵化后)就变得酷似蜾蠃了。

【评析】

蜾蠃喜欢捕捉螟蛉喂它的幼虫,古人不知道,误以为蜾蠃自己不能生子而养螟蛉让它成为小蜾蠃。扬雄用这则寓言来说明:人应该教育自己的子女、学生,使他们能像父辈一样成为贤能的人。蜾蠃经过长时间的努力,终于使螟蛉变得像自己。我们要做好一件事情,要达到自己的目标,不经过坚持不懈的努力能办到吗?

(慰望)

羊质虎皮

羊质①而虎皮,见草而说②,见豺而战③,忘其皮之④虎矣。

(《法言·吾子》)

【注释】

①质:物类的本体。"羊质"意思是"本身是羊"。　②说:"悦"的古字,高兴。
③战:颤抖。　④之:为。

【今译】

一只羊蒙着虎皮,它看见草就高兴,看见豺狼就颤抖,忘记了自己披着的是虎皮。

【评析】

羊尽管披了一张虎皮,然而它的本性却是改变不了的,所以一见到青草就高兴,见到豺狼就禁不住颤抖起来。可见假的就是假的,伪装得再巧妙,一到关键时候就会露出"庐山真面貌"的。"人假伪名,考实则穷。"(人借助虚假的名声,一到考察实际时就会露馅。)我们应该记住这个道理。本则寓言虽短,却十分生动,"见草而说,见豺而战"两句把羊的本性描摹得活灵活现,我们不能不佩服作者高超的写作技巧。

(慰望)

桓 谭

桓谭（公元前23—公元50），东汉沛国相（今安徽濉溪县西北）人，字君山。著名哲学家，博学多能。精通音律，遍习五经，善为文章，喜抨击俗儒。因反对谶讳神学差一点为光武帝刘秀所杀。著有《新论》二十九篇，早已散佚。清人严可均辑《全上古三代秦汉三国六朝文》，搜编部分佚文。

骥 子

薛翁者，长安善相马者也。于边郡求得骏马，恶貌而正走①，名骥子。骑以入市，去来人不见也。后劳问之，因请观马。翁曰："诸卿无目②，不足示也。"

（《新论·求辅》）

【注释】

①恶貌：长得丑。正走：善于跑。　②无目：无眼力，没有眼光。

【今译】

薛翁这个人，是长安善于相马的高手。他从边疆求得一匹骏马，样子难看却善于奔跑，名叫骥子。薛翁骑着走进街市，来来去去的人看都不看一眼。后来人们问起这匹马，请薛翁拉来给大家看看。薛翁说："各位没有眼力，不必拉出来看了。"

【评析】

这个寓言告诉我们：凡事不能只看表面现象，而不看它的本质。不能只看马的外貌，不看马的能力，对人也是如此，不能以貌取人，而应该以才取人。这样才能得到优秀的人才。

（贺武威）

屠门大嚼①

人闻长安乐，则出门向西而笑；知肉味美，则对屠门而大嚼。

（《新论·祛蔽》）

【注释】

①屠门:屠户家门。

【今译】

有一个人听说京城长安繁华热闹,便走出家门向西(望着长安方向)傻笑;知道肉味鲜美,就对着屠户家的大门空口大嚼起来。

【评析】

向往美好的生活是人之常情,本不应受到指责,可问题是故事中的那个人不去考虑为实现愿望应采取什么行动,而只是一味痴想,且入迷到"向西而笑"、"对屠门大嚼"的程度,这就未免显得滑稽可笑了。看来,我们处理问题还是要实际一点,理想固然可贵,行动则更为重要。这则寓言取材典型,寥寥数语便道出了无尽的意蕴,真可谓"言简意赅"。

(慰望)

王 充

王充(公元27—约公元97),东汉著名哲学家、思想家。会稽上虞(今属浙江)人,字仲任。年轻时家境贫寒,后到京师求学,师事班彪。《论衡》是王充的重要著作,其书内容丰富,涉及面广,对当时流传的一些荒诞谬说多有批判,书中有不少朴素的唯物主义观点,对后世很有影响。

仕数不遇①

昔周人有仕数不遇,年老白首,泣涕于涂②者。人或③问之:"何为泣乎?"对曰:"吾仕数不遇,自伤④年老失时⑤,是以⑥泣也。"人曰:"仕奈何⑦不一遇也?"对曰:"吾年少之时,学为文⑧。文德成就,始欲仕宦,人君好用老。用老主亡,后主又用武,吾更⑨为武。武节⑩始就,武主又亡。少主始立,好用少年,吾年又老。是以未尝⑪一遇。"

(《论衡·逢遇》)

【注释】

①仕:做官。数:屡次。遇:遇合。这里指一个人的才能迎合了国君的心意而被国君赏识重用。　②涂:通"途",道路。　③或:有人。　④伤:哀伤。　⑤失时:错过了(当官的)时机。　⑥是以:因此。　⑦奈何:如何,为什么。　⑧文:这里指礼乐典章制度等文治方略。　⑨更:改。　⑩武节:指武艺、兵法。　⑪未尝:不曾。

【今译】

从前,周朝有一个人想做官,但屡次得不到国君的赏识任用,年纪大了头发也斑白了,(想起来伤心)便在路上哭了起来。有人问他:"为什么哭呀?"他回答说:"我想做官,可是屡次得不到国君的赏识任用,自己哀伤年纪大了,错过了当官的机遇,所以哭啊。"人又问:"你屡次想做官,怎么一次也没有被国君赏识任用呢?"他回答说:"我年轻的时候学习礼乐典章制度。文治方略学成了,打算出来做官,可是国君却喜欢任用年长的人。好用年长的人的国君死了,后来的君主又偏爱任用习武的人,我就改学武艺兵法。武艺刚学好,喜欢任用有武功的国君又死去了。年轻的国君初继位,喜欢任用年轻人,可是我又老了。所以我一次也没有受到国君的恩遇。"

王 充

【评析】

在封建社会里,一个人能否得到赏识和重用往往并不取决于其自身是否有才能,当权者个人的好恶直接影响人们的前途和命运。王充用这则故事说明:是当时的用人制度造成了"进者未必贤,退者未必愚"(当上官的人不一定就品德高尚,才能卓越,没有当上官的人不一定就操行恶劣,才能低下)这种社会现象,从而对自己没取得高官厚禄作了解释,表达了对用人不公的黑暗现实的愤慨。今天,这则寓言的内涵已经突破了王充的本意,它告诉我们:要想取得事业的成功,必须要有坚定的信心和持之以恒的努力。抱着投机的心理,以实用主义的态度对待工作,是很难达到预期目的的。

(慰望)

鸡 犬 皆 仙

淮南王①学道,招会②天下有道之人,倾一国之尊③,下④道术之士。是以道术之士,并会淮南,奇方异术,莫不争出⑤。王遂得道,举家升天,畜产皆仙,犬吠于天上,鸡鸣于云中。

(《论衡·道虚》)

【注释】

①淮南:西汉诸侯国名,在今安徽省中部淮河以南地区。淮南王指刘安(公元前179—公元前122),汉高祖刘邦的孙子,袭父封为王。后因谋反被察觉而自杀。　②招会:召集。　③倾一国之尊:放下诸侯王的架子。倾,斜,侧。　④下:指地位尊贵的人用谦恭的态度对待地位较低的人。　⑤争出:争着献出。

【今译】

淮南王刘安学习道术,召集天下有道术的人,放下诸侯王的架子,屈尊和他们交往。因此会道术的人都会聚到了淮南,各种奇异的仙方妙术,没有不被(会道术的人)争着献出来的。于是,淮南王便修成了道,全家人都成仙升上了天,连饲养的家畜、家禽也都成了仙,狗在天上叫,鸡在云中啼。

【评析】

淮南王刘安谋反,事情败露后自杀身亡,当时人人尽知,可这则故事却说他修炼得道并成仙,甚至连他家饲养的鸡犬也都跟着上天了,显然与事实不符。王充利用这则人人都知道是虚假的故事来批判当时道家方士和儒生们宣扬的人可以"得道仙去"、"度世不死"的妄言。后世将这则故事凝练成一个熟语:"一人得道,鸡犬升天",用来比喻一人当官,与他有关系的亲朋好友都跟着得势升官。这种人事制度方面的裙带关系显然是不合理的,理所当然地受到历代人们的批判和嘲讽。

(慰望)

宋人御马

宋人有御①马者,不进,拔剑刭②而弃之于沟中。又驾一马,马又不进,又刭而弃之于沟。若是者三。以此威③马,至④矣,然非王良⑤之法也。

(《论衡·非韩》)

【注释】

①御:驾驭。 ②刭:割颈。 ③威:威慑。 ④至:极,最。 ⑤王良:春秋末期晋国一个擅长驾驭车马的人。

【今译】

宋国有一个驾驭车马的人,马不前进,他就拔出剑来斩断马颈,把死马扔到沟里。然后重新驾一匹马,马又不前进,他又拔剑斩断马颈,将它扔进沟里。像这样连续了三次。用这种方法来威慑马,可以说是严厉到了极点了,然而却不是王良驯马的方法啊。

【评析】

战国诸子百家中,法家主张以刑法治国,而王充主张德治。他认为汉代统治者严刑峻法、任意杀戮的做法是源于法家主张,所以写了《非韩》来非难韩非的法家观点。他的这则寓言以驭马喻治国:宋人用刭马的方式来威慑马,可算是严厉至极,但这并不是好方法。驭马能手王良能够调理各种类型的马,使得"马无罢(疲)驽",用的方法是"驯马之心"。治国如同驭马,要做到"民无狂悖"(狂妄,作乱),任刑不行,只能像尧、舜那样"顺民之意"(治服人的思想)。这则寓言本身可以给人多方面的启示:滥施淫威不能服人,以理才能使人真正心服;要想成就事业,必须方法对头,蛮干是达不到预期目的的。

(慰望)

班 固

班固（公元32—公元92），东汉著名史学家、文学家。扶风安陵（今陕西咸阳东北）人，字孟坚。他继承其父班彪的遗志，撰成我国第一部纪传体断代史书——《汉书》。《汉书》文辞渊雅，叙事详赡，问世后即引起了人们的广泛重视，是记录西汉一代历史的重要著作。

束缊请火

里妇夜亡肉①，姑以为盗②，怒而逐之③。妇晨去，过所善诸母④，语以事而谢⑤之。里母曰："女安行⑥，我今令而⑦家追女矣。"即束缊请火⑧于亡肉家，曰："昨暮夜，犬得肉，争斗相杀，请火治之⑨。"亡肉家遽⑩追呼其妇。（《汉书·蒯通传》）

【注释】

①里：乡里。亡：丢失。　②姑：婆母。盗：偷窃。　③逐：赶走。"逐之"意思是把她休了，让她回娘家。　④过：访问。这里指"到……去"。诸：代词，相当于"其"，那个。母：年长妇女的通称。　⑤谢：辞别。　⑥女：同"汝"，代词，你。安：慢。"安行"意思是走慢一些。　⑦而：代词，你，作定语。　⑧束缊请火：搓乱麻为引火绳，向邻家借火。缊，乱麻。请，乞讨。　⑨治：整治。这里特指用热水烫死狗，以去毛。　⑩遽：迅速，立即。

【今译】

一个乡里媳妇，家里夜间丢失了肉，她的婆母以为是她偷的，一怒之下将她赶出了家门。这个媳妇清晨离开家，走到一个跟她关系很好的老婆婆家，把事情经过告诉了老婆婆，并向她辞别。老婆婆说："你慢慢走，我要让你家里人去追你回去。"当下就用乱麻搓了根引火绳，走到那个丢了肉的人家去借火，说："昨天夜里狗（不知从哪儿）得到一块肉，因为争肉，一只狗被咬死了，我想向您借火烧水烫狗。"丢失了肉的人家（听了）立即跑去追赶并呼喊他家的媳妇回去。

【评析】

搓麻绳借火和劝别人将错撵走的媳妇请回来本是毫不相干的，可是这则寓言里的老婆婆却将两者巧妙地联系在一起，达到了自己的目的。看来处理问题有时候需要讲些策略，不可一味地只从正面入手，我们不妨灵活一些。"束缊请火"后来凝结成了成语，用来比喻为人排忧解难或求助于人。　　　　（慰望）

公孙弘布被

汲黯①曰："弘位在三公②，奉禄甚多，然为布被③，此诈也。"上问弘，弘谢④曰："有之。夫九卿⑤与臣善者无过黯，然今日庭诘⑥弘，诚中弘之病⑦。夫以三公为布被，诚饰诈欲以钓名⑧。且臣闻管仲相齐⑨，有三归⑩，侈拟于君，桓公以霸，亦上僭⑪于君。晏婴相景公⑫，食不重肉⑬，妾不衣丝，齐国亦治，亦下比于民。今臣弘位为御史大夫，为布被，自九卿以下之于小吏无差⑭，诚如黯言。且无黯，陛下安⑮闻此言？"上以为有让⑯，愈益贤之。

（《汉书·公孙弘传》）

【注释】

①汲黯：西汉濮阳（今河南省濮阳市西南）人。汉武帝时曾任主爵都尉，能直言劝谏。因主张与匈奴和亲，被武帝疏远。出为淮阳太守，在任十年死。　　②弘：公孙弘，西汉菑川薛（今山东省滕县南）人。汉武帝时，被封为平津侯，任御史大夫、丞相。三公：古代中央三种最高官衔的合称。西汉以丞相、太尉、御史大夫为三公。　　③布被：布制的被子。古时常用来形容生活清苦。　　④谢：认错。　　⑤九卿：古代中央政府的九个高级官职。　　⑥诘：责问，质问。　　⑦诚：确实。中：正对上，击中。病：毛病，缺点。　　⑧饰诈：作假骗人。钓名：作伪以求虚名。　　⑨管仲：春秋时齐国人。齐桓公任命他为卿，尊称"仲父"。在齐国推行改革，使齐国逐渐富强起来，齐桓公也因之成为春秋时期的第一个霸主。相齐：在齐国为相。　　⑩三归：娶了三姓（即三家）的女子为妻子。归，古人称女子出嫁为"归"。　　⑪僭：超越身份，冒用在上位的人的职权行事。　　⑫晏婴：春秋时齐国人。其父晏弱死后，他继任齐卿，历仕灵公、庄公、景公三世。　　⑬重肉：两种以上的肉食。　　⑭差：差别。　　⑮安：哪里。　　⑯让：谦让。

【今译】

汲黯（对皇帝）说："公孙弘位居三公，俸禄优厚，然而他却用布质的被子，这是在欺诈啊。"皇帝便问公孙弘，公孙弘向皇帝请罪，说："是有这么回事。九卿当中没有哪一个比汲黯跟我关系更好的了，然而他今天在朝廷上责难我，确实击中了我的要害。身居三公这样高位的人盖布质被子，是有故意作假以骗取名誉的企图。我听说管仲担任齐国的相，娶了三家女子为妻，生活奢侈和国君相似，齐桓公依靠他做了霸主，管仲的行为是向上僭越了君。晏婴任齐景公相，吃饭不用两种肉食,侍妾不穿丝绸衣服,齐国也治理得很好,晏婴的做法是向下跟老百姓相比啊。现在我身居御史大夫之职,使用布质被子,自九卿一直到小吏都没有了差别,确如汲黯所说的那样。如果没有汲黯,陛下从哪里能听到这些话呢?"皇帝认为公孙弘懂得礼让,更加觉得他贤能。

【评析】

公孙弘面对汲黯的攻击和皇帝的责问沉着应对,以退为进,不但化险为夷,而且赢得了皇帝的信任。看来遇事冷静,讲究策略往往是取得成功的重要途径,我们不能忽略这一点。至于公孙弘以管仲、晏婴为例,说明生活细节不影响治国方略一事,我们可要辩证地看。一般来说,我们应该尊重人的个性,对一个人的兴趣爱好等生活细节问题不过多干涉,看人要看其主流,看其大节,这样才有利于调动大家的积极性,共同做好工作。但对每一个人来说,我们必须时时处处严格要求自己,防微杜渐,因为生活细节上的放纵常常会导致政治上的堕落和道德的沦丧。

(慰望)

按图索骥

今不循伯者^①之道,乃欲以三代选举之法取当时之士,犹察伯乐之图,求骐骥于市,而不可得,亦已明矣。

(《汉书·梅福传》)

【注释】

①伯(bà霸)者:霸者,成霸王之业者。

【今译】

现在(你)不按照成就了霸业的君主的方法,却想依据夏、商、周三代选拔人才的方法来选拔当代人才,这就像看伯乐画的图,而去市场上挑选良马,良马得不到,是很清楚的了。

【评析】

西汉成帝时,王凤专权,肆意剪除异己,杀了京兆尹王章,梅福很为汉王朝前途担忧,便写了一篇奏章给成帝,希望成帝能效法前代有建树的君王,不拘一格,广纳人才,以振兴汉室。"按图索骥"就是奏章中的一段话。不拘泥于教条,针对实际,按照自己的目的,采取切实有效的措施,以求达到最佳效果,是这段寓言的主旨,也是最能给我们启发的一点。"按图索骥"后来成为成语,一般指按照线索去寻找事物。

(慰望)

丞相问牛

(丙)吉又尝出①,逢清道②群斗者,死伤横道,吉过之不问,掾史③独怪之。吉前行,逢人逐牛,牛喘吐舌。吉止驻,使骑吏④问:"逐牛行几里矣?"掾史独谓丞相前后失问。或以讥⑤吉,吉曰:"民斗相杀伤,长安令、京兆尹职当禁备逐捕⑥,岁竟丞相课其殿最⑦,奏行赏罚而已。宰相不亲小事,非所当于道路问也。方春少阳用事⑧,未可大热,恐牛近行,用暑故喘⑨,此时气失节⑩,恐有所伤害也。三公典调和阴阳⑪,职当忧,是以问之。"

(《汉书·丙吉传》)

【注释】

①吉:丙吉。西汉鲁国(今山东省曲阜市)人。在汉武帝末年的宫廷斗争中,曾救护过皇曾孙刘询。后建议大将军霍光迎立刘询为帝,即汉宣帝。被封为博阳侯,任丞相。尝:曾经。 ②清道:又称净街。帝王、官员出行时,清除道路,驱散行人。 ③掾史:官名。汉时中央及各州县都设置有掾史,分科处理政务。 ④骑吏:出行时随侍左右的骑马的吏员。 ⑤讥:盘问,带讥讽的口气问。 ⑥京兆尹:汉代京畿的行政区域之一。在今陕西省西安市以东至华县之间,下辖十二县。此处为官名,指管辖京兆地区的行政长官。禁备:戒备。逐捕:追捕。 ⑦岁竟:年终。竟,终了,完毕。课:考核。殿最:古代考核官员政绩或军功,下等称"殿",上等称"最"。 ⑧少阳:东方。用事:当令。 ⑨用:因为。暑:炎热。 ⑩时气:气候。失节:不合节令。 ⑪三公:古代中央三种最高官衔的合称。西汉以丞相、太尉、御史大夫为三公。典:主持,掌管。调和:协调,使和谐。阴阳:古代称宇宙间贯通物质和人事的两大对立面,适用范围很广,这里主要指寒暑。

【今译】

丙吉又曾出行,碰到一群人竟在清道时斗殴,死伤的人横躺在大路上,丙吉经过那儿并不过问,掾史感到很奇怪。丙吉(继续)往前走,遇到一个人赶着一头牛,牛吐着舌头直喘气。丙吉停了下来,派随行的骑吏去问:"赶牛走了几里路了?"掾史认为丞相前后没有把握好询问的对象。有人拿这件事来问丙吉,丙吉说:"老百姓争斗彼此伤害,这是长安令、京兆尹依据职责应当戒备追究的事,作为丞相,只需年终考核他们的政绩好坏,奏明皇上给予他们奖赏或惩罚罢了。丞相不亲自处理具体的小事,民在路上争斗伤害的事不是他应当过问的。现在正值春季东方当令,不能太热,我担心牛没走多远,是因为天气炎热才喘气的,如是这样,就说明气候不合节令,害怕对民生有所伤害。国家三公负责协调阴阳寒暑,职责决定我应当为此担忧,所以就问牛走了多远。"

【评析】

丙吉不过问百姓争斗彼此伤害的事,却关心牛为什么喘气,别人不理解,他却有自己的见解:有些事看似大事,但自有专人负责,完全不必越俎代庖;有些事看似小事,深究起来,却事关大局,马虎不得。丙吉的故事告诉我们:办事情要辩证地看问题,抓主要矛盾;要忠于职守,尽职尽责。后人对丙吉很欣赏,常引用这则故事,久而久之,"问牛"便成了典故,用来比喻为官者关心民生疾苦。(慰望)

夜郎自大

(汉使)至滇①,滇王当羌②乃留为求道。四岁余,皆闭昆明③,莫能通。滇王与汉使言:"汉孰与我大?"及夜郎侯④亦然。各自以一州王,不知汉广大。

(《汉书·西南夷传》)

【注释】

①滇:战国至秦汉时期西南民族建立的政权,故地在今云南省滇池附近。滇族是以农业生产为主的定居民族。 ②当羌:滇王名。 ③昆明:即昆明夷,西南古游牧民族,其活动区域在今四川省盐源县一带。 ④夜郎侯:夜郎国君长。夜郎也是当时西南民族建立的政权,在今贵州省西北部及云南、四川两省的部分地区。

【今译】

(汉朝使臣)来到滇国,滇王当羌留他们住下并替他们寻找(通往身毒国的)道路。逗留了四年多,一直被昆明部族阻拦,不能前往(身毒国)。滇王问汉朝使臣:"汉跟我国比,哪个大?"汉使来到夜郎国,夜郎君长也这么问。他们各自占据一州大小面积的土地称王,不知道汉朝国土辽阔。

【评析】

西汉时,滇国和夜郎在我国西南少数民族建立的政权中可以称得上是大国,其毗邻的都是一些小国或者是无君长的游牧民族,因此他们便自以为很了不起,以至于向汉使提出了"汉与我哪个大"这种令人发笑的问题。当然,实事求是地说,这也不能全怪他们,因为交通不便,加上周边一些游牧民族的阻碍,他们一直未能跟汉朝交往,对汉朝一点也不了解,所以闹出了笑话。看来,"没有调查研究就没有发言权"这句话我们真的不能忘,无论做什么事,都要把情况摸清楚,切记不可自以为是,妄自尊大。成语"夜郎自大"就来源于这个故事。　　　　(慰望)

王　符

王符（公元85—公元162），东汉后期进步思想家。安定临泾（今甘肃镇原）人，字节信。因不满东汉末年腐朽政治，终生不仕，隐居著书，讥讽时政。《潜夫论》十卷三十六篇，多为讨论治国安民之术的政论文章，充满了批判精神。

司原猎豨

昔有司原氏者，燎猎中野①。鹿斯东奔②，司原纵噪之③。西方之众有逐豨④者，闻司原之噪也，竞⑤举音而和之。司原闻音之众，则反辍⑥己之逐而往伏焉，遇夫俗恶⑦之豨。司原喜，而自以获白瑞珍禽也，尽刍豢单困仓以养之⑧。豨俛仰嚘咿⑨，为作容声⑩，司原愈益珍之。居无何⑪，烈风兴而泽雨⑫作，灌巨豨而恶涂渝⑬，豨⑭骇惧，真声出，乃知是家之艾猳尔⑮。此随声逐响之过也，众遇之未赴信焉⑯。

（《潜夫论·贤难》）

【注释】

①燎（liào 料）猎：夜猎。中野：即"野中"，田野之中。　②鹿斯东奔：鹿向东方跑去。斯，句中语气词，无义。　③纵：《太平御览》引此文字作"从"，较好。从，跟随。噪：喧哗。　④豨（xī 希）：同"豨"，猪。　⑤竞：并。　⑥辍（chuò 绰）：中止，停止。　⑦俗恶：据学者考证应为"浴垩"之误。浴，浸染。垩（è 饿），白色土。　⑧尽：竭尽。刍豢：用草喂养牲口称"刍"，用谷物喂养牲口称"豢"。单：通"殚"，竭尽。困仓：储藏粮食的仓库，圆形的称"困"，方形的称"仓"。　⑨俛："俯"的异体字。嚘咿（yōuyī 优一）：动物啼叫声。　⑩容声：逢迎取媚之声。　⑪无何：无几时，没有多长时间。　⑫泽雨：大雨。　⑬恶涂：指涂在身上的白土。"恶"为"垩"之误。渝：改变。　⑭豨：原文误作"逐"，以意改。　⑮艾猳（jiā 家）：老公猪。艾，老；猳，公猪。　⑯赴信：取信。

【今译】

从前有个叫司原的人，夜间在田野里打猎。一只鹿往东边跑去，司原追了过去并呐喊起来。西边一群人正在追赶一头猪，听见司原的喊声，也随之呼唤起来。司原听见那边呼喊的人声多，便停止了自己这边的追赶而转向众声喧叫的地方埋伏起来。（结果）捕获了一只身上涂满了白土的猪，司原很高兴，自以为得到了一只白色的吉祥兽。于是尽自己仓库里的谷物和草料去喂养它。猪俯仰屈伸,故意发出亲昵谄媚的声音,司原更加珍爱它了。过了没多久,一天狂风大作,下起了暴雨,雨水直往大猪身上灌,把它身上涂抹的白土全冲刷掉了。猪惊恐害怕,发出了猪的真正的声音,司原这才知道它原来是家里的大公猪。这是追随众声盲目行动的过错,(可见,一件事)众人都去做也未必可信。

【评析】

　　王符生活在东汉后期,当时政治黑暗,社会混乱,官吏腐败。谚语说:"一犬吠形,百犬吠声。"世上有些人遇事不去考察它的真伪,只知随大流,人云亦云,跟在别人后面瞎起哄。寓言中的司原正是这样的人,事实给了他惩罚。我们可不能像司原那样,而要注重调查分析,要倡导独立思考,反对盲从,这样处理问题会更恰当一些。寓言在叙述的过程中还采用了拟人的手法,把猪说成能解人意的动物,增加了故事的趣味性,使读者在会心一笑之中领悟深刻的含义。　　(慰望)

王 逸

王逸,字叔师,东汉南郡宜城(今属湖北)人,生卒年代不详,只知他在安帝时(公元107—公元125)为校书郎,顺帝时(公元126—公元144)官至侍中。《楚辞章句》是王逸为《楚辞》所作的注本,是现存的《楚辞》注本中时代最早的,对后世的影响很大。

惩羹吹齑①

人有歠羹而中热②,心中惩乂③,见齑则恐而吹之。　　　　　(《楚辞章句》)

【注释】

①本则是王逸对《楚辞·九章·惜诵》篇中"惩于羹者而吹齑兮"一句的注解。羹:这里指用肉或肉菜相杂而调和出来的热的羹汤。齑(jī基):细切的冷菜。　②歠(chuò绰):喝。中热:指被烫了。　③惩乂(ài爱):戒惧。

【今译】

一个人喝热羹汤被烫了,(从此)心中就有了戒惧,见到凉菜也担心会烫嘴而要吹一吹。

【评析】

曾被热羹汤烫过,看到凉菜也禁不住要吹吹气,寓言中的那个人也未免过于小心了。不过也难怪他,俗话不是说"一朝被蛇咬,十年怕井绳"吗?人对自己曾经受过的伤害总是耿耿于怀的,总要竭力避免再次发生,这是人的天性。善于汲取教训,不犯同样的错误,避免遭受同样的伤害,是对的。我们每一个人都应该这样去做,也只有这样做,才有利于我们的工作,有利于自己的成长。当然,我们也不能过于谨慎。如果遇到一点挫折,就缩手缩脚,裹足不前,我们还能有所作为吗?当今时代,是一个奋进的时代,我们虽然需要谨慎,但我们更需要胆识,要敢闯,敢于探索。愿朋友们都不要"惩羹吹齑"!

(慰望)

《东观汉记》

《东观汉记》是东汉时期一部重要的历史著作。我国古代统治阶级十分重视修编国史,东汉明帝曾命令著名史学家班固撰修光武帝朝史。随后,刘珍、崔寔、蔡邕等人在历代皇帝的支持下先后续修东汉国史,至东汉末年,《东观汉记》方告基本完成。原书早已散佚,现在我们见到的,只是其保留在其他古书中的一些片断。

不因人热①

梁鸿少孤②,以童幼诣太学受业③,治《礼》、《诗》、《春秋》④。常独坐止⑤,不与人同食。比舍⑥先炊已,呼鸿及⑦热釜炊。鸿曰:"童子鸿不因人热者也。"灭灶更燃火。

(《东观汉记·梁鸿传》)

【注释】

①因:依靠,凭借。　②梁鸿:东汉初扶风平陵(今陕西咸阳西北)人,字伯鸾。家贫博学。因批评统治者奢靡,而受到当权者的忌恨,被迫隐姓埋名,先后到齐鲁、吴等地避难。孤:幼年丧父或父母双亡。此指父母双亡。　③以:介词。这里是"以(凭借)……身份"的意思。童幼:儿童。太学:我国古代设在京城的国家最高学府,东汉时已有相当规模,学生最多时达三万人。受业:接受学业,即学习。　④《礼》《诗》《春秋》:西汉武帝接受董仲舒的建议,罢黜百家,独尊儒术,把儒家著作奉为"经",当时有所谓"五经",《礼》《诗》《春秋》都在其中(其他两部是《易》《书》;又,汉时《礼》指《仪礼》)。　⑤坐止:指生活起居。⑥比舍:邻舍,这里指一起学习的人。　⑦及:趁着。

【今译】

梁鸿幼年的时候失去了父母,作为一个儿童就进入了太学学习,研习《礼》《诗经》和《春秋》。他常常一个人独自起居,不和别人一起合伙吃饭。(一次,)一个和他一起学习的人先做好了饭,招呼他趁着热锅烧饭。梁鸿说:"我是不依仗别人余热的人啊。"(说完便)熄灭了灶中的余火,重新点火做饭。

【评析】

同伴招呼梁鸿用自己留在灶中的余火烧饭,本是好意,因为这样可以节省一些燃料。而梁鸿却没有这样做,他"灭灶更燃火",还说"童子鸿不因人热者也"。

今天我们看来,梁鸿的这一举动未免太迂腐,不可理解。但在当时,统治阶层中人与人的关系很复杂,一些人总是千方百计地寻找各种机会去攻击诽谤别人。梁鸿自幼就丧失了双亲,在当时是一个弱者,他只能用"灭灶更燃火"之类的行动来维护自己的尊严。梁鸿的举止是有成效的,过去人们一直赞扬他的清高,为他的独立人格叫好。"不因人热"后来还成了一个典故,用来表示人的孤傲性格和独立精神。时代不同了,今天我们读这则寓言,在吸取其寓意中的有益部分——倡导不依赖别人的独立精神的同时,别忘了还应当倡导互相帮助的合作精神,这一点更重要。

(慰望)

荀 悦

荀悦(公元148—公元209)字仲豫,东汉颍川颍阴(今河南许昌)人。思想家、史学家,少好学,及长,好著述。灵帝时宦官擅权,托疾隐居。献帝时任侍讲禁中、秘书监、侍中。依《左传》体例,将《汉书》改为《汉纪》三十篇。又著《申鉴》五篇,旨在申说历史教训,供君王资鉴。有明黄省曾注本。

赶 鸡

儒子驱鸡者,急则惊,缓则滞①。方其北也,遽②要之,则折而过南;方其南也,遽要之,则折而过北。迫则飞,疏则放③。志闲则比之④,流缓而不安则食⑤之。不驱之驱,驱之至者也,志安则循路而入门。

(《申鉴·政体》)

【注释】

①滞(zhì 智):停止,停留。 ②遽(jù 据):急速。 ③放:放纵。 ④志闲:心静。比:亲近,亲密。 ⑤流缓:流动。食:喂。

【今译】

一个学生在赶鸡,赶得急了,鸡就受惊乱窜,赶得缓慢,鸡就停留在那里不动。它刚要朝北走,疾速赶它,反而转头向南跑,它刚要朝南走,疾速赶它,反而转头向北跑。太接近它,鸡就飞着逃走,太疏远它,鸡就无目的地游荡。鸡心静下来再接近它,鸡游动不安时就去喂它。不驱赶的驱赶,才是赶鸡的要领,心安定了就会顺着路回家的。

【评析】

这则寓言通过对赶鸡的不同方法的描述,说明了做任何事情都必须要讲究方法。靠强力硬做将会适得其反,撒手不去做当然也达不到目的。要善于引导,善于掌握事物的规律才能把事情做得尽善尽美。

(贺武威)

应 劭

应劭,东汉末年著作家,生卒年不详。汝南南顿(今河南项城西南)人,字仲远。汉献帝时曾任泰山太守。著有《汉宫仪》《风俗通义》《汉书集解音义》等书。《风俗通义》又称《风俗通》,是一部带有笔记小说文性质的书,主要考释、评议名物、时俗,已散佚大半。

杯弓蛇影

予之祖父郴为汲令①,以夏至日请见主簿杜宣②,赐酒。时北壁上有悬赤弩③,照于杯中,其形如蛇。宣畏恶之,然不敢不饮,其日便得胸腹痛切,妨损饮食,大用羸露④,攻治万端,不为愈。后郴因事过至宣家,窥视⑤,问其变故⑥,云畏此蛇,蛇入腹中。郴还听事⑦,思惟⑧良久,顾见悬弩,必是也。则使门下史将铃下侍徐扶辇载宣于故处设酒,杯中故复有蛇,因谓宣:"此壁上弩影耳,非有他怪。"宣意遂解,甚夷怿⑩,由是瘳⑪平。

(《风俗通义·怪神》)

【注释】

①汲:县名,在今河南省北部。　②主簿:县令属官,负责簿籍,掌管印鉴。　③赤弩:未装弓套的弓。　④羸露:衰败、瘦弱。　⑤窥(kuī亏)视:探望。　⑥变故:意外发生的变化或事故。这里指突然生病的缘由。　⑦听事:厅堂。官府办事的地方。听,后写作"厅"。　⑧思惟:思量,思考。　⑨门下史:又作"门下掾",汉代地方官自己选荐的属吏。将:带领。铃下:随从护卫役卒。辇:人拉的车。　⑩夷怿:愉快,喜悦。　⑪瘳(chōu抽):病愈。

【今译】

我的祖父应郴担任汲县县令,夏至这一天,约见主簿杜宣,并赏他酒喝。当时北面墙壁上挂了一张弓,弓影映照在酒杯中,形状像一条蛇。杜宣看了很害怕,感到恶心,但又不敢不喝。(回去后,)当天就感到胸腹里疼得厉害,妨碍饮食,很快消瘦衰弱下去,采用各种方法治疗,不见好。后来应郴因事经过杜宣家,进门探望,问他生病的缘由,杜宣说是因为害怕杯中蛇,蛇进入了腹中。应郴回到厅堂,思量了很久,回头看见悬挂在墙上的弓,(恍然大悟,)心想一定是这个。就让手下的属吏带着随从扶持着杜宣,用车把他接到原先喝酒的地方重新摆上酒,酒杯中又出现了蛇影,于是就对杜宣说:"这是墙壁上弓的影子,不是有什么怪物。"杜宣心中的结解开了,非常高兴,病也就好了。

【评析】

　　《杯弓蛇影》的故事在许多古籍中都有记载,此则为最早。故事中的杜宣因误以为杯中的弓影是蛇,竟大病一场,多方医治无效,直至明白了事情真相后,才病愈。初听这个故事,觉得很好笑,仔细一想,它确实道出了一个客观事实:心理因素对一个人来说是非常重要的,它会影响人的健康成长,影响人的生活质量。而要想拥有一个良好的心态,我们需要从各方面去努力,其中之一就是:遇到一些迷惑的事情,一定要去把它弄清楚,不要有什么顾虑,更不要总是憋在心里。

（张劲秋）

鲍 君 神

　　汝南鲷阳有于田得麇者①,其主未往取也。商车十余乘经泽中行,望见此麇着绳②,因持去。念其不事③,持一鲍鱼④置其处。有顷,其主往,不见所得麇,反见鲍鱼,泽中非人道路,怪其如是,大以为神。转相告语,治病求福,多有效验。因为起祀舍,众巫数十,帷帐钟鼓,方数百里皆来祷祀,号鲍君神。其后数年,鲍鱼主来历祀下,寻问其故,曰:"此我鱼也,当有何神。"上堂取之,遂从此坏⑤。传曰:"物之所聚斯有神。"言人共奖成⑥之耳。

(《风俗通义·怪神》)

【注释】

　　①汝南:汉代郡名。在今河南东南部及安徽北部一带。鲷阳:故地在今河南省新蔡县东北七十里。麇(jūn军):"麏"的异体字,獐子。　　②着(zhuó卓)绳:被绳捆缚。　　③事:当为"俟"之误。俟,等待。　　④鲍鱼:盐渍鱼,干鱼。　　⑤坏:指人不再来祷祀,祠废。　　⑥奖成:助成。

【今译】

　　汝南郡鲷阳县有一个人在地里捉住一只獐子,没有及时将它取回去。十几辆商车路过这片沼泽地,商人看到这只拴了绳的獐子,便将它牵了去,考虑到没等獐子的主人来就取走獐子不妥,于是就在原来拴獐子的地方放上了一条咸干鱼。

过了一会儿,獐子的主人来了,不见自己捉到的獐子,却看到一条咸鱼。沼泽地本不是人们通行的道路,獐子变成了咸鱼使他感到奇怪,认为这一定是神。人们辗转相告,纷纷跑到咸鱼这儿来祈求去病得福,居然多有灵验。于是人们便为咸鱼盖了一座祀庙,数十名巫师来到这里,拉起帷帐,敲起钟鼓,方圆数百里的人都来祈祷求福,尊称咸鱼为"鲍君神"。几年之后,咸鱼的主人又来到这里,经过祠下,问明事情的原委,说:"这是我的咸鱼啊,哪有什么神。"他上堂取走了咸鱼,祀庙从此便废弃了。书传说:"事物聚集在一起就有了神。"这是说所谓神异是人们共同传言形成的啊。

【评析】

一个误会,咸鱼竟成了神,这样的笑话过去有,现在也时常发生,究其原因,就是这则寓言最后点明的:"人共奖成之"。当然"奖成"之人的动机是不同的,有的是以讹传讹,自己并不清楚是怎么回事,却在那里煞有其事地传播着流言蜚语,这种人可悲;有的是不动脑筋,跟在别人后面人云亦云,亦步亦趋,这种人可怜;有的是乘机虚张声势,捞取私利,如寓言中的巫师们,这种人可恨。可恨之人,我们当然不能去做。那可悲、可怜之人呢?你愿去做吗? (张劲秋)

李 君 神

汝南南顿①张助于田中种禾,见李核,意欲持去,顾见空桑中有土,因殖种②,以馀浆溉灌。后人见桑中反复生李,转相告语。有病目痛者息阴下,言:"李君令我目愈,谢以一豚。"目痛小疾,亦行自愈。众犬吠声③,因盲者得视,远近翕赫④,其下车骑常数千百,酒肉滂沱⑤。间一岁馀,张助远出来还,见之,惊云:"此有何神,乃我所种耳。"因就斫⑥也。

(《风俗通义·怪神》)

【注释】

①南顿:故地在今河南省项城县北五十里。 ②殖种:种植。 ③众犬吠声:当时熟语,又作"一犬吠形,百犬吠声",比喻不去了解真实情况,而捕风捉影,跟在别人后面人云亦云。 ④翕赫:显赫。 ⑤滂沱(tuó 驼):丰盛。 ⑥斫(zhuó 卓):砍。

【今译】

　　汝南郡南顿县人张助在田中栽种庄稼,见到一个李子核,想把它带走,回头看见桑树的空洞中有土,于是就把它种在里面,用浇庄稼剩余的水浇灌它。后来,人见到桑树中生出了李子,(觉得奇怪,)便辗转相告。有一个害眼痛病的人在树下歇息,对李树说:"李树啊,如果您能让我眼痛病痊愈,我送一头猪谢您。"眼痛本是小毛病,后来也就自己好了。"众犬吠声",人们传来传去,说瞎子因祈祷李树而恢复了视力,远近轰动,树下常常停有成百成千的车马,堆满了酒肉。过了一年多,张助出远门归来,见了这种情况,大吃一惊,说:"这哪有什么神啊,是我所种的呀。"于是就把它砍了。

【评析】

　　一个偶然的机会,张助在桑树的孔洞中栽了一棵李子。又是一个偶然,一个患眼病的人乞求李树保佑他眼疾痊愈,结果眼病真的好了。人们辗转相传,竟把这桑中李当成了神灵,对它顶礼膜拜,要不是张助归来,这场闹剧还不知如何收场呢。生活中的偶然常有,我们应该以平常的心态科学地去对待这些的偶然,否则,我们的生活中不知会平添多少"李君神"呢!

（张劲秋）

石 贤 士 神

　　汝南汝阳彭氏墓路头立一石人①,在石兽后。田家老母到市买数片饵②,暑热行疲,顿息③石人下,小瞑④,遗一片饵,去,忽不自觉⑤。行道人有见者,时客适会⑥,问因⑦有是饵,客聊调⑧之:"石人能治病,愈者来谢之。"转语头痛者摩石人头⑨,腹痛者摩其腹,亦还自摩,他处于此⑩。凡人病自愈者,因言得其福力,号曰贤士。辎軬毂击⑪,帷帐绛天⑫,丝竹之音,闻数十里。尉部常往护视⑬,数年亦自歇沫⑭,复其故矣。

（《风俗通义·怪神》）

【注释】

①汝阳:故地在今河南省商水县西北。墓路:即墓道,墓前甬道。　②饵:糕饼。　③顿息:停留休息。　④小瞑:稍睡。　⑤忽:忘。觉:察觉。　⑥适会:正遇着。　⑦因:当为"何"之误。　⑧聊:姑且。调:调侃。　⑨转语:辗转传言。摩:通"摸"。　⑩他处于此:此句不好懂,疑有讹误。有人以为"于"为"效"之误,句意是:别

处病人也仿效摸石人头,摸石人腹的做法。 ⑪辎辇:车辆。辎,古代有帷盖的载重车。辇,人拉的车。毂击:车子往来,车毂相击。形容车辆多。毂,车轮中心用来插轴的圆孔。 ⑫帷帐绛天:车辆帷帐的色彩将天空都映红了。也是形容车辆之多。绛,深红色。这里作动词,染红,映红。 ⑬尉部:此指县尉。尉,古代官名,各级都有设置,多为武职。部,衙署,有关主管部门。护视:护卫照看。 ⑭歇沫(mò 沫):停息。沫,终止。

【今译】

汝南郡汝阳县一位彭姓人墓前甬道口立了一个石人,位于石兽之后。一位农家老太太到市场上买了几块糕饼回去,暑天炎热,也走累了,便在石人下歇息,打一会儿盹,无意中掉下一块糕饼,离开时没有察觉。一个行路人看见了,便问恰巧遇到的一位庄客,石人旁怎么有饼,庄客调侃说:"石人能治病,被它治好的人就送饼来感谢它。"传来传去,说是头痛的人要摸石人的头,腹痛的人要摸石人的腹,再自摸自己,(病就可以好)。以至于别处也都仿效着这么做。凡是病好了的人,都说是得到了石人的福力,于是便称石人为"贤士"。来石人处求治病的人多极了,车辆相接,车帷把天空都映红了,乐器齐鸣,声传数十里。县尉常常派人来护卫照料。几年之后才渐渐停息下来,恢复到以前的状况。

【评析】

一句调侃的话,被人信以为真,传来传去,越传越玄,石人竟成了能治病救人的神。然而假的就是假的,几年之后,石人又恢复了"庐山真面目"。应劭这则故事虽寥寥数语,却把当时社会上盲从流言的不良之风刻画得惟妙惟肖,最后两句于不经意之间,道出了事情的必然结局,极富戏剧性。 (张劲秋)

狗作变怪

桂阳太守汝南李叔坚少时为从事①,在家,狗如人立行②,家③言当杀之。叔坚云:"犬马喻④君子,狗见人行,效之何伤!"叔坚见县令还,解冠榻上,狗戴持走,家大惊愕⑤。复云:"误触冠,冠缨挂著之耳。"狗于灶前蓄火,家益怔忪⑥。复云:"儿婢皆在田中,狗助蓄火,幸可不烦邻里,此有何恶。"里中相骂不言无狗怪⑦,遂不肯杀。后数日,狗自暴死,卒无纤介之异。

(《风俗通义·怪神》)

【注释】

①桂阳:汉郡名,治所在今湖南省郴县。从事:官名,三公及州郡长官自己征召的僚属。②如人立行:像人那样站着走,即只用后两只脚走。　③家:指家人,下面"家"与此同。④喻:比拟,学。　⑤愕:原文误作"时",无意。据后人的引文改。　⑥怔忪(zhēngzhōng 争中):惊惧。　⑦里中相骂不言无狗怪:此句句意不清,估计有脱漏。大意是说邻里责骂,李叔坚仍说没有狗怪。

【今译】

桂阳太守汝南人李叔坚年轻时候担任过从事,在家,狗像人那样用后两脚站立行走,家人说应该把它杀掉,李叔坚说:"狗马学君子,狗见人站立行走,效仿人有什么关系!"一天,李叔坚拜谒县令回来,把帽子解下放在坐榻上,狗戴着跑了,家人非常吃惊。李叔坚说:"狗无意间碰到帽子,帽子的系带挂到它身上罢了。"狗在灶前生火,家人更加惊惧。李叔坚又说:"孩子奴婢们都在田里干活,狗帮忙生火,可以不麻烦邻居,这有什么不好。"邻居责骂,李叔坚仍说没有狗怪,不肯杀狗。过了几天,狗自己突然死了,至终没有一点儿怪异的事情发生。

【评析】

狗有异常举动,别人都认为了不得了,李叔坚却不以为怪,结果什么祸患也没有发生。看来所谓的怪异都是人们自己想象出来的,事实并非那样,我们完全不必大惊小怪。故事以家人、邻居与李叔坚作对比,突现了李叔坚见识之高。最后一句画龙点睛,表达了作者对李叔坚的肯定。

(张劲秋)

东 食 西 宿

俗说齐人有女,二人求之,东家子丑而富,西家子好①而贫。父母疑不能决,问其女定所欲适②:"难指斥③言者,偏袒④,令我知之。"女便两袒。怪问其故。云:"欲东家食,西家宿。"此为两袒者也。

(《风俗通义·佚文》)

【注释】

①好:漂亮,美。　②适:出嫁。　③指斥:指名直呼。　④偏袒:指袒露一臂以示意。

【今译】

传说齐国人有一个女儿,两家人同时来求婚,东家的儿子长得丑但很富有,西家的儿子长得很漂亮但家里贫穷。父母犹豫不能决定,便问女儿,要她自己决定嫁给谁:"如果难以启齿直言,就袒露一只胳臂,让我们知道你的意思。"女儿便袒露出两只胳臂。父母感到很奇怪,问是什么缘故。女儿说:"想在东家吃饭,在西家住宿。"这就是"两袒"的故事啊。

【评析】

俗话说,没有十全十美的事。将嫁之人或富却丑,或美却穷,选择谁呢?这可难坏了那个齐国的女子。不过,她倒是想出了一个对策:扬长避短,东食西宿。主意是不错,只是实行起来恐怕就难了。读这则寓言,人们会忍俊不禁,多数人会觉得那个女子太贪心了,或者说是太实用主义了。是啊,鱼和熊掌不可兼得,自古如此,哪能事事如意呢?但是,追求完美是人的天性,也是每个人的权利,我们也不必过分嘲笑那个齐国的女子。寓言不长,却引人入胜,戏剧色彩很浓。

(张劲秋)

城门失火,殃及池鱼

宋城门失火,因汲取池①中水以沃灌②之。池中空竭,鱼悉露死。

(《风俗通义·佚文》)

【注释】

①池:护城河。　②沃灌:浇水、注水。

【今译】

宋国城门失火,于是就从护城河中打水灭火。护城河里的水被舀空了,鱼都露出干死了。

【评析】

"城门失火,殃及池鱼"这则寓言通常被人们理解为是比喻无缘无故受牵累的。是啊,城门失火,干池鱼何事?池鱼因之而死,岂不冤枉?然而转念一想,世上没有哪一件事是孤立的,它总要和其他事物发生关联,总要受到其他事物的牵连。城门失火为什么不殃及其他水域中的鱼,单单殃及池鱼呢?还不是因为这些鱼生活的水域——护城河与城墙紧挨着吗?生活中甲事物因乙事物而得福,或因乙事物而得祸,都是可能发生的。明白了这个道理,我们遇到不顺心的事就不会怨天尤人,想入非非,而能面对现实,泰然处之了。同时这则寓言也提醒我们:要注意事物间的联系,尽量避免因其他事物而带来的祸患。寓言很短,寥寥二十余字,却讲述了一个生动的故事:宋人急急忙忙从护城河里打水救火,以至于池鱼干渴而死的场景尽现在读者的脑海中,我们不能不佩服作者用语的简洁。

(张劲秋)

路傍儿杀马

语云长吏食重禄①,刍藁②丰美,马肥希出,路傍小儿观之,却惊致死。按长吏马肥,观者快马之走骤③也,骑者驱驰不足④,至于瘠死⑤。 (《风俗通义·佚文》)

【注释】

①长吏:地位较高的官员。重禄:厚俸,高薪。　②刍藁:干草。　③骤:马快跑,马奔驰。　④足:当为"已"之误。已,停止。　⑤瘠死:疲弱而死。

【今译】

传说一位长吏俸禄优厚,家中喂牲口的干草很丰盛,马长得膘肥而很少外出,(一天,长吏骑马出去,)路旁一小孩观看马跑,马却因此受惊而死。这是说长吏马肥,观看的人怂恿马快跑,骑马的人便驱赶马跑个不停,以致马疲惫而死。

【评析】

饲料丰盛,马膘肥体胖,这本是好事,可是那位汉朝的长吏却将马闲养在厩中,一直不用;偶尔一用,却又虚荣心作怪,强使外表肥胖而长期不跑的马狂奔,最后导致马猝死。长吏真是个既不会养马又不会用马的人!好条件要会用,办事情要依据它的内在规律,我们在日常生活中可不能学那个长吏啊!寓言先说现象:马因路旁小儿看而惊死,给人以悬念;再交代原因。用语不多,却跌宕起伏,耐人咀嚼。

(张劲秋)

汉乐府

　　两汉乐府本指管音乐的机关。但魏晋六朝将乐府所唱的诗——汉人原叫"歌诗"的也叫"乐府",于是乐府便由机关的名称变为一种带有音乐性的诗体的名称。汉乐府的任务,除了对文人歌功颂德的诗谱曲并制作、演奏新的歌舞外,最有意义的工作就是采集民歌。班固曾对这些民歌作了很好的概括:"感于哀乐,缘事而发"。这些民歌不仅具有丰富的社会内容,而且具有高度的思想性,它们广泛反映了人民的痛苦生活,折射出两汉的政治和社会面貌,同时也深刻反映了两汉人民的思想感情。

朱　鹭[①]

　　朱鹭,鱼以乌[②]。路訾邪[③],鹭何食?食茄下[④]。不之食,不之吐[⑤],将以问谏者。

(《乐府诗集·鼓吹曲辞》)

【注释】

　　①这首《朱鹭》在《乐府诗集》中属于《鼓吹曲辞·铙歌》。朱鹭:红色的鹭。　　②鱼以乌:衔着的鱼,像要吐出。　　③路訾邪:表声音,无意义。　　④茄下:"茄",古为"荷"字。"茄下"就是荷茎,荷茎圆直,中空无杂物,折而有丝,绵延不断。　　⑤不食不吐:不吞不吐。

【今译】

　　朱鹭,嘴里衔着鱼,好像要吐出,咿呀嗨。朱鹭吃什么?吃荷茎。不吃嘴里的鱼,也不吐出来,难道是要送给进谏的人吗?

【评析】

　　古时有谏官之设,谏臣专司向君王进谏。古人进谏须击鼓,鼓名"谏鼓",鼓漆以红色,装饰的鹭鸟也涂成红色。诗以"朱鹭"代指谏者,吃荷茎不吞不吐,正如谏臣貌似欲言,实则不言;按理当言,吞吞吐吐,模棱两可,有悖于荷茎无私之义,希望能做到谏臣应尽之责。

　　这首歌辞采用了借代与暗喻的手法。用"朱鹭"代谏者。以"荷茎"的直而中空的形象特点比喻正直无私的品德,以"不食不吐"的形象比喻吞吞吐吐,这都

是民歌中常用的手法,耐人寻味。 (蔡旭)

乌 生①

乌生八九子,端坐秦氏桂树间,唶②我!秦氏家有游遨荡子,工③用睢阳④强⑤,苏合⑥弹⑦,左手持强,弹两丸,出入乌东西。唶我!一丸即发中乌身,乌死魂魄飞扬上天。阿母生乌时,乃在南山岩石间,唶我!人民安⑧知乌子处?蹊径窈窕安从通?白鹿乃在上林西苑中,射工尚复得白鹿脯⑨。唶我!黄鹄⑩摩天极高飞,后宫尚复得烹煮之。鲤鱼乃在洛水深渊中,钓钩尚得鲤鱼口。唶我!人民生各各有寿命,死生何须复道前后!

(《乐府诗集·相和歌辞》)

【注释】

①《乌生》,又名《乌生八九子》,在《乐府诗集》中属于《相和歌辞·相和曲》,是可以配丝竹乐器伴奏演唱的歌曲。 ②唶(jiè 借):叹词,义同"嗟"。 ③工:擅长。 ④睢阳:地名。 ⑤强:强弹弓。 ⑥苏合:植物名。原产小亚细亚。自树中取树胶,制为苏合香,作香料,也入药。 ⑦弹:弹丸。 ⑧安:如何。 ⑨脯(fǔ 府):干肉。 ⑩黄鹄:鸟名,天鹅。

【今译】

乌鸦生了八九个孩子,端坐在秦家桂树上啊!秦家有一浪荡子,善用睢阳出产的强弹弓苏合香制成的弹丸。他左手拿着弹弓,两粒弹丸射在乌鸦的前后左右。啊!一粒弹丸射中乌鸦,乌鸦死后魂魄飞上天。乌鸦生小乌鸦是在南山岩石中,世间的人如何知道小乌鸦的藏身之处呢?啊!南山岩石中小路狭窄,人怎么能通过呢?白鹿躲在上林西苑中,也仍然被善射的人射死,制成干肉。黄鹄尽力高飞,入云摩天,也逃不过为后宫所烹煮的命运。鲤鱼潜形水底,生活在洛水深渊中,也难免为钓钩所钓、被人捕食的下场。啊!人世祸福难测,寿夭由命,人总归一死,又何须计较死的先后呢!

【评析】

这首诗的调子较为低沉,是东汉末年的乱世之歌。一方面社会动乱,战乱灾荒,人民群众灾难深重,时时有可能遭到不测的祸患;另一方面,朝廷政治黑暗,外戚、宦官互相倾轧,党锢之祸,广为牵连,官吏文人动辄得咎,他们大都有一种恐惧不安的心理。这首诗就反映了这种祸福难测而又无可奈何的社会情绪。诗中由乌子之死联想到乌子似乎不该飞到秦氏桂树间，但事实并不尽然。白鹿、黄鹄、鲤鱼并没离开老巢，也难逃被捕食之灾，从而引出对人生的慨叹。

本诗有浓厚的民歌风格，把叙事同议论结合起来，并采用联想的手法，用乌、鹿、鹄、鱼的惨死暗喻动乱年代人的悲惨命运，深刻地写出了文人的恐惧心理。

(蔡旭)

蜨 蝶 行[①]

蜨蝶之[②]遨游东园，奈何卒[③]逢三月养子燕[④]，接我苜蓿间。持[⑤]之[⑥]我入紫深宫中，行缠之傅[⑦]榰栌[⑧]间，雀来燕[⑨]。燕子见衔哺来，摇头鼓[⑩]翼何轩[⑪]奴[⑫]轩。

(《乐府诗集·杂曲歌辞》)

【注释】

①这首诗在《乐府诗集》中属《杂曲歌辞》。蜨蝶：蝴蝶。　②之：用于主谓之间，取消句子的独立性。　③卒(cù 促)：同"猝"，忽然，突然。　④养子燕：正在哺雏的燕子。　⑤持：挟持。　⑥之：无义，哀声。"行缠之"的"之"与此同。　⑦傅：迫近。　⑧榰栌：单称"栌"，又叫"斗拱"，是柱上斗形的方木，上承屋梁。这里常为燕子筑巢之处。　⑨雀来燕：燕子踊跃而来。　⑩鼓：扇动。　⑪轩：高仰，飞举。　⑫奴：无义，表声。

【今译】

蝴蝶在东园中飞舞，不知怎么突然遇上了一只为雏燕觅食的燕子，茫然中已被燕子引至苜蓿丛中，挟持到紫色的深宫中。飞舞纠缠之时，蝴蝶已不知不觉迫近斗拱——这个为燕子筑巢的地方。燕子见蝴蝶不能飞去，踊跃而来，捉住了蝴蝶。待哺的雏燕见其母衔蝶来哺，又是摇头，又是扇动翅膀，高兴得简直要舞起来。

【评析】

这首诗通过弱小蝴蝶对自身瞬息之间即遭毁灭的悲叹，反映了人们在动荡黑暗的社会中性命浅危、朝不保夕的生活境遇，揭露了当时弱肉强食的残酷现实。诗歌以寓言故事的形式来表现严肃深刻的主题，告诫人们应居安思危，否则将有不测的祸患及身。

全诗以蝴蝶的口吻写出,构思巧妙奇特。表达上也极为生动别致,特别是对蝴蝶及燕子的动作和神态的刻画尤为传神,具有新鲜感人的艺术魅力。(蔡旭)

枯鱼过河泣①

枯鱼过河泣,何时悔复及!作书②与③鲂鲇④,相教慎出入。

(《乐府诗集·杂曲歌辞》)

【注释】

①这首诗在《乐府诗集》中属《杂曲歌辞》。枯鱼:枯干的鱼。　②作书:写信。　③与:给。　④鲂鲇:鲂鱼和鲇鱼。

【今译】

游过河流后枯干而死的鱼悲痛地哭泣着,但这时再追悔哪里还来得及呢?枯鱼写信给鲂鱼和鲇鱼,叫它们出入一定要小心谨慎。

【评析】

这首诗以枯鱼拟人,用其亲身的痛苦遭遇告诫后来者:对环境世态要有理智的认识,要作慎重的处置,鲜明地显示了警世诫人的主旨。

这首寓言体诗采用拟人手法,赋予枯鱼以人的形象,会哭泣,会写信,构思奇特,充满幻想,显示了浪漫主义的创作风格。这在以现实主义为主要基调的两汉乐府民歌中是别树一帜的。

(蔡旭)

橘柚垂华实①

橘柚垂华实,乃在深山侧。闻②君好我甘,窃③独自雕饰。委④身玉盘中,历年冀⑤见⑥食。芳菲不相投,青黄忽改色。人倘欲我知,因⑦君⑧为羽翼。

(《乐府诗集·相和歌辞》)

【注释】

①华实:花朵果实。　②闻:听说。　③窃:暗暗,私下里。　④委:置,放。　⑤冀:希望。　⑥见:被。　⑦因:凭借。　⑧君:君子。

【今译】

　　橘柚枝上垂挂花朵,结出果实,但处于深山之中。听说你喜欢橘柚的甘甜,我暗暗欢喜,独自修饰自己,被放置在玉盘中,一直希望被食用。但可惜你不赏识我芳香的气味,将我搁置一边,使我青黄的颜色慢慢改变。人们如果想要了解我,还得凭借你的引荐。

【评析】

　　这是一首托物言志的咏物诗。钟嵘对此诗叹为"惊绝"。全诗生动刻画了橘柚急于见知于世的心情,然而满怀希望投奔,却落了个弃置不用的下场,其怨怅之情溢于言表。造成这一悲剧的原因是橘柚与其人的气味不相投。在贤愚不分的社会里,才俊之士遭遇的命运大多就是这样:空有见用之心,而无报效之门。即使有自荐的勇气与热情,也难得一遇知音。但在失望中,橘柚产生的不是激烈的不平之音,而是悲哀的劝诫之辞,这也是急于见用的方俊之士迫于环境而不得不产生的一种委曲求全的心态。

　　诗歌语言明白如话,朴素清新。其抒情、述志的主体之情绪的变化需要细心揣摩。

(蔡旭)

双　白　鹄①

　　可怜双白鹄,双双绝②尘氛③。连翩④弄光景⑤,交颈⑥游青云。逢罗⑦复逢缴⑧,雌雄一旦分。哀声流海曲⑨,孤叫去江濆⑩。岂不慕⑪前侣,为尔不及⑫群。步步一零⑬泪,千里犹待君。乐哉新相知,悲来生别离。持⑭此百年命,共逐⑮寸阴移。譬如空山草,零落心自知。

(《乐府诗集·相和歌辞》)

【注释】

　　①这首诗在《乐府诗集》中属《相和歌辞》。白鹄:白天鹅。　②绝:尽。　③尘氛:尘俗的气氛。　④连翩:在一起飞翔。　⑤光景:风光,景物。　⑥交颈:两颈相依,表示亲密。　⑦罗:捕鸟的网。　⑧缴(zhuó 灼):射鸟时系在箭上的生丝绳。　⑨海曲:海隅,指沿海偏僻的地区,也包括沿海岛屿。　⑩濆(fén 坟):水边。　⑪慕:思慕,想念。　⑫及:赶上。　⑬零:落。　⑭持:维持,共渡。　⑮逐:追求。

【今译】

　　一对可爱的白天鹅,在天上远远离绝尘俗的气氛。双双并飞玩耍,享受着美好的风光,两颈相依,在青色的云气中遨游。一旦被罗网捕获,箭矢射中,雌天鹅和雄天鹅就被分离。哀号的声音飘向海隅,生还的天鹅孤寂地叫着飞向江边。它难道不思慕先前的伴侣吗?为了伴侣,已赶不上天鹅群。它飞行时流下了行行泪,飞了千里还等待着自己的伴侣。认识新朋友是很快乐的,而生离死别却是非常痛苦的。雄天鹅和雌天鹅相依为命,相互追慕,但一瞬间就给拆散了。就像空山中的野草,孤零凋落也只有自己心里明白。

【评析】

　　这首乐府诗描绘了雄天鹅和雌天鹅一旦分离后的哀婉凄零的场景,借喻人世间忠贞不渝的爱情。

　　诗歌基调凄婉,感人肺腑,具有强烈的艺术感染力。　　　　　（蔡旭）

李 代 桃 僵①

　　桃生露井②上,李树生桃旁,虫来啮③桃根,李树代桃僵④。树木身相代,兄弟还相忘。

（《乐府诗集·相和歌辞》）

【注释】

　　①这首诗在《乐府诗集》中属《相和歌辞·相和曲》。　　②露井:没有覆盖的井。　　③啮:咬。　　④僵:倒下。

【今译】

　　桃树长在没有东西覆盖的井边,李树就长在这棵桃树之旁。蛀虫来咬桃树根,李树代替桃树而倒亡。树木尚且以身相代,可兄弟之间竟然你我相忘。

【评析】

　　桃树被蛀虫咬伤,李树尚且能代它倒下,兄弟之间更应相为表里,荣辱与共。

　　这首诗以桃李喻人,虽简洁明快,但蕴意深刻,发人深省。　　　　（蔡旭）

南 山 松①

南山石嵬嵬②,松柏何③离离④。上枝拂青云,中心十数围。洛阳发中梁⑤,松树窃⑥自悲。斧锯截是⑦松,松树东西摧。特⑧作四轮车,载至洛阳宫。观者莫不叹,问是何山材。谁能刻镂此? 公输与鲁班⑨。被之用丹漆,薰用苏合香⑩。本自南山松,今为宫殿梁。

(《乐府诗集·相和歌辞》)

【注释】

①这首诗在《乐府诗集》中属《相和歌辞》。 ②嵬嵬:高大的样子。 ③何:副词。多么。 ④离离:分披繁茂的样子。 ⑤中梁:主梁。梁,屋梁,门梁。 ⑥窃:暗暗地。 ⑦是:代词,这。 ⑧特:特别,特意。 ⑨公输:公输班,即鲁班。此句将公输与鲁班用作两人,泛指能工巧匠。 ⑩苏合香:自苏合树中取树胶,制成的香料。

【今译】

南山上石头崔嵬高大,其间松柏繁茂,松枝高入云天,拂动青云,树干粗得十来个人手拉手才能把它围起来。洛阳宫殿需要砍伐用作屋主梁的好木材,这些松树暗自悲哀。斧头、锯子截断了这些松树,一棵棵松树被砍伐得东倒西歪。特别制作了一些四轮车,好将这些松树运到洛阳宫中。看到的人没有一个不感叹的,都问这是哪个山的木材。谁能雕刻这些上好的木材呢? 只有公输鲁班这样的能工巧匠。涂上红色的漆,并用苏合香薰它。这些木材原本是南山上的松树,现在成了宫殿上的屋梁。

【评析】

本逍遥自在地生长于南山上的松树,不幸被相中,被运到洛阳做了宫殿上的屋梁。此诗以树喻人,表达了一些不愿卷入混浊世事而被迫为官的人向往自然,向往安静、清逸生活的愿望。

这首诗采用形象的譬喻,折射出当时的社会面貌,也反映了那些不满时政者的思想感情。

(蔡旭)

《孔丛子》

《孔丛子》是记载孔子及其后人言行的一本书,共二十一篇。《隋书·经籍志》说是孔鲋所作,朱熹认为是后人伪托的,时代当晚于汉。朱熹的说法是正确的。孔鲋(约公元前264—公元前208),字子鱼,一名甲,孔子八世孙。曾参加秦末陈胜领导的农民起义,陈胜遇害,他也同时被杀。

钓鳏鱼①

子思②居卫。卫人钓于河,得鳏鱼焉,其大盈车。子思问之曰:"鳏鱼,鱼之难得者也。子如何得之?"对曰:"吾始下钓,垂一鲂③之饵,鳏过而弗视也;更以豚之半体,则吞之矣。"子思喟然叹曰:"鳏虽难得,贪以死饵④;士虽怀道,贪以死禄矣。"

(《孔丛子·抗志》)

【注释】

①鳏鱼:即鳡鱼。又名黄钻、竿鱼,一种淡水鱼,体长,口大,眼小,性凶猛,捕食各种鱼类。 ②子思:即孔伋,孔子的孙子。相传曾受业于曾子,主张"诚"和"中庸",著有《子思》二十三篇,可惜都失传了。 ③鲂:即鳊鱼。体广而薄肥,细鳞,青白色,味美。 ④死饵:因饵而死。下文"死禄"结构同此。

【今译】

子思住在卫国。一个卫国人在黄河里钓鱼,得到一条大鳡鱼,大得可以装满一车。子思问他说:"鳡鱼是鱼中很难捕获的,您到底是怎样钓到它的?"钓鱼的人回答说:"我开始下钓,垂一条鳊鱼诱饵,鳡鱼经过那儿,看都不看它;我换上半爿猪肉做钓饵,那鳡鱼就来吞钩了。"子思听了长叹一声说:"鳡鱼虽然难钓,却因贪吃钓饵而丧命;一些读书人虽然志向很大,却因为贪图俸禄而身败名裂啊。"

【评析】

鳡鱼经不住肥美垂饵的诱惑而丧生,子思由此引发感慨:读书人也会因抵挡不住优渥俸禄的引诱而走向毁灭。这种情况古代有,现在不也存在吗?一些贪污堕落者未必起始就行为不端,他们当中一些人也曾有过雄心壮志,也曾为社会、

乌生

为人民做过好事,但是他们最终却未能抵挡住金钱美女的诱惑。贪婪是造成这种后果的根本原因。"手莫伸,伸手必被捉。"(陈毅语)面对各种诱惑,让我们想想鳡鱼吧!

(慰望)

燕雀处屋

燕雀处屋,子母相哺①,煦煦然②其相乐也,自以为安矣。灶突③炎上,栋宇将焚。燕雀颜④色不变,不知祸之及己也。

(《孔丛子·论势》)

【注释】

①相哺:指母鸟喂养幼鸟。相,副词,表示递相。哺,鸟饲幼鸟。　②煦煦然:亲热和顺的样子。　③突:烟囱。　④颜:脸色。

【今译】

燕雀筑巢在屋子里,母鸟饲喂着幼鸟,亲亲热热相依相乐,自认为很安全。(一天,)灶上烟囱冒火了,房屋将要被烧毁。燕雀脸色一点儿没变,不知道大祸即将延及到自己身上。

【评析】

居安不思危,难至不知避,盲目自乐,燕雀也太糊涂了!这则寓言本是战国时期一个叫子顺的人对魏大夫说的,当时秦军正在攻打赵国,魏大夫沾沾自喜,以为魏国可以从中得到好处:乘两国相斗之弊而获利。子顺告诉他:秦胜赵,一定会找下一个攻击对象,这个对象很可能就是魏国。于是子顺便说了上述寓言,接着说:"今子不悟赵破患将及己,可以人而同于燕雀乎?"(现在您不明白赵国被攻破后,灾难就将降临到自己身上,难道可以把人的智慧等同于燕雀吗?)我们常说要有忧患意识,就是要弄清楚各种潜在的威胁,有所警惕,有所戒备。可不能学燕雀、学魏大夫啊!

(慰望)

魏王愿不死

魏王曰:"吾闻道士登华山,则长不死,意亦愿之。"对曰:"古无是道,非所愿也。"王曰:"吾闻之信①。"对曰:"未审②君之所闻。亲闻之于不死者耶③,闻之于传闻者耶?若闻之于传闻者,妄也;若闻之于不死者,不死者今安④在?在者君学之勿疑,不在者勿学无疑。"

(《孔丛子·陈士义》)

【注释】

①信:确切,确实。　②审:详知。　③耶:表选择的句尾语气词。　④安:哪里。

【今译】

魏王说:"我听说道士登上华山就能长生不死,心里也希望能这样。"回答说:"古来没有这个道理,不是如同你所希望的。"魏王说:"我听说的这件事确实可靠啊。"回答说:"我不知道您是怎样听到这件事的。是亲自听长生不死的人说的呢,还是听人传闻的呢?如果是听传闻的人说的,这是虚妄不可靠的;如果是听长生不死的人说的,那么这长生不死的人在哪儿呢?还活在世上的长生不死的人,您就去向他学,不要迟疑,已经不在世上的'长生不死'的人,那是千万不可学他的,这是没有疑问的啊。"

【评析】

魏王听说道士登上华山就能长生不死,也想学道士的样子长生不死。尽管别人告诉他这是不现实的,他仍然坚持说自己听说的事确实可靠,魏王的愚昧由此可见。不过,这也反映了人的一个常性:听到一个自己所盼望的、对自己有利的事,总希望它是真的,总不愿意轻易否定它。但是事实就是事实,它是不依人的愿望而转移的。我们在日常生活中,一定要求实,千万不可像魏王那样,依自己的意愿去想入非非。寓言中那个回复魏王话的人论辩技巧很高明,采用非此即彼、对比论证的方法,依据无可争议的客观事实,说得魏王哑口无言。这种论辩技巧也是值得我们学习的。

(慰望)

学 长 生 者

昔人有言能得长生者,道士闻而欲学之。比①往,言者已死矣,道士高蹈而恨②。夫所欲学,学不死也,其人已死,而犹恨之,是不知所以为学也。

(《孔丛子·陈士义》)

《孔丛子》

【注释】

①比:等到。　②高蹈:举足顿地。恨,遗憾。

【今译】

从前有一个人自说得到了长生不死的方法,一个道士听说了,打算向他学。等道士去时,说得到长生不死方法的人已经死了,道士举足顿地,感到很遗憾。道士所要学的,是长生不死的方法,那个自称得到长生不死方法的人都已经死了,道士还遗憾自己来晚了,这真是不知道自己为什么要学啊!

【评析】

自称得到长生不死方法的人却死了,可见他并没有什么长生不死的方法,否则他为什么会死呢?来学长生不死方法的道士见自称得到长生不死方法的人死了,还在那里捶胸顿足,认为自己来晚了,没学到长生不死的方法,真是滑稽可笑!所以寓言的作者批评他"不知所以为学"。看来,我们做事情得动动脑筋,想想自己做的事是否科学,是否能做到,可不能学那个道士。

(慰望)

《谰言》

　　《谰言》相传是孔子的六世孙孔穿所作,原书已佚,今本《谰言》是从《孔丛子》中录出的。孔穿,字子高,战国时人。传说他善辩,曾与当时名家的代表公孙龙子辩论,辩赢了公孙龙子。

四方之志

　　子高游赵。平原君客有邹文、季节者,与子高相善。及将还鲁,诸故人诀①,既毕,文、节送行三宿;临别,文、节流涕交颐②,子高徒抗手③而已。分背④就路,其徒问曰:"先生与彼二子善,彼有恋恋之心,未知后会何期,凄怆流涕;而先生厉声高揖⑤,此无乃非亲亲⑥之谓乎?"子高曰:"始焉,谓此二子丈夫尔⑦,乃今知其妇人也。人生则有四方之志,岂鹿豕也哉而常聚乎?"其徒曰:"若此,二子之泣非邪?"答曰:"斯二子,良人也,有不忍之心,若取于断⑧,必不足矣。"

(《谰言·儒服》)

【注释】

　　①诀:告别。　②涕:眼泪。颐:颊。　③抗手:拱手示意告别。　④分背:分别。　⑤厉声:高声。高揖:双手抱拳高举过头作揖。这是古人辞别的礼节。　⑥亲亲:亲近亲密的朋友。第一个"亲"作动词,亲近、亲热之义;第二个"亲"作名词,这里是指亲密的朋友。　⑦尔:语气词,表示判断。　⑧断:决断,果断。

【今译】

　　子高在赵国游历。平原君的门客邹文、季节跟他很亲密。子高将动身回鲁国,朋友们都来相送,告别之后,邹文、季节又伴送了三天;分手时,邹文、季节泪流满面,子高只是拱拱手而已。离别后各自上路,子高的学生问子高:"先生您跟那两位先生关系很亲密,临别,他们有恋恋不舍之心,不知道什么时候再能相见,忧伤而流泪;先生您却说话很响亮,仅仅拱手作揖道别,这恐怕不能说是对好朋友亲热吧?"子高说:"开始的时候,我以为他们两位是大丈夫,现在才知道他们像是妇人啊。人生应当志在四方,难道能像鹿、猪那样常聚在一起吗?"他的学生又问道:"这样看来,那两位流泪是错了?"子高说:"这两个人啊,是好人,有仁爱之心。但如果从果敢方面看,则可以肯定他们还是有欠缺的。"

【评析】

亲情、朋友之间的友情,这些都是人之常情,不能不要,也不应该不要,问题是如何正确对待它。尊重感情,珍惜感情,无疑都是对的,但这不等于要整天厮守在一起。子高的见解显然高出邹文、季节许多。人生在世,应该有理想,有抱负,要实现自己的人生价值,这才不枉来人世间走一趟。而要做到这一点,就要有四方之志,不可像小家雀那样迷恋自己的小家窝。这不是不要人的情感,"两情若是久长时,又岂在朝朝暮暮?"

(慰望)

邯郸淳

邯郸淳(公元132—?)汉魏时小说家。又名竺,字子叔、子礼,颍川(今河南禹州市)人。汉桓帝时,其师度尚为孝女曹娥立碑,淳虽弱冠,为之撰写碑文,后蔡邕赞为"绝妙好辞"。及魏,曹氏父子对淳十分器重,魏文帝曹丕以为博士,给事中。其所著《笑林》三卷,已亡佚,《隋书·经籍志》和两《唐书》均有著录。清代马国翰《玉函山房辑佚书》辑录为一卷,鲁迅《古小说钩沉》辑得二十九则。

《笑林》为我国第一部笑话专集,内有部分寓言。《文心雕龙·谐隐》称"至魏文因俳说以著笑书"即指此事。鲁迅在《中国小说史略》中指出其"举非违,显纰缪","亦后来俳谐文字之权舆也"。

门人钻火①

某甲夜暴疾②,命门人钻火。是夕阴暝③,不得火,催之急。

门人忿然曰:"君责④人亦太无理!今暗如漆,何以不把火照我?我当觅得钻火具,然后易得耳。"

孔文举⑤闻之,曰:"责人当以其方⑥也。" (《笑林》)

【注释】

①门人:守门人。钻火:钻,取火的工具钻火,钻木取火,亦泛指生火。 ②暴疾:突然得病。暴,突然。 ③阴暝(míng 鸣):黑暗,昏暗。 ④责:要求。 ⑤孔文举:孔融的字,汉末鲁(今山东省曲阜)人,孔子二十世孙,曾任北海相,为"建安七子"之一,因性情刚正,直言敢谏,后为曹操所杀。 ⑥方:义理,道理。

【今译】

某甲夜里突然得了病,命令看门人为他生火。这天夜里昏暗幽黑,找不到生火工具,但主人又催得很急。

看门人很生气地说:"您要求人也太没有道理了!今夜黑暗如漆,为什么不拿火把来给我照亮?我应当能够找到生火的工具,如此才能很容易地点起火来。"

孔文举听说了这件事,说道:"要求人应该按一定的道理才对。"

【评析】

这则寓言的主旨,已于篇末借孔文举的话点明:"责人当以其方"。如果说门人"何以不把火照我"的要求是无理的话,那么某甲在幽暗昏黑的夜晚命门人为他生火,且"不得火,催之急",却也是"君责人亦太无理"。

这则寓言刻画了两个不顾当时环境、条件而苛求对方的某甲和门人,语言简练而又生动形象地说明了一个道理:"责人当以其方"。　　　　(方心棣)

肠烂将死

赵伯公肥大,夏日醉卧,孙儿缘其肚上戏①,因以李子内其脐中②,累七八枚③。既醉,了不觉④。

数日后,乃知痛。李大烂,汁出,以为脐穴⑤,惧死,乃命妻子处分⑥家事。乃泣谓家人曰:"我肠烂将死!"

明日,李核出,乃知孙儿所内李子也。　　　　(《笑林》)

【注释】

①缘:沿着,顺着。戏:嬉戏,玩耍。　②因:趁着。内:同"纳",放入。脐:肚脐。
③累:合计,总计。　④了:完全,全然。　⑤穴:窟窿,孔隙。这里用作动词,烂了一个窟窿。　⑥处分:吩咐。

【今译】

赵伯公长得肥胖体大,夏天喝醉了酒仰卧在床上。他的孙儿爬到他的肚子上去玩耍,趁这个机会将李子放进他的肚脐中,总计有七八枚之多。赵伯公已经喝得大醉,全然没有感觉到。

过了几天以后,才觉得疼痛。这时,李子已经全腐烂了,汁水也流了出来,赵伯公以为肚脐烂了一个窟窿,害怕会死去,就召来他的妻子儿女吩咐家庭事务。然后哭着对家人们说:"我的肠子都烂了,快要死了!"

第二天,李子核从肚脐眼里滚出来,才知道原来是小孙子放入的李子。

【评析】

这则寓言故事与人们非常熟悉的《杯弓蛇影》一则有异曲同工之妙。赵伯公腹痛汁出,不经医生诊治,不去追寻腹痛原因,就自惊自怕,以为将死,闹出了"肠烂将死"的笑话。

这则寓言故事使我们在笑中受到启迪:遇事要多做调查研究,不要只凭表面现象就轻率下结论。
(方心棣)

掾者抄奏

桓帝①时,有人辟公府掾②者,倩③人作奏记文;人不能为作,因语曰:"梁国葛龚④先善为记文,自可写用,不烦更作。"遂从人言写记文,不去葛龚名姓。府君大惊,不答而罢归。故时人语曰:"作奏虽工,宜去葛龚。" 　　(《笑林》)

【注释】

①桓帝:刘志,东汉皇帝。在位二十二年,朝政昏乱,民不聊生。　②公府:汉时大司马、大司徒、大司空并称三公。其办公的官府称为公府。掾(yuàn院):佐治的官吏。　③倩(qìng庆):请人为自己做事。　④梁国:东汉郡国,在今河南商丘、宁陵、山东曹县、成武、安徽砀山一带。葛龚:宁陵人,和帝时,以善作奏记文知名。

【今译】

汉桓帝时,有人担任公府掾吏,请人作奏记文,这人不会作,别人就告诉他说:"过去梁国葛龚善于写奏记文,把他的文章拿来抄抄就可以用了,不必费事再写一次了。"于是听从这人的话抄了记叙文,没有删去葛龚的姓名。府君看到后大吃一惊,没有作声就让他罢官回家了。所以当时人说:"奏记写得虽然工整,应去掉葛龚的名字。"

【评析】

这篇寓言告诉我们:做事情一定要有真才实学。靠投机取巧,剽窃别人的成果,要被人揭穿的。有人抄了别人的成果,自以为得计,却利令智昏,忘记删去原作者的姓名,很快露了马脚,这当然是非常拙劣的抄袭。但是即使删去了姓名,将来也会被人们识破的。
(喻琰琰)

人云亦云

汉司徒崔烈辟上党鲍坚为掾①,将谒见,自虑不过,问先到者仪②,适有答曰:"随典仪③口唱。"既谒,赞曰:"可拜。"坚亦曰:"可拜。"赞者曰:"就位。"坚亦曰:"就位。"因复着④履上座。将离席,不知履所在,赞者曰:"履着脚。"坚亦曰:"履着脚也。"

(《笑林》)

【注释】

①司徒:为三公之一,主管教化。崔烈:东汉涿郡安平(今河北省安平县)人。灵帝于鸿都门公开鬻官,他乃入钱五百万,得为司徒,迁太尉。时人鄙之,讥其铜臭。上党:地名,在今山西省长治市。鲍坚:人名。 ②仪:礼仪。 ③典仪:司仪。 ④着:穿。

【今译】

汉朝的司徒崔烈聘上党的鲍坚担任佐治的官吏。将要拜见的时候,鲍坚十分忧虑,就问先来的人有什么礼仪。刚好有个人答复他:"跟着司仪说。"到了拜见的时候,司仪说:"可以拜见了。"鲍坚也说:"可以拜见了。"司仪说:"就位"。鲍坚也说:"就位。"于是他又穿上鞋子入席而座。将要离开席位时,他不知道自己的鞋子应放在哪里,司仪说:"鞋子穿在脚上。"鲍坚也说:"鞋子穿在脚上。"

【评析】

这则寓言讽刺那些不知用脑子,只是跟在别人后面人云亦云的人。由于他不知灵活运用,生硬地照着模仿,在生活中必然制造出许多笑料。 (喻琰琰)

药方命曲

某甲为霸府①佐,为人都不解②。每至集会,有声乐之事,已辄豫③焉,而耻不解④,妓人⑤奏曲,赞之,己亦学人仰赞和。同时人士令己作主人,并使唤妓客。妓客未集,召妓具问曲吹,一一疏⑥着手巾箱。下先有药方,客既集,因问命曲,先取所疏者,误得药方,便言是疏方,有附子三分,当归四分,己云:"且作⑧附子当归以送客。"合坐绝倒。

(《笑林》)

【注释】

①霸府:西晋南北朝时对藩王或将军府署的称呼。　②不解:不懂。　③豫:参与。　④耻不解:以别人看出他不懂音乐为耻。　⑤妓人:以歌舞娱人的女子。　⑥疏:分条记录。　⑦疏方:曲目单。　⑧作:演奏。

【今译】

某甲在霸府做助理,他这个人什么都不懂。每次集会,只要是演奏唱歌他都要参与。他生怕别人耻笑他是外行。歌妓唱奏时,别人称赞,他也学着别人的样子大声叫好。那时大家让他做东道主,并让人去请歌妓和客人。歌妓和客人还没有聚齐,他就先找个歌妓询问了一下曲目,一一记录下来放在箱子里。箱子里先已有药方,客人到齐,问点些什么曲子。他先去拿所记下的曲目,错拿了药方,就认为拿的就是曲目单,上面写着附子三分,当归四分。他就念:"现在演奏附子当归以送给客人。"全场人都笑得前倾后仰。

【评析】

生活中有种种奇妙现象。有的人胸无点墨,不好好学习真本事,却偏偏装成很有学问的样子,故意附庸风雅;有的人态度不老实,不懂装懂,外行偏要装做内行;有的学术骗子会故弄玄虚,招摇撞骗,有时贻笑大方,有时也可能得手。这篇寓言是对这类不学无术的骗子的辛辣讽刺。是骗子迟早会露出破绽来的。

(喻琰琰)

持勺和羹

人有和羹者①,以杓②尝之,少盐,便益③之。后复尝之向④杓中者,故云:"盐不足。"如此数益升许盐,故⑤不咸,因以为怪。　　　　　　(《笑林》)

【注释】

①和羹者:给羹汤调味的人。　②杓(sháo勺):勺子。　③益:增加,加上。　④向:原先。　⑤故:仍旧,依然。

【今译】

有个给羹汤调味的人,用勺子舀汤尝尝,觉得盐少了,就增加盐。后来再从原先的勺子里尝汤,所以说:"盐不够。"这样多次在勺里尝汤,往汤里加盐,加了一升多盐,仍然不觉得咸,感到非常奇怪。

【评析】

　　这位给羹汤调味的人,把盐加在锅里,却去尝手中勺子里的汤味,放到汤里一升多盐,勺子里的汤依然津淡无味。汤里味道不断变咸,勺子里的味道仍旧没有变化,这人反而觉得很奇怪。寓言对这种看不到事物变化,仍拘泥于原事物不变的蠢人,是一个深刻的嘲讽。　　　　　　　　　　　　　　(喻琰琰)

衔肉著口[①]

　　甲卖肉,过入都厕[②],挂肉着外。

　　乙偷之,未得去;甲出觅肉,因诈便口衔肉云:"挂着外门,何得不失?若如我衔肉着口,岂有失理?"　　　　　　　　　　　　　　　　(《笑林》)

【注释】

　　①衔肉著口:含肉在口。衔,含在嘴里,用嘴咬着。著(zhuó 拙),放置,安放。本文据《太平御览》卷八百六十二引。　②都厕:大厕所。都,原指大城市,引申有"大"义。

【今译】

　　某甲卖肉,经过一座大厕所时进去小便,把肉挂在门外。

　　某乙将肉偷了,还未能离开,某甲正走出来找肉,某乙顺势欺骗他,用嘴咬着肉说:"挂置在门外,哪能不丢失?如果像我这样用嘴咬着肉,还会有丢失的道理吗?"

【评析】

　　这则寓言故事令人哑然失笑,骗子的手法其实并不高明,然而某甲却信以为真,终至上当受骗。这提醒我们在生活中对许多事都要仔细地观察,认真地分析思考,才能得出正确的结论。　　　　　　　　　　　　　　(方心棣)

树叶隐身[①]

　　楚人贫居,读《淮南方》[②]:"得螳螂伺蝉自障叶,可以隐形[③]。"遂于树下仰取叶。螳螂执④叶伺蝉,以摘之。叶落树下,树下先有落叶,不能复分别。扫取数斗归,一一以叶自障,问其妻曰:"汝见我不?"

妻始时恒⑤答言:"见。"经日乃厌倦不堪,绐⑥曰:"不见。"

嘿然⑦大喜,赍⑧叶入市,对面取人物,吏遂缚诣⑨县。

县官受辞⑩,自说本末;官大笑,放而不治。（《笑林》）

【注释】

①本文据《太平御览》卷九百四十六引。隐,蔽。　②《淮南方》:汉高祖刘邦之孙,淮南厉王刘长之子刘安,好神仙方术,《淮南方》一说是淮南王刘安所作论方术的书;一说即《淮南子》一书。　③"得螳螂"二句:语出刘安《淮南子》,意谓,得到螳螂守候蝉时隐蔽过的树叶,可以用来隐身。伺:等候,守候。　④执:用,凭。　⑤恒:总是,经常。　⑥绐(dài代):欺骗,撒谎。　⑦嘿(hēi 黑)然:很得意的样子。　⑧赍(jī 机):拿着。　⑨诣(yì 意):前往,特指到尊贵者那儿去。　⑩受辞:亦作"受词",听取供词。

【今译】

楚国有一个人穷居困处,读了《淮南方》一书中有"得到螳螂守候蝉时隐蔽过的树叶,可以用来隐身"的说法。于是就到树下仰头寻取这种叶子。一只螳螂正趴在一片叶子上伺机捕蝉,他就去采摘这片叶子。叶子忽然落到树下,树下原先就有许多落叶,混在一起不能再分辨清楚。他只得扫了好几斗落叶带回家去,然后拿着树叶一片一片地遮住自己,问他的妻子说:"你看见我了没有?"

他的妻子开始时总是回答:"看得见。"整天如此就厌烦得难以忍受,就欺骗他说:"看不见了。"

此人沉默无言,然心中大喜,就拿着这片树叶进入集市,当着人家的面拿取人家的东西,官吏就把他绑起来送到县衙去。

县官听取了他的供词,这人从头到尾把事情说了一遍;县官听了大笑,就把他放了,没有处治他。

【评析】

这则寓言故事像是上演了一出拙劣的喜剧,一位须眉男子想要改变自己的贫穷境遇,竟然相信所谓的"仙方",幻想用一片叶子遮蔽七尺之躯,于光天化日下去行窃,直到被抓受审,方才觉悟,令人可笑、可叹。人有贪欲,才会做出这样的不智之举。这则寓言告诉我们欲改变自己的贫穷境遇,就应该找到贫穷的原因,采取科学、有效的致富方法,而不能靠投机取巧,甚至行窃的手段来满足自己的欲望,那样做只会手一伸,必被抓。

明人赵南星《笑赞》中的"隐身草"与这则寓言相类似,则故事末尾加有评赞。今录于后,以见其发展。

有遇人与以一草,名隐身草,"手持此,旁人即看不见"。此人即于市上取人之钱,持之径去。钱主以拳打之。此人曰:"任你打,只是看不见我。"

赞曰:此人未得真隐身草耳!若真者,谁能见之?又有不用隐身草,白昼抢夺,无人敢拦阻者,此方是真法术也。（方心棣）

汉 世 老 人①

汉世有老人,无子,家富,性俭啬②。恶衣蔬食③,侵晨④而起,侵夜而息,营理产业,聚敛无厌⑤,而不敢自用。

或人从之求丐者⑥,不得已而入内取钱十,自堂而出,随步辄⑦减;比至于外,才余半在。闭目以授乞者。寻⑧复嘱云:"我倾家赡⑨君,慎勿⑩他说,复相效⑪而来。"

老人俄⑫死,田宅没官⑬,货财充于内帑矣⑭。（《笑林》）

【注释】

①《太平广记》卷一六五。也据《笑林》收录。　②俭啬:吝啬。　③恶衣蔬食:粗劣的衣食。　④侵晨:天快亮时,拂晓。侵,渐近,临近。　⑤聚敛(liǎn脸):多方搜集钱财。厌:满足。　⑥或:有时。求丐:乞求,乞讨。　⑦辄(zhé折):即,就。　⑧寻:不久,接着,随即。　⑨赡:用财物救济人。　⑩慎:千万,无论如何,与"勿"连用,表示警戒。　⑪效:效法,模仿。　⑫俄:短暂的时间,不久。　⑬田宅没官:古代无子孙的人死后,财产由官府没收。　⑭内帑(tǎng躺):国库,藏金帛的府库。

【今译】

汉代有个老人,没有子女,家里很富裕。他性格吝啬,整天粗衣淡饭,天刚亮就起床,入夜才休息,忙忙碌碌地经营家业,多方积累钱财,不知满足,自己却从不轻易花费一文钱。

有时有人跟随他,向他苦苦哀求施舍,他没有办法才走进房中取出十个钱,从堂屋中出来后,走几步就减掉一个钱,等走到门外只剩下一半钱,他还心疼得紧闭双眼,把钱交给那个求乞的人。过了一会儿又叮嘱那人说:"我已经把全部家业拿来帮助你了,千万不要对别人说,免得又像你一样跑来求我。"

老人不久便死了。因为没有继承人,他的田地、住宅都被官府没收了,他积累的钱财也都充了国库。

【评析】

汉世老人不仅不肯周济别人,自己也从不花费一个钱,将聚敛财富当做生活的目的。悭吝人的形象是可笑又可悲的,然而他的可悲,却引不起人们的同情。当生命逝去时,钱财再多又有什么用?!老人的嗜钱如命只能让人讥笑。作者以简练的语言、极其夸张的手法为我们的文学画廊留下了一个悭吝人的形象。

(方心棣)

谁杀陈佗

有甲欲竭见邑宰①,问左右曰:"令何所好?"或语曰:"好《公羊传》。"后入见,令问:"君读何书?"答曰:"唯业《公羊传》。"试问:"谁杀陈佗②者?"甲良久对曰:"平生实不杀陈佗。"令察谬误,因复戏之曰:"君不杀陈佗,请是谁杀?"于是大怖③,徒跣走出④。人问其故,乃大语曰:"见明府⑤,便以死事见访,后直不敢复来,遇赦当出耳。"

(《笑林》)

【注释】

①邑宰:邑长。相当于县宰。 ②陈佗:春秋时陈国人,陈文公之子,桓公之弟。陈桓公死,他杀桓公太子免自立为君。次年为蔡人所杀。 ③大怖:非常恐惧。 ④徒跣走出:光着脚跑出来。 ⑤明府:对县令的尊称。

【今译】

甲想去拜见县令,向周围的人打听:"县令有什么爱好?"有人告诉他:"爱好《公羊传》。"后来进去见县令,县令问他:"先生读什么书?"他回答说:"专门攻读《公羊传》。"县令考查他,问了句:"是哪个杀死了陈佗?"甲想了很长时间,回答说:"我这一辈子确实没有杀过陈佗。"县令发现他回答得十分荒谬,就又来戏弄他说:"你没有杀过陈佗,那么是谁杀的呢?"于是他非常害怕,光着脚就跑了出来。人们问他为什么这样惊慌,他大声说:"刚才我见县太爷,他就拿杀人案来审问我,以后我再也不敢来了,除非等这案子大赦了,我才能出来。"

【评析】

这个甲是一个蠢人,是一个大不老实的人,不懂装懂,没读过《公羊传》,冒充自己有研究,以至于惊吓出一身冷汗来。这人的不老实,在于他不学无术,投机钻营;这人的愚蠢,在于一露出破绽,就惊慌失措,显示出胆小如鼠,拼命想保全自己的丑恶嘴脸。这种人在生活中还是能见到的。

(喻琰琰)

踏 床 啮 鼻①

甲与乙斗争,甲啮下乙鼻。官吏欲断之②,甲称乙自啮落。

吏曰:"夫人鼻高耳③,口低岂能就啮之乎④?"

甲曰:"他踏床子就啮之。"

(《笑林》)

【注释】

①踏床啮鼻:站在床上咬(自己的)鼻子。踏,踩。啮(niè 捏去声),咬。这则寓言出自《太平广记》卷二百六十二。也据《笑林》收录。　②断:判断,决断。　③夫:发语词,用在句首,可不译出。耳,语气词,表示肯定,可不译出。　④岂:副词,表示反问,可译为"难道"。就:靠近,接近。

【今译】

某甲和某乙打架斗殴,某甲咬下了某乙的鼻子。官吏想对这事作出决断,某甲却声称是某乙自己把鼻子咬掉的。

官吏说:"人的鼻子处在高处,口居低处难道能靠近咬到鼻子吗?"

某甲说:"他站到床上就咬到鼻子了。"

【评析】

这则寓言读之令人喷饭。双方斗殴本就失礼,某甲咬下某乙的鼻子,致人重伤,更是无理,却又不顾实情,无理强辩。作者寥寥数语勾勒出了一个"强词夺理"的霸道形象,让人在哑然失笑之后,又有深深的回味与思索。

(周琼)

伧人吊丧①

伧人欲相共吊丧②,各不知仪③。一人言粗习④,谓同伴曰:"汝随我举止⑤。"

既至丧所,旧习者在前,伏席上⑥,余者一一相髠于背⑦;而为首者以足触詈曰⑧:"痴物⑨!"诸人亦为仪当尔⑩,各以足相踏⑪曰:"痴物!"

最后者近孝子。亦踏孝子曰:"痴物!"

【注释】

①伧(cāng苍)人:粗鄙之人。粗俗,鄙陋。　②相共:共同,一道。　③各:每个人都。仪:仪式,礼节。　④粗:略微,大略。习:熟悉,通晓。　⑤汝:你们。举止:行动,举动。　⑥席:古人席地而坐,此为坐席。　⑦髠(kūn昆):古代剃去毛发叫髠。髠于背:即低头把头抵在前面人的背上。　⑧触:撞、碰。詈(lì力):骂,责备。　⑨痴物:骂人的话,蠢人,笨东西。　⑩为:以为,认为。尔:代词,代事物或情况,可译为"这样"。　⑪踏:踢。

【今译】

从前有一伙粗鄙无教养的人,要一道去吊丧,但每个人都不懂得吊丧的礼节。其中一个人说他大略熟悉一点,便对同伴说:"到那里你们跟随我的举动。"

不久到了办丧事的那家,原来懂得一点吊丧礼节的人走到前面,往地上一趴,其他的人也都一个个地趴下,后边的人把头抵在前边人的背上。这时为首的这个人很生气,用脚蹬了一下后面的人,骂道:"蠢东西!"大伙儿又都以为吊丧的礼节应当这样做,每个人都用脚蹬一下后面的人说:"蠢东西!"

最后面的那个人正挨着孝子。也蹬了孝子一下说:"蠢东西!"

【评析】

这则寓言故事给人十分鲜明的立体感,作者抓住了伧人的性格特征,以漫画笔触加以描绘,夸张地表现了这类人物或不学无术,不懂装懂,或不求甚解,遇事依样画葫芦,结果是洋相百出,出乖露丑。作者通过这则寓言告诫我们:在日常生活和学习上要认真学习,虚心求教,凡事要多动脑筋,不要亦步亦趋。(方心棣)

衔肉著口

截竿入城①

鲁②有执长竿入城门者,初竖执之,不可入;横执之,亦不可入,计无所出③。

俄④有老父⑤至曰:"吾非圣人,但见事多矣,何不以锯中截⑥而入?"遂依而截之。
（《笑林》）

【注释】

①《太平广记》卷二六二。也据《笑林》收录。　②鲁:周代诸侯国名。　③计无所出:想不出办法。　④俄:一会儿。　⑤老父:老年男子。　⑥中截:从中间截断。

【今译】

鲁国有个人,拿根长竹竿进城门,开始竖着拿进不去,然后横着拿也进不去,实在想不出办法来。

一会儿,有个老汉走过来说:"我不是圣人,但见过的事多了。你为什么不把竹竿从中间锯断再拿进城呢?"于是他按老汉的话把竹竿截断了。

【评析】

这则寓言刻画了两种笨拙愚蠢的人。一种是鲁国的执长竿者,他是那样呆板僵化,缺乏起码的智慧。一种是那个"见多识广"的老汉,他是那样不学无术,自以为是。一个是那样焦急,一筹莫展,一个是那样自恃博学,好为人师。虽然着笔不多,却生动地描绘出两个表现形式不同但都干了蠢事的艺术形象。

这则寓言故事具有浓烈的艺术魅力,长期在民间广为流传。　　　（喻琰琰）

胶柱鼓瑟①

齐人就赵人学瑟②。因之先调胶柱而归③,三年不成一曲。齐人怪之。有从赵来者,问其意,方知向④人之愚。
（《笑林》）

【注释】

①"胶柱鼓瑟"这则寓言故事是根据成语"胶柱鼓瑟"演绎出来的。而"胶柱鼓瑟"成语则出自《史记·廉颇蔺相如列传》,文中说赵国与秦国作战时,赵孝成王听信了秦国奸细的话,

任命赵奢的儿子赵括为将军,代替廉颇。蔺相如不同意,对赵王说:"王以名使括,若胶柱而鼓瑟耳。括徒能读其父书传,不知合变也。"此以喻死守成法,不能活用,指赵王但信片面之言,不知权变。后来就用"胶柱鼓瑟"比喻固执拘泥,不知变通。胶:动词,指用胶粘物;柱:琴瑟上面拧卷弦索的短轴;胶柱:用胶粘住瑟上的弦柱,以致不能调节音的高低。鼓:弹奏。　②齐:今山东东部。赵:今河北南部。就:以,跟。瑟(sè涩):古乐器名。　③因:依照。先调:预先调弄。　④向:过去。

【今译】

有一个齐人跟赵人学习弹奏瑟。他不去刻苦学习弹奏瑟的技术,却依照赵人预先调弄好了的音调,将瑟上调音的短柱用胶粘固起来,就高高兴兴地回到了家乡。回家后,摆弄了多年,总是弹不出一支曲子。这个齐人还觉得很奇怪。后来,有个从赵地来的人,问他是怎么回事,才觉察到这个齐人过去的举动是多么愚蠢啊。

【评析】

这篇寓言故事虽说出于《史记》"胶柱鼓瑟",却又风格迥然不同,作者用了夸张的手法,辛辣地讽刺了齐人不知变通的教条主义的学习方法,使我们在一笑之后明白了学习既要经过长期的刻苦努力与磨炼,更要掌握客观规律,善于灵活变通,才能有所成就,而固守成法,不知变通则将一事无成。　　　　(方心棣)

汉人煮箦①

汉人有适②吴,吴人设③笋,问是何物?

语④曰:"竹也。"

归煮其床箦而不熟,乃谓其妻曰,"吴人轳辘⑤,欺我如此。"　　(《笑林》)

【注释】

①汉:汉中地区,在今陕西省。箦(zé责):用竹片编成的床垫。这则寓言据释赞宁撰《笋谱》卷下引。又本则寓言另见明代周祈撰《名义考》卷八,文字略有出入。　②适:到……去。　③设:宴;饮食。　④语(yù遇):告诉。　⑤轳辘(hū辘路):亦作历鹿。原意为车马的轨道。谐音"诡道",因称狡诈为轳辘。

【今译】

汉中有个人到吴地去,吴地人宴席上有笋,他问这是什么东西?

吴地人告诉他说:"这是竹子啊。"

汉中人回到家中就拿床上的竹席去煮,却怎么也煮不烂,于是对他的妻子说:"吴地人太狡诈了,竟像这样欺骗我!"

【评析】

这则寓言故事中的两个人,一个是问笋答竹,笼统模糊;一个是食笋煮簀,鲁莽行事。虽然吃了笋便煮竹席的人在生活中不一定有,但在作者夸张的笑话中,我们领悟到了许多人生的道理:作为被求教者应细致、准确地回答问题,不能模棱两可,将人误导入歧途;而求教者则不应满足于一知半解,应虚心请教,要知其然,还要知其所以然,才不至"食笋煮簀"后还埋怨别人欺骗了他。 (方心棣)

善治伛者[1]

平原[2]人有善治伛者,自云:"不善[3],人百一耳[4]!"

有人曲度[5]八尺,直度六尺,乃厚货[6]求治。

曰:"君且卧[7]。"欲上背踏之[8]。

伛者曰:"将杀我!"

曰:"趣令君直,焉知死事[9]?" (《笑林》)

【注释】

[1]善治伛者:擅长医治驼背的人。善,善于,擅长。伛(yǔ雨),驼背。 [2]平原:今山东省济南市及西部地区。 [3]不善:指治不好的。善,好。 [4]人百一耳:一百个人中有一个罢了。耳,而已,罢了。 [5]度:量长短。 [6]厚货:很多的钱财。厚,丰厚,多。货:钱,财物。 [7]君且卧:你且躺下。且,暂且,姑且。卧,原缺,据江盈科《雪涛小说·驼医》云:"卧驼者其上。"当为"卧"字补上。 [8]踏:踩。 [9]趣(cù促):赶快,急促。焉:疑问代词,哪里。

【今译】

平原有个擅长医治驼背的人,自己夸口说:"这种病在我手中治不好的,一百个人中只有一个罢了!"

有个驼背人,按弯曲的长短来量有八尺长,依直立的长短来量只有六尺,送了很多的钱财,请求医治他的驼背。

治驼背的人说:"你且躺下。"说着就要站到他的背上用脚去踩。

驼背人说:"你要把我杀死了!"

治驼背的人说:"想要赶快把你的曲背医治直了,哪里还管你死不死的事情!"

【评析】

医家天职本在救死扶伤,祛人病痛,这位"善治伛者"竟不懂得治背的最终目的是为了使人健康地活着,只管将驼背踩直,全然不顾病人的死活。作者以极夸张的手法借庸医误人讽刺了现实生活中本末倒置,只注重形式上轰轰烈烈的所谓成果,而忽视工作的实际成效。

这个笑话在民间流传很广,明代江盈科著《雪涛小说》中有《驼医》,即脱胎于此,现录于后,以便参考。

昔有医人,自媒能治驼背,曰:"如弓者,如虾者,如曲环者,延君治,可朝治而夕如矢。"

一人信焉,而使治驼。

乃索板二片,以一置地下,卧驼者其上,又以一压焉。而即蹦焉。驼者随直,亦复随死。

其子欲鸣诸官,医人曰:"我业治驼,但管人直,哪管人死!" （方心棣）

《汉武故事》

《汉武故事》,旧题东汉班固撰。关于作者与成书年代,历来有不同看法,有认为是西晋葛洪、南齐王俭作的。从书中语言来看,推测其产生在魏晋时期较为妥当。《汉武故事》记载汉武帝的轶事琐闻,把历史与幻想糅合在一起,语言质朴而富于文采,叙事严谨而生动传神,对后世小说有一定影响。

白头郎署

上尝辇①至郎署②,见一老翁,须鬓皓白,衣服不整。上问曰:"公何时为郎,何其老也?"对曰:"臣姓颜名驷,江都③人也。以文帝时为郎。"上问曰:"何其老而不遇④也。"

驷曰:"文帝好文而臣好武,景帝好老而臣尚少,陛下好少而臣已老,是以三世不遇,故老于郎署。"上感其言,擢拜会稽都尉⑤。　　　　　　(《汉武故事》)

【注释】

①辇(niǎn 碾):秦汉以后专指帝主后妃乘坐的车。　②郎署:汉代郎官的府署。郎官,郎中令属官,执掌护卫陪从、随时建议等。　③江都:汉武帝时为广陵郡江都县(今属江苏省扬州市)。　④遇:得到信任和赏识。　⑤擢(zhuó 卓):提拔。会稽:秦汉郡名,辖境相当于今江苏长江以南、上海、浙江衢州、金华、宁波以北,安徽芜湖、黟县以东的广大地区,西汉扩大到浙江南部和福建全省。都尉:地方武官,掌管郡兵。

【今译】

汉武帝有一次坐车到郎署,看见一个老翁,胡须头发雪白,衣服也不整齐。汉武帝问他:"您什么时候做郎官的,怎么这样老呢?"那人回答说:"我姓颜名驷,是江都人。在文帝时做了郎官。"汉武帝又问他:"怎么这么老还没有得到信任和赏识呢?"

颜驷说:"文帝喜欢文而我擅长武,景帝喜欢老年人而我那时还很年轻,陛下喜欢年轻人而我已老了,所以三朝我都没有得到信任和赏识,就这样老在郎署之中了。"武帝听了很感动,就提拔他当会稽郡的都尉。

【评析】

　　这个故事告诉我们,作为人才,机遇是多么重要。执政者的爱好,可能重用一部分人才,也可能荒废一部分人才。有不少人才就是因为当政者的某些偏爱,甚至一辈子也难以得到施展的机会。

(贺武威)

曹 丕

曹丕（公元187—公元226），三国魏著名文学家。字子桓，曹操次子。沛国谯（今安徽亳州市）人。建安二十五年（公元220）代汉即帝位，竭力提倡文学，为文坛领袖。现存诗歌约四十首，著有《典论》五卷，《列异传》三卷，文集二十三卷，已散佚。明人辑有《魏文帝集》。

《列异传》据《隋书·经籍志》称为魏文帝撰，后人多有增益。其记鬼神异事与人间常事是相沟通的，具有一定社会意义。

鹞鹰伏罪

魏公子无忌①曾在室中读书之际，有一鸠②飞入案下，鹞③逐而杀之。忌忿其搏击，因令国内捕鹞，遂得二百余头。忌按剑至笼曰："昨搦④鸠者当低头伏罪⑤，不是者可奋翼。"有一鹞俯伏不动。

（《列异传》）

【注释】

①魏公子无忌：即信陵君，为战国四公子之一。　②鸠：鸠鸽科部分鸟类的通称。如雉鸠、祝鸠、斑鸠等。　③鹞：猛禽名。似鹰较小，善捕小鸟。　④搦（nuò 诺）：捕捉。　⑤伏罪：承认自己的罪过。

【今译】

一天，魏公子无忌在房间里读书的时候，有只斑鸠飞到他的书桌下面，接着一只鹞鹰追进来咬死了它。对鹞鹰捕杀斑鸠的事，无忌非常气愤，所以就命令全国捕捉鹞鹰，不久抓住了二百多只。无忌手抓宝剑来到关鹞鹰的笼前说："昨天捕杀死斑鸠的鹞鹰应该低头认罪，其他的都可以展翅高飞。"有一只鹞趴在地上没有动。

【评析】

这篇寓言告诉人们，犯了错误就要敢于面对，敢于承认。只有有勇气认罪，才能够真正幡然悔悟，改正错误。这篇寓言对鹞鹰是正面肯定的。另外，这里也歌颂了魏公子无忌同情弱小，惩办强暴的义举。他动员全国力量除暴安良，保护弱者，清除强梁，也是值得赞扬的。

（贺武威）

宗定伯①卖鬼

南阳宗定伯②,年少时,夜行逢鬼。

问曰:"谁?"

鬼曰:"鬼也。"

鬼曰:"卿复谁③?"

定伯欺之,言"我亦鬼也。"

鬼曰:"欲至何所?"

答曰:"欲至宛市④。"

鬼言:"我亦欲至宛市。"

共行数里。

鬼言:"步行太亟⑤,可共迭相⑥担也。"

定伯曰:"大善!"

鬼便先担定伯数里。

鬼言:"卿太重,将⑦非鬼也?"

定伯言:"我新死,故重耳。"

定伯因⑧复担鬼,鬼略⑨无重。如是再三⑩。

定伯复言:"我新死,不知鬼悉何所畏忌?"

鬼曰:"唯不喜人唾。"

于是共道遇水,定伯因命鬼先渡,听之了⑪无声。定伯自渡,漕漼⑫作声。

鬼复言:"何以作声?"

定伯曰:"新死不习渡水耳,勿怪!"

行欲至宛市,定伯便担鬼至头上,急持之。鬼大呼,声咋咋⑬,索⑭下。不复听之,径至宛市中,著⑮地化为一羊,便卖之;恐其变化,乃唾之。得钱千五百,乃去。

(《列异传》)

【注释】

①宗定伯:人名。一作宋定伯。　②南阳:郡名,旧址包括今河南省西南及湖北省北

部一带。郡治在宛。　③卿：古代对人的尊称。复：又。　④宛市：即今河南省南阳市。　⑤亟(jí急)：急迫，急忙。　⑥迭相：相继，轮番，轮流。　⑦将：一定，必定。　⑧因：随着。　⑨略：几乎。　⑩再三：表示同一动作行为的多次重复，可译为"多次"。　⑪了：全。　⑫漕漼：水车在深水转动，形容声音很响。漕，俗谓水如转毂。漼(cuǐ脆上声)，水深貌。　⑬咋咋(zé责)：大声喧呼。　⑭索：求取。　⑮著(zhuó卓)：附着。

【今译】

南阳人宗定伯，年轻的时候，夜里走路碰到了一个鬼。

他问道："是谁？"

鬼说："是鬼啊。"

鬼又问道："你又是谁呢？"

定伯骗他，说道："我也是鬼啊。"

鬼问道："你想到什么地方去？"

回答说："要到宛的市场上去。"

鬼说："我也要到宛的市场上去。"

两个人一起走了数里地。

鬼说："徒步行走太急迫了，我们可以轮流背着走吧。"

定伯说："太好了。"

鬼便先背着定伯走了数里路。

鬼问道："你太重了，必定不是鬼吧？"

定伯说："我刚刚死，所以重呀！"

定伯随着背起鬼来走，鬼几乎没有重量。像这样来回轮番背负了多次。

定伯又说："我刚死，不知道鬼都害怕些什么？"

鬼说："只是不喜欢人吐唾沫。"

当时同在路上走，遇到了一条河，定伯就让鬼先渡河，听去一点儿声音也没有。定伯自己过河时，就像水车的轮子在深水里转动一样响。

鬼又说了："为什么有声音？"

定伯说："因为刚死还不熟悉渡水罢了。请不要见怪！"

快要到宛城的市场了，定伯便把鬼举在头上，紧紧地把它抓住。鬼大叫，发出

"咋咋"的声音,要求下来。定伯不再听它的,一直走到宛城市场中。鬼放在地下就变成了一只羊,定伯便把它卖了;又害怕它再变为鬼,就向它吐唾沫。定伯卖羊得到一千五百钱,就回家去了。

【评析】

　　这则《宗定伯卖鬼》的寓言故事,确实启人心智。一个人的一生不可能风平浪静,一帆风顺。世界上是没有鬼的,所谓"鬼"可能是人生中遇到的一个困难、一次挫折,或一段坎坷,但只要像宗定伯那样无所畏惧,坦然面对,用聪明、智慧去把握事物的规律,巧妙化解,便没有不可克服的困难、不可逾越的难关。

(徐中信)

王 肃

王肃（公元195—公元256），三国魏著名经学家。东海（今山东郯城西南）人，字子雍。推崇贾逵、马融之学，曾遍注群经，学术上主张综合各家经义，不分今文、古文，与郑玄学派对立，人称"王学"。《汉书·艺文志》著录有《孔子家语》一书，但已失传。汉以后流传的《孔子家语》是王肃伪托孔子之名写的，目的是借孔子的名声来推行自己的主张。

楚弓楚得

楚王出游，亡弓①。左右请求②之。王曰："止！楚王失弓，楚人得之，又何求之？"

（《孔子家语·好生》）

【注释】

①《四库全书》本作："楚恭王出游，亡乌嗥之弓。"亡：丢失。乌嗥：良弓名。　②求：寻找。

【今译】

楚王外出游玩，丢失了一张弓。左右随从请求去寻找。楚王说："不用去找了，我楚王丢了弓，楚国的人捡得了它，又何必去寻找呢？"

【评析】

楚王丢了弓，阻止随从去寻找，理由是：弓虽然从自己身边丢失了，但势必会被其他楚人捡得，仍可以发挥它的作用。能抛开自己的得失，从全局的角度看问题，楚王算是豁达的了，这也是这则寓言的寓意所在。

（慰望）

阮 籍

阮籍（公元210—公元263），三国魏著名诗人，字嗣宗，曾任步兵校尉，也称阮步兵，陈留尉氏（今河南尉氏县）人。"竹林七贤"之一，与嵇康齐名。有五言《咏怀诗》八十二首，散文《大人先生传》。原有集十卷，已佚。明人辑有《阮步兵集》。

群　虱①

汝独不见夫虱之处于裈中②，逃乎③深缝，匿乎坏絮④，自以为吉宅也⑤。行不敢离缝际⑥，动不敢出裈裆⑦，自以为得绳墨⑧也。饥则啮人⑨，自以为无穷食也⑩。然炎邱火流⑪，焦邑灭都，群虱死于裈中而不能出，汝君子之处区内⑫，亦何异夫虱之处裈中乎⑬！

（《大人先生传》）

【注释】

①群虱：本则寓言故事选自《大人先生传》，"大人先生"是文中所虚构的人物，实际上也是作者理想的化身。作者借"大人先生"之口将那些所谓的"君子"比喻为居于人裤缝中的群虱。　②独：难道。裈（kūn 坤）：裤子。　③乎：到。　④匿：隐藏、躲藏。坏：破败，衰败。絮：粗丝棉。　⑤吉宅：吉利的住宅。　⑥际：边缘处。　⑦裈裆：裤裆。　⑧绳墨：规矩，准则。　⑨啮（niè 聂）：咬。　⑩穷：尽。"无穷食"：谓享用不尽的食物。　⑪炎邱：炎土，谓南方炎热之地。《淮南子·地形训》："西南方曰焦侥，曰炎土。"邱，同"丘"，土堆。火流：形容酷热如火般流来。　⑫区内：世内，世界上。　⑬亦：又。

【今译】

你难道没有看见过虱子处在裤子中吗？逃到裤子的深缝中，躲藏在破败的粗丝棉中，虱子们自认为找到了一个风水吉利的住宅呢。它们爬行不敢离开裤缝边，跳动不敢出裤裆，却自认为合规矩，做得很对。虱子们饿了便咬人，自认为有享不尽的食物。然而当南方炎土热气如火般袭来，城市都邑都被烤焦，那时虱子们就只能死在裤子里出不来了。你们这些"君子"活在世界上和虱子处在裤子里，又有什么不同呢！

【评析】

这则寓言故事的比喻运用得极为生动巧妙,笔锋可以说辛辣之至。作者将那些趋附司马氏,一心想向上爬的"君子们"比作群虱。当他们用虚伪的礼仪道德获得财富、爵位以后,就谋求风水吉祥之地,建造住宅,想永远牢固地保住自己获得的荣禄。然而这在社会急剧动荡的魏晋时期,就好像群虱躲到裤子的深缝中,自以为找到了万无一失的风水宝地,有享不尽的美味,但气候一变,他们也就像那些死在裤缝中的虱子一样灰飞烟灭了。

作者以辛辣的语言,对这些伪君子作了尖锐而深刻的讽刺,使人感到这些"君子"既可笑又可怜。可笑他们处于裤缝这样的尴尬之地却自以为得计,可怜他们至死也不明白是他们自己的愚蠢、虚伪将自己送上死路。　　　　(方心棣)

西方有佳人①

西方有佳人,皎②若白日光。被服纤罗衣,左右佩双璜③。修容耀姿美,顺风振微芳④。登高眺所思,举袂当朝阳⑤。寄颜云霄间,挥袖凌虚翔⑥。飘飖恍惚中,流盼顾我傍⑦。悦怿未交接,晤言用感伤⑧。　　(《咏怀诗八十二首》其九)

【注释】

①佳人:美人。　②皎:白,明亮。　③被服:动词,穿着。纤:精细。罗衣:丝绸的衣服。璜:半璧(平圆形而中间有孔的玉器)形的玉器,古代女子身上的装饰物。上面有一葱玉(青色的玉)为横梁,其左右两头有两条丝带悬二璜,叫做"双璜"。　④修容:修饰过的仪容。振:发。　⑤袂(mèi 妹):袖子。当:对。　⑥寄颜:托迹的意思,云霄:犹言天际。凌虚:谓升于天空。　⑦飘飖(yáo 摇):随风舞动的样子,此处形容人在天空因风飘动,随风飘动。恍惚:看不真切。流:转来转去的意思。盼:看。顾:回视。　⑧怿(yì 易):悦、乐的意思。悦怿:欢乐,愉快。交接:交往接触。晤言:对、面对。这里"言"是助词,没有意义。

【译文】

西方有一绝色美人,她像太阳一样光明灿烂。美人穿着丝绸的衣服,左右佩戴着双璜。修饰过的仪容容光焕发,姿态优美,随风散发出微微的幽香。登高眺望她所思念的人,举起袖子挡着太阳。托迹于云霄之间,挥舞衣袖,凌空飞翔。美人在天空中飞翔,因风飘动,恍恍惚惚中,在我身边流连徘徊,不时地回头看我。虽然佳人对我多情,但未能和她交往接触,只是遥遥相对,因而无限感伤。

【评析】

　　阮籍本有济世之志,然生活在魏晋之际,天下多变故,名士很少有能保全自己的清白和生命的。处于政治高压下,阮籍的诗多不能直抒胸臆,多用比、兴寄托的手法。这首诗通过男女相悦,无由接触交往来寄托自己理想不能实现的忧伤。

　　这则寓言通过生动的笔触,独特的形象,反映封建士人美好的理想与黑暗现实之间的矛盾,具有强烈的时代气息。　　　　　　　　　　　　（方心棣）

蒋 济

蒋济(？—公元249)，三国魏政论家。字子通，平阿(今安徽怀远县)人。明帝时为中护军，齐王时迁为太尉，后随太傅司马懿屯洛水桥，诛曹爽等，进封都乡侯，卒谥"景"。蒋济才兼文武，一生多有著述，其《万机论》主要是讲礼服、评人物、军事之书，书中略见寓言。

二人评王

昔吴有二人共评王①者。

一人曰："好②。"

一人曰："丑。"

久而不决。二人各曰："尔可来入吾目中，则好丑分矣。"

王有定形，二人察之有得失，非苟③相反，眼睛异耳。　　　　(《万机论》)

【注释】

①二人共评王：二人评论他们的君王。"共"原文作"其"，误。　　②好：容貌美。
③苟：贪求，追求。

【译文】

从前吴国有两个人在一起评论他们的君王。

一个说："容貌美。"

一个说："相貌难看。"

久久争执不下。两个人各自说："你可钻到我眼睛中来，那样貌美和貌丑就分辨出来了。"

吴王有固定的形态容貌，这两个人观察他各有得有失，并不是两人追求相反的意见，而是两个人的眼光不一致罢了。

【评析】

同一个人，同一事物，用不同的眼光去看，就会得出不同的结论，这说明不同的人有不同的审美观。这则寓言的含义，在结尾"二人察之有得失，非苟相反，眼睛异耳"已经点明。它讽喻了观察事物切忌带片面性,否则便不可能有公平的评价或全面的结论。进一步说,大千世界正由于有各种不同的美或个性特点才会如此多彩多姿。

(徐中信)

宗定伯卖鬼

王 沈

王沈,生卒年不详,西晋高平(今山东省巨野)人,字彦伯。年少即显示才华,因家庭出身贫寒,为当时豪门贵族所压抑。在高平郡曾任文学掾,郁郁不得志,乃作《释时论》,在家乡去世。

东 野 丈 人①

东野丈人观时②以居,隐耕汙腴之墟③。有冰氏之子者,出自沍寒之谷④,过而问途⑤。丈人曰:"子奚自⑥?"曰:"自涸阴之乡⑦。""奚适⑧?"曰:"欲适煌煌之堂⑨。"丈人曰:"入煌煌之堂者,必有赫赫之光⑩。今子困于寒而欲求诸热,无得热之方。"冰子瞿然曰⑪:"胡为其然也?"丈人曰:"融融者皆趣热之士⑫,其得炉冶⑬之门者,惟挟炭之子⑭。苟非斯人,不如其已⑮。"冰子曰:"吾闻宗庙之器不要华林之木⑯,四门之宾何必冠盖之族⑰。前贤有解韦索而佩朱韨⑱,舍徒担而乘丹毂⑲。由此言之,何恤⑳而无禄!惟先生告我途之速也。"

丈人曰:"呜呼!子闻得之若是,不知时之在彼。吾将释子㉑。夫道有安危,时有险易,才有所应,行有所适㉒。英奇奋于从横之世,贤智显于霸王之初㉓,当厄难则骋权谲以良图,值制作则展儒道以畅摅㉔,是则衮龙出于缊褐,卿相起于匹夫㉕,故有朝贱而夕贵,先卷而后舒㉖。当斯时也,岂计门资之高卑,论势位之轻重乎㉗!今则不然,上圣下明,时隆道宁,群后逸豫,宴安守平㉘。百辟君子,奕世相生,公门有公,卿门有卿㉙。指秃腐骨,不简蛍停㉚。多士丰于贵族,爵命不出闺庭㉛。四门穆穆,绮襦是盈,仍叔之子,昏为老成㉜。贱有常辱,贵有常荣,肉食继踵于华屋,疏饭袭迹于耨耕㉝。谈名位者以谄媚附势,举高誉者因资㉞而随形。至乃空嚚者以泓噌为雅量,琐慧者以浅利为锵锵㉟,膴胎者以无检为弘旷,偻垢者以守意为坚贞㊱,嘲哮者以粗发为高亮,韫蠢者以色厚为笃诚㊲,淹楚者以博纳为通济,眠眠者以难入为凝清㊳,拉答者有沉重之誉,嗛闪者得清剿之声㊴,呛哼怯畏于谦让,阚茸勇敢于饕诤㊵。斯皆寒素之死病,荣达之嘉名㊶。凡兹流也,视其用心,察其所安,责人必急,于己恒宽㊷。德无厚而自贵,位未高而自尊,眼冈向而远视，鼻䶕鼽而刺天㊸。忌恶君子，悦媚小人，敖蔑道素，慑吁权门㊹。心以利倾，智以势惛，姻党相扇，毁誉交纷㊺。当局迷于所受，听采惑于所闻㊻。京邑翼翼，群士千亿，奔集势门，求官买职㊼，童仆窥其车乘，阍寺相其服饰，亲客阴参于靖室，疏宾徙倚于门侧㊽。时因接见，矜厉容色，心怀内荏，外诈刚直㊾，谭道义谓之俗生，论政刑以为鄙极㊿。高会曲宴，惟言迁除消息，官无大小，问是谁力(51)。今以子孤寒，怀真抱素，志陵云霄，偶景独步(52)，直顺常道，关津难渡，欲骋韩卢，时无狡兔(53)，众涂圮塞，投足何错(54)！”

于是冰子释然乃悟(55)曰：“富贵人之所欲，贫贱人之所恶。仆少长于孔颜之门，久处于清寒之路，不谓热势自共遮锢(56)。敬承明诲，服我初素，弹琴咏典，以保年祚(57)。伯成、延陵，高节可慕(58)。丹毂灭族，吕霍哀吟，朝荣夕灭，旦飞暮沈(59)。聃周道师，巢由德林，丰屋蔀家，易著明箴(60)。人薄位尊，积罚难任，三郤尸晋，宋华咎深，投扃正幅，实获我心(61)。”是时王政陵迟，官才失实，君子多退而穷处，遂终于里闾(62)。

（《晋书·王沈传》引《释时论》）

【注释】

①东野丈人：乡野老人。东野：东郊，泛指乡野。丈人：古时对老人的尊称。东野丈人是《晋书·王沈传》中记载的王沈《释时论》文中的一位虚拟人物，隐居世外。 ②观时：察看时机。 ③汙腴之墟：土地广大肥沃的山中。汙（yū 迂），大，广也。腴（yú 鱼），土地肥沃。墟：大丘，山。 ④沍（hù 互）寒：寒气凝结。谓极为寒冷。 ⑤途：道路。 ⑥奚自：从哪里来？奚，哪里，是介词“自”的宾语。自，从。 ⑦涸阴：犹穷阴。谓隆冬寒气凝结或指极北之地。涸（hé 河）：通“沍”。 ⑧奚适，到哪里去？适：到……去。 ⑨煌煌之堂：明亮辉耀的殿堂。煌煌，明亮辉耀貌，光彩夺目貌。 ⑩赫赫：光明炫耀的样子。 ⑪瞿然：惊视貌。 ⑫融融：明亮的样子，炽盛的样子。趣（qū 趋）：趋向，归向。 ⑬炉冶：冶炼。 ⑭挟炭之子：原指依仗炭火之人，这里比喻为依恃豪贵家门的人。挟：依恃，倚仗。 ⑮苟：表推测语气，可译为“且”。 ⑯宗庙之器：古代帝王、诸侯祭祀祖宗时所用器具，这里比喻朝廷所用的人才。华林之木：华林园的树木。华林，宫苑名，华林园的省称。 ⑰四门之宾：帝王明堂上的掌礼官员。四门，指明堂四方的门，而明堂是古帝王朝会、祭祀、庆赏选士、教学等大典举行的地方。宾：古官名，掌诸侯朝觐。冠盖之族：指冠族，官宦之家，显贵的豪门世族。 ⑱韦索：当为“苇索”，用苇草编成的绳索。朱韨（fú 符）：又作朱绂。红色的系玉玺的带子，又代指印玺。 ⑲徒担：徒步背负。丹毂：朱漆的车轮，借指华贵的车子。毂（gǔ 谷），车。 ⑳恤：忧，忧虑。 ㉑释子：为您阐释。释，解释，阐释。子，对人的尊称，多指男子，相当于现代汉语中的“您”。 ㉒时：时势，时局。应：适应，适合。适：归从，归向。 ㉓英奇：才智出众的人。从（zòng 纵）横：亦作“从衡”，扰攘，纷乱。贤智：贤明多智的人。霸王：成就霸业或王业。 ㉔厄难：祸难。骋：施展，显示。权谲（jué

绝）:权谋,诡诈。良图:妥善的谋划。制作:指礼乐等方面的典章制度。儒道:儒家的道德原则。畅摅:尽情抒发、表达。摅(shū书):抒发,表达。㉕衮(gǔn滚)龙:古代皇帝朝服上的龙,借指皇帝。缊褐:犹缊袍,以乱麻为絮的袍子,泛指贫者所服粗陋之衣,这里指代贫苦人。匹夫:古代指平民中的男子,亦泛指平民百姓。㉖卷(quán全):弯曲。舒:伸展。这里用"卷"、"舒"比喻人的志向、抱负等被压抑,不得志,后得以施展。㉗门资:犹门第,旧指家庭在社会上的地位等级和家庭成员的文化程度等。势位:权势地位。㉘时隆:时世兴盛。隆:兴盛。群后:四方诸侯及九州牧伯。后,古代对长官、郡守或将领的尊称。逸豫:犹安乐。宴安:逸乐。㉙百辟(bì避):百官。奕(yì意)世:累世,代代。㉚指秃:手指脱落。秃:脱落、脱光。腐骨:本指死尸,亦用以贱躯。简:捐弃,删除。蚩儜:亦作"蚩狞"。庸劣,丑恶。蚩(chī吃),通"媸",丑陋、丑恶。儜(níng宁),怯弱。㉛多士:古指众多的贤士。丰:盛多,多指事物的数量。爵命:封爵受职。闺庭:家庭。㉜四门穆穆:明堂四方的门端庄恭敬。绮襦(qǐxū奇须):即绮襦纨绔,丝绸之类古代为显贵者所服,因用以指富贵子弟。盈:充满。老成:精明练达,精明强干。㉝肉食:指高官厚禄。亦泛指做官的人。继踵:接踵,前后相接。华屋:华美的建筑。疏饭:粗粝的饭食,糙米饭,这里代指平民百姓,贫穷人。袭迹:沿袭他的行径,或重蹈覆辙。耨耕:泛指农活。㉞资:职位、地位。㉟空嚣者:谓不学无术,徒尚空谈的人。泓噌(cēng曾阳平):声音洪大。琐慧者:小聪明的人。琐慧亦作"璅(suǒ锁)慧"。浅利:微利、薄利。铨铛(chēng撑):形容金属撞击等响亮,清脆之声,这里比喻人的才能出众。㊱脄(méi梅)胎:放诞。无检:不检点,谓行为不拘礼法,没有约束。弘旷:心胸宽阔。偢垢:犹言丑恶肮脏。守意:坚持自己的志向或意愿。㊲嘲哮:吟咏,呼喊。哮,呼喊。韫(yùn运)矗:懵(měng猛)懂愚昧。即糊涂愚昧。笃(dǔ赌)诚:切实忠诚。㊳埯(ān安)楚:犹"浮泛",虚夸不实。通济:融通调济。凝清:庄重、高洁。㊴拉答:亦作"拉搭"、"拉塔"。迟钝不灵活貌。沉重:沉静庄重。嗛(qiàn欠)闪:空乏,动摇不定。清剿:清除绝断。㊵呛哼(chéngxiāng成香):愚怯貌。怯畏:胆怯,害怕。阘茸(tàrǒng踏冗):庸碌低劣。饕诤(tāozhēng掏蒸):贪婪,争夺。㊶寒素:门第寒微,地位卑下。荣达:位高显达。㊷兹:指示代词,此,这。责:要求。㊸罔(wǎng往)向:没有方向。醪鹬(liàoyào料药):仰鼻貌,形容傲慢之态。㊹敖蔑(miè灭):轻视,侮慢。敖(ào奥),后写作"傲"。道素:指淳朴的德行。愲吁:畏惧,呼求。吁(yù遇),呼告,呼求。㊺惛(hūn昏):不明了,糊涂。姻党:亦作"姻郫"、"姻党",泛指由婚姻关系结成家族或其成员。扇(shān山):煽动,煽惑。毁誉:诋毁和赞誉。交纷:错杂。㊻当局:比喻身当其事。听采:听而采纳之。㊼翼翼:庄严雄伟的样子。势门:即势家,权势之家。㊽窥(kuī亏):从隐蔽处偷看,窥视。阍(hūn昏)寺:豪贵之家的守门人。靖室:清静的房间。靖,通"静"。徙倚:犹徘徊,逡巡。㊾接见:会见。矜厉:庄重严厉。容色:容貌神色。内荏(rěn忍):内心怯懦。诈:假装。㊿谭:同"谈",谈说,称说。政刑:政令和刑罚。㈤高会:盛大宴会。曲宴:犹私宴,多指宫中之宴。迁除:谓官职之升迁、除授。㈥怀真:犹"怀贞",怀抱坚贞的节操。抱素:保持淳朴的本质。志陵云霄:比喻志气高超,高矗至云霄。偶景独步:对景独自漫步。㈦关津:水陆要道的关卡,这里比喻从政,实现理想、志向道路上的障碍。韩卢:亦作"韩子卢",战国时韩国的良犬,色黑。后以"韩卢"泛指良犬。狡兔:壮健、骁勇的兔子。"欲骋韩卢,时无狡兔"这句话中用了一个典故:《战国策·齐策三》韩子卢者,天下之壮犬也;东郭逡者,海内之狡兔也。韩子卢逐东郭逡,环山者三,腾冈者五,兔极于前,犬疲于后,犬兔俱罢,各死其处。”疾犬追狡兔,比喻争强斗胜。这里反其意而用之。想要像韩子卢那样奔驰,尽情施展,然而这个时代却没有狡兔与其争强斗胜了。 (54)涂:道路。圮塞:毁坏、堵塞。投足何错:举步放置在哪里。错:安置,放置。 (55)释然:疑虑消除的样子。 (56)仆:对自己的谦称,可译为“我”。孔颜之门:孔子与其弟子颜渊的门下。即自幼学习儒家的学术。孔颜:即孔子与其弟子颜渊的并称。清寒:清贫,贫寒。热势:显赫的权势。遮锢:犹禁锢。 (57)服:平服,平息。初素:最初的心愿、志向。咏典:吟咏典册。年祚(zuò 坐):人的寿命。 (58)高节:高尚的节操。 (59)丹毂:华贵的车子,这里借指豪贵人家。沈(chén 陈):坠落,沉没。 (60)聃周:老聃与庄周的并称,亦借指以老子和庄子为代表的道家学说。道师:道德之宗师。巢由:巢父和许由的并称。相传皆为尧时隐士,尧让位于二人,皆不仕。因而常用来指代退隐不仕之人。德林:道德之林,操守之林。丰屋蔀家,易著明箴:《易·丰》“上云,丰其屋,蔀其家,窥(kūi 亏)其户,阒(qù 去)其无人,三岁不觌(dí 迪),凶。”这一爻是说:高大他的房子,覆盖他的家,从门缝向里看,寂静无人,甚至多年也不见人影。后来就以“丰屋蔀家”比喻深自隐藏,不肯出仕。丰屋,高大的房屋。蔀家,覆盖他的家。蔀(bù 布),覆盖。“屋”与“家”相对言,家指屋内,屋指整座房子。箴(zhēn 真),规劝,劝告。 (61)难任:犹难当。难以承受。三郤:春秋时期晋国大夫郤锜、郤犨、郤至的合称。郤:亦作“郄”。尸晋:陈尸晋国。晋厉公有很多宠信的人,他想要全部去掉其他的大夫,而立左右宠信的人,因而胥童等人借此机会报私人恩怨,杀了三郤。咎:灾祸,不幸的事。投扃:合上门户。扃(jiōng 窘阴平),门户。正幅:端正衣裳。 (62)陵迟:败坏,衰败。里闾:里巷,乡里。

【今译】

东野丈人察看情势选择住地,归隐于土地肥沃的山中。冰氏之子,出自极为寒冷的山谷之中,从这儿经过并向东野丈人问路。丈人说:“您从哪里来?”回答说:“我从极北之地来。”(丈人)问:“到哪里去?”回答说:“想要到明亮辉耀的殿堂。”丈人说:“进入光彩夺目的殿堂的人,一定有炫耀的光亮。现在您被寒冷所困窘却欲向火热去追求,无从得到热的方法。”冰子惊视他说道:“为什么会这样呢?”丈人说:“(名气,权势)炽盛的人都是趋热之士,他们中得到冶炼的窍门的,只有依仗炭火的(豪贵家门的)子弟。如果不是这样的人,不如停止吧。”冰子说:“我听说朝廷祭祀所用的器具不要华林园的树木,帝王明堂上掌礼官员为什么一定用显贵的豪门世族?古代的贤士们有解下用苇草编成的绳索而佩上印玺,丢弃徒步背负而乘上华贵的车子。由此说来,哪里用得着忧虑没有官吏的薪俸。只是请先生告诉我一条快速腾达的路。”

丈人说:“唉!您听到的情况像这样,不了解时运在哪。我将为您阐释。路有平安、危险,时局有治、有乱,才能有适合的地方,行走有归从的方向。才智特殊的人在纷乱之世奋发,贤明多智的人在成就霸业之初显扬,面对祸难,施展权谋来妥善地谋划,遇到礼乐等典章制度时,则陈列儒家的道德原则,尽情地抒发。这样做则君王出于贫苦之人,卿相兴起于平民百姓,所以会有人早上贫贱却晚上就富贵,抱负先被压抑而后得以伸展。在这个时候,哪里还计较门第的高贵和卑贱、议论权势地位的轻重啊!如今则不是这样,君主圣贤群臣高明,社会隆盛道路安宁,各方诸侯安乐,逸乐维持平安。百官君子,代代相生,(三公九卿)公门有公,卿门有卿。手指脱落,骨头腐烂,不剔除庸劣、丑恶。贤士比贵族盛多,然封爵受职不出家庭。明堂四方的门端庄恭敬,贵族子弟充满其中,仍叔的儿子,都精明强干。地位卑下常常受辱,地位高贵则有永远的荣耀。做官的人前后相接于华美的房屋,贫穷的人日复一日地从事农耕。谈论名利地位的人用奉承讨好来依附权势,成就高的有声誉的人凭借地位来跟随权贵。至于那些不学无术,徒尚空谈的人把声音洪大当做雅量,那些耍小聪明的人把获得微小利益当做是才能出众,放荡不羁的人把行为不拘礼法当做是心胸开阔,丑恶肮脏的人把坚持自己的意愿当做坚贞,吟咏、呼喊的人把声音粗大当做是高亮,糊涂愚昧的人把表情沉重当做是笃诚,虚夸不实的人把博杂接纳当做是融会贯通,观察敏锐的人把使人畏惧当做是庄重、高洁。迟钝不灵活的人有沉静庄重的称誉,摇摆不定,没有主见的人却得到清明决断的名声,愚笨怯懦为谦让而害怕,庸碌低劣为贪婪争夺而勇敢。这些都是门第寒微,地位卑下人的不治之症,位高显达人的美名。总之这类人,看他的用心,细察他爱好的,要求别人一定很迫切,对自己常常很松缓。道德不深厚却自以为高贵,地位不高却自认为尊贵,眼睛没有方向却向远处看,鼻子朝上仰着而刺向天空。忌讳厌恶君子,逢迎取悦小人,轻视淳朴的德行,畏惧有权势的人家。本性因利益而歪斜,智慧因权势而迷惑,家族内互相煽惑,诋毁和赞誉错杂。身当其事为所得到的东西迷惑,听取采纳被所听到的东西迷惑。京都庄严雄伟,有士人千万,集聚权势之家,求官买职,童仆窥视他们车乘,守门人打量他们的服饰,亲近的宾客在静室偷偷地参见主人,疏远的宾客在门旁边徘徊。当时因为会见,容貌神色庄重严厉,内心怯懦,外表却假装刚强正直。人们说到道德义理则认为庸俗之极,谈论政令刑罚则以为浅陋得很。在盛大宴会上,只说官职升迁任命的变化,官职无论大小,都要问是凭借谁的力量。现在以你这样出身低微的贫寒之士,虽怀有坚贞的节操,保持淳朴的本质,有凌云的志向,对景独自漫步,只顺你原来的轨道去走,难以度过从政路上的障碍。想要像良犬韩子卢那样奔驰,尽情施展抱负,但这个时代却没有狡兔与你一决高低了。众多的路都已堵塞,举步却没有下脚的地方!"

于是冰子疑虑消除,顿然醒悟,说:"富贵是人们想要得到的,贫贱是人们所厌恶的。我自幼学习儒家的学问,长久地处于清贫生活中,不料显赫的权势共同禁锢,阻人仕进。承蒙您明智的教诲,平息我最初的心烦,弹弹琴,咏吟典册,来保全我的寿命。伯成、延陵高尚的节操令人仰慕。豪贵人家被灭族,吕氏、霍氏悲伤地呻吟,早上还很繁盛晚上就消亡,清晨在飞腾傍晚就坠落。老聃和庄周是道德的宗师,巢父和许由是操守之表率,深自隐藏,不要做官,《易经》中就写明了这样的规劝。人很浅薄而地位尊贵,上天的惩罚累积起来就难以承受,三郤陈尸晋国、宋氏、华氏灾祸深远,合上门户、端正衣裳、不问世事,确实适宜我的心愿。"这个时候,国家的政事衰败,官员的职位和他的才能不相匹配,正人君子多隐退,乡居不仕。于是冰子终老于乡里。

【评析】

在这则极富寓言色彩的故事中,东野丈人以犀利的语言绘出了一幅魏晋时期的政治贵族化的群丑图:门阀士族"操人主之威福,夺天朝之权势",其子弟以其显贵门第可以坐至公卿,"公门有公,卿门有卿。指秃腐骨,不简虫停",以致整个门阀世族阶层变得毫无进取精神,而渐趋衰败。庶族出身的士人在这个社会苦痛,政治腐败,家庭出身成为品评人物唯一标准的时代,要想进身仕途,施展抱负与才能,却是"众涂圮塞,投足何错"。冰子曾有一腔热血,东野丈人的一席话如冰雪沃颈,激情被化为乌有。

从中我们也可以看到中国古代的士人们其实十分无奈,他们有理想、有抱负,然而现实的黑暗,往往使他们面对理想与现实的矛盾而深陷矛盾与苦闷之中,而他们的归宿也只有一条路:或遁迹山林,寄情山水;或浸迷于道、佛,觅求精神的解脱,从而在自相矛盾中自我吞没。

(方心棣)

陈 寿

陈寿(公元233—公元297),西晋著名史学家。字承祚,巴西安汉(今四川南充北)人,少好学,师事蜀儒谯周,蜀亡后入晋,很受司空张华的赏识,举荐为孝廉,任佐著作郎、著作郎、治书侍御史。晋灭吴后,他集合三国时官私著作,撰成《三国志》,叙事剪裁极为精当,号为"良史"。《三国志》对后代小说、戏曲影响很大。

大 船 称 象

邓哀王冲字仓舒①。少聪察岐嶷②,生五六岁,智意所及,有若成人之智。时孙权曾致巨象③,太祖欲知其斤重④,访之群下⑤,咸莫能出其理⑥。冲曰:"置象大船之上,而刻其水痕所至,称物以载之,则校可知矣⑦。"太祖大悦,即施行焉。

(《三国志·魏书·邓哀王冲》)

【注释】

①邓哀王冲:即曹操的环夫人所生子,名曹冲。他生性聪慧,有仁爱之心,故特受曹宠爱,然建安十三年,年仅十三岁因病夭亡。　②聪察:犹明察。岐嶷(nì 逆):形容幼年聪慧懂事。　③致:献纳、奉献。　④斤重:重量。　⑤访:询问。　⑥咸:全、都。莫:不能。理:道理、办法。　⑦校(jiào 叫):比较。

【今译】

邓哀王曹冲,字仓舒,年少时聪慧明察。长到五六岁时,智力所达到的水平,有些像成人的智慧。当时孙权曾赠送一头巨象,太祖想知道它的重量,为此事询问群臣,全都不能想出称量它的办法。曹冲说:"将巨象放置大船之上,然后刻下船吃水留下的痕迹,再称物品来装载到船上,两相比较就可知道大象的重量了。"太祖非常高兴,立即如曹冲所说的那样实行,终于称出巨象的重量。

【评析】

一个难倒群臣的问题竟然被一个五六岁的儿童解决了,不禁令人为这个智力超常的儿童叫好。同时这则寓言也让我们领会到一个道理:成人看问题束缚太多、顾虑太多,而少儿却常常是单纯的、直接的。正如今天的一些智力问题,孩子常常是一语中的,成人却绕了多少个圈还没能答对。这也正是社会发展的必然,年轻人一定会胜过他们的前人。

(方心棣)

罢官还犊[1]

时苗字德冑,钜鹿[2]人也。少清白,为人疾恶[3]。其始之官[4],乘薄笨车,黄牸牛,布被囊[5]。居官岁余,牛生一犊。及其去[6],留其犊,谓主簿曰:"令来时本无此犊,犊是淮南所生有也。"群吏曰:"六畜不识父[7],自当随母。"苗不听,时人皆以为激[8],然由此名闻天下。

(《三国志·魏书·常林传》裴松之注引《魏略》)

【注释】

[1]罢官:免除官职。犊(dú 毒):小牛。 [2]钜鹿:郡名,秦置,汉沿袭,其地约当今河北省南自平乡任县至晋县藁城一带。 [3]疾恶:憎恨坏人坏事。 [4]始之官:当初上任,当初前往任所。之:往,至。 [5]薄笨(fān 范,又读 bèn 笨)车:又称薄笨车,一种制作粗简而行驶不快的车子。黄牸牛:黄色的母牛。牸(zì 字)牛:母牛。布被囊:布做的放置被褥衣物的行李袋。多以此状生活清苦。 [6]去:离开。 [7]六畜:指马、牛、羊、鸡、狗、猪。 [8]激:偏激。谓言论、行动等超越一定的限度。

【今译】

时苗,字德冑,三国魏时钜鹿人,年轻时品行清白廉洁,为人憎恨坏人坏事。他当初前往任所就任寿春令时,乘的是制作简陋而又行驶不快的车子,驾车的是头黄色的母牛,车上放着装被褥衣物的布行李袋。做官一年多,母牛生了一头小牛。等他罢官离任时,留下了小牛犊,并对县主簿说:"我来做县令时本没有这头小牛,小牛是在淮南生的,应归淮南所有。"众官吏说:"六畜不认识它们的父亲,自然应当跟随母亲。"时苗不听从他们的话,留下小牛走了。当时人们都认为时苗这种行为过于偏激,但他却因为此事而名闻天下。

【评析】

一般寓言故事多偏重于讽刺、嘲笑、揭露,即使赞扬也多内含而不外露,此故事却令一个有些偏激却又可爱、可敬的人物跃然纸上。母牛本为时苗上任时带来,六畜随母,黄牸牛所生小牛归时苗所有,当无可非议,然时苗却固执地认为小牛为母牛在淮南所生,应为淮南所有,执意不肯带走,严于律己,廉洁奉公,令人敬佩。联系魏晋时官员的贪婪,官场上的腐败,相比之下,时苗可谓清白示人,卓越独立。后世也以留犊喻居官清廉。

(方心棣)

对症下药

府吏兒寻、李延共止①,俱头痛身热,所苦正同②。佗曰:"寻当下之③,延当发汗。或难其异④。佗曰:"寻外实,延内实,故治之宜殊⑤。"即各与药,明旦并起⑥。

(《三国志·魏书·方技传》)

【注释】

①府吏:郡守府中的官吏。兒(ní尼):通"倪"姓。止:居止,止宿。　②所苦:痛苦的情况。　③下之:把它泻下来。下,中医治病的四种方法(汗、吐、下、补)之一,即"泻"。之,指倪寻的病。　④或:无定代词,有人,有的。难(nàn南去声):提出疑问。　⑤实:实证。中医分析病症的八种基本类别(即"八纲":阴阳、表里、虚实、寒热)之一。实证又分表(外)实证和里(内)实证。外实证一般应当发汗,但需内亦实,才可发汗。内实证一般应当用泻的办法,但需外亦实,才可以泻。华佗是采用中医反治的办法,所以外实下之,内实发汗。宜殊:应当不同。　⑥明旦:第二天早晨。并起:一同起来,即都已病愈能行动自如了。

【今译】

郡守府中的官吏倪寻、李延一起住在华佗家中就诊,都是头痛身子发热,他们痛苦的情况是一样的,华佗说:"倪寻应当使他泻下来,李延应当使他发汗。"有人对同一病症不同的疗法提出疑问。华佗说:"倪寻为外实证,李延为内实证,所以治疗的方法应当不同。"就各给予不同的药,第二天早晨两人都已病愈能行动自如了。

【评析】

华佗是东汉末期一位杰出的医学家,他的行医遍及今江苏、安徽、河南、山东等地。华佗在临床实践中对症下药(又作"对症发药"),倪寻、李延均患头痛发热病,华佗却开出两个不同的药方。关键在于倪寻身体外部没有病,病是从内部伤食引起的;李延的身体内部没有病,病是从外部受冷感冒引起的,所以治疗就不同。

作者以朴实、简练的文字记述了华佗针对病症处方用药,济世救人的故事。

后世常引用此来比喻针对具体情况、问题,制定具体的解决办法。　　（徐中信）

乐不思蜀

司马文王与禅宴①,为之作故蜀技,旁人皆为之感怆,而禅喜笑自若。王谓贾充②曰:"人之无情,乃可至于是乎！虽使诸葛亮在,不能辅之久全,而况姜维③邪？"充曰:"不如是,殿下何由并之。"他日,王问禅曰:"颇思蜀否？"禅曰:"此间乐,不思蜀。"　　　　（《三国志·蜀书·后主传》裴松之注引《汉晋春秋》④）

【注释】

①司马文王:司马昭。司马懿次子,灭蜀后自立晋王,其子司马炎称晋武帝后,谥为文帝。禅:刘备子,小名阿斗,蜀汉后主。投降司马昭后去洛阳,后死于洛阳。　　②贾充:魏贾逵子。为大将军司马昭司马,转右长史甚得司马昭信重。入晋后权势益重,为武帝司马炎宠信。　　③姜维:蜀汉后期大将军。　　④《汉晋春秋》:东晋习凿齿撰,编年体史书,记东汉至西晋史事,五十四卷,已亡佚,现存样本三卷。

【今译】

司马昭宴请刘禅,为他故意安排了蜀地的歌舞,刘禅随从人员因为看了蜀地歌舞而悲伤难过,可是刘禅却嬉笑自若,洋洋得意。司马昭对贾充说:"人没有感情,能到这种样子！即使诸葛亮在,也不能长期辅佐他平安无恙,何况是姜维这样的武将呢？"贾充说:"不是这样的话,您怎么能灭掉这个国家呢！"过些日子,司马昭问刘禅:"很想念蜀国吗？"刘禅说:"这里快活,不想念蜀国。"

【评析】

这篇寓言,刻画了一个亡国的君主,贪图物质享受,沉溺于淫乐,而忘记了祖国的一种安于做亡国奴的可耻心态。这样的人很容易也很安于为侵略者所利用,而为一切正直的人所不齿。刘禅真的是一个扶不起来的阿斗。　　（喻琰琰）

七擒七纵①

（诸葛）亮在南中,所在战捷②。闻孟获者③,为夷、汉所服,募④生致之。既得,使观于营陈之间⑤,问曰:"此军何如？"获对曰:"向者⑥不知虚实,故败。今蒙赐

陈 寿

观看营陈,若衹②如此,即定易胜耳。"亮笑,纵使更战,七纵七禽⑧,而亮犹遣⑨获。获止不去,曰:"公,天威也,南人不复反矣。"遂至滇池。南中平,皆即其渠率⑩而用之。

(《三国志·蜀书·诸葛亮传》裴松之注引《汉晋春秋》)

【注释】

①七擒七纵:亦作"七纵七擒""七纵七禽",亦省作"七纵"或"七禽"。这则寓言故事是《三国志·诸葛亮传》"亮率众南征,其秋悉平"中裴松之注引《汉晋春秋》的记载。②南中:指川南和云贵一带。所在:所到之处。 ③孟获:相传为三国时期彝族首领之一,英勇善战。 ④募:募集,相求。 ⑤营陈:亦作"营阵",指军队的结营布阵。⑥向者:刚才。 ⑦衹(zhǐ纸):仅仅,只。 ⑧纵:释放。禽:即"擒",捕捉。⑨遣:释放。 ⑩渠率:亦即"渠帅",首领。

【今译】

诸葛亮在川南、云贵一带打仗,所到之处均获大胜。听说在这一带有个叫孟获的人,为夷人、汉人所钦服,就募求人可以把他活着送来。不久就得到了孟获。诸葛亮让他在蜀军的结营布阵中观看,并问他说:"你看这支军队怎么样?"孟获回答说:"刚才不知道军队的虚实,所以被打败了。现在承蒙你的恩赐让我观看了军队结营布阵的情况,如果军队实力仅仅像这样,就一定很容易取胜。"诸葛亮听罢笑了,释放了孟获让他再战,七次释放他七次又捉拿了他,但诸葛亮还是释放了孟获,孟获留下来不再离开,并说:"公,神威也,南人不再反叛了。"于是到了滇池。川南、云贵一带平静稳定,都是因为朝廷让孟获做了首领并且任用他。

【评析】

《七擒七纵》的故事因小说《三国演义》而广为流传。战争的根本目的,在于太平;而"得道""顺民"是决定战争胜负的根本条件。诸葛亮所以征讨南中,是为了蜀国后方的稳定、和平;他七擒孟获而又七次放归,正是为了得民心。孟获输得口服心服,终于不再反叛,在他的统率下,南中终于归向和平、稳定。这则寓言故事虽然短小但意蕴深远,它揭示了战争要符合社会历史发展的趋势,要顺应民心民意,这才能战而胜之。同时引申开去也反映古代人民向往和平、追求正义的理想境界,对我们今天也有一定的警示意义。

(徐中信)

鼠矢断案①

(孙)亮②后出西苑,方食生梅③,使黄门至中藏取蜜渍梅④,蜜中有鼠矢,召问藏吏⑤,藏吏叩头。亮问吏曰:"黄门从汝求蜜邪?"吏曰:"向⑥求,实不敢与。"黄门不服,侍中⑦刁玄、张邠启⑧:"黄门、藏吏辞语不同,请付狱推尽⑨。"亮曰:"此易知耳。"令破鼠矢,矢里燥。亮大笑谓玄、邠曰:"若矢先在蜜中,中外当俱湿,今外湿里燥,必是黄门所为。"黄门首服⑩,左右莫不惊悚⑪。

(《三国志·吴书·孙亮传》裴松之注引胡冲《吴历》)

【注释】

①鼠矢:鼠的粪便。矢,通"屎"。　②孙亮:字子明,孙权的小儿子。孙权死后,孙亮即位,为会稽王。　③方:将要。梅:果球形,立夏后熟,生青熟黄,味酸,可生食,也可用以制成蜜饯、果酱等食品。　④黄门:宦者、太监。因东汉黄门令、中黄门诸宦,皆为宦者充任,故称。中藏(zàng葬):中藏府的省称,亦作"中域臧府",汉内库名。渍(zì自):腌渍,浸泡。　⑤藏吏,指中藏府的小吏。　⑥向:从前,原先。　⑦侍中:秦官名,为丞相属官。两汉沿置,侍从皇帝左右,出入宫廷,应对顾问。　⑧张邠(bīn宾):人名。启:启奏,禀告。　⑨推尽:详细审问。　⑩首服:犹言坦白服罪。　⑪惊悚(sǒng耸):亦作"惊竦",惊慌恐惧,震惊。

【今译】

孙亮后来出西苑,将要生吃梅子。让太监去中藏府取蜜来腌渍梅。太监取来蜜后,孙亮发现蜜中有鼠屎,召来中藏府的小吏问他,小吏只是叩头。孙亮问小吏说:"黄门向你索取过蜜吗?"小吏曰:"原先要过,实在不敢给他。"太监不服。侍中刁玄、张邠启奏道:"黄门、藏吏言辞不同,请交付狱中详细审问。"孙亮说:"这件事很容易就了解清楚了。"下令剖开鼠屎,屎里面很干燥。孙亮大笑对刁玄、张邠说:"如果鼠屎原先就在蜜中,浸泡时间长,鼠屎内外应当都是湿的,现在外湿内干,一定是黄门刚刚放进蜜中的。"黄门坦白认罪,孙亮的侍从没有不感到震惊的。

【评析】

在这则寓言中从一粒小小的鼠屎,便断了一桩纠缠不清的案子,孙亮的智慧确有过人之处。它也喻示我们在工作、生活中不要忽略一些小小的细节,也许它就是解决一个重大问题的关键。

在《三国志·孙亮传》裴松之注里还引用《江表传》中关于"鼠屎断案"的另一说法,并在文中附有裴松之的评谈,今引录于下:

《江表传》曰:"亮使黄门以银椀并盖就中藏吏取交州所献甘蔗饧。黄门先恨藏吏,以鼠矢投饧中,启言藏吏不谨。亮呼吏持饧器入,问曰:'此器既盖之,且有掩覆,无缘有此,黄门将有恨于汝邪?'吏叩头曰:'尝从谋求宫中莞席,宫席有数,不敢与。'亮曰:'必是此也。'覆问黄门,具首伏。即于目前加髡鞭,斥付外署。"

臣松之以为鼠矢新者,亦表里皆湿。黄门取新矢则无以得其奸也,缘遇燥矢,故成亮之慧。然犹谓《吴历》此言,不如《江表传》为实也。　　　　(方心棣)

千 树 木 奴①

(李)衡每欲治家②,妻辄不听③,后密遣客十人于武陵龙阳氾洲上作宅④,种甘橘千株。临死,敕⑤儿曰:"汝母恶我治家,故穷如是⑥。然吾州里有千头木奴,不责汝衣食⑦,岁上一匹绢,亦可足用耳。"衡亡后二十余日,儿以白⑧母,母曰:"此当是种甘橘也,汝家失十户客来七八年,必汝父遣为宅。汝父恒称太史公言⑨,'江陵千树桔,当封君家'。吾答曰:'且人患无德义,不患不富,若贵而能贫,方⑩好耳,用此何为!'"吴末,衡甘橘成,岁得绢数千匹,家道殷足⑪。晋咸康中,其宅址⑫橘树犹在。　　　　(《三国志·吴书·孙休传》裴松之注引《襄阳记》)

【注释】

①千树木奴:指千棵柑橘树。三国吴时李衡为官清廉,裴松之为《三国志·孙休传》作注时引《襄阳记》,晋习凿齿《襄阳耆旧传·李衡传》中所记李衡种千棵柑橘事,后多用以为典,亦省作"千奴"。木奴,或作橘奴。　②李衡:字叔平。本襄阳行任人家的子弟,汉末入吴为平民。因除权奸有功,封为丹阳太守。治家:经营家业。　③辄:总是。　④武陵:郡名,今湖南常德市。龙阳:县名,三国吴置。今为湖南汉寿县。　⑤敕(chì 赤):告诫,嘱咐。　⑥如是:像这样。　⑦责:索取,要求。　⑧白:下对上告诉、陈述。　⑨恒:经常,常常。太史公:司马迁。曾继其父司马谈之后任汉武帝时期太史令。约于征和二年(公元前91)撰成我国第一部纪传体通史,时称《太史公书》或《太史公记》,后简称《史记》。后世多以"太史公"称司马迁。　⑩方:才。　⑪殷足:殷实,富足。　⑫宅址:住宅的基地,遗址。

【今译】

　　李衡每次想要经营家业,他的妻子总是不听从。后来他就秘密地派了门客十人在武陵龙阳汜洲上建起了住宅,种了千棵柑橘树。临死的时候,李衡嘱咐他的儿子说:"你母亲讨厌我经营家业,所以才穷得像这样。但是吾在汜洲有千头木奴,不向你索取衣食,每年还给你进献一匹绢,这也可以足够你们度日了。"李衡死后二十多天,儿子将父亲这一遗言告诉母亲,母亲说:"这必定是种的柑橘树啊,你们家中丢失了十户门客有七八年了,一定是你父亲派他们去建了住宅。你的父亲常常歌颂太史公的一句话'汉陵千树橘,当封君家'。我回答说:'人担心自己没有德行、道义,不担忧不富裕,如果地位显贵却能够守贫,这才好啊。用这种方法经营家业干什么!'"吴朝末年,李衡的柑橘树长成,每年可得绢数千匹,家境殷实、富足。晋咸康中期,他家的住宅遗址上橘树还在。

【评析】

　　李衡直言敢谏,躬俭廉洁。然而他之所以有此美名当得益于背后的那位贤德夫人。这则寓言故事中的李衡夫人更具光彩:她不仅不让李衡治家产,且告诫李衡:"人患无德义,不患不富。若贵而能贫,方好耳。"好一个"贵而能贫",这是前人给我们留下的一笔宝贵的道德遗产。当一个人有了地位,有了官职,有了权力,如何去运用这个权力?是用它为民众谋利益,还是为自己牟私利,这是人的良知道德,人格的一块试金石。

(周琼)

左 芬

左芬(公元256—公元300),西晋女文学家。芬,一作棻。字兰芝。齐国临淄(今山东淄博市东北)人。左思之妹。少好学,善缀文,因才名而被选入宫中。晋武帝泰始八年(公元272)拜修仪,后为贵嫔。因姿陋而无宠,又体弱多病,但是武帝十分爱重其才德辞藻,常与之谈论文学;每有方物异宝,必诏为赋颂。左芬之文,多为应制之作,清新雅丽,流畅自然,著有文集四卷,已亡佚。《全上古三代秦汉三国六朝文》存其文二十四篇,《先秦汉魏晋南北朝诗》存其诗二首。

啄 木 诗

南山有鸟,自名啄①木。饥则啄树,暮则巢宿②。无干③于人,唯志④所欲。此盖禽兽,性清⑤者荣,性浊者辱。

(《先秦汉魏晋南北朝诗·晋诗·左芬》)

【注释】

①啄:《太平御览》卷九百二十三《裴谐集左氏诗》作"缘"。　②巢宿:即"宿巢",栖息在自己的巢里。　③干:求。　④志:追求,有志于。　⑤清:高洁,纯洁。与下句"浊"相对。

【今译】

南山上栖居着一种鸟,名叫啄木。它饿了,就啄食树木;天黑了,就在自己的窝里休息。它从来不会向别人乞求什么,只是按照自己的天性生活。它不过是一种不通人事的禽兽而已,却也知道,性情高洁的人,就能保有尊严,赢得荣誉,而性情污浊卑下的人,必致自取其辱,被人所鄙夷。

【评析】

这是一首质朴自然而又清新隽永的寓言诗。作者采用了《诗经》的比兴手法,描绘了一种名叫啄木的鸟儿高洁的品行,实际上是在歌颂那些坚持操守,与世无争,不为蝇营狗苟之事的高士们。这样的狷介之士,总是为人们所思慕和景仰的,特别是在黑暗险恶的年代里。

　　这首寓言诗,不假雕饰,芬芳淡雅,有余味无尽之致。尤其是最后两句,点明题旨,发人深省。

(甘智林)

挚 虞

挚虞(？—公元311)，西晋文学家，字仲洽，京兆长安(今陕西西安市)人。晋武帝泰始四年(公元268)举贤良，拜郎中，后历任秘书监、卫尉卿、光禄勋等职。遭晋末大乱，因家贫而饿死于洛阳。曾师事皇甫谧，才学博通，著述不倦，分类编集古人文章为《文章流别集》三十卷，已佚。又撰有《文章流别志论》二卷，评论各类文体之性质、缘起与流变，对后世影响颇大，今仅残存十余则。另有《三辅决录注》七卷及文集十卷等，均已亡佚。明人辑有《挚太常集》。

逸 骥① 诗

逸骥无镳辔②，腾陆③从长川。剪落④就羁靮⑤，飞轩⑥蹑⑦云烟。

(《先秦汉魏晋南北朝诗·晋诗·挚虞》)

【注释】

①逸骥:散逸的骏马。　　②镳辔(biāopèi 标配):衔勒和马缰。　　③腾陆:奔腾跳跃。陆,跳跃。　　④剪落:削除。这里指对马的毛进行梳理。　　⑤羁靮(jīdí 基迪):马络头和马缰。　　⑥轩:古代大夫以上官员乘坐的车子。　　⑦蹑:登攀。

【今译】

散逸的骏马,在没有戴上衔勒和马缰的时候,它沿着长长的河岸,纵情驰骋。如果对它加以梳理,给它戴上精良的络头和缰绳,它就能拉着华美的车辆,腾空直上,驰骋于云霄之间。

【评析】

这首带有寓言性质的诗作,委婉而艺术地展现了作者渴望得到当政者的赏识,充分展现自己政治才干的迫切心情。诗中,作者以象征的手法,通过对这样一匹"逸骥"在被人发现前后的不同表现,极其形象地反映了政治机遇对于个人才华发挥的重要影响。如果将作者主观的创作意图存而不论,而从哲学的高度来重新解读这首诗作,不难发现,它实际上涉及内因和外因这一对基本的哲学命题,并在肯定内因决定外因作用的前提下,强调了外部环境的巨大力量:逸骥纵然天生骏骨,倘无伯乐慧眼识才,终难免老死山野,又如何能够"飞轩蹋云烟"呢?

(甘智林)

葛 洪

葛洪(公元284—公元364),东晋文学家、医学家和道教理论家。字稚川,自号抱朴子,丹阳句容(今属江苏)人。西晋末,司马睿为丞相,用洪为掾,东晋时任司徒王导主簿,迁咨议参军,以军功赐爵关内侯。洪好神仙导养之法,醉心于炼丹,晚年隐居罗浮山修道而终。葛洪一生著述甚富,主要有《抱朴子》七十卷、《神仙传》十卷、《西京杂记》二卷等等,其中有些故事历来为人熟知,可以当做寓言来读。

凿壁偷光

匡衡①字稚圭,勤学而无烛。邻舍有烛而不逮②,衡乃穿壁③引其光,以书映光而读之。邑人④大姓文不识⑤,家富多书,衡乃与其佣作⑥,而不求偿⑦。主人怪,问衡,衡曰:"愿得主人书遍读之。"主人感叹,资给⑧以书,遂成大学⑨。

(《西京杂记》卷二)

【注释】

①匡衡:西汉经学家,东海承(今山东苍山县兰陵镇)人。元帝时为丞相,封乐安侯。②逮:及。 ③穿壁:凿穿墙壁。 ④邑人:同乡之人。 ⑤文不识:不识字。⑥佣作:受雇为人做工。 ⑦偿:报酬。 ⑧资给(jǐ挤):资助,供给。 ⑨大学:大学者。

【今译】

匡衡,字稚圭,学习非常勤奋,却苦于夜间没有火烛来照明。邻居家里点着火烛,但照不到匡衡的屋中。于是,匡衡就在墙壁上凿了一个洞,让光线从中透射过来,对着烛光诵读。匡衡的家乡有一个大户人家不识字,他家境富裕,有很多藏书。匡衡就到他家做雇工,却不要报酬。主人很奇怪,就问匡衡。匡衡回答说:"我只想能得到您的藏书,全部诵读一遍。"主人非常感慨,就把书都借给他阅览,于是,匡衡最终成了一位大学者。

【评析】

这则寓言故事塑造了一个勤奋刻苦、好学不倦的青年人的形象。古人嗜书,常常秉烛夜读,可是贫穷的匡衡却连一支火烛都没有。怎么办呢?匡衡无奈之下,想出了一个"凿壁偷光"的妙着。说"偷",似乎有些不雅,但匡衡那种如饥似渴的求知欲和孜孜不倦的执著精神,却着实令人感动。匡衡最终成了一名杰出的大学者,这形象地说明了"天道酬勤"的道理。匡衡的经历告诉人们,只要坚持不懈、自强不息,那么即使身处逆境,也一定会获得成功。《凿壁偷光》的故事在长期的流传中,逐渐成为一个妇孺皆知的成语,激励着一代又一代的贫苦学子寒窗苦读,奋发图强。

(甘智林)

新丰①鸡犬

太上皇②徙长安,居深宫,凄怆不乐。高祖③窃因④左右问其故,以平生所好,皆屠贩少年,酤酒卖饼,斗鸡蹴鞠⑤,以此为欢,今皆无此,故以不乐。高祖乃作新丰,移诸故人实⑥之,太上皇乃悦。故新丰多无赖⑦,无衣冠子弟⑧故也。高祖少时,常祭枌榆⑨之社⑩。及移新丰,亦还立焉。高祖既作新丰,并移旧社,衢巷栋宇⑪,物色⑫惟旧。士女老幼,相携道首,各知其室。放犬羊鸡鸭于通途⑬,亦竟识其家。其匠人胡宽所营⑭也。移者皆悦其似而德⑮之,故竞加赏赠,月余,致累百金。

(《西京杂记》卷二)

【注释】

①新丰:汉代县名,在今陕西临潼县东北。汉高祖刘邦的故乡在丰邑(今江苏省丰县),因其父怀念故乡,高祖就仿照丰邑的原样建造了一个城邑来供太上皇居住,称为新丰。 ②太上皇:指刘邦的父亲。刘邦称帝后尊其父为太上皇。 ③高祖:即汉朝的第一个皇帝刘邦,庙号为高祖。 ④因:通过。 ⑤蹴鞠:古代的一种游戏,类似于现代的足球。鞠,一种以柔物实心的皮球。 ⑥实:充实。 ⑦无赖:指市井间的泼皮青年。 ⑧衣冠子弟:指官宦人家的子弟。 ⑨枌(fén 坟)榆:丰邑的一个乡,刘邦的老家就在那里。刘邦起兵之初,曾祭祀于枌榆之社。 ⑩社:土地神,也指祭祀土地神的地方。 ⑪衢巷栋宇:即大街小巷,楼宇房屋。衢(qú 曲阳平),意为四通八达的道路。栋宇,泛指房屋,栋是屋之正中,宇是屋之四垂。 ⑫物色:风物景致。 ⑬通途:来往的大路。 ⑭营:规划,建造。 ⑮德:感激。

【今译】

汉高祖刘邦的父亲自从迁到长安以后,居住在深宫禁苑之中,心情一直凄凉悲伤,闷闷不乐。高祖就私下里通过太上皇身边的人去打听其中的原因。原来,太上皇平生就喜欢和那些屠户商贩、打酒卖饼的年轻人来往,每日斗鸡踢球,从中取乐。而现在这些全没有了,所以快活不起来。高祖于是营造了新的丰邑,并迁来丰邑的旧居民以充实新丰,太上皇这才感到高兴。之所以新丰有许多无赖子弟,是因为那里没有官绅家后生的缘故。高祖年轻时,曾祭祀过枌榆乡的社神。到了迁移新丰的时候,社庙依旧还在。高祖建好新丰之后,就将旧社庙也一并移了过来,新丰的大街小巷、楼宇房屋,乃至所有的风物景色,都一仍其旧。男女老少,相互扶持地站在路口,都认得各自的住所。把狗羊鸡鸭放到大路上,也竟然都能找到自己的家。这都是由一个叫胡宽的工匠所规划和建造的。迁到新丰的人们都因为它与丰邑的惊人相似而感到十分的喜悦,所以感激胡宽,竟相给他以赏赐和馈赠,一个多月下来,累积的黄金超过了一百斤。

【评析】

　　因为儿子当了皇帝,一个乡村里的糟老头父以子贵,也一下子成了万人之上、尊贵无比的太上皇。可惜,这位太上皇似乎命中注定无福消受荣华富贵。结果,孝顺的皇帝儿子就把他的家乡整个儿地"搬"了过来。老人思乡,本是人之常情,但为了满足他一个人而劳民伤财,兴师动众,未免过于奢侈了。作者在看似冷静的叙述中,时时流露出他对这一做法的反感,如"故新丰多无赖,无衣冠子弟故也","放犬羊鸡鸭于通途,亦竟识其家"等句,莫不暗含讥讽。这一点姑且不论,这则寓言故事客观上也说明了环境对人们的重要影响。从太上皇到丰邑的百姓,乃至百姓家里犬羊鸡鸭,无一不对他(它)们有着深刻的依赖性。既然环境对人有如此巨大的影响力,那么人们当然必须为自己营造一个良好的生活环境和氛围,只有这样,才能更好地成长。

(甘智林)

裴 启

裴启,东晋小说家。一名荣,字荣期,河东(今山西夏县西北)人。生卒年不详,约晋哀帝隆和中(公元362)前后在世。少有风姿才气,好论古今人物。尝广为搜罗汉魏以来,迄于当世言语应对可称道者,集为志人小说《语林》,为时人所好,盛行一时。因为其中有记谢安语不实之处,谢安诋毁之,其书遂废,只保存在《世说新语》及唐宋的一些类书中。清人马国翰《玉函山房辑佚书》及王仁俊《玉函山房辑佚书补编》对此书作了辑录。二十世纪初,鲁迅又做了大量辑录工作,命名为《裴子语林》,收入《古小说钩沉》,收罗宏备,校勘仔细。《语林》是魏晋时期清谈之风的产物,其中收录的当时士林之趣谈逸闻以及人物之精彩对话不仅清奇雅致,而且颇寓哲理,非常值得玩味。

清风至,尘飞扬

士衡在坐①,安仁②来,陆便起去。潘曰:"清风至,尘飞扬。"陆应声答曰:"众鸟集③,凤皇翔④。"

(《语林》)

【注释】

①士衡:陆机(公元261—公元303),字士衡,吴郡华亭(今上海)人。吴大司马陆抗之子,少有异才,文章冠世。吴亡后,与弟陆云同入洛阳,名重一时。官至晋平原内史,河北大都督,在"八王之乱"中被杀。　②安仁:潘岳(?—公元300),字安仁,荥阳中牟(今河南省中牟县东)人。少年时被乡里称为奇童,才名冠世而仕途坎坷,官至晋给事黄门郎,曾谗事权臣贾谧,于惠帝时为赵王司马伦所杀。　③众鸟:即凡鸟,普通的鸟。集:栖止。　④凤皇:亦作凤凰,凤为雄,凰为雌,是传说中的百鸟之王。

【今译】

陆机在某处做客,正巧潘岳也到了,他不屑与潘岳同座,因此起身离去。潘岳见状,就故意大声说道:"清风一起呵,微尘便要被吹得四处飞扬,无处容身了!"谁知陆机却应声答道:"庸碌平常的鸟儿要在这里栖息呵,尊贵无比的凤凰,哪能与之同群呢?自然是要翱翔九天了!"

【评析】

　　这是一个饶有情趣的小故事。陆机与潘岳同为誉满天下的大才子,他们为何不睦,无须深究,可能是自古而然的"文人相轻"罢!但是,这则故事所体现出的情韵和人物的机辩慧黠,确实是非常值得细细把玩的。寥寥数笔,轻快地勾勒出了颇具戏剧色彩的生活场景,陆、潘二人的形象,情态毕现,栩栩如生。最可叹赏之处,就在于人物精妙贴切的对话,不假思索,脱口而出,而又寓意深远,音韵和谐。

　　抛开陆机与潘岳的口舌之争不谈,"清风至,尘飞扬"以及"众鸟集,凤皇翔"两句,其实也无意中道出了一条深刻的哲理。它说明:真正的贤者,是决不会甘心与庸碌之辈为伍的,人应当奋发图强,有崇高的理想和远大的抱负,要化作吹散尘埃的清风,要变成翱翔九天的凤凰,意味极其隽永。　　　　　　(甘智林)

夏　少　明①

　　夏少明在东国②不知名,闻裴逸民③知人,乃裹粮寄载④,入洛⑤从之。未至裴家少许,见一人著黄皮裤褶⑥,乘马将猎。少明问曰:"逸民家若远⑦?"答曰:"君何以⑧问?"少明曰:"闻其名知人,从会稽⑨来投。"裴曰:"身⑩是逸民,君明日更⑪来。"明往,逸民果知之;又嘉其志局⑫,用为西门侯。于此遂知名。(《语林》)

【注释】

　　①夏少明:人名,生平事迹不详。　　②东国:原指古代齐鲁、徐夷等国,因位于我国东部,故称。这里指东方。　　③裴逸民:裴颜,字逸民,晋河东闻喜(今山西闻喜县)人。他宏雅有远识,累官尚书左仆射,后在"八王之乱"中被赵王司马伦所杀。　　④寄载:指附乘别人的交通工具。　　⑤洛:即洛阳,西晋都城(今河南洛阳市)。　　⑥裤褶:服装名,上服褶而下缚裤,其外不再穿衣裳,故谓裤褶,是一种便于骑乘的服装。　　⑦若远:即有多远。　　⑧何以:为什么。　　⑨会(kuài 快)稽:郡名,治所在吴县(今江苏苏州),地当今江苏东南部与浙江西部。　　⑩身:我。　　⑪更:再。　　⑫志局:志向与度量。

【今译】

　　夏少明身居东陲,不为人所知。他听说裴逸民善于识人,就准备好干粮,借乘人家的车马,到洛阳来寻访他。他快到裴逸民家的时候,看见一个人身穿黄色裤褶,骑着马要去狩猎。他就问道:"这里到裴逸民家还有多远?"那人反问他道:"你打听裴逸民是为了什么呢?"少明回答说:"听人说他善于识人,所以我大老远从会稽来投奔他。"那人说:"我就是裴逸民,请您明天再来吧。"第二天少明前去拜访,裴逸民果然看出他的才干,同时又欣赏他的志向和器度,就任用他为西门侯。于是,夏少明就逐渐被人们所了解了。

【评析】

　　一位身处边陲而志向远大的年轻人,不甘心一辈子默默无闻,想要寻求一个施展自己才华与抱负的机会,就去拜访当时社会上的名流,想得到他的引荐。这一举动似乎有些冒昧,但其勇气却是非常值得赞赏的。千里马尚且有待于伯乐的发现,一个人的成长当然也离不开良好的机遇,离不开他人的扶持与帮助。那么,是坐等命运之神的垂青,还是勇敢地走出去,主动寻求发展契机,实现自我价值呢?我们无疑应当选择后者。在一个充满竞争的时代,这则寓言对人们的启发,无疑是深刻而具有现实意义的。

(甘智林)

干 宝

干宝(？—公元336)，字令升，新蔡(今河南新蔡等地)人，东晋元帝时以佐著作郎领修国史，著《晋书》十卷，此外"为《春秋左氏义外传》，注《周易》《周官》凡数十篇，及杂文集皆行于世"。他有感于生死之事，"遂撰集古今神祇灵异人物变化，名为《搜神记》"。

《搜神记》是汉魏六朝志怪小说的代表作，书中所记多为神圣灵异，其中有许多虚妄怪诞之说，作者的本意在于"发明神道之不诬"，但也保存了不少民间传说。书中所搜集的许多神话故事和民间传说，所歌颂的反抗压迫、为民除害的英雄事迹，体现出人们勤劳勇敢、真挚相爱的高尚品质，成为我国优秀文化遗产的一个组成部分。《搜神记》，共三十卷，原书传至宋代就已经散佚，今天所看到的二十卷本可能是明代元瑞从《法苑珠林》及其他类书中辑录而成的。这个辑本最初刊行于海盐胡正亨的《秘册汇函》，后来毛晋收入《津逮秘书》，清嘉庆年间，张海鹏辑入《学津讨原》第十六集。今人汪绍盈以《学津讨原》为底本进行校注，中华书局1979年排印出版。

焦山老君

有人入焦山①七年，老君②与③之木钻，使穿④一盘石⑤，石厚五尺。曰："此石穿，当得道。"积四十年，石穿，遂得神仙丹诀⑥。　　　　　(《搜神记》卷一)

【注释】

①焦山:在江苏镇江市东，孤立于长江之中，与金山对峙。　　②老君:太上老君。道教尊老子为道祖，为至尊之神，称太上老君。　　③与:给。　　④穿:穿透。　　⑤盘石:即磐石，厚而大的石头。　　⑥神仙丹诀:道家炼丹修道成仙的秘诀。

【今译】

有一个人进入焦山，学道七年，太上老君给他一把木头做成的钻，叫他去钻透一块磐石。这块磐石有五尺厚。太上老君说："如果把这块石头钻穿了，你就能得道成仙了。"这个人坚持不懈地钻了四十年，磐石终于钻穿了，于是他得到了炼丹成仙的秘诀。

【评析】

　　花四十年时间,用木钻钻透五尺厚的磐石,最终得到了炼丹成仙的秘诀,这种持之以恒的精神是难能可贵的。在我们看来,得道当然是不可能的,但是这个故事告诉我们,要学习一点真本领,要取得某种成功,非得下硬功夫,从来就没有什么捷径可走。说到学习,很容易联想到现在说得神乎其神的某些保健品、某些学习机和某些传经送宝的指导书。这些东西可能有一定的作用,但是如果没有学习者本人的刻苦认真,都是没有任何作用的。归根结底,学习者要锲而不舍,持之以恒。

(周维网)

郭璞救死马

　　赵固①所乘②马忽③死,甚悲惜之。以问郭璞,璞曰:"可遣数十人持竹竿,东④行三十里,有山林陵树,便搅打之,当有一物出,急宜持⑤归。"于是如言,果⑥得一物,似猿。持归,入门见死马,跳梁⑦走往死马头,嘘吸⑧其鼻。顷之⑨,马即能起,奋迅⑩嘶鸣,饮食如常。亦不复⑪见向⑫物。固奇之,厚加资给⑬。(《搜神记》卷三)

【注释】

　　①赵固:东晋列国汉高祖刘渊的部将。　　②乘(chéng 成):骑。　　③忽:突然。　　④东:向东。　　⑤持:拿。　　⑥果:果然。　　⑦跳梁:也作"跳踉",跳动腾跃。　　⑧嘘吸:嘘,吐气;吸,吸气。　　⑨顷之:极短的时间。　　⑩奋迅:迅速奋起。指动作敏捷。　　⑪复:再。　　⑫向:过去,以前。　　⑬资给(jǐ挤):资助,供给。

【今译】

　　赵固骑的那匹马忽然死了,他十分悲伤惋惜。他把这件事告诉郭璞,问郭璞有没有办法救活它,郭璞说:"可以派上几十个人,各人手持竹竿,向东走三十里,那里有一个长满树木的山丘,只要用竹竿使劲地拍打这些树,就会有一个东西跑出来,要赶快把它捉住,带回家来。"于是赵固照这话去做,果然得到一个奇怪的东西,很像是猿猴。这怪物带到家,进门一看见死马,跳跃着走到死马的头边,对着马的鼻子呼气吸气。一会儿,马就能站立起来,精神抖擞,鸣叫不已,喝水吃草料跟平时一样。这时,再也看不见先前那个怪物了。赵固对这事十分惊奇,给了郭璞很多钱财。

干 宝

【评析】

　　自己心爱的马死了,不仅仅是悲伤,而是想到有没有办法把它医活。这样想,在一般人看来是完全不可能的。可是赵固向郭璞请教,找到了方法,竟然真的把死马医活了。马死了而能医活,并且医治的方法又那么神奇,这自然是不可信的。但是这个故事告诉人们,事物的发展变化有多种可能性,一定要以积极的态度去争取最好的可能,哪怕只有很小的可能,甚至已经无望,也要作出努力,尽力争取,尽量挽救,这就是死马当活马医这个故事给我们的启迪。

(周维网)

张氏传钩

　　京兆长安有张氏,独处一室,有鸠自外入,止①于床。张氏祝曰:"鸠来,为我祸也,飞上承尘②;为我福也,即入我怀。"鸠飞入怀。以手探③之,则不知鸠之所在,而得一金钩。遂宝④之。自是子孙渐富,资财万倍。蜀贾至长安,闻之,乃厚赂婢,婢窃钩与贾。张氏既失钩,渐渐衰耗。而蜀贾亦数罹⑤穷厄⑥,不为己利。或⑦告之曰:"天命也,不可力求⑧。"于是赍⑨钩以反张氏。张氏复昌。故关西称"张氏传钩"云。

(《搜神记》卷九)

【注释】

①止:停歇。　②承尘:天花板。　③探:伸入,摸取。　④宝:看得很宝贵。　⑤罹(lí梨):遭遇不幸的事。　⑥穷厄:穷困。　⑦或:有人。　⑧力求:强求。　⑨赍(jī基):带着。

【今译】

　　京兆长安有一个姓张的人,独自住在一间屋子里,有一只鸠从外面飞了进来,停息在床上。张氏祈祷说:"鸠飞来,如果给我带来灾祸呢,就飞到天花板上去;给我带来福气呢,就立即飞到我的怀里来。"话音刚落,鸠鸟飞进了他的怀里。他用手去摸了一下,不知道鸠鸟在什么地方,却摸到一只金钩。于是把金钩看得非常宝贵。从此他的子孙逐渐富裕起来,财产成万倍地增加。有一个蜀郡的商人来到长安,听说这件事,就用很多钱财贿赂张家的婢女,婢女就把金钩偷出来交给了这个商人。张家自从丢失金钩以后,渐渐衰败。蜀郡那个商人也屡屡不顺,穷困遭灾,金钩并没有给自己带来什么好处。有人告诉商人说:"这都是天命,不能强求啊！"于是商人带着金钩拿去还给了张家，张家又重新兴盛起来。因此关西地方就称说是"张氏传钩"。

【评析】

自古有"死生有命，富贵在天"的说法，这完全是宿命论。这个故事叫人知命，也就是宣扬宿命论。不过，故事也有积极意义。蜀郡商人用肮脏的欺骗手段拿到了金钩，可是他取得的是非分的不义之财，这金钩不仅没有给他带来幸福，反而使他屡遭不顺，应该说，这是对他的惩罚。如果去掉叫人服从天命安排这一层说教，体味故事中包含的提倡本分、不取不义之财的意思，也可以说是很有教益的。

(周维网)

梦入蚁穴

夏阳①卢汾，字士济，梦入蚁穴，见堂宇②三间，势甚危豁③。题其额④曰"审雨堂⑤"。

(《搜神记》卷十)

【注释】

①夏阳：古县名，治所在今陕西韩城南。 ②堂宇：殿堂的顶棚，这里指殿堂。 ③危豁：房屋高大宽阔。危，高；豁，空阔。 ④额：牌匾。 ⑤审雨堂：有的书上说，卢汾与友人夜饮，听见槐树的空洞中有笑语丝竹之音，不久见到有穿青黑色衣服的女子从槐树里走出来，跟卢汾等人相互问答，于是引他们进入洞中，看见宫宇豁开，数十人立屋中，其匾额为"审雨堂"。突然大风骤起，堂梁倾折。原来这是一场梦。醒来一看，古槐被大风吹断，其中有一个蚁穴。"审雨堂"后来指虚幻之事。审，察知，知道。天将要下雨时，蚂蚁会有感应，所以称它能审雨。

【今译】

北魏时期有一个夏阳人名卢汾，字士济，他梦见自己走进了蚂蚁的巢穴，看见三间殿堂，屋子的架势十分高大宽阔。堂屋匾额上的题字是"审雨堂"。

【评析】

这个故事几种书上都有，细节略有差别。在社会极度动荡的南北朝时期，人们盼望一个安居乐业、歌舞升平、和平安宁、社会繁荣的环境，然而这种境界只能作为一种精神寄托，只能到梦幻中去寻求。"审雨堂"也含有寓意。蚂蚁能预先知道天将下雨，也就是有"审雨"的能力，用"审雨堂"作为匾额，包含着人民群众

有着强烈的预先知道社会发展变化走势的愿望,盼望社会安定。　　　　(周维网)

郭巨埋儿得金

郭巨,隆虑①人也,一云②河内温人。兄弟三人,早丧父。礼毕,二弟求分。以钱二千万,二弟各取千万。巨独与母居客舍③,夫妇佣赁④,以给⑤供养。居有顷,妻产⑥男。巨念与儿妨事⑦亲,一也,老人得食,喜分儿孙,减馔⑧,二也,乃于野凿地,欲埋儿。得石盖,下有黄金一釜⑨,中有丹书⑩,曰:"孝子郭巨,黄金一釜,以用赐汝。"于是名振天下。

(《搜神记》卷十一)

【注释】

①隆虑:古县名,治所在今河南林县。　②一云:又一种说法,又有人说。　③客舍(kèshè 克社):供旅客住宿的处所。　④佣赁:佣雇于人。　⑤给(jǐ挤):供给,使满足。　⑥产:生(孩子)。　⑦妨(fáng房)事:妨碍。　⑧减馔:减少食物。馔(zhuàn转),食物。　⑨釜:古量具,合六斗四升。　⑩丹书:朱笔写成的文字。

【今译】

郭巨,是隆虑县人,又有人说是河内郡温县人。他们兄弟三人,早年就死了父亲。把父亲的丧事办完以后,两个弟弟要求分家。家产一共有二千万,他让两个弟弟各人得一千万。郭巨独自带着妻子与母亲居住在客店里,他和妻子给人当雇工,来满足母亲的生活需要。过了一段时间,他妻子生了一个男孩。郭巨想到抚养儿子会影响赡养母亲,这是其一,老人得到吃食,总喜欢分点儿给儿孙,这样就会减少她的食物,这是其二。于是他到野外去挖土坑,准备把儿子埋了。可是他挖到一块石头盖板,盖板下面是一罐黄金,罐子里面还有一张朱笔写成的文书,上面写着:"孝子郭巨,黄金一罐,这是拿来赐给你的。"从此郭巨行孝的名声传遍天下。

【评析】

把全部家财分给两个弟弟,自己和妻子当雇工,独自承担起侍奉母亲的任务;宁可把自己的儿子埋掉,也要专心赡养老母,郭巨可谓典型的孝子。杀子养母,这当然是不妥当的。可是在今天仍然要提倡兄弟和睦,互相谦让,要提倡赡养老人。郭巨这样做使他得到意外的援助,让他得到一罐金子,既可以赡养老母,又可以保全儿子,这就是好人必有好报,反映了一种社会评价标准。在现实生活中,有些人弟兄之间为了分配家产而闹得不可开交,结婚生子以后只顾妻儿、不养父母,把老人当成包袱,这样的人屡见不鲜。这些人读读这个故事,应该受到震动。

(周维网)

衡农梦虎啮足

衡农字剽卿,东平①人也。少孤,事继母至孝。常②宿于他③舍,值④雷风,频梦虎啮⑤其足。农呼妻相⑥出于庭,叩头三下,屋忽然而坏,压死者三十余人,唯农夫妻获免。

(《搜神记》卷十一)

【注释】

①东平:郡名,治所在无盐(今山东东平县东)。 ②常:同"尝",曾经。 ③他:别人。 ④值:遇到,碰上。 ⑤啮(niè 聂):动物用牙啃或咬。 ⑥相:相与,一起。

【今译】

衡农字剽卿,是东平人。他小时候死了母亲,侍奉继母非常孝顺。有一天他住在别人家的房子里,恰好遇到打雷刮风,频频梦见老虎咬他的脚。衡农叫起妻子,一同从屋里走出来,到了院子里,连磕三个头,房屋忽然倒塌下来,压死的有三十多人,只有衡农夫妇二人得到幸免。

【评析】

衡农对继母非常孝顺,于是在灾难发生的前夕,他得到了神灵的帮助,唯独他们夫妇二人得以保全性命。这也是好人必有好报的一个事例。故事教育人们,要按社会认可的道德规范行事,这样的人关键时刻自会得到保佑。 (周维网)

相 思 树

宋康王①舍人韩凭,娶妻何氏,美,康王夺之。凭怨,王囚之,论②为城旦③。妻密遗④凭书,缪其辞⑤曰:"其雨淫淫⑥,河大水深,日出当心⑦。"既而王得其书,以示左右,左右莫解其意。臣苏贺对曰:"其雨淫淫,言愁且思也。河大水深,不得往来

| 干 宝 |

也。日出当心,心有死志也。"俄⑧而凭乃自杀。其妻乃阴⑨腐其衣。王与之登台,妻遂自投台下,左右揽之,衣不中手⑩而死。遗书⑪于带曰:"王利其生,妾利其死。愿以尸骨,赐凭合葬。"王怒,弗听,使里人埋之,冢相望也。王曰:"尔夫妇相爱不已,若能使冢合,则吾弗阻也。"宿昔⑫之间,便有大梓木生于二冢之端,旬日⑬而大盈⑭抱,屈体相就,根交于下,枝错于上。又有鸳鸯,雌雄各一,恒栖树上,晨夕不去,交颈悲鸣,音声感人。宋人哀之,遂号其木曰"相思树"。

(《搜神记》卷十一)

【注释】

①宋康王:战国时宋国国君。公元前318年—公元前286年在位。　②论:定罪。　③城旦:一种徒刑,刑期为四年,黥面髡首,遣送边境,白天守御,晚上筑城。　④遗(wèi卫):给,赠送。　⑤缪其辞:故意把话说得曲折隐讳。缪(miù谬),通"谬",假装。这里是隐讳的意思。　⑥淫淫:小雨连绵不断的样子。　⑦当心:照着心。　⑧俄:时间很短。　⑨阴:暗地里。　⑩衣不中手:意思是衣服已经朽烂,经不住手拉。　⑪遗书:留下一封信。遗(yí夷),遗留,留下。　⑫宿昔:表示时间短暂。宿,通"夙"。昔,通"夕"。　⑬旬日:十天。　⑭盈:满。

【今译】

宋康王的门客韩凭娶了个妻子,姓何,长得很漂亮,宋康王占有了她。韩凭心里十分怨恨,宋康王就把他囚禁起来,捏造罪名,判他的徒刑,让他白天去守卫,夜晚要筑城。韩凭的妻子暗中给韩凭写了一封信,非常隐讳地说道:"其雨淫淫,河大水深,日出当心。"不久宋康王得到了这封信,拿给他的属下看,属下没有一个人能看得懂信上的意思。大臣苏贺看懂了,便解释说:"'其雨淫淫',是说她十分忧愁而且思念。'河大水深',是说他们不能够互相往来。'日出当心',是说自己心里已经有了死的打算。"

不久,韩凭就自杀了,他的妻子暗地里把衣服弄得很朽腐。宋康王和她一起登上了高台,她便跳下台去,左右的人去拉她,但是衣服朽腐不堪,禁不起用手拉,于是就摔死了。她的衣带里留下一封信说:"大王希望我活着才能得到快乐,我愿意死去以追求自己的幸福。希望大王开恩,能把我的尸骨与韩凭葬在一起。"

宋康王大怒,不同意这样做,他叫村里人把两人分别葬在两个地方,使两座坟墓分离相望。宋康王说:"你们夫妇不是相爱不断吗?如果你们自己能使两座坟墓合到一处,那我就不阻拦了。"很短的时间内,就有两棵梓树分别从两个坟头长出来,十来天时间便长得有一抱多粗,树干弯曲互相靠拢,树根在地下互相交接,树枝在上方互相交错。又有一雌一雄两只鸳鸯总是栖息在树上,日日夜夜都不肯飞走,互相依偎着悲哀地鸣叫,声音令人感动。

宋国人很同情他们,便把这两棵树称为"相思树"。

【评析】

韩凭夫妇活着不能厮守在一起,也能在死后长成相思树,互相依偎,永不分离。故事生动曲折,人物形象鲜明突出,让人看到了国王的残暴和自私,看到韩凭妻美丽、机智、勇敢和对爱情的忠贞。故事歌颂了纯真的爱情,这爱情产生了不可抗拒的力量,最终冲破封建势力的阻挠,使他们永远相依相守。宋国老百姓把这两棵梓树称为相思树,表明广大人民对这种纯真爱情的认同和歌颂。(周维网)

焦尾琴

汉灵帝时,陈留蔡邕①以②数③上书陈奏,忤④上旨意,又内宠⑤恶⑥之,虑不免,乃亡命⑦江海,远迹⑧吴会⑨。至吴,吴人有烧桐以爨⑩者,邕闻火烈声,曰:"此良材也。"因请之,削以为琴,果有美音,而其尾焦,因名"焦尾琴"。

(《搜神记》卷十三)

【注释】

①蔡邕(yōng 拥):东汉末文学家,精通音律、书法。　②以:因为。　③数:多次。　④忤(wǔ 武):违背,不顺从。　⑤内宠:指宫廷里得宠的宦官。　⑥恶(wù 误):憎恨,讨厌。　⑦亡命:逃亡,逃命。　⑧远迹:远走来到。　⑨吴会:吴郡和会稽郡地域的古称。　⑩爨(cuàn 窜):烧火煮饭。

【今译】

东汉灵帝时,陈留郡的蔡邕因为多次上书奏事,违背了皇帝的旨意,又被得宠的宦官所嫉恨,他担心这样下去自己难免会遭到迫害,就流亡江湖,远走吴会地区。到了吴郡以后,遇到一个人用桐木烧火做饭,他听见桐木在火中爆裂的响声,说:"这是一块很好的材料。"于是便请求把那块桐木给他,他砍削成一张琴,果然能弹奏出优美动听的声音。因为琴的尾部是烧焦的桐木,于是便为这把琴取名叫"焦尾琴"。

【评析】

　　故事至少有两层意义,其一,上好的材料要让它用在最有价值的地方。试想,如果那块桐木当柴烧了,这是最低档木头的命运。可是把它做成一把琴,就能奏出优美动听的声音,这就远不是其他木头所能比拟的了。其二,上好的材料要等识货的人来鉴别、推举。如果不是蔡邕及时把它从火里抢救出来,那块桐木早就化为灰烬了。"焦尾琴"是琴,但尾部已经烧焦,记录着它过去的不幸遭遇。故事暗含着对蔡邕的同情和慨叹。他对朝廷一片忠心,但是不被赏识,没有人了解他、理解他、赏识他。

(周维网)

秦巨伯斗鬼

　　琅邪秦巨伯,年六十。尝①夜行饮酒,道经蓬山庙②。忽见其两孙迎之,扶持百余步,便捉伯颈着地,骂:"老奴,汝某日捶我,我今当杀汝!"伯思惟某时信③捶此孙。伯乃佯④死,乃置伯去。伯归家,欲治两孙,两孙惊愕⑤,叩头言:"为子孙,宁可有此?恐是鬼魅,乞更⑥试之。"伯意悟。数日,乃诈醉,行此庙间。复见两孙来,扶持伯。伯乃急持,鬼动作不得。达家,乃是两人⑦也。伯着火炙⑧之,腹背俱焦坼⑨。出着⑩庭中,夜皆亡去。伯恨⑪不得⑫杀之。后月余,又佯酒醉夜行,怀⑬刃以去,家不知也。极夜不还,其孙恐又为此鬼所困,乃俱往迎伯,伯竟刺杀之。

(《搜神记》卷十六)

【注释】

①尝:曾经。　②蓬山庙:祭祀海上仙山蓬莱山的祠庙。　③信:确实。　④佯(yáng阳):假装。　⑤惊愕:惊讶叹惜。　⑥更:再,又。　⑦两人:汪绍楹认为可能"两"字下脱"偶"字。偶人,即鬼神的木偶像。　⑧炙(zhì治):烤,烧。　⑨焦坼(chè彻):烧焦裂开。坼,裂。　⑩着(zhuó卓):放置,搁。　⑪恨:悔恨。　⑫得:能。　⑬怀:揣在怀里,带着。

【今译】

　　琅邪人秦巨伯,年纪六十岁了。有一次夜里出外喝酒回来,路过蓬山庙,忽然看见他的两个孙子迎上来接他,扶着他走了一百多步,就卡着他的脖子把他按倒在地上，骂道："老东西，你有一天毒打我，我今天就要杀死你！"秦巨伯回想有一天确实打过这个孙子。他于是装死，他们也就丢下秦巨伯走了。

秦巨伯回到家，要狠狠惩罚两个孙子，两个孙子又吃惊又伤心，磕头说："作为您的孙子，哪里会有这样的事？恐怕是鬼在作怪，请求您再试试，仔细观察。"秦巨伯也有所省悟。

过了几天，秦巨伯便假装喝醉了，从这座祠庙经过。又看见两个孙子过来，搀扶着他。秦巨伯就迅速抓住他们，鬼魅再也不能动弹。到家一看，竟是两个木偶像。秦巨伯便点起火来烧烤这两个木偶像，腹部背部都烧焦而且开裂。秦巨伯把它们扔到庭院里，他们晚上都逃走了。秦巨伯后悔没有杀死它们。

一个多月以后，秦巨伯又伴装醉酒夜里走路，身上是藏着刀去的，家里人都不知道。夜很深了还没有回来，他的两个孙子担心他又被那鬼魅围困，便一起去接他，秦巨伯看见了，竟然把两个孙子当成鬼杀死了。

【评析】

这个故事曲折复杂，引人入胜。故事写了秦巨伯的三次行动，第一次真醉，后两次装醉。当他真醉时，还能机智地装死，保全了生命；第一次装醉也取得了成功，只是心存遗憾。第二次装醉时则酿成了惨剧，做了一件终身憾事。秦巨伯是勇敢的，一而再、再而三地跟鬼魅斗争，不获彻底胜利不罢休的精神是值得敬佩的；在一定程度上说，他也是有智谋的。但是他分辨能力毕竟有限。第三次行动他是装醉，头脑是清醒的，人和鬼毕竟是不同的，倘能仔细分辨，就不至于误杀自己的孙子。退一步说，第三次行动之时如能与家人商量一番，也不会出现这个悲剧。故事告诉我们，与鬼魅斗争既要勇敢、机智，又应该有周密的部署。　　　　（周维网）

倪彦思家魅

吴时，嘉兴倪彦思居县西埏里①。忽见鬼魅入其家，与人语，饮食如人，惟不见形。彦思奴婢有窃骂大家②者，云："今当以语。"彦思治之，无敢詈③之者。彦思有小妻④，魅从求之，彦思乃迎道士逐之。酒肴既设，魅乃取厕中草粪，布着其上。道士便盛击鼓，召请诸神。魅乃取伏虎⑤，于神座上吹作角⑥声音。有顷⑦，道士忽觉背上冷,惊起解衣,乃伏虎也。于是道士罢去。彦思夜于被中窃与妪⑧语,共患⑨此魅。魅即屋梁上谓彦思曰:"汝与妇道吾,吾今当截汝屋梁。"即隆隆有声。彦思惧梁断,取火照视,魅即灭火,截梁声愈急。彦思惧屋坏,大小悉遣出。更取火视,梁如故。魅人笑,问彦思:"复道吾否?"郡中典农⑩闻之,曰:"此神止当是狸物耳。"魅即往谓典农曰:"汝取官若干百斛谷,藏着⑪某处。为吏污秽,而敢论吾。今当白于官,将人取汝所盗谷。"典农大怖而谢之。自后无敢道者。三年后去,不知所在。

(《搜神记》卷十七)

【注释】

①埏(yán沿)里:地名。在嘉兴市西。　②大家:奴仆对主人的称呼。　③詈(lì力):骂。　④小妻:指妾。　⑤伏虎:一种便壶,形似蹲伏的虎。　⑥角:军中乐器。　⑦有顷:一会儿。　⑧妪(yù玉):年老的女人。　⑨患:忧虑。　⑩郡中典农:指典农校尉,统诸县屯田,掌田租、民政、生产的官。　⑪着(zhuó卓):放置,搁。

【今译】

　　三国吴时,嘉兴县人倪彦思居住在县城西边埏里那个地方。有一天忽然发现鬼魅进了他家,与人说话,像人一样吃喝,只是看不见它的形象。倪彦思家有的奴婢背地里骂主人,鬼魅说:"现在就把骂的话告诉主人。"倪彦思惩罚了那个奴婢,从此没有谁敢背后骂主人了。

　　倪彦思有一个小老婆,鬼魅去追求她,倪彦思便请道士来驱逐鬼魅。酒菜摆好以后,鬼魅就弄来厕所中的草粪,撒在酒菜上。道士于是猛烈敲鼓,召请各路神仙。鬼魅便拿了一只便壶,在神座上吹出号角的声音进行干扰。过了一会儿,道士忽然觉得自己背上发冷,吃惊地站起来解开衣服,竟然是一只便壶。于是道士只好作罢离开。

　　倪彦思晚上在被子里悄悄地跟妻子说话,两人都为这个鬼魅大伤脑筋。鬼魅就在屋梁上对倪彦思说:"你跟你老婆议论我,我现在就要把你家的屋梁锯断。"于是就发出隆隆的响声。倪彦思担心屋梁被锯断,点起灯来照着看,鬼魅就把灯吹灭,锯屋梁的声音更加急促。倪彦思害怕房屋倒下来,把一家大小都叫出屋外。再点灯来看,屋梁还是原来的样子。鬼魅大笑,问倪彦思:"还议论我吗?"

　　郡中典农听说这件事,说:"这个神怪正该是狐狸精。"鬼魅就去对典农说:"你拿了官府的好几百斛稻谷,藏在某某地方。做官的人自己贪污,却敢来谈论我。现在我就要去向官府举报,带着人去把你所盗的稻谷拿出来。"典农十分惊慌,连连向鬼魅道歉。自那以后没人敢议论鬼魅。三年以后鬼魅离开了倪家,不知道到什么地方去了。

【评析】

　　这个故事里的鬼魅富有正义感。它利用自己不显形象的优势,洞察内幕,揭露隐私,检举背后说坏话的婢女,特别是揭发郡中典农贪污大批粮食的行为,把细节描绘得真实、准确,击中了他的要害,令贪官污吏为之胆寒。它在完成了任务以后,自动离开此地,转战他方。这个鬼魅是有毛病的,比如追人家小老婆,老虎屁股摸不得,不让人说它的不是,但是,它能使贪官污吏心惊胆战,不能不让人拍手叫好。

(周维冈)

鬼 魅 吓 人

　　魏黄初中,顿丘①界有人骑马夜行。见道中有一物,大如兔,两眼如镜,跳跃马前,令②不得前。人遂惊惧,堕马,魅便就地捉之,惊怖暴死。良久乃苏,苏已失魅,不知所在。乃更③上马,前行数里,逢④一人。相问讯已,因说:"向者事变如此,今相得为伴,甚欢。"人曰:"我独行,得君为伴,快⑤不可言。君马行疾,且前,我在后相随也。"遂共行。语曰:"向者物何如,乃令君怖惧耶⑥?"对⑦曰:"其身如兔,两眼如镜,形甚可恶。"伴曰:"试顾⑧视我耶?"人顾视之,犹复是也。魅便跳上马,人遂堕地怖死。家人怪马独归,即行推索,乃于道边得之。宿夕⑨乃苏,说状如是。

(《搜神记》卷十七)

【注释】

　　①顿丘:古县名,西汉置。治所在今河南清丰西南。　②令:使。　③更:又、再。　④逢:遇到。　⑤快:高兴。　⑥耶:表示疑问的语气词,相当于"啊"、"呀"、"呢"之类。　⑦对:回答。　⑧顾:回头。　⑨宿夕:一夕、一夜。

【今译】

　　魏文帝黄初年间,顿丘有一个人夜里骑马赶路。他看见道路中间有一个东西,有兔子那样大,两只眼睛像镜子一样发着光,在马前面跳来跳去,使马不能前进。这个人惊慌害怕,掉下马来,鬼魅当场就捉住他,他惊慌恐怖,顿时昏死过去。

干宝

很长时间他才苏醒过来,醒来后鬼魅已经不见了,不知道它在什么地方。

这人于是又骑上马,往前走了几里路,遇到一个人。互相问候以后,于是说:"刚才事情变得如此奇怪,现在有你作为伙伴,高兴得很。"那人说:"我独自赶路,得到你做伴,高兴得无法用语言来形容。你骑马走得快,姑且在前面走,我在后面跟着你吧。"于是他们一起赶路。行人说道:"刚才那个怪物是什么样子,竟然使你那样恐怖害怕呀?"顿丘人回答:"它身子像兔子,两只眼睛像镜子,形象极端可恶。"同伴说:"你试试回头看看我呢?"顿丘人回头看他,恰恰又是那个怪物。鬼魅便跳上他的马,顿丘人于是掉到地上吓得昏死过去了。

那匹马独自回到家里,他家里人感到很奇怪,立即顺着这个方向去寻找,才在路边上找到他。过了一夜,他才慢慢苏醒过来,详细叙述了上面这些情况。

【评析】

这个故事叙述的是一个恶鬼,始终变着法儿纠缠人,令人恐怖惊慌。这位顿丘人之所以被同一个鬼所纠缠,两次吓得昏死过去,总是被动,是因为他胆小而又缺少警惕和智慧,十分软弱可欺。恶鬼、恶势力总是攻击软弱者。对待恶鬼应该有宋定伯那样的气概,勇敢、机智,战而胜之。故事写得也十分传神,恶鬼的形象,尤其是第二次现出真相的过程,栩栩如生,读来让人毛骨悚然。 (周维网)

细　　腰

魏郡①张奋者,家本巨富,忽衰老财散,遂卖宅与程应。应入居,举家②病疾③,转卖邻人何文。文先独持大刀,暮入北堂中梁上。至三更竟,忽有一人,长丈余,高冠黄衣,升堂呼曰:"细腰④。"细腰应喏。曰:"舍中何以有生人⑤气也?"答曰:"无之。"便去。须臾⑥,有一高冠青衣者,次之又有高冠白衣者,问答并如前。及将曙,文乃下堂中,如向法⑦呼之,问曰:"黄衣者为谁?"曰:"金也,在堂西壁下。""青衣者为谁?"曰:"钱也。在堂前井边五步。""白衣者为谁?"曰:"银也。在墙东北角柱下。""汝复为谁?"曰:"我,杵⑧也。今在灶下。"及晓,文按次掘之,得金、银五百斤,钱千万贯。乃取杵焚之。由此大富,宅遂清宁。

(《搜神记》卷十八)

【注释】

①魏郡：郡名，东汉时治所在今河北磁县南。　②举家：全家。　③病疾：病得很重。　④细腰：后世称杵为细腰。　⑤生人：活人。　⑥须臾：一会儿。　⑦向法：指先前呼唤"细腰"的方法。　⑧杵（chǔ 楚）：捣物的木棒槌，一般两头大，中间小。

【今译】

魏郡人张奋家里本来非常富有，忽然人变得衰老，财产散失殆尽，便把住宅卖给了程应。程应搬进去居住以后，全家人都患重病，于是又把这住宅转卖给邻居何文。

何文首先独自带上大刀，傍晚走进北面堂屋，爬到屋梁上。到了夜里三更尽时，忽然有一个人身高一丈多，戴着高帽子，穿着黄衣服，上堂来呼喊道："细腰。"细腰便答应他。他问："屋里怎么有活人气味呢？"细腰回答："没有活人啊。"黄衣人便离开了。一会儿，有一个戴高帽、穿青衣的人，接着又有一个戴高帽、穿白衣的人，来堂屋和细腰对话，像先前一样。

到天快亮时，何文便下来，走到堂屋中，用刚才那些人的方法呼唤细腰，问道："穿黄衣服的人是谁呀？"细腰说："是黄金。在堂屋西边的墙壁下。""穿青衣服的人是谁呢？"答道："是铜钱。在堂屋前面井旁边五步远的地方。""穿白衣服的人是谁呢？"答道："是白银。在墙壁东北角柱子的下面。""你又是什么人呢？"答道："我啊，是木杵哇。现在在灶台下呢。"

天亮以后，何文依次挖开那些地方，得到黄金、白银五百斤，铜钱千万贯。接着又找到木杵，把它烧了。这样他变得十分富有，这座住宅也清净安宁了。

【评析】

张奋财产散尽，人变衰老；程应也举家得病，这所住宅让人不得安宁。何文的办法不同，他买下这房屋，首先进去调查一番，只身带着大刀，爬到梁上，静静地观察、倾听，又巧妙地模仿喊叫的声音，把事情的真相摸得一清二楚。根据自己掌握的情况，依次挖掘，不仅得到一笔巨额财富，而且使这所房屋里从此变得安宁了。遇到麻烦不是退让，而是奋勇向前，这是故事给我们的一个有益启示。

(周维网)

| 干 宝 |

吴兴①老狸

晋时,吴兴一人有二男,田中作时,尝②见父来骂詈③赶打之。儿以告母,母问其父,父大惊,知是鬼魅,便令儿斫④之。鬼便寂不复往。父忧恐儿为鬼所困,便自往看。儿谓是鬼,便杀而埋之。鬼便遂归,作其父形,且语⑤其家:"二儿已杀妖矣。"儿暮归,共相庆贺,积年不觉。后有一法师⑥过其家,语二儿云:"君尊⑦候⑧有大邪气。"儿以白⑨父,父大怒。儿出以语师,令速去。师遂作声入,父即成大老狸,入床下,遂擒杀之。向⑩所杀者,乃真父也,改殡⑪治服⑫。一儿遂自杀,一儿忿懊⑬亦死。

(《搜神记》卷十八)

【注释】

①吴兴:郡名,治所在乌程(今浙江吴兴南),辖境相当于今浙江临安、余杭、德清一线西北,兼有江苏宜兴,后有缩小。　②尝:曾经。　③詈(lì 力):责骂。　④斫(zhuó 卓):用斧头砍。　⑤语(yù 遇):对人说。　⑥法师:指有法术的人。　⑦尊:对别人父亲的尊称。　⑧候:此谓气色、情状。　⑨白:告诉。　⑩向:以前,当初。　⑪改殡:改葬。　⑫治服:治理丧服。　⑬忿(fèn 奋)懊:生气,懊恼。

【今译】

晋朝时吴兴郡有一个人有两个儿子。儿子们在田里干活时,有一次父亲跑来责骂他们,并且追赶着打他们。儿子把这事告诉母亲,母亲去责问他们的父亲,父亲大为吃惊,知道那是鬼怪在作祟,就吩咐儿子以后再见到便杀死它。从此鬼怪便悄无声息,再也不出现了。父亲担心儿子被鬼怪所困扰,就亲自到田里去看看。儿子见了以为鬼怪又来了,便把他杀了,并且埋了起来。鬼怪于是来到他们家里,变成他们父亲的模样,并且告诉他们家里人说:"两个儿子已经把妖魔杀死了。"儿子傍晚回来,一家人共同庆贺。事情的真相,几年之内都没有察觉。

后来有一个法师从他们家门前经过,对两个儿子说:"你们父亲的气色有很重的邪气。"儿子把这话告诉父亲以后,父亲十分生气。儿子出来把情况告诉法师,叫他赶快离开。法师便口念咒语走进来,父亲当即变成一只老狐狸,钻到床底下去了,法师于是把它捉住杀死了。当初儿子杀的是他们的真父亲。于是便穿起丧服办理丧事,并进行改葬。一个儿子因此而自杀,一个儿子气愤懊悔,不久也死了。

【评析】

妖魔作祟,手段变化多端,出入行藏往往出人意料,让人真假难辨,甚至做出愚蠢的事情来。两个儿子一次又一次把鬼魅认作父亲,又把自己的父亲误认为鬼魅,并把他杀死,酿成了惨剧而长期不能察觉。故事里发生的错误的、甚至荒唐的行为都似乎还合情合理,难以避免。在这里常人缺少的是锐利的分辨能力。只有法师具有一双慧眼,具有坚韧精神,具有制服妖魔的招数,使妖魔原形毕露,束手就擒。这个故事告诉人们,必须具有敏锐的洞察能力,既能认清在通常情况下活动的鬼魅,又能识别在特殊情况下活动的鬼魅,才能战胜妖魔,才能避免做出荒唐的事情。

(朱景松)

宋大贤杀鬼

南阳西郊有一亭①,人不可止②,止则有祸。邑人宋大贤,以正道自处③。尝宿亭楼,夜坐鼓琴,不设兵仗④。至夜半时,忽有鬼来,登梯与大贤语,眝目磋齿⑤,形貌可恶。大贤鼓琴⑥如故。鬼乃去,于市中取死人头来,还⑦语大贤曰:"宁可⑧少睡耶?"因以死人头投大贤前。大贤曰:"甚佳。吾暮卧无枕,正欲得此。"鬼复去,良久乃还曰:"宁可共手搏⑨耶?"大贤曰:"善。"语未竟,鬼在前,大贤便逆捉其腰。鬼但急言:"死。"大贤遂杀之。明日视之,乃老狐也。自是亭舍更无妖怪。

(《搜神记》卷十八)

【注释】

①亭:供旅客食宿的处所。 ②止:停留。 ③以正道自处:指按正统的原则立身处世,不信鬼神之类的邪门歪道。 ④兵仗:同"兵杖",兵器。 ⑤眝(zhù 住)目磋(cuō 搓)齿:瞪眼磨牙,形容面目狰狞。 ⑥鼓琴:弹琴。 ⑦还(huán 环):回来。 ⑧宁可:为当时习用语,意思相当于"是否"。 ⑨手搏:徒手搏斗,如摔跤之类。

【今译】

南阳城西郊有一个亭子,人不能在那里住宿,在那里一住宿就会遇到灾祸。城里宋大贤这人以正道立身处世。有一次他在这个亭舍的楼上住下来,晚上坐着弹琴,没有准备任何兵器。到半夜时,忽然有一个鬼来了,鬼登上楼梯跟宋大贤说话,瞪眼磨牙,模样十分丑恶。宋大贤仍旧跟刚才一样弹琴,不理睬它。鬼便离开了,在街市上拿了一个死人头来,对宋大贤说:"是不是稍微睡一下呢?"于是把死人头扔到宋大贤面前。宋大贤说:"好极了。我晚上睡觉没有枕头,正想得到这样的东西。"鬼又离开了,很久才回来,说:"能不能和我徒手搏斗呢?"宋大贤说:"好哇。"话还没说完,鬼就到了面前,宋大贤就迎上去抓住它的腰。鬼只是急速地说:"死!"宋大贤便首先把它杀死了。第二天一看,原来是一只老狐狸。从此以后这个亭舍再也没有妖怪出现了。

【评析】

宋大贤一身正气,才敢于只身徒手跟鬼魅斗争。鬼魅企图以狰狞面目吓倒他,他却漠然置之,不予理睬;鬼魅变本加厉,弄来死人的头,以为可以把他吓倒,他则欣然接受,用作枕头;鬼魅无奈,使出最后一招,要和他搏斗,他则迅速置之于死地。鬼魅变着法跟人斗争,不过它也就是那么一些招数,一招一招失灵,必然无可奈何。跟鬼魅斗争,一定要沉着冷静,有勇有谋,敢于斗争,善于斗争,使鬼魅无所施其技。

(朱景松)

王 周 南

魏齐王芳正始①中,中山②王周南为襄邑③长。忽有鼠从穴出,在厅事④上,语曰:"王周南,尔⑤以⑥某月某日当死。"周南急往,不应⑦。鼠还⑧穴。后至期复出,更冠⑨帻⑩皂衣而语曰:"周南,尔日中⑪当死。"亦不应。鼠复入穴。须臾复出,出复入,转行数语如前。日适⑫中,鼠复曰:"周南,尔不应死⑬,我复何道!"言讫,颠蹶⑭而死,即失衣冠所在。就⑮视之,与常鼠⑯无异。　　　　(《搜神记》卷十八)

【注释】

①正始:三国魏齐王曹芳的年号(公元240—公元248)。　②中山:郡名,治所在卢奴(今河北定县)。　③襄邑:古县名,治所在今河南睢县。　④厅事:官署中的大厅。　⑤尔:你。　⑥以:在。　⑦应:答话。　⑧还(huán 环):回。　⑨冠(guàn 贯):戴。　⑩帻(zé 择):古代的一种头巾。　⑪日中:正午。　⑫适:恰好,正好。　⑬应死:答应去死。　⑭颠蹶:即跌倒在地。　⑮就:凑

近。　⑯常鼠：普通的老鼠。

【今译】

　　三国魏国齐王曹芳正始年间，中山人王周南任襄邑县长。忽然有一只老鼠从洞穴中出来，到官署的大厅里，对他说："王周南，你在某月某日就该死了。"王周南急忙走过去，没有答它的话。老鼠回到洞穴里去了。后来到了老鼠说他将要死的那一天，老鼠又出来了，改戴头巾，穿着黑色的衣服，说道："王周南，你中午就要死了。"王周南也不答话。老鼠又进入洞穴里。一会儿老鼠又出来，出来又进去，来回转了几趟，都说着和以前一样的话。正当中午的时候，老鼠又说："王周南，你不答应去死，我还能再说什么呢！"说完，跌倒在地上顿时死去，它的衣帽立刻也不见了。王周南走过去就近一看，跟普通的老鼠没有什么两样。

【评析】

　　一个普普通通的老鼠竟然断言王周南某月某日中午要死，一次一次地发出警告，甚至还幸灾乐祸地穿起黑色的丧服来警告，言之凿凿，煞有介事，企图使王周南惊恐胆寒。可是王周南根本不信，丝毫不加理会。老鼠的谎言最后彻底破产，无可施其伎，跌倒在地而气绝身亡。故事告诉人们，对于那些不怀好意的种种预言，对于那些流言蜚语，唯一有效的办法是不予理睬。这些预言和流言蜚语最终会不攻自破，而那些预言家和散布流言的人到头来也只能是搬起石头砸自己的脚。

（朱景松）

安阳亭三怪

　　安阳城南有一亭，夜不可宿，宿辄①杀人。书生明②术数③，乃过宿之。亭民曰："此不可宿，前后宿此未有活者。"书生曰："无④苦⑤也，吾自⑥能谐⑦。"遂住廨舍⑧，乃端坐诵书，良久未休。夜半后，有一人着⑨皂单衣，来往户外，呼"亭主"，亭主应诺。"见亭中有人耶？"答曰："向者有一书生，在此读书。适⑩休，似未寝。"乃喑嗟⑪而去。须臾，复有一人冠⑫赤帻⑬者，呼"亭主"，问答如前，复喑嗟而去。既去寂然。书生知无来者，即起诣向者呼处，效呼"亭主"。亭主亦应诺。复云："亭中有人耶？"亭主答如前。乃问曰："向黑衣来者谁？"曰："北舍母猪也。"

干 宝

又曰:"冠赤帻来者谁?"曰:"西舍老雄鸡父也。"曰:"汝复谁耶?"曰:"我是老蝎也。"于是书生密便诵书至明,不敢寝。天明,亭民来视,惊曰:"君何得独活?"书生曰:"促⑭索剑来,吾与卿取魅。"乃握剑至昨夜应处,果⑮得老蝎,大如琵琶,毒⑯长数尺。西舍得老雄鸡父,北舍得老母猪。凡杀三物,亭毒遂静,永无灾横。

(《搜神记》卷十八)

【注释】

①辄(zhé折):总是。 ②明:明了。 ③术数:法术、方术。 ④无:通"毋",别,不要。 ⑤苦:愁苦,忧伤。 ⑥自:自然,当然。 ⑦谐:和合。此为周旋,应付。 ⑧廨(xiè谢)舍:官府的客舍,这里指亭中的客房。 ⑨着(zhuó卓):穿着。 ⑩适:才。 ⑪喑(yīn阴)嗟:轻声叹息。 ⑫冠(guàn贯):戴。 ⑬帻(zé责):头巾。 ⑭促:快,迅速。 ⑮果:果然。 ⑯毒:指蝎子的尾刺,内有毒腺。

【今译】

安阳县城南有一个亭,晚上不能在那里过宿,过宿总是有人被杀死。有一位书生懂得术数,经过那里便住了下来。亭附近的老百姓说:"这里不能住宿,先后在这里住宿的没有人能活下来的。"书生说:"不必担心,我自然会应付。"于是住在亭的客舍里,便端端正正地坐着读书,很长时间都不休息。下半夜时,有一个穿黑色单衣的人来到门外,呼唤"亭主",亭主答应。"看见亭里有人吗?"答道:"刚才有一个书生在这里读书。刚刚休息,好像还没有睡呢。"门外的人便轻声叹息而离开了。一会儿,又有一个戴红头巾的人来喊"亭主",回答跟先前一样,也轻声叹息着走了。走了以后,亭子寂静无声。书生知道没有人来了,便起身到刚才他们呼唤问答的地方,模仿着呼喊"亭主"。亭主也答应了。书生又说:"亭中有人吗?" 亭主答复得跟原先一样。于是书生问道:"刚才穿着黑单衣来的是谁呀?"亭主说:"是北屋的母猪。"又问:"戴着红头巾来的是谁?"答道:"是西屋的老公鸡。""你又是谁呢?"答:"我就是老蝎子。"于是书生便悄悄地背诵着书,直到天亮,不敢睡觉。

天亮以后,老百姓来看书生,吃惊地说:"你怎么能够偏偏活下来了?"书生说:"赶快找把剑来,我和你们一起去捉拿鬼魅。"他便握着剑到昨天夜里互相问话、答话的地方,果然抓住了老蝎子,有琵琶那样大,毒刺有几尺长。在西屋抓住了老公鸡,在北屋抓住了老母猪。一共杀死三个妖怪,这个亭子的祸害从此绝迹,永远没有灾祸了。

【评析】

　　这位书生勇斗妖魔有他的特点。首先他有很高的警惕性。他虽然在这个亭子过宿,但是并不睡觉,而是坐着读书,或是躺下但并不入睡,始终处于戒备状态,随时可以应付紧急情况,这就使一个个妖魔找不到下手的机会,只能叹息而去。再一点,他能注意观察动静,及时采用巧妙的方法,彻底弄清了情况。最后他能把握时机,与周围的百姓一起,把所有的妖魔全部找出来,彻底加以消灭。当初周围的人警告他有危险时,他声明"吾自能谐",可见他一开始就是胸有成竹的。

(朱景松)

李 寄 斩 蛇

　　东越①闽中②有庸岭③,高数十里。其西北隙④中有大蛇,长七八丈,大十余围。士俗常惧,东冶都尉⑤及属城长吏多有死者,祭以牛羊,故不得福。或与人梦,或下谕⑥巫祝⑦,欲得啖⑧童女十二三者。都尉令长并共患之,然气厉⑨不息,共请求人家生婢子,兼有罪家女。养之至八月朝⑩,祭送蛇穴口,蛇出吞啮之。累年如此,已用九女。尔时预复募索,未得其女。将乐县李诞家,有六女,无男。其小女名寄,应募⑪欲行,父母不听⑫。寄曰:"父母无相⑬,唯生六女,无有一男,虽有如无。女无缇萦济父之功⑭,既不能供养,徒费衣食,生无所益,不如早死。卖寄之身,可得少钱,以供父母,岂不善耶?"父母慈怜,终不听去。寄自前行,不可禁止。寄乃告请好剑经及咋⑮蛇犬。至八月朝,便诣⑯庙中坐,怀⑰剑将⑱犬。先将数石⑲米糍,用蜜麨⑳灌之,以置穴口。蛇便出,头大如囷㉑,目如二尺镜,闻糍香气,先啖食之。寄便放犬,犬就啮咋㉒,寄从后斫㉓得数创。疮痛急,蛇因踊出,至庭而死。寄入视穴,得其九女髑髅,悉举出,咤㉔言曰:"汝曹㉕怯弱,为蛇所食,甚可哀愍㉖。"于是寄女缓步而归。越王闻之,聘㉗寄女为后,拜其父为将乐令,母及姊皆有赏赐。自是东冶无复妖邪之物,其歌谣至今存焉。

(《搜神记》卷十九)

| 干 宝 |

【注释】

①东越：西汉小国，为越王勾践之后，在今浙江东南和福建一带，国都为东冶（今福建省福州市）。②闽中：郡名，为东越国辖境。③庸岭：又名乌岭，在今福建邵武县西北。④隙：缝隙，这里指山洞。⑤都尉：郡的军事长官。⑥谕：告诉，使知道。⑦巫祝：巫师。⑧啖（dàn淡）：吃。⑨气厉：指灾疫疾病。厉，同"疠"。⑩八月朝：八月初一。⑪应募：被招募。⑫听：听凭，允许。⑬无相：没有好的形象。相，相貌，形象。⑭缇萦（tíyíng 提营）济父之功：缇萦（汉朝人）的父亲有五个女儿，没有男孩。父亲获罪下狱，当受肉刑。缇萦随父到长安，表示愿入官为婢，以赎父罪，获得汉文帝的同情，其父得免。⑮咋（zé择）：同"嘖"，咬。⑯诣：到，去。⑰怀：揣在怀里，这里指带着。⑱将：携带。⑲石（dàn旦）：容量单位，十斗为一石。⑳麨（chǎo 炒）：炒面。㉑囷（qūn 群阴平）：古代一种圆形谷仓。㉒啮咋：撕咬。㉓斫（zhuó 卓）：砍。㉔咤（zhà 乍）：悲叹。㉕汝曹：你们。㉖哀愍：悲哀，值得怜悯。㉗聘：旧时指订婚或女子出嫁。

【今译】

东越国闽中郡有一座山叫庸岭，山有几十里高。山西北的石缝里有一条大蛇，长七八丈，粗十多围。当地百姓总是害怕它，东冶的都尉以及所属县的长官常有被它咬死的。人们拿牛羊去祭祀它，但是仍旧得不到保佑。有时它给人托梦，有时它让巫师给人传话，要送十二三岁的童女来给它吃。郡县长官都为此而大伤脑筋，然而这疾疠灾疫没有停息。大家只好去搜求人家奴婢生的女孩，以及犯罪人的女儿，把她们养到八月初一，祭祀送到蛇洞口，蛇出来吞食她们。一连好几年都是这样，已经送了九个女孩。

这一年又预先招募寻找女孩，还没有找到。将乐县李诞家中有六个女孩，没有男孩。其中小女儿名叫李寄，要去应募前往，父母不同意。李寄说："父母没有福相，只生下六个女儿，没有一个男孩，虽然有孩子却像没有一样。女儿我不能有缇萦救父母的功劳，不过，既然不能奉养父母，只是枉费家中衣服食物，活着对家里没有什么帮助，还不如早点儿死去。卖了我可以得到一些钱，拿来供养父母，难道不好吗？"父母怜悯，舍不得女儿，始终不同意她去。李寄自己悄悄地走了，父母也阻挡不了她。

李寄于是寻请得到锋利的剑和咬蛇的狗。到八月初一，便到庙里面坐着，带着剑，带着狗。她先拿几石米做的糍粑，用蜂蜜、炒面拌好，放在蛇洞口。蛇就爬出洞来，头有谷囷那样大，眼睛像两尺宽的镜子。它闻到糍粑的香气，先去吞食糍粑。李寄就放出了狗,狗上去撕咬大蛇,李寄绕到蛇的后面,用剑砍了好几下。蛇的伤口疼痛得很厉害,便从庙里窜了出来,爬到庭院里就死了。

李寄走进蛇洞去看,看到九个女孩的头骨,全都带了出来,悲哀地说:"你们胆小软弱,被蛇吃掉了,很是可怜。"于是李寄姑娘缓缓地走回家去了。

东越国王听说这件事,娶了李寄姑娘做王后,任命她父亲为将乐县的县令,她母亲和姐姐也都得到了赏赐。从此东冶再也没有什么妖异鬼怪,歌唱李寄斩蛇的歌谣至今还在流传。

【评析】

李寄是一个弱女子,可是她有志气、有勇气、有智谋。她心中有缇萦这样的形象,立志要为民除害,要为父母分忧。她安慰了父母,带着剑和狗,准备了诱饵,一个人进了山,有步骤地把恶蛇引出洞来,声东击西,前后夹攻,把恶蛇置于死地。故事是通过对比手法来写的。一是把李寄和"东冶都尉及属城长吏"进行对比,这些人貌似强大,竟然没有任何办法,十分无能,不仅不能除掉恶蛇,甚至连他们自己都"多有死者",只好拿牛羊、童女去祭祀恶蛇,可是无济于事,灾难依然连年不断。二是把李寄和此前的九个女孩进行对比。这些女孩一个接一个地白白送死,"怯弱,为蛇所食,甚可哀愍"。故事通过对比,衬托出李寄的勇敢、机智,塑造出一个活生生的英雄女子的形象。

(朱景松)

扬 州 蛇 翁

汉武帝时,张宽为扬州刺史。先是①有二老翁争山地,诣②州讼③疆界,连年不决。宽视事④,复来。宽窥⑤二翁形状非人,令卒持杖⑥戟⑦将入,问:"汝等何精?"翁走,宽呵格⑧之,化为二蛇。

(《搜神记》卷十九)

【注释】

①先是:在这之前。　②诣(yì易):到。　③讼(sòng送):打官司。
④视事:指官吏到职开始工作。　⑤窥(kuī亏):暗中察看。　⑥杖:棍棒。
⑦戟(jǐ挤):古兵器,长柄一端装有枪尖,旁边附月牙形锋刃。　⑧呵格:呵斥并殴打。

【今译】

汉武帝时,张宽任扬州刺史。在此之前曾有两个老头争夺山地,到州里打官司,一连数年不能断案。张宽到任后又来打官司了。张宽暗中观察,这两个老头的形象并不是人,命令役卒拿着木棍矛戟把老头带进来,问道:"你们都是什么妖精?"两个老头转身要逃跑,张宽呵斥它们,并且命令手下人上前痛打,两个老头变成了两条蛇。

【评析】

两条蛇变成妖怪,长期打官司,纠缠不休,不能断案。张宽却能迅速解决这个问题。他的高明之处首先在于能细心观察,确认它们并不是人,而是妖精。这就决定了应该采用非常手段。再次,他让役卒带上武器,制造出威严的气氛,使妖精受到震慑。最后,他以迅雷不及掩耳之势质问它们是什么妖精,使之猝不及防,只能原形毕露。张宽断案始于敏锐的观察和正确的判断,最终才能快刀斩乱麻。

(朱景松)

丹阳道士

丹阳道士谢非,往石城①买冶釜②还③,日暮不及至家。山中庙舍于溪水上,入中宿,大声语曰:"吾是天帝使者,停此宿。"犹畏人劫夺其釜,意苦搔搔④不安。二更中,有来至庙门者呼曰:"何铜。"铜应诺。曰:"庙中有人气,是谁?"铜云:"有人,言⑤是天帝使者。"少顷便还。须臾⑥,又有来者呼铜,问之如前,铜答如故,复叹息而去。非惊扰不得眠,遂起,呼铜问之:"先来者谁?"答言:"是水边穴中白鼍⑦。""汝是何等物?"答言:"是庙北岩嵌⑧中龟也。"非皆阴⑨识⑩之。天明,便告居人,言:"此庙中无神,但⑪是龟、鼍之辈,徒费酒食祀之。急具锸⑫来,共往伐之。"诸人亦颇疑之,于是并会伐掘,皆杀之。遂坏庙绝祀,自后安静。

(《搜神记》卷十九)

【注释】

①石城:即石头城,今南京市。　②冶釜:铸铁的锅。　③还(huán 环):回来。　④搔搔:忧虑、骚动不安的样子。搔,通"慅"。　⑤言:说,自称。　⑥须臾:一会儿,很短的时间。　⑦鼍(tuó 托):爬行动物,即扬子鳄。　⑧岩嵌:严峻的山岩。　⑨阴:暗暗地。　⑩识(zhì 治):记住。　⑪但:只。　⑫锸(chā 插):挖土的铁锹。

【今译】

丹阳郡道士谢非,到石头城买了个铁锅回来,天晚了来不及赶到家。山里有一座庙宇,正好修建在溪水边上,谢非进去准备住一宿,便大声说道:"我是天帝的使者,留在这里住一宿吧。"他还是怕有人抢夺他的锅,心里很是骚动不安。

二更天时,有一个人到庙门前大声喊道:"何铜。"铜答应了。来人说:"庙里有人的气味,这是谁呀?"铜说:"是有一个人,他说是天帝的使者。"过了一会儿那人就走了。一会儿,又有人来喊铜,问他的话跟以前一样,铜也像以前那样回答了他,来人又叹息着走了。

谢非被惊扰睡不着觉,于是爬起来,喊着铜便问他:"刚才来的是谁呀?"铜问答说:"是水边洞里的白鼍。""你是什么东西呀?""我是庙北山岩里的乌龟。"谢非暗暗记在心里。

天亮了,谢非便告诉当地居民,说:"这座庙里并没有什么神灵,只是龟、鼍之类,你们过去花费酒食去祭祀它们完全是白费。赶快准备铁锹来,一起去除掉它们。"人们对这个庙也很有疑心,于是一同去挖掘,把龟、鼍都杀死了。于是便把庙也毁了,停止祭祀,从此以后这一带安静无事。

【评析】

此类内容的故事情节多有雷同之处,但这个故事的主人翁谢非有自己的独特做法。他首先大声宣布自己是天帝的儿子,这就使一般的妖魔鬼怪不敢轻举妄动。这一招还真灵验,妖魔只能叹息而退,不敢加害。他又能机智地呼喊妖魔,把情况搞清楚,天亮以后立即行动,消灭妖魔。身处险境,我们必须壮自己的志气,机智地应付复杂局面。

(朱景松)

鹤衔珠报恩

哙①参,养母至②孝。曾有玄鹤为弋人③所射,穷④而归参。参收养,治疗其疮,愈而放之。后鹤夜到门外,参执烛视之,见鹤雌雄双至,各衔明珠,以报参焉。

(《搜神记》卷二十)

【注释】

①哙(kuài 快)参:人名。　②至:最,极。　③弋(yì 易)人:射鸟的人。
④穷:困窘到极点。

【今译】

哙参奉养母亲非常孝顺。曾经有一只黑鹤被射鸟人射中,飞不动了,来投奔哙参。哙参收养了它,为它治疗箭伤,伤好了以后把它放走。后来黑鹤夜里飞到哙参的门外,哙参拿着灯烛去看它,只见雌鹤雄鹤双双来到,口中各衔一颗明珠,用来报答哙参。

【评析】

在黑鹤生死存亡的关键时刻,哙参收养了它,为它治疗箭伤,挽救了它的生命,最终黑鹤衔来明珠报答他的救命之恩。故事十分精练,提倡在人危难之时援之以手,助人一臂之力。做了好事最终一定会有好报。

(朱景松)

隋侯珠

隋县①溠水②侧,有断蛇丘。隋侯③出行,见大蛇被④伤中断。疑其灵异,使人以药封⑤之,蛇乃能走。因号⑥其处"断蛇丘"。岁余,蛇衔明珠以报之。珠盈⑦径⑧寸,纯白,而夜有光明,如月之照,可以烛⑨室。故谓之"隋侯珠",亦曰"灵蛇珠",又曰"明月珠"。

(《搜神记》卷二十)

【注释】

①隋县:即今随州市,在湖北省北部。　②溠(zhà 乍)水:扶恭河,在隋县西北。
③隋侯:两周初分封诸侯国隋国君,姬姓,封国在今湖北随州市。　④被:蒙受,遭受。
⑤封:裹扎。　⑥号:称谓。　⑦盈:超过。　⑧径:直径。　⑨烛:照亮。

【今译】

隋县溠水旁边有一个山丘,名叫断蛇丘。有一次隋侯出官巡行,看见一条大蛇受了重伤,从身体的中部断开了。隋侯揣摩这条蛇有点儿像神灵,吩咐人用药好好给它包扎,蛇这才能行走。于是人们便把这个地方叫做"断蛇丘"。

一年多以后,大蛇衔着明珠来报答隋侯的救命之恩。这颗明珠直径超过一寸,晶莹洁白,晚上能发光,像月亮照耀一样,可以把整个屋子照得通明透亮。因此这颗宝珠被称为"隋侯珠",也叫"灵蛇珠"、"明月珠"。

【评析】

　　这个故事千古传诵。随侯救了蛇的性命,蛇便衔来夜明珠报答。一个小小的生灵尚能知恩必报,何况是人呢？一个人在得到别人的帮助之后,总应该通过适当的方式表示感谢。另一方面,一个人做善事本来不是为了别人报答,但是既然做了好事,总是会得到好的报应的。

（朱景松）

古 巢 老 姥

　　古巢①,一日江水暴涨,寻复故道。港有巨鱼,重万斤,三日乃死。合郡皆食之,一老姥②独不食。忽有老叟③曰:"此,吾子也,不幸罹④此祸。汝独不食,吾厚报汝。若东门石龟目赤,城当陷。"姥日往视,有稚子讶⑤之,姥以实告。稚子欺之,以朱⑥傅⑦龟目。姥见,急出城。有青衣童子曰:"吾,龙之子。"乃引姥登山,而城陷为湖。

（《搜神记》卷二十）

【注释】

　　①古巢:古县名,今安徽省巢湖市一带。　②老姥(mǔ母):即姥姥,对老年妇女的尊称。　③老叟(sǒu 搜上声):年老的男人。　④罹(lí 离):遭受。　⑤讶(yà亚):惊讶,诧异。　⑥朱:红色。　⑦傅:通"附",附着。这里是涂抹的意思。

【今译】

　　古巢县有一天长江水暴涨,漫过了江堤,不久水退了回去,恢复了原来的水道。港湾里滞留着一条特大的鱼,重有万把斤,三天后才死去。全郡的所有人都来抢着割鱼的肉,拿回去吃,只有一个老妇人没有吃。忽然有一老头来说:"这是我的儿子,不幸遇到这个灾祸。只有你一个人没有吃它,我要重重地报答你！你注意着,如果县城东门石龟的眼睛变红了,这个县城就会陷落下去。"

　　老妇人每天去东门看石龟,有一个小孩子对老妇人的行为感到奇怪,老妇人便把实话告诉了他。小孩子欺骗老妇人,用红颜色涂在石龟的眼睛里。老妇人见石龟眼睛红了,急急忙忙出了城。有一个穿青衣的童子说:"我是龙的儿子。"于是领着老妇人登上高山,而县城顷刻陷落下去,成了湖泊。

【评析】

　　老妇人没有跟随别人去伤害龙的儿子，便得到了神灵的搭救，在县城塌陷，变成一片汪洋之前被引上高山，独自一人保全了生命。故事唤醒人们的怜悯之心，在别人遇到灾难的时候，不要跟随众人乘机去伤害人家，不要落井下石，要全力相救，至少也要独善其身。

　　　　　　　　　　　　　　　　　　　　　　　　　　　　（朱景松）

蚁王报董昭之

　　吴富阳县董昭之，尝①乘船过钱塘江，中央见有一蚁，著②一短芦，走一头，回，复向一头，甚惶遽③。昭之曰："此畏死也。"欲取著船，船中人骂："此是毒螫④物，不可长，我当蹴杀之。"昭意甚怜此蚁，因以绳系芦着船。船至岸，蚁得出。其夜，梦一人乌衣，从⑤百许人来谢云："仆是蚁中之王，不慎堕江，惭君济活。若有急难，当见告语。"历十余年，时所在劫盗，昭之被横录⑥为劫主，系狱余杭。昭之忽思蚁王梦，"缓急当告，今何处告之？"结念⑦之际，同被禁者问之，昭之具以实告。其人曰："但取两三蚁，着⑧掌中语之。"昭之如其言。夜果梦乌衣人云："可急投余杭山中。天下既乱，赦令不久也。"于是便觉。蚁啮械⑨已尽，因得出狱，过江投余杭山。旋过赦，得免。

　　　　　　　　　　　　　　　　　　　　　　　　（《搜神记》卷二十）

【注释】

①尝：曾经。　　②著（zhuó 卓）：同"着"，附着。　　③惶遽：惊慌害怕。
④毒螫（shì 式）：有毒而能刺人。螫，蜇。　　⑤从（zòng 纵）：使跟从，使跟随，带领。
⑥横录：横加罪名而判决。　　⑦结念：念念不忘。　　⑧着（zhuó 卓）：放置，搁。
⑨械：枷和镣铐之类的刑具。

【今译】

　　吴地富阳县人董昭之，有一次乘船过钱塘江，到江中间时看见水面上有一只蚂蚁，附着在一根短芦苇上，走完一端，回头，又向另一端走，十分惊慌害怕。董昭之说："这是害怕被淹死。"于是想把它拿上来放到船上，船上人骂道："这是有毒能蜇人的东西，不能救它，我们该把它踩死。"董昭之心里很怜悯这只蚂蚁，于是用绳子把芦苇系在船边上。船靠岸后，蚂蚁得以爬到岸上。

　　那一天夜里，董昭之梦见一个穿黑衣服的人，带着一百多人来感谢他说：

"我是蚁中之王,不小心掉到江里,感谢您救活了我。以后您如果有了急难,一定要告诉我。"过了十多年以后,当时地方上出了一件特大的盗窃案件,董昭之被横加罪名判为盗贼首领,关押在余杭县监狱中。董昭之忽然想起蚁王曾经托过梦,说"有急难应当告诉",如今到哪里去告诉它呢?心里正在考虑的时候,一起被关押的人问他是怎么回事,董昭之把实情原原本本告诉他们。那个人说:"只需弄两三只蚂蚁,放在掌心里,对它们说说自己的处境就可以了。"董昭之照他们说的做了。夜里果然梦见穿黑衣服的人来对他说:"可以急速逃跑到余杭山里。现在天下已经混乱了,赦令不久就会下来。"于是董昭之醒了过来,蚂蚁已经把枷锁快啃完了,因而他能逃出牢狱,渡过江躲进余杭山里。不久遇上大赦,董昭之被免了罪。

【评析】

蚂蚁的生命实在太微小了。可是,董昭之却不顾别人的责骂,拯救即将被淹死的蚂蚁,这当然完全是出于对小生灵的怜爱和同情。这个举动却使他后来得到了厚报。读了这个故事我们自然会想到,我们应该爱惜所有的生灵,我们不能坐视别人受苦受难,而不伸出援助之手去帮助一把。

(朱景松)

蝼蛄神

庐陵太守太原庞企,字子及,自言其远祖不知几何世也,坐①事系狱而非其罪,不堪拷掠,自诬服之。及狱②将上,有蝼蛄虫行其左右,乃谓之曰:"使尔有神,能活③我死,不亦善呼?"因投饭与之,蝼蛄食饭尽去。顷复来,形体稍大。意每异④之,乃复与食。如此去来,至数十日间,其大如豚。及竟报⑤,当行刑,蝼蛄夜掘壁根为大孔,乃破械⑥,从之出去。久时遇赦得活。于是庞氏世世常以四节⑦祠祀之于都衢⑧处。后世稍怠,不能复特为馔,皆投祭祀之余以祀之,至今犹然。

(《搜神记》卷二十)

【注释】

①坐:因。　②狱:罪案。此指上报的判决。　③活:使活。　④异:诧异,惊异。　⑤竟报:最终判决。报,断狱。　⑥械:枷、镣铐之类的刑具。　⑦四节:春

夏秋冬四时。　　⑧衢:四通八达的道路。

【今译】

　　庐陵太守太原人庞企,字子及,自称他的远祖不知是哪一代祖先,曾经被判罪拘押在牢狱而实际没有这罪,因为受不了严刑拷打,被迫招供,承认了莫须有的罪名。在案件报送上去时,有一只蝼蛄虫往他左右爬行,庞企便对它说:"假使你有神灵,能救我使我不至冤屈而死,不就很好了吗?"于是扔饭给它,蝼蛄吃完饭就走了。一会儿它又来了,身体长大了一点。先祖对这事常常觉得奇怪,便又给它食物。像这样来来去去,过了几十天时间,它有小猪那么大了。最终判决下来,要执行死刑了,蝼蛄夜里在牢狱的墙根挖了一个大洞,于是他砸破枷锁,随着它逃出去。过了很久遇到大赦得免死罪。从此庞氏家族世世代代总是在春夏秋冬四时,在宗庙外的道路上祭祀蝼蛄神。后代逐渐懈怠,不再特意准备食物,便拿祭祀祖庙剩下的食物去祭祀蝼蛄神,到现在也还是这样。

【评析】

　　庞企的先祖被屈打成招,险招杀身之祸,这时蝼蛄神出现在他面前。这是一个帮助人雪洗不白之冤的正面形象。先祖接连把饭给蝼蛄吃,把自己的心思告诉蝼蛄。蝼蛄神帮他逃出了牢狱,改变了冤死的命运。一个人蒙受冤屈之时总是盼望公平公正,盼望有一种力量能使自己解除冤屈。而蝼蛄神是公正的,是暗中帮助好人的。故事告诉人们,只要是善良的人,其不白之冤总有一天会得到昭雪。当然,故事还有一层意思:乐于助人的好人一定会得到好报。　　　　(朱景松)

猿母猿子

　　临川东兴①有人入②山,得③猿子,便将④归。猿母自后逐至家。此人缚辕子于庭中树上,以示之。其母便搏颊⑤向人,欲乞哀状,直谓口不能言耳。此人既不能放,竟⑥击杀之。猿母悲唤,自掷⑦而死。此人破肠视之,寸寸断裂。未半年,其家疫病,灭门。

(《搜神记》卷二十)

【注释】

　　①东兴:古县名,故治在今江西黎川县东兴乡。　　②入:进。　　③得:获得,取

得,这里指捕获到。　　④将:携带,带回家。　　⑤搏颊(jiá家阳平):用手打脸,即自打耳光。　　⑥竟:竟然。　　⑦掷:腾跃。

【今译】

临川郡东兴县有一个人进山,捕捉到一只幼猿,便带回家来。母猿跟在后面追到他家。这个人把幼猿捆在院子里的树上给母猿看。母猿就对着人自打耳光,像是哀求的样子,表示只是嘴不能说话罢了。这个人不仅没把幼猿放下,竟然还把它敲打致死。母猿悲哀地呼叫,腾跃摔死。这个人剖开母猿的肚子一看,它的肠子一寸长一寸长地断裂开来。不到半年,这个人家遭到瘟疫,全家人都死光了。

【评析】

这个故事十分感人。一只母猿因为自己疏忽大意而使幼子被人捕获,随即跟踪追来,当着人的面,又是自责,又是哀求,恨自己口不能言,不能把心意表白清楚。当亲眼看到幼子被杀死时,痛不欲生,终致寸寸肠断。动物这种母爱跟人有什么不同?人应该有爱心,推己及人,而及一切生灵。故事的后面说这杀死猿子的人半年后全家遭到瘟疫,全部死绝,是说他做了坏事,得到了应有的报应。这本身也是对杀死小猿这种残忍行为的谴责。

故事很短,但寥寥数笔把母猿的形象写得很逼真。

(朱景松)

建业妇人

建业①有妇人,背生一瘤,大如数斗囊②,中有物如茧栗③,甚众,行即有声。恒④乞于市,自言村妇也,常⑤与姒姒⑥辈分养蚕,已独频年损耗,因窃其姒一囊茧焚之。顷之,背患此疮,渐成此瘤。以衣覆⑦之,即气闭闷,常露之乃可,而重如负⑧囊。

(《搜神记》卷二十)

【注释】

①建业:古县名,治所在今江苏南京市。　　②囊(náng馕):口袋。　　③茧栗:蚕茧和栗子。　　④恒:经常。　　⑤常:同"尝",曾经。　　⑥姒姒(sì四):此指妯娌,弟妻称兄妻,亦为兄弟之妻相称。　　⑦覆:遮盖,覆盖。　　⑧负:背负。

【今译】

建业有一个妇人脊背上长了一个瘤子,像能装几斗东西的口袋那样大,里面的东西像蚕茧、板栗一样,非常之多,一走起路来就发出响声。她经常在集市上乞讨,自称是乡下人,曾经和妯娌们分头养蚕,唯独她一个人的蚕茧连年损耗,于是偷了她嫂嫂的一袋茧子,把它烧了。过了一段时间,背上就长出了这个疮,渐渐长成了这个瘤子。如果用衣服遮盖着瘤子,她就感到胸中闭闷,透不过气来,老是让它袒露着才可以,但是总感到像背着沉重的口袋一样。

【评析】

　　暗中烧了别人一袋茧子,谁知这袋茧子变成个大瘤子生在她背上,里面的东西就像蚕茧、栗子,沙沙作响,自己难受不说,还老得那么敞着,不能遮盖。这是要她把做的坏事暴露在光天化日之下。故事告诉人们:不要做损人利己的事情,不要暗中做坏事。任何坏事都不可能长期被掩盖,总有一天要暴露,做了坏事最终一定会受到惩罚。

(朱景松)

苻 朗

苻朗(？—公元389)，南北朝时期前秦文学家。字元达，略阳临渭(今甘肃天水市东)人，氐族，是后秦主苻坚的堂侄。任前秦，为镇东将军，青州刺史，后晋孝武帝命为员外散骑侍郎。平素品经籍，为清谈，风流倜傥，超然自得。著有《苻子》六卷，已亡佚。宋李昉《太平御览》中辑有《苻子》多篇，清代马国翰有辑本，收入《玉函山房辑佚书》。《苻子》中录有传说、故事、寓言等。

与狐谋①皮

周人有爱裘而好珍馐②，欲为千金之裘而与狐谋其皮，欲具少牢③之珍而与羊谋其馐。言未卒④，狐相率逃于重丘之下⑤，羊相呼藏于深林之中。

故周人十年不制一裘，五年不具一牢，何者？周人之谋失之。　　（《苻子》）

【注释】

①谋：计议，商量。　②周：周朝。裘：皮袍。珍馐：珍美的食品。　③少牢：古代称祭祀用的猪和羊。　④卒：完。　⑤率：带领。重丘：重叠的山陵。

【今译】

周代有个人喜欢穿皮衣和吃精美的食品，想制作一件价值千金的皮袍就跟狐狸去商量，要剥它的皮；想摆一桌祭祀的美味佳肴就跟羊去商量，要烹制它的肉。没等他的话说完，狐狸互相带领着逃进深山，羊群也互相呼唤着藏进密林。

因此，这个人十年也没做成一件皮衣，五年也没有摆出一只祭羊。为什么呢？周代这个人的计谋太失算了。

【评析】

周人为了满足自己的爱好，与狐狸和羊商量，要它们甘愿献身，这当然是愚蠢的做法，是不可能实现的。作者已对此作了正确的评价。

这则寓言逐渐演化成为成语。特指跟坏人商量，要他们放弃或牺牲自己的切身利益，是绝对不能实现的。为了突出坏人的凶残本性，多将"与狐谋皮"演化为"与虎谋皮"。

（喻琰琰）

惠子①家穷

惠子家穷,饿数日,不举火②,乃见梁王③。王曰:"夏麦方熟,请以割④子⑤,可乎?"惠子曰:"施方来,遇群川⑥之水长⑦,有一人溺流而下,呼施救之。施应⑧曰:'吾不善游,方将为子告急于东越⑨之王,简⑩其善游者,以救子,可乎?'溺人曰:'我得一瓢之力则活矣。子方告急于东越之王,简其善游者以救我,是⑪不如求我于重渊⑫之下、鱼龙之腹矣!'"

(《苻子》)

【注释】

①惠子:即惠施,战国时宋人。先秦名家代表人物之一。　②举火:生火做饭。　③梁王:魏国的国君。魏惠王于公元前362年迁都大梁,故魏又称梁。　④割:分给。　⑤子:对人的敬称,犹言先生。　⑥川:河流。　⑦长(zhǎng掌):通"涨"。　⑧应:回答。　⑨东越:古代越人的一支,相传为越王勾践的后裔,居住在今浙江一带。　⑩简:选择,挑选。　⑪是:这样。　⑫重渊:极深的水底。

【今译】

惠子家里非常贫穷,没有东西吃。他一连饿了好几天,无法生火做饭。于是,他就去拜见梁王,想求得一些接济。梁王说:"夏麦就要成熟了,我打算分给您一些,您看这样可以吗?"惠子回答说:"刚才我来的时候,碰到河流暴涨。有人掉进了河流,被洪水裹挟着,顺流而下。他大声地向我呼救,我回答说:'我不大会游泳,让我替您向东越王告急,请他挑选水性很好的人来救你,行吗?'溺水的人说:'我现在只要得到一只瓢那么大的力量的帮助,就可以活命了,您却要大老远地跑去向东越王求援,让他派擅长游泳的人来救我,如果这样的话,您还不如到深渊之下、鱼龙的肚中来找我了!'"

【评析】

家穷的惠子饿了好几天,梁王却说地里的麦子快熟了,等收割了,再分给他一些,惠子就用了个比喻,溺水之人,危在旦夕,哪里等得及东越之王,"简其善游者"来救命呢?况且,只要援之以手就能救人于危难的事,又哪里需要如此繁琐呢?显然,惠子的方法是不着边际的,甚至他连救人的诚意都没有。既然如此,梁王提出的接济惠子的方法,当然也只是画饼充饥,虚情假意,丝毫无益于问题的真正解决。所以,这则故事的寓意,就在于辛辣地讽刺那些面对他人的危难夸夸其谈,口惠而实不至的人们。应该看到,这种态度的背后,实际上就是冷酷自私,漠不关心。

(甘智林)

鳌与①蚂蚁

东海有鳌焉,冠②蓬莱③而浮游于沧海。腾跃而上则干④云之峰,类⑤迈⑥于群岳;沉没而下则隐天之丘,潜峥⑦于重川⑧。

有红蚁者闻而悦之,与群蚁相要⑨乎海畔,欲观之行,月余日,鳌潜未出。群蚁将反⑩,遇长风激浪,崇涛⑪万仞⑫,海水沸,地雷震⑬。群蚁曰:"此将⑭鳌之作⑮也。"

数日风止雷默,海中隐沦如屺⑯,其高概⑰天,或游而西。群蚁曰:"彼之冠山,何异乎我之戴粒⑱也?逍遥壤封⑲之颠⑳,归服㉑乎窟穴㉒之下。此乃物我之适㉓,自己而然㉔,我何用数百里劳形㉕而观之乎?"

(《苻子》)

【注释】

①鳌:古代传说中海里的大龟。　②冠:本义是帽子,这里用作动词,意思是用头顶着。　③蓬莱:古时传说的仙山,在渤海之中,山中有仙人和不死之药。　④干:冲犯。　⑤类:都。　⑥迈:超越。　⑦峥:尖而高的山。　⑧重(chóng虫)川:深水。　⑨要(yāo腰):同"邀",约请,邀集。　⑩反:同"返",返回。　⑪崇涛:滔天巨浪。　⑫万仞(rèn认):形容极高。仞,古代长度单位,周制,八尺为一仞。　⑬地雷震:形容惊涛拍岸,如巨雷震动大地一般。　⑭将:应该是。　⑮作:兴起。　⑯隐沦如屺(qǐ启):隐约可见一座人山。屺,指无草木的山。　⑰概:齐,平。　⑱戴粒:用头顶着米粒。　⑲壤封:蚂蚁洞外隆起的小土堆。　⑳颠:同"巅",山顶。　㉑服:同"匐",趴伏。　㉒窟穴:指蚂蚁洞。　㉓物我之适:外物与自身各得其宜。适,适宜。　㉔自己而然:本来就是这个样子。　㉕劳形:使身体劳累。

【今译】

东海中有一只巨鳌,它头顶着蓬莱仙山,在辽阔的海洋里自在邀游。它腾跃而起,就可以直上云霄的最高处,超越所有的高山。它俯身下潜,就像遮天的大山,消失在深不可测的海底。

有一只蚂蚁听说之后,十分感兴趣,就邀集了一群蚂蚁一起来到海边,想要看一看这只巨鳌。等了一个多月,巨鳌一直潜藏在深海,没有露面。这群蚂蚁准备回去了。忽然之间,海面上狂风大作,巨浪翻滚,波涛万丈,海水沸腾,大地在雷霆般的轰鸣中颤动不已。蚂蚁们互相转告说:"这是大鳌将要出现了!"

过了几天,风逐渐停了,涛声也静默下来。海上隐约可见一座大山,高可齐天,向着西方缓缓漂移。蚂蚁们于是议论说:"这只巨鳌头顶着大山,和我们头顶着米粒有什么不同呢?我们向上也可以在蚁穴外的土堆上逍遥自在,向下也可以潜伏在蚁穴之中。可以说我们和巨鳌是各适其宜,各得其所。既然如此,我们又何苦劳累身体,数百里长途跋涉来观看它呢?"

【评析】

有人认为,《苻子》中的寓言在思想和艺术风格上都刻意模仿《庄子》,从本篇看来,该书的确存有这种倾向。小小的蚂蚁和"冠蓬莱而浮游于沧海"的大鳌比起来,相去不啻于霄壤;然而,蚂蚁并没有被眼前的庞然大物所震慑,他们以其深邃的思辨精神,超越了彼此形体上的差异而直接把握住了问题的实质,认识到它们自己和巨鳌从根本上来说并无二致。这是一种极具哲学深度的观点,带有明显的《庄子·齐物论》的思想印迹。它提醒人们:看待事物,分析问题,都不应该简单地拘泥于表象,而必须要能把握住其精神实质。从这一角度来看,那群睿智的蚂蚁就决非夜郎自大者可比拟的了。

(甘智林)

按 图 访① 马

齐景公②好马,命画工图③而访之,殚④百乘⑤之价,期年⑥而不得。像过实也。今使爱贤之君考⑦古籍以求其人,虽期⑧百年,不可得也。　　　　(《苻子》)

【注释】

①访:访求,寻访。　②齐景公:春秋时齐国的国君。　③图:图画,图像。　④殚(dān丹):竭尽。　⑤百乘(shèng圣):形容数量极大。乘,古时一车四马为一乘。　⑥期(jī基)年:一周年。　⑦考:考察,探求。　⑧期:期限,一定的时间。

【今译】

齐景公喜欢马,就命令画工画了一幅骏马图,然后让人拿着图去寻访骏马,结果,耗费了巨大的金钱财物,花了整整一年的时间,也没能找到。这是因为,骏马的图像画得过于完美,以至于脱离了实际。如今,假使让爱贤才的君主按照古籍的记载去访求贤才,那么就算找上一百年,也不会有什么结果的。

【评析】

这则寓言在创作上运用了鲜明的类比手法。它通过齐景公好马,"命画工图而访之,殚百乘之价,期年而不得"的故事,非常形象地说明了"爱贤之君考古籍以求其人,虽期百年,不可得也"的道理。抛开作者明显的政治寓意不谈,这个故事其实也在更深的层面上告诉人们,现实生活中是不存在完美无缺的事物的,正所谓"黄金无足赤,白璧有微瑕"。如果刻板地按照一个脱离现实、过于理想化的标准来行事,那么,碰壁是在所难免的。

(甘智林)

金翅鸟之死

齐景公谓晏子①曰:"寡人既得宝千乘,聚千驷②矣!方欲珍悬黎③,会④金玉,其得之耶,奚若⑤?"晏婴曰:"臣闻琬玉⑥之外有鸟焉,曰金翅,民谓羽豪。其为鸟也,非龙肺不食,非凤血不饮。其食也常饥而不饱;其饮也,常渴而弗充⑦。生未几何,夭⑧其天年⑨而死。金玉之非珍,乃为君之患矣!"

(《苻子》)

【注释】

①晏子:名婴,字平仲,春秋末期齐国正卿,历任灵公、庄公、景公三朝。 ②驷(sì四):古时一车四马,驾一辆车的四匹马或以四匹马所驾的车都称为驷。 ③悬黎:美玉名。 ④会:积聚。 ⑤奚若:怎么样。 ⑥琬(wǎn晚)玉:地名。 ⑦充:充足,足够。 ⑧夭:夭折,短命早死。 ⑨天年:自然的寿命。

【今译】

齐景公对晏子说:"我现在所拥有的珍宝,已经要用上千辆车来装,用数万匹马来拉了!我还想继续搜求悬黎美玉,聚揽金银珠宝,你觉得我的愿望能实现吗?这个想法怎么样?"晏子回答说:"我听说在琬玉以外的地方,有一种鸟,名叫金翅,老百姓称它为羽豪。这种金翅鸟,除了龙肺,别的什么也不吃,除了凤血,别的什么也不喝。它的饮食总是不足,常常又饥又渴。结果它生下来没多久,就夭折了,活不到应有的寿命。由此看来,金银美玉不但不值得珍惜,反而是您的祸患啊!"

【评析】

　　追求美好的东西,是人的天性,但像齐景公那样,"既得宝千乘,聚万驷",还想要"珍悬黎,会金玉",实在是有些贪得无厌了。然而,晏子并没有直接地对景公进行批评,因为这样的方式往往不会有太好的效果,反而容易给自己招惹祸端。于是,机智的晏子就给景公讲了一个寓言故事。金翅鸟"非龙肺不食,非凤血不饮",它对饮食的挑剔和景公对珍宝的贪求,几乎如出一辙。结果呢,金翅鸟"生未几何,夭其天年而死"。这样,晏子就给景公当头泼了一盆冷水。金翅鸟的夭亡,形象地揭示了这样一个道理,即人对物质的欲求是永无止境的,毫无节制地放纵自己的欲望,必然会反受其害,所以必须加以检束,适可而止。　(甘智林)

群虱相杀

　　齐鲁①争汶阳②之田,鲁侯③有忧色。鲁有隐者周丰往观,曰:"臣尝昼寝④,愀然⑤闻群虱之斗乎衣中,甘臣膏腴⑥之肌,珍臣项膂⑦之肤,相与树党⑧争之,日夜不息,相杀者大半。虱父⑨止之曰:'我与尔所虑,不过容口⑩,奚用窃争、交战为哉?'群虱止。今君以七百里地为君之城,亦以足矣!而以汶阳数步之田惑君之心,曾⑪不如一虱之知⑫,窃谓君羞之。"鲁侯曰:"善。"　　　　(《苻子》)

【注释】

　　①齐、鲁:周代两个相邻的诸侯国。　②汶阳:春秋时鲁国地名。　③鲁侯:鲁国的国君。　④昼寝:白天睡觉。　⑤愀(qiǎo 巧)然:忧愁的样子。　⑥膏腴(yú 渔):肥美。　⑦项膂(lǚ 旅):颈项和脊背。　⑧树党:拉帮结派。　⑨虱父:老虱子。父,对老年人的尊称。　⑩容口:容下一张嘴,意即糊口,填饱肚子。　⑪曾:还,尚且。　⑫知:同"智",明智。

【今译】

　　齐国和鲁国争夺汶阳一带的土地,鲁侯因此而愁容满面。鲁国有个名叫周丰的隐士,跑去探望鲁侯。他对鲁侯说:"我有次在白天睡觉,听到一群虱子在我衣服里争斗厮杀,这使我十分烦恼。这群虱子,把我胸腹上的肥肉和颈项、背脊上的嫩肉当做了美味佳肴。因此,它们相互纠集党羽,你争我夺,日夜不休。有大半的虱子在争斗中送了命。于是,有一只老虱子站出来制止了大家,他说:'我们大家所共同担心的,不过是怕找不到一块地方下嘴,怕吃不饱肚子而已,犯得着明争暗斗,以性命相搏吗?'虱子们听了这番话,就都停止了战斗。如今大王有方圆七百里的土地作为您的国土,也应该满足了。可是,您却被汶阳那巴掌大的地方蒙蔽了心灵,还不如一只小小的虱子明智啊!我私下以为,您一定是羞于那样做的。"鲁侯听完了,说:"好!你说得对。"

【评析】

在春秋战国时代,诸侯国之间为了争夺土地人口,频繁地发动战争。当时,齐强鲁弱,齐国要夺取鲁国的汶阳之地,鲁侯当然要为之愁眉不展了。可是,鲁国的这位隐士周丰,却大胆地将齐鲁两国的争斗杀伐嘲弄为群虱相斗,讥笑贵为国君的鲁侯,还不如小小的虱子明智通达。其实,在那样一个动荡的时代中,不如"一虱之明"的国君,又何止鲁侯一个呢?通过这则寓言故事,作者不仅嘲讽了贪婪的统治者,而且还表达了自己反对战争,主张国与国之间乃至人与人之间和睦相处、各安其分的社会理想,颇有胆识,也值得人们深思。

(甘智林)

万金之患

夏王①使羿②射于方尺之皮、径寸之的③。乃命羿曰:"子射之,中,则赏子以万金之费;不中,则削④子以千邑之地⑤。"羿容无定色⑥,气战于胸中⑦,乃援弓⑧而射之,不中;更⑨射之,又不中。

夏王谓傅⑩弥仁⑪曰:"斯羿也,发无不中,而与之赏罚,则不中的者,何也?"傅弥仁曰:"若羿也,喜惧为之灾,万金为之患矣。人能遗⑫其喜惧,去其万金,则天下之人皆不愧于羿矣。"

(《苻子》)

【注释】

①夏王:夏朝的帝王。夏是我国历史上第一个奴隶制国家。 ②羿(yì 易):也称后羿,是传说中古代的神射手。 ③的(dì 地):靶心。 ④削:削减,剥夺。 ⑤千邑之地:一千邑的土地。邑,古时大夫的封地。 ⑥容无定色:因为紧张而脸色变化不定。 ⑦气战于胸中:指呼吸急促难平。 ⑧援弓:挽弓,拉弓。 ⑨更:又,再。 ⑩傅:古代官名,师傅。 ⑪弥仁:人名。 ⑫遗:抛开。

【今译】

夏王让后羿射一个一尺见方的兽皮箭靶,靶心直径只有一寸。他命令后羿说:"你射这个靶子,如果能射中靶心,那么我就赏给你万两黄金;但倘若射不中,那我就要削去你一千邑的封地!"后羿听了这话,紧张得面色变化不定,呼吸急促难平,于是拉弓放箭,结果第一箭就没有射中。他又射了一箭,可是又射偏了。

夏王就问太傅弥仁说:"这个后羿,平日里射箭百发百中,可是这次我跟他定下了赏罚条件,他就射不中了,这是怎么回事呢?"太傅弥仁回答说:"像后羿这样,忧喜交加的心理导致了他的灾难,万金的重赏成了他的祸患。其实,假如人能够抛开欢喜和忧惧的矛盾心理,置万金厚赏于不顾,那么普天之下的任何人都可以成为不逊于后羿的神箭手。"

【评析】

平日箭无虚发的神箭手后羿,面临着"万金之费"的厚赏和"千邑之地"的重罚,反倒顾虑重重,大失准头,个中缘由,耐人寻味。弥仁答复夏王的一番话,一针见血地指出了后羿失手的原因所在。不仅如此,他还点明了一个深刻的道理,那就是无论射箭还是做其他任何事,要想取得成功,就必须聚精会神,专心致志;如果背上沉重的思想负担,心神不定,左顾右盼,那么失败就是不可避免的。这样一则寓言故事,巧妙地运用了对比的手法,讽喻了患得患失者失败的原因。

(甘智林)

郑人①逃暑②

郑人有逃暑于孤林③之下者,日流影移④,而徙衽⑤以从阴。及至暮,反席于树下。及月流影移,复徙衽以从阴,而患露之濡⑥于身。其阴逾去⑦,而其身逾湿。是⑧巧于用昼而拙于用夕矣。

(《苻子》)

【注释】

① 郑人:郑国人。郑,春秋时诸侯国名,在今河南省新郑一带。　② 逃暑:避暑,乘凉。　③ 孤林:单独而生的一棵树。　④ 日流影移:太阳运行,影子也随之移动。

⑤衽(rèn 认):卧席。　　⑥濡(rú 如):沾湿。　　⑦逾去:越来越远。逾,同"愈"。去,离开。　　⑧是:这。

【今译】

有个郑国人在一棵树下乘凉,太阳在空中运行,树阴也随之移动,他也就不断地挪动自己的卧席来跟随着树阴。到了晚上,他又把席子搬回树下。月亮在天空运行,树影也跟着移动,他又不断地挪动自己的席子随树阴跑。他这么做是怕露水打湿身体。他随树影越移越远,他身上也越来越湿。这个郑国人白天乘凉的办法很正确,但晚上用同样的法子避露水,就显得十分笨拙了。

【评析】

这则寓言故事中的郑人,犯了一个严重的错误,那就是刻板机械,不知变通。赤日炎炎之下,找片绿阴避暑,确实是盛夏的一大快事。然而,尽管太阳下的树阴和月亮下的树阴有相同之处,但用来消夏和避露的差别,就太大了。郑人忽略了这个差别而同样对待,自然难免"巧于用昼而拙于用夕"之讥了。一言蔽之,这一故事讥刺了经验主义者的处事态度。它提醒人们,世界是在不断变化的,绝对不能用老眼光、老方法去应对新形势、新问题。

(甘智林)

桀① 杀 龙 逢②

桀观炮烙③于瑶台④,谓龙逢曰:"乐乎?"龙逢曰:"乐。"桀曰:"观刑曰乐,何无恻怛⑤之心焉!"龙逢曰:"天下苦之而君乐,臣为股肱⑥,孰有心悦而股肱不悦乎?"桀曰:"听⑦子谏。谏得⑧,我功⑨之;不得,我刑之!"龙逢曰:"臣观君冕⑩非冕也。冕威石⑪也;臣观君履⑫非履也,履春冰⑬也。未有冠危石而不压,履春冰而不陷者。"桀叹曰:"子知我之亡,而不自知亡⑭。子就⑮炮烙之刑,吾观子亡,子知我不亡!"龙逢行,歌曰:"造化⑯劳我以生,休⑰我以炮烙,故涉新⑱,我乐而人不知!"布武⑲而趋,乃赴火而死。

(《苻子》)

【注释】

①桀(jié 杰):夏朝的最后一个君主,以残虐荒淫著称。　　②龙逢:古史传说中夏之贤臣,姓关,名龙逢。夏桀无道,龙逢极谏,因而被杀。　　③炮(páo 袍)烙:古代的一种酷刑。用炭烧热铜柱,令人爬行柱上,即堕炭上烧死,相传为商纣所制。　　④瑶台:美玉砌成

的台,极言其华丽。　⑤恻怛(dá达):因同情而忧伤。　⑥股肱(gōng公):大腿和胳膊,常以比喻辅佐君主的大臣。　⑦听:任凭。　⑧得:得当。　⑨功:用作动词,记功的意思。　⑩冕:这句话中,第一个"冕"是动词,意为头戴;第二个"冕"是名词,帽子,王冠。　⑪威石:巨石。　⑫履:脚踩着。　⑬春冰:春天河面上的薄冰,比喻极危险的境地。　⑭不自知亡:不知道自己的灭亡。　⑮就:靠近,前往。　⑯造化:创造万物之神。　⑰休:休息。　⑱故涉新:以新代旧,除旧布新。　⑲布武:小步疾走。武,足迹。

【今译】

夏桀坐在瑶台之上,观赏执行炮烙之刑时的景象。他对龙逢说:"你觉得快乐吗?"龙逢说:"我很快乐。"夏桀说:"看着别人受刑却说自己很快乐,你怎么一点怜悯同情之心都没有呢!"龙逢说:"天下百姓都对这种酷刑感到苦不堪言,只有大王您喜欢从中取乐,我作为您的股肱之臣,哪有作为心脏的君王觉得快乐而作为大腿和胳膊的大臣不快乐的道理呢?"夏桀说:"好吧,今天我就让你放言进谏。你说得好,我就给你记功;你说得不好,我就要请你尝尝这炮烙之刑的滋味了!"龙逢说:"在我看来,大王您头上戴的,不是王冠,而是千钧巨石;您脚下踩的,不是坚实的土地,而是薄薄的春冰。从来没有头顶巨石不被压垮,从来没有脚踩春冰不掉进河里的。"夏桀听完,叹了一口气说:"你能预知我的灭亡,而不知道自己要死亡。你去接受炮烙之刑吧,我要看着你死亡,好让你知道我不会灭亡!"龙逢就起身而行,唱道:"创造万物的神啊,以生命来使我劳碌,以炮烙之刑来使我休息。除旧布新,我心中充满欢乐,别人却不知道!"他一边歌唱,一边小步急走,奔往炮烙之上,于是堕入炭火之中,被烧死了。

【评析】

这则故事与一般轻松幽默的寓言不同,它描绘了一个惊心动魄的场景。在激烈的矛盾冲突中,夏桀的暴虐无道、刚愎自用和龙逢的忠贞刚毅、从容达观都得到了充分的展现。龙逢的谏诤,可谓字字精辟,一片赤诚,然而可惜不仅未能说动夏桀,反而为自己招来了杀身之祸。于是,夏桀的言行举动就更加耐人寻味了。他对龙逢的谏言,看来并非无动于衷,可是他非但没有从谏如流,反而采取了一种自欺欺人的方式,将龙逢杀掉了账。从而,一个暴君的形象跃然纸上,整篇寓言极其深刻的社会意义也就非常清晰地凸显出来。它提醒人们思考这样一个问题:面对明显的错误,是应该勇于改过呢,还是如夏桀一般,置若罔闻,自欺欺人呢?

(甘智林)

燕相①杀豕②

朔人③献燕昭王④以大豕者,曰"养奚若"⑤。使曰:"非大圊⑥不居,非人便不珍⑦,于今,年百二十矣。邦人⑧谓之豕仙。"王乃命豕宰⑨养六十五年,大如沙坟⑩,足如不胜其体⑪。王异之⑫,令衡官⑬挢⑭而量之,折十挢豕不量;又命水官⑮舟而量,其重千钧⑯。其巨无用,燕相谓王曰:"奚不飨⑰之?"王命宰夫⑱膳⑲之。

豕即死,夕乃见⑳梦于燕相,曰:"造化㉑劳㉒我以豕形,食我以人秽㉓,吾患其生久矣。今仗君之灵而化㉔吾生也,始得谓鲁津之伯㉕,而浮舟者食我以粳粮㉖之珍。而欣㉗君之惠,将报子死焉㉘。"后燕相游于鲁津,有赤龟衔夜光㉙而献之。

(《苻子》)

【注释】

①燕相:战国时燕国的国相。 ②豕:猪。 ③朔(shuò 烁)人:北方人。 ④燕昭王:战国时燕国的君子。 ⑤养奚若:大猪的名称。 ⑥圊(qīng 青):粪坑。 ⑦珍:珍爱。 ⑧邦人:国人。 ⑨豕宰:负责饲养猪的官吏。 ⑩沙坟:沙丘。坟,土堆。 ⑪足如不胜(shēng 声)其体:脚好像支持不住自己的体重。 ⑫异:感到奇怪。 ⑬衡官:掌管衡器(量具)的官吏。 ⑭挢(jiǎo 绞):举起,翘起。 ⑮水官:掌管舟船的官吏。 ⑯钧:古代的重量单位,三十斤为一钧。 ⑰飨(xiǎng 响):享用。 ⑱宰夫:掌管膳食的官吏。 ⑲膳(shàn 善):烹饪。 ⑳见:同"现",显现。 ㉑造化:造物之神。 ㉒劳:劳苦。 ㉓人秽(huì 会):人的粪便。 ㉔化:改变。 ㉕鲁津之伯:鲁津的河神。鲁津,河名;伯,古时称统领一方的长官,这里指河神。 ㉖粳(jīng 经)粮:一种稻米。 ㉗欣:喜悦,感激。 ㉘死焉:即"结束我猪的生命"的意思。 ㉙夜光:夜明珠,一种夜间能发光的罕见珍珠。

【今译】

北方某国献给燕昭王一头很大的猪,名叫"养奚若"。送猪的使者说:"这头猪不是大粪坑就不肯住,不是人的粪便就不爱吃,到现在,已经活了一百二十岁了,我们国内的人都称它为'猪仙'。"燕昭王就让负责养猪的官吏把这头猪饲养起来,一养就养了六十五年。这头猪长得仿佛一座沙丘般庞大,四只脚像是承受不起自己肥硕的身躯。燕昭王十分惊讶,便命令掌管量具的官员把猪抬起来称重,结果抬猪的器具折断了十根,仍然称不出猪的分量来。昭王又命令掌管舟船的官员用船来称量,原来这头猪竟重达千钧。可是,这头猪长得这么大,却没有丝毫的用处。燕国的国相便对燕昭王说:"为什么不把它宰了吃呢?"于是昭王就下令掌管膳食的官员将猪杀来吃了。

猪死的那天晚上托梦给燕国相,说:"老天爷给了我一副猪的样子,使我困苦不堪,每天吃人的粪便,我对这样活着早已厌烦透了。现在靠着你的智慧而改变了我的命运,我才得以成为鲁津的河神,那些乘船过往的人都用稻米来供奉我。您的大恩大德令我十分感激,多谢您结束我猪的生命,我一定会报答您的。"后来燕国相出游于鲁津,果然有一只红色大龟衔着一颗夜明珠来献给他。

【评析】

这是一则饶有趣味而又寓意深远的寓言故事。一头"非大圊不层,非人便不珍"、活了将近两百岁的大猪,在常人的眼里,它过着养尊处优的自在生活,甚至被敬为"豕仙"。殊不知,它自己却对此感到无比的苦恼。结果,当豢养者因"其巨无用"而将它宰了吃掉后,它反倒因祸得福,终于得到了解脱。这说明了什么呢?这则寓言实际上在提醒人们:千万不要简单地依据自己的主观想法来作出判断。

(甘智林)

范　泰

范泰（公元355—公元428），南朝宋文学家。字伯伦,南阳顺阳（今河南淅川西南）人。仕晋,官至尚书兼司空。入宋后,拜金紫光禄大夫,加散骑常侍。范泰一生博览群籍,好为文章,撰有《古今善言》二十四篇。原有文集二十卷,已佚。《全上古三代秦汉三国六朝文》存其文二十二篇,《先秦汉魏晋南北朝诗》存其诗六首。在他传世的诗作中,有一部分带有寓言的性质。

鸾　鸟[①]

昔罽宾[②]王结罝[③]峻卯[④]之山,获一鸾鸟。王甚爱之,欲其鸣而不致[⑤]也。乃饰以金樊[⑥],飨[⑦]以珍羞[⑧]。对之愈戚[⑨],三年不鸣。其夫人曰:"尝[⑩]闻鸟见其类[⑪]而后鸣,何不悬镜以映[⑫]之?"王从其意。鸾睹形[⑬]悲鸣,哀响冲霄,一奋而绝[⑭]。嗟乎,兹[⑮]禽何情之深!昔钟子[⑯]破琴于伯牙[⑰],匠石[⑱]韬[⑲]斤[⑳]于郢人[㉑],盖悲妙赏[㉒]之不存,慨神质[㉓]于当年耳,矧[㉔]乃一举而殒[㉕]其身者哉!悲夫!乃为诗曰:神鸾栖高梧[㉖],爰[㉗]翔云汉[㉘]际。轩翼[㉙]扬轻风,清响中天厉[㉚]。外患难预谋[㉛],高罗[㉜]掩逸势。明镜悬高堂,顾影悲同契[㉝]。一激九霄音,响流形已毙。

（《先秦汉魏晋南北朝诗·宋诗·范泰》）

【注释】

①鸾（luán 乱阳平）鸟:凤凰之类的神鸟,身有五彩,鸣声非常动听。　②罽（jì 寄）宾:汉代西域国名,在今喀布尔河下游流域克什米尔一带。　③罝（jū 居）:捕鸟兽的网。　④峻卯:山名。　⑤致:达到。　⑥金樊:用黄金做成的鸟笼。樊,关鸟兽的笼子。　⑦飨（xiǎng 响）:喂养,犒劳。　⑧珍羞:精美的食物。羞,同"馐"。　⑨戚:悲伤。　⑩尝:曾经。　⑪类:同类。　⑫映:映照。　⑬形:身形,形貌。　⑭绝:死亡。　⑮兹:这个。　⑯钟子:即钟子期,春秋时楚国人,精于音律。相传伯牙鼓琴,志在高山流水,只有钟子期能够领会。子期死后,伯牙就喟叹世上再无知音之人,于是破弦绝琴,终身不再弹奏。本篇似以钟子期为善鼓琴之人,伯牙为其知音,与一般的说法不同。　⑰伯牙:春秋时人,以精于琴艺著名。　⑱匠石:名石的匠人,是《庄子·徐无鬼》中虚构的人物。他的斧子用得很好,能够削去人鼻尖上的石灰而不伤其皮肤。　⑲韬:隐藏。　⑳斤:斧子。　㉑郢人:郢地人。《庄子·徐无鬼》中的人物。他是匠石表现其运斤神技时的默契搭档,他死了以后,匠石就不再表现他的技艺。　㉒妙赏:知音之人,文中指伯牙。

㉓神质:默契的搭档,文中指郢人。 ㉔矧(shěn 审):何况。 ㉕殒(yǔn 允):死亡。 ㉖梧:即梧桐树,传说凤凰一类的神鸟都栖居在这种树上。 ㉗爰(yuán 圆):舒缓自如的样子。 ㉘云汉:天河。 ㉙轩翼:扬翼飞举。轩,上举;扬。 ㉚厉:谓声音高而急。 ㉛预谋:预为谋划准备。 ㉜罗:罗网。 ㉝同契:同志,同心,这里指同类。

【今译】

　　以前,罽宾国的国王在峻卯山上布下罗网,捕获了一只鸾鸟,罽宾国王非常喜欢这只鸾鸟,想要听到它的鸣叫,但是无论如何都办不到。国王于是就用黄金来装饰它的鸟笼,以精美的食物来喂养它,希望以此来博得它的欢心。然而,鸾鸟面对这些东西,却显得更为悲伤,一连三年都没有开口啼鸣一声。国王的夫人说:"我曾经听人说过,鸟看到它的同类,就会开口鸣叫,为什么不挂一面镜子在它面前,让它照到自己的样子呢?"国王采纳了她的建议。鸾鸟看到了镜子中自己的身形,就不住地悲啼,哀婉凄厉的鸣声直上云霄。最后,它拼尽全力一跳,它的生命却已经终止了。啊,这只鸾鸟的情思是怎样的深沉呀!古时钟子期因为伯牙之终而破弦绝琴,匠石因为郢人之亡而藏斧不用,其原因,就在于悲叹知音之人不复存在,感慨往日与合作对象的默契配合再不可得罢了,更何况一跃而死了呢?真是令人感伤啊!于是我写下了以下的这首诗:

　　神奇的鸾鸟啊,栖居在那高高的梧树上,舒缓自如地翱翔在银河之间。它飞翔的翅膀,扬起阵阵清风,清亮的鸣声,在天空飘扬。可是啊,身外的祸患是无法预为防备的,高张的罗网捆住了它轻盈的身姿。为了骗取它的鸣唱,明镜挂上了高堂;看见明镜中自己的身影,它为"同类"的遭际而深感悲悯。于是,倾尽全力的一声长鸣,直到九霄云外,鸣声还在空中飘荡,它的生命已经陨落了。

【评析】

　　这首诗,尤其是它前面的序,为读者讲述了一个情韵悠长的故事。故事中的鸾鸟,性情是那样的高洁。当罽宾国王以极其丰厚的待遇,想要诱使它一展玲珑的歌喉时,它却"对之愈戚,三年不鸣"。最后,罽宾国王要了一个阴谋,让鸾鸟将镜中自己的身影误作了与它有同样悲惨境遇的同类。于是,鸾鸟终于开口啼鸣了,但这充满悲愤的响遏行云的一声,却成了它的绝唱。鸾鸟以生命为代价,对权贵者做了最后的也是最强烈的抗议。从中,我们不难体悟到作者创作此诗的动机,那就是满怀激情地歌颂那种不屈从权势,不与统治者同流合污的纯洁高贵的情操,以及那些为此种情操所浸淫的狷洁之士。对于身处逆境的人们,鸾鸟的形象,无疑具有很好的鼓舞作用。

(甘智林)

陶渊明

陶渊明（公元365—公元427），晋宋之间伟大的诗人、文学家。名潜，字元亮，浔阳柴桑（今江西九江）人。陶侃曾孙，早年丧父，家贫，好酒，有高趣，闲静少言，学综儒玄，不慕荣利，做过祭酒、参军等小官，因不满于政治的黑暗，遂弃官隐居。他在诗文辞赋等各个方面，均有精深造诣。其作品主要表现了对黑暗现实的不满和对理想社会的追求。梁昭明太子萧统对陶渊明的遗作进行了搜集整理，编定为《陶渊明集》八卷，其中一些明显带有比喻和寄托性质的作品，可以视做寓言。此外，志怪小说集《搜神后记》也题名为陶渊明所著，当中也有些寓言故事。

桃花源记

晋太元①中，武陵②人捕鱼为业；缘③溪行，忘路之远近。忽逢桃花林，夹岸数百步，中无杂树，芳草鲜美④，落英⑤缤纷。

渔人甚异⑥之，复前行，欲穷⑦其林。林尽水源，便得一山。山有小口，仿佛若有光，便舍船从口入。初极狭，才通人，复行数十步，豁然⑧开朗，土地平旷，屋舍俨然⑨，有良田、美池、桑竹之属⑩。阡陌交通⑪，鸡犬相闻。其中往来种作，男女衣著⑫，悉如外人⑬。黄发⑭垂髫⑮，并怡然自乐。见渔人，乃大惊，问所从来⑯，具⑰答之。便要⑱还家，设酒、杀鸡作食。村中闻有此人，咸⑲来问讯。自云先世避秦时乱，率妻子⑳邑人㉑来此绝境㉒，不复出焉，遂与外人间隔。问今是何世，乃不知有汉，无论㉓魏、晋。此人一一为具言所闻，皆叹惋。余人各复延㉔至其家，皆出酒食。停数日，辞去。此中人语㉕云："不足㉖为外人道也。"既出，得其船，便扶㉗向路㉘，处处志㉙之。及郡下㉚，诣㉛太守㉜，说如此㉝。太守即遣人随其往，寻向所志，遂迷，不复得路。

南阳㉞刘子骥㉟，高尚士㊱也。闻之，欣然规往㊲，未果㊳，寻病终㊴。后遂无问津㊵者。

（《陶渊明集》卷六）

【注释】

①太元:东晋孝武帝司马曜的年号,自公元376年—公元396年,共二十一年。②武陵:晋郡名,治所在今湖南常德市西。③缘:沿着。④鲜美:鲜艳美丽。⑤落英:飘落的花瓣。⑥异:诧异,奇怪。⑦穷:尽。⑧豁然:开阔的样子。⑨俨(yǎn 演)然:整齐的样子。⑩属:类。⑪阡陌交通:田间的小道彼此相通。阡陌,田间小道,南北为阡,东西为陌。⑫衣著(zhuó 卓):即衣着。著,同"着"。⑬悉如外人:都和外边的人一样。悉,都,全。⑭黄发:指老年人。年老,头发由白转黄。⑮垂髫(tiáo 条):指幼童。头发垂下来,尚未总角,所以用来指代儿童。⑯所以来:即从哪里来的意思。⑰具:通"俱",全部,一一。⑱要(yāo 妖):通"邀",邀请。⑲咸:都。⑳妻子:妻子和儿女。㉑邑人:同乡人。㉒绝境:与外界隔绝的地方。㉓无论:更不用说。㉔延:邀请。㉕语(yù 遇):告诉。㉖不足:不值得,没有必要。是委婉的否定说法。㉗扶:沿着。㉘向路:原来的路。向,原先。㉙志:做标记。㉚郡下:武陵郡城中。㉛诣(yì 易):拜访。㉜太守:郡的行政长官。㉝如此:指渔人进入桃花源之事。㉞南阳:晋郡名,治所在今河南南阳市。㉟刘子骥:晋隐士,名骥之,字子骥,南阳人,志趣高远,喜欢游山玩水。传说他曾在衡山采药,偶遇仙境。㊱高尚士:志趣高远之人。㊲规往:规划前往。㊳未果:没有结果,即未能成行。㊴寻病终:不久就病逝了。寻,不久。㊵问津:过问,寻访。津,渡口。

【今译】

东晋太元年间,武陵郡有一个以打鱼为生的人,撑船沿着小溪前行,渐渐忘记了自己走了多远。忽然他迎面看到了河两岸大片的桃花林,林中数百步之内都没有其他杂树,芳草如茵,鲜亮美丽,树上的桃花瓣瓣飘落,缤纷如雨。

渔人对此感到十分惊讶,就继续往前走,想要走完这片桃林。桃林的尽处,正是溪水的源头。那里有一座山,山间有一个小小的洞口,里面隐隐约约,好像透出一线光亮。于是,渔人便离船上岸,从洞口走了进去。山洞开始非常狭窄,只够一个人通过。又走了几十步,就一下子开阔明亮了起来。那里土地平坦宽广,房屋清洁整齐,有肥沃的田地,秀美的池塘,以及桑、竹之类的繁茂丛林。田间的小道,交错纵横,村落间鸡鸣犬吠之声,互相都能听到。田间往来耕作的男男女女,衣着打扮和外面的人完全一样。老人和孩子们,都显得其乐融融。

有人见到渔人,非常惊奇,就问他是从哪里来的,渔人一一作了回答。于是人们就邀请渔人到家做客,摆酒杀鸡来款待他。村里的人们听说有这样一位来客,就纷纷前来打听外界的消息。他们说自己的祖先为了逃避秦朝的动乱,就带领着妻儿和乡人来到了这个与世隔绝的地方,不再出去,和外面的人完全没有了联系。他们询问现在是什么朝代,竟然不知道有汉朝,更不要说魏晋两代了。这个渔人就把自己所知道的世间的情形,原原本本地说给他们听,大家听后都异常感喟。之后,村里人又分别把渔人请到自己家里,拿出好酒好菜来招待他。渔人住了一些日子,便要告辞回去。里面的人就叮嘱他说:"可不要向外界的人提起这里呀!"

渔人出来之后,找到了他的船,便沿着来路返回,并处处做下了标记。到了武陵城里,谒见太守,讲了他在桃花源里的种种见闻。太守马上派人跟他去寻访,渔人寻找他留下的记号,可是竟然迷失不见,再也找不到那条路了。南阳刘子骥,是一位志趣高远的名士,他听说了这件事以后,很感兴趣,就计划着要前往探寻,但没有去成,不久因病去世了。后来,就再没有人去寻找桃花源了。

【评析】

《桃花源记》是陶渊明的代表作品,也是中国古典文学长河中一颗璀璨的明珠。该篇寓言简洁精练,文笔细腻柔美,将恬静淡远的田园风情、优美秀丽的自然风光与淳朴率真的精神风貌融为一体,描绘出一幅充满浪漫主义色彩的理想境界,具有强烈的艺术感染力。

通过这样一篇颇具传奇性的优秀作品,陶渊明将读者带入了一个乌托邦式的理想社会。那里没有剥削、没有压迫,一切都是那么的和谐美好,幸福安详。这不但体现出作者对黑暗现实的强烈不满,更反映了他对人类社会美好图景的无限憧憬,极富思想意义与社会价值。它对于引导人们认识封建社会的弊病,鼓舞他们反抗不合理的现实,起到了积极的作用。作为一篇带有社会寓言性质的故事,本文对后世产生了深远的影响,"桃花源"已成为妇孺皆知的理想社会的代名词。

(甘智林)

读《山海经》①(其九)

夸父②诞③宏志,乃与日竞走④。俱至虞渊⑤下,似若无胜负。神力既殊妙,倾河⑥焉足有⑦。余迹⑧寄邓林⑨,功竟⑩在身后⑪。　　(《陶渊明集·卷四》)

【注释】

①读《山海经》:陶渊明所作的组诗,共十三首,首篇为序诗,其余十二首则从《山海经》和《穆天子传》中选取题材而写成,约作于晋义熙四年(公元408)。《山海经》是我国最早的一部记载山川地理、神话传说和珍怪博物的奇书。　②夸父:古代传说中的神人。　③诞:大,谓非同一般。　④竞走:赛跑。　⑤虞渊:即"禹渊""禹谷",神话传说中的日落之处。　⑥倾河:倾尽黄河之水。河,古时专指黄河。　⑦有:足够。　⑧余迹:遗迹,指夸父所弃之杖。　⑨邓林:即桃林,古时候,邓、桃音近。　⑩竟:完成。　⑪身后:死后。这是委婉的说法。

【今译】

　　夸父立下非同一般的大志,要和太阳去赛跑。最终他和太阳同时抵达了禹谷之下,似乎还未分出优劣胜负。夸父的神力既然如此奇妙,将黄河之水喝尽,当然还是不够的。他弃下的手杖化作了一片桃林,功业成就在他的身后。

【评析】

　　《夸父逐日》的故事,在民间广为流传,历久不衰。这首诗通过咏叹夸父与日相竞的事迹,热情地歌颂了这位勇士不计个人利害,生命不息,斗争不止的崇高精神。在更深的层面上,夸父这个追求光明的英雄形象,实际上反映了我国古代广大劳动人民征服大自然的强烈愿望。这种不屈不挠、一往无前的大无畏气概,一直为后世的仁人志士所景仰,激励着人们为追求心中的理想,为造福全人类而不懈奋斗。

(甘智林)

拟古九首①(其九)

　　种桑长江边,三年望当采。枝条始欲茂②,忽值③山河改④。柯⑤叶自摧折⑥,根株⑦浮沧海。春蚕既无食,寒衣欲谁待⑧。本⑨不植高原,今日复何悔?

(《陶渊明集》卷四)

【注释】

①拟古九首:这是陶渊明创作的一组五言诗歌,共九首,大约作于南朝宋永初元年(公元420)。所谓拟古,就是摹仿古诗的意境与形式,借以抒发自己的思想感情。　②茂:繁茂。　③忽值:忽然遇到。　④山河改:自然界的山河变迁,暗喻政治上的改朝换代。　⑤柯:枝条。　⑥自摧折:因此而被折断。　⑦株:树干。　⑧欲谁待:想要依靠谁。　⑨本:当初。

【今译】

在长江边种下桑树,指望三年后便可采摘。眼见枝条开始繁茂,忽然碰上了山河巨变的灾难。枝叶因此而遭摧残,连根带干飘浮到大海。春蚕既然已经没有桑叶可吃,那又靠什么来吐丝作茧制作寒衣呢?当初不把它种植在高原上,如今后悔又有什么用呢?

【评析】

这首诗的政治寓意十分明显。因为晋初人们都以桑树为晋之祥瑞,所以陶渊明在诗中以江畔桑树横遭摧折,寓示晋王朝的覆亡。如果不去深究作者主观的创作意图,诗歌本身也说明这样一个深刻的道理,即不管做什么事都应尊重客观规律及其自身的特性,因时制宜,否则就如"种桑长江边"一样,付出再多的辛劳,最终也只能白忙一场。

(甘智林)

丁 令 威

丁令威,本辽东①人,学道于灵虚山②。后化鹤归辽,集③城门华表④柱。时⑤有少年举弓欲射之,鹤乃飞,徘徊空中而言曰:"有鸟有鸟丁令威,去家千年今始归。城郭⑥如故人民非,何不学仙冢⑦垒垒。"遂高上冲天。今辽东诸丁云其先世有升仙⑧者,但⑨不知名字耳。

(《搜神后记》)

【注释】

①辽东:古郡、国名,战国时燕所置,治所在今辽宁辽阳市。　②灵虚山:一作灵墟山,在今安徽当涂。　③集:栖息。　④华表:古代立于宫殿、城垣或陵墓前的石柱,柱身往往刻有花纹。　⑤时:时常,经常。　⑥城郭:内城和外城,泛指城邑。　⑦冢(zhǒng 肿):坟墓。　⑧升仙:得道成仙。　⑨但:只是。

【今译】

丁令威,原本是辽东人氏,在灵虚山修习道术。后来,他变成一只鹤,飞回到辽东,栖落在城门外的华表柱上。可是经常有些年轻人举起弓想要用箭射他。他就振翅高飞,并在空中盘旋徘徊,说道:"有一只鸟啊,名叫丁令威。它离开家乡整整千年,今天才又重新飞回。它看到城墙还是旧时的模样,只是城里的居民啊,早已不是它所熟知的故人了。为什么不去求仙问道呢?你看那些人啊,如今空剩下坟墓一堆堆。"说完,就高飞冲天,直上云霄。现在辽东姓丁的人们,都说他们的祖先中有得道成仙者,只是已经不记得他的名字了。

【评析】

　　这是一篇带有神话色彩的小故事。丁令威离家千载,化鹤而归,所见到的,是江山依旧,人事全非,这多少令人有些感伤。然而,倘若剔去其中宣扬修道遁世的消极思想的内容,那么,这则寓言也为世人再次印证了这样一个道理,那就是自然规律是不可违抗的,时间不会为任何人而停留,生老病死是生命的必然。面对这种有点残酷却教人无可奈何的现实,是该如丁令威一般去学仙呢,还是努力把握现在,认真对待人生?显然,后者才是明智的选择。　　　　　　(甘智林)

阴曹受贿

　　襄阳①李除②,中时气③死。其妇守尸。至于三更,崛然④起坐,搏妇臂上金钏⑤。甚遽⑥。妇因⑦助脱。既手执之,还死⑧。妇伺察之,至晓⑨,心中更⑩暖,渐渐得苏⑪。既活,云:"为吏⑫将去⑬,比伴⑭甚多,见有行货⑮得免者,乃许吏金钏。吏令还,故归取以与⑯吏。吏得钏,便放令还。见吏取钏去。"后数日,不知钏在妇衣内。妇不敢复著⑰,依事咒⑱埋。　　　　　　(《搜神后记》)

【注释】

　　①襄阳:郡名,治所在襄阳(今湖北襄樊市)。　②李除:人名。　③时气:时疫,季节传染病。　④崛然:挺立的样子。　⑤金钏(chuàn 串):金手镯。　⑥甚遽(jù 剧):非常着急。　⑦因:于是,就。　⑧还死:又死过去了。　⑨晓:拂晓,天明。　⑩更(gēng 耕):改变。　⑪苏:苏醒,复活。　⑫吏:指阴间的差役。　⑬将去:带去。　⑭比伴:同行的人。比,并,同。　⑮行货:行贿。货,货币,金钱。　⑯与:给。　⑰著(zhuó 卓):佩戴。　⑱咒:念咒祈祷。

【今译】

　　襄阳人李除,染上瘟疫死了。他的妻子为他守灵。到了夜半三更的时候,李除的尸体忽然挺立地坐起来,抓住妻子手腕上的金镯子死命往下拽,样子非常着急。妻子于是帮着他脱下镯子。他把镯子握在手里,就又死过去了。妻子在边上悄悄地观察,到了拂晓时分,李除的心头开始变暖,渐渐地复活了。

活过来以后，李除说："我被阴间的鬼差抓去，路上的同伴有很多。我看到有人向鬼差行贿，就被放走了，我就跟鬼差商量，答应送给他金镯子，他就让我回来拿。所以我回来取了金镯子交给他。鬼差收了镯子，就把我给放了，我亲眼看着鬼差拿走了镯子。"后来过了好几天，他还不知道镯子仍然在妻子衣服里面。妻子也不敢再戴，就照丈夫所说，念着祷告的咒语，把镯子埋了。

【评析】

俗话说"有钱能使鬼推磨"，看来确非虚言，李除拿妻子的一只金手镯，就向鬼差把自己的命买回来了。这当然是非常荒诞的，但作为一则寓言故事，其寓意却有十分鲜明的现实针对性。贪污受贿、营私舞弊之事，可谓无处无之，将这种钱权交易安排在律令森严的阴曹地府，更具有强烈的讽刺意味。故事讲述的是阴间的情形，其批判的锋芒，却直指人世间的贪官污吏。 （甘智林）

郭澄之

郭澄之,字仲静,东晋太原阳曲(今山西省太原市北)人。生卒年不详。少时有才思,机敏过人。晋安帝时以尚书郎出为南康相,卢循起兵时,流离至建康,刘裕引为相国参军,官至相国从事中郎,封南丰侯。著有《郭澄之集》。《郭子》是郭澄之的一部轶事小说集,共三卷,已亡佚。鲁迅在《古小说钩沉》中辑其遗文八十四则,是当前此书的最完备的辑本。

好色不好德

许允妇是阮德如妹①,奇丑。交礼②竟,许永无复入理。桓范③劝之曰:"阮嫁丑女与卿,故当有意,宜察之。"许便入见。妇即出,提裙裾待之。许谓妇曰:"妇有四德④,卿有几?"答曰:"新妇所乏唯容。士有百行,君有其几?"许曰:"皆备。"妇曰:"君好色不好德,何谓皆备?"许有惭色,遂雅相重。

(《郭子》)

【注释】

①许允:字士宗,魏高阳人,官至领军将军。阮德如:名侃,阮共子,官至河内太守。②交礼:婚姻中的交拜礼。③桓范:字允明,魏沛郡人,官至大司农。④四德:又称四行,即妇德、妇言、妇容、妇功。

【今译】

许允的妻子是阮德如的妹妹,非常丑。婚礼结束后,许允一直没有进新房。桓范劝他说:"阮家把丑姑娘嫁给你,这里面应该是有理由的,你应该细心地考察她。"许允就进新房见面。新娘子马上出来,提着裙子迎接他。许允对新娘子说:"妇女应该有的四德中,你有几个?"新娘子回答说:"我所缺乏的就是美貌。君子也应当有许多好的品德,请问郎君您有几个呢?"许允说:"我都有。"新娘子说:"您喜欢美色不喜欢美德,怎么能说都有呢?"许允脸上有了愧色,于是就对她非常尊重了。

【评析】

  这篇寓言一方面赞扬了新妇的智慧和辩才,敢于和不道德的肮脏的思想抗衡;另一方面也讽刺了一些文人学士的虚伪,揭穿了他们好色不好德的丑恶面目。

(贺武威)

刘敬叔

刘敬叔(约公元390—公元470),南朝宋小说家,彭城(今江苏徐州)人。晋末拜南平国郎中令,入宋,元嘉中官给事黄门郎,数年后病卒于家。所著《异苑》《隋书·经籍志》著录为十卷。其书多言神怪之事及佛教之言,词旨简澹,无小说家猥琐之习。书中一小部分的神怪故事,寓意深刻,长期流传。

山 鸡 舞 镜[①]

山鸡爱其毛羽,映水[②]则舞。魏武[③]时,南方献之。帝欲其鸣舞而无由[④]。公子苍舒[⑤]令置大镜其前,鸡鉴形[⑥]而舞不止。

(《异苑》)

【注释】

①舞镜:对着镜子舞蹈。　　②映水:在水面照见自己的影子。　　③魏武:即曹操,三国时期杰出的政治家、军事家和文学家。其子曹丕篡汉自立,建立魏国,追尊曹操为武皇帝,世称魏武帝。　　④无由:没有办法。　　⑤苍舒:即曹操幼子曹冲,他是传说中著名的神童。　　⑥鉴形:在镜子里照见形影。鉴,照。

【今译】

山鸡十分珍爱自己的羽毛,每当在水面上照见自己的身影,就会情不自禁地翩翩起舞。魏武帝曹操执政时期,南方进贡了一只山鸡。曹操想让山鸡鸣叫舞蹈,却无计可施。公子苍舒叫人把一面大镜子放到山鸡的面前,山鸡在镜子中照见自己的形影,于是就开始舞个不停。

【评析】

这是一则形式简单而意蕴极其丰富的优秀寓言故事。首先,山鸡因过分自我欣赏、顾影自怜而被人愚弄的遭遇,对那些孤芳自赏、自我陶醉而失去应有的警觉与自重的人们,是一种善意的警示。其次,公子苍舒巧妙地利用山鸡"爱其毛羽,映水则舞"的弱点,以达到使其鸣舞之目的的方法,也说明做任何事情都要根据其自身的特点而因势利导,这样才能有事半功倍的收效。不足五十字的小故事,寓意却如此深厚,确实是难得的寓言佳制。

(甘智林)

桃花源记

刘敬叔

鹦 鹉 救 火

有鹦鹉飞集他山,山中禽兽辄①相贵重。鹦鹉自念虽乐,不可久也,便去②。后数月,山中大火。鹦鹉遥见,便入水濡羽③,飞而洒之。天神言:"汝虽有志意④,何足云也?"对曰:"虽知不能救,然尝侨居是⑤山,禽兽行善,皆为兄弟,不忍见耳。"天神嘉感⑥,即为灭火。
（《异苑》）

【注释】

①辄:总是,每每。 ②去:离开。 ③濡羽:以水沾湿羽毛。 ④志意:志向,心意。 ⑤是:这。 ⑥嘉感:赞赏并为之感动。

【今译】

有一只鹦鹉飞落到某座山上,山中的飞禽走兽对它都表现出十分的敬重友善。鹦鹉觉得在这里虽然过得非常安乐,但是毕竟不可久居,于是就离开了。几个月后,山中发生了大火灾。鹦鹉远远看到了,就急忙飞到河中沾湿羽毛,再飞到山的上空,将羽毛上的水滴洒落下去救火。天神对鹦鹉说:"你虽然有这份心意,但这么微不足道的几滴水,怎能浇得灭那熊熊山火呢!"鹦鹉回答说:"我也知道杯水车薪,无济于事,但我曾居住于此山,山中的禽兽待我如兄弟一般,我怎么能忍心眼睁睁地看着它们葬身火海呢!"天神被深深地感动了,于是立即扑灭了山火。

【评析】

鹦鹉为了报答山中禽兽的友善,在禽兽面临危险的时候,知其不可为而为之,以精卫填海般的义举,来为拯救自己的朋友做最大的努力。这一举动,着实令人钦佩,难怪天神也会为之感动了。这则寓言故事,使我们受到两点启迪:首先,是受人滴水之恩,当涌泉相报,在朋友陷入困境的时候,必须尽自己最大的努力来给予无私的帮助;其次,是在日常生活中,应尽量与人为善,只有那些真诚地善待他人的人们,才会在困难的时候获得帮助。这个小故事不仅在艺术上有很强的感染力,在道德上的启发意义,更为深刻。

（甘智林）

老龟煮不烂，移祸于枯桑

吴孙权①时，永康②县有人入山，遇一大龟，即束之以归。龟便言曰："游不量时③，为君所得。"人甚怪之④，担出欲上⑤吴王。夜泊越里⑥，缆舟于大桑树。宵中，树忽呼龟曰："劳乎元绪⑦，奚事尔耶?"龟曰："我被拘系，方见烹臛⑧。虽然，尽南山之樵，不能溃⑨我。"树曰："诸葛元逊⑩博识，必致相苦。令求如我之徒，计从安得⑪?"龟曰："子明无多辞，祸将及尔⑫。"树寂而止。既至建业⑬，权命煮之。焚柴万车，语犹如故。诸葛恪曰："燃以老桑树，乃熟。"献者乃说龟树共言。权使人伐桑树煮之，龟乃立烂。今烹龟犹多用桑薪。野人⑭故呼龟为"元绪"。　　　　　（《异苑》）

【注释】

①孙权：字仲谋，吴郡富春（今浙江富阳）人。三国时吴国的建立者。　②永康：三国时吴所置县，在今浙江省永康县。　③游不量时：贪玩而忘记了时间。　④怪之：以之为怪。　⑤上：进献。　⑥越里：地名。　⑦劳乎元绪：元绪你劳苦了！"元绪"和下文的"子明"，是桑树和乌龟的相互称呼。　⑧方见烹臛（huò 获）：将被煮烂做成肉汤。　⑨溃：煮烂。　⑩诸葛元逊：即诸葛恪，字元逊，三国时琅琊阳都（今山东沂南县）人。诸葛恪闻见博洽，才思敏捷。孙权时任丹阳太守等职。　⑪计从安得：从哪里找出办法来应付。　⑫及尔：连累到你。　⑬建业：今江苏南京市。三国时为吴国都城。　⑭野人：老百姓。

【今译】

吴国孙权时候，永康县有个人在山里遇到一只大龟，就将它捉住带回家去。老龟于是说："都怪我贪图玩乐，忘了时间，结果落到你手里了。"那个人觉得十分惊讶，就把它带出来，打算进献给吴王孙权。晚上他将船停在越里过夜，船缆绳系在一棵大桑树上。半夜，桑树忽然招呼老龟说："元绪公啊，你受苦了，出了什么事，让你落到这步田地呢?"大龟说："我被抓了，不久就要被煮烂做肉汤呢!尽管如此，但是就算烧尽南山的薪柴，也别想拿我怎么样!"桑树说："诸葛元逊闻见博洽，一定要让你吃苦头的!假使他叫人寻求像我这样的木柴来煮你，你怎么办呢?"老龟说："子明兄，你不要多讲了，灾祸将要连及到你。"桑树于是默不作声。那人载着大龟到了建业之后，孙权就下令将龟拿去煮，可是耗尽了数不清的柴火，老龟还是悠然自得地说着话。诸葛恪就对孙权说："用老桑树来煮它，肯定会熟。"献龟的人于是也把他所听到的龟、树的对话向孙权作了报告。孙权就派人去砍伐桑树来煮老龟,结果老龟立刻就烂熟了。直到如今,人们烹煮乌龟的时候,也大多使用桑树为柴火。民间也因此而称呼乌龟为"元绪"。

【评析】

　　这是一篇饶有情趣的神怪故事。老龟行将为人煮成肉汤,却自恃"尽南山之樵,不能溃我"而满不在乎。可是,它也有自己的克星——桑树。所以,当桑树指明这一点之后,老龟只能恫吓它"无多辞,祸将及尔"。那种又羞又恼且略怀恐惧的情状,作者虽未明言,却不难想见,细细体味,实在有趣得很。结果,老龟与枯桑谁都没得到好下场。与其说这则故事表现了诸葛恪的博识与智慧,倒不如认为它警示了那些仗着自己有些本领便得意洋洋、肆无忌惮的人:一物总有一物降!

(甘智林)

范 晔

范晔（公元398—公元445），南朝宋著名史学家，字蔚宗，顺阳（今河南淅川）人。晋朝末年担任刘裕之子彭城王刘义康的参军，官至尚书吏部郎，被贬官后潜心修史。后来又升任左位将军、太子詹事等职。宋文帝元嘉二十二年，因为有人告发他与孔熙先密谋立刘义康为皇帝而被处死刑。

《后汉书》是一部纪传体史书，分为一百二十卷，其中"本纪"十卷、"列传"八十卷是范晔编撰的（"志"三十卷是晋司马彪编撰的。范晔作《后汉书》本来就没有写"志"，梁刘昭在为《后汉书》作注时，把司马彪撰写的《续汉书》"志"的部分整理成三十卷，附在范书的后面，成为今天的样子）。《后汉书》"体大而思精"（范晔自语），和《史记》《汉书》相比较，既有继承又有创新。尤其列传部分，虽然透露出范晔宣扬封建礼教、巩固封建政权的儒家正统思想，但其史学和文学价值不容忽视，其中许多警策之言，文笔犀利，发人深省。为《后汉书》作注的除刘昭外，还有李贤、王先谦等。

失之东隅，收之桑榆①

玺书劳异②曰："赤眉破平③，士吏劳苦，始虽垂翅回溪④，终能奋翼黾池⑤，可谓⑥失之东隅，收之桑榆。方论功赏⑦，以答大勋⑧。"　　　　（《后汉书·冯异传》）

【注释】

①隅(yú鱼)：角落。东隅：东方日出的地方，比喻时间早。也有"开始"、"起初"的意思。桑榆：指桑树和榆树。日落西方，余光还留在树上，比喻时间晚。也有"最后"、"终于"的意思。失之东隅，收之桑榆：比喻开始（或某一方面）虽然失去一些东西，但后来（或其他方面）有所收获。　②玺书：皇帝颁发的诏书。这里指东汉光武帝刘秀给大将军冯异的诏书。玺(xǐ洗)：本来指印章，秦朝以后专指皇帝的印章。劳(lào烙)：慰劳、鼓励。异：即冯异。　③赤眉：指西汉末年琅琊人樊崇领导的农民起义军，因为士兵都把眉毛染成红色，所以称为"赤眉"。破：攻破。平：平定。　④始：开始。虽：虽然。垂翅：鸟垂下翅膀，比喻战争失利。回溪：古溪名。　⑤奋：奋力。奋翼：奋力展开翅膀，比喻战争获胜。黾(miǎn免)池：即渑池。古地名。　⑥谓：称得上。　⑦方：将要。论：依据、按照。　⑧答：酬答。

【今译】

(光武帝刘秀)发诏书给冯异说:"打败赤眉军,将士们都很劳累辛苦。虽然开始在回溪一战中失利了,但最终在渑池取得了胜利,可以说是失之东隅,收之桑榆。我将要依据军功给予赏赐,酬劳你们的大功。"

【评析】

公元27年春,刘秀封冯异为征西大将军,让他和邓禹、邓弘等一同镇压赤眉农民起义军。由于领导人意见不统一,他们初战失利。后来冯异巧用计谋,终于打败了赤眉军。于是刘秀颁书嘉奖他们。

刘秀的本意是用"失之东隅,收之桑榆"这句话来鼓励、安慰冯异等人,希望他们更好地为自己打天下。后人常把它当成一句鼓励信心或变被动为主动的话,来激励他人或鼓励自己,比喻开始(或在某一方面)虽然受到损失,但后来(或在其他方面)会得到补偿、有所收获,渐渐地演变成一句成语。也有人把它说成"东隅已逝,桑榆未晚"。

(耿军)

得陇望蜀①

敕彭书②曰:"两城若下③,便可将兵南击蜀虏④。人苦不知足⑤,既平陇,复望蜀⑥。每一发兵,头须为白。"

(《后汉书·岑彭传》)

【注释】

①陇:今甘肃省一带。蜀:今四川。 ②敕彭书:刘秀给大将军岑彭的诏书。彭:即岑彭。 ③两城:指西城、上邽(guī 规)两座城。《东观汉纪·隗嚣传》作"西城"。下:攻克,占领。 ④将(jiàng 降):率领、带领。南:向南。击:攻打。虏:对敌人的蔑称。 ⑤人:本来是个不定代词,这里刘秀暗指自己。苦:苦于,为……所苦。 ⑥既:已经。平:平定、攻克。复:又、再。

【今译】

(刘秀)给岑彭颁发诏书说:"如果攻下西城和上邽两座城,你可以带兵向南去攻打蜀兵。人都苦于不知足,已经攻下陇西,我还想占领蜀地。每一次发兵打仗,我的头发、胡须都要变白一些。"

【评析】

西汉末年王莽篡位后,北方隗(kuí)嚣占据陇西,西南公孙述在成都自立为蜀王。公元32年,刘秀和大将军岑彭去攻打隗嚣,打下天水,隗嚣逃往西域(新疆)。公孙述派兵进驻上邽(甘肃天水西南)以援助隗嚣。这时刘秀因为洛阳附近发生叛乱返回洛阳,他在归途中给岑彭写下了这道诏书。

其中的"既平陇,复望蜀"一句,本来指刘秀想先攻下陇西,然后再占据蜀地,达到统一天下的目的。后来人们常引用这句话形容做事贪心,不知满足,胃口越来越大,久而久之就形成一句成语"得陇望蜀"。

(耿军)

画虎不成反类犬①

龙伯高敦厚周慎②,口无择言③,谦约节俭④,廉公有威⑤,吾爱之重之⑥,愿汝曹效之⑦。杜季良豪侠好义⑧,忧人之忧⑨,乐人之乐⑩,清浊无所失⑪,父丧致客⑫,数郡毕⑬至,吾爱之重之,不愿汝曹效也。效伯高不得⑭,犹为谨敕之士⑮,所谓刻鹄不成尚类鹜者也⑯。效季良不得,陷为天下轻薄子⑰,所谓画虎不成反类狗者也。

(《后汉书·马援传》)

【注释】

①类:像。 ②敦厚周慎:厚道谨慎。 ③择(dù杜):同"斁"。败坏、坏的。 ④约:约束、自律。谦约节俭:谦虚自律,节约简朴。 ⑤廉公有威:廉洁奉公,很有威望。 ⑥重:敬重。 ⑦愿:希望。曹:辈、类。汝曹:你们。效:仿效。 ⑧好(hào浩):喜欢。义:侠义之事。 ⑨忧人之忧:把别人的忧愁当做自己的忧愁。第一个"忧"是动词;第二个"忧"是名词。 ⑩乐人之乐:把别人的快乐当做自己的快乐。第一个"乐"是动词;第二个"乐"是名词。 ⑪清浊无所失:举止得当,轻重适宜。清浊,喻人事的善恶、高下之类。 ⑫致客:前来吊唁的宾客。 ⑬毕:全、都。 ⑭不得:不成功。 ⑮犹:还。谨敕之士:谨慎自饬的人。 ⑯所谓:所说的。刻:画。鹄(hú胡):天鹅。尚:还。鹜(wù误):家鸭。 ⑰陷:沦落、堕落。轻薄子:堕落放荡的人。

【今译】

龙伯高为人厚道谨慎,嘴上从来不说别人的坏话。他谦虚自律,节约简朴,廉洁奉公,很有威望。我喜欢他、敬重他,希望你们能向他学习。杜季良豪爽侠义,把别人的忧愁当成自己的忧愁,把别人的快乐当成自己的快乐。他举止得当,轻重适宜。他父亲死时几个郡的人都来吊唁。我喜欢他、敬重他,但是不希望你们仿效他。学习龙伯高即使不成功,也还能做一个谨慎自饬的人,就是常说的画天鹅没有画好还有点像家鸭。仿效杜季良,如果做得不好,反倒沦为堕落放荡的人,这就是所说的画老虎没画好,倒有点像狗一样。

【评析】

公元41年,刘秀拜马援为伏波将军,去镇压交趾(汉朝郡名)地方起义。马援在途中听说哥哥的两个儿子马严、马敦喜欢结交豪侠,行为不轨,于是就写了一封信(《诫兄子严敦书》)来劝诫他们。上面这段文字就是从这封信中节选出来的。马援用两个民间俗谚,很形象地比喻了仿效龙伯高和仿效杜季良两种行为的结果,比起空洞的说教更有说服力。

"画虎不成反类狗"也可以说成"画虎不成反类犬",后来演变成一句成语,用来比喻为人好高骛远,不脚踏实地,去做不该做的事情,结果导致事与愿违,也用来劝诫人们不要去做自己做不到的事情。

(耿军)

三 宿 恋①

或言老子入夷狄为浮屠②。浮屠不三宿桑下,不欲久生恩爱③,精之至也④。天神遗以好女⑤,浮屠曰:"此但革囊盛血⑥。"遂不眄之⑦。其守一⑧如此,乃能成道。

(《后汉书·襄楷传》)

【注释】

①三宿:三夜。 ②或:有人。言:说。老子:姓李,名聃(dān 丹),春秋时著名哲学家,著有《道德经》一书。东汉时老子被附会为"浮屠",成为道教的神,与先秦哲学家老子已经没有关系。夷狄:我国古代对北方少数民族的称呼。浮屠:就是"佛"。 ③欲:想,希望。恩爱:眷恋之心。 ④精:精诚。至:到达极点。 ⑤遗(wèi 卫):送。好:容貌美丽。 ⑥但:只。革囊:皮革制成的袋子。 ⑦遂:于是,就。眄(miǎn 免):望,瞟。 ⑧守一:道家修养之术,谓专一精思以通神。

【今译】

有人说老子到了夷狄的地方就成了佛。佛不在桑树下住三天,因为不希望时间长了产生眷恋之情。这种精诚已经到了极点。天神把容貌美丽的女子送给佛,佛说:"这只不过是皮囊子里面盛了血而已。"于是连看也不看一眼。专一精思到这种地步,才能真正成道。

【评析】

东汉桓帝在位时成天沉迷于酒色之中,贪图享乐,不问政事,朝廷让宦官专权。这时襄楷上书给桓帝,希望他能重整朝纲,认真治理国家。因为东汉时黄老思想盛行,佛教已经流行了很久,皇帝、百姓都很信奉,皇宫里也立起了黄老、浮屠的祠堂。于是襄楷就用浮屠不三宿桑下的故事做比,劝诫桓帝应当远离酒色,不能一味贪图享乐。这样既起到讽喻的效果又使言辞不致过于激烈,容易接受。

后人常用"三宿恋"比喻时间久了,对人或事情产生眷恋之情。另外它还有很多说法,如"桑下三宿"、"浮屠三宿"、"三宿梦"等。 （耿军）

私恩与公法

顺帝时,迁①冀州刺史。故人②为清河太守,章行部案其奸臧③。乃请太守,为设④酒肴,陈平生之好甚欢⑤。太守喜曰:"人皆有一天,我独有二天。"章曰:"今夕苏孺文与故人饮者,私恩也;明日⑥冀州刺史案事者,公法也。"遂举正⑦其罪。

（《后汉书·苏章传》）

【注释】

①迁:官职升迁。 ②故人:老朋友。 ③行部:官吏巡行所属部域,考核政绩。案:调查。奸臧（zāng脏）:不法受贿。臧,通"赃"。 ④设:备办。 ⑤陈:陈说、述说。好（hào浩）:亲善、友好。欢:畅快。 ⑥明日:第二天。 ⑦举正:列举罪过,正之以法。

【今译】

东汉顺帝（刘宏）时,苏章任冀州刺史,他的一个老朋友是清河太守。苏章巡行考察官吏政绩的时候,调查到这个太守收受贿赂,于是就邀请他,并为他备办了一桌酒席。席上两人互相倾吐平生的亲密友情,说得非常畅快。太守高兴地说:"别人都只有一个天,唯独我有两个天。"苏章说:"今天苏孺文和老朋友喝酒是出于私人交情,明天冀州刺史审查案件,是出于公家的法理。"于是苏孺文就列举他的罪行,依法进行了惩治。

【评析】

　　这段文字用"私恩"与"公法"对比的手法,寥寥数笔,勾勒出了一个为人正直、公私分明的苏章形象。同时刻画出清河太守妄图凭借私人恩情逃避责罚的丑态。

　　故事告诉我们:为人要公私分明,不能因公废私,败坏法纪。同时也警告清河太守之流不要心存侥幸,想徇私舞弊终究是行不通的。　　　　　　　　(耿军)

羊续悬鱼

　　时权豪之家多尚奢丽①,续深疾②之,常敝衣薄食③,车马羸败④。府丞尝⑤献其生鱼,续受而悬于庭⑥;丞后又进⑦之,续乃出前所悬者以杜其意⑧。

(《后汉书·羊续传》)

【注释】

　　①尚:崇尚。奢丽:奢侈、华丽。　②疾:痛恨。　③敝:破旧。薄:粗陋。　④羸(léi雷):瘦弱。败:毁坏。　⑤尝:曾经。　⑥庭:厅堂。　⑦进:献、赠送。　⑧杜:杜绝。意:念头、想法。

【今译】

　　当时有权势的豪门贵族大都崇尚奢侈华丽的生活。羊续非常痛恨这种行为。他自己经常穿着破旧的衣服,吃的是粗陋的食物,乘坐的马车破败不堪,拉车的马也瘦弱可怜。府丞曾经送给他一些活鱼,羊续(虽然)接受了,但把它悬挂在厅堂里。府丞后来又送他鱼,羊续就拿出先前挂在厅堂里的那些鱼给他看,以此杜绝府丞给自己送东西的念头。

【评析】

　　东汉灵帝(刘宏)中平三年(公元186),羊续被封为南阳太守。他一上任就考察官吏,平定叛乱,颁布法令,体察民情,深受人民爱戴。羊续生活非常俭朴,他痛恨奢侈,清正廉明。为了杜绝贿赂,他想出了悬鱼拒贿的高招。

　　"羊续"已成为清官廉吏的代称。后人多用《羊续悬鱼》的故事来褒扬拒绝贿赂、廉洁奉公的操行。　　　　　　　　　　　　　　(耿军)

辽东白豕①

往时②辽东有豕,生子白头,异③而献之,行至河东,见群豕皆④白,怀惭⑤而还。

(《后汉书·朱浮传》)

【注释】

①豕(shǐ使):猪。 ②往时:先前,以前。 ③异:认为奇怪。 ④皆:都。 ⑤惭:惭愧、羞愧。

【今译】

以前,辽东有头猪,生出来的小猪的头是白的。家中人感到很奇怪,于是就把小猪拿来献给皇帝。等他到了河东,发现许多猪的头都是白的,他便心怀惭愧地回来了。

【评析】

朱浮在担任幽州牧,驻守蓟县(今河北蓟县)时,为了笼络名士和官僚,把粮食发放给他们家属。渔阳太守彭宠反对他这么做,于是朱浮就向光武帝刘秀告密,说彭宠受贿,并且想聚众谋反。彭宠知道后就发兵攻打朱浮。朱浮写信指责彭宠居功自傲,说彭宠"若以子之功论于朝廷,则为辽东豕也"。意思是如果你想在朝廷显示你的功绩,只不过像辽东白头猪的故事一样可笑。

一般用"辽东白豕"来讽刺目光短浅、孤陋寡闻的人,告诫人们不要因为自己的浅薄而把普通的东西看成稀世珍宝,否则只能适得其反,给人增添笑料。

(耿军)

梁上君子

时岁荒民俭①,有盗夜入其室②,止③于梁上。寔阴见④,乃起自整拂⑤,呼命子孙,正色训⑥之曰:"夫人不可不自勉⑦。不善之人未必本⑧恶,习⑨以性成,遂至⑩于此。梁上君子者是⑪矣!"盗大惊,自投⑫于地,稽颡归罪⑬。

(《后汉书·陈寔传》)

| 范 晔 |

【注释】

①岁:年成。俭:困苦。　②盗:小偷。其:指陈寔(shí 拾)。　③止:停留。
④阴见:暗中看见。　⑤整拂:整理衣服,拂去灰尘。　⑥训:教导。　⑦勉:鼓励、勉励。　⑧本:原初。　⑨习:习惯。　⑩至:到。　⑪是:就是这样。
⑫投:跳。　⑬稽颡(qǐsǎng 乞嗓):叩头。归罪:认罪。

【今译】

当时年成不好,闹灾荒,百姓生活困苦。有个小偷夜里进入陈寔家,停在屋梁上。陈寔暗中看见了小偷,于是就起身整理衣服,拂去灰尘。然后,他把儿孙们都喊过来,严肃地教导他们说:"人不能不自己勉励自己。不好的人,起初不一定是坏的。养成习惯,就会成为一种本性,于是便到了作恶的地步。梁上君子就是这样一种情况!"小偷听了大吃一惊,吓得自己跳到地上磕头认罪。

【评析】

小偷夜里爬上陈寔家的屋里,陈寔没有首先抓小偷,而是用了一个很巧妙的方法揭露"梁上君子",这样不仅揭穿并劝诫了小偷,而且也教育了儿孙,一举两得。作者还提出了"不善之人未必本恶,习以性成"的正确观点,也是很有启示作用的。

(耿军)

堕甑不顾①

孟敏字叔达,钜鹿杨氏人也。客②居太原。荷③甑堕地,不顾而去。林宗④见而问其意。对⑤曰:"甑以⑥破矣,视之何益⑦?"　　　　(《后汉书·郭太传》)

【注释】

①堕:掉下来。甑(zèng 憎):瓦制的器具。顾:回头看。　②客:旅居他乡。
③荷(hè 贺):扛。　④林宗:郭太(原名郭泰,因范晔避讳父名,把他改为郭太)字林宗。
⑤对:回答。　⑥以:通"已"。已经。　⑦何益:有什么用。

【今译】

孟敏,字叔达,钜鹿杨氏县人。他旅居在太原。一天他扛着瓦甑走路,一不小心,把瓦甑掉到了地上。他连回头看一眼都没有,就走了。郭太见了,问他为什么头也不回,他回答说:"瓦甑已经打破了,看又有什么用呢?"

【评析】

这段文字非常简洁,仅仅用了"荷甑堕地,不顾而去"八个字就刻画出孟敏为人的洒脱与豪放。

"堕甑不顾"这是一个人应有的处事原则:事情已经发生,再也无法挽回,自应泰然处之。面对无法挽回的事实,一味悲叹惋惜,不仅于事无补,还耽误了努力前进的时间。世上这类傻人不少,于中不能不受到启发。

(耿军)

大未必奇

语门者①曰:"我是李君通家子弟②。"门者言之。膺请融,问曰:"高明祖父尝与仆有恩旧乎③?"融曰:"然④。先君孔子与君先人李老君同德比义⑤,而相师友⑥,则融与君累世⑦通家。"众坐莫不叹息⑧。太中大夫陈炜后至,坐中以告炜。炜曰:"夫人小而聪了⑨,大未必奇。"融应声曰:"观⑩君所言,将不早惠乎⑪?"膺大笑曰:"高明必为伟器⑫。"

(《后汉书·孔融传》)

【注释】

①语(yù玉):告诉。门者:看门的人。　②李君:指李膺。通家:有世交的两家。　③高明:谓品格高尚,聪慧明达。祖父:祖上。仆:对自己的谦称。恩旧:旧交情。　④然:是、对。　⑤李老君:即老子。同德比义:道德品质不相上下。比,并列。　⑥师:学习。友:交朋友。　⑦累世:连续很多代。累,相接续。世,辈,代。　⑧众坐:所有在座的人。坐,通"座"。莫:没有谁。叹息:因惊奇而感叹。　⑨聪了:聪明。这句话在《世说新语·言语》中作"小时了了,大未必佳"。　⑩观:听。　⑪将不早慧乎:该不会小时候就很聪明吧?　⑫伟器:有出息的人。

【今译】

(孔融)告诉看门的人说:"我跟李君两家有世交。"看门人把这话告诉了李膺。李膺请孔融进门,问孔融说:"你祖上曾经和我们家有过交情吗?"孔融回答说:"是的。我的祖先孔子和你的祖先李老君道德品行不相上下,并且他们互相学习、互相把对方当做朋友。那么,我和你家就是很多代的世交了。"在座的人听了没有不感到惊奇而感叹的。太中大夫陈炜晚来了一会儿,有人把这件事告诉了他。陈炜说:"一个人小的时候聪明,大了并不一定有奇才。"孔融应声说道:"听你说话,该不会你小的时候就很聪明吧?"李膺大笑着说:"你将来一定是个很有出息的人。"

【评析】

　　这是孔融十三岁时发生的一件事情。孔融抓住陈炜话中的漏洞,巧妙地"以子之矛,攻子之盾",既显示了自己的才能,又把陈炜羞辱了一番。两人的言语形成鲜明对照,具有强烈的艺术效果。

　　其实,虽说孔融的反击很有力度,但是"大未必奇"的确是很有道理的。我们不能因为一个人小时候聪明,就可以断定他长大后一定会有出息,这是一种很客观的见解。我们看待人或事也要用辩证的眼光,不能一成不变。　　　　(耿军)

想　当　然

　　初①,曹操攻屠邺城②,袁氏妇子多见侵略③,而操子丕私纳袁熙妻甄氏④。融乃与操书⑤,称"武王伐纣,以妲己赐周公⑥"。操不悟⑦,后问出何经典。对曰:"以今度⑧之,想当然耳⑨。"

(《后汉书·孔融传》)

【注释】

　　①初:当初。　　②攻:攻克。邺城:袁绍的领地,后来被曹操占领。　　③妇子:妇女、小孩。见:被、受到。侵:欺凌。略:抢掠。　　④丕:曹操长子,后来的魏文帝。私:偷偷地、私下里。纳:收。袁熙:袁绍的儿子。　　⑤乃:于是,就。与:给。书:信。　　⑥以:用,把。妲(dá达)己:商纣王的妃子。周公:名旦,周武王的弟弟。　　⑦悟:明白,理解。　　⑧度(duó夺):揣测、估计。　　⑨耳:罢了。

【今译】

　　当初曹操占领并且屠戮邺城的时候,袁绍一家的妇女、小孩多数受到欺凌、抢掠。曹操的儿子曹丕私自把袁熙的妻子甄氏收为内室。于是孔融就给曹操写了一封信,信上说:"周武王攻伐商纣王,把纣王的妃子妲己赏赐给了周公旦。"曹操不明白,后来问孔融这话出自哪一个典籍。孔融回答说:"拿现在的情况推测古代,我只是想当然罢了。"

【评析】

　　公元200年,官渡(河南中牟)之战,袁绍战败。公元204年,操占领邺城。曹丕强占别人的妻子,孔融对此非常反感。于是就虚构"武王赐周公妲己"的故事来影射曹丕的丑行,攻击、讽刺曹操。曹操以为孔融引用的是历史典籍,想询问出处。孔融巧妙地用"想当然"回答,既显出他的聪明大胆,又暗讽了曹操的浅薄无知。

"想当然"指凭主观推测,事情应该是或大概是某种状况,常用来比喻做事不认真调查,只凭自己想象就随意评论是非和发号施令的主观主义作风。(耿军)

乐羊子妻

河南①乐羊子之妻者,不知何民之女也。羊子尝行路,得遗金一饼②,还以与妻。妻曰:"妾闻志士不饮盗泉③之水,廉者不受嗟来之食④,况拾遗求利,以污其行乎!"羊子大惭,乃捐⑤金于野,而远寻师学。一年来归,妻跪问其故。羊子曰:"久行怀思,无它异也。"妻乃引刀趋机而言曰:"此织生自蚕茧,成于机杼⑥,一丝而累以至于寸,累寸不已,遂成丈匹。今若断斯织也,则捐失成功,稽⑦废时日。夫子积学,当日知其所亡,以就懿德⑧。若中道而归,何异断斯织乎?"羊子感其言,复还终业,遂七年不反。

(《后汉书·列女传》)

【注释】

①河南:郡名,在今河南洛阳一带。　②一饼:一块。饼,量词,用于修饰饼状物。③盗泉:在山东的水。传说孔子过盗泉,因憎恶其名字,虽然非常渴,也不喝盗泉的水。④嗟来之食:带有侮辱性的施舍。事见《礼记·檀弓下》。　⑤捐:丢弃。　⑥机杼(zhù住):织布工具。杼,织布的梭子。　⑦稽:延迟,停留。　⑧懿德:美德。

【今译】

河南郡乐羊子的妻子,不知是哪家的女儿。羊子有次走在路上拾到一块金子,回来给妻子。妻子说:"我听说有志气的人不喝盗泉的水,清廉的人不要带有侮辱性的施舍,何况捡到别人遗失的金钱来求利,难道不玷污一个人的品行吗?"羊子非常惭愧,就把金子丢弃在野外,然后到远方求学去了。一年后回来,妻子问他回来的原因。羊子说:"离家久了很想念,没有其他不好的事情。"妻子就拿着刀走到织布机前说:"这块布来自于蚕茧,靠机子和梭子织成。一丝一缕积累织成一寸,一寸一寸累积下去才成了一丈一匹。现在如果拿刀砍断织着的布,那么就失去成功的可能,白费了时间。您每天不停地学习,应该每天知道所缺少的知识,以此来成就您的美德。如果半路上回来,跟现在割断这块布有什么不同呢?"羊子听了这番话很受感动,又回去修完自己的学业,有七年都没有回来。

【评析】

　　这里写了两则故事。一是告诉我们,不要贪图飞来的小利;一是教育我们学习要专心,不间断,持之以恒。故事虽很简短,但对我们很有启示。我们要提倡拾金不昧、取财有道的精神,要提倡勤奋认真、锲而不舍的学习精神,这样才能不断提高自己的生活品质和道德修养。

(喻琰琰)

王叔之

王叔之,字穆仲,琅邪人。晋宋处士。有《庄子义疏》三卷,集十卷。

拟 古 诗

客从北方来,言欲到交趾。远行无他货,唯有凤皇子①。百金我不欲,千金难为市。

(《先秦汉魏晋南北朝诗·宋诗卷一》)

【注释】

①凤皇子,即凤凰蛋。

【今译】

有个人从北方来,说是要到交趾去。远道而来没有带别的东西,只带着一只凤凰蛋。别说百两黄金我不会卖它,就是千两黄金,这买卖也很难做成。

【评析】

能与凤凰相伴的人,岂是等闲之辈。尽管作者无一字刻画这人的形貌气度,但短短几句话便塑造了一个清高、脱俗、气度不凡的形象。百金、千金对于一个凡人来说,那是很大的财富,但一句"百金我不欲,千金难为市",让我们明白此人并非凡人,既如此,世俗的金钱又怎能打动他的心呢?他超凡脱俗,视金钱如粪土,不屑从于世俗的形象给我们以深刻的启迪:人世间,金钱并非是最可贵的,最可贵的当是一个人的节操。

(李淑珍)

急不相弃

刘义庆

　　刘义庆（元公403—公元444），彭城（今江苏徐州）人，是刘宋王朝的宗室，袭封临川王，曾任豫州刺史、教骑常侍尚书左仆射、荆州刺史、江州刺史、南兖州刺史、都督、加开府仪同三司。史书说他"爱好文义"，在他身边聚集了一批文学之士。《世说新语》是他编撰的一部笔记小说集。书中主要记载东汉末至魏晋间士族阶层的遗闻、轶事、琐语，以晋代为主。书中谈到的人物，上至帝王将相，下至士庶僧侣。全书按内容分门别类，划为德行、言语、政事、文学等三十六门，以士族阶级的观点，对士族名流的生活、思想、情趣等方面作了较多的反映。他还著有《幽明录》和《宣验记》等小说，这些神怪小说都已散佚。鲁迅《古小说钩沉》收录《幽明录》二百六十五条，收《宣验记》三十五条。

管 宁 割 席

　　管宁、华歆①共②园中锄菜③，见地有片金，管挥锄与瓦石不异④，华捉⑤而掷去之。又尝⑥同席⑦读书，有乘轩冕过其门者，宁读如故，歆废⑧书出看。宁割席分坐曰："子非吾友也。"

（《世说新语·德行第一》）

【注释】

　　①管宁、华歆（xīn心）：管宁，字幼安，北海米虚人；华歆，字子鱼，平原高唐人。灵帝时与北海邴原友善，时称三人为一龙。歆为龙头，宁为龙腹，原为龙尾。　　②共：一同。
③锄菜：挖地种菜。　　④不异：没有什么两样。　　⑤捉：拿。　　⑥尝：曾经。
⑦席：坐席，古人的坐具。　　⑧废：放弃，放下。

【今译】

　　管宁和华歆一同在菜园里挖地种菜，看见地上有一小片金子，管宁不理会，举起锄头锄去，跟锄掉瓦块、石头一样，华歆却把金子捡起来，然后再扔出去。还有一次，两人同坐一张席上读书，有达官贵人坐车从门口经过，管宁照旧读书，华歆却放下书本跑出去看。管宁就割开席子，分开座位，说道："你不是我的朋友。"

【评析】

　　管宁把坐席割开，意思是不与华歆坐在同一张席上，类似今天所谓划清界限的做法。这个故事通过两人对"片金"和"乘轩冕者"不同态度的比较,树立了管宁这个形象,赞扬了其不为金钱所动、不受显贵诱惑的品德。(周维网、朱景松)

急不相弃

华歆、王朗俱①乘船避难②,有一人欲依附,歆辄③难之。朗曰:"幸④尚宽,何为不可?"后贼追至,王欲舍⑤所携人。歆曰:"本所以疑⑥,正为此耳。既已纳其自托⑦,宁⑧可以⑨急相弃邪⑩?"遂携拯如初。　　　　(《世说新语·德行第一》)

【注释】

①俱:共,一同。　　②避难(nàn 南去声):这里指躲避汉魏之交的动乱。③辄:立刻,就。　　④幸:幸而,幸亏。　　⑤舍:抛弃。　　⑥疑:迟疑,犹豫不决。⑦纳其自托:接纳他让他托身,指同意他搭船。　　⑧宁(nìng 凝去声):岂,难道。⑨以:因为。　　⑩邪(yé 爷):语气词,表疑问。

【今译】

华歆、王朗一同乘船避难,有一个人想搭他们的船,华歆马上对这一要求表示为难。王朗说:"好在船还有空地方,为什么不行呢?"后来贼寇追上来了,王朗就想甩掉那个搭船人。华歆说:"我当初犹豫,正是为的这一点。既然已经答应了他的请求,怎么可以因为情况紧急就抛弃他呢!"便跟刚才一样,仍把他带在船上并且帮助他。

【评析】

王朗草率地答应人家搭船的请求,但也是他最先要把搭船人抛弃;华歆想到了紧急情况,起先不同意,但紧急之时仍坚持带着搭船人,帮助搭船人。"人无远虑,必有近忧。"轻易许诺,会轻率地失信;很慎重地作出承诺,才会恪守自己的诺言。故事通过对比,赞扬的是华歆"重然诺"的品格。　　　　(周维网、朱景松)

好好先生

徽字德操,颍川阳翟人。有人伦鉴识①。居荆州,知刘表性暗②,必害善人,乃括囊③不谈议时人。有以人物问徽者,初不④辨其高下,每辄⑤言佳。其妇谏⑥曰:"人

| 刘义庆 |

质⁷所疑,君宜辨论,而一皆言佳,岂人所以咨君之意乎!"徽曰:"如君所言,亦复佳。"其婉约⁸逊遁⁹如此。

(《世说新语·言语第二》刘孝标注引《司马徽别传》)

【注释】

①鉴识:审察,识别。　②暗:隐蔽不显露,阴险。　③括囊:扎紧口袋,闭口不言。　④初不:全不,始终不。　⑤辄(zhé折):总是。　⑥谏:规劝。　⑦质:询问。　⑧婉约:含蓄。　⑨逊遁:退让,回避。

【今译】

司马徽,字德操,颍川阳翟人。他对人与人之间的复杂关系很有观察、识别能力。他居住在荆州的时候,知道刘表阴险,一定会加害好人,于是就闭口不谈人事方面的事。当时有人用人事上的问题来问司马徽,他始终不说某某的优劣,一开口说话总是说"好"。他妻子批评他说:"人家有疑难来询问你,你应该加以分辨,说出自己的看法,可是你一概说'好',这难道是别人问你的意图吗?"司马徽说:"像你说得也很好。"他含蓄、回避到了如此的地步。

【评析】

遇事都说好,这样的人被说成"好好先生"。人们都指责好好先生,说这样的人不讲原则,没有斗争精神。可是好好先生之所以会出现,是有原因的。一方面是这样的人有私心,要保全自己的利益,只得遇事"括囊不谈议";另一方面没有民主的空气,人说了真话会受到迫害、打击,弄得人人自危,不敢讲出真实的想法。读读这个故事就可以知道,我们不能仅仅批评好好先生本人,也要改善社会环境,清理那些"性暗,必害善人"的人,尤其是握有权力而有这种习性的人,以造成人人能讲真话的氛围。

(周维网、朱景松)

吴牛喘月

满奋①畏风。在晋武帝坐,北窗作琉璃屏②,实密似疏,奋有难色③。帝笑之。奋答曰:"臣犹④吴牛,见月而喘⑤。"

(《世说新语·言语第二》)

【注释】

①满奋:字武秋,曾任尚书令、司隶校尉。　②琉璃屏:琉璃窗扇。　③难色:为

难的表情。　④犹：如同。　⑤吴牛：《世说新语》刘孝标注说，"今之水牛，唯生江淮间，故谓之'吴牛'也。南土多暑，而此牛畏热，见月疑是日，所以见月则喘"。比喻生疑心，见到似是而非的东西就害怕。

【今译】

　　满奋害怕风吹。有一次在晋武帝旁边侍坐，北窗是透明的琉璃窗，实际很严实，看起来却像透风似的，满奋就面有为难的表情。晋武帝笑他，满奋回答说："我好比是吴这个地方的牛，看见月亮就喘起来了。"

【评析】

　　大热天曾经使得在田间劳作的牛备受其苦，因而给牛留下了很深的印象，它竟然误把月亮当成了太阳，马上真的就喘了起来。痛苦的经验，使人遇到类似的东西就产生恐惧，这是很自然的。但是，遇事必须仔细观察，遇到似是而非的现象更应该头脑清醒，决不要无端地产生疑惧，被莫须有的东西所吓倒。

（周维网、朱景松）

支公好鹤

　　支公①好鹤，住剡②东岇山③。有人遗④其双鹤。少时翅长欲飞，支意惜之，乃铩⑤其翮⑥。鹤轩翥⑦不复能飞，乃反顾翅，垂头视之，如有懊丧意。林曰："既有凌霄之姿，何肯为人作耳目近玩！"养令⑧翮成，置，使飞去。

（《世说新语·言语第二》）

【注释】

　　①支公：支遁，字道林，晋时和尚。　②剡(shàn 善)：剡溪，在浙江嵊州市，居雪娥江上游。　③岇(áng 昂)山：山名。　④遗(wèi 卫)：赠送。　⑤铩(shā 杀)：摧残。　⑥翮(hé 和)：羽毛中间的硬管，这里用来指翅膀上的大羽毛。　⑦轩翥(zhū 朱)：举翅高飞。　⑧令：使。

【今译】

　　支道林喜欢鹤，住在剡溪东面的岇山上。有人送给他一对小鹤。不久，小鹤翅膀长成，将要飞了，支道林心里舍不得它们，就剪短了它们翅膀上的大羽毛。鹤高举翅膀却再也飞不起来，便回过头来看看翅膀，低垂着头，看上去好像有十分懊丧的意思。支道林说:"既然有直冲云霄的资质,哪里肯给人做观赏的玩物呢!"于是喂养到翅膀再长起来,就放了它们,让它们飞走了。

【评析】

　　喜欢鹤,就把它的翅膀羽毛剪去,让它成为观赏的玩物,这并不是真正的爱鹤。让它回归大自然,展翅高飞,使它有展示天性的可能,才是对它的真正爱护。把这些道理用到社会生活中来,我们对人、对事都要顺其自然,要创造条件,使人有展示才华的舞台,使事物有发挥作用的场所,而不要扭曲其天性,人为设置种种障碍。

(周维网、朱景松)

卫玠问梦

　　卫玠总角①时,问乐令②梦,乐云是想。卫曰:"形神所不接而梦,岂是想邪③?"乐云:"因④也。未尝梦乘车入鼠穴,捣齑⑤啖⑥铁杵,皆无想无因故也。"卫思因,经日⑦不得,遂成病。乐闻,故命驾⑧为剖析之。卫既小差⑨,乐叹曰:"此儿胸中当必无膏肓⑩之疾!"

(《世说新语·文学第四》)

【注释】

①总角:未成年人,头发扎成抓髻,叫总角,借指幼年。　②乐令:即乐广。　③邪(yé爷):语气词,呢,吗。　④因:沿袭,因袭。　⑤捣齑(jī机):把葱、蒜、姜等捣碎腌咸菜。　⑥啖(dàn但):给吃。　⑦经日:《晋书·乐广传》作"经月"。经月,一个月。　⑧命驾:吩咐人驾车,即坐车前往。　⑨差(chài柴去声):同"瘥",病好了。　⑩膏肓(huāng慌):心尖脂肪叫膏,心脏和膈膜之间叫肓。古人认为这是药力达不到的地方,病入膏肓就无药可治了。乐广是说,卫玠一有疑难就一定要弄个明白才心安,这就不会积忧成病。

【今译】

　　卫玠幼年时曾经问尚书令乐广,人为什么会做梦,乐广回答说,这是因为心里曾经这样想过。卫玠说:"身体和精神都没有遇到过的东西却会在梦里出现,这难道是心里想过的吗?"乐广说:"这些是沿袭曾经做过的事。人们未曾梦见过坐着车子开进老鼠洞,或者捣碎了姜蒜去喂铁杵,这都是因为没有这样想过,没有可以模仿的先例。"卫玠便思索这沿袭的问题,成天冥思苦想也找不到答案,最后想得生了病。乐广听了,特地坐车去给他剖析道理。卫玠的病有了好转以后,乐广感慨地说:"这孩子心里肯定不会得无法医治的病了。"

【评析】

乐广对梦的解剖虽然是朴素的,但称得上是科学的。当卫玠思索梦的成因却找不到答案,因而生了病的时候,乐广为他进行剖析,加以疏导,排除其心理障碍,不可谓不高明。任何心理上的困惑,都要用恰当的、合理的方法加以排除,只有这样,才能使"胸中当无膏肓之疾"。

(周维网、朱景松)

七 步 成 诗①

文帝尝令东阿王七步中作诗②,不成者行大法③。

应声便为诗曰:"煮豆持作羹④,漉菽以为汁⑤。萁在釜下燃⑥,豆在釜中泣:本自同根生,相煎何太急!"

帝深有惭色。

(《世说新语·文学第四》)

【注释】

①七步成诗:这则历史传说,由于它形象比喻的生动性和鲜明性,已被概括成"七步为诗"的成语,喻才思敏捷,并成为后代戏曲小说的素材。 ②文帝:即曹丕,曹操次子,建安二十五年(公元220)代汉即帝位,是为魏文帝。东阿王:即曹植,字子建,是曹丕的同母兄弟,为曹操第三子,曾封陈王,死后谥"思",世称"陈思王"。年少聪敏,很受曹操宠爱,曾欲立为太子。曹丕称帝后,他备受猜忌和迫害。 ③大法:重刑。 ④羹(gēng 更):用肉或菜调和五味做成的带浓汁的食物。 ⑤漉(lù 鹿):过滤,渗出。菽(shū 叔):大豆。一作"豉(chǐ 尺)。 ⑥萁(qí 奇):豆秆。釜(fǔ 斧):炊具,一种锅。

【今译】

魏文帝曾经命令东阿王在七步之中作成一首诗,如果作不成诗就要对他施行重法。

东阿王应声便作成一首诗道:"煮熟大豆制作豆羹,过滤大豆渗出豆汁。豆秆在锅底下燃烧,大豆在锅中哭泣:豆秆、大豆本是同根而生,为什么煎煮得这样急呢!"

魏文帝听后,脸上显出非常羞惭的表情。

【评析】

七步诗尽管不见于曹植本集,却流传极广,脍炙人口。一方面它以七步之中就能作成借豆为喻而又内涵深刻的诗,表现出曹植的过人才华;另一方面它又以豆萁相煎生动、贴切的比喻,揭露了封建统治阶级内部兄弟之间为了地位、权力而互相倾轧的残酷现实。这则寓言诗堪为兄弟阋墙者戒。　　　　　　(方心棣)

道旁苦李

王戎七岁,尝①与诸小儿游②,看道边李树多子折枝③,诸儿竞走取之,唯戎不动。人问之,答曰:"树在道边而多子,此必苦李。"取之,信然④。

(《世说新语·雅量第六》)

【注释】

①尝:曾经。　　②游:游玩。　　③折枝:使树枝弯曲。　　④信然:确实是这样。

【今译】

王戎七岁的时候,有一次和几个小孩儿一同出去游玩,看见路边的李树上结着累累的果实,压弯、压断了树枝,小孩儿们争先恐后地去摘李子,只有王戎站着不动。别人问他,他回答说:"李子长在路边,却有这么多果实,这一定是很苦的李子。"拿来尝一尝,确实很苦。

【评析】

当别的小孩争先恐后地去采摘李子的时候,只有王戎站着不动。他有合理的分析:要是这些李子可以吃的话,早被人摘光了,怎么会长在路边而又有那么多呢?他的脑子是清醒的,他的行动是自觉的。一个小孩尚且能做到这一点,何况是富有经验的成人呢?可是,在生活中,有些人为了占一点小小的便宜反而上当受骗,这样的事情屡见不鲜。常言道,天下没有免费的午餐。只要认真动脑,按常理来分析分析,就可以使自己的行动减少盲目性,也就不至于上当受骗。

(周维网、朱景松)

绝妙好辞

魏武尝①过②曹娥碑③下,杨修从④,碑背上见题作"黄绢幼妇,外孙齑臼⑤"八字。魏武谓修曰:"解不⑥?"答曰:"解。"魏武曰:"卿未可言,待我思之。"行三十里,魏武乃曰:"吾已得。"令修别⑦记所知。修曰:"黄绢,色丝也,于字为绝;幼妇,少女也,于字为妙;外孙,女子也,于字为好;齑臼,受辛也,于字为辞⑧:所谓绝妙好辞也。"魏武亦记之,与修同,乃叹曰:"我才不及卿,乃觉⑨三十里。"

(《世说新语·捷悟第十一》)

【注释】

①尝:曾经。　②过:经过。　③曹娥碑:曹娥是东汉时代一个孝女,父亲溺水而死,她为寻找父亲的尸体而死,改葬时为她立了碑,就是曹娥碑。　④从:跟从,跟随。　⑤齑臼(jī jiù 机就):捣姜蒜等的器具。　⑥不:否。　⑦别:另。　⑧于字为辞:辞的异体字是辝,所以说是受辛。　⑨觉:同"较",相差,相距。

【今译】

魏武帝曹操曾经从曹娥碑旁边经过,杨修跟着他。碑的背面写着"黄绢幼妇,外孙齑臼"八个字。曹操问杨修说:"懂不懂?"杨修回答说:"懂。"曹操说:"你现在别说,等我想一想看。"走了三十里路以后,曹操才说道:"我已经想出来了。"他叫杨修把自己的理解写在另外的地方。杨修写道:"'黄绢',是有颜色的丝,'色'和'丝'合成'绝'字;'幼妇',是少女的意思,'少'和'女'合成'妙'字;'外孙',是女儿的儿子,'女'和'子'合成'好'字;'齑臼',是承受辛辣东西的,'受'和'辛'合成'辞'(辝)字:这就是'绝、妙、好、辞'。"曹操也把自己的理解写下了,结果和杨修的一样,于是慨叹地说:"我的才学赶不上你,竟然相差三十里啊。"

【评析】

这是很有名的析字这种修辞格的用例。陈望道在《修辞学发凡》中指出:"本例……知道的人很多,可以说是析字格复合体的活例。其构成方法,都是重用化形、衍义两类基本方法:如'绝'先化形作'色丝',再衍义作'黄绢';'妙'先化形作'少女',再衍义作'幼妇'。余仿此。"杨修才思敏捷,好学能文,曾任丞相曹操主簿。曹操推崇他的才华。但是杨修曾积极为曹植谋划太子地位。曹植失宠于曹操以后，因杨修有智谋，虑有后患，曹操杀害了他。　　（周维冈、朱景松）

日近长安远

晋明帝①数岁，坐元帝②膝上。有人从长安来，元帝问洛下消息，潸然③流涕④。明帝问何以致泣，具以东渡意⑤告之。因问明帝："汝意谓长安何如日远？"答曰："日远。不闻人从日边来，居然⑥可知。"元帝异⑦之。明日⑧，集群臣宴会，告以此意，更重问之。乃答曰："日近。"元帝失色，曰："尔何故异⑨昨日之言邪？"答曰："举目见日，不见长安。"

（《世说新语·夙惠第十二》）

【注释】

①晋明帝：元帝长子司马绍。　　②元帝：司马睿，晋愍帝死后，即帝位。　　③潸(shān 山)然：流泪的样子。　　④涕：眼泪。　　⑤东渡意：晋元帝为琅邪王时住在洛阳，他的好友王导预计天下要大乱，就劝他回到自己的封国，后来又劝他镇守建康，意欲经营一个复兴帝室的基地。所谓东渡即是向东渡过长江。　　⑥居然：显然。　　⑦异：感到惊异。　　⑧明日：第二天。　　⑨异：不同。

【今译】

晋明帝才几岁的时候，有一次正坐在元帝的膝盖上。当时有人从长安来，元帝询问起洛阳的消息，不觉伤心落泪。明帝问父亲为什么会弄到哭泣的地步，元帝就把过江东渡的意图详详细细地告诉他。于是问明帝："你看长安和太阳相比，哪个远？"明帝回答说："太阳远。从来没有听说有人从太阳那边来，显然可知。"元帝对他的回答感到很诧异。第二天，召集群臣宴饮，就把明帝这个意思告诉大家，并且又重新问他一遍，明帝的回答却是："太阳近。"元帝大惊失色，问他："你为什么跟昨天说的不一样啦？"明帝回答说："抬头就能看见太阳，但是看不见长安。"

【评析】

一个几岁的小孩一会儿说太阳远，一会儿说太阳近，所陈述的理由近于诡辩，但表现了小孩子的机智和辩论才能。故事还有更深的意义：说太阳远则长安近，这是独自对思念北方的晋元帝说的。当时元帝听到北方的情况弄得伤心落泪,明帝说长安近,用以安抚元帝的情绪。说太阳近,是当着群臣的面说的。当时晋元帝势力单薄,重要官职都被王氏势力占有,这样说,是希望南来的群臣戮力同心,共同扶持晋室。

(周维网、朱景松)

床头捉刀人

魏武①将见匈奴使②。自以形陋,不足雄③远国,使崔季珪代④,帝自捉刀⑤立床头。既毕,令间谍问曰:"魏王何如?"匈奴使答曰:"魏王雅望非常,然床头捉刀人,此乃英雄也。"魏武闻之,追杀此使。 (《世说新语·容止第十四》)

【注释】

①魏武:曹操。 ②使:使者。 ③雄:称雄,显示威严。 ④代:代替自己。 ⑤捉刀:握刀。

【今译】

魏武帝曹操将要接见匈奴的使者。他自己感到形象丑陋,不完全能对远方国家显示出自己的威严,便让崔季珪代替自己,魏武帝本人却握着刀站在坐床边。接见以后,派密探去问匈奴使者说:"你认为魏王怎么样啊?"匈奴使者回答说:"魏王仪表高雅美好,非同一般,可是床边那个握刀的人,才是英雄啊!"曹操听了这话以后,趁使节在回国的途中,派人追上去杀了他。

【评析】

曹操认为自己相貌不佳,就让别人代替自己,自己拿着刀站在旁边。即使这样安排,还是被匈奴使节看了出来。自己的安排没有成功,目的没有达到,便追杀了使者。故事说明:帝王本人自有其内在的气质和举止,并不在于相貌的美丑和座次的安排。故意做作的安排更容易让人看出破绽。透过现象就可以看到本质。不过,匈奴使者留下了一个教训:如果他能看到曹操凶残的一面,有所警惕,作为外交使节不轻易吐露自己的真实看法,就不至于被追杀,可以保全自己的性命。

(周维网、朱景松)

刘义庆

效岳遨游

潘岳妙有姿容,好神情①。少时挟弹出洛阳道,妇人遇者,莫不连手共萦②之。左太冲绝③丑,亦复效④岳游遨,于是群妪⑤齐共乱唾⑥之,委顿⑦而返。

(《世说新语·容止第十四》)

【注释】
①神情:神态风度。　②萦:围绕。　③绝:极,最。　④效:仿效。　⑤妪(yù玉):年老的女人。　⑥唾(tuò拓):吐唾沫,表示鄙视。　⑦委顿:颓丧,狼狈。

【今译】
潘岳有美好的容貌和优雅的神态风度。年轻时他夹着弹弓在洛阳大街上行走,妇女遇到他的时候,无不手拉手地一同围住他。左太冲长得非常难看,也学着潘岳到处游逛,于是一群老妇女们一起向他乱吐唾沫,弄得他垂头丧气地回来了。

【评析】
潘岳之所以得到妇女的喜欢,并不是因为在大街上行走,而在于他美好的容貌和气质。左太冲长得难看却要简单地模仿潘岳在街上游逛,力图得到妇女的欢心,结果不但不能达到目的,反而遭到妇女们的唾弃。这个故事告诫人们:人应当有自知之明,对别人的好恶因由必须有充分的了解。　　　(周维网、朱景松)

周处除害

周处年少时,凶强侠气①,为乡里所患,又义兴水中有蛟,山中有邅迹虎②,并皆暴犯百姓,义兴人谓为三横③,而处尤剧。或④说⑤处杀虎斩蛟,实冀三横唯余其一。处即刺杀虎,又入水击蛟。蛟或浮或没⑥,行数十里,处与之俱。经三日三夜,乡里皆谓已死,更相庆。竟杀蛟而出。闻里人相庆,始知为人情所患,有自改意。乃自吴寻二陆⑦,平原不在,正见清河,具以情告,并云:"欲自修改⑧,而年已蹉跎⑨,终无所成。"清河曰:"古人贵朝闻夕死⑩,况君前途尚可。且人患志之不立,亦何忧令名不彰邪!"处遂改励⑪,终为忠臣孝子。　　(《世说新语·自新第十五》)

【注释】

①侠气:指刚强不屈、豪爽的气概。　②邅(zhān 占)迹虎:即邪足虎,跛脚老虎。　③横:指残暴的东西。　④或:有人。　⑤说(shuì 睡):劝说。　⑥没(mò 末):沉入水下。　⑦二陆:指晋人陆机、陆云。兄弟齐名,号为二陆。陆机曾任平原郡内史,陆云曾任清河郡内史,所以下文直呼为平原、清河。　⑧修改:改过自新。　⑨蹉跎:光阴白白地过去。　⑩朝闻夕死:这里引用《论语·里仁》"朝闻道,夕死可矣"的意思,大意是:早上听到了真理,就算晚上死了,也不算虚度此生。　⑪励:振奋。

【今译】

周处年轻时凶狠强硬,很有豪侠气度,被乡亲们看成祸害,加上义兴郡河里有蛟龙,山上有跛脚虎,一同危害百姓,义兴人把他们称为"三横",而周处被视为三害之首。有人劝周处去杀死老虎、斩掉蛟龙,实际上是希望三个残暴者中只剩下一个。周处就上山杀死了老虎,又到水里去跟蛟龙搏斗。蛟龙时而浮出水面,时而没入水底,游了几十里,周处跟蛟龙在一起进行厮杀。经过三天三夜,乡亲们都确认周处已经死了,就互相庆贺。没想到周处竟然杀死了蛟龙,从水里出来了。他听说乡亲们以为他死了都在互相庆贺,才知道自己是人们所忧患和痛恨的人,就有了改过自新的念头。于是独自到吴郡去拜访陆机和陆云。平原内史陆机不在家,只见到清河内史陆云,就把情况详细地告诉了陆云,并且说:"自己想改正错误,可是这么多年已经虚度了,恐怕最终不会有什么成就了。"陆云说:"古人所看重的是'朝闻道,夕死可矣',何况你前面的路还很长。再说,一个人忧愁的是不能立志,又何必担心美名不能显扬呢!"于是周处便改正错误,振作起来,最终成了忠臣孝子。

【评析】

周处被乡亲们视为三害之首,为人们所极度痛恨。但是他毕竟有豪侠的一面。他听从乡亲们的劝告,勇敢地只身上山杀了跛脚虎,通过在水下跟蛟龙三天三夜的艰苦搏斗,斩了蛟龙,为大家除了两害。当他察觉自己被乡里人所痛恨时,能悔过自新,真诚地向贤人求教,立志改恶从善,最终成为忠臣孝子。故事告诉人们:一个人无论曾经有过什么过错,甚至有过劣迹,只要决心重新做人,应该说都为时不晚。关键是要及时立志,振作起来,并扎扎实实地付诸行动。

(周维网、朱景松)

刘义庆

孔群好酒

鸿胪卿孔群好饮酒。王丞相语云:"卿何为①恒②饮酒?不见酒家覆③瓿④布日月糜烂?"群曰:"不尔⑤。不见糟肉⑥乃更堪久?"群尝⑦书与⑧亲旧:"今年田得七百斛⑨秫米⑩,不了曲糵⑪事。"

（《世说新语·任诞第二十三》）

【注释】

①何为:为什么。 ②恒:长久。 ③覆:盖。 ④瓿(bù不):小瓮。 ⑤不尔:不是这样。 ⑥糟肉:用酒或酒糟腌制的肉。 ⑦尝:曾经。 ⑧与:写信。 ⑨斛(hú胡):旧时量器,方形,口小,底大,容量为十斗。后来改为五斗。 ⑩秫米:黏高粱米。 ⑪曲糵(qūniè区聂):酒曲,这里指用酒曲酿酒。

【今译】

鸿胪卿孔群喜欢喝酒。丞相王导对他说:"你为什么老是这样喝酒呢?酒店盖酒坛的那块布,过不了多少时间就烂得一塌糊涂,难道你没有看见吗?"孔群说:"不是这样。您难道没看见糟肉反而更能耐久吗?"孔群曾经给亲友写信说:"今年田地里能收到七百斛秫米,酿酒的事搞不完。"

【评析】

为了劝人少喝酒,就用盖酒坛的布容易朽烂作为饮酒伤人的证据,这自然是很勉强的。但是将错就错,说糟肉反而更能耐久,用这话来为狂饮习惯辩护,这就是狡辩了。这里透露了魏晋名士任性放纵,纵酒放荡的风气:一切姑且听之任之,收获的粮食全都拿来酿酒,有酒且先毫无节制地喝将起来,喝他个一醉方休。这就是名士风流。

(周维冈、朱景松)

爱竹子猷

王子猷①尝②行过吴中③,见一士大夫家极有好竹。主已知子猷当往,乃洒扫施设,在厅事④坐相待。王肩舆⑤径⑥造⑦竹下,讽啸良久,主已失望,犹冀⑧还当通,遂直欲出门。主人大不堪⑨,便令左右闭门,不听⑩出。王更以此赏⑪主人,乃留坐,尽欢而去。

(《世说新语·简傲第二十四》)

【注释】

①王子猷:王徽之,字子猷,王羲之的儿子,官至黄门侍郎。《世说新语·任诞第二十三》说此人爱竹,有如下记载:"王子猷尝暂寄人空宅住,便令种竹。或问:'暂住何烦尔!'王啸咏良久,直指竹曰:'何可一日无此君!'" ②尝:曾经。 ③吴中:旧时指吴郡或苏州府。 ④厅事:大厅。 ⑤肩舆:轿子。 ⑥径:径直。 ⑦造:到,前往。 ⑧冀:希望。 ⑨不堪:承受不了。 ⑩听:允许,接受。 ⑪赏:赏识。

【今译】

王子猷曾经从吴中路过,看见一位士大夫家竹园有很好的竹子。竹园主人事先料想王子猷会去看竹子,就好好地洒扫布置了一番,在正厅里坐着等候。王子猷坐着轿子一直来到竹林里,讽诵长啸了很长时间,跟主人连一声招呼也不打,主人感到很失望,不过,还是希望他折回来时会让人来通报一下,然而王子猷竟然打算直接走出门去。主人实在承受不了,就叫手下人把门关上,不让他出去。王子猷因此更加赏识主人,这才留步坐下来,痛痛快快地欢乐一番,兴尽以后才离开。

【评析】

王子猷爱竹,表明他清高、孤傲。但是他极度傲慢,进入人家竹林观赏竹子,主人盛情相待,那么客气、谦恭,他竟然连招呼都不打,看了以后就想离开。如此傲视主人,实在使人承受不了,主人只得关起门来不让他出去,这时他才留下来欢乐了一番。魏晋名士在处理人际关系上表现出自己的个性特点,即随心任性,傲慢失礼,不近人情。这个故事称得上是一个典型。

(周维网、朱景松)

不舞之鹤

刘遵祖少①为殷中军所知②,称③之于庾公。庾公甚忻然④,便取为佐⑤。既见,坐之独榻⑥上与语。刘尔日⑦殊不称,庾小⑧失望,遂名之为"羊公鹤⑨"。昔羊叔子有鹤善舞,尝向客称之。客试使驱来,氃氋⑩而不肯舞。故称比之。

(《世说新语·排调第二十五》)

【注释】

①少:年少。 ②知:知遇,赏识。 ③称:称道,赞扬。 ④忻然:欣然。 ⑤佐:指佐官,下属。 ⑥独榻:一人坐的榻。尊敬的宾客坐独榻。 ⑦尔日:那天。 ⑧小:稍。 ⑨羊公鹤:不舞之鹤,指名不副实的人。 ⑩氃氋(tóngméng 童蒙):羽

毛松散的样子。

【今译】

  刘遵祖年轻时受到中军将军殷浩的极度赏识。殷浩曾经在庾亮面前赞扬并且推荐他。庾亮很高兴,就聘他来做僚属。见面后,让他坐在独榻上和他交谈。刘遵祖那天言谈举止却和他的名望特别不相称,庾亮略微有点儿失望,于是便把他称为"羊公鹤"。过去羊叔子有一只鹤善于跳舞,羊叔子曾经在客人面前称赞这只鹤。客人试着叫人把鹤赶来,可是这鹤却羽毛松松垮垮,不肯起舞。所以庾亮用这来比喻刘遵祖。

【评析】

  自夸自己的鹤如何如何会跳舞,可是到了大庭广众之中真让它跳,需要它展示自己的才华,为主人争争面子的时候,它却羽毛松散,就是不肯跳,这使主人大为扫兴。在实际生活中也有这样的"不舞之鹤"。有些人确实具有这样或那样的才能,可是关键时刻却不善于表现出来,或者畏缩、怯场,即所谓"上不了台盘",使得夸奖其才能的人十分难堪,故事中所说的刘遵祖就是一个例子。

(周维网、朱景松)

蔗　境

  顾长康啖①甘蔗,先食尾②。人问所以③,云:"渐至佳境④。"

(《世说新语·排调第二十五》)

【注释】

  ①啖(dàn但):吃。　②尾:尾部,这里指甘蔗的梢部。　③所以:原因,情由。④佳境:美妙的境界。甘蔗头部最甜,从蔗梢吃起,越吃越甜。

【今译】

  顾长康吃甘蔗,先从甘蔗的梢部吃起。有人问他这样做的原因,他说:"这样吃可以逐渐进入美妙的境界。"

【评析】

  甘蔗的根部比梢部甜,因此吃甘蔗也就有了讲究。可以先从根部吃起,当然也可以先从梢部吃起。一般人或许并没有琢磨过这个问题,可是顾长康遇事认真,平平常常的事情都能用心体会。他的做法与众不同。他从甘蔗的梢部吃起,以便获得越来越甜美的体验,并且还能讲出一番道理,叫人不能不信服。由此我们想到,在物质生活中,应该提倡先苦后甜,步步提高,使日子过得越来越好;在精神生活中,观察、品味一个对象,应该逐步深入,反复思索,加深理解,使体会越来越深;在工作中,应该不断进取,把工作越做越好,使成果越来越大,以便尝到越来越多的成功的喜悦。这些都可以说是"渐入佳境"。　　　　　　(周维网、朱景松)

千斤大牛

桓公①入洛,过淮、泗,践②北境,与诸僚属登平乘楼③,眺瞩④中原,慨然曰:"遂⑤使神州⑥陆沉⑦,百年丘墟⑧,王夷甫诸人不得不任⑨其责!"袁虎率尔⑩对⑪曰:"运自有废兴,岂必诸人之过?"桓公懔然作色⑫,顾⑬谓四坐曰:"诸君颇闻刘景升⑭不⑮?有大牛重千斤,啖⑯刍⑰豆十倍于常牛⑱,负重致远,曾⑲不若一羸⑳牸㉑。魏武入荆州,烹以飨㉒士卒,于时莫不称快。"意以况㉓袁。四坐既骇㉔,袁亦失色。

(《世说新语·轻诋第二十六》)

【注释】

①桓公:桓温,曾三次北伐。这里可能指晋太和四年带兵伐燕。　②践:踏,踏上。　③平乘(chéng)楼:大船的船楼。平乘,大船名。　④眺瞩(tiàozhǔ 跳主):远望。　⑤遂:竟然,终于。　⑥神州:古人称中国为"赤县神州",后用以作为中国的代称。　⑦陆沉:陆地下陷或沉没,比喻国土沦陷。　⑧丘墟:废墟。　⑨王夷甫:即王衍。西晋琅玡临沂人,喜空谈。永嘉五年领兵与石勒战,被俘,劝勒称帝,勒杀之,临死曰:"向若不祖尚浮虚,戮力以匡天下,犹不至今日!"任:担当。　⑩率尔:轻率的样子。　⑪对:回答。　⑫懔然作色:严肃的显出愤怒的脸色。　⑬顾:回头。　⑭刘景升:刘表,字景升,任荆州牧,在曹操和袁绍的斗争中,想保持中立。后来曹操率军攻打他,未至,他就病死了。　⑮不:否。　⑯啖(dàn 但):吃。　⑰刍(chú 除):喂牲口用的草。　⑱常牛:普通的牛。　⑲曾:竟然。　⑳羸(léi 雷):瘦弱。　㉑牸(zì 字):雌性牲畜,通常指牛。　㉒飨(xiǎng 想):用酒肉招待人。　㉓况:比况,比做。　㉔骇:惊吓,震惊。

【今译】

桓温带兵进军洛阳,经过淮河、泗水,踏上了北方的领土,与下属一起登上船楼,遥望中原,感慨地说道:"最终使大片国土沦陷,多少年内成为废墟,王夷甫等人不能不承担这个责任!"袁虎轻率地回答说:"国家的命运本来有兴有衰,难道一定是他们的过错?"桓温神色威严,面露怒容,回头看看满座的人说:"诸位肯定都听说过刘景升吧?他有一条千斤重的大牛,吃的草料,比普通牛多十倍,可是拉起重车要走远路的时候,竟然连一头瘦弱的母牛都不如。魏武帝进入荆州后,把大牛杀了来慰劳士兵,当时没有人不叫好。"桓温之意是用大牛来比喻袁虎。满座的人都很震惊,袁虎也大惊失色。

【评析】

桓温大讲刘景升的大牛,本意是说无功而有罪的人,应该受到惩治。不过单说这大牛却又有一番意义。牛重千斤,吃的草料是普通牛的十倍,可是让它负重致远,竟然连一头瘦弱的老母牛都赶不上。这里指有些人虚有其表,并无实际才能,既不能担当重任,又不敢于承担责任,只能落个"烹而食之"的悲惨下场。

(周维网、朱景松)

望梅止渴

魏武行役,失汲①道,军皆渴。乃令曰:"前有大梅林,饶子②、甘酸,可以解渴。"士卒闻之,口皆出水。乘此得及前源。　　(《世说新语·假谲第二十七》)

【注释】

①汲(jí急):从下往上打水,取水。　　②饶子(zǐ紫):果实很多。

【今译】

魏武帝曹操带领军队长途行军,途中找不到取水的路,所有军士都口渴难忍。于是曹操便传令说:"前面有一片大的梅树林子,结着很多的梅子,味道又甜又酸,足可以用来给大家解渴。"士兵听了这番话,口水都流出来了。曹操利用这个办法使所有军士赶到了前面有水的地方。

【评析】

说前面有大的梅林,其实是编造出来的。但是大谈特谈梅子,利用人们的经验,使又甜又酸的梅子唤起人的条件反射,让人流出口水,暂时缓解了口渴。再说,既然前面有梅林,人们迫切想解渴,自然希望早早赶到那里,无形之中加快了行军的步伐,这一着不可谓不高明。多少年来,人们都把"望梅止渴"当做用空想或空话来安慰自己或安抚别人的代名词。可是细细品味,里面蕴涵着有趣的心理学道理,它确实也是一种很有效的激励方法。

(周维冈、朱景松)

蓝田性急

王蓝田①性急。尝食鸡子,以箸②刺之。不得,便大怒,举以掷地。鸡子于地圆转未止,仍下地以屐③齿蹍④之,又不得。瞋⑤甚,复于地取内⑥口中,啮⑦破即吐之。

(《世说新语·忿狷第三十一》)

【注释】

①王蓝田:名述,字怀祖,东晋太原晋阳人,因袭爵蓝田侯,故名。 ②箸:筷子。 ③屐(jī基):木屐,前后有齿。 ④蹍(zhǎn展):踩。 ⑤瞋(chēn尘阴平):怒,瞪大眼睛。 ⑥内:即纳。 ⑦啮(niè聂):咬。

【今译】

王蓝田性急。吃鸡蛋用筷子去夹。没夹住,就非常生气,把蛋举起来扔到地上。鸡蛋在地上转个不停,他又下地,用木屐齿踩,又没踩着。他气得瞪大眼睛,又从地上把鸡蛋捡起来放到嘴里,嚼碎了马上吐掉。

【评析】

这里用吃鸡蛋这个细节,把王蓝田的性急,脾气暴躁,刻画得活灵活现。这个寓言告诉我们:做事情不能简单粗暴,感情用事,要找到规律,冷静处理,否则欲速则不达;粗暴处理,更要误大事。王蓝田就是这样一个人,使人感到他愚蠢可笑。

(喻琰琰)

鹰

楚文王少时①好猎,有一人献一鹰,文王见之,爪距②神爽③,殊绝④常鹰⑤。故为猎于云梦,置网云布,烟烧张天,毛群羽族⑥,争噬⑦竞搏,此鹰轩颈瞪目⑧,无搏噬

| 刘义庆 |

之志。王曰："吾鹰所获以百数，汝鹰曾⑨无奋意，将⑩欺余耶？"献者曰："若效于雉兔⑪，臣岂敢献？"俄而⑫，云际有一物凝翔⑬，鲜白⑭不辨其形，鹰便竦翮而升⑮，矗⑯若飞电；须臾，羽堕如雪，血下如雨，有大鸟堕地，度⑰其两翅，广⑱数十里，众莫能识。时有博物君子曰："此大鹏雏⑲也。"文王乃厚赏之。　　（《幽明录》）

【注释】

①少时：年轻时期。　②爪距：距，鸡、雉等的腿后面像脚趾的部分。爪距，指鹰的爪子。　③神爽：神俊，雄健有力。　④绝：超常的，非常。这里指不同于。　⑤常鹰：一般的鹰，普通的鹰。　⑥毛群羽族：长毛的兽类和长羽毛的飞鸟。　⑦噬：咬。　⑧轩颈瞪目：伸长颈子，睁大眼睛。轩，高扬，抬高。　⑨曾：竟然。　⑩将：以，用来。　⑪效于雉兔：在猎杀野鸡或野兔上见效果。效，效验。　⑫俄而：一会儿，不久。　⑬凝翔：不扇动翅膀地在天空翱翔。　⑭鲜白：鲜明洁白。　⑮竦翮而升：扇动翅膀，飞上高空。竦（sǒng耸），振动。翮（hé和），鸟翅大毛，借指鸟翅。　⑯矗：长而直的样子。这里形容鹰飞行过的轨迹。　⑰度：测量。　⑱广：宽。　⑲雏：幼鸟。

【今译】

　　楚文王年轻的时候喜欢打猎，有一个人献给他一只鹰，楚文王仔细观察这鹰，爪子强健有力，完全与普通的鹰不一样。于是他特意在云梦举行一次打猎活动。拉起的网像云层一样密布，烧起的烟火直冲九天。走兽飞禽奋力厮杀，可是这只鹰只是伸长了脖子，抬着头，睁大眼睛看着，毫无搏斗厮杀的意思。楚文王说："我的鹰猎获的禽兽已经很多，可以用百来计数了，你的鹰竟然毫无参加拼搏的意思，想拿这鹰来欺骗我吗？"献鹰的人说："如果只能在跟野鸡、兔子之类的禽兽打斗上表现出效验，我哪里敢拿来献给您呢？"不一会儿，云端出现一个目标，好像静止地停留在空中，鲜亮洁白，看不清具体的形象。这鹰便奋翅腾飞上高空，像闪电一样直冲云天。一会儿，羽毛像雪片一样纷纷落下，鲜血像雨点一样洒落下来，有一个特大的鸟坠落下来。量一量它的双翅，宽度有几十里，所有的人都不知道这是什么鸟。当时有一位富有博物知识的人仔细看了看说："这是大鹏的幼鸟。"于是楚文王重重地奖赏了献鹰的人。

【评析】

　　献给楚文王的这只鹰不是非凡之物。说它不凡，不是指它的外表，而在于它有普通的鹰所不具备的能力。捕捉野鸡、野兔之类的功业，并不是这只鹰的追求。

如果仅仅用捕捉野鸡、野兔来分高下,这鹰说不上有什么过人之处。可是与大鹏搏斗则不是普通的鹰能够胜任的,而这恰恰是这只鹰独有的才能。话说回来,如果当时没有大鹏的幼鸟出现,这鹰的非凡之处也就无从展现,这只非凡的鹰也只能被埋没。非常之人具有崇高的境界和特殊的才能。建立非常之功,须待非常之人;而要认识非常之人,却有待于非常之功的建立。对于非常之人、非常之物,绝不可等闲视之。

(周维网、朱景松)

甄冲拒婚

甄冲字叔让,中山人,为云社①令。未至惠怀县②,忽有一人来通云:"社郎③。"须臾便至,年少,容貌美净。既坐寒温,云:"大人见使,贪慕高援④,欲以妹与君婚,故来宣此意。"甄愕然曰:"仆长大,且已有家,何缘此理?"社郎复云:"仆妹年少,且令色少双,必欲得佳对,云何见拒?"甄曰:"仆老翁,见⑤有妇,岂容违越?"相与反复数过,甄殊无动意。社郎有恚色⑥,云:"大人当自来,恐不得违尔。"既去,便见两岸上有人,着帻⑦,捉马鞭,罗列相随,行从⑧甚多。社公寻至,卤簿导从如方伯⑨,乘马辇,青幢赤络,覆车⑩数乘。女郎乘四望车⑪,锦步障⑫数十张,婢十八人,夹车前,衣服文彩,所未尝见。便于甄傍边岸上张幔屋⑬,舒荐席⑭。社公下,隐膝⑮几坐,白旃⑯坐褥,玉唾壶⑰,以瑇瑁⑱为手中笼,捉麈尾⑲。女郎却在东岸,黄门白拂⑳夹车立,婢子在前。社公引佐吏令前坐,当六十人,命作乐,器悉如琉璃。社公谓甄曰:"仆有陋女,情所钟爱,以君体德令茂,贪结亲援,因遣小儿已具宣此旨。"甄曰:"仆既老悴㉑,已有家室,儿子且大,虽贪贵聘,不敢闻命㉒。"社公复云:"仆女年始二十,姿色淑令㉓,四德㉔克备,今在岸上,勿复为烦,但当成礼耳!"甄拒之转苦㉕,谓是邪魅㉖,便拔刀横膝上,以死拒之,不复与语。社公大怒,便令呼三斑两虎来,张口正赤,号呼裂地,经跳上,如此者数十次,相守至天明,无如之何,便去。

(《幽明录》)

【注释】

①云社:古县名。治所在今湖北仙桃市。 ②惠怀县:古县名,治所在今湖北仙桃市西。 ③社郎:社公之子。社公,即土地神。 ④贪慕:贪恋爱慕,向往羡慕。高援:高

刘义庆

攀。　⑤见：即"现"。　⑥恚（huì 汇）色：怒色。　⑦帻（zé 泽）：包扎发髻的巾。　⑧行从：随从人员。　⑨卤簿，出行时扈从的仪仗队。方伯：地方长官，辖管相当于州省的建制。　⑩覆车：有遮盖的车。　⑪四望车：四面有窗可供观望的车。　⑫锦步障：遮蔽风沙或视线的锦制屏幕。　⑬幔屋：帐篷。　⑭舒：铺开。荐席：垫席。　⑮隐膝：搁膝工具。　⑯白㲲：白色粗毛织物。　⑰唾壶：吐痰的器皿。　⑱瑇瑁：玳瑁。用玳瑁甲壳制成的装饰品。　⑲麈（zhǔ 主）尾：古人闲谈时执以驱虫、掸尘的一种工具。　⑳黄门：指宦官。白拂：白色的拂尘。　㉑老悴（cuì 翠）：年老憔悴。　㉒闻命：接受命令或教导。　㉓淑令：美丽。　㉔四德：古代指妇女应有的四种德行，即妇德、妇言、妇容、妇功。　㉕转：逐渐，越。苦：甚。　㉖邪魅：作祟害人的鬼怪。

【今译】

　　甄冲，号叔让，中山郡人，任云社县令。他还没有走到惠怀县，忽然有人来通报说："社郎来了。"社郎一会儿就到了，年纪很轻，长得漂亮白净。他坐下来问寒问暖之后，说："我父亲派我来，对您表示向往爱慕，想高攀您，打算让妹妹跟您成婚，所以让我来告诉您这个意思。"甄冲非常惊讶，就说："我的年纪很大了，而且已有了家室，怎么能有再婚的道理呢？"社郎又说："我的妹妹年纪很轻，而且容貌也是举世无双，她一定要找个好丈夫，您怎么能拒绝呢？"甄冲说："我已是老头了，现在有妻子，怎么能够违背、超越礼法呢？"社郎对他反复劝说了好多遍，甄冲丝毫没有动心。社郎很生气，对他说："父亲会亲自来，那时恐怕您就不会反对了。"社郎走时，只见两岸有不少人，戴着头巾，提着马鞭，排着队跟着，随从很多。很快社公到了，仪仗和侍从排列得像大官出行一样，他乘着豪华的马车，打着青翠的伞，上面挂着红色的璎珞，还有几辆覆车，女郎乘的是四望车，后面有几十张锦缎制成的屏幕，丫环有十八个夹在车前走，衣服色彩艳丽，从来没有看见过。他们就在甄冲旁边岸上搭起帐篷，铺开垫席，社公下来弯着膝靠着茶几坐下，白毡子铺在垫席上，还有白玉做的小痰盂和玳瑁做的手中笼，拿着拂尘。女郎就在东岸，宦官握着白拂尘站立在车两边，丫环在前面。社公让辅佐的官吏引导甄冲前坐，面向着六十人，命令奏乐，乐器都像琉璃一样闪光。社公对甄冲说："我有个小女，非常钟爱。因为您品德高尚，我就想跟您结亲，所以就派儿子向您表达这个意思。"甄冲说："我已经老朽了，又有家室，儿子也大了，虽然您有一番美意，但我实在不敢从命。"社公又说："我的女儿才二十岁，容貌美丽，妇女的四德,她都具备,现在就在岸上,您也不要再啰唆了,立刻就成亲吧!"甄冲的拒绝也越来越厉害,认为这是鬼怪作祟,就拔出刀来放在膝上,以死来抗拒,不再说话。社公非常生气,就吩咐叫两个斑斓虎来,老虎张着血盆大口,吼声震动大地,一直跳上跳下,这样经过数十次,一直相持到天亮。社公没有办法,只好走了。

【评析】

　　这篇故事给我们的启示是:一个人面对各种利诱和不断的威逼,而能够严于律己,漠然相对,坚忍不拔,守身如玉是很不容易的,也是非常可贵的。利诱不动心,威逼不畏惧,坚持自己做人的准则,这样的人是值得学习,值得称颂的。

(喻琰琰)

焦湖庙柏枕

　　焦湖庙祝①有柏枕②,三十余年,枕后一小坼孔③。县民汤林行贾④,经庙祈福⑤,祝曰:"君婚姻未⑥?可就枕坼边。"令林入坼内,见朱门,琼宫瑶台,胜于世。见赵太尉,为林婚,育子六人,四男二女,选林秘书郎,俄迁黄门郎。林在枕中,永无思归之怀,遂⑦遭违忤⑧之事。祝令林出外间,遂见向⑨枕,谓枕内历⑩年载,而实俄忽之间⑪矣。

(《幽明录》)

【注释】

　　①祝:祭祀时主持祭礼的人。　　②柏枕:大枕头。柏,通"伯",大。　　③坼孔:裂缝孔隙。坼(chè彻),裂。　　④行贾:行游各地做生意。　　⑤祈福:求福。祈,求。　　⑥君婚姻未:你结婚了没有。未,没有。　　⑦遂:竟然,终于。　　⑧违忤:违背,不顺从。　　⑨向:过去。　　⑩历:经过。　　⑪俄忽之间:极短的时间。

【今译】

　　焦湖庙里那个主持祭礼的人有一个大枕头,三十多年了,枕头后面有一个小裂口。这县有个人名叫汤林的出外经商,经过焦湖庙,他走进庙里来求福。主持祭礼的人问他:"你结婚了没有?你可以走到枕头裂缝那边。"主持叫汤林从裂缝进入里面,他看见红漆大门,里面尽是美玉建成的房屋和楼台,其美好的程度远远超过了人世间。他见到了赵太尉。赵太尉主持让汤林结了婚,生育了四个男孩、两个女孩,并且提拔他当了秘书郎,不久又升为黄门郎。汤林在枕头里生活着,再也没有想回家的打算了。后来终因为违背上意而受到指责,主持祭礼的人要汤林出来。于是汤林又看见了原先那个大枕头,说是在枕头内已经过了好多年了,可实际上只是极短的时间。

【评析】

　　商人向神灵求福,在主持祭礼人的指导下进入枕头里面,过起了美满的生活,结婚生子,做了官,还得以升迁。他贪恋这种生活,再也不想回到人间,但最终还是被赶了出来。虽说过了多少年的好日子,实际上只是人间极短的一瞬。人世间的好日子要靠辛辛苦苦的劳动去创造,通过祈求是不能成功的,梦幻中的富贵荣华都只能是一场虚空。

(周维网、朱景松)

鲍 照

鲍照(公元414—公元466),字明远,东海(属徐州)人。我国南朝宋著名文学家。他在南朝文坛的颓靡文风中,"颇自振拔"。他曾被大诗人杜甫给以"俊逸"的评价,著有《鲍氏集》。

见卖玉器者并序

见卖玉器者,或①人欲买,疑其是珉②,不肯成市,聊作此诗,以戏买者。

泾渭③不可杂,珉玉当早分,子④实旧楚客,蒙俗谬前闻⑤。安知理⑥孚采⑦,岂识质明温⑧。我方⑨历上国⑩,从洛⑪入函辕⑫。扬芳⑬十贵室,驰誉四豪门⑭。奇声振朝邑,高价服乡村。宁能与⑮尔曹⑯,瑜瑕稍辨论?

(《先秦汉魏晋南北朝诗·宋诗卷九·鲍照》)

【注释】
①或:有人。　②珉(mín民):似玉的美石。　③泾渭:指泾水和渭水(古人认为泾浊渭清,实际上泾清渭浊),指清浊或是非。　④子:你。　⑤蒙俗谬前闻:卞和得到一块美玉,把它献给楚怀王,怀王让乐正子看了,说是一般的玉石,所以以为卞和欺骗他,就砍了他一只脚。怀王死了,子平王继位,卞和又把这块美玉献上,又被人说是欺骗,另一只脚又被砍了。平王死后,荆王继位,卞和想去献玉,又恒再被害,于是抱着美玉终日哭泣,眼泪流完了,眼里流出了血,荆王于是使人将玉璞剖开,果然有玉,于是封卞和为陆阳侯,但卞和不愿受封。　⑥理:雕琢加工玉石。　⑦孚采:指彩色的玉。　⑧明温:明,明亮。温,柔和。　⑨方:将要。　⑩上国:此应指上流社会。　⑪洛:洛水。　⑫函辕:函,函谷关。辕,辕辕关。　⑬芳,宋本作"光"。　⑭此句指在豪门大族中扬名。此两句指在朝中及民间都具有一定的影响力。　⑮与:帮助。　⑯尔曹:你们。

【今译】
我曾见过一个卖玉的人,有人想买他的玉,却怀疑他的玉只是一些像美玉的石头,不肯买,我就写了这首诗,来戏耍一下想买玉的人。

泾水和渭水不可混杂,石头和美玉应当早就可以分辨。你实际是旧时的楚客,屈从于世俗而认为以前所听到的是错误的,你哪里知道如何加工彩色的美玉,哪里懂得美玉的品质也有明亮和柔和之别。我将要跻身上流社会,从洛水到函谷关、辕辕关,在权贵中扬名,在豪门中享受美誉,在朝堂上我身价百倍,乡人都为我折服。我如何才能帮助你们,把瑜和瑕稍微分辨一下?

【评析】

　　这是诗人在路途中遇到一个卖玉的人之后所发的感慨,让世人运用自己的判断,看清楚好坏,分清楚真假。同时也抒发了作者渴望跻身名流和对贵族生活的一种强烈的向往之情,"扬芳十贵室,驰誉四豪门。奇声振朝邑,高贾服乡村"集中表现了这一点。

(李淑珍)

沈 约

沈约（公元441—公元513），南朝宋文学家。字休文,吴兴武康（今浙江湖州）人。历仕宋、齐、梁三朝,宋时为尚书度支郎,齐代做五兵尚书、国子祭酒,梁朝被封为建昌侯,官至尚书左仆射、尚书令,领中书令。其著作很多,但除《宋书》一百卷和文集九卷外,其他如《晋史》《齐纪》《高祖纪》《宋世文章志》等,都已亡佚。

举国皆狂

昔有一国,国中一水,号曰"狂泉"。国人饮此水,无不狂。唯国君穿井而汲①,独得无恙。国人既并狂,反谓国主之不狂为狂。于是聚谋,共执国主,疗其狂疾,火艾②、针、药,莫不毕具。国主不任③其苦,于是到泉所酌④水饮之。饮毕便狂。君臣大小,其狂若一,众乃欢然⑤。

（《宋书·袁粲传》）

【注释】

①汲:从井里取水。　②火艾（ài 爱）:中医疗法之一。将编成绳的艾草点燃熏烤病人,产生疗效。　③任:忍受。　④酌:舀取。　⑤欢然:高兴的样子。

【今译】

过去有个国家,国内有一眼泉水叫"狂泉"。国内的人喝了这水,没有不发狂的。只有国君打井取水用,独独没有得狂病,国内的人都已经发狂了,反而认为国君没有狂是发了狂。于是大家共同商量,一起捉住国君,为他治疗狂病,用艾火烧,银针刺,强迫他吃药,用尽了所有办法。国君忍受不住这样的痛苦,只好到狂泉那里舀水喝下去,喝完便也发狂了。从此,这一国的君臣上下,都一样癫狂,大家这才高兴了。

【评析】

当所有的人都颠倒黑白、混淆是非的时候,即使谬误也会被当做真理来崇拜。在一个举国皆狂的国度里,即使他是至高无上的国君,若想"不狂"何其难也?因为在国人的眼里,国君是不符合他们的评判标准的"异类",为了把国君纳入他们的标准,他们凭借人多势众,不惜动用各种残忍手段,直到国君不能忍受其苦,也成了狂人为止。这下他们高兴了,大家都一样了。天下太平了,没有了"异类",世界是多么美好!哪怕在这个世界上一切都是谬误,但大家高兴。在这样的国度里,即使有真理,又有何用?"众人皆醉我独醒"可能吗?在真理刚刚崭露头角之时,有多少真理被这样活活扼杀啊!这则寓言讽刺了那些强行让别人按他们自己标准行事的人。

(李淑珍)

嗜痂成癖

刘邕性嗜①食疮痂,以为味似鳆鱼②。尝诣③孟灵休,灵休先患灸疮,疮痂落床上,因④取食之。灵休大惊,答曰:"性之所嗜。"灵休疮痂未落者,悉⑤被取以饴⑥邕。邕既去,灵休与何勖书曰:"刘邕向顾见啖⑦,遂举⑧体流血。"南康国吏二百许人,不问有罪无罪,递互⑨与鞭,鞭疮痂常以给⑩膳⑪。　　　(《宋书·刘穆之传》)

【注释】

①嗜:喜欢。　②鳆(fù父)鱼:鲍鱼。　③诣:到……去。　④因:于是,就。　⑤悉:都。　⑥饴:通"饲",给人吃。　⑦向顾见啖:向,从前。顾,探望,拜访。见,被。啖,吃。　⑧举:全。　⑨递互:递,轮流,顺次。互,交替。　⑩给(jǐ己):供给。　⑪膳:饭食。

【今译】

刘邕生性喜欢吃疮痂,觉得其味道和鲍鱼一样美。他曾有一次到孟灵休家去拜访。孟灵休先前患有灸疮,有些疮痂落在床上,刘邕就拿起来吃了。孟灵休大吃一惊。刘邕却回答说:"我天生就喜欢吃这个。"灵休身上那没有落下的疮痂都被刘邕剥去吃掉了。刘邕走了以后,灵休写信给何勖说:"一次,刘邕来探望我,我身上的疮痂都被他吃掉了,我浑身上下全是血。"南康大小官吏一共二百多人,不管有罪无罪,互相轮流鞭打,鞭打完流血后结的疮痂常常供刘邕来吃。

【评析】

大千世界,无奇不有。刘邕把嗜食疮痂当做一种癖好,他把丑恶的、肮脏的东西当做美好的宝贝来享用,是非和美丑都颠倒了过来。不仅如此,他还把自己的快乐建筑在别人的痛苦之上,为了满足自己的私欲,把吏民一律加以鞭打至遍体流血,这样的行为岂是一个父母官应该有的?即使不是父母官,作为一个人,也不应该有此损人利己的自私行为,由这个故事演变而来的成语"嗜痂成癖"本来是用来形容人的各种乖僻嗜好的,但从这个故事中我们也明白了这样一个道理:不能把自己的快乐建筑在别人的痛苦之上。 （李淑珍）

僧 祐

僧祐(公元445—公元518),南朝齐、梁时僧,姓俞氏,彭城下邳(今江苏睢宁县西北)人,出家都建初寺,武帝时居钟山定林寺。他编有《弘明集》十四卷,收录从东汉到梁代宣扬佛教的论著。该书第一篇《理惑论》,传说是汉灵帝时人牟融所著,共37篇,故又称《牟子》。

对牛弹琴

公明仪为牛弹《清角》之操①,伏食如故。非牛不闻,不合其耳矣。转为蚊虻之声,孤犊②之鸣,即掉尾③奋耳④,蹀躞⑤而听。

(《弘明集·理惑论》)

【注释】

①清角:古曲调名,声音清淡高雅。操:琴曲。 ②犊:小牛。 ③掉尾:摇动尾巴。 ④奋耳:竖起耳朵。 ⑤蹀躞(diéxiè 叠泄):小步徘徊。

【今译】

公明仪对牛弹着名叫《清角》的琴曲,牛依旧低头吃草,不为所动。不是牛没听见,而是这美妙的曲子并不适合牛的耳朵。公明仪便变换曲调,弹出一群蚊虻的嗡嗡声和一只孤独的小牛的哞哞声。牛听了,马上为之一振,摇动尾巴,竖起耳朵,来回走动,全神贯注地听着。

【评析】

对牛弹琴可以吗?可以。关键在于弹什么曲子。想让牛听懂清淡高雅的乐曲《清角》,无疑比登天还难,可是改为"蚊虻之声,孤犊之鸣",便勾起了牛的驱虫之意,舐犊之情,"掉尾奋耳,蹀躞而听"。看来,这琴是不能乱弹的,弹什么样的乐曲得看对象。现在,"对牛弹琴"经常用来比喻对听不懂的人讲大道理是白费口舌。不过,闹出对牛弹琴的笑话,应该说责任还在于人,在弹琴之前应该先看清对象,再确定弹什么样的曲子。像《清角》这样高雅的曲子,还是应该到人间去觅知音。

(李淑珍)

云麟如麟①

事尝共见者,可说以实;一人见,一人不见者,难与诚言②也。昔人未见麟,问尝见者:"麟何类③乎?"见者曰:"麟如麟也。"问者曰:"若吾尝见麟则不问子矣,而云麟如麟,宁可解哉?"见者曰:"麟,麕④身、牛尾、鹿蹄、马背。"问者霍⑤解。

(《弘明集·理惑论》)

【注释】

①麟:即麒麟。古代传说中的一种动物,形状像鹿,头上有角,全身有鳞甲,有尾。 ②诚言:确切地说出来。 ③类:像。 ④麕(jūn君):鹿类。 ⑤霍:同"豁",一下子,很快地。

【今译】

一切事物只有大家都看见过,才可以把它的实际样子说清楚。假如一个人见过,一个人没见过,就难以确切地说出事物本来面目。从前,有个人没见过麒麟,就去问见过的人:"麒麟像什么呢?"见过的人回答说:"麒麟就像麒麟呀。"问的人说:"如果我曾经见过麒麟就不会问你了,你告诉我麒麟就像麒麟,难道我可以明白吗?"见过的人便说:"麒麟的样子嘛,麕一样的躯干,牛一样的尾巴,鹿一样的蹄子,马一样的脊背。"问的人一下子就明白了。

【评析】

这则寓言讲的是譬喻的妙用。耳听为虚,眼见为实,可大千世界,无奇不有,短暂的生命不允许我们去"眼见"一切事物,只有靠"耳听"。这也就是说,人与人之间需要经验的交流。但如果像"麟如麟"那样,交流的价值便不存在了,因为问的人仍然不明白。只有通过巧妙的譬喻,分别以"麕身、牛尾、鹿蹄、马背"喻之,问者才得以明白。所以,要使问者能更加清楚事物的本来面目,见者必须说得具体、细致。我们每个人都需要同别人交流经验,如何把深奥难懂的东西说得通俗易懂,这是需要我们努力去琢磨的。

(李淑珍)

任 昉

　　任昉（公元460—公元508），字彦升，乐安博昌（今山东博兴县）人，曾仕宋、齐、梁三朝。宋末辟丹阳尹主簿，入齐历太常博士，丹阳尹王俭主簿，尚书殿中郎、司徒记室参军，太子步兵校尉，司徒左长史，中兴初为骠骑记室参军，梁受禅，拜黄门侍郎、迁吏部郎中，掌著作，出为义兴太守，重除吏部郎中、转御史中丞、秘书监，出为新安太守。天监七年卒。有杂传二百四十七卷，地记二百五十二卷，文集三十四卷。《述异记》被编入《宋志》子类小说类。

王 质 烂 柯①

　　信安郡石室山，晋时王质伐木至。见童子数人棋而歌，质因②听之。童子以一物与质，如枣核。质含之，不觉饥。俄顷③，童子谓曰：何不去？质起视，斧柯尽烂。既归，无复时人。

（《述异记》）

【注释】

　　①柯：斧柄。　　②因：于是，就。　　③俄顷：一会儿。

【今译】

　　信安郡的石室山，晋代时王质曾经伐木时到过此地。看到几个小孩边下棋边唱歌，王质于是就开始听他们唱歌。一个小孩给了王质一样东西，形状像枣核，王质便含在嘴里，也不觉得饥饿。过了一会儿，小孩问他："你为什么还不离开？"于是王质便站起身来准备离开，却看到斧柄已经全部腐烂了。回到家里以后，他再也没有见到和他同时代的人。

【评析】

　　这是一个虚幻的故事，它告诉了我们一个简单而又深奥的道理：美好的时光是多么容易流逝啊！王质听歌仅一会儿工夫，却"斧柯尽烂"，"天上一天，人间十年"说得一点儿都不错啊！青春易逝，韶光难寻，我们一定要珍惜美好的时光，去努力，去创造生活。

（李淑珍）

吴 均

吴均（公元469—公元520），字叔庠，吴兴故鄣（今浙江安吉）人，南北朝时梁代文学家。天监初，为柳恽吴兴郡主簿，历建安王萧伟记室。迁除奉朝清，普通元年卒，年五十二。其诗体清拔，有古气，谓为"吴均体"，所著有《齐春秋》三十卷，《庙记》十卷，《钱唐先贤传》五卷，《续文释》五卷，另有文集二十卷等，均佚。所著《续齐谐记》一卷多记怪诞之事，文辞清丽。

紫 荆 树

京兆田真，兄弟三人，共议分财，生资①皆平均，惟堂前一株紫荆树，花叶美茂，共议欲破三片，明日就截之。其树即枯死，状如火②然，真往见之，大惊。谓诸兄弟曰："树本同株，闻将分斫③，所以憔悴，是人不如木也。"因悲不自胜，不复解树，树应声荣茂，兄弟相感，合财宝，遂为孝门。真仕至太中大夫。

（《续齐谐记》）

【注释】

①资：财物。　　②火：用火烧。　　③斫(zhuó 浊)：用刀斧砍。

【今译】

京兆人田真，共有兄弟三人，（一日），兄弟三人在一起商量着要分家产，财产全部都平均分开了，只是还有院子前面那一棵紫荆树，花枝招展，绿叶繁茂，他们商量把树砍成三片分开，第二天就准备砍树。(谁知)这株树马上就枯死了，样子像火烧了一样，田真去看后，非常吃惊，就对几个兄弟说："这棵树本来就是一体的，听说要将它砍断分开，因而枯焦，真是人不如树啊！"因此，大家悲痛不已，决定不再砍树，树马上又枝繁叶茂。兄弟三人都非常感动，将家里的财产又合在一起，于是成为一户孝顺人家，田真官做至太中大夫。

【评析】

一棵本没有感情的紫荆树，却在听说要被砍断时，难过得像枯死了一样，而在听说了将免于被砍的命运时，重又枝繁叶茂，繁荣起来。面对这株树，本是同根生的三兄弟该做何感想呢？树尚且知道同根的亲密及被分开的痛苦，更何况万物之灵的人呢？受了树的感化，三兄弟重新合为一家，这就是树给人的启示。

(李淑珍)

殷 芸

殷芸（公元471—公元529），字灌蔬，陈郡长平（今河南省西华县东北）人。齐时任宜都王萧铿行参军，入梁，曾任昭明太子萧统侍读、秘书监司徒左长史等职。他奉武帝命，博采故书，撰成《小说》，也称《殷芸小说》。原书三十卷，隋时存十卷，后散佚，仅见于《续谈助》及原本《说郛》中。鲁迅《古小说钩沉》辑录一百三十余则。该书以时代为序，首列帝王事，继以周汉，终于南齐，内容丰富。其中的历史传说故事，形象生动。

未尝见驴

孝武①未尝见驴，谢太傅②问曰："陛下想其形，当何所似？"孝武掩口③笑曰："正④当似猪。"

（《殷芸小说》）

【注释】

①孝武：晋孝武帝司马曜。　②谢太傅：东晋政治家、文学家谢安，字安石，陈郡阳夏（今河南省太康县）人。孝武帝时位至宰相，死后赠太傅。太傅，官名，三公之一，位次太师。③掩口：捂着嘴。　④正：恰好，正好。

【今译】

晋孝武帝从来没有见过驴子，谢太傅问道："陛下猜想驴子的形状，应当像什么呢？"晋孝武帝捂着嘴巴笑着说："正应当像一头猪。"

【评析】

这则寓言讽刺了不懂装懂、强不知以为知的人。孝武明明没有见过驴，却偏偏说"正当"像猪，好比肯定的语气，惹人发笑！但真理终究是真理，驴的形象并不因作为一国之主的皇帝的信口胡猜而改变。因此，在真理面前，我们还是应该不耻下问，虚心向有知识的人请教。世界是多彩的，不知道某一方面的知识并不可怕。可怕的是自己明明无知却偏要充作"内行"，如此下去，将驴做猪，颠倒黑白，后果将不堪设想。

(李淑珍)

喜舞瓮破

俗说:有贫人止①能办只瓮之资②,夜宿瓮中,心计曰:"此瓮卖之若干,其息已倍矣,我得倍息,遂可贩③二瓮,自二瓮而为四,所得倍息,其利无穷。"遂喜而舞,不觉瓮破。

(《殷芸小说》)

【注释】

①止:只。　②资:钱财。　③贩:买。

【今译】

民间流传说,有个穷人只有能买一只瓮子的钱,晚上睡在瓮中,心想:"这只瓮子可以卖到多少多少钱,它的利息就会加倍了,如果我得到双倍的利息,就可以买两只瓮子,两只瓮子的利息就又可以买四只瓮子,如果都按得到双倍的利息这样滚动下去,利息就无穷无尽了。"于是这个人高兴得手舞足蹈,却在不知不觉中把瓮子给打破了。

【评析】

用"想入非非"四个字来形容这个人是再恰当不过了。他的发财梦同想用一只鸡蛋来发财的梦一样幼稚可笑。且不说这瓮能否如他所愿"卖之若干",单就他个人的生存来说,还是问题。生活中也不乏这样的人,不以客观实际为基础,白日做梦,想入非非,这样的人是注定要失败的。

(李淑珍)

欲兼三者

有客相从①,各言所志:或②愿为扬州刺史③,或愿多资财,或愿骑鹤上升④。其一人曰:"腰缠十万贯⑤,骑鹤上扬州。"欲兼⑥三者。

【注释】

①相从:相聚。　②或:有人。　③刺史:官名,汉时设置,至魏晋其权益重。
④骑鹤上升:指学做仙人,骑鹤升天。　⑤贯:古时用绳索来穿线,一千文为一贯。
⑥兼:同时拥有。

【今译】

　　一群客人聚在一起,各自说起自己的愿望:有人想当扬州刺史,有人想让钱更多些,有的人想得道成仙,骑鹤升天。其中一个人听了以后说:"我希望腰缠十万贯钱,再骑着仙鹤到扬州去当刺史。"他想同时拥有三方面的好处。

【评析】

　　如果单从个人自身的美好愿望来讲,那么,"欲兼三者"无可厚非,鸿鹄也罢,燕雀也罢,每个人都有自己的人生理想,无非是志向高远与否的问题。但如果我们再从人性方面来看,则"欲兼三者"实在是太贪婪了。升官、发财、成仙三者如能得一已属人生莫大幸事,三者得二实属不易,而如想三者兼得则近于痴心妄想了。而痴心妄想绝非伟大的理想,因为理想是以现实为基础的。我们做人也不应有"三者得兼"的贪婪之心,因为贪婪的人往往会无视社会公德与法律,不择手段地去攫取他所妄想的东西。所以,我们一定要区别对待美好的愿望与贪婪的欲望。

(李淑珍)

周弘正

周弘正(公元496—公元574),汝南安城(今河南汝南县)人,字思行。十岁通《老子》《周易》,起家梁太学博士后为梁平西邵陵王府谘议参军。大同末,预知侯景之乱,为梁代末年玄宗之冠,雅善清谈,入陈,授太子詹事,迁侍中,国子祭酒,进尚书右仆射,卒谥简子。著有《周易义疏》十六卷、《庄子内篇讲疏》八卷、《孝经私记》二卷,另有文集二十卷。

咏老败斗鸡诗

少壮摧①雄敌,眄②视生猜忌③。一随年月衰,摧颓④落毛驶⑤。闲观春光满,东郊草色异。无复⑥先鸣力,空⑦余⑧擅场⑨意⑩。(《先秦汉魏晋南北朝诗·陈诗卷二》)

【注释】

①摧:挫败。　②眄(miàn 面)视:斜着眼看。　③猜忌:猜疑妒忌。
④摧颓:衰败,衰老。　⑤驶:急速离去。　⑥无复:不再。　⑦空:只。
⑧余:剩下。　⑨擅场:斗鸡场上,强者胜弱者,专据一场。后用来称技艺高超出众。
⑩意:意愿。

【今译】

鸡正当年轻力壮时,挫败了勇武雄壮的对手,它斜着眼看着对手,遭来对方的猜疑和妒忌。随着时间的流逝,鸡很快地脱毛而衰老。老鸡只能悠闲地看着满色春光,日复一日,东郊草的颜色已不同于往日了。老鸡不再有先前的鸣叫力,只剩下专据斗鸡场的空想。

【评析】

这首诗以鸡喻人,通过少壮与年老两个时期的对比,感叹了老来不再有先前的辉煌,空有一腔热情与志向,但却力不从心,不得志的处境。

该诗歌的描绘形象生动,譬喻也独树一帜。

(蔡旭)

萧 绎

萧绎(公元508—公元554),字世诚,小字七符,自号金楼子,南兰陵(今江苏常州西北)人,梁武帝第七子。初封湘东王,侯景作乱平定后,即位于江陵,史称梁元帝,在位三年,为西魏军所掳,被杀。他生平好学能文,长诗赋,著作很多,今存《金楼子》六卷,明人辑有《梁元帝集》。《金楼子》原有十卷,共十五篇,今只存六卷,共十四篇,系辑自《永乐大典》。

假越救溺

昔有假①人于越而救溺②子,越人虽善③游,子必不生矣。(《金楼子·立言》)

【注释】

①假:借。　②溺:淹没。　③善:擅长于。

【今译】

从前,有个人到越国去请人救他落水的儿子,越国人虽然善于游泳,但他的儿子必定活不成了。

【评析】

这个人竟然不懂得"远水解不了近渴"的道理。为了救儿子,他不惜路途遥远,想找个游泳高手,这片慈父之心实在值得钦佩。可是他没有考虑客观条件的限制:越人虽善于游泳,但并非近在咫尺,救他的儿子是可望而不可即。本地人虽没有越人善于游泳,但如果去救他儿子,或许还会保住其性命。这样的人,遇到事情不会随机应变,灵活变通,不会随客观条件的变化而制定相应的对策,死板教条。虽然他做事完全出于美好的愿望,但犯了教条主义的错误,结果适得其反。所以,无论我们做什么事情,都要学会灵活变通。

(李淑珍)

桓公喂蚊

白鸟,蚊也。齐桓公卧于柏寝。谓仲父①曰:"吾国富民殷,无余忧矣。一物失所,寡人犹为之悒悒②,今白鸟营营③,饥而未饱,寡人忧之。"因开翠纱之帱④,进蚊子焉。

（《金楼子·立言》）

【注释】

①仲父:指管仲。　②悒悒:愁闷不安的样子。　③营营:劳碌貌。　④帱(chóu 愁):帐子。

【今译】

白鸟是一种蚊子。齐桓公在柏树下躺着睡觉时,对管仲说:"我国国富民强,没有什么忧虑的了。可是,只要有一件东西不得安身,我仍然会为此而闷闷不乐。现在白鸟围着我团团转,肯定是饿了,没有吃饱,我很担心。"于是,他撩开翠纱的帐子,让蚊子进来。

【评析】

齐桓公说一国之内,只要有"一物失所",便为忧愁不安,这样为人民造福,为苍生考虑的国君实在难得。人民有如此仁义之君,不怕人民不富,国家有如此仁义之君,不怕国家不强。可是,齐桓公忽略了一点——虽然这蚊子是齐国的蚊子,可蚊子终究是蚊子,是有百害而无一利的害虫,这种东西养着,无异于养虎为患,因为它传播疾病,危害人民,所以,即使有仁义之心,也应该分清楚该养什么,不该养什么。同时,齐桓公也忽略了另外一点——凡事都要有度。为了喂饱蚊子,他情愿撩开帐子,不惜牺牲自己的鲜血来满足蚊子,蚊子若知足倒也罢了,一旦有那不知足的蚊子,吃得过饱撑死了,那齐桓公情愿喂蚊的举动该是功还是过?这则寓言给我们的启示是:做事一定要分清对象、善恶,凡事一定要有度。

(李淑珍)

富者乞羊

楚富者,牧羊九十九,而愿①百。尝访②邑③里故人,其邻人贫有一羊者,富拜之曰:"吾羊九十九,今君之一,盈④成我百,则牧数足矣。"

（《金楼子·杂记》）

【注释】

①愿:希望。　②访:寻求。　③邑:一般城镇。　④盈:满。

【今译】

楚地有一个富人,养了九十九只羊,却想有一百只。为此,他寻访乡邻熟人。他有一个邻居,家里穷得只有一只羊。富人便去拜访说:"我有九十九只羊,现在您把这一只羊送给我,凑满一百,这样,我养的羊便足数了。"

【评析】

人如果贪得无厌,那么,在精神上他永远不会是一个富有者。九十九只羊与一只羊数量相差如此之大,对比鲜明,但是拥有九十九只羊的富人却觉得他自己的羊还不够,以至于开口向一个只有一只羊的穷人要一只羊,岂不可笑!由此来看,对于贪得无厌的人来说,越是富有,其占有欲越是强烈,占有欲越是强烈,他便越觉得自己穷困,巴不得把世界上所有的东西都占为己有。这样,他的欲望永远也不会得到满足,他也将永远生活在一种精神穷困之中。更可怕的是,为了满足自己的私欲,他往往不择手段,一切以自己的利益为中心,欺上犯下,伤天害理,这样的人实在应该受到惩罚。

(李淑珍)

岂分香臭

昔玉池国①有民,婿面大丑,妇国色鼻齆②,婿求媚③此妇,终不肯回,遂买西域无价名香而熏之,还入其室。妇既齆矣,岂分香臭哉?世有不适物而变通求进,尽皆此类也。

(《金楼子·杂记》)

【注释】

①玉池国:假托的国名。　②齆(wèng 瓮):鼻塞不通。　③媚:讨好。

【今译】

从前,玉池国有户人家,丈夫生得面目奇丑无比,妻子却生得国色天香,但鼻塞不通。丈夫百般讨好妻子,但妻子始终不肯回家,于是,丈夫就买了西域的名贵熏香点燃,又把妻子接到香气四溢的房内,可妻子鼻塞不通,又怎能分辨出香臭来呢?世上凡是不顾对象而求变通、进取的人,都是这一类人呀!

【评析】

有句俗话叫"什么样的钥匙开什么样的锁"。这位丈夫却不懂得这个道理。

本来妻子嫌弃他的是面貌丑陋,而并非臭气熏天,可这位丈夫却企图以熏香之法来求妻子回心转意,别说他的妻子还鼻塞不通,即使她能闻到香味又能如何？嗅觉的惬意并不能掩盖视觉上的不舒服,因为脸还是那张脸。这则寓言告诉我们：解决问题一定要对症下药,抓住问题的关键,具体问题具体对待,只有如此,才能把问题解决得又快又好。

(李淑珍)

魏 收

魏收（公元506—公元572），字伯起，小字佛助，北齐下曲阳（河北晋州市西）人。初仕北魏，后入北齐，官至尚书仆射。机警能文，工诗赋。所撰《魏书》一百三十卷，到宋代已散佚不全，由刘恕、范祖禹据《北史》补成今本。

徒手搏虎

可悉陵①年十七，从世祖②猎。遇一猛虎，陵遂空手搏③之以献。世祖曰："汝才力绝人，当为国立事，勿如此也。"

（《魏书·列传第三·常山王遵传》）

【注释】

①可悉陵：北魏皇帝的宗族。　②世祖：北魏第三代皇帝拓跋焘。　③搏：捕捉。

【今译】

可悉陵十七岁的时候，跟随着北魏王去打猎。遇到一只猛虎，可悉陵就赤手空拳与猛虎搏斗，将它捉来献给了国王，国王说："你的才能和力气超群，无人能比，应当为国家效力，再不要像这样和老虎拼了。"

【评析】

在与敌人作斗争的过程中要斗智斗勇，有勇无谋，不能算英雄。徒有其勇而不用于江山社稷，好比徒有好钢而不用在刀刃上一样，岂不白白浪费？物尽其用，人尽其才，因此，不应当满足于匹夫之勇，而应当发挥自己的聪明才智，为社会、为人民做出自己应有的贡献，这才叫大智大勇。

（李淑珍）

阿豺折箭

阿豺①有子二十人，阿豺谓曰："汝等各奉吾一支箭，折之地下。"俄而命母弟②慕利延曰："汝取一支箭折之。"延折之。又曰："汝取十九支箭折之。"延不能折。阿豺曰："汝曹③知否？单者易折，众则难摧，戮力④一心，然后社稷⑤可固。"

（《魏书·列传第八十九·吐谷浑传》）

【注释】

①阿豺:吐谷浑国王。　②母弟:同母弟。　③汝曹:你们。　④戮力:合力。　⑤社稷:土神和谷神。代指国家。

【今译】

阿豺有二十个儿子。一天,阿豺对他们说:"你们每人拿我一支箭,折断扔在地上。"过了一会儿,又命令他的同母弟弟慕利延说:"你拿一支箭折断。"慕利延轻易就折断了。阿豺又说:"你再取十九支箭一起折断。"慕利延怎么也折不断。于是阿豺说:"你们知道吗?一支箭很容易折断,许多箭合在一起就很难折断了,只有同心协力,国家才能巩固。"

【评析】

"团结就是力量",阿豺通过"折箭"这样一个小小的事情告诉了他的后世一个深刻的道理:单者易折,众则难摧。意思是,大家要精诚团结,共同奋斗。俗话说"众人拾柴火焰高",只要大家齐心协力,为着共同的理想,共同的目标,心往一处想,劲往一处使,没有办不成的事。相反,如果每个人都拈轻怕重,心怀叵测,各自为政,这无异于单支箭的力量,后果不言自明。这则寓言形象、生动,用浅显的语言告诉了我们一个深刻的道理:只有团结,才能胜利。

(李淑珍)

杨衒之

杨衒之,史书无传。根据唐释道宣《广弘明集》卷六《叙列代王臣滞惑解》及《洛阳伽蓝记序》等资料,可以考知:杨衒之,北魏北平(今河北满城县)人,笃崇佛法。

《洛阳伽蓝记》描绘了当时佛寺建筑的宏伟壮丽,也暴露了王公贵族侵渔百姓,贪得无厌的罪恶。语言清丽流畅,较多骈俪成分。《四库全书总目·洛阳伽蓝记》提要说:"其文秾丽秀逸,烦而不厌,可与郦道元《水经注》肩随。"

夜月吹篪①

有婢朝云善吹篪,能为团扇歌②、垄上声③。琛④为秦州刺史,诸羌⑤外叛⑥,屡⑦讨⑧之,不降。琛令朝云假为贫妪⑨,吹篪而乞。诸羌闻之,悉⑩皆流涕⑪,迭⑫相谓曰:"何为弃坟井⑬在山谷为寇也?"即相率归降。秦民语曰:"快马健儿⑭,不如老妪吹篪。"

(《洛阳伽蓝记·元琛》)

【注释】

①篪(chí迟):古时竹管乐器,像笛子,有八孔。 ②团扇歌:乐府吴声歌曲。《宋书·乐志》一:"团扇歌者,中书令王珉与嫂婢有情,爱好甚笃。嫂挞挞婢过苦,婢素善歌,而珉好捉白团扇,故制此歌。"《乐府诗集》四十五《清商曲辞》有《团扇郎歌》。 ③垄上声:又称壮士歌。《乐府诗集》八十五《垄上歌》题解云:"《晋书载记》曰:刘曜围陈安于垄城,安败,南走陕中,曜使将平先丘中伯率劲骑追安,安与壮士十余骑于陕中格战。安左手奋七尺大刀,右手执丈八蛇矛,近交则刀矛俱发,辄害五六;远则双带鞬服,左右驰射而走。平先亦壮健绝人,与安搏战,三交,夺其蛇矛而退,遂追斩于涧曲。安善于抚接,吉凶夷险,与众同之,及其死,垄上为之歌。曜闻而嘉伤,命乐府歌之。" ④琛:元琛,人名。《魏书》二十有传。《本传》云:"琛妃世宗舅女,高皇后妹,琛凭恃内外,多所受纳,贪惏之极。" ⑤羌:我国古代西部民族之一。 ⑥叛:叛乱。 ⑦屡:多次。 ⑧讨:讨伐。 ⑨妪(yù玉):妇女的通称。 ⑩悉:全、都。 ⑪涕:眼泪。 ⑫迭:更替、轮流。 ⑬坟井:坟、堤岸,高地。井,相传古制八家一井,后引申为乡里,人口聚居地。坟井,指乡里、家乡。 ⑭快马健儿:骑着快马的勇健之士。《乐府诗集》二十五《折扬柳歌辞》:"健儿须快马,快马须健儿;跱跋黄尘下,然后别雄雌。"因此快马健儿为当时北土的习用语。

【今译】

有个叫朝云的婢女擅长吹篪,她能吹奏"团扇歌"、"垄上声"。元琛做秦州刺史时,西部羌族叛乱,大军多次讨伐叛军,都不能使叛军归降。元琛让朝云假扮成穷苦的妇女,吹着篪乞讨。叛军将士们听到篪声都流了泪,大家在一起说:"为什么背井离乡,在这山谷中做寇贼呢?"于是他们一个接一个地归顺投降了。因此秦地有俗谚:"骑快马的勇健之士,不如老妇人吹篪。"

【评析】

这则故事采用对比的手法,大军多次讨伐少数民族叛乱不成功,而婢女朝云不费一兵一卒,只用吹篪就感化了士卒,使叛军纷纷归降。这就是情感的力量,这就是人民大众渴望和平安定的生活的愿望。这与"四面楚歌"有异曲同工之妙。

这则寓言沿用至今,也有一定的现实意义。它说明并不是所有的问题都是能用武力来解决的,解决问题的关键还是要符合广大人民的共同愿望。　　(蔡旭)

生愚死智

时有隐士赵逸者,云是晋武①时人。晋朝旧事,多所记录。……逸曰:"自永嘉②已来二百余年,建国称王者,十有六君。吾皆游其都鄙③,目见其事。国灭之后,观其史书,皆非实录。莫不推过于人,引善自向。苻生④虽好勇嗜酒,亦仁而不杀,观其治典,未为凶暴。及详其史,天下之恶皆归焉。苻坚⑤自是贤主,贼君取位,妄书君恶。凡诸史官,皆此类也。人皆贵远贱近,以为信然。当今之人,亦生愚死智,惑已甚矣。"人问其故,逸曰:"生时中庸之人⑥耳,及其死也,碑文墓志,莫不穷天地之大德,尽生民之能事。为君共尧舜连衡,为臣与伊尹⑦等迹。牧民之官,浮虎慕其清尘⑧;执法之吏,埋轮⑨谢其梗直。所谓生为盗跖⑩,死为夷齐⑪。妄言伤正,华词损实。"当时构文之士,惭逸此言。

(《洛阳伽蓝记·灵应寺》)

【注释】

①晋武:晋武帝司马炎,公元265年—公元290年在位。　　②永嘉:晋怀帝司马炽的年号,公元307年—公元312年。　　③都:京城。鄙:边邑。常用来借指全国。　　④苻生:十六国时前秦国君,公元355年—公元357年在位,后被苻坚所杀。　　⑤苻坚:十六国

时前秦国君,公元357年—公元385年在位。　⑥中庸之人:才德平庸的人。　⑦伊尹:商朝有名的贤臣。　⑧浮虎:东汉刘昆为官三年,为政仁德,当地为害的老虎均负子渡河而去。后以"浮虎"作为地方官施行仁政的典故。清尘:清白的名声。　⑨埋轮:东汉顺帝时,梁冀专权,张纲受命循行风俗,纠察吏治,张纲埋其车轮于洛阳都亭,并上书弹劾梁冀,京都为之震动。后以"埋轮"作为不畏权贵,直言正谏的典故。　⑩盗跖:春秋末鲁国人,传说中的古代大盗。　⑪夷齐:伯夷、叔齐,商朝末年人,传说中的古代贤人。武王灭商后,他们逃到首阳山,宁愿饿死也不吃周朝粮食。

【今译】

　　北魏有个隐士赵逸,说是晋武帝时生的人。晋朝旧事,很多他都做了记录。……赵逸说:"自从永嘉以来200多年,建立政权称王称帝的有16个。他们的都城边邑,我都去游历过,亲眼看见不少事情。政权灭亡以后,看那些史书,记载的都不是事实。都是把过错推给别人,把功绩归于自己。像前秦皇席苻生喜欢动武,嗜好喝酒,但也有点仁爱,不是一味杀戮,看看他治世时的用典,也不是那么凶残,可是你去读他的历史,好像天底下所有的罪恶都记在他的身上。苻坚也算是贤主,但当他杀了苻生取得帝位后也随便说苻生的坏话。大凡史官,都是这一类人。人都是远的香近的臭,好像这已成了条规律。现在的人也认为活着的愚蠢,死了的明智,这样的评价也是误人不浅。"有人问其中的原因,赵逸说:"活着的时候是个才德平庸的人,到死的时候,碑文墓志都把天地间最美好的品质,人群中最杰出的建树写在他身上。是君王就可以和尧舜媲美,是臣子就可以跟伊尹同辉。当父母官的,他的清正使为害的猛虎感动得渡河而去;当执法官的,他的正直可以不畏权贵,敢说敢做。真是像人们所说的,活着是强盗,死了是圣人。假话伤害了公正,浮夸损伤了真实。"当时的文人听到赵逸的这番话,都感到脸红。

【评析】

　　这篇寓言告诉我们:对人的评价应实事求是,准确公正。此外还揭露和批评了两种不良的庸俗风气,一种是贵远贱近,生愚死智,崇尚古人而轻视今人,贬低活人而美化死人;另一种是丑化别人,抬高自己。这在历史记载和碑文墓志上都表现得相当普遍,实在是一种不正之风,应该为后世所摒弃。　　　　（贺武威）

太后赐绢

后魏自太和迁都①之后,国家殷富,库藏盈溢,钱绢露积于廊庑②间,不可校数③。太后赐百官负绢,任意自量,朝臣莫不称力④而去。唯章武王融与陈留侯李崇⑤负绢过任,蹶倒伤踝⑥。太后即不与之,令其空出,时人笑焉。侍中崔光⑦止取两匹,太后问曰:"侍中何少?"对曰:"臣有两手,唯堪两匹,所获多矣。"朝贵⑧服其清廉。

(《洛阳伽蓝记·法云寺》)

【注释】

①后魏:北魏。太和:北魏孝文帝年号,公元477年—公元499年,共二十三年。太和十七年,北魏孝文帝由平城(今山西大同市东北)迁都洛阳。　②廊庑(wǔ午):堂前廊屋。　③校数(jiàoshǔ叫鼠):数计。　④称力:尽力,任力。　⑤章武王融:章武王元融。北魏宗室,宣武帝时复先爵为章武王。陈留侯李崇:文成帝元皇后侄,袭爵陈留公。　⑥蹶(jué决):跌倒。踝(huái怀):踝骨,脚腕两旁的凸起部分。　⑦崔光:本名孝伯,安长仁,家贫好学。太和六年拜中书博士,封著作郎,参撰国史。宣武帝时任中书监、侍中、太子少傅。后为司徒,国子祭酒。　⑧朝贵:朝廷中的权贵。

【今译】

北魏从太和年间迁都以后,国家非常富足,国库中的物资都装得满满的,连堂前的廊屋都堆满了钱币丝绸,数量之多,实在难以统计。太后决定把绢赏赐给文武百官,可以随意去取但必须自己肩扛背负才行,满朝官员都尽己能力去搬。唯有章武王元融和陈留侯李崇扛得过重了,结果跌倒摔伤了脚踝。太后就不给他们赏赐,让他们空手而归,当时人传为笑谈。侍中崔光只拿了两匹绢,太后问他:"侍中怎么拿得这么少呢?"崔光回答说:"我只有两只手,只能拿两匹,得到的已经够多了。"满朝大臣没有不佩服崔光的清廉作风的。

【评析】

这则寓言,一方面嘲讽了那些贪得无厌的丑行;另一方面也赞扬了那种知足常乐的本分的思想。生活中往往有这类事情:对轻易得到的好处过于贪心,甚至不惜以健康为代价,结果也是一场空欢喜。这些教训的确值得吸取。(贺武威)

刘 昼

刘昼(公元514—公元565),北齐文学家,字孔昭,渤海阜城(今河北阜城东古城)人。家庭贫苦,好学不倦,然屡试不第。屡上书言事,终不见用。作有《六合赋》《高才不遇佳》《金箱璧言》。《刘子》,一名《刘子新论》,凡十卷,中有少量寓言。

奕秋奕败

奕秋①,通国②之善③奕也,当奕之时,有吹笙④过者,倾心听之,将围⑤未围之际,问以奕道,则不知也。非奕道暴⑥深,情⑦有暂暗⑧,笙猾⑨之也。

(《刘子·专学》)

【注释】

①奕秋:奕,下棋。秋,人名。 ②通国:全国。 ③善:善于。 ④笙:管乐器名。 ⑤围:包围,此指下棋赢了。 ⑥暴:特别,突出。 ⑦情:情理。 ⑧暗:不明。 ⑨猾:扰乱。

【今译】

奕秋是全国最擅长下棋的人。他正在下棋的时候,有个人吹着笙走过,奕秋便侧耳倾听,在将赢未赢的时候,问他下棋的道理,他却不知道。这并不是因为棋道特别深奥,情理一时不明,而是那美妙的笙歌干扰了他。

【评析】

这则寓言告诉我们:一心不能二用。奕秋虽然善于下棋,可是,当有笙歌过而侧耳倾听时,他对棋道便不甚了然了。这并不是因为棋道很深奥,而是因为他把部分注意力转向了美妙的音乐。奕秋这样一个如此擅长下棋的人尚且在稍微分神之后便不知棋道,更何况普通人呢?奕秋在分神之后犯的错误也仅仅是"败"而已,如果一些重要工作岗位的人用心不专,那后果将不堪设想了。因此,无论做什么事情,都要专一。

(李淑珍)

隶首失算

隶首,天下之善算也。当算之际,有鸣鸿①过者,弯弧拟②之,将发未发之间,问以三五,则不知也。非三五难算,意有暴昧③,鸿乱之也。　　　　(《刘子·专学》)

【注释】

①鸿:鸿雁。　②拟:比划。　③昧:昏暗,不清楚。

【今译】

隶首,是天下最善于计算的人。当他正在计算的时候,有一只鸿雁鸣叫而过,隶首便拉弓比划着准备射击,在将射未射的时候,问他简单的是三是五这样的算题,他却不知道。并不是是三是五难算,头脑不清楚,是大雁扰乱的结果。

【评析】

"隶首失算"和"奕秋奕败"一样,告诉我们的是用心专一的故事。如果隶首用心专一的话,区区三五之算怎么能难倒他。但当他分神于鸿雁之时,简单的运算也不会了。可见用心专与不专,差别实在是太大了。人常说,盲人耳朵特别好,而聋人眼睛特别好,其实,原因就在于他们专心去听,专心去看,从而弥补了身体缺陷所带来的损失。所以,任何事情,只要我们专心去做,没有不成功的。相反,如果我们用心不专,即使最简单的事情也会变得艰难起来,如隶首失算一样。

(李淑珍)

岑　鼎

昔齐攻鲁,求其岑鼎①。鲁侯伪献他②鼎而请盟③焉。齐侯不信,曰:"使④柳季⑤云是,则请⑥受之。"鲁使柳季。柳季曰:"君以鼎为国⑦,信者亦臣之国⑧,今欲破臣之国,全君之国,臣所难也。"乃献岑鼎。　　　　(《刘子·履信》)

【注释】

①岑鼎:鲁国的名鼎。　②他:别的。　③盟:订立和约。　④使:如果。　⑤柳季:鲁国有名的诚实、讲信用的人。　⑥请:表谦敬的副词。　⑦以鼎为国:古代

把鼎看做立国的重器。　　⑧国：这里指立身的根本。

【今译】

　　从前,齐国攻打鲁国,想要索取鲁国的镇国之宝——岑鼎。鲁国国君偷偷地换了另外一只鼎献给齐国,并向齐君请求订立和约。齐君不相信鲁君送来的鼎就是岑鼎,便说:"假如柳季说是真的,那么我们就接受它。"鲁君便派遣柳季去见齐君,柳季对鲁君说:"您把岑鼎看做立国的重器,而我把信用看成立身处世的根本,现在您想破坏我的立身之本,来保全您的立国重器,这件事我很难办到。"于是鲁君就把岑鼎献给了齐君。

【评析】

　　信用乃立身之本,柳季又是鲁国最讲信用的人,在柳季眼里,失去信用比失去生命更为可怕。因而,精明的齐国国君才会在不能确定鼎的真假之时,把柳季请出来。柳季身为鲁国人,在如此重大的时刻,他依然坚持自己的原则,实在让人佩服,难怪齐君那么相信他。再仔细想想,柳季的讲信用其实更有利于鲁国,而非自身。在诸侯林立、恃强凌弱的年代,一个国家如果失去了信用,无异于自绝于诸侯,无国与之联盟,国家的灾难可就大了。如此来看,无论是个人还是国家,讲求信用都是最根本的。

(李淑珍)

公输刻凤

　　公输①之刻凤也,冠距②未成,翠羽未树③,人见其身者,谓之鹬鹚④,见其首者,名曰鹞鹞⑤,皆訾⑥其丑而笑其拙。及凤之成,翠冠云耸,朱距电摇⑦,锦身霞散⑧,绮翮焱发⑨,翙然一翥⑩,翻翔云栋⑪,三日而不集⑫,然后赞其奇而称其巧。

(《刘子·知人》)

【注释】

　　①公输,即公输班,亦称鲁班,春秋时鲁国人,著名的能工巧匠。　　②冠距：冠,凤冠。距,禽类的附足骨,即脚跟后面突出的像脚趾的部分。　　③树：植。这里是"镶嵌"的意思。　　④鹬(lóng 龙)鹚(chī 吃)：鸭子。鹚,同"鸱",鹰类的鸟。　　⑤鹞鹞(wūzé 屋则)：一名"鹈鹕",俗称"伽蓝鸟"。　　⑥訾(zǐ 紫)：嘲笑。　　⑦朱距电摇：朱红的足距看上去像闪电般地闪光。摇,摆动晃动。　　⑧锦身霞散：锦绣般羽毛的身体,像云霞一样

光芒四射。　⑨绮翮焱发：美丽的翅膀像火光一样闪闪照人。绮(qǐ 起)，美丽。翮(hé 和)，这里指翅膀。焱(yàn 焰)，火光。发，放出。　⑩翙(huì 会)：鸟飞的声音。翥(zhù 住)：飞举。　⑪云栋：高耸入云的楼房。　⑫集：降落。

【今译】

公输班雕刻凤凰，当凤冠、凤爪还未雕好，翠绿色的羽毛还未镶上时，只看到凤凰身子的人，说它是鸭子、鹰一类，只看到凤凰头的人，说这是鹈鹕鸟，都嘲笑它丑，讥笑它笨。等到凤凰刻成之后，翠绿的凤冠像云一样耸立，朱红的凤爪闪电般发光，锦绣般的身体像云霞一样光芒四射，美丽的翅膀像火花一样光彩照人，振翅高飞，盘旋于高耸入云的梁栋之间，三天没有落下来。这时，人们才称赞它的神奇，夸奖它的灵巧。

【评析】

这则寓言告诉我们：在新生事物刚刚崭露头角的时候，千万不要拿世俗的眼光来看待它，一棍子打死，要善于识别好与坏。这则寓言也告诉我们：在前进的道路上，也许会有不少流言蜚语，恶意诽谤，但不要灰心，要勇往直前，一直走下去，用行动向人们证明一切。最后，这则寓言让我们明白了要有伯乐的眼光，知人善用。当初，王尔在命公输班刻凤的时候，已经看出他是一位难得的能工巧匠，假如没有王尔这样的伯乐，公输班这匹千里马不知道还得埋没多少年呢。

(李淑珍)

民始识禹

尧遭洪水，浩浩滔①天，荡荡怀②山，下民③昏垫④，禹为匹夫，未有功名，尧深知之，使治水焉，乃凿龙门，斩荆山，导熊耳，通乌鼠⑤，栉⑥奔风，沐骤雨，面目黎黑，身足胼胝⑦，冠挂⑧不暇⑨取，经门不及过，使百川东注于海，生民⑩免为鱼鳖之患。于是众人咸歌咏，始知其贤。

(《刘子·知人》)

【注释】

①滔：大水弥漫。　②怀：怀抱，这里指淹没。　③下民：老百姓。　④垫：下陷，沉没。　⑤龙门、荆山、熊耳、乌鼠：都是地名。　⑥栉：梳头。　⑦胼胝(piánzhī 偏〈阳平〉支)：手脚生长的老茧。　⑧冠挂：帽子被挂在树上。　⑨暇：空闲。

⑩生民：老百姓。

【今译】

尧在位的时候，遇到一场特大洪水，洪水浩浩荡荡，漫山遍野都是。老百姓稀里糊涂地就被水淹没了。当时，禹还只是一个普通百姓，没什么功名，但尧十分了解他，命他治理水患。禹于是凿开龙门，削平荆山，疏通熊耳，直通乌鼠。栉风沐雨，面目晒得黝黑，手脚都长了老茧，帽子挂在树上也没有空闲取下来。经过家门而不入，终于使百川归海，百姓免遭了落入鱼鳖之口的祸患。于是大家都歌颂禹，才知道他是如此贤能。

【评析】

在禹还只是匹夫之时，尧能够委他以重任，尧可谓知人善任。试想，假如没有尧这位了解下属、体察民情的君主，则禹即使再贤能，再有本领，也没有施展才华的机会啊！连机会都没有，更别说让人民知道他的贤能了，也就谈不上为国尽力了。所以，有一位善于发现人才，不嫉贤妒能、知人善任的领导，无论是对个人还是对国家都是很重要的。而禹也终于没有辜负尧的期望，救人民于水深火热之中。如此看来，伯乐与千里马同样难得。 　　　　　　　　　　　　（李淑珍）

一顾千金

昔有卖良马于市者，已三旦①矣，而市人不顾②。乃谓伯乐曰："吾卖良马，而市人莫赏③，愿子④一顾，请献半马之价。"于是伯乐造⑤市，来而迎睇⑥之，去而目送之。一朝⑦之价，遂至千金。 　　　　　　　　　　（《刘子·因显》）

【注释】

①旦：天。　②顾：看。　③赏：赏识。　④子：您。　⑤造：到。　⑥睇(dì弟)：斜着眼睛看。　⑦朝：天。

【今译】

从前，有个人在集市上卖良马，已经三天了，却没有一个人来光顾。这个人就对伯乐说："我卖的是好马，可市集上的人都不识货，希望您去看看，我情愿给您一半的马价。"于是，伯乐来到集市上，到马前，斜着眼睛看这马，离开时还盯着似乎舍不得离去,结果,一天之内,马价就涨到了千金。

【评析】

在新生事物刚刚崭露头角时,人们往往并不怎么去注意它。这时,如果有像伯乐这样的权威人士对之稍加评价,人们就会对它兴趣倍增,这也许应该叫做"权威效应"或"名人效应",用现代的话来说,伯乐实际是凭借他的名人效应在替别人做广告,让马价一日之内涨到千金。卖马者实在是聪明,即使把一半的钱给了伯乐,他自己的赚头仍然很大。而且那匹良马,真得感谢伯乐,否则,好好一匹马不是被埋没了吗?

(李淑珍)

桓 公 知 士

齐桓深知宁戚,将任之以政。群臣争谗之曰:"宁戚卫人,去①齐不远,君可使人问之,若果真贤,用之未晚也。"公曰:"不然,患②其有小恶者,民人知小恶忘其大美,此世所以失天下之士也。"乃夜举火爵③之,以为卿相。九④合诸侯,一匡⑤天下,桓公可谓善求士矣。

(《刘子·妄瑕》)

【注释】

①去:距离。　②患:担忧。　③爵:封给爵位。　④九:多次。
⑤匡:正。

【今译】

齐桓公十分了解宁戚,要把国家政事交给他。但群臣争相进谗言说:"宁戚是卫国人,卫国距离我们齐国不远,您可派人去打听一下,如果他果真贤德,再用他也不晚。"齐桓公说:"事情不是这样的,我担心他有小缺点,人们往往只知道他的小缺点而忘了他的大优点。这就是社会上为什么往往会失去那能治理天下的士人的缘故。"于是,当夜就举着火把封宁戚爵位,拜他为卿相,以后,齐国多次联合诸侯,终于一统天下。齐桓公可谓善于寻求人才,并懂得如何去重用有才能的人啊!

【评析】

齐桓公真不愧是齐桓公,目光敏锐,立场坚定,在众人都进谗言的情况下,他不为所动,毅然拜宁戚为相,终于"九合诸侯,一匡天下"。假使齐桓公听信了谗言,他就会失去一位助其完成霸业的好助手,这样,齐国的损失可就大了。所以,评价一个人,不能只听片面之词,要全面衡量;不应只看一个人的小缺点,而应看到他的大优点。作为领导,更应该努力去开发人才。齐桓公可谓大智矣,明白自己要完成的是统一大业,所以,他更懂得珍惜人才、开发人才、利用人才,所以,宁戚才能助其完成霸业。这则寓言告诉我们:要正确地估计一个人,要合理地开发利用人才。

(李淑珍)

石 牛 粪 金

昔蜀侯①性贪,秦惠王闻而欲伐之。山涧②峻崄③,兵路不通,乃琢石为牛,多与金帛,置牛后,号牛粪④之金,以遗⑤蜀侯。蜀侯贪之,乃堑⑥山填谷,使五丁力士⑦,以迎石牛,秦人帅师随后而至,灭国亡身,为天下所笑,以贪小利失其大利也。

(《刘子·贪爱》)

【注释】

①蜀侯:蜀国国君。蜀,古国名,在今四川省西部。 ②涧(jiàn见):两山间的流水。 ③崄:通"险"。 ④粪:作动词,屙。 ⑤遗(wèi卫):送。 ⑥堑(qiàn欠):挖掘。 ⑦五丁力士:神话传说中的五个大力士。

【今译】

从前,蜀国国君生性贪婪,秦惠王听说后想去讨伐他。但蜀地山水险峻,进兵道路不通。于是就凿刻了一条石牛,把许多金钱放在石牛身后,宣称是牛屙的金子,要把它送给蜀国国君。蜀国国君贪恋财宝,便凿山填谷,派了五个大力士去迎接石牛。秦人率军队随后而到。蜀侯国灭身亡,被天下人所耻笑,这是因为贪图小利而失掉大利呀。

【评析】

只因贪图一头"粪金"的石牛,蜀国国君落得国灭身亡,难怪要被天下人耻笑。可见,"粪金石牛"与国家孰重孰轻在一个贪婪人的眼里,已经分不清楚了。也许蜀侯并非没想到可能会有秦军尾随而至,毕竟在诸侯争霸的年代,作为一国之君,这一点儿政治头脑还是应该具备的。问题在于,贪婪冲昏了他清醒的头脑,已经使他无法正确地思考问题。为了得到石牛,他心存侥幸,殊不知这却毁了他的国家。不但眼前利益没得到,长远利益也失去了。这则寓言告诉我们:无论办什么事,都要从大处着眼,切不要因贪小利而失掉大利。

(李淑珍)

二人评玉

昔二人评玉,一人曰好,一人曰丑,久不能辨。客曰:"尔①来入吾目中,则好丑分矣!"夫玉有定形,而察之不同,非好②相反,瞳睛③殊也。(《刘子·正赏》)

【注释】

①尔:你。　②非好:指玉的好坏。　③瞳睛:眼睛,这里指审美观。

【今译】

从前,有两个人评价同一块玉石,一个人说好,一个人说不好,很长时间也分辨不清是好是坏。另外一个人说:"你拿来让我看看,则好与不好就分清了!"那玉石本来就有固定的形状,人们对它的看法之所以不一样,并非因为玉的好坏不同,而是因为人们的审美观不一样啊!

【评析】

同一样东西,有人说好,有人说不好,自然并非因为东西不同,而是因为观察者的心态、观察角度、欣赏水平、喜好等种种方面的不同造成的。这则寓言告诉我们:要正确地判断事物,必须纯客观地去观察它,这样作出的判断才是准确的,如果加上个人的喜好,则势必会混淆是非,作出错误的判断。当然,要想纯客观地去观察事物,有时也是不现实的。因为人是现实生活中的人,人的经历、修养、地位等都会影响人的审美能力。所以,对于不同的意见、不同的观点,我们也不要去强求一致,只要我们按事物的本来面目去办事,也就够了。

(李淑珍)

颜之推

颜之推(公元529—公元591),字介,北朝齐琅邪临沂(今山东临沂市)人。世代精通《周礼》《左传》之学,他早传家业,博览书史,无不该洽。所著《颜氏家训》二十篇,内容广泛,不仅论及当时的人情世态,而且涉及博物、志异、艺文、考据等,为后世的文学、历史研究提供了许多有用的历史资料。之推以儒家思想教育子弟,训诫之意,自在其中。

博士买驴

博士①买驴,书券②三纸,未有驴字。

(《颜氏家训·勉学》)

【注释】

①博士:官名,掌管古今史事典籍,后用以通称知识渊博的人。　②券:契据。古代买卖双方以券为凭,分两半,各执其一。

【今译】

一位学识渊博的人买了一头毛驴,操笔书写契券,洋洋洒洒写了三张纸,还没见一个"驴"字。

【评析】

博士自鸣得意,洋洋洒洒写了三张纸,都未提及买驴之事。此种哗众取宠、故弄玄虚的作风,绝不是治学之道。颜之推以此劝勉子弟为学应实事求是,"使汝以此为师,令人气塞"。当然,实事求是的作风也是我们后世学者所应遵从的。

(蔡旭)

试　诗

有一士族,读书不过二三百卷,天才①钝拙②,而家世殷厚③,雅自矜持④,多以酒犊⑤珍玩,交⑥诸⑦名士,甘⑧其饵⑨者,递共⑩吹嘘⑪。朝廷以为文华⑫,亦尝⑬出境聘⑭。东莱王韩晋明笃⑮好文学,疑彼制作⑯,多非机杼⑰,遂⑱设燕⑲言⑳,面㉑相讨试②。竟日㉓欢谐,辞人㉔满席,属㉕音赋韵,命笔㉖为诗,彼造次㉗即成,了非㉘向㉙韵。众客各自沉吟㉚,遂无觉者。韩退㉛叹曰:"果如所量!" (《颜氏家训·名实》)

【注释】

①天才:天性。 ②钝拙:迟钝笨拙。 ③殷厚:殷实富有。 ④矜持:骄矜自负。 ⑤酒犊:美酒、牛肉。 ⑥交:结交。 ⑦诸:"之乎"的合音。 ⑧甘:以……为甘。 ⑨饵:食饵。引申指好处。 ⑩递共:争相。 ⑪吹嘘:吹捧。 ⑫文华:文采。 ⑬尝:曾经。 ⑭聘:访问。 ⑮笃:深,非常。 ⑯制作:文章。 ⑰机杼:此以织作比,比喻文章的创意、构思。 ⑱遂:于是,就。 ⑲燕:燕饮,即宴席。 ⑳言:交谈。 ㉑面:当面。 ㉒讨试:讨教并测试。 ㉓竟日:整天,终日。 ㉔辞人:才子文人。 ㉕属:依。 ㉖命笔:使笔,用笔。 ㉗造次:急遽。 ㉘了非:绝非。 ㉙向:向来,过去。 ㉚沉吟:低声吟咏。 ㉛退:退席后。

【今译】

　　有一位士家子弟,读的书不过只有二三百卷,天性迟钝笨拙,但他家世殷实富有,很有些骄矜自负。他经常用美酒、牛肉以及珍贵的玩赏物来结交名士。得到他好处的人,就争相吹捧他。朝廷也认为他才华过人,曾经派他作为使节出国访问。东莱王韩晋明,非常爱好文学,怀疑这位士族的文章大多不是出自他自己的创意、构思,于是设宴与他交谈,想当面讨教测试。整整一天,气氛欢乐和谐,文人才子聚集一堂,大家挥毫泼墨,依音赋诗唱和。这位士族也拿起笔来一挥而就,但他的诗歌却完全不是向来的风格韵味。众宾客各自低声吟咏,没有一个发现这位士家子弟所写的东西有什么异常。韩晋明退席后感叹道:"果然如我猜想的那样!"

【评析】

　　不学无术、以酒肉会友的富家子弟虽能蒙混一时,但终将贻笑大方。这则寓言不仅讽刺了那些没有学识却身居高位之人,同时也揭露了那些阿谀奉承、趋炎附势的小人的丑恶嘴脸。

　　这则寓言故事采用叙述的手法,在平实中富含讥笑讽刺之意,从而告诫后人应凭真才实学立于士林。

(蔡旭)

巴豆孝子

近有大贵,以孝①著声②,前后居丧③,哀毁④逾制⑤,亦足以高于人矣。而尝于苫块⑥之中,以巴豆⑦涂脸,遂使成疮,表哭泣之过。 （《颜氏家训·名实》）

【注释】

①孝:孝敬父母。 ②著声:声名显著。 ③居丧:旧时父母死后,在家守丧,不治外事。 ④哀毁:居丧时因悲伤过度而损害身体。 ⑤逾制:超过定制。 ⑥苫(shān 山)块:"寝苫枕块"的略称。古人居父母之丧,以草垫为席,土块为枕。《仪礼·既夕礼》:"居倚庐,寝苫枕块。"贾公彦疏:"孝子寝卧之时,寝于苫以块枕头,必寝苫者,哀亲之在草;枕块者,哀亲之在土云。" ⑦巴豆:植物名。因产于巴蜀而形如菽豆,故名。一名巴菽。果实阴干后,可供药用。

【今译】

最近有位显贵之人,因孝顺而声名显著。他在父母先后亡故的守丧期间,悲伤乃至损害身体,超过丧礼规定的要求,其孝心可说是超乎常人了。但这位孝子曾经在守丧期间,睡在草席上,头枕土块,偷偷地将巴豆涂在脸上,弄得面部长出许多疮,想以此显示他哭泣得十分厉害。

【评析】

孝敬父母向来是中华民族的传统美德。但在封建社会里,"孝"与"忠"直接相连而为巩固封建君主统治服务。因此孝敬父母就失去了原本的率真,而蒙上了虚伪的面纱。这则寓言用"以孝著声"与"巴豆孝子"的滑稽对比戏剧性地揭露了"巴豆孝子"的虚伪本质。

后世常引用此寓言来讽刺那些为寻求好名声而不择手段的人。 （蔡旭）

[附录] 《杂譬喻经》

《杂譬喻经》,现存汉译佛经中有五种版本:一、东汉末年支娄迦谶译本一卷;二、阙名译本两卷;三、三国时康僧会译本名《旧杂譬喻经》,两卷本;四、阙名译《杂譬喻经》一卷本,比丘道略集;五、旧说十六国时鸠摩罗什译《众经撰杂譬喻经》两卷本,比丘道略集。这五种内容大同小异,都讲述一些短小的故事,即所谓"譬喻",是部专门的故事集。

踏 痰 就 口

外国小人①,事②贵人欲得其意③。见贵人唾④地,竞⑤来以足踏去之。有一人不大健剿⑥,虽欲踏之,初不能得。后见贵人欲唾,始聚口⑦时,便以足踏其口。贵人问言:"汝欲反⑧耶?何故踏吾口?"小人答言:"我是好意,不欲反也。"贵人问言:"汝若不反,何以至是?"小人答言:"贵人唾时,我常欲踏唾。唾才出口,众人恒⑨夺。我前初不能得,是故就口中踏之也。"

(《杂譬喻经》第十四《比丘道略集》)

【注释】

①小人:奴隶主对劳动人民的蔑称。 ②事:侍奉。 ③欲得其意:想要讨贵人的喜欢。 ④唾:吐痰。 ⑤竞:争着。 ⑥健剿:动作敏捷。 ⑦聚口:噘口。 ⑧反:造反。 ⑨恒:总是。

【今译】

外国的奴仆侍奉贵人,想讨贵人的喜欢,一看见贵人往地上吐痰,都争先恐后地用脚去踏掉。其中有一个人动作不大敏捷,总是不能抢先。后来有一次,他看见贵人刚噘起嘴想要吐痰的时候,就立即用脚踏住贵人的嘴。贵人问:"你想造反吗?为什么用脚踏我的嘴?"小人回答说:"我是好意,不敢造反。"贵人说:"你不想造反,为何这样做?"小人回答说:"您吐痰时,我常常想帮您踏掉。可是您刚吐出口,大家总是抢着踏掉,以前我总抢不到,因此就在您嘴上先踏了。"

【评析】

　　这则寓言生动地刻画了一个向主人献媚的小人形象。因以前总未能抢先为主人踏痰,故当主人刚嗑起嘴时,就一下子踏住主人的嘴,引起了主人的愤怒。它讽刺了那些过犹不及之人。

　　幽默诙谐中蕴含深刻的寓意,是本故事的最主要特色。　　　　　　(蔡旭)

鞭 背 敷 屎

　　昔有田舍人暂①至都②下,见被鞭,持热马屎涂背,问言:"何故若是?"其人答:"令疮③易④愈,而不作瘢⑤。"田舍人密⑥著⑦心中。

　　后归家,语其家人言:"我至都下,大得智慧⑧。"后家人问言:"得何等智慧?"便呼奴言:"持鞭来,痛⑨与我二百鞭!"奴畏大家⑩,不敢违命,即痛与二百鞭,流血被背。语奴言:"取热马屎来,为我涂之,可令易愈,而不作瘢。"语家人言:"汝知之不?此是智慧!"　　　　　　(《杂譬喻经》第二十三《比丘道略集》)

【注释】

　　①暂:偶尔。　②都:城。　③疮:伤。　④易:容易。　⑤瘢:伤疤。　⑥密:暗暗地。　⑦著:记。　⑧智慧:见识。　⑨痛:痛打。　⑩大家:主人。

【今译】

　　从前有个乡下人,偶尔去了一次城里,看见一个人被鞭子打了,用热马屎涂背。便问那人:"这是为什么?"那人回答:"这样能使背上的伤好得快些,而且不留下伤疤。"乡下人把这话暗暗地记在心里。

　　后来他回到家里,对家里人说:"我这次进城,大大地增长了见识。"家里人问:"长了什么见识?"乡下人便叫来家奴,说:"你拿鞭子来,痛打我二百下!"家奴害怕主人,不敢违抗命令,就狠狠地打了他二百鞭,血流满背。他又对家奴说:"拿热马屎来,给我涂在背上,伤很快就会好,而且不留下伤疤。"然后对家里人说:"你们知道吗?这就是见识!"

【评析】

此乡下人以身试鞭,来验证自己所增长的"见识",真可谓是愚蠢之至。

这则寓言故事告诫人们:凡事不能照搬硬套,依葫芦画瓢。别人的经验、智慧须得适时正确地借鉴。

(蔡旭)

头尾争大

昔有一蛇,头尾自相与诤①。头语尾曰:"我应为大!"尾语头曰:"我亦应大!"头曰:"我有耳能听,有目能视,有口能食,行时最在前,是故可为大。汝无此术②,不应为大。"尾曰:"我令汝去③,故得去耳。若我以身绕木三匝,三日而不已。"头遂不得去求食,饥饿垂死。头语尾曰:"汝可放之,听汝为大。"尾闻其言,即时放之。复语尾曰:"汝既为大,听汝在前行。"尾在前进,未经数步,堕火坑而死。

(《杂譬喻经》第二十五《比丘道略集》)

【注释】

①诤:争夺,纷争。　②术:本领。　③去:离开,前行。

【今译】

从前有一条蛇,头和尾互相争吵。头对尾说:"我应该是老大!"尾对头说:"我也该是老大!"头说:"我有耳朵,能够听,有眼睛,能够看,有嘴,能吃东西;行走时我走在最前面,因此我应该是老大。你没有这些本领,不该当老大。"尾说:"我让你往前走,你才可以往前走。我要用身子绕树三圈,三天不放你走。"头因此不能去取食吃,饿得快死了。头对尾说:"你放了我吧!我让你当老大。"尾听了这话,立刻放了头。头又对尾说:"你既然是老大,让你走在前面。"尾走在前面,还没走几步,就掉进火坑里死了。

【评析】

世间万事万物都是相互依存、相互影响的。一条蛇之所以存在,蛇头和蛇尾的作用都不可忽视,二者缺一不可。因此,头和尾之间就无所谓谁的作用大,谁的作用小。

这则寓言采用对话的形式,简洁生动,极富感染力。

(蔡旭)

聪明的鸟师

昔有捕鸟师,张罗网于泽①上,以鸟所食物著其中。众鸟命侣②,竞来食之。鸟师引③其网,众鸟尽堕④网中。

时有一鸟,大而多力,身举此网,与众鸟俱飞而去。鸟师视影⑤,随而逐⑥之。有人谓鸟师曰:"鸟飞虚空,而汝步逐,何其愚哉。"鸟师答曰:"不如是告。彼鸟日暮,要求栖宿,进趣⑦不同,如是当堕。"其人故逐不止,日以转暮;仰观众鸟,翻飞争竞,或欲趣东,或欲趣西;或望长林,或欲赴渊⑧。如是不已⑨,须臾便堕。鸟师遂得次⑩而杀之。

(《杂譬喻经》第二十六《比丘道略集》)

【注释】

①泽:沼泽。　②侣:同伴。　③引:拉,牵。　④堕:落。　⑤影:遗迹。　⑥逐:追赶。　⑦趣(qū屈):趋向。　⑧渊:深谷。　⑨已:停止。　⑩次:到,至。

【今译】

从前,有个捕鸟师来到湖边,张开一张大网,在网中放入鸟食,引诱飞鸟来吃。果然,一群鸟呼唤着同伴,争先恐后地抢夺食物。捕鸟师立即收网,这群鸟都落入网中。

这时,有一只身强力壮的大鸟,使劲往上冲,用身体托起大网,与众鸟一起飞向天空。捕鸟师看着鸟飞的去向,追赶着。旁边有人对鸟师说:"鸟在空中飞,而你在地上追赶,未免太傻了。"捕鸟师回答说:"不是有这样的常规,日暮鸟栖吗?太阳落山的时候,各种鸟去向不同,网自然就会掉下来。"因此捕鸟师不停地追赶。太阳渐渐下山,抬头看众鸟,众鸟争着翻飞,有的想往东,有的想往西,有的想往树林飞,有的想往深谷飞。这样不停地争抢着,没多久,连鸟带网就落到地上了。捕鸟师于是能前往将众鸟一一杀死。

【评析】

说捕鸟师聪明,实则是他掌握了众鸟日暮栖宿而去向各不相同的规律。其实,众鸟如果能齐心协力,完全可以逃脱捕鸟师的追捕。但它们终是一盘散沙。这也就验证了那句古语:"人心齐,泰山移。"

这则寓言语言较为工整、明快,于简明中深含寓意。　　　　　　　　　　（蔡旭）

妒影破瓮

昔有长者①子,新迎妇,甚相爱敬。夫语妇言:"卿入厨中,取蒲桃②酒来共饮之。"妇往开瓮③,自见身影在此瓮中,谓④更⑤有女人,大恚⑥,还语夫言:"汝自有妇,藏著瓮中,复迎我为?"夫自入厨视之,开瓮见己身影,逆⑦恚其妇,谓藏男子。二人更相忿恚,各自呼实⑧。

有一梵志⑨,与此长者子素⑩情亲厚,遇与相见夫妇斗⑪,问其所由。复往视之,亦见身影,恚恨长者:"自有亲厚⑫藏瓮中,而佯⑬共斗乎!"即使舍去。

复有一比丘尼⑭,长者所奉⑮,闻其所诤⑯如是,便往视瓮中,有比丘尼,亦恚舍去。

须臾⑰,有道人⑱亦往视之,知为是影耳,喟然⑲叹曰:"世人愚惑,以空为实也!"呼妇共入视之。道人曰:"吾当为汝出⑳瓮中人。"取一大石,打坏瓮,酒尽,了无所有。二人意解,知是身影,各怀惭愧。　　　（《杂譬喻经》卷下第二十九）

【注释】

①长者:显贵者。　②蒲桃:即葡萄。　③瓮:酒瓮。　④谓:以为。　⑤更:另。　⑥恚(huì会):发怒,怨恨。　⑦逆:反而。　⑧呼实:亦作呼为实,说自己看见的才是事实。　⑨梵志:即婆罗门。　⑩素:向来。　⑪斗:争。　⑫亲厚:指好朋友。　⑬佯:假装。　⑭比丘尼:信佛的女僧人,中国俗称尼姑。　⑮奉:供奉。　⑯诤:争吵。　⑰须臾:过了一会儿。　⑱道人:修有道分的人,此指佛教高僧。　⑲喟然:叹息的样子。　⑳出:赶出。

【今译】

从前有位富家子弟,刚娶了妻子,夫妻俩相互非常敬爱。丈夫对妻子说:"你到厨房去,取葡萄酒来,我们一起喝。"妻子于是到厨房去,打开酒瓮,看见自己的身影映在酒瓮里,以为丈夫另有女人,十分生气,回来对丈夫说:"你自己有老婆,藏在酒瓮里,还娶我干什么?"丈夫自己进厨房去看。他打开酒瓮,看见自己的身影,反而怨恨他妻子,以为她在酒瓮里藏了一个男子。两人都很气愤,各自说自己看见的才是事实。

有一位梵志,平时和这位富家子是好朋友,恰好碰见夫妇俩的吵斗,问他们是什么原因。他来到厨房,也看见了自己的身影,非常生气:"他自己已有好朋友,藏在酒瓮里,还在外面假装争吵!"随即便走了。

有一位比丘尼,为富人平常所供奉,听说了这场争吵,也去酒瓮边,看见酒瓮里有一个比丘尼,也气得走开了。

过了一会儿,有一位修道高僧也去看,才知道是自己的影子。长叹道:"世人愚惑,以空为实!"他招呼夫妇俩一起进厨房去,说:"我帮你们把瓮中的人赶出去!"于是拿来一块大石头,向酒瓮砸去,瓮破酒尽,什么都没有了。夫妻俩明白了瓮中人原来是自己的影子,不禁十分惭愧。

【评析】

夫妇俩、梵志、比丘尼都以为酒瓮中自己的影子是另有其人,直到修道高僧破瓮解谜,方化解疑团。这就讽刺了那些愚惑之众,他们无中生有,以虚为实。

这则佛经故事刻画了一群人物的形象,尤其是对人物的神情描写非常细致。在叙述中采用了反复的手法,更好地揭示了寓意。 (蔡旭)

《大般涅槃经》

《大般涅槃经》，佛教经典名，常略称为《涅槃经》。有大乘、小乘两种。小乘《涅槃经》三卷，晋法显译。大乘则有两个译本，一为北凉昙无谶译本，四十卷，称北本；一为南朝宋惠严译本，三十六卷，称南本。通过形象化的、通俗易懂的故事来阐释深奥的佛理，在佛经著述中相当普遍，这部《涅槃经》亦莫能外。

众盲摸象

有王告一大臣："汝牵一象，以示盲者。"尔时①大臣受王敕②已③，多集众盲，以象示之。时彼众盲各以手触。大臣即还，尔白④王言："臣已示竟⑤。"尔时大王即唤众盲，各各问言："汝见象耶？"众盲各言："我已得见。"王言："象为何类⑥？"其触牙者即言："象形如芦菔⑦根。"其触耳者言："象如箕。"其触头者言："象如石。"其触鼻者言："象如杵⑧。"其触脚者言："象如木臼⑨。"其触背者言："象如床。"其触腹者言："象如瓮。"其触尾者言："象如绳。"

(《大般涅槃经》卷三十二)

【注释】

①尔时：犹言其时或彼时。　②敕(chì 斥)：君主对臣下的诰命。　③已：结束。　④白：禀告，陈述。　⑤竟：完毕。　⑥象为何类：象和什么相似。　⑦芦菔(fú 扶)：即萝卜。　⑧杵(chǔ 储)：舂米、捶衣或筑土所用的棒槌。　⑨木臼：用木头制成的舂米所用的容器。

【今译】

有个国王告诉他的一位大臣说："你去牵一头大象来，让盲人们认识一下它的模样。"大臣领受了国王的旨意，就找来许多盲人，将大象展示在他们面前。于是那些盲人就各自用手去触摸大象。大臣便回去禀告国王说："我已经向盲人们展示过大象的形状了。"国王就把那群盲人召唤过来，挨个儿问他们说："你知道大象是什么样子了吗？"盲人们都回答说："已经知道了。"国王说："那么大象究竟像什么呢？"摸到象牙的盲人就回答说："大象就好似一根大萝卜。"摸到象耳朵的盲人回答说:"像一只大簸箕。"摸到象头的盲人说:"像一块大石头。"摸到象鼻子的盲人说:"像一根大棒槌。"摸到象腿的盲人说:"像一个大木臼。"摸到脊背的盲人说:"像一张大床。"摸到肚子的盲人说:"像一只大水瓮。"摸到尾巴的盲人说:"像一根绳子。"

【评析】

　　这是一则几乎人尽皆知的小故事,影响遍及世界各地,可能是古今中外最为流行的寓言了。在佛教典籍中,它也多次出现,除了《涅槃经》之外,《长阿含经》《摄大乘论》《弘明集》等都记载有这个故事。汉语"瞎子摸象"的成语即由此而来。这则寓言本是佛向其信徒解释异学梵志(古印度婆罗门教教徒)谈经论道何以意见纷纭时所讲。故事本身则可说明,人们往往会因感性认识的局限而导致理性认识的片面性。所以,要认清客观事物的真相,将感性认识正确地升华到理性认识,就必须全面、深入地对客观事物进行了解。

(甘智林)

《大庄严论经》

《大庄严论经》，原书十五卷，原题马鸣著，十六国时后秦鸠摩罗什译。马鸣是古代印度著名的佛教诗人、哲学家、论师。鸠摩罗什是中国佛教史上的译经大师，父亲是印度人，本人出生在中国新疆，所译佛经数量和水平都远远超过前人。《大庄严论经》共八十九个故事，以种种因缘譬喻、故事劝喻世人，宣传佛教的道理。

猫 儿 食

猫生儿，以①小渐大。猫儿问母："当何所食②？"母答儿言："人自教汝。"夜至他家③，隐④瓮⑤器间。有人见已，而相约勅⑥："酥⑦乳⑧肉等，极好覆盖；鸡雏⑨高举，莫使猫食。"猫儿即知："鸡酥乳酪，皆是我食⑩。"

(《大庄严论经》卷第十五)

【注释】

①以：从。　②食：吃。　③他家：一户人家。　④隐：躲藏。　⑤瓮(wèng 瓮)：陶制盛器。　⑥约勅(chì 赤)：约定、诫饬。　⑦酥：酥油。　⑧乳：奶酪。　⑨鸡雏：小鸡。　⑩食：食物。

【今译】

有一只母猫生了一只小猫，小猫很快长大了。一天，小猫问妈妈什么东西可以吃。母猫回答说："人自然会教你的。"天黑了，小猫来到一户人家，躲藏在瓦罐之间。主人见小猫来到屋里，互相约定、告诫说："把酥油、奶酪和肉食都盖好；把小鸡放在高处，别让那馋猫偷吃了。"小猫听见人们的话，便知道小鸡、酥油、奶酪和肉类都是自己的食物。

【评析】

许多东西的获得，不一定都是从正面了解的，从反面我们也可以知道。寓言故事中的小猫就是从人们所说的反面知道了自己的食物到底是什么。这则寓言包含了较深的佛教道义。

(蔡旭)

丑婢破罐

我昔曾闻:有一长者①妇②,为姑③所瞋④,走入林中,自欲刑戮。即不能得,寻时上树,以自隐身。树下有池,影现水中。

时有婢使,提珦⑤取水。见水中影,谓为是己有。作如是言:"我今面貌,端正如此,何故为他持珦取水。"即打珦破,还至家中。语⑥大家言:"我今面貌端正如是,何故使我担珦取水?"于时大家作如是言:"此婢或为鬼魅所著,故作是事。"更⑦与一珦,诣⑧池取水,犹⑨见其影,复打珦破。

时长者妇,在于树上,见斯事已,即便微笑。婢见笑影,即自觉悟。仰而视之。见有妇女,在树上微笑。端正女人,衣服非己,方生惭耻⑩。

(《大庄严论经》卷第十五)

【注释】

①长者:贵显者。　②妇:儿媳妇。　③姑:婆婆。　④瞋:嫉恨。　⑤珦(xiāng 乡):长身的瓮坛。　⑥语(yù 玉):对……说。　⑦更:又。　⑧诣:往,到。　⑨犹:还。　⑩惭耻:惭愧。

【今译】

我曾经听说:有一富人家的媳妇,被婆婆嫉恨,便逃进森林中,本想自杀。但因没有找到合适的地方,只好躲在一棵大树上。树下有一个池塘,她的影子倒映在池塘水中。

这时有一户人家的婢女提着瓮坛来取水。她看见水中的影子,以为是自己,便说:"我现在长得这么端正秀丽,为什么还替人家取水呢?"于是她砸碎了瓮坛回到家中,对大家说:"我如今相貌端正秀丽,为什么让我去挑水呀?"当时大家都说:"这个丑丫头说出这样的话,怕是中了邪了吧!"于是,又给她瓮坛,还让她去池边取水。这个婢女来到池边,看到的还是那个美丽的倒影,就再一次砸碎了瓮坛。

这时,树上那个富人家的媳妇看到事情的经过,忍不住笑了。婢女看到池中人影笑了,便立即醒悟过来。抬头一看,见树上有一妇女在笑,长得端正标致,衣着也与自己不一样,便觉得非常惭愧。

【评析】

　　这则寓言刻画了一个愚蠢的丑婢形象:看见水中的影子就以为是自己,这实在是很蠢的。生活中有这样的现象:有些人往往缺乏自知之明,甚至不惜掠他人之美来掩盖自己的丑,这就是欺骗。这种自欺欺人的行为,应该从反面给人以警示。

(蔡旭)

战 马 推 磨

　　我昔曾闻:有一国王,多养好马①。会②有邻王,与其斗战。知此国王,有好马故③,即便退散。尔时国王,作是思维:"我先养马,规拟④敌国。今皆退散,养马何为?当以此马,用给人力,令马不损,于人有益。"作是念已。即勅⑤有司⑥,令诸马群,分布与⑦人⑧,常使用磨⑨,经历多年。其后邻国,复来侵境。即勅取马,共彼斗战。马用磨故,旋转而行,不肯前进。设加杖捶,亦不肯行。

(《大庄严论经》卷第十五)

【注释】

①好马:精壮战马。　②会:适逢。　③故:缘故。　④规拟:筹划对付。　⑤勅:命令。　⑥有司:官吏。古代设官分职,各有专司,故称有司。　⑦与:给。　⑧人:老百姓。　⑨磨:推磨。

【今译】

　　我曾经听说:有一个国王,饲养了很多精壮的战马。适逢邻国国王与他作战。当邻国听说这个国王有很多精壮的战马时,就立即退兵回去了。国王看到敌军不战而退时,心想:"我先前饲养战马,是用来对付敌国的侵略。现在敌人都退回去了,我还养这么多战马干什么?倒不如用这些战马去补充人力。这样马也不会减少,老百姓也能得到好处。"主意已定,便命令官吏们,将全部战马分给老百姓,使老百姓用战马推磨。过了若干年,邻国又兴兵侵犯。国王立即命令收回战马,一起开赴战场迎敌。可是这些战马因为长期推磨的缘故,习惯绕着圈走,不肯向前进。不论士兵们如何用鞭子抽打,也总是绕着圈子,不肯上前。

【评析】

"钢要用在刀刃上"。战马应驰骋疆场,杀敌卫国才对,愚蠢的国王竟将其精壮的战马用于推磨,当邻国再次侵犯时,他自然要被击溃。这则寓言提醒人们要知人善任,用人得当,而那个愚蠢的国王是在糟蹋人才,扼杀人才。 (蔡旭)

老母换水

有一老母,背负酥缸①,在路中行,见庵摩勒树②,即食其果。食已患渴,寻时赴井,乞水欲饮。时汲水者便与水。以先食庵摩勒果之势力③故,谓水甘甜,味如石蜜④。语彼人言:"我以酥缸,易汝缸水。"尔时汲水人即随其言,与一缸水。老母得已,负远归家。既至其舍,以先食庵摩勒势力已尽,取而饮之,唯有水味,更无异味。即聚亲属,咸⑤令尝之,皆言:"是水有朽败烂绳汁泥臭秽,极为可恶。汝今何故持来至此?"既闻斯语,自取饮尝,深生悔恨:"我何以故,乃以好酥易此臭水!"

(《大庄严论经》卷十五)

【注释】

①酥缸:盛酥油的坛子。 ②庵摩勒树:又称"油柑"、"余甘子"。产于热带亚洲。果可供食用,初食酸涩,后转甘甜。 ③势力:趋向和力量,即余味。 ④石蜜:蔗糖。 ⑤咸:全,都。

【今译】

有个老太婆,背着酥油坛子在路上走,看见油柑树就吃它的果实。吃后感到很渴,就找到井边要点水喝。当时打水的人就给了她水。由于刚吃的油柑果的余味还在,就觉得水很甘甜,味道跟蔗糖相似。她就对打水人说:"我用这坛酥油,换你一坛子水。"这时打水人就照她的话换给她一坛子水。老太婆得了水,大老远背回家里。到了家,原先吃油柑果的余味已没有了,取水一喝,只剩下水味,没有别的味道。于是她就召集亲属,让他们都来尝尝水。大家都说:"这水有腐烂朽绳、污臭泥土的味,太难闻了。你怎么能把这样的水拿到这里来呢?"老太婆听了这番话,自己拿来尝了尝,非常懊悔:"我是怎么搞的,拿那么好的酥油换这么臭的水啊!"

【评析】

  人在生活中,常常会被形形色色的假象所迷惑,把假的当做是真的。老太婆刚吃了水果就去喝水,误把口中残留的水果的甜味当成水的味道,于是产生了用一坛酥油去换一坛水的想法,当她的味觉调整过来后才幡然悔悟。这篇寓言启迪我们:要将生活中的某些假象加以过滤,进行调整,认清其真实的面貌,从而作出正确的选择。

(喻琰琰)

《出曜经》

《出曜经》,以比喻的方式宣传佛教的超脱之旨和行善之义。原书三十卷,十六国时后秦僧人竺佛念译。

吃煎麦的下场

昔大月支国①风俗常仪,要当酥煎麦食②猪。时官③马驹谓其母曰:"我等④与王致力,不计远近,皆赴其命,然食以草芻,饮以潦水⑤。"马告其子:"汝等慎⑥勿兴此意⑦,羡⑧彼酥煎麦耶?如是⑨不久,自当现⑩验⑪。"

时逼⑫节会,新岁垂至,家家缚猪,投于镬汤⑬;举⑭声号唤。马母告子:"汝等颇⑮忆酥煎麦不乎?欲知证验,可往观之。"

诸马驹等知之审然⑯,方知前愆⑰,为不及⑱也。虽⑲复食草,时⑳复遇麦,让而不食。

(《出曜经·利养品》第十四)

【注释】

①大月支国:古时国名。原居甘肃西部一带,汉时为匈奴所破。西走至阿母河,叫大月支,留下者叫小月支。 ②食(sì 四):喂。 ③官:官府。 ④我等:我们。 ⑤潦水:积水。 ⑥慎:千万。 ⑦兴此意:有这样的想法。 ⑧羡:羡慕。 ⑨如是:像这样。 ⑩现:显现。 ⑪验:验证。 ⑫逼:接近。 ⑬镬汤:镬,锅;汤,热水。 ⑭举:大。 ⑮颇:还。 ⑯审然:十分清楚、明晰。 ⑰愆:错误。 ⑱及:赶上,和……一样。 ⑲虽:纵然。 ⑳时:有时。

【今译】

从前,大月支国有个风俗习惯,即要用酥油煎麦子喂猪。当时国家的马驹对母马说:"我们为国王卖力,不管路程远近,都要前赴。可是我们吃的却是草,喝的是积水。"母马回答说:"你们千万不要有这样的想法,你们是羡慕那些猪吃酥油煎麦子吗?要不了多久,你就会知道是怎么回事了。"

没多久,快到新年了,家家户户都把猪捆起来,放入热水锅里,猪大声叫唤。这时母马对马驹们说:"你们还想吃酥油煎麦子吗?要想知道后果如何,可以去看一看。"

马驹们十分清楚是怎么回事,才明白以前的想法错了,庆幸自己没有和猪一样。从此,即使马驹们吃草,有时遇见了麦子,也自觉让开麦子不吃。

【评析】

小马驹起初羡慕猪能吃到酥油煎麦,而当它们看到猪吃煎麦惨死的下场后,纷纷安心吃草,遇到麦子也自觉避让。这则寓言告诫人们:不要贪图一时的享乐,否则终将酿成苦果。

(蔡旭)

乌龟训子

群龟告语诸子:"汝等自护①莫②至某处。彼有猎者,备③获汝身,分为五分。"时诸龟子,不随④其教⑤,便至其处,共相⑥娱乐。便为⑦猎者所获。或有安⑧隐⑨还得归者。龟问其子:"汝等为从何来?不至彼处乎?"子报父母:"我等相将⑩至彼处观⑪。不见猎者,唯睹长线而追我后。"龟语其子:"此线逐汝后者,由来久矣,非适今⑫也。汝先祖父母,皆由此线,而致死亡。"

(《出曜经·利养品》第十四)

【注释】

①护:爱护、保护。　②莫:不要。　③备:预备、准备。　④随:听从。　⑤教:劝诫。　⑥共相:一起。　⑦为:被。　⑧安:安全。　⑨隐:隐藏。　⑩相将:相共、相随。　⑪观:仔细察看。　⑫适今:最近。

【今译】

有一群龟告诉小龟说:"你们要爱护自己,不要去某处。那儿有猎人专门捕龟,准备抓住你们后,把你们分成五块。"但是小龟不听劝诫,偷偷地来到某处一起游戏玩耍。结果被猎人捕获。偶尔有个别小龟隐藏在安全的地方,才得以脱身逃回家。老龟质问逃回来的小龟:"你们从什么地方回来呀?没有到那儿去吧?"小龟说:"我们相跟着到达那儿,没有发现猎人,只看见一根长线在后面追赶我们。"老龟说:"长线在后面追赶你们,这样的事由来已经很久了,并非最近才有。你的爷爷、奶奶都是因为这条长线而丧失生命的。"

【评析】

老龟的"谆谆教导",小龟只当是耳旁风。结果为猎人所获,葬送了自身性命。这则寓言讽刺了那些不听别人劝告,我行我素之人,他们终将自酿苦果。当然,小龟的悲剧还在于它没有认识到猎人和长线之间的联系,以为只有见到猎人才危险,见到长线没关系。这也告诉我们:事物之间往往是有联系的,不能只看表面现象,不看事物之间的关系。 (蔡旭)

《杂宝藏经》

《杂宝藏经》,十卷,北魏时西域僧人吉迦夜与昙曜合译。原书共有一百二十一个故事,均系杂糅诸经各因缘故事而成。

婢共羊斗

昔有一婢,禀性廉谨①。常为主人,曲②炒麦豆。时主人家,有一羯羝③,伺空④遂便,啖⑤食麦豆。斗量折损,为主所嗔。信⑥已不取,皆由羊啖。缘是之故,婢常因嫌⑦,每以杖捶,用打羯羝。羝亦含怒,来觝触⑧婢。如此相犯,前后非一。

婢因一日,空手取火。羊见无杖,直来触婢。婢缘急故,用所取火,着羊脊上。羊得火热,所在触突⑨。焚烧村人,延⑩及山野。于时山中五百猕猴,火来炽盛⑪,不及避走,即皆一时被火烧死。诸天⑫见已,而说偈言:"瞋恚⑬斗诤⑭间,不应于中止。羝羊共婢斗,村人猕猴死。" （《杂宝藏经》卷第十《婢共羊斗缘》）

【注释】

①廉谨:廉洁谨慎。　②曲:偏僻处。　③羯羝(jié dī 洁低):被阉过的羊。羝,公羊。　④伺空:寻找机会。　⑤啖(dàn但):吃,嚼食。　⑥信:信任。　⑦嫌:恨。　⑧觝(dǐ底):通"抵",拒,抵挡。觝触:以角相撞击。　⑨所在触突:横冲直撞。　⑩延:蔓延。　⑪炽盛:猛烈。　⑫诸天:天神们。　⑬瞋恚:发怒,愤怒。　⑭斗诤:争斗。

【今译】

从前有个婢女,为人廉洁谨慎。她常常为主人在偏僻处炒麦豆。主人家有一只公羊,一有机会可乘,就悄悄地偷吃麦豆。麦豆的数量减少了,婢女就被主人责怪。她得不到主人的信任,都是因为这只羊偷吃的缘故。因此婢女恨这只公羊,常常用棍子打它。公羊也火了,用角来撞击婢女。这样的争斗,也不是一次两次了。

一天,婢女空着手取火。公羊看见她手中没有棍子,便直冲冲地来撞婢女。婢女一急,将手里刚取来的火扔到公羊背上。羊被火烧得发烫,横冲直撞。大火烧着了整个村子,烧死了村里人,又蔓延到山上。当时山中有五百只猕猴,火来势凶猛,猕猴来不及躲避,一下子都被火烧死了。天神们看见此状,说偈言道:"两相争斗,不该无止无休。公羊与婢女斗,村人、猕猴都遭殃。"

【评析】

  这则寓言讲述了婢女与公羊争斗的故事。两相争斗,无止无休,结果不但引火烧身,而且烧毁了整个村庄,烧死了村里人以及猕猴,真是城门失火,殃及池鱼。这就是冤冤相报的惨痛教训。

  因此,如果我们能妥善地解决纷争,化干戈为玉帛,就不会有此类事发生。这则佛教故事影响深远,足可作为世人处事之道的借鉴。　　　　　　（蔡旭）

《百喻经》

《百喻经》又称《百句譬喻经》,简称《百譬经》,题名还为《痴华发》,即痴愚者怪诞言行引发的故事,是佛教宣讲大乘法的经书。天竺僧伽斯那撰,南朝萧齐时中天竺(中印度)僧人求那毗地译。全书分上、下两卷,上卷五十条,下卷四十八条,合为九十八条,若加上卷首引言和卷尾偈颂正好一百条,故称之"百喻"。这是一部寓言故事集,借故事劝喻世人,许多故事多为市井俗事,令人发笑,其内容浅显易懂,具有一定的针对性;文笔也朴素简练,值得我们阅读和研究。不过,它为了宣传佛教,首先讲一个故事,然后敷衍说法,有些地方不免牵强附会。《百喻经》有《大藏经》本四卷。今有鲁迅断句、公元1914年金陵刊经处刊刻的本子,公元1954年文学古籍刊行社曾据以排印出版;公元1981年,金陵书画社据金陵刊经处原版影印。

愚人① 食 盐

昔有愚人,至于他②家,主人与食③,嫌淡无味。主人闻已④,更为益⑤盐。既⑥得盐美,便自念⑦言:"所以美者,缘有盐故。少有尚尔⑧,况⑨复多也?"愚人无智,便空食盐。食已⑩口爽⑪,反为其患⑫。

(《百喻经·愚人食盐喻》)

【注释】

①愚人:愚蠢的人。　　②他:别人。　　③与食:与,跟。与食,跟他一起吃饭,即留他吃饭。　　④闻已:闻,听见。已,了。　　⑤益:添加。　　⑥既:已经。　　⑦念:想,考虑。　　⑧尔:如此。　　⑨况:何况。　　⑩已:完了,以后。　　⑪口爽:舌头麻木,没有口味。　　⑫患:祸害。

【今译】

从前,有一个蠢人到别人家里做客。主人留他吃饭,他嫌菜肴太淡,味道不够重。主人听了,就给他菜里加一点盐。

他感到菜的味道好多了,就想道:"这味道之所以能这样美,是因为有盐的缘故。多加了一点已经这样,要是再多加些岂不更好!"

这个蠢人没有头脑,就空口吃盐。他吃完了感到口干舌苦,反而痛苦。

【评析】

味道太淡,加点儿盐就味美,似乎加更多的盐味道会更美,这是故事中的主人公愚人的思维方式。在实际生活中,有人会觉得好的东西越多越好,其实并不都是这样,凡事要适可而止。任何事物都有一个限度,"过犹不及",超过了一定的限度,就会"反为其患"。关键是要审时度势,恰到好处。这个故事虽寥寥数语,但讲得生动活泼,值得玩味。

(朱景松)

愚人集牛乳

昔有愚人,将会宾客①,欲集②牛乳,以拟③供设,而作是念:"我今若预于日日中毂④取牛乳,牛乳渐多,卒⑤无安处,或复酢⑥败。不如即就牛腹盛之,待临会时,当顿毂取。"作是念已,便捉牸⑦牛母子,各系异处。

却后一月,尔乃设会,迎置宾客,方牵牛来,欲毂取乳,而此牛乳即干无有。时为宾客,或⑧瞋⑨或笑。

(《百喻经·愚人集牛乳喻》)

【注释】

①会宾客:请客人聚会。会,聚会。　②集:收集,集攒。　③拟:打算。　④毂(gòu够):挤。　⑤卒:最终。　⑥酢(cù促):同"醋",这里指变酸。　⑦牸(zì字):母牛。　⑧或:有的。　⑨瞋(chēn嗔):发怒时睁大眼睛。

【今译】

从前有一个蠢人,准备举行宴会,想把牛乳积存起来,以供请客时用。于是他想:"我现在如果事先把每天挤出的牛奶积存起来,牛奶会渐渐多起来,最终无法存放,还会发酵变坏。不如就放在牛肚子里装着,等临到宴会的时候,再一起把牛奶挤出来。"他有了这样的设想后,就捉住母牛和小牛,分别拴在不同的地方。

一个月后,他才设置宴会。等到迎接并安顿好客人后,才牵过牛来,准备挤奶,可是这头牛的奶已经干瘪得挤不出来了。这些前来的客人,有的瞪着眼,有的笑话他。

【评析】

母牛生了小牛以后,乳房里就有了奶水。如果几天不让小牛吸食,又不挤牛奶,奶水就会憋回去,乳房就渐渐干瘪,也就没有了奶水。这是很普通的生活常识。这个蠢人选择了一个自以为两全其美的"集乳"方法,即把牛乳贮存在牛肚子里,客人来了再挤出来用。这恰好违背了产乳的规律,所以蠢人在宴会上挤不出一点奶。任何事物的发展都有一定的规律,只有按客观规律办事,才能成功;不顾客观规律,仅凭主观意愿行事,就一定会事与愿违。　　　　　　　　（朱景松）

以梨打头

昔有愚人,头上无毛。时有一人,以梨打头,乃至二三,悉皆伤破。

时彼愚人,默然忍受,不知避去。旁人见之,而语之言:"何不避去?乃住受打,致使头破。"

愚人答言:"如彼人者,骄慢恃力①,痴无智慧。见我头上无有发毛,谓为是石,以梨打我,头破乃尔②!"

旁人语言:"汝自愚痴,云何名彼以为痴也?汝若不痴,为他③所打,乃致头破,不知逃避?"

（《百喻经·以梨打头喻》）

【注释】

①骄慢恃力:傲慢自负,仗着自己有力气。　　②乃尔:这样。　　③他:别人。

【今译】

从前有一个蠢人,头上没有头发。当时有一个人用梨敲打他的头,接连不断地敲,结果打得他头上到处是伤。

当时这个蠢人一声不响地忍受着,也不知道躲开。旁边的人看到就对他说:"你为什么不赶快躲开,还在这里等着挨打,以致被打得头破血流?"

蠢人回答说:"像他那样的人凭着自己力气大,骄傲轻慢,愚昧无知。看到我头上没有头发就认为是一块石头,就用梨来打我,以致头被打伤,成了这个样子。"

旁人说:"你自己太蠢了,怎么还说别人痴呆呢?如果你不蠢,怎么被他打,直至头都被打破,还不知道躲开?"

【评析】

自己的头被人打,只要稍加避让就可以避免,但是不知躲避,反而说打他的人误把自己的头当成石头,以此证明别人是痴呆。究竟谁呆谁傻,这不是明摆着的吗?现实生活中,明明是自己的错而常把错归诸别人者甚多,要一个人能够真正认识自己,其实并不是那么容易的。

(朱景松)

妇诈称死

昔有愚人,其妇端正①,情甚爱重。妇无直信,后于中间共②他③交往,邪淫心盛,欲逐④旁夫,舍离己婿。于是密语一老母言:"我去之后,汝可赍⑤一死妇女尸,安著⑥屋中。语我夫言,云我已死。"

老母于后伺⑦其夫不在之时,以一死尸置其家中。及其夫还,老母语言:"汝妇已死。"

夫即往视,信⑧是己妇。哀哭懊恼。大积薪油,烧取其骨,以囊盛之,昼夜怀挟。

妇于后时,心厌旁夫,便还归家,语其夫言:"我是汝妻。"

夫答之言:"我妇已死,汝是阿谁?妄言我妇。"乃至二三⑨,犹故不信。

(《百喻经·妇诈称死喻》)

【注释】

①端正:整齐匀称,这里指相貌好。 ②共:与,同。 ③他:别人,其他人。 ④逐:追逐,追随。 ⑤赍(jī 机):送来。 ⑥著(zhuó 浊):在。 ⑦伺:观察,等待。 ⑧信:相信。 ⑨二三:这里指两次三番。

【今译】

从前有一个蠢人,他的妻子相貌生得好,他非常喜爱她。可是他的妻子不守贞节信义,与其他男人交往,放荡淫乱,并想追随情夫私奔,抛弃自己的丈夫。于是她秘密地托付一个老太婆说:"我离家后,你替我弄一具女尸,安放在我家里,告诉我丈夫,说我已经死了。"

老太婆瞅着她丈夫不在家的时候,弄来一具女尸放在他的家里,等她丈夫回来后,就对他说:"你的妻子已经死了。"

她丈夫去看,相信死的就是自己的妻子,于是伤心地痛哭一场,心里非常难过。他弄了很多的木柴和油料,把尸体烧掉,捡取了骨灰,用一个布袋装起来,白天黑夜都揣在怀里。

这跑掉的女人,后来对情夫也厌倦了,就回到家里,对她的丈夫说:"我是你的老婆。"丈夫回答她说:"我的老婆已经死了,你是什么人?竟胡说是我的老婆!"这女人两次三番地解说,他还是不相信。

【评析】

这个妻子为了跟人私奔,就弄虚作假;日后厌倦情夫,又回到丈夫身边,全然不顾前后的矛盾之处,这且不说。这糊涂的丈夫听信别人说妻子死了,以假当真,那么悲伤,丝毫不加分辨,当妻子真的回到身边时,又不认真观察,而是一味地不信。轻易地把假的当成了真的,当然也就会把真的当成假的了。这个故事告诉人们:任何事情都有情理,任何事实都有真相。遇到任何事情,都要仔细观察,按情理去思考,用理智去对待,否则会闹出一般人不能理解的笑话。　　(朱景松)

渴 见 水

过去有人,痴无智慧,极渴须水,见热时焰①,谓为是水,即便逐②走,至新头河③。既至河所,对视不饮。

旁人语言:"汝患渴逐水,今至水所,何故不饮?"

愚人答言:"若可饮尽,我当饮之。此水极多,俱不可尽,是故不饮。"

尔④时众人闻其此语,皆大嗤笑⑤。　　(《百喻经·渴见水喻》)

【注释】

①热时焰:指春季晴天或夏季伏天常见到的田野间蒸腾的水汽。　　②逐:追逐。　　③新头河:印度河的古称。　　④尔:这,那。　　⑤嗤(chī吃)笑:讥笑。

【今译】

从前有一个人,愚昧无知,他口渴极了,急着要水喝。远远地看到地面上蒸腾的水汽,以为就是水,于是就追赶上去,一直追到印度河边。他已经到了河边,却对着河面呆呆地望着,不喝水。

旁人问他:"你已经渴极了,是来找水的,现在到了水边,为什么又不喝水呢?"

蠢人回答:"如果水能喝得完,我自然早就喝了。现在有这么多水,总归喝不完,所以干脆不喝了。"

当时大家听了他这番话,都讥笑他。

【评析】

　　口渴到了极点,辛辛苦苦地追赶,就是为了解渴,可是到了可以痛痛快快地喝的时候却不喝,原因是那么多的水自己喝不完。这人之所以被称为愚人,就在于他忘记了自己的目的。目的是解渴,而不是把河水喝光。再说,即使是要把河水喝光,也要一口一口地去喝,呆呆地望着,是无济于事的。我们无论做什么事情,都要记住自己的目的,排除万难去争取,抓住时机,稳步地达到自己的目的。　　　　　　(周维网)

子死欲停置家中

　　昔有愚人,养育七子。一子先死。时此愚人见子既死,便欲停置①于其家中,自欲弃去。

　　旁人见已而语之言:"生死道异,当速庄严,致于远处而殡葬之。云何得留,自欲弃去?"

　　尔时愚人闻此语已,即自思念:"若不得留,要当葬者,须更②杀一子,停担两头,乃可胜致。"于是便更杀一子而担之,远葬林野。

　　时人见之,深生嗤笑,怪未曾有。　　　　　　(《百喻经·子死欲停置家中喻》)

【注释】

　　①置:停放。　　②更:再。

【今译】

　　从前有一个蠢人,一共养育了七个孩子。有一天,其中一个孩子突然死了。这个蠢人看到孩子死了,便打算把尸体停放在家中,自己离开家到别的地方去。

　　旁人见到这种情况,就告诉他说:"生与死是两种不同的境地,应当赶快把尸体料理停当,送到远处埋葬。怎能把尸体停放在家中,自己反而到别处去呢?"

　　当时蠢人听了这番话,心里盘算着:"如果不能停放,一定要安葬的话,一具尸体怎么挑呢?还得再杀一个孩子才能使担子两头匀称好挑。"于是就又杀了一个孩子,把两具尸体一担挑着,送到野外的林子里去了。

　　当时人们见到这种举动,都强烈地耻笑他,认为这种怪事从来没有见过,感到十分惊讶!

【评析】

　　这个蠢人有两个错误决定。一个孩子死了,便想连家都一并抛弃,自己远走他乡;别人纠正他,他决定把死了的孩子担到野外去埋葬,但为了担子匀称,决定再杀一个孩子。这第二次决定和行动更加荒唐。对任何事情的优劣得失都应该有比较。如果有了局部的欠缺,应该努力弥补,使损失降低到最小程度。决不能听任损失不断扩大,甚至"破罐子破摔",酿成毁灭性的灾难。　　　　　　　　　　　　(周维网)

认 人 为 兄

　　昔有一人,形容端正①,智慧具足,复②多钱财,举世人间无不称叹。

　　时有愚人,见其如此,便言我兄,所以尔③者,彼④有钱财,须者则用之,是故为兄,见其还债⑤,言非我兄。

　　旁人语言:"汝是愚人,云何须财名⑥他为兄;及其债时,复言非兄?"

　　愚人答言:"我以欲得彼之钱财,认之为兄,实非是兄,若其债时,则称非兄。"

　　人闻此语,无不笑之。　　　　　　　　　　　(《百喻经·认人为兄喻》)

【注释】

①端正:相貌好。　　②复:又,加上。　　③尔:这样。　　④彼:那个人,他。
⑤债:有债务需偿还。　　⑥名:称呼。

【今译】

　　从前有一个人,容貌端正,非常聪明,并且很有钱财,社会上没有不称赞和佩服他的。

　　那时有一个蠢人,看到他如此出色,就对别人说这人是自己的哥哥。其所以这样,就是因为他有钱,需要钱时,可以用到他,所以管他叫哥哥。后来看到这人还有债务需偿还,便又改口说他不是哥哥。

　　旁人跟他说:"你真是愚蠢,怎么需要用钱财的时候就说他是哥哥,等到他要还债的时候,就说他不是自己的哥哥呢?"

蠢人回答道："我就是想得到他的钱财,认他做哥哥,其实并不是哥哥。在被讨债的时候,就说他不是哥哥了。"

人们听到这些话,没有不讥笑他的。

【评析】

看人有钱,想得到人家的钱财,就把这跟自己毫无关系的人称为哥哥;当这人需偿还债务的时候,又说不是自己的哥哥。现实中常常可以看到这样的人:用得着你的时候,可以甜言蜜语,千方百计地套近乎;等到他目的达到,或者用不着你时,则视同路人,甚至一脚踢开,有的还可能给你制造点麻烦。人情冷暖,世态炎凉,这是多少年来人们的感慨。对这样的人,我们自然要有所警惕;当然我们更要警戒自己,立身处世、待人接物要真诚。

(周维网)

山羌偷官库衣

过去之时,有一山羌①,偷王库物而远逃走。尔时国王遣人四出推寻②捕得,将③至王边,王即责④其所得衣处。山羌答言:"我衣乃是祖父之物。"

王遣著⑤衣,实非山羌本所有故,不知著之,应在手者著于脚上,应在腰者返著头上。

王见贼已⑥,集诸臣等共详此事,而语之言:"若是汝之祖父已来所有衣者,应当解⑦著,云何颠倒用上为下?定知汝衣必是偷得,非汝旧物。"

(《百喻经·山羌偷官衣喻》)

【注释】

①羌(qiāng 枪):山羌,居住在山林中,以打猎放牧为生的人。　②推寻:推求寻找。　③将:带领、携带。　④责:诘问、追问。　⑤著(zhuó 浊):同"着",穿。　⑥已:了。　⑦解:知道、懂得。

【今译】

过去有一个山民,偷了国王仓库里一些衣物,逃到了很远的地方。当时国王派人四下里追寻,终于捉到这个山民,把他带到国王跟前。国王追问他这些衣物是从哪里来的。山民回答说:"我这些衣物都是祖先、父辈留下来的。"

国王叫他穿上这些衣服,由于实际上并不是他的,他也就不知道怎样穿戴,把应该戴在手上的穿到脚上,应该系在腰里的反而戴在头上。

国王看到他这样以后,就把一些官员集合在一起,共同议论这件事,对山民说:"如果这是你祖父、父辈的遗物,你应该懂得怎样去穿戴,怎么会以上作下、上下颠倒呢?正因为你不懂,所以我就可以断定这些衣物是偷来的,并不是你家原来就有的东西。"

【评析】

假托一个朴素的山里人偷人东西,这自然是偏见。不过,既然说是自己家里祖祖辈辈传下来的东西,就应当了如指掌,应变自如,否则就是说了假话,漏洞百出。事实胜于雄辩,一切要用事实说话。这个故事说明:假的就是假的,最终会露出破绽。说国王就那么聪明,这也是统治阶级的偏见。不过先不作结论,或者先不说出结论,而让事实来鉴别,这样做倒是最有说服力的。

(周维网)

叹父德行

昔时有人,于众人中叹己父德,而作是言:"我父慈仁,不害不盗,直作实语,兼行布施。"

时有愚人,闻其此语,便作是念,言:"我父德行,复过于汝父。"

诸人问言:"有何德行,请道其事。"

愚人答言:"我父小来,断绝淫欲,初无染污①。"

众人语言:"若断淫欲,云何生汝?"深为时人之所怪笑。

(《百喻经·叹父德行喻》)

【注释】

①初无染污:从未与异性有过性接触。

【今译】

从前,有一个人当着很多人的面称赞自己父亲的德行,他这样说:"我父亲很仁慈,从不伤害人,也不取不义之财,总是实话实说,另外还喜欢施舍。"

这时有一个蠢人听到他说的这些话,就产生了夸耀自己父亲的念头,他说:"我父亲的德行大大超过你父亲啦。"

大家就问他：“你父亲有些什么德行呢？请你说说他的具体事迹。”

这人回答说：“我父亲自打年轻时期以来，就没和女性有过肉体的接触，从来没有发生过男女之间的事情。”

众人就说：“你父亲要是从来就断绝男女性欲，怎么生下了你的呢？”这人被当时在场的人好好嘲弄了一番。

【评析】

即便一个人禁绝了男女之事，对正常人来说，也不能说就是什么美德。蠢人却以此称颂自己父亲，弄巧成拙，反而遭到耻笑。做人一定要实话实说，说赞美的话更要注意分寸，要合乎常理。

(周维网)

三 重 楼

往昔之世，有富愚人，痴无所知。到余富家，见三重①楼，高广严丽，轩敞疏朗，心生渴仰，即作是念："我有财钱，不减于彼②，云何顷来③而不造作如是之楼？"即唤木匠而问言曰："解④作彼家端正舍不⑤？"

木匠答言："是我所作。"

即便语言："今可为我造楼如彼。"

是时木匠即便经地垒墼⑥作楼。

愚人见其垒墼作舍，犹怀疑惑，不能了知⑦，而问之言："欲作何等？"

木匠答言："作三重屋。"

愚人复言："我不欲下二重之屋，先可为我作最上屋。"

木匠答言："无有是⑧事！何有不作最下重屋，而得造彼第二之屋？不造第二，云何得造第三重屋？"

愚人固言："我今不用下二重屋，必可为我作最上者。"

时人闻已，便生怪笑，咸⑨作此言："何有不造下第一屋而得上者！"

(《百喻经·三重楼喻》)

《百喻经》

【注释】

①重:层。　②不减于彼:不比他家少。减,少;彼,那个人家。　③顷来:早些时。　④解:能,会。　⑤不:否。　⑥墼(jī机):没烧的土坯。　⑦了(liǎo料上声)知:了解,明白。　⑧是:这。　⑨咸:都。

【今译】

　　从前,有个富翁痴愚无知。他来到其他富人家里,看见人家的三层楼高大壮丽,宽敞明亮,他十分羡慕,心里想道:"我的钱财并不比他少,为什么以前不造一座这样的楼呢?"于是他立刻叫来木匠,向他问道:"你知道怎样造一座像他家那样漂亮的高楼吗?"

　　木匠答道:"他家那座楼就是我盖的。"

　　富人便说:"现在就请你照样为我盖一座楼。"

　　于是木匠就清理地基、制坯垒砖、准备造楼。

　　蠢富人看到木匠如此,心里疑惑,不能明白,就问木匠:"你想盖什么样的房子?"

　　木匠回答说:"盖三层楼呀。"

　　蠢富人说:"我不想要下面两层,你先为我盖最上面的一层。"

　　木匠回答说:"哪有这样的事!哪有不造底层就能造第二层的?不造第二层怎么能有第三层呢?"

　　这个蠢人坚持说:"我就是不要下面两层,你一定得给我盖最上面的一层。"

　　当时的人听说了这个故事,都笑话他:"世界上哪有不从下面一层造起就能盖到上面第二层、第三层的呀!"

【评析】

　　万丈高楼平地起。没有第一、第二两层,不可能有第三层,这是无人不知、无人不晓的。这说的是基础很重要。可是,急功近利、急于求成的做法并不鲜见;没有足够的条件而想成就惊天动地的大事,也多有所在;想入非非的情形也时常碰到。我们应该有宏图大愿,但是要从实际出发,从基础做起。有条件要充分利用,没有条件或者条件不充分,要努力创造条件。我们应当抛弃一切不切实际的想法。

(周维网)

婆罗门杀子

昔有婆罗门,自谓多知,于诸星术种种技艺无不明达。恃①己如此,欲显其德,遂至他国,抱儿而哭。

有人问婆罗门言:"汝②何故哭?"

婆罗门言:"今此小儿,七日当死,愍③其夭殇④,以是⑤哭耳!"

时人语言:"人命难知,计算喜⑥错。设七日头或能不死,何为预哭?"

婆罗门言:"日月可闇⑦,星宿可落,我之所记,终无违失。"

为名利故,至七日头,自杀其子,以证己说。

时诸世人,却后七日,闻其子死,咸⑧皆叹言:"真是智者,所言不错!"心生信服,悉来致敬。

(《百喻经·婆罗门杀子喻》)

【注释】

①恃(shì 是):依赖,依仗。 ②汝:你。 ③愍(mǐn 敏):同"悯",忧愁。 ④夭殇(shāng 伤):夭,夭折。殇,没有到成年就死去。 ⑤以是:因此。 ⑥喜:容易。 ⑦闇(àn 案):暗。 ⑧咸:都。

【今译】

从前有一位婆罗门,自以为知识丰富,对于一切星象占卜法术没有不精通的。他自己以为很了不起,总想找一个机会显露一手,于是他跑到另一个国家,抱着自己的儿子痛哭起来。

有人问他:"你为什么要哭呢?"

婆罗门说:"我这孩子再过七天就要死了。我可怜他这么小的年纪就死去,所以哭起来。"

当时旁边的人说:"人的寿命是很难预料的,算卦也会出错,也许再过七天,他还能活着,你为什么要预先哭呢?"

婆罗门说:"太阳和月亮可能不发光,天上星斗也许会掉下来,我的预言是绝不会错的。"

婆罗门为骗得别人相信,到第七天头上,便把儿子杀死,以证实自己的话。

当时一些人过了七天后,听说他的儿子果然死了,都感叹地说:"他真是一个有智慧的人,说得一点儿没错!"大家心里十分佩服他,都来向他表示敬意。

【评析】

世界上并没有所谓先知先觉,也没有无所不知的人。倒是那个普通人所说"人命难知,计算喜错"的看法是正确的。这个婆罗门为了显示自己"无所不知",不惜杀死自己的儿子。他虽然一时获得了大家的赞叹,被说成"真是智者",实际上受了损失的是他自己。这个故事告诉人们:不要自作聪明、自吹自擂,更不要沽名钓誉,否则将自食其果。 (朱景松)

煮黑石蜜浆

昔有愚人煮黑石蜜①,有一富人来至其家。时此愚人便作是②想:"我今当取黑石蜜浆与此富人。"即著少水用置火中,即于火上,以扇扇之,望得使冷。

旁人语③言:"下不止火,扇之不已,云何得冷?"

尔时人众悉④皆嗤笑。 (《百喻经·煮黑石蜜浆喻》)

【注释】

①黑石蜜:古代印度石蜜匠人用甘蔗制造,凝结成块的为石蜜,坚白如冰的为冰糖。 ②是:这。 ③语(yù玉):告诉,对某人说。 ④悉:都。

【今译】

从前,有一个蠢人正在煮黑石蜜,一个有钱人忽然来到他家里。当时这个蠢人心里便这样想:"我现在应该拿黑石蜜的浆给他。"于是在黑石蜜里加了一点水,然后放在火上煮,还用扇子使劲地扇,希望石蜜快点冷却。

旁边的人告诉他:"你不把下面的火熄掉,反而不住地扇,怎么会使它冷却呢?"

这时大家都笑话他。

【评析】

故事说,有些人只凭用点儿苦行,甚至用火来烤自己的身体,就想借以得到清凉、寂静的大道,除掉旺盛如火的无名烦恼,这终究是没有效果的。要使黑石蜜浆冷却,其实极为简单,不要扇扇子,或者干脆从火上拿开。中国的老话叫"釜底抽薪"。放在火上,又用扇子扇,而希望它冷却,必然是事与愿违。　　（朱景松）

说人喜瞋

过去有人,共①多人众坐于屋中,叹一外人德行极好,唯有二过:一者喜瞋②,二者作事仓卒。

尔时此人过在门外,闻作是语,更生瞋恚③,即入其屋,擒彼道己过恶之人,以手打扑。

旁人问言:"何故打也?"

其人答言:"我曾何时④喜瞋仓卒?而此人者,道我喜瞋恚,作事仓卒,是故⑤打之。"

旁人语言:"汝今喜瞋仓卒之相即时现验,云何讳之?"

人说过恶而起怨责,深为众人怪其愚惑。　　（《百喻经·说人喜瞋喻》）

【注释】

①共:同,与。　②瞋(chēn 嗔):生气,恼火。　③恚(huì 会):愤怒怨恨。　④曾何时:什么时候。　⑤是故:因此。

【今译】

从前有一个人,与许多人一起坐在屋里闲谈,他们感叹不在座的某人道德、品行都很好,只是有两个缺点:第一是喜欢发脾气,第二是做事莽撞、缺少考虑。

这时,那个被议论的人恰好从门外走过,正好听到议论他的这些话,非常生气,立刻走到屋里,揪住说他缺点的那个人,抬手就打。

别人问他:"你为什么打人?"

他回答说:"我什么时候喜欢发脾气?我哪里莽撞?可是他偏偏说我喜欢发脾气和做事莽撞,所以要打他。"

别人便告诉他:"你现在这个模样,正说明你确实爱发脾气和做事莽撞,为什么还要忌讳自己的缺点,怕别人说呢?"世界上有一种人,一听到人家议论自己的缺点就抱怨人家不谅解,甚至责备别人,这完全是为大家所不能谅解的愚蠢行为。

【评析】

对议论自己的人抬手就打,为的是否认自己有爱发脾气和鲁莽的毛病,可是这恰恰提供了自己有这些毛病的证据,恰恰表明人家说得完全准确。这个故事告诉人们:做事要谨慎,遇事要冷静,否则会弄得事与愿违。故事非常生动,通过描述当事人自己的行为,让读者看到一个莽撞人的形象,读来也妙趣横生。 (朱景松)

杀商主祀天

昔有贾客,欲入大海。入大海之法,要须导师①,然后可去。即共求觅,得一导师。

既得之已,相将发引,至旷野中,有一天祠②,当须人祀③,然后得过。于是众贾共思量言:"我等伴党,尽是亲亲,如何可杀?唯此导师,中用祀天。"

即杀导师,以用祭祀。

祀天已竟,迷失道路,不知所趣④,穷困⑤死尽。(《百喻经·杀商主祀天喻》)

【注释】

①导师:引路人,向导。　②天祠:神祠,祭祀天神的祠堂。　③人祀:用活人祭祀。　④趣(qū屈):同"趋",赴,前往。　⑤穷困:处境艰难。

【今译】

从前有一群商人,想到大海里采宝。进入大海的方法,通常需要找个向导才知道,这样做以后才能知道去大海的路。于是,他们一起去寻找,果然请到了一位领路人。

找到向导以后,他们便一起出发。走到一处旷野的地方,那里有一座天神庙,一定要用活人去祭祀才能通过。于是这群商人共同商量:"我们这些伙伴都是亲戚或朋友,怎么能下手杀呢?现在只有这位向导,正好用来祭祀天神。"

于是他们杀了这位向导,用他祭祀了天神。

祭神完毕,他们没有向导,迷失了道路,不知该向哪儿走。结果,这些商人都在旷野中被困死了。

【评析】

　　人无远虑,必有近忧。不忍心杀死自己的亲戚、朋友,这是很自然的;可是杀了不可缺少的唯一一名向导,导致所有人迷失方向,全都困死在旷野之中,这就不足为取了。故事告诉人们:做事要考虑后果,权衡利弊,分清局部和整体,抓住关键环节,保证事情能顺利进行。

（朱景松）

医与王女药令卒长大

　　昔有国王,产生①一女,唤医语②言:"为我与药,立使长大。"

　　医师答言:"我与良药,能使即大。但今卒③无,方须求索。比得药顷④,王要莫看。待与药已,然后示王。"

　　于是即便远方取药。经十二年,得药来还,与女令服,将示于王。王见欢喜,即自念言:"实是良医,与我女药,能令卒长。"便勅⑤左右,赐以珍宝。

　　时诸人等笑王无智,不晓筹量⑥生来年月,见其长大,谓是药力。

（《百喻经·医与王女药令卒长大喻》）

【注释】

　　①产生:生。　②语:对某人说。　③卒(cù促):突然,立刻。　④顷(qǐng请):时候。　⑤勅(chì斥):吩咐。　⑥筹量(liàng亮):筹划,思考。

【今译】

　　从前有一个国王,生了一个女儿,他把医生叫来,对他说道:"替我给她药,使她立刻长大起来。"

　　医生回答说:"我给她一种好药,可以使她立刻长大。可是现在一时没有,要到很远的地方去采。在我找到这药之前,大王是不能看你这女儿的。要等她吃了药之后,你才能见她。"

　　于是医生便到很远的地方去采药。过了十二年,采到药回来,给国王女儿,让她吃了,然后带她去见国王。国王看见女儿,特别高兴,心想:"他真是一位高明的医生!我女儿吃了他的药,能够一下子就长这么大!"国王便吩咐身边的人,拿一些珍宝赏给这位医生。

当时大家都讥笑国王无知,不懂得计算一下女儿出生后经过了多少年月,一下子看见孩子长到这么大,还当真认为是药物的效力。

【评析】

人生下来从小到大,有一个成长的过程,不可能"立刻"长大。国王要求医生让他的女儿立刻长大,这是不可能的。但是国王的命令不能违背。医生巧妙地采用"去远方采药"的办法,让国王十二年后再见女儿,让他的女儿慢慢长大,这既避免了国王可能对他的加害,又获得了很多珍宝。国王是愚蠢的,而医生却是明智的。违反客观规律的事是不可能实现的,只能顺应规律,使事物完成它本有的的发展过程。

(周维网)

灌 甘 蔗

昔有二人,共种甘蔗,而作誓言①:"种好者赏;其不好者,当重罚之。"

时二人中,一者念言:"甘蔗极甜,若压取汁,还②灌甘蔗树,甘美必甚,得③胜于彼④。"

即压甘蔗,取汁用灌,冀望滋味,反败⑤种子,所有甘蔗,一切都失。

(《百喻经·灌甘蔗喻》)

【注释】

①誓言:表示如何做的决心,这里指双方共同约定。　②还(huán 环):回过来。　③得:能够。　④彼:那个人。　⑤败:败坏,腐烂。

【今译】

从前,有两个人一同种甘蔗,共同立下一个约定:"种得好的要受奖励,种得不好的,一定要重罚他。"

当时这两人中的一个心里想道:"甘蔗很甜,要是榨出甘蔗汁来,用它去浇灌甘蔗,甘蔗一定会更加甜美,就一定能胜过对方。"

于是他就压榨甘蔗,取出汁液来浇灌甘蔗,指望让甘蔗更加甜美,不想反而损坏了甘蔗,种下的甘蔗全部死光,什么也没有了。

【评析】

作物的栽培,需要有多种合适的条件。要想获得丰收,得按生长规律办事。这个种甘蔗的人以为浇灌甘蔗汁,甘蔗就会更加甘美,这就像今天某些人所相信的"吃什么补什么",这实际上是不可能的。他种的甘蔗全部坏死,连发芽的根茎都烂光了,就是严酷的事实。这个故事告诫人们:一定要按客观规律办事,决不能想当然。

(周维网)

债 半 钱

往有商人,贷①他②半钱,久不得债,即便往债③。

前有大河,雇他两钱,然后得渡。到彼往债,竟不得见。来还渡河,复雇两钱。

为半钱债,而失四钱,兼有道路疲劳乏困。所债甚少,所失极多。果被众人之所怪笑。

(《百喻经·债半钱喻》)

【注释】

①贷:借贷,借给人。 ②他:别人,人家。 ③债:前"债"指偿还所欠的钱财,后"债"指讨债。

【今译】

从前有一个商人,借给人家半个钱,好久没有得到偿还,于是他就到借钱人那儿去要账。

走到半路上,有一条大河,渡河要出两个钱才能过得去。到了借钱人那里,却没有能见到借债的人,只好回来,过河又花了两个钱。

为了半个钱的债,却用掉四个钱,还加上路上往返的辛苦。所要的账很少,因要账失去的却多得多,结果为大家所奇怪,并受到大家的嘲笑。

【评析】

半个钱的债没有讨到,却花掉了四个钱的船钱,还落得一身疲劳和辛苦,这都因为事先缺少盘算。故事告诉我们:做一件事情要权衡得失,不要做那些得不偿失或劳而无功的事。

(周维网)

就楼磨刀

昔有一人,贫穷困苦,为王作事。日月经久,身体羸①瘦。王见怜愍,赐一死驼。

贫人得已,即便剥皮,嫌刀钝故,求石欲磨。乃于楼上得一磨石,磨刀令利,来下而剥。

如是数数往来磨刀,后转劳苦,惮②不能数上,悬驼上楼,就石磨刀。深为众人之所嗤笑。

(《百喻经·就楼磨刀喻》)

【注释】

①羸(léi 雷):瘦弱。　②惮(dàn 但):害怕。

【今译】

从前,有一个人非常穷苦,他给国王当了多年的差使,弄得身体瘦弱。国王看到后,觉得他很可怜,就赏给他一匹死骆驼。

这人得到死骆驼以后,就着手给它剥皮。可是嫌刀子太钝,到处找磨刀石来磨刀,最后还是在楼上找到了,于是磨快了刀子,下楼来剥皮。

这样反复上楼下楼往来磨刀,后来实在太累,不想一次一次地老是楼上楼下地跑,于是就把骆驼吊上去,就着石头磨刀。这样做,受到大家的讥笑。

【评析】

在楼下给骆驼剥皮,而磨刀石在楼上,要磨刀就得楼上楼下地跑,因而实在太累。解决的办法其实非常简单:从楼上把磨刀石拿下来。可是这位穷苦人采取了相反的做法,把骆驼吊上楼去,就着石头磨刀。做任何事情都既要动手,更要动脑,绝对不能舍近求远、弃简就繁,把简单的事复杂化。

(周维网)

乘船失钎

昔有人乘船渡海,失一银钎①,堕于水中。即便思念:"我今画水作记,舍之而去,后当取之。"

行经二月,到师子诸国②,见一河水,便入其中,觅本③失钎。

诸人问言:"欲何所作?"

答言:"我先④失钎,今欲觅取。"

问言:"于何处失?"

答言:"初入海失。"

又复问言:"失经几时?"

言:"失来⑤二月。"

问言:"失来二月,云何⑥此觅?"

答言:"我失钎时,画水作记。本所画水,与此无异,是故觅之。"

又复问言:"水则不别。汝昔失时,乃在于彼;今在此觅,何由可得?"

尔时众人无不大笑。

(《百喻经·乘船失钎喻》)

【注释】

①钎(yū 迂):即钵盂,僧人的盛饭器皿。　②师子国:古国名,今斯里兰卡。　③本:原本。　④先:先前,原先。　⑤失来:丢失以来。　⑥云何:为何,为什么。

【今译】

从前,有一个人乘船渡海,把一个银钵盂掉进水里。于是他就想:"我现在在水上画一个记号,暂时不去管它,以后有时间再捞取。"

过了两个月,到了师子国,看到一条河,便跳进去寻找那失去的钵盂。

一些人问他:"你这是干什么?"

他回答说:"我早先丢掉一个钵盂,现在想找回它。"

众人又问:"你是在什么地方丢失的?"

他回答说:"刚入海时掉的。"

又问:"丢失多少时间了?"

回答说:"丢失了两个来月了。"

众人说:"丢失了两个月,为什么在这里找呢?"

他回答说:"我丢钵盂时,曾在水上画了一个记号。我画记号的水面和这里的水面完全一样,所以在这里找它。"

众人又说:"这里的水面和你丢失钵盂那地方的水面虽然没有区别,但你丢

医与王女药令卒长大

东西是在那个地方,现在找东西却在这个地方,哪能找到呢?"

这时大家都笑话他。

【评析】

《刻舟求剑》的故事说的是在船上刻记号,这个故事则是在水面上画记号,说的都是时间、地点发生了变化,而自己的行为不随着改变。事物是千变万化的,人们的行为也应跟着变化。故事还告诉我们:做任何事都应动脑子想一想,在无所区别的地方做记号等于没做记号。

(周维网)

人说王纵暴

昔有一人,说王过罪,而作是言:"王甚暴虐,治政无理。"

王闻是语,即大瞋恚①,竟不究悉②谁作此语,信旁佞人,捉一贤臣,仰使剥③脊,取百两肉。

有人证明此无是语,王心便悔,索千两肉,用为补脊。

夜中呻唤④,甚大苦恼。王闻其声,问言:"何以苦恼?取汝百两,十倍与汝。意不足耶?何故苦恼?"

旁人答言:"大王,如截子头,虽⑤得千头,不免子死。虽十倍得肉,不免苦痛。"

(《百喻经·人说王纵暴喻》)

【注释】

①瞋恚(chēn huì 嗔会):愤怒。　②究悉:详尽,明白。　③剥(pū 铺):同"扑",击打。　④呻唤:呻吟。　⑤虽:即使。

【今译】

从前,有一个人议论国王的罪过,他说:"国王非常凶残暴虐,治国无道。"

国王听到这话,便十分愤怒,也不弄清楚是谁说的这话,只听信身边惯于阿谀奉承的人,就把一个贤臣抓了起来,命令人敲打他的脊背,并从他的脊背上割下一百两肉。

后来有人证明这个贤臣并没有说过这样的话,国王心里非常后悔,就给这个贤臣一千两肉,用来补偿他的脊背。

这位贤臣在夜里呻吟不止,十分痛苦。国王听见了,问道:"你还有什么痛苦?我从你背上只取了一百两肉,已经十倍地还给了你,是不是还不满足呢?你为什么还苦恼?"

旁边的人回答:"大王,如果砍掉你的头,即使还你一千颗头,也不能使你免死。他虽然得了十倍的肉,可是痛苦仍然在他身上。"

【评析】

有人议论国王凶残,就被割下背上的肉,这正说明国王确实凶残。幸好他还知道后悔。不过,从人身上割肉,用另外的肉来补偿,再多又有什么用呢?被割肉的痛苦怎么能用"十倍与汝"的办法来解除呢?故事虽然离奇,但反映了残暴的统治者草菅人命,凶残无知的事实。从更广的意义上说,人做事需要谨慎,一旦做错,有些即使十倍、百倍地用力去弥补,也是无济于事的。

(周维网)

妇女欲更求子

往昔世时,有妇女人,始有一子,更欲求子。问余妇女:"谁有能使我重①有子?"

有一老母语此妇言:"我能使尔求子可得,当须祀天。"

问老母言:"祀须何物?"

老母语言:"杀汝之子,取血祀天,必得多子。"

时②此妇女便随彼语,欲杀其子。

旁有智人,嗤笑骂詈③:"愚痴无智,乃至如此!未生子者,竟可得不④?而杀现子。"

(《百喻经·妇女欲更求子喻》)

【注释】

①重(chóng虫):又,再。 ②时:当时。 ③詈(lì利):骂。 ④不:否。

【今译】

从前有一个妇女,起先生了一个儿子,还想再生儿子,就去问别的妇女:"谁有办法能让我再得个儿子?"

一个老太婆告诉她:"我有办法让你求得儿子,不过你必须祭奠天神。"

她问老太婆："祭奠天神需要用什么东西？"

老太婆说："把你儿子杀了，用他的血来祭奠天神，一定会生很多儿子。"

当时这个妇女就依照她的话，准备杀掉自己的儿子。

旁边一位聪明的人，嗤笑责骂她："怎么糊涂到这种地步！儿子还没有生下来，将来能不能生，现在还不知道，却要杀掉现在已经生下来的儿子！"

【评析】

想再生儿子，却听信别人的话先把自己已生的儿子杀了，这就等于要得到想象中的更多的东西，先把现有的东西一并抛开；想有个美好的未来，得毁灭了眼前的一切。结果是想得的得不到，原来有的已化为乌有。既然已没有了今天，明天再美好又有什么意义？

（周维网）

入海取沉水

昔有长者①子，入海取沉水②，积有年载，方得一车。持来归家，诣③市卖之。以其贵故，卒无买者。

经历多日，不能得售，心甚疲厌，以为苦恼。见人卖炭，时得速售，便生念言："不如烧之作炭，可得速售。"

即烧为炭，诣市卖之，不得半车炭之价值。　　（《百喻经·入海取沉水喻》）

【注释】

①长者：佛教称具备十德的人。十德指姓贵、位高、行净、礼备、上叹、下归、大富、威猛、智深、年耆。　②沉水：沉香。沉香木能沉于水者为沉香。　③诣：至，到某地方。

【今译】

从前有一位长者的儿子，到大海里去采集沉在水下的香木，过了好几年，才收集到一车。拉回家里后，送到集市上去卖。因为太贵，始终没有人买。

经过好多天，没有卖掉，他感到十分疲惫，心里很厌烦、苦恼。他看到别人卖炭，很快就卖掉了，心里就想："我不如把这些沉香木烧成炭，必定会卖得很快！"

于是他把这沉香木一齐烧成炭，送到集市上去卖，可是得到的钱还抵不上半车木炭的价钱。

【评析】

多年采集了一车沉香木,竟把它烧成木炭去卖,还抵不上半车普通木炭的价钱。不同的事物有不同的价值,也因此成为不同人的需求。沉香木的价值这人是知道的,可是因为没有耐心,急于求成,导致草率行事。故事告诫人们:要正确认识事物的价值,做事情要有明确的目标。要实现自己的目标、实现事物的价值,就要有耐心、有毅力,锲而不舍,决不能半途而废。

(周维网)

种熬胡麻子

昔有愚人,生食胡麻①子,以为不美,熬而食之为美。便生念言:"不如熬而种之后得美者。"

便熬而种之,永无生理②。

(《百喻经·种熬胡麻子喻》)

【注释】

①胡麻:即今油麻。中国原先只有大麻,汉朝张骞从西域大宛得油麻种来,故名胡麻,以区别于中国原来有的大麻。　②生理:生长繁殖之理。

【今译】

从前有一个蠢人,吃了生的胡麻子,觉得味道不好,还是炒熟了吃起来味道才好。于是他心里想:"还不如把生胡麻子炒熟了再种,然后就可以长出美味的胡麻子了。"

于是他就炒熟了种下去,这样的种子当然永无生长出来的道理。

【评析】

把种子炒熟了种下去,长出熟的胡麻子来,吃起来又香又方便。这个想法倒是很好,只是违背了客观规律,无法变为现实。因此无论什么人都要尊重客观规律。任何人都不可能仅仅根据自己的美好愿望来行动,否则,想法再好,可违背了客观规律,到头来只能是事与愿违。

(周维网)

水 火

　　昔有一人,事须火用,及以冷水,即便宿火①,以澡盥②盛水,置于火上。后欲取火,而火都③灭,欲取冷水,而水复热。火及冷水,二事俱失。(《百喻经·水火喻》)

【注释】

　　①宿火:隔夜未熄的火;留下的火种。这里指留下的火种。　②澡盥(guàn惯):盛水的器皿。　③都:全。

【今译】

　　从前有一个人,有事要用火和冷水两样东西,他便把火封好,用澡盆装了水放在火上。后来他要取火,火已经灭了,再要取冷水,水却变得温热了。火和冷水两样都没有得到。

【评析】

　　既要保留火种,又要保留冷水,这二者是不能放在一起处理的。结果是火把水焐热了,装水的器皿把火压灭了。做任何事情都应该有主次,有安排,有所不为,才能有所为,试图"毕其功于一役"是不行的。

(周维网)

人效王眼瞤①

　　昔有一人,欲得王意,问余人言:"云何得之？"

　　有人语言:"若欲得王意者,王之形相,汝当效之。"

　　此人即便往至王所,见王眼瞤,便效王瞤。王问之言:"汝为病耶,为著风耶②？何以眼瞤？"

　　其人答王:"我不病眼,亦不著风,欲得王意。见王眼瞤,故效王也。"

　　王闻是语,即大瞋恚③,即便使人种种加害,摈④令出国⑤。

(《百喻经·人效王眼瞤喻》)

【注释】

　　①瞤(shùn顺):眼皮跳动。　②为……为……:是……还是……,用于提问。

③瞋恚（chēn huì 嗔会）：愤怒。　　④摈（bìn 殡）：排除，抛弃。　　⑤出国：赶出国门。

【今译】

从前，有一个人想讨国王的欢心和赏识，便问别人："有什么办法可以讨得国王的喜欢？"

人家告诉他："如果想讨得国王的欢心，应该学国王的形神举动。"

这人就到国王跟前，看见国王眨巴着眼皮，于是他也学着眨巴起眼睛来。国王问他道："你是有毛病，还是受了风呢？怎么老眨巴眼睛？"

他回答说："我眼睛没有毛病，也没有受风。我是想要讨大王的欢心。我看见大王在眨巴眼睛，所以也学着眨巴起眼睛来。"

国王听他这么一说，马上发起火来，立刻叫人狠狠地惩罚他，并下令把他赶出国去。

【评析】

学国王的形神举动，可学的东西很多。这人偏偏学个眨眼睛，遭到惩罚当然是情理之中的事。学什么东西都应该学根本，学本质，力求学深、学透，而不能仅仅学其皮毛，学一些无关紧要的东西。　　　　　　　　　　　（朱景松）

为妇贸①鼻

昔有一人，其妇端正，唯有鼻丑。

其人外出，见他②妇面貌端正，其鼻甚好，便作念言："我今宁可③截取其鼻著④我妇面上，不亦好乎！"

即截他妇鼻，持来归家，急唤其妇："汝速出来，与汝好鼻。"

其妇出来，即割其鼻，寻⑤以他鼻著妇面上。既不相著，复失其鼻，唐⑥使其妇受大苦痛。　　　　　　　　　　　　　　（《百喻经·为妇贸鼻喻》）

【注释】

①贸：交换。　　②他：别人。　　③宁可：情愿。　　④著（zhuó 浊）：同"着"，使附着在别的物体上。　　⑤寻：接着。　　⑥唐：空，徒然。

【今译】

　　从前有一个人，他的妻子长得很漂亮，只是鼻子不好看。

　　有一次，这个人外出，看见别人家的老婆相貌很美，尤其是那个鼻子长得好。便想道："我若把她的鼻子割下来，安在我老婆脸上，那该多好！"

　　于是他把那个妇女的鼻子割下来，带回家中，急急忙忙地喊他老婆，说："你快出来，我给你换一个好鼻子。"

　　他老婆刚一出来，他就赶紧把她鼻子割了下来，跟着就把带回来的那只鼻子往她脸上安，可是怎么也安不上去。结果是，他老婆丢掉了鼻子，徒然受了极大的痛苦。

【评析】

　　别人鼻子好看，就把它割下来，安到自己老婆的鼻子上，来弥补缺憾，这个想法很天真，也行不通。一个稍有点儿常识的人都会看出，这确实是愚蠢之举。这个故事告诉人们：别人有优点，光是羡慕不行，"掠美"、移花接木更不行。正确的做法是从根本上来学习，提高自己的内在素质，培养自己的优秀品质。

（朱景松）

牧 羊 人

　　昔有一人，巧于牧羊，其羊滋多，乃有千万。极大悭①贪，不肯外用。

　　时有一人，善于巧诈，便作方便②，往共亲友，而语之言："我今共汝极成亲爱，便为一体，更无有异。我知彼家有一好女，当为汝求，可用为妇。"

　　牧羊之人，闻之欢喜，便大与羊及诸财物。

　　其人复言："汝妇今日已生一子。"

　　牧羊之人，未见于妇，闻其已生，心大欢喜，重与彼物。

　　其人后复而与之言："汝儿已生，今死矣！"

　　牧羊之人闻此人语，便大啼泣，嘘唏③不已。　　（《百喻经·牧羊人喻》）

【注释】

　　①悭（qiān牵）：吝啬。　　②方便：计谋，计算。　　③嘘唏：同"歔欷"，哽咽，抽噎。

【今译】

　　从前有一个牧羊人很会养羊。他的羊繁殖得很快,有成千上万只。但是他很吝啬,从来不肯拿一点东西给别人。

　　当时有一个人非常狡猾、虚伪,他设了一个圈套,便去和牧羊人交朋友。他对牧羊人说:"我和你现在已经是最要好的朋友,就像一个人一样不分彼此。我知道有一户人家有一位漂亮的姑娘,我正在想办法替你求亲,给你做老婆。"

　　牧羊人听了这话,十分高兴,就给了他很多羊和各种财物。

　　这人又对牧羊人说:"你那妻子今天已经生了一个孩子。"

　　牧羊人还没有见过自己的老婆,听说已经生了孩子,更加欢喜,又给了他很多东西。这人后来又告诉牧羊人:"你的孩子已出生,不过现在死了。"

　　牧羊人听了这话,大哭起来,悲痛不已。

【评析】

　　这个故事是佛教提倡人广为施舍,不要吝啬,否则最后也只能是人财两空;不要有私心杂念,否则真实义理就远离自己了。作为寓言来读,可以体会这样的意思:一个人确实不能吝啬。但是所谓老婆、孩子见都没有见着,根本就不存在,一味地往好处想,听到花言巧语,就傻乎乎的一次又一次地给人家东西,就无端地产生极度的悲伤,实在是自作多情,最后自食其果。一个人有了非分之想,让人投其所好,被人利用来骗取财物,对此应该头脑清醒,保持警惕。　　　　(朱景松)

雇倩瓦师

　　昔有婆罗门师,欲作大会,语弟子言:"我须瓦器,以供会用。汝可为我雇倩①瓦师②。诣市觅之。"

　　时彼弟子往瓦师家,时有一人驴负瓦器至市欲卖,须臾③之间,驴尽破之。还来家中,啼哭懊恼。

　　弟子见已,而问之言:"何以悲叹懊恼如是?"

　　其人答言:"我为方便,勤苦积年,始得成器。诣市欲卖。此弊恶驴,须臾之顷,尽破我器。是故懊恼。"

尔时弟子见闻是已,欢喜念言:"此驴乃是佳物!久时所作,须臾能破。我今当买此驴。"

瓦师欢喜,即便卖与。乘④来归家,师问之言:"汝何以不得瓦师将来?用是驴为⑤?"

弟子答言:"此驴胜于瓦师。瓦师久时所作瓦器,少时能破。"

时师语言:"汝大愚痴,无有智慧。此驴今者适可能破,假使百年,不能成一。"

(《百喻经·雇倩瓦师喻》)

【注释】

①倩(qiàn 欠):请人做事。　②瓦师:陶工。　③须臾:极短的时间。　④乘:骑。　⑤用是驴为:要这驴干什么。用……是为,用……干什么。

【今译】

从前有一个婆罗门法师,想举行一次盛大的法会,就对他的一个弟子说:"我需要一些陶器,准备法会使用。你到集市上雇请一位做陶器的师傅来。"

弟子遵命去了陶匠家。这时那做陶器的人正赶着一头驴子驮着陶器到集市上去卖。忽然,那毛驴一颠,把所驮的陶器全给砸坏了。那个人回到家里,十分懊恼,正伤心地痛哭。

弟子看到这样,就问他:"你为什么伤心成这个样子?"

那人答道:"我辛辛苦苦经营了几年,才造出这些陶器。今天到集市上去卖,不料被这头坏驴子一下子都给砸了!因此十分苦恼!"

这时弟子听到此事后,心中欢喜,他想:"这毛驴原来是一个好东西。人家用了那么长时间做出来的东西,一会儿工夫就能全部砸坏。我现在应当把这驴子买下来。"

陶匠很高兴,马上就把这头毛驴卖给了他。弟子骑着毛驴回到家中,师傅问他:"你怎么不把陶匠师傅请来?弄这驴子来干什么?"

弟子回答说:"这头毛驴大大超过了陶匠师傅。陶匠师傅费了不少时间做出来的陶器,它一会儿工夫就能全部毁掉。"

这时师傅说:"你真蠢,太没脑子了!这头毛驴只是能砸破陶器,可你即使给它一百年的时间,它也造不出一件陶器来。"

【评析】

辛苦几年做出来的陶器,驴子刹那间破坏殆尽,从这一点上说,毛驴确实有"本事",这"本事"是销毁别人的劳动成果。世界上有两种人:一种人通过自己的辛勤劳动创造着社会财富;另一种人专门搞破坏,对社会有害无益。对这两种人要善于分辨,决不可采取附和,甚至赞扬破坏者的愚蠢行为。　　　　(朱景松)

估客偷金

昔有二估客①,共行商贾。一卖真金,其第二者卖兜罗绵②。

有他买真金者,烧而试之。第二估客即便偷他被烧之金,用兜罗绵裹。时金热故,烧绵都③尽,事情既露,二事俱失。　　　　(《百喻经·估客偷金喻》)

【注释】

①估客:商人。　②兜罗绵:木棉的一种。　③都:完全。

【今译】

从前,有两个商人一起合伙做买卖。一个人卖金子,另一个人卖兜罗绵。

有一位顾客来买金子,把金子放在火上烧,来检验金子的纯杂。那卖兜罗绵的商人便乘机偷了这试烧的金子,用兜罗绵裹着藏起来。因为金子很热,把兜罗绵烧得净光。

事情终于败露了,他不但没有把金子偷到手,连兜罗绵也损失殆尽。

【评析】

金子是好东西,可是烧烫的金子与兜罗绵是不相容的。用兜罗绵去包裹烧烫的金子,自以为聪明而且隐蔽,但其结果是偷金不成,反而失去了兜罗绵,弄得事情彻底败露。这个故事的本义是批判异教徒剽窃佛教教义,把它包裹在自己的"法"中,结果不仅没有使自己真有所得,还毁坏了自己的根本。故事告诉人们:做见不得人的事情,即使伪装得再巧妙,最终也会露出马脚。　　　　(朱景松)

斫①树取果

昔有国王,有一好树,高广极大,常有好果,香而甜美。

时有一人,来到王所。王与之言:"此之树上,将生美果,汝能食不②?"

即答王言:"此树高广,虽欲食之,何由能得?"

即便断树,望得其果。既无所获,徒自劳苦。后还③欲竖④,树已枯死,都无⑤生理⑥。

(《百喻经·斫树取果喻》)

【注释】

①斫(zhuó浊):砍削。　②不:否。　③还:反过来。　④竖:栽起来。
⑤都无:全无,完全没有。　⑥生理:生长繁殖之理。

【今译】

从前有一个国王,他有一棵好树,长得很高,树冠又大,经常结满香甜的果子。

有一个人来到国王那里,国王跟他说:"这树上很快就要结好吃的果子,你能吃吗?"

那个人回答说:"这棵树既高又大,虽然我想吃果子,但是有什么办法能得到呢?"

于是当即就把树砍倒,指望得到上面将要结出的果子,结果一无所获,徒费了一阵辛苦。后来又想把这棵树再栽起来,但树已枯死,已没有再生的希望了。

【评析】

这个故事本来是说如来佛所制定的持戒功德好比一棵大树,上面结了果子,只有持戒,做种种功德,才能吃到果子。如果用不正确的方法,把树砍倒,不仅吃不到果子,反而会造成无可挽回的后果。而就现实来说,它告诉人们:要想达到自己的目的,一定要遵循正确的途径。要在事业上有所建树,必须通过自己踏踏实实的努力,急于求成,甚至不计后果,只能适得其反。

(朱景松)

送 美 水

昔有一聚落①，去②王城五由旬③。村中有好美水，王敕④村人，常使日日送其美水。村人疲苦，悉⑤欲移避，远此村去。

时彼村主语诸人言："汝等莫去，我当为汝白王，改五由旬作三由旬，便汝得近，往来不疲。"

即往白⑥王，王为改之，作三由旬。

众人闻已，便大欢喜。

有人语言："此故是本五由旬，更无有异。"

虽闻此语，信王语故，终不肯舍。 （《百喻经·送美水喻》）

【注释】

①聚落：村落，村庄。 ②去：距离。 ③由旬：印度古代计算里程的单位。分上、中、下由旬三种，各为六十里、五十里、四十里。 ④敕（chì 斥）：命令，告诫。 ⑤悉：全，尽。 ⑥白：告诉。

【今译】

从前有一个村子，离国王居住的都城有五由旬的路程。这个村子的水特别好，国王命令村民每天要给他送水。村里人感到这份差事实在累人，大家都想搬走，远远地离开这个村子。

这时村长告诉大家说："你们别走，我要为你们向国王请求，把五由旬的路程改为三由旬的路程，让你们送水近一些，往返也就不太累了。"

村长就去向国王报告，国王也就照他的意见改作三由旬的路程。

大家听了都特别高兴。

有人说："这仍旧是原来的五由旬的路程，并没有什么不同。"

大家虽然听了这话，因为相信国王的话，结果还是不肯搬走。

【评析】

故事的本意是说，佛教正法前后连贯，并没有真正分立的小、中、大三乘法。有人执意相信这种分法，不肯舍弃小乘这条自认为易行的道路而转向大乘，就像只听信国王的话一样。从更广的意义上来说,路程远近是客观事实,并不因为把它说得短些,它就真的短了。可悲的是,村里人听不进正确的意见,只相信路程变短的话,因为这符合自己的愿望,真是执迷不悟。 (周维网)

宝 箧 镜

昔有一人,贫穷困乏,多负人债,无以可偿,即便逃避。

至空旷处,值①箧②,满中珍宝。有一明镜,著③珍宝上,以盖覆之。贫人见已,心大欢喜,即便发④之。见镜中人,便生惊怖,叉手语言:"我谓空箧,都无⑤所有;不知有君在此箧中,莫见瞋也。" (《百喻经·宝箧镜喻》)

【注释】

①值:相遇。　②箧(qiè 怯):小箱子。　③著(zhuó 浊):同"着",附着。④发:打开。　⑤都无:全无。

【今译】

从前有一个人,贫穷潦倒,欠了别人许多债,没法偿还,便逃出去躲债。

走到一个空旷的地方,发现一口小箱子,里面装满了珍宝。其中有一面镜子,摆在珍宝上面,盖着这些东西。

这个穷人看见以后,心里一阵高兴,马上把它打开。可是看到镜子里的人,便非常害怕,赶紧拱手说道:"我以为只是一只空箱子,什么也没有,不知道有你在这小箱子里,千万别生气呀!"

【评析】

故事的原意是说,佛教劝人修行积德,可是有的人不能抛弃真我,就像在镜子里照见了自己的真身,便不再做诸功德,已经修成的成果也就完全抛弃了。换一个角度来读这个故事,一个穷人发现满箱珍宝,因为不知道镜子里照见的是自己,误以为是珍宝的主人,于是惊恐万状,不仅舍弃珍宝,反而请求谢罪,这种行为是愚蠢的。发现了对自己有用的东西,要善于吸取,加以利用,这就要排除各种可能的障碍,尤其不能有莫须有的忧虑。 (周维网)

破五通仙眼

昔有一人,入山学道,得五通仙,天眼彻视,能见地中一切①伏藏,种种珍宝。

国王闻之,心大欢喜,便语臣言:"云何②得使此人常在我国,不余处去,使我藏中得多珍宝?"

有一愚臣,辄便往至,挑③仙人双眼,持来白王:"臣以挑眼,更不得去,常住是国。"

王语臣言:"所以贪得仙人住者,能见地中一切伏藏。汝今毁眼,何所复任④?"

（《百喻经·破五通仙眼喻》）

【注释】

①一切:所有的。　②云何:为何,如何。　③挑(tiǎo 跳上声):挖取。　④任:担当。

【今译】

从前有一个人,到深山里去学道,修炼五种神通仙法,他的天眼看清一切,能够看到地下埋藏的所有东西及各种宝物。

国王听说后非常高兴,就告诉他的大臣们说:"怎样才能让这个人长期留在我国,不到别的地方去,好让我的国库不断增加大量宝物呢?"

有一个愚蠢的大臣,就跑到那有天眼的人的住处。把他的两只眼睛挖了出来,拿来见国王,说道:"我现在已经把他的两只眼睛挖了出来,他再没有办法到别处去了,一定会长久留在这里。"

国王对他说:"我之所以要仙人能够留在这里,就是希望他能发现地下埋藏的宝物。你现在把他的眼挖了出来,他还有什么用?"

【评析】

发现地下宝藏靠的是一双"天眼"。可是要天眼发挥作用,得让眼睛长在人的身上。

把眼睛挖下来,虽然他不会离开了,但这样一来,不仅天眼再也没有效用,这位有天眼的人也失去了他的本领。一个人可以有很强的能力,有很大的本领,可是他不能离开施展才华、发挥本领的舞台,离不开各种客观基础。这个故事让我们举一反三,回味无穷。

(周维网)

杀 群 牛

昔有一人,有二百五十头牛,常驱逐①水草,随时馁②食。

时有一虎,啖③食一牛。

尔时牛主即作念言:"已失一牛,俱不全足④,用是牛为!"即便驱至深坑高岸,排著坑底,尽皆杀之。

(《百喻经·杀群牛喻》)

【注释】

①驱逐:驱赶,追随。 ②馁(wèi卫):喂。 ③啖(dàn但):吃。 ④全足:完整。

【今译】

从前有一个人,养了二百五十头牛,经常赶着这群牛到水草充足的地方,让它们随时随地自由吃草。

有一次,有一只老虎把他的牛吃掉了一头。

这时牛主人想:"已经失去一头牛了,我的二百五十头已不完整,我还要这些牛干什么?"于是就把牛一齐赶到深坑的高处,把它们一个个推到坑底,全部弄死。

【评析】

本来有二百五十头牛,因为被吃了一头,不是整数了,就干脆把剩下的全部杀死,这个做法令人不可思议。佛教用这个故事劝诫教徒,不能因为违反了一条戒律,就再也不守戒了。推而广之,不能因为有一些错误就自暴自弃。正确的做法是消除缺点,弥补不足,用积极的态度使它不断完善。不能因为某人有一些缺点,就否定他的一切,看问题必须全面。

(朱景松)

见他人涂舍

昔有一人,往至他①舍,见他屋舍墙壁涂治,其地平正,清净甚好。便问之言:

"用何和涂得②如是好?"

主人答言:"用稻谷䴸③水浸令熟,和泥涂壁,故得如是。"

愚人即便而作念言:"若纯以稻䴸,不如合稻而用作之,壁可白净,泥治平好。"

便用稻谷和泥,用涂其壁。望得平正,返更高下,壁都坼裂④。虚弃稻谷,都无利益。不如惠施⑤,可得功德。 (《百喻经·见他人涂舍喻》)

【注释】

①他:别人,人家。 ②得:能。 ③䴸(yì译):破碎的麦壳或稻谷壳。 ④坼(chè彻)裂:裂开。 ⑤惠施:施恩。

【今译】

从前有一个人,到别人家去,看到那家房屋的墙壁涂抹得很美观,地也平整,非常清洁,感到很好。他便问主人:"用什么东西涂抹得这样好?"

主人回答说:"是用碎稻谷壳泡在水里,等它发酵后,再拌和着泥土抹墙,所以才这样。"

那蠢人就心里想道:"如果完全用碎稻谷壳,还不如用稻谷和那墙可以更加白净,涂抹得也更加平整好看。"

他就用完整的稻谷和着泥,涂抹他的墙壁。本来是想要它平整的,哪知反而更高高低低的,墙壁到处出现裂缝。稻谷完全浪费了,一点好处都没有。不如把这些稻谷用来救济施舍,可以得到功德。

【评析】

用稻谷壳和泥来涂墙,自有稻谷壳的作用。稻谷显然比稻谷壳贵重和洁白,认为用它来涂墙可以更白净、好看,这个想法倒是别出心裁,但是稻谷代替不了稻谷壳的功用。把墙涂得高高低低,继而到处出现裂缝,就是最有力的证明。一个物、一个人,其价值全在于用在恰当的地方,不可小材大用,也不能大材小用。 (朱景松)

治 秃

昔有一人,头上无毛①,冬则大寒,夏则患热,兼②为蚊虻之所唼③食。昼夜受恼,甚以为苦。

有一医师,多诸方术。

时彼秃人,往至其所,语其医言:"唯愿大师,为我治之。"

时彼医师,亦复头秃,即便脱帽示之,而语之言:"我亦患之,以为痛苦。若令我治能得差④者,应先自治以除其患。"

（《百喻经·治秃喻》）

【注释】

①毛:毛发,头发。　②兼:加上。　③喥(zā扎):吮吸。　④差(chài柴去声):同"瘥",病除。

【今译】

从前有一个人,头上没有头发,冬天感到特别的冷,夏天又怕热,再加上蚊子、虱虫叮咬,白天夜晚都不得安宁,这使他十分苦恼。

有一个医生,掌握很多医治方法。

当时这个秃子就到医生家里,对医生说:"我请求大夫给我治好这个病。"

这位医生也是个秃子,于是就脱下帽子让他看,告诉他说:"我也害这个病,这让我也很苦恼。假如我能治好这种病的话,应该早把自己治好了。"

【评析】

这位医生十分坦率,承认自己没有治疗秃头的办法。佛教用这个故事告诫信徒:生、老、病、死是人的忧患,但却是不能排除的,没有长生不老的方法。从生活的角度来读这个故事,我们可以看到相反的情形:一米五的个头,大声叫卖增高药;为了骗取钱财,向人推销致富经;假冒伪劣产品总要贴上美丽的标签;伪科学却要披上科学的外衣。这些都是骗人的行为。从这一点来说,倒是要好好向这位医生学学。

(朱景松)

毗舍阇鬼

昔有二毗舍阇鬼①,共有一箧②、一杖、一屐③。二鬼共诤④,各各欲得。二鬼纷纭,竟日不能使平。

时有一人来见之已,而问之言:"此箧、杖、屐有何奇异,汝等共诤,瞋恚⑤乃尔⑥?"

二鬼答言:"我此箧者,能出一切衣服、饮食、床褥、卧具资生之物,尽从中出。执此杖者,怨敌归服,无敢与诤。著⑦此屐者,能令人飞行无罣礙⑧。"

此人闻已,即语鬼言:"汝等小远,我当为尔平等分之。"

鬼闻其语,寻⑨即远避。此人即时抱箧捉杖蹑⑩屐而飞。

二鬼愕然,竟无所得。

(《百喻经·毗舍阇鬼喻》)

【注释】

①毗(pí 皮)舍阇(shé 舌)鬼:又作毕舍遮鬼、臂奢柘鬼。 ②箧(qiè 怯):小箱子。 ③屐(jī 基):木头鞋。 ④诤:通"争",争论、争夺。 ⑤瞋恚(chēn huì 嗔会):生气发怒。 ⑥乃尔:这样。 ⑦著:同"着",穿。 ⑧罣礙(guàài 挂爱):牵挂。 ⑨寻:接着。 ⑩蹑(niè 聂):穿鞋。

【今译】

从前有两个鬼,共有一个小箱子、一根手杖、一双木屐。这两个鬼互相争夺,都想独自占有。两个鬼一天到晚吵闹不休,一直不得平息。这时有一个人来见这两个鬼,便问道:"这小箱子、手杖、木屐有什么奇特的地方,你们两人争夺,生气发怒到了这个地步?"

两个鬼说:"这个小箱子能变出一切衣服、食品、床褥、卧具和生活用品,所有东西都能从这里得到;拿着这根手杖,仇敌都会服从,没有哪个仇敌敢作对;穿上这双鞋,能够到处自由飞行,没有任何阻碍。"

那人听完,就对两个鬼说:"你们离我略远一点,我一定给你们公平分配。"

两个鬼听了,就远远地躲开了。这人立刻抱起小箱子,提起手杖,穿上木屐,腾空而去。两个鬼十分惊愕,连一件东西都没有得到。

【评析】

这个故事把佛教提倡的布施、禅定、持戒分别比做小箱子、手杖、木屐,众魔和不知正法的修道人为之争吵,希望得到好报,结果什么也得不到。故事说明:要想有好的结果,必须通过正确的途径。这个故事很容易使人联想到《鹬蚌相争》的故事。两个鬼互相争吵,互不相让,结果谁也没有得到,反而让别人从中渔利。如果共同占有,不争不吵,都会从中受益。因此人与人相处,应该互谅互让,宽宏大量，不仅要考虑自己，更要多为他人着想。

（朱景松）

估 客 驼 死

譬如估客，游行商贾，会①于路中，而驼卒②死。驼上所载，多有珍宝、细软、上氎③。种种杂物。

驼既死已，即剥其皮。

商主舍行，坐二弟子而语之言："好看驼皮，莫使湿烂。"

其后天雨，二人顽痴，尽以好氎覆此皮上，氎尽烂坏。

皮、氎之价，理自悬殊，以愚痴故，以氎覆皮。　　（《百喻经·估客驼死喻》）

【注释】

①会：恰巧，适逢。　②卒（cù促）：同"猝"，突然。　③氎（dié叠）：精细的毛布。

【今译】

譬如说有这么一个商人在各处流动做生意。恰巧在途中他的骆驼突然死了。骆驼背着很多珍宝、细软、上好的精毛布，以及各种杂物等东西。

骆驼已经死了，他就把皮剥了下来。

商人离开要走，招呼两个徒弟坐下，对他们说："你们好生看着这张骆驼皮，别让它受潮烂掉。"

后来下了大雨，这两个人很愚蠢，拿出所有的精细毛布盖在骆驼皮上，结果贵重的精细毛布全部烂掉了。

骆驼皮和精细毛布的价值，按说相差很大，但因为愚蠢，竟用贵重的精细毛布覆盖那不值钱的骆驼皮。

【评析】

佛教把不杀生戒比做精细毛布，把财货比做骆驼皮，把放纵自己、败坏善行比做下雨烂了东西，这个故事提倡修行的人注重持不杀戒。主人吩咐要好好保护骆驼皮，就用贵重的精细毛布来覆盖骆驼皮，这完全是舍本求末。在日常生活中，要分清轻重缓急、高低贵贱，关键时刻要保住有价值的东西，舍弃相对而言无价值或价值较低的东西,决不可因小失大。

(朱景松)

磨 大 石

譬如有人,磨一大石,勤加功力,经历①日月,作小戏牛。

用功既重,所期②甚轻。 　　　　　　　　(《百喻经·磨大石喻》)

【注释】

①经历:经过。　　②期:期待,希望。

【今译】

譬如说有这么一个人,磨治一块大石头,十分用力,费了很多时间,磨成了一只供人玩赏的小石牛。

用了这么大工夫,所得到的却很轻微。

【评析】

磨那么大一块石头,费力费时,只做成一个小小的供玩赏的石牛,实在是得不偿失。话说回来,既然想要制作小石牛,完全可以用一块小石头作材料,这样可以省掉雕琢的工夫,为什么偏偏要用大石头呢?无论做什么事情都要考虑效果,用自己有限的投入获得最大的收益。

(朱景松)

欲 食 半 饼

譬如有人,因其饥故,食七枚煎饼。食六枚半已①,便得饱满。

其人恚悔②,以手自打,而作是言:"我今饱足,由③此半饼。然前六饼,唐④自捐弃⑤,设⑥知半饼能充足者,应先食之。" 　　(《百喻经·欲食半饼喻》)

【注释】

①已:了。　　②恚(huì 会)悔:愤怒悔恨。　　③由:因为。　　④唐:空,徒然。　　⑤捐弃:抛弃。这里指浪费。　　⑥设:假设。

【今译】

譬如说有这么一个人,因为饥饿的缘故,一口气吃了七块煎饼。当他吃完六块半饼时,已觉得肚子很饱了。

他又懊恼又后悔,用手打自己,并说出这样的话:"我现在之所以这样饱,完全是因为吃了最后这半块饼的缘故。这样说来前面吃的那六块饼,全都是浪费。如果早知道这半块饼就能吃饱肚子,就应该先吃这半块。"

【评析】

吃饼把肚子吃饱了,这是慢慢吃饱的。第七块饼吃了一半肚子饱了,并不仅仅是这半块饼的作用,这是最普通的常识。吃饼的人懊悔不已,责怪自己不该吃前六块饼,真是愚不可及。常言道,万丈高楼平地起,冰冻三尺非一日之寒。哲学上则强调逐渐的量变引向根本的质变。我们不可能只要最后的结果,而忽视扎实的基础和一步步的过程。

(朱景松)

奴 守 门

譬如有人,将欲远行,敕①其奴言:"尔守好门,并看驴索。"

其主行后,时邻里家有作乐者,此奴欲听,不能自安。寻②以索系门,置于驴上,负至戏处,听其作乐。

奴去之后,舍中财物,贼尽持去。

大家行还③,问其奴言:"财物所在?"

奴便答言:"大家先付④门、驴及索,自是以外,非奴所知。"

大家复言:"留尔守门,正为财物。财物既失,用于门为?"

(《百喻经·奴守门喻》)

【注释】

①敕(chì 斥):告诫。　②寻:随即,接着。　③还(huán 环):回来。
④付:托付,交代。

【今译】

有一个人要出远门,吩咐他的仆人说:"你要看好门,还要把驴绳看好。"

主人走了以后,这时邻居家在演奏乐曲,这个仆人非常想去听,在家里待不下去。他就把门板卸下,用绳子捆好,放在驴背上,赶着驴子到奏乐的地方去,听他们演奏。

仆人离开以后,家里的财物全都被贼偷走了。

主人回来,问这个仆人:"家里的钱财都到哪里去了?"

仆人回答说:"主人原先交代我看好门、驴子和绳子。除此以外,就不是我所能知道的了。"

【评析】

好好看门自然是说守好家门,防止窃贼。这个仆人理解成看好门板,这自然是误会了主人的意思。之所以误会,是因为他贪玩。佛教劝诫人去除五欲,防止坏人钻空子。如果被色、声、香、味所迷惑,贪求名闻利养,结果一切修行都会失去。这个故事告诉人们:去除贪欲,是正确行事的根本。此外要善于准确地理解别人的话,只有这样,行为才能不出差错。

(朱景松)

贫人能作鸳鸯鸣

昔外国节法庆之日①,一切妇女尽持优钵罗花②以为鬘饰③。

有一贫人,其妇语言:"尔若能得优钵罗花来用与我,为尔作妻;若不能得,我舍尔去。"

其夫先来常善作鸳鸯之鸣,即入王池,作鸳鸯鸣,偷优钵罗花。

时守池者而作是问:"池中者谁?"

而此贫人失口,答言:"我是鸳鸯。"

守者捉得,将④诣⑤王所,而于中道复更⑥和声⑦作鸳鸯鸣。

守池者言:"尔先⑧不作,今作何益!" (《百喻经·贫人能作鸳鸯鸣喻》)

【注释】

①法庆之日:法定的庆祝日子。 ②优钵罗花:意译为青莲花,花瓣青而叶长。 ③鬘(mán 瞒)饰:璎珞之类的装饰品。 ④将:带领。 ⑤诣:到某地去。 ⑥更(gēng 耕):改变。 ⑦和声:调和声嗓。 ⑧先:原先。

【今译】

从前一个外国节日,凡是妇女在这一天都要在头发上戴优钵罗花作装饰。

有一个穷人,他的妻子对他说:"你如果能弄到优钵罗花给我戴,我就继续做你的老婆;如果弄不到,我就要离你而去。"

这穷人平常会模仿鸳鸯的叫声,他就钻到王官花园的池子里,发出鸳鸯叫的声音,想乘机偷到优钵罗花。

这时看管池子的人觉得有动静,就问:"池子里是谁?"

这个穷人失口回答说:"我是鸳鸯。"

看管池子的人就把他抓住,要把他送到国王那里去。在半路上他又调和声嗓模仿鸳鸯的叫声。看管池子的人说:"你先前不这样叫,现在叫起来又有什么用呢!"

【评析】

佛教用这个故事告诫佛教徒:平时要做好事,积善修德,否则,临时抱佛脚是无济于事的。凡事都有个时机。这位穷人有学鸳鸯鸣叫的绝活,如果他在管池人问的时候,适时地学鸳鸯叫,他就能如愿以偿。可是关键时刻不小心失口,事情败露,被人捉住。事过之后来学鸳鸯鸣叫,学得再好,又有什么用呢? (朱景松)

小儿争分别毛

譬如昔日有二小儿,入河游戏,于此水底得一把毛。

一小儿言:"此是仙须。"

一小儿言:"此是羆①毛。"

尔时河边有一仙女,此二小儿诤②之不已,诣彼仙所,决其所疑。

而彼仙人寻③即取米及胡麻子,口中含嚼,吐著④手中,语小儿言:"我掌中者,似孔雀屎。"

而此仙人不答他问,人皆知之。 (《百喻经·小儿争分别毛喻》)

【注释】

①羆(pí 皮):熊的一种。 ②诤:同"争",争论。 ③寻:接着。 ④著(zhuó 浊):同"着",附着,在。

【今译】

从前有两个小孩在河边游玩,从水里捞到一把毛。

一个小孩说:"这是仙人的胡子。"

另一个小孩说:"这是熊的毛。"

当时河边有一位仙人,这两个小孩争执不下,就跑到仙人这里,请他帮助解决这个问题。

这位仙人随即抓了一把米和胡麻子,放在嘴里咀嚼,然后吐在手心里,对小孩说:"我手掌上的东西像是孔雀屎。"

这位仙人没有明确回答这两个小孩的提问,可是所有人也都明白,他这是答非所问。

【评析】

两个小孩争论的问题是很明确的,要么是仙人的胡须,要么是熊的毛。他们满怀希望地请仙人来评判,既然是仙人,理应给他们一个明确的回答。可是他支吾搪塞,答非所问。佛教反对东扯西拉,浮泛地说一些空洞的东西,这是这个故事的原意。我们提倡充分地观察,认真地思索,准确地判断,明确地表态。一定要旗帜鲜明,决不含糊其辞。

(朱景松)

五人买婢共使

譬如五人,共买一婢①,其中一人语此婢言:"与我浣衣。"

又有一人复语浣衣。

婢语次者:"先与其浣②。"

后者恚曰:"我与前人同买于汝,云何独尔?"即鞭十下。

如是五人各打十下。　　　　　　　(《百喻经·五人买婢共使喻》)

【注释】

①婢:婢女,使女。　　②浣(huàn 换):洗。

【今译】

譬如说有五个人共同买了一个婢女,其中一个人对婢女说:"给我洗衣裳。"

接着又有一个人说要给他洗衣裳。

婢女就告诉后说的这个人:"我得先给他洗。"

这后说的生起气来,说道:"我和他共同花钱买了你,为什么只先给他洗?"就用鞭子打了她十下。

其他人也这样要求,这五个人先后每人都打了她十下。

【评析】

五个人共同买一个婢女,这婢女为他们五个人做事,这是毫无疑义的。但是她不能同时给五个人洗衣裳。每个人都说自己是出了钱的,都要求先给自己洗,这是做不到的。违反规律,提出不合理的要求,是无法实现的。强人所难,不如意就采用蛮不讲理的做法,是愚蠢的行为。

(周维网)

伎儿作乐

譬如伎儿①王前作乐②,王许千钱。后从③王索④,王不与之。

王语之言:"汝向作乐,空乐我耳;我与汝钱,亦乐汝耳。"

(《百喻经·伎儿作乐喻》)

【注释】

①伎儿:古代称以歌舞为业的艺人。 ②乐(yuè 月):音乐。 ③从:跟从。 ④索:索取。

【今译】

比如说有一个歌舞艺人,在国王面前演奏。国王答应说要赏给他一千个钱。演奏结束后,他向国王讨取这份赏钱,国王不给他。

国王告诉他说:"你刚才演奏,是让我的耳朵空空快乐了一阵子,我说要给你赏钱,也是让你的耳朵快乐一番罢了。"

【评析】

在佛教看来,一切因果报应虽然有一时的快乐,但是随着因缘生灭的变迁,都不能长久存在。这个故事说的就是这意思。不过,作为一个普通的寓言,人们可以看到另一种情形:一个国王既然已经信誓旦旦地答应给人赏钱,歌舞艺人已经为国王演奏了,就应该履行自己的诺言。这位国王过后花言巧语地赖账,编造出古怪的理由,看上去振振有词,可是让人看到一个活脱脱的言而无信者的嘴脸。

(周维网)

师患脚付二弟子

譬如一师,有二弟子。其师患脚①,遣二弟子,人当②一脚,随时按摩。

其二弟子,常相憎嫉③。

一弟子行,其一弟子捉其所当按之脚,以石打折④。

彼既来已,忿其如是,复捉其人所按之脚,寻⑤复⑥打折。

(《百喻经·师患脚付二弟子喻》)

【注释】

①患脚:脚有毛病。　②当:担当,承当。　③憎嫉:憎恨,嫉妒。　④折(shé舌):断。　⑤寻:随即。　⑥复:又。

【今译】

比如说有一位师傅,他有两个弟子。师傅得了脚病,就叫两个弟子每人负责一只脚,随时给他按摩。

两个弟子常常互相憎恨嫉妒。

一个弟子到外面去了,另外一个弟子就把那弟子负责按摩的那只脚用石头砸断。

那个弟子回来看到,对他这样干十分恼怒,也把他负责按摩的那只脚用石头砸断。

【评析】

佛教不同教派之间互相排斥,最终结果只能导致大圣法典消亡。故事告诉人们:既然目标是相同的,就应该通力协作。如果互相猜忌,互相拆台,搞"窝里斗",结果必然毁坏一切事业。故事有点儿离奇,两只脚都让人先后用石头打折了,难道这位师傅竟毫无察觉?为什么不加以制止?两个弟子互相猜忌倒也不可怕,如果这位师傅能调节他们的行为,把他们引导到共同的目标上,劲往一处使,

那股力量将是很大的。这就显得组织、协调的重要,管理者的重要。　　(周维网)

愿为王剃须

昔者^①有王,有一亲信,于军阵中,殁^②命救王,使得安全。王大欢喜,与其所愿。即便问言:"汝何所求,恣^③汝所欲。"

臣便答言:"王剃须时,愿听我剃。"

王言:"此事若适汝意,听^④汝所愿。"

如此愚人,世人所笑。半国之治,大臣辅相,悉^⑤皆可得,乃^⑥求贱业。

(《百喻经·愿为王剃须喻》)

【注释】

①昔者:过去,从前。　　②殁(mò 末):殁命,舍命,拼命。　　③恣(zì 字):没约束,听任。　　④听:任凭,这里指让。　　⑤悉:都。　　⑥乃:竟然。

【今译】

从前有一个国王,他有一个亲信在一次战斗中冒着生命危险保护了他,使他得以安全归来。国王特别高兴,一定要满足这个亲信的心愿。便问他说:"你有什么要求和想法,可以尽量提出来,我一定会满足你的愿望。"

亲信回答说:"我只愿意在国王剃胡须的时候,让我效劳。"

国王说:"这件事假如能符合你的心意,就照你的意思办。"

这样的傻子,当然使人感到很好笑。本来管理半个国家,或者是做大臣、宰相,都是可以得到的。他偏偏要求去从事为国王剃胡子这宗没出息的行业。

【评析】

这个亲信对国王有救命之恩,国王要报答他,满足他的愿望。他本来可以要求做个宰相、大臣之类的,既可以对国家作出重大贡献,个人也可以富贵荣华,可是他偏偏只要求替国王剃须。替人理发并不是低贱的事情,何况还是替国王剃须呢!但是从佛教的角度来看,这个人之所以为世人所耻笑,就在于对自己要求不高,满足于已得的人身和听到佛法,不求菩提涅槃以成就佛果,不求达到更高的境界。一个人应该有很高的追求,不断进取,永不懈怠,通过自己扎扎实实的努

力,一步一步地进入更高境界。 (周维网)

索 无 物

昔有二人道中共行,见一人将胡麻车在险路中不得前。时将车者语彼二人:"佐①我推车出此险路。"

二人答言:"与我何物?"

将车者言:"无物与汝。"

时此二人即佐推车,至于平地,语将车者言:"与我物来。"

答曰:"无物。"

又复语言:"与我'无物'。"

二人之中,其一人者,含笑而言:"彼不肯与,何足为愁?"

其人答言:"与我无物,必应有'无物'。"

其一人言:"'无物'者,二字共合,是为假名②。" (《百喻经·索无物喻》)

【注释】

①佐:辅佐,帮助。　②假名:借它而得名。佛教认为,一切事物无有实体,有名无实,所以称为假名。

【今译】

从前有两个人一同行路,碰到一个人拉着一车胡麻停在险路上拉不动。那个拉车的人请求这两个人说:"请帮我把这车子推出这一段险路!"

他俩问:"那你给我们什么作为报酬呢?"

推车人说:"无物给你们。"

于是两人就帮着他把车子推到平坦的地方,然后向推车人说:"把答应给我们的东西拿来吧!"

推车人说:"我不是说过'无物'吗?"

那人说:"那就把'无物'给我们吧!"

这两人中的一个笑着对同伴说:"他既然不肯送给我们,有什么值得愁虑的呢?"

另外一个人说:"他答应给咱们'无物',就一定有'无物'。"

那个人解释道:"'无物'二字,连接起来是假名,实际就是'没有'。怎么能拿出一个'无物'来呢?"

【评析】

一个人坚持索要"无物";另一个人认为"无物"就是假名,能理解无物就是佛教所说的无相、无愿、无作,通达此理,也就达到了涅槃的境界。从一般意义上来说,把"无物"理解成某种东西,这是误会,一而再再而三地索取,令人耻笑。另一人从佛教的角度理解"无物",这就不仅达到了佛教提倡的境界,在实际生活中也算是明智之举了。

(周维网)

二 子 分 财

昔摩罗国①有一刹利②,得病极重,必知定死,诫敕③二子:"我死之后,善分财物。"

二子随教,于其死后,分作二分。兄言弟分不平。

尔时有一愚老人言:"教汝分物,使得平等,现所有物,破作二分。云何④破之?所谓衣裳中割作二分,槃⑤、瓶亦复中破作二分,所有瓮⑥、瓨⑦亦破作二分,钱亦破作二分。如是一切所有财物尽皆破之,而作二分。"

如是分物,人所嗤笑。

(《百喻经·二子分财喻》)

【注释】

①摩罗国:古印度一国名。 ②刹利:古印度语,亦作"刹帝利",为古印度四大种姓之一。 ③诫敕(chì斥):告诫。 ④云何:如何。 ⑤槃:同"盘"。 ⑥瓮:小口大腹的陶器。 ⑦瓨(hóng洪):长颈大腹的陶器。

【今译】

从前摩罗国有一位大姓人家,得了重病,他知道自己肯定要死了,便嘱咐他的两个儿子说:"我死之后,你们要妥善地分配财物。"

两个儿子遵照他的遗言,在他死后,把财物分成两份,可是哥哥说弟弟分得不公平。

这时有一个愚蠢的老人对两兄弟说:"我教你们分财物的办法,能分得公平。把所有的东西都破作两份。怎么破呢?衣裳从中间撕开,盘子、瓶子从中间敲开,盆子、缸子从中间断开,钱也锯开,这样一切都是一半。"

这样来分财物,人们都笑话他们。

【评析】

佛教所说"论门"有四种:决定答论门、分别答论门、反问答论门、置答论门,这形成了一个整体。有些修道者抛弃这四种论,另取了所谓分别论。故事所说蠢人分财,就是比喻把这四种论完全割裂了。从普通的角度来读这个故事也很有意义。分配财物,所有的都分成两半,这倒是绝对平均,毫无纷争了。但是,像衣服、盘子、盆子、钱这些东西一旦破开,那就失去了作用。常人是不会这样处理的。不可能有所谓的绝对平均。

(朱景松)

见水底金影

昔有痴人,往大池所,见水底影有真金像,谓乎有金,即入水中挠①泥求觅,疲极不得。

还出复坐。须臾水清,又现金色,复更入里②,挠泥更求,亦复不得。

其父觅子,得来见子,而问子言:"汝何所作,疲困如是?"

子白父言③:"水底有真金,我时投水,欲挠泥取,疲极不得。"

父看水底真金之影,而知此金悉在树上,所以知之,影现水底,其父言曰:"必飞鸟衔金,著于树上。"

即随父语,上树求得。

(《百喻经·见水底金影喻》)

【注释】

①挠:搅,抓。　②更:再,重新。　③白:说。

【今译】

从前有一个蠢人来到一个水池边,看见水底有黄金的影子在晃动,于是认为水下有金子,就跳到水里拨开泥巴寻找,弄得筋疲力尽也没有找到。

他爬上岸来坐着休息,等了一会儿,又发现了黄金的影子,于是又跳进水里去，拨开泥巴寻找，还是没有找到。

他父亲来找儿子，看见儿子这副狼狈相，便问儿子说："你在干什么，累成这个样子？"

儿子说："水底下有金子，我几次跳进水里，想拨开泥巴寻找，累得要死，可是也没有找到。"

父亲仔细看了水里金子的影子，知道金子是在池边的树上，是影子反映在水面上，便告诉儿子说："这必定是鸟把金子叼到树杈上的。"

儿子按照父亲说的，爬到树上，找到了金子。

【评析】

这个故事在好几个民族中都有，只是情节略有不同。金子在树上，年轻人只看到它的倒影，几次下去寻找，却一无所获。上了年纪的父亲，通过儿子的叙述，作出了正确的判断，上树找到了金子。这个故事的启示有两点：一是只看现象，不看本质，做起事来常常会白费气力。一次行动没有成功，就应该总结自己的教训，使自己的行为逐步符合客观事实，逐步认识事物的本质，后来的行动应该加以改进，不能只是简单重复前一次的做法。二是老年人有丰富的经验，年轻人做事要想获得成功，就要争取老年人的指导和帮助。

(朱景松)

病人食雉肉

昔有一人，病患委笃①。良医占②之云："须恒③食一种雉④肉，可得愈病。"

而此病者，市⑤得一雉，食之已尽，更不复食。

医于后时见便问之："汝病愈未？"

病者答言："医先教我恒食雉肉，是故今者食一雉已尽，更不敢食。"

医复语言："若前雉已尽，何不更食？汝今云何止食一雉，望得愈病？"

(《百喻经·病人食雉肉喻》)

【注释】

①委：确实。笃：病重。 ②占：迷信的人用铜钱或牙牌等判断吉凶。这里指医生观察病人，诊治疾病。 ③恒：持久，经常。 ④雉(zhì)：野鸡。 ⑤市：买。

【今译】

从前有一个人身患重病。医生给他诊断之后告诉他:"你要经常吃一种野鸡的肉,病才能好。"

这个病人去买了一只野鸡,吃完之后,就不再吃了。

医生后来碰到他,问他说:"你的病好了没有呢?"

病人说:"你当初叫我常吃一种野鸡的肉,因此我吃完了一只,就不敢再吃了。"

医生又问他:"如果先前一只野鸡已经吃完,为什么不继续吃呢?你为什么现在只吃一只野鸡就希望病能够治好呢?"

【评析】

故事的原意是诸佛教导人们:一切事物和现象都在每一短暂的心念中发生着生和灭的变化,没有一个心识是永恒不变的,要经常观察事物和现象的生灭。这个故事的普遍意义在于:任何事物的发展变化都有一个过程,人们做任何事情都必须持之以恒,不可能一蹴而就。试图通过一两次的努力,就想获得成功,是不可能的。

(朱景松)

伎儿著戏罗刹服共相惊怖

昔乾陀卫国①有诸伎儿②,因时饥俭,逐食他土。经婆罗新山。而此山中,素③饶④恶鬼、食人罗刹⑤。

时诸伎儿会宿山中,山中风寒,然⑥火而卧。

伎人之中有患寒者,著⑦彼戏衣罗刹之服,向火而座⑧。

时行伴之中从睡寤⑨者,卒⑩见火边有一罗刹,竟不谛⑪观,舍之而走。遂相惊动,一切伴侣悉皆逃奔。

时彼伴中著罗刹衣者,亦复寻逐,奔驰绝走。

诸同行者见其在后,谓欲加害,倍增惶怖,越度山河,投赴沟壑,身体伤破,疲极委顿,乃至天明,方知非鬼。

(《百喻经·伎儿著戏罗刹服共相惊怖喻》)

【注释】

①乾陀卫国:又译作健陀罗国,今巴基斯坦白沙瓦一带。　②伎儿:古代以歌舞为生的技艺人。　③素:向来。　④饶:多。　⑤罗刹:印度传说中的一种恶鬼。　⑥然:同"燃"。　⑦著(zhuó浊):同"着",穿。　⑧座:同"坐"。　⑨寤(wù务):睡醒。　⑩卒(cù促):同"猝",突然。　⑪谛:仔细(看或听)。

【今译】

从前乾陀卫国有一帮演戏的艺人,因为年岁饥荒,就到别的地方去找活路。路过婆罗新山,这山里一向有许多恶鬼,还有吃人的罗刹。

这些艺人吃住在山里,风大天冷,大家烧火取暖,围着火睡觉。

艺人中有一个人怕冷,就起来穿上装扮罗刹的戏装,对火坐着。

一个同伴从睡梦中醒来,突然看到火旁边坐着一个罗刹,顾不得仔细看,爬起来就跑。一下子惊动了其他伙伴,大家一起跟着跑。

那穿罗刹戏装的,也不明白是什么缘故,也跟着大家争先恐后地跑。

逃跑的人看见罗刹紧跟在后面,以为要追着吃人,更加恐怖,翻山渡河,有的掉到山沟里,身体摔伤了,真是狼狈,疲惫不堪。一直到天亮,才知道原来不是罗刹。

【评析】

在佛教看来,这些人之所以惊恐奔跑,是因为他们有迷惑和烦恼。去掉烦恼,才能变得聪明。故事很生动。睡意蒙眬之中看到穿戏装的罗刹,不细心加以分辨,便奔跑起来。而穿戏装的人自己也不加分辨,跟着奔跑,就更是不可思议了。这是互相惊扰的一出闹剧。故事告诉人们:遇事要冷静。"见到风就是雨",这种心理状态,只能给自己带来不必要的麻烦。

(朱景松)

人谓屋中有恶鬼

昔有故屋①,人谓此室常有恶鬼,悉②皆怖畏,不敢寝息。

时有一人,自谓大胆,而作是言:"我欲入此室中寄卧一宿。"即入宿止。

后有一人自谓胆勇胜于前人,复闻旁人言此室中恒有恶鬼,即欲入中。

排③门将前,时先入者谓其是鬼,即复推门,遮不听前。在后来者复谓有鬼。二

人斗争,遂至天明。即相睹已,方知非鬼。　　(《百喻经·人谓屋中有恶鬼喻》)

【注释】

①故屋:旧房子,老房子。　②悉:都。　③排:推,推开。

【今译】

从前有一处旧房子,人们都说这屋里经常闹鬼,大家都很害怕,没有人敢进去住。

这时有一个人自认为胆子很大,说:"我倒要到那屋里去睡一夜看看。"于是就进去睡了。

后来又有一个人自称胆量比前一个人还要大,他也听说这屋里常有恶鬼,也想进去住。他推开门准备进去,那个先进去的人认为他就是鬼了,立刻把门堵住,不让他前进一步。后来的人也认为屋里真的有鬼。两个人你推我搡,互不相让,一直闹到天亮。两人互相一看,才知道对方并不是鬼。

【评析】

互相都以为对方是鬼,都确信自己胆子很大,毫无畏惧地互相争斗,互不相让,直到天明才真相大白,才知道是一场误会,同时也弄明白了所谓老屋有鬼实属谣传。幸好这两人确实胆大,否则彼此遇上的时候临阵逃跑,只能给这房子有鬼的传闻添加可信度。生活中有很多恐怖、离奇、似是而非的说法,有的人信以为真,甚至到处传播。对于一切传闻,要大胆地加以考察,破除迷信,弄清真相。

(朱景松)

五百欢喜丸

昔有一妇,荒淫无度,欲情既盛,嫉恶其夫;每思方策①,频②欲残害。种种设计,不得其便。

会值③其夫聘使④邻国,妇密为计,造毒药丸,欲用害夫。诈与夫言:"尔今远使,虑有乏短。今我造作五百欢喜丸⑤,用为资粮,以送与尔。尔若出国至他境界,饥困之时,乃可取食。"

夫用其言,至他界已,未及食之,于夜暗中,止⑥宿林间,畏惧恶兽,上树避之。

其欢喜丸忘置树下,即以其夜值五百偷贼盗彼国王五百匹马,并及宝物,来止树下。由其逃突,尽皆饥渴,于其树下见欢喜丸,诸贼取已,各食一丸。药毒气盛,五百群贼一时俱⑥死。

时树上人至天明已,见此群贼死在树下,诈以刀箭斫⑦射死尸,收其鞍马,驱向彼国。

时彼国王,多将人众,案迹⑧来逐。会于中路,值于彼王。

彼王问言:"尔是何人?何处得马?"

其人答言:"我是某国人,而于道路值此群贼,共相斫射。五百群贼今皆一处死在树下。由是之故,我得此马,及以珍宝,来投王国。若不见信⑨,可前往看贼之疮痍⑪杀害处所。"

王时即遣亲信往看,果如其言。王时欣然,叹未曾有。既还国已,厚加爵赏,大赐珍宝,封以聚落⑫。

彼王旧臣,咸⑬生嫉妒,而白王言:"彼是远人,未可服信。然后卒尔⑭宠遇过厚?至于爵赏,逾越旧臣。"

远人闻已,而作是言:"谁有勇健,能共我试?请于平原校其伎能。"旧人愕然,无敢敌者。

后时彼国大旷野中,有恶师子⑮,截道杀人,断绝王路。时彼旧臣详共议之:"彼远人⑯者自谓勇健,无能敌者,今复若能杀彼师子,为国除害,真为奇特。"

作是议已,便白于王。

王闻是已,给赐刀杖,寻即遣之。

尔时远人既受敕已,坚强其意,向师子所。师子见之,奋激鸣吼,腾跃而前。远人惊怖,即便上树。师子张口,仰头向树。其人怖急,失所捉⑰刀,值师子口。师寻死。

尔时远人欢喜踊跃,来白于王。王倍宠遇。

时彼国人卒尔敬服,咸皆赞叹。

(《百喻经·五百欢喜丸喻》)

【注释】

①方策:方法,对策。　②频:多次,屡次。　③会值:恰好赶上。会,恰好。值,遇到,赶上。　④聘使:受聘出使。　⑤欢喜丸:一种饼,是用核桃、葡萄、酥面等糅合而

成的食品。　⑥止：停息。　⑦俱：都，完全。　⑧斫（zhuó浊）：砍。
⑨案迹：根据足迹。　⑩见信：被信任、相信。　⑪疮痍：创伤，这里指死亡的状况。
⑫聚落：村落，这里指用一些村庄供奉。　⑬咸：都，全部。　⑭卒（cù促）尔：仓促的样子。　⑮师子：即狮子。　⑯远人：远道而来的人。　⑰捉：握。

【今译】

从前有一个妇人十分淫荡，情欲旺盛，很讨厌自己的丈夫，常常想找一些办法把丈夫害死。设想了很多计策，但是没有得到机会。

恰好她丈夫奉命出使到邻国去，她秘密地想了一个毒计，替他做了干粮，在里面放了毒药，想用来害死自己的丈夫。她假惺惺地告诉丈夫说："你现在要到很远的地方去，怕你在路上没有吃的，我特意做了五百个欢喜丸给你做干粮。你要是出国到了人家地界，没有吃的，才可以拿出来吃。"

丈夫听了她的话。到了外国地界时，还没来得及吃，已经是夜里了，只好在一个树林里过夜。因为害怕猛兽伤害，他爬到树上躲起来。

他把带出来的欢喜丸忘在了树下。恰好这天夜里有五百个盗贼偷了国王五百匹马和一些珍宝，来到树下歇息。由于他们是逃到这里的，又渴又饿。看到树下有欢喜丸，这些盗贼就每人吃了一个。因为药力极强，不一会儿，五百个贼一下子都被毒死了。

到了天亮的时候，树上的人看见这一群盗贼都死在树下，便把尸体一个一个用刀砍、用箭射，假做成被杀死的样子，然后赶着盗贼偷来的马，驮着财宝，往城里走去。

这时国王带着许多人马跟踪追来。他在半路上正好遇到了国王。

国王问他："你是什么人？从哪里得到这些马匹的？"

他回答说："我是某国人，在路上遇到这些盗贼，我和他们斫杀射击，现在那五百个盗贼已经全部被我杀死在前面的树林里，我因此夺得这些马匹、珍宝，正打算送到您那里去。如果大王不相信，可以派人到前面去看看盗贼身上的创伤。"

国王立刻派亲信前去查看，果然像他说的一样。国王非常高兴，惊叹这是从来没有过的事情。回到城里封给他爵位，还重重地赏给他一些珍宝，给他一些村落来供奉他。

国王的旧臣们心里很嫉妒，对国王说："他是远处来的人，不可深信。大王怎么一下子就这么宠爱他？封官赏赐，超越了一些老臣。"

　　这人听了此话就说："你们谁有勇气和武艺，敢和我到郊外去比试比试吗？"这些旧臣听了十分惊慌，没有谁敢和他比试。

　　后来这个国家的荒野里有一头凶恶的狮子，常常拦路伤人，把交通都阻断了。旧臣们就一起议论："那个远处来的人自称自己勇敢，武艺高强，世无敌手；要是他能杀死这头狮子，为国为民除一大害，那就真的了不起了。"

　　他们商量定了，就去告诉国王。

　　国王听了这些旧臣的话，赐给这个人刀、杖等武器，派他去杀狮子。

　　他既已奉了国王的命令，就只好硬着头皮，鼓起勇气，来到狮子经常出没的地方。狮子看见有人来了，大发威风，大叫大跳地跑来，他十分害怕，赶紧爬到树上。狮子仰着头、张着嘴望着他。他惊慌失措，手里提的那把刀不觉失手掉落，恰恰掉到狮子的嘴里。狮子顿时死亡。

　　这时，这人极为高兴，连蹦带跳去报告国王。国王对他更加宠爱优待。

　　从此，那个国家的人全都对他十分敬佩，没有不夸奖他的。

【评析】

　　这个故事夸奖一个已经见到道的初果的人。他虽然受到不敬的布施，但是他上生诸天消除了烦恼，遇到了圣贤，以弱胜强、以静制动地破了恶魔，得到了各种果报。他遇到五百盗贼而能化险为夷，当然有偶然性，战胜狮子也有偶然性，但是他变得越来越勇敢，敢于和旧臣比试，敢于只身去斗狮子，他得到的胜利的成果和欢乐也越来越大。故事告诉人们：只要勇敢地面对生活，不畏艰险，努力施展自己的才智，就一定能获得幸福。

（朱景松）

诵乘船法而不解①用

　　昔有大长者②子，共③诸商人入海采宝。

　　此长者子善诵入海捉船④方法，若入海水漩洑⑤洄流⑥矶激⑦之处当如是捉，如是正，如是住。语众人言："入海方法，我悉知之。"

众人闻已,深信其语。

既至海中,未经几时,船师遇病,忽然便死。时长者子即便代处。

至洄洑驶流之中,唱⑧言当如是捉,如是正。船盘回旋转,不能前进,至于宝所,举船商人没水⑨而死。 　　　　　　(《百喻经·诵乘船法而不解用喻》)

【注释】

①解:能,会。　②长者(zhǎng掌):显贵的人。　③共:与,同,跟。　④捉船:撑船,划船。　⑤漩洑(xuánfú悬扶):水盘旋的样子。　⑥洄流:回旋的水流。　⑦矶激:因遇礁石而冲击上涌,激荡。　⑧唱:叫喊,高喊。　⑨没(mò末)水:沉入水中。

【今译】

从前有一位显贵人家的儿子,和一些商人到大海中去采宝。

这位显贵人家的儿子会背诵入海驾船的方法,如果船进入大海,有旋涡、回流、礁石之类的地方,应该怎样驾驶、怎样调正船向、怎样停,他告诉大家说:"入海驾船的方法,我全知道。"

大家听了,都十分相信他的话。

船到了大海,没过多少时间,船师得了疾病,突然死去。这时显贵人家的儿子就代替船师驾驶这条船。

船驶到有旋涡的急流中,他高喊着应当这样驾驶、这样调正船向,可是这条船只在水上盘旋打转,不能继续前进到达采宝的地方,一船商人都落水而死。

【评析】

故事告诉佛教徒:对于禅法,只记住几个名词术语而不了解它的意义,却要妄乱传授,最后必定一事无成。故事勾画了一个只有书本知识,完全脱离实际的人的形象。虽然他把驾驶船的方法说得头头是道,可是关键时刻真让他驾驶大船,却只能在水中打转,不仅不能前进,还使一船人最终葬身大海。要掌握实际的本领,学习书本知识固然重要,但真本领是在长期实践中培养起来的。只有书本知识而无实际本领的人,一定要谦虚谨慎,不可自吹自擂。 　　　　　(周维冈)

夫妇食饼共为要

昔有夫妇,有三番①饼,夫妇共分,各食一饼;余一番在,共作要言②:"若有语者,要③不与饼。"

既作要已,为一饼故,各不敢言。

须臾有贼,入家偷盗,取其财物;一切所有尽毕贼手。

夫妇二人以先④要故,眼看不语。

贼见不语即其夫前,侵略⑤其妇,其夫眼见,亦复不语。

妇便唤贼,语其夫言:"云何痴人,为亦饼故,见贼不唤?"

其夫拍手笑言:"咄⑥!婢,我定得饼,不复与尔。"世人闻之,无不嗤笑。

(《百喻经·夫妇食饼共为要喻》)

【注释】

①番:量词,片,枚,块。 ②要(yāo腰)言:盟约,约定。 ③要:约言。 ④先:原先。 ⑤侵略:侵犯,掠取。 ⑥咄(duō多):表示呵斥或惊异。

【今译】

从前有一对夫妇,家里有三块饼,夫妇一起分着吃,各吃了一块,还剩下一块。两人约定:"谁要是先开口说话,就不给他这个饼。"

订下约定之后,因为这一块饼的缘故,各自都不敢说话。

不久,有贼人进屋偷他们的东西,把一切财物都偷到手了。

夫妇二人因为事先有约定,虽然眼看着也不说话。

贼人看他们不说话,便当着丈夫的面,凌辱起他的妻子。她的丈夫亲眼看着,还是不说话。

妻子大喊有贼,又对丈夫说:"你这个呆子,怎的为了一个饼的缘故,眼看着贼人也不喊!"

她的丈夫拍手笑着说:"好啊!贱妇人,这饼该是我的,再没有你的份儿了。"

人们听了这件事,没有不耻笑他们的。

【评析】

　　这一对夫妇,特别是丈夫,多么迂腐,为了两人的约定,眼睁睁看着贼把家里的东西偷到手,甚至对贼人去侮辱妻子亦不发一言,心里惦记着的还是自己要赢。佛教讲这个故事,意在鞭挞世间凡夫表面上十分沉着,内心里却怀有种种恶劣的念头。这个寓言告诉人们:两人打赌本来是闹着玩的,大可不必当真,何况仅仅是为了区区一小块饼呢?贼闯入自己家里,当务之急是赶走窃贼,保卫家里的财产。为一个小小的约定而忍受损失,被人耻笑本是情理中的。　　　　（周维网）

共相怨害

　　昔有一人,共他相嗔①,愁忧不乐。

　　有人问言:"汝今何故愁悴如是?"

　　即答之言:"有人毁②我,力不能报。不知何方可得报之?是以愁耳。"

　　有人语言:"唯有《毗陀罗咒》③可以害彼。但有一患,未及害彼,反自害己。"

　　某人闻已,便大欢喜:"愿但教我。虽当自害,要望伤彼。"

（《百喻经·共相怨害喻》）

【注释】

　　①嗔(chēn琛):生气。　　②毁:诽谤,伤害。　　③毗陀罗咒:一种咒语,念此咒能使死尸起而杀人,但是尸体起后往往还要杀念咒的人。

【今译】

　　从前有一个人同别人生了气,闷闷不乐。

　　有人问他:"你为什么愁成这个样子?"

　　他回答说:"有人伤害了我,我没有足够的力量报复他,不知道用什么法子才能报复他,所以发愁。"

　　别人告诉他:"只有一个办法:用《毗陀罗咒》可以害他。不过,这个办法有一个缺点,那就是,在害你的对方之前,他首先会反回来伤害你自己。"

　　那人听了,非常高兴地说:"希望你能教我学会它。就是害了自己,我也要毁了他。"

【评析】

　　人与人之间发生一些矛盾,这是难以避免的。因为一点小小的怨恨而耿耿于怀,整天想着去报复人家,这是心胸狭窄的表现。再说,保全自己是更重要的。为了报复别人,用狠毒的办法加害对方,可是未曾害人,却首先伤害了自己,这样的报复又有什么意义呢?对人要宽宏大量,有了矛盾要善于化解,用正确的方法去解决。无论采用什么方法,都要深思熟虑,权衡得失,注意避免消极后果。

(周维网)

效其祖先急速食

　　昔有一人从北天竺至南天竺。住止①既久,即聘②其女共为夫妇。

　　时妇为夫造设饮食,夫得急吞,不避其热。

　　妇时怪之,语其夫言:"此中无贼劫夺人者,有何急事,匆匆乃尔③,不安徐食④!"

　　夫答妇言:"有好密事,不得语汝。"

　　妇闻其言,谓有异法,慇懃⑤问之。

　　良久乃答:"我祖父以来,法常速食。我今效之,是故疾耳。"

(《百喻经·效其祖先急速食喻》)

【注释】

①住止:居住,停留。　②聘:订婚,迎娶。　③乃尔:这样。　④不安徐食:不能从容地吃。徐,慢。　⑤慇懃(yīnqín 因琴):即"殷勤",情意恳切。

【今译】

　　从前有一个人,他从印度北部来到南部,住的时间长了,就娶了当地一个女子结为夫妇。

　　一天,妻子给丈夫做了饭食,丈夫急急忙忙地吞食,不顾忌会烫伤了自己。

　　妻子觉得很奇怪,对丈夫说:"这里也没有抢劫的强盗,你有什么急事,急急忙忙到这个样子?为什么不慢慢地吃呢?"

　　丈夫说:"这是一个绝好的秘密,我不能告诉你。"

　　妻子听了他的话,以为他修什么奇异法术,再三地问他。

过了好一阵子,他才告诉她说:"我们家从祖上开始就形成了快吃的习惯。我要学我的先人,所以也吃得很快。"

【评析】

快吃快喝未必是什么好的习惯,只因为祖父、父亲就是这样吃饭的,就当成好传统加以继承,并且搞得很神秘。故事告诉人们:对于一切传统的东西要加以分析,采取批判的态度,既不能一概否定,也不能笼统地一概保留。故事写得也很引人入胜。丈夫快吃,妻子再三追问原因,他就是不肯说明,让人感到有什么秘密,有所期待。最后说出,原来不过是祖传的,并没有什么奥妙,这就巧妙地点了题。

(周维网)

尝庵婆罗果

昔有一长者①,遣人持钱至他园中买庵婆罗②果而欲食之,而敕③之言:"好甜美者,汝当买来。"

即便持钱往买其果。果主言:"我此树果悉皆④美好,无一恶⑤者。汝尝一果,足以知之。"

买果者言:"我今当一一尝之,然后当取。若但⑥尝一,何以可之?"寻⑦即取果一一皆尝。持来归家,长者见已,恶⑧而不食,便一切都弃。

(《百喻经·尝庵婆罗果喻》)

【注释】

①长者:显贵的人。　②庵婆罗:也称"油柑""余甘子",果实扁球形,初食酸涩,后转甘甜,产于亚洲热带。　③敕(chì 斥):告诫,吩咐。　④悉皆:全部。　⑤恶(è 饿):坏,劣。　⑥但:仅仅。　⑦寻:接着。　⑧恶(ě 俄上声):恶心。

【今译】

从前有一个富翁想吃庵婆罗果,派人拿了钱到果园去买。临去的时候嘱咐他:"要甜的、好吃的你才买。"

这人就拿了钱去买果子。果园的主人说:"我们这树上的果子都是最好的,没有一个坏的。你尝一个,就知道了。"

买果子的人说:"我现在要一个一个的都尝了,然后才能买。要是只尝一个,怎么知道全是好的?"于是他把果子一个一个都咬一口尝了。

带回家去,富翁看了觉得很恶心全都扔了。

【评析】

奉命去买果子,而且要买好的、甜的,当然要亲口尝一尝。果园的主人告诉他,只要尝一个就够了,他执意不信,把要买的所有果子都咬一口尝尝。这样做是很愚昧的。同一类的事物有共同的属性,每一个单个的事物既有自己的个性,也包含着该类事物共有的属性。要认识这类事物,可以通过分析典型,解剖麻雀的方法,没有必要也不可能把所有单个事物都琢磨一遍。

(周维网)

为二妇故丧其目

昔有一人,聘取二妇。若近其一,为一所瞋①,不能裁断②,便在二妇中间,正身仰卧。

值天大雨,屋舍淋漏,水土俱下,堕其眼中。以先有要,不敢起避,遂令二目俱失其明。

(《百喻经·为二妇故丧其目喻》)

【注释】

①瞋(chēn 嗔):睁大眼睛瞪人。　　②裁断:裁定,决断。

【今译】

从前,有一个人娶了两个妻子。要是他亲近其中的一个,另外一个就非常的不高兴。他自己也没法决定,便在两个妻子的中间端端正正地仰面躺着。

遇到天下大雨,屋顶漏水,雨水和泥土一起往下流,恰好掉到他的眼睛里。他因为事先有过约定,他不敢起来躲避,于是让雨水把两只眼睛给打瞎了。

【评析】

故事说,有些人亲近不正当的朋友,学一些歪门邪道,堕落到三恶道中,终于丧失了智慧之眼。这位主人翁遇到困难时不好好想办法,而是一筹莫展,陷入困境。在雨水和泥水流进眼睛里,把眼睛打瞎的时候,也不知道变通,实在愚蠢不堪。世界是复杂的,时时、处处都有矛盾。只要善于动脑,总能找到两全其美的办法来,何至于酿成如此严重的后果呢?

(周维网)

唵①米决口

昔有一人,至妇②家舍,见其捣米③,便往其所,偷米唵之。

妇来见夫,欲共④其语⑤,满口中米,都不应和。羞其妇故,不肯弃之,是以不语。

妇怪不语,以手摸看,谓其口肿,语其父言:"我夫始来,卒⑥得口肿,都⑦不能语。"

其父即便唤医治之。时医言曰:"此病最重,以刀决之,可得差⑧耳!"

即便以刀决破其口,米从口出,其事彰露。　　　　（《百喻经·唵米决口喻》）

【注释】

①唵(ǎn 俺):用手进食。　②妇:妻子。　③捣米:舂米。　④共:与。　⑤语:说话。　⑥卒(cù 促):同"猝",突然。　⑦都:全,完全。　⑧差(chài 柴去声):病除。

【今译】

从前有一个人,到妻子家去,看见她家正在舂米,就去碓房里偷了一把米含在嘴里。

妻子来看丈夫,想同他谈话,丈夫因为满嘴含着米,一句话也不答。因怕在妻子面前难为情,又不肯把米吐出来,所以不能说话。

妻子奇怪丈夫为什么不说话,用手去摸摸,以为是嘴肿了,就对她父亲说:"我丈夫才来,突然得病,口肿了,什么话都说不出来!"

她父亲即刻请医生来给他看病。医生说:"这个病很重,要动手术,用刀切开口子,才能治好。"

于是用刀割开他的嘴巴,米就从割开的口子漏出来了,事情的真相也就暴露了。

【评析】

这个故事说,有些人违反了戒律,可是不肯说出来加以忏悔,而是隐瞒自己的过错,结果堕落到地狱、畜生、饿鬼三恶道中去。这就像这人偷了米,含在嘴里,不能说话,别人误以为他生了怪病。这时,只要说出来,也不会有什么严重的后果。周围都是自己的亲人,都会善意地对待他。可是他一直隐瞒,一错再错,以致被拉去动大手术。直到这时还不说真话,最后酿成了不可挽回的后果,既伤害了身体,事情也彻底败露了。故事告诫人们:有了错误不要隐瞒,隐瞒错误,越演越烈,结果只能自作自受。

(朱景松)

诈言马死

昔有一人骑一黑马入阵击贼,以其怖故①,不能战斗,便以血污涂其面目,诈现死相,卧死人中,其所乘马为他所夺。

军众既去,便欲还家,即截他人白马尾来。

既到舍②已。有人问言:"汝所乘马今为所在?何以不乘?"

答言:"我马已死,遂持尾来。"

旁人语言:"汝马本黑,尾何以白?"

默然无对,为人所笑。

(《百喻经·诈言马死喻》)

【注释】

①怖:害怕。　②舍:居住的房子。

【今译】

从前,有一个人骑着一匹黑马到战场上和敌人作战。由于他心里害怕,不敢与敌人交锋,便弄了一些血污涂在脸上,装作已经死了的模样,躺在死人堆里,他的马被别人抢去了。

交战的军队撤离之后,他打算回家,就割了别人一匹白马的尾巴带回家。

到了自己家里,有人问他:"你骑的马现在在哪里?为什么不骑回来呢?"

他说:"我的马已经战死了,我把它的尾巴带回来了。"

旁边的人对他说:"你骑的马是黑的,尾巴怎么会变成了白的呢?"

他回答不上来,最后被人们嘲笑。

【评析】

这个人贪生怕死,却要伪装成勇士。可是慌忙之中,他把白马的尾巴割下来,说成是自己黑马的尾巴,明眼人一下就看出了破绽。故事告诉人们:事实是最无

情的。弄虚作假、沽名钓誉是不能成功的。 （朱景松）

驼瓮俱失

昔有一人，先①瓮中盛谷。

骆驼入头瓮中食谷，复②不得出。

既不得出，以为忧恼。有一老人来，语之言："汝莫愁也，我教汝出，汝用我语，必得③速出。汝当斩头。自得出之。"

即用其语，以刀斩头。既复④杀驼，而复破瓮。如此痴人，世间所笑。

（《百喻经·驼瓮俱失喻》）

【注释】

①先：原先，起先。　②复：再。　③得：能。　④复：又。

【今译】

从前有一个人，起先在瓮子里放了一些谷子。

他养的骆驼把头伸进瓮子里去吃谷子，头再也出不来了。

骆驼的头出不来，他因此着急发愁。有一个老人走来对他说："你不必发愁，我教你怎么弄出来。你听我的话，准能很快地使骆驼的头出来。你应当把骆驼的头先砍下来，这样，骆驼的头自然也就出来了。"

这人就按照他说的去做，用刀砍了骆驼的头。已经杀死了骆驼，又再砸破瓮子。这样愚蠢的人，自然被大家笑话。

【评析】

修行的人虔诚地向往正觉，依照小、中、大三乘逐步进修。可是有人同时又贪恋利、名、色、食、睡这五欲之乐，这就犯了戒律，就可能使乘门、戒门这两大要门都完全丧失。正觉和五欲是"二者不可兼得"的，应该保全正觉而舍弃五欲。这个寓意在故事里是一目了然的。怎样让骆驼的头出来，这确实是个难题的情况。面对两难的情况，就应该加以权衡。如果干脆砸破瓮子，可以保全骆驼的头，损失的仅仅是一个瓮子。把骆驼头砍下来，再砸破瓮子，损失了两样东西。先杀了骆驼，即使把头弄出来了，这又有什么意义呢？应该保全有价值的东西，舍弃那些相对而言没有价值或价值不大的东西。

(朱景松)

搆① 驴 乳

昔边国人不识于驴,闻他②说言驴乳甚美,都无③识者。

尔时诸人得一父驴④,欲搆其乳,争共捉⑤之。其中有捉头者,有捉耳者,有捉尾者,有捉脚者,复有捉器者,各欲先得,于前饮之。

中捉驴根,谓呼是乳,即便搆之,望得其乳。

众人疲厌,都无⑥所得,徒自劳苦,空无所获,为一切世人之所嗤笑。

(《百喻经·搆驴乳喻》)

【注释】

①搆(gòu 构):挤取牛、羊奶。　②他:别人。　③都无:完全没有。　④父驴:公驴。　⑤捉:抓,握。　⑥都无:全无。

【今译】

从前边远地方的人不认识驴子,听别人说驴奶很好吃,却没有人见过驴子。

那时有几个人得到一头公驴,想要挤出它的奶来,于是争先恐后地分头去抓。有抓头的,有抓耳朵的,有抓尾巴的,有抓脚的,还有抓住其他器官的。大家都想先得到驴奶,可以尝一尝它的美味。

其中有人抓到了驴鞭,认为就是乳头,于是用力去挤,希望从这里得到驴奶。

大家劳累了半天,什么也没有得到,枉费了一阵力气,毫无所得,被周围的人当成笑话来谈论。

【评析】

故事告诫佛教徒,求道要找准地方,慌乱地胡猜乱想,会弄出各种错误。故事很生动。一头公驴怎能挤出奶来?几个人不分青红皂白,见着了驴就忙乱起来,看上去是没找准地方,实际上也根本找不到可以挤奶的乳头。找得最不是地方的那个人最自信,挤奶也最用力,因而闹的笑话也最离奇、最可笑。正确认识客观对象是十分重要的。认识到位,才能在恰当的地方用力,也才能取得预期的成果。否则只能白费力气。

(朱景松)

与儿期早行①

昔有一人,夜与儿言:"明当共汝至彼聚落②,有所取索。"

儿闻语已,至明清旦③,竟不问父,独往诣彼。

既至彼已,身体疲极,空无所获,又不得食,饥渴欲死。寻复回还,求见其父。

父见子来,深责之言:"汝大愚痴,无有智慧。何不待我,空自往来?徒受其苦,为一切世人之所嗤笑。"

(《百喻经·与儿期早行喻》)

【注释】

①期:约定。　②聚落:村庄,村落。　③清旦:清晨,早上。

【今译】

从前有一个人,晚上告诉他儿子说:"明天我跟你一起去一个村庄,我要去讨一些东西。"

儿子听了,到了第二天清早,竟然也没有告诉他父亲,就一个人赶到那个村庄。

到了那里以后,身体累极了,什么也没有得到,又没有饭吃,饥渴得要死。不久他返回家中,去见父亲。

父亲看到儿子回来,狠狠地责备他说:"你真是没有头脑,一点儿事情都不明白!你为什么不等我,空跑一趟,白白地受苦呢?而且还要被人家笑话。"

【评析】

故事说,有些出家人没有得到名师指点道法,失去了依照妙因、妙行才能得到的果位。这个儿子之所以徒劳往返,是因为他没有听清楚父亲的话,行动没有明确的目的。无论做什么事情,都必须避免盲目行事,周密地计划自己的行动。

(朱景松)

为熊所啮

昔有父子与伴共行,其子入林,为熊所啮①,爪②坏身体。因急出林,还至伴边。

父见其子身体伤坏,怪问之言:"汝今何故被此疮害?"

子报父言:"有一种物,身毛耽毵③,来毁害我。"

父执弓箭,往到林间,见一仙人,毛发深长,便欲射之。

旁人语言:"何故射之?此人无害,当治有过。"(《百喻经·为熊所啮喻》)

【注释】

①啮:动物用牙啃或咬。　②爪:同"抓"。　③耽毵(sān三):毛发细长。

【今译】

从前有父子二人与一帮伙伴一同行路,儿子进入丛林之中被一只熊咬了,且被抓伤了身体。他赶忙逃出丛林,回到伙伴身边。

父亲看到儿子鲜血淋漓的样子,感到很奇怪,于是问他:"你为什么受到了这样的伤害?"

儿子回答父亲说:"树林里有一个怪物,身上毛茸茸的,它把我咬成这个样子。"

父亲拿起弓箭,一直奔向丛林,看见一位仙人,长着长长的毛发。他便张起弓来要射他。

旁边人告诉他:"你为什么要射他?他从来不做损人利己的事。你应该去射那咬伤你儿子的怪物。"

【评析】

儿子被一个毛发长长的怪物咬伤了,当然要去惩罚那个怪物。但是,要认准真正的加害者,不能简单地以为只要是毛发长的就一定是罪魁祸首,否则会伤及无辜。

(周维网)

比 种 田

昔有野人①,来至田里,见好麦苗生长郁茂,问麦主言:"云何能令是麦茂好?"

其主答言:"平治其地,兼加粪水,故得如是。"

彼人即便依法用之,即以水粪调和其田。

下种于地,畏其自脚蹋地令坚,其麦不生。"我当坐一床上,使人舆②之,于上散种,尔③乃④好耳。"

即⑤使四人,人擎一脚,至田散种,地坚逾甚,为人嗤笑。恐己二足,更增八足。

(《百喻经·比种田喻》)

【注释】

①野人:乡里人。　②舁:共举。　③尔:这样。　④乃:才。　⑤即:就。

【今译】

从前有一个乡里人来到一块田地里,看见麦苗长得极为茂盛,就问主人:"怎样才能使这麦子长得如此旺盛?"

主人回答说:"把地整得很平,再施上肥料,所以能长成这样。"

那人回去后就依照这个方法办,把肥料仔细调和后洒在地里,准备下种。他担心自己的脚踩在地里把地踩板实了,会使麦苗长不出来。他想:"我可以坐在一张坐榻上,叫人抬着,我就在坐榻上撒种,这样才好。"

于是叫来四个人,一个人抬着坐榻的一只脚,他自己坐在上面撒种。地被踩得更加板实,人们因此都笑话他。担心自己的两只脚会把地踩板实,反而添成八只脚来踩地。

【评析】

要想获得丰收,整地、施肥都是重要环节,这一点乡里人也做得不错。但是因为担心自己会把地踩板实而用四个人抬着撒种,自己倒是不踩地了,可弄成抬他的人八只脚踩地,反而把地踩得更加板实。本是好意,但适得其反。好心做了错事,原因就是做法不对头。只有多多动脑,善于比较,才能找到好的办法,使自己的好意变为现实。

(周维网)

妇女患眼痛

昔有一女人,极患眼痛。

有知识①女人问言:"汝眼痛耶②?"

答言:"眼痛。"

彼女复言:"有眼必痛。我虽未痛,并欲挑③眼,恐其后痛。"

旁人语言:"眼若在者,或痛不痛。眼若无者,终身常痛。"

(《百喻经·妇女患眼痛喻》)

【注释】

①知识:认识。　②耶(yé 爷):语气词,吗。　③挑(tiǎo 跳上声):挖取。

【今译】

从前有一个女人,她眼睛痛得很厉害。

有一个相识的女子问她:"你眼睛痛吗?"

这个女人回答说:"痛啊!"

那女子又说:"有眼睛就一定要痛的。我现在虽然还没有痛,但我想把眼睛挖掉,免得它将来会痛。"

旁边的人告诉她:"若是眼睛在,有时会痛,有时不痛,如果没有眼睛了,那就一辈子都会痛的。"

【评析】

有些相信佛教的人担心自己财富多了不做布施,以后会遭到贫穷的苦报;如果进行布施,以后财富可能更多,这或许会引起新的烦恼,或许会带来安乐。面对两难的境地,为了避免可能出现的烦恼,干脆不做布施。可是,这样做在佛家看来必然落得受苦受穷的下场。这个故事提倡人们布施。因为眼睛完好,以后可能会痛,也可能不痛。为了免除将来的疼痛,干脆现在先把眼睛挖了,其结果必然造成终身的痛苦。事情的发展都有好坏两种结果,为了避免可能出现的坏的结果,干脆先毁掉一切,这就连出现好结果的可能性都被毁灭了,那么,出现的则完全是坏的结果。故事的普遍意义在于:人们做任何事情都要权衡利弊,正确决策,忍受一时疼痛,最终争得好的结果。

(周维网)

父取儿耳珰

昔有父子二人缘①事共行,路贼卒②起,欲来剥③之。

其儿耳中有真金珰④,其父见贼卒发,畏失耳珰,即便以手挽⑤之,耳不时决。

为耳珰故,便斩儿头。

须臾之间,贼便弃去,还以儿头著⑥于肩上,不可平复。

如是愚人,为世人所笑。

(《百喻经·父取儿耳珰喻》)

【注释】

①缘:因为。　②卒(cù 促):同"猝",突然。　③剥:掠夺。　④珰(dāng 当):戴在耳垂上的一种装饰品。　⑤挽:拉。　⑥著(zhuó 浊):同"着",附着。

【今译】

从前有父子二人因事一同外出,中途突然有劫贼出现,想来抢夺他们的财物。

儿子耳朵上戴着一副贵重的真金耳坠,父亲见劫贼突然出现,担心会失去这副耳坠,于是就伸手去摘。可是耳坠不能即时从耳朵上摘下来。为了不致失去真金耳坠,父亲便砍下了儿子的头。

一会儿,劫贼抛下他们向别处去了。父亲赶紧把砍下的头安在儿子脖子上,可再也接不上去了。

这样蠢的人,被世人笑话。

【评析】

父子二人途中遇到强盗,可以想出多种办法去对付,把耳坠摘下来是最简单的办法,这位父亲首先想到这一点,也算是不错的。可是情急之下摘不下来,就犯了糊涂,竟把儿子的头砍下来,酿成了严重的后果。只要具有常人的智慧,头脑冷静,就会把事情处理好的,关键是要沉着应对。人们耻笑这位父亲,就在于他缺少判断能力。强盗是否一定来抢劫,还要观察其神态的变化。再说,儿子的生命比一副耳坠不知要贵重多少倍。即便在寡不敌众时失去了耳坠,保全两个人的性命也是值得的。何至于要砍下儿子的头?

(周维网)

劫盗分财

昔有群贼,共行劫盗,多取财物,即共分之,等以为分,唯有鹿野钦婆罗①色不纯好,以为下分,与最劣者。

下劣者得之恚恨②,谓呼大失。至城卖之,诸贵长者多与其价,一人所得倍于众伴,方乃欢喜,踊跃无量③。 (《百喻经·劫盗分财喻》)

【注释】

①鹿野:鹿野苑,毗婆尸如来说法处。钦婆罗:衣服名,用毛和丝织成。 ②恚恨:愤怒。 ③无量:没有限量。

【今译】

过去有一帮行劫的强盗,结伙打家劫舍,抢到许多财物。他们就一起分了,平等地确定每一份。其中只有从鹿野抢来的钦婆罗衣颜色不大好,所以定为下等,分给最差的一个人。

这个贼分到这一份以后,心里很愤怒,认为吃了很大的亏。到了城里,他把这衣服拿出来卖,许多大官和富人都争着买,给他很高的价钱。他一个人得到的钱,比他同伙所得钱的总和多出一倍,这时他高兴得大蹦特蹦起来。

【评析】

强盗分财,只以颜色等表面特征作为划分好坏的标准,当然谈不上识货。十分贵重的钦婆罗衣仅仅因为颜色不好,就被当成下等,分给那个最差的人。这个人起先还大呼吃亏,最后却卖到了很好的价钱,这让他喜出望外。对于一个物件,要弄清楚它的真正价值,不能仅仅看表面现象。 (周维网)

猕猴把豆

昔有一猕猴持一把豆,误落一豆在地,便舍①手中豆,欲觅其一。未得一豆,先②所舍者鸡鸭食尽。 (《百喻经·猕猴把豆喻》)

【注释】

①舍:舍弃。 ②先:原先。

【今译】

从前,有一只猴子手里拿了一把豆子,不小心掉了一颗在地上。它就扔下手里那些豆子,要去找丢掉的那一颗。丢的那颗还没有找到,原先扔下来的那些豆已被鸡鸭一起吃光了。

【评析】

　　故事批评某些出家人,当初违反了一条戒律,但是不能立刻忏悔,以致逐渐放纵起来,最后舍弃了一切戒律。一般人读起来自然会想到,一粒豆与一把豆相比,当然一把豆更值得拥有。为了一粒豆而损失了一把豆,真是捡了芝麻丢了西瓜。这种因小失大的事做不得!

(朱景松)

得金鼠狼

　　昔有一人在路而行,道中得一金鼠狼,心中喜踊①,持置怀中,涉路而进。至水欲渡,脱衣置地,寻时金鼠变为毒蛇。

　　此人深思:宁为毒蛇螫杀②,要当怀去。心至冥感③,还化为金。

　　旁边愚人见其毒蛇变成真宝,谓为恒尔④,复取毒蛇内著怀里⑤,即为毒蛇之所蜇螫⑥,丧身殒命⑦。

(《百喻经·得金鼠狼喻》)

【注释】

　　①喜踊:欢喜雀跃。　　②螫杀:蜂用毒刺伤人,这里指毒蛇咬人,使人中毒身亡。③冥感:心诚感化了鬼神。　　④恒尔:永远都是这样。　　⑤内:同"纳",放进。⑥蜇螫(zhēshì 遮是):有毒腺的蛇或虫子的叮咬。　　⑦殒(yǔn 允)命:死亡,送命。

【今译】

　　从前,有一个人在路上行走,捡到一只金鼠狼,他高兴得跳起来,赶紧把它揣在怀里,仍然沿着路往前走。他到了一条河边,要渡过这条河,他把衣服脱下来放在地上,一会儿金鼠狼变成了毒蛇。

　　这个人心里想:"我宁愿被毒蛇螫死,也一定要把金鼠狼带回去。"由于暗暗为其诚心所感动,这毒蛇又变成了金鼠狼。

　　旁边一个蠢人看见毒蛇变成了真金,以为总是这样。他也捉来一条毒蛇放在怀里,结果被毒蛇咬伤,送掉了性命。

【评析】

　　故事的原意是说,善行会得到好报。但是有些人并没有善行,仅仅为了取得功德,就借善法来掩盖自己伪善的面貌,这样的人不可能有好的结果。一个人做好事,不是为了取得功名利禄。否则,不仅不能获得功名,反而会受到正义的惩罚。

(朱景松)

贫人欲与富者等财物①

昔有一贫人,有少财物,见大富者,意欲共等。

不能等故,虽有少财,欲弃水中。

旁人语言:"此物虽少,可得延君性命数日,何故舍弃掷著水中?②"

(《百喻经·贫人欲与富者等财物喻》)

【注释】

①等财物:使财产数量相等。 ②著(zhuó浊):同"着",在,到。

【今译】

从前,有一个穷人只有少量的钱财。他看到大富翁们,想能够跟他们一样富裕。

由于不能同等富裕,纵然有了这么一点财富,他还是想把它扔到水里去。

旁边的人告诉他:"这些财富虽然很少,但是可以使你延续几天生命,为什么要把它扔到水里去呢?"

【评析】

故事批评某些出家人得到了一点利益就心存奢望,看到有名望的人享有很大的名声,受到许多信众的尊敬和供养,就想跟他一样。由于得不到相等的待遇,就心中烦闷,不想再修持了。财富、德行、学问等等,都是逐步积累的结果,不能因为现在还不够多,就毁弃已有的成果。

(朱景松)

老 母 捉 熊

昔有一老母在树下卧,熊欲来搏①,尔时老母绕树走避。熊寻后逐,一手抱树,欲捉老母。

老母得急,即时合树捺熊两手,熊不得动。

更有异人来至其所,老母语言:"汝共我捉,杀分其肉。"

时彼人者,信老母语,即时共捉。

既捉之已,老母即便舍熊而走。其人后为熊所困。

如是愚人为世所笑。

(《百喻经·老母捉熊喻》)

【注释】

①搏:对打,这里指抓,扑。

【今译】

从前,有一位老婆婆躺在大树下休息,突然一只熊跑过来要抓她,这时老婆婆只得绕着树来躲避。熊在她身后追赶,一个爪子抱着树,想要逮住老婆婆。

老婆婆急中生智,赶紧用手拽住那熊伸过来的爪子,还把它从树的另一边伸过来的爪子一起按住,使这熊再也动不了了。

这时,恰巧来了另外一个人。老婆婆喊住他,告诉他说:"咱们俩一起来逮住这只熊,杀掉它共同来分这熊的肉。"

这时,刚来的人相信了老婆婆的话,就来帮忙捉熊。

他上前帮忙把熊按住以后,老婆婆就乘机溜走了。这人便被熊困住,不能脱身。

像这样蠢的人,当然被人们所耻笑。

【评析】

故事的原意是说,有些人好作奇谈怪论,后人得到这些议论后,因为不了解它的背景,不能明了它的意思,反而被它困住。从一般意义上说,这位老婆婆不可谓不机智勇敢,但是她陷入了困境,不能脱身。于是她便引诱别人,把困难转嫁给别人,从而摆脱困境。后来的人因为贪心,最终取代老婆婆,永无脱身的办法。故事告诉人们:要警惕各种各样的诱惑,以免上当受骗,而抵制诱惑的最好办法是不要贪心。

(朱景松)

二 鸽

昔有雄雌二鸽共同一巢,秋果熟时,取果满巢。于其后时,果干减少,唯半巢在。

雄瞋①雌言:"取果勤苦,汝独食之,唯有半在。"

雌鸽答言:"我不独食,果自减少。"

雄鸽不信,瞋恚②而言:"非汝独食,何由减少?"即便以嘴③啄雌鸽杀④。

未经几日,天降大雨,果得湿润,还复如故。

雄鸽见已,方生悔恨:"彼实不食,我妄杀他。"即悲鸣命唤雌鸽:"汝何处去!"

(《百喻经·二鸽喻》)

【注释】

①瞋(chēn 嗔):发怒时睁大眼睛。　②瞋恚(huì 会):愤怒。　③嘴(zuǐ 嘴):鸟喙。　④杀:死。

【今译】

从前有雌雄两只鸽子住在同一个巢里。秋天果子成熟的时候,它们拣拾果子,足足装满了一巢。过了一段时间,果子逐渐干瘪,只剩半巢了。

雄鸽愤怒地责怪雌鸽说:"我们弄来这些果子多么辛苦,你一个人吃了那么多,你看,只剩下一半了!"

雌鸽回答说:"我并没有独自吃果子,这是果子自己变少了的。"

雄鸽不相信,十分生气地说道:"如果不是你独自吃了,怎么会少了?"于是就用嘴啄死了雌鸽。

没隔几天,天下大雨,果子吸收了雨水潮气,又恢复了原样,跟以前一样又装满了一巢。

雄鸽看了以后,才后悔起来:"它确实没有吃果子,我错杀了它!"于是他伤心地叫唤雌鸽:"你到哪里去了?"

【评析】

故事说,有些人心存颠倒妄见,以致违犯了杀、盗、淫、妄这些重大禁戒,到产生恶果后才悔恨不已,可是已经来不及了。遇事应该调查调查,按照常理思考思考,然后决定该怎样行动。千万不要主观臆断,鲁莽行事,否则,一旦酿成无可挽回的后果就只能追悔莫及!

(朱景松)

诈称眼盲

昔有工匠师为王作务①,不堪其苦,诈言眼盲,便得脱苦。

有余②作师③闻之,便欲自坏其目,用避苦役。

有人语言:"汝何以自毁,徒受其苦?"

如是愚人为世人所笑。

（《百喻经·诈称眼盲喻》）

【注释】

①作务:劳务,服劳役。　②余:其余。　③作师:工匠师傅。

【今译】

从前有一个工匠师傅,为国王干活,因为受不了那样的劳苦,他假装说是眼睛瞎了,骗过了国王,逃脱了这份苦差使。

剩下的别的工匠师傅中有一个听了这个消息,就想把自己的眼睛弄瞎,借此逃避做不完的苦差。

有人说:"你为什么要毁坏自己的眼睛？这是白受罪。"

像这样的蠢人,是会被人笑话的。

【评析】

故事告诫人们:有的人为了得到一点好处,不惜破坏清净的戒律,他们最终会堕入三恶道中。为了逃避繁重的劳役,采用自残的办法,这是不可取的。逃避劳役也可以采用其他的方法,劳役通常总会有个尽头。弄瞎自己的眼睛,那是终身的痛苦,这比劳役更加难以忍受。

（朱景松）

为恶贼所劫失氎

昔有二人为伴,共行旷野。一人被一领氎①,中路为贼所剥,一人逃避,走入草中。

其失氎者先于氎头裹一金钱,便语贼言:"此一氎可直②一枚金钱,我今求以一枚金钱而用赎之。"

贼言:"金钱今在何处?"

即便氀头解取示之,而语贼言:"此是真金,若不信我语,今此草中有好金师,可往问之。"

贼既见已,复取其衣。

如是愚人氀与金钱一切都失。自失其利,复使彼失。

(《百喻经·为恶贼所劫失氀喻》)

【注释】

①氀(dié叠):精细毛布。一领氀,一件精细毛布制成的衣服。　②直:同"值"。

【今译】

从前有两个人结伴而行,走到一个旷野的地方遇到了强盗,其中一个人穿的精细毛衣被强盗剥去,另一个跑了,躲藏到深深的草丛中。

丢衣裳的那个人原先在衣领里藏了一枚金币,他和强盗说:"这件衣裳可以值一枚金币,我现在请求用一个金币来赎它。"

强盗说:"你的金币在什么地方?"

这人解开被抢的衣领,取出那枚金币给强盗看,并且说:"这是真金,如果你不相信,这草丛里有一位很好的金匠,你可以问问他。"

强盗看见在草丛里躲着的那个人,又把那人的衣裳也抢了。

像这个蠢人,精细毛衣和金币都失去了,自己受到损失,还使别人也受到损失。

【评析】

跟强盗是没有什么道理可讲的。遇到强盗,只能尽量保全自己,千方百计减少损失。这个愚蠢的人想用金币赎回衣裳,这本来已不可能,还呆呆地说出自己的伙伴,使他也蒙受了很大损失。愚蠢的人总是要吃亏的,跟这样的人为伍,自己也会受到牵连。

(朱景松)

小儿得大龟

昔有一小儿陆地游戏,得一大龟。意欲杀之,不知方便①,而问人言:"云何②得③杀?"

有人语^④言:"汝但^⑤掷置水中,即时可杀。"

尔时^⑥小儿信其语故,即掷水中。龟得水已,即便走去。

(《百喻经·小儿得大龟喻》)

【注释】

①方便:方法,诀窍。　②云何:怎样。　③得:能。　④语(yù玉):告诉。　⑤但:只。　⑥尔时:那时。

【今译】

从前有一个小孩在陆地上游玩,逮到一只大龟。他想杀了这只龟,可又不知道杀龟的方法。于是去问别人说:"怎样才能杀死这只大龟呢?"

有人告诉他说:"你只要把它扔到水里,立刻就可以把它杀死。"

那时小孩相信了这人的话,随即就把大龟扔到水里。那大龟得水以后,立刻就跑远了。

【评析】

故事本来的意思是说有些人想修行,但是不知该怎么行动。询问别人时,对听到的话又不仔细分辨,照着不正确的主张去做,以致身死命终,堕入三恶道中。从现实的角度讲,它告诉人们:不懂的时候,向别人请教当然是必要的。但是对别人的话要注意鉴别,尤其要警惕那些别有用心的人乘机出的一些坏主意,否则就会做出幼稚可笑的事情,甚至会酿成严重的恶果。　　　　(朱景松)